Mary Barton

Mary Barton

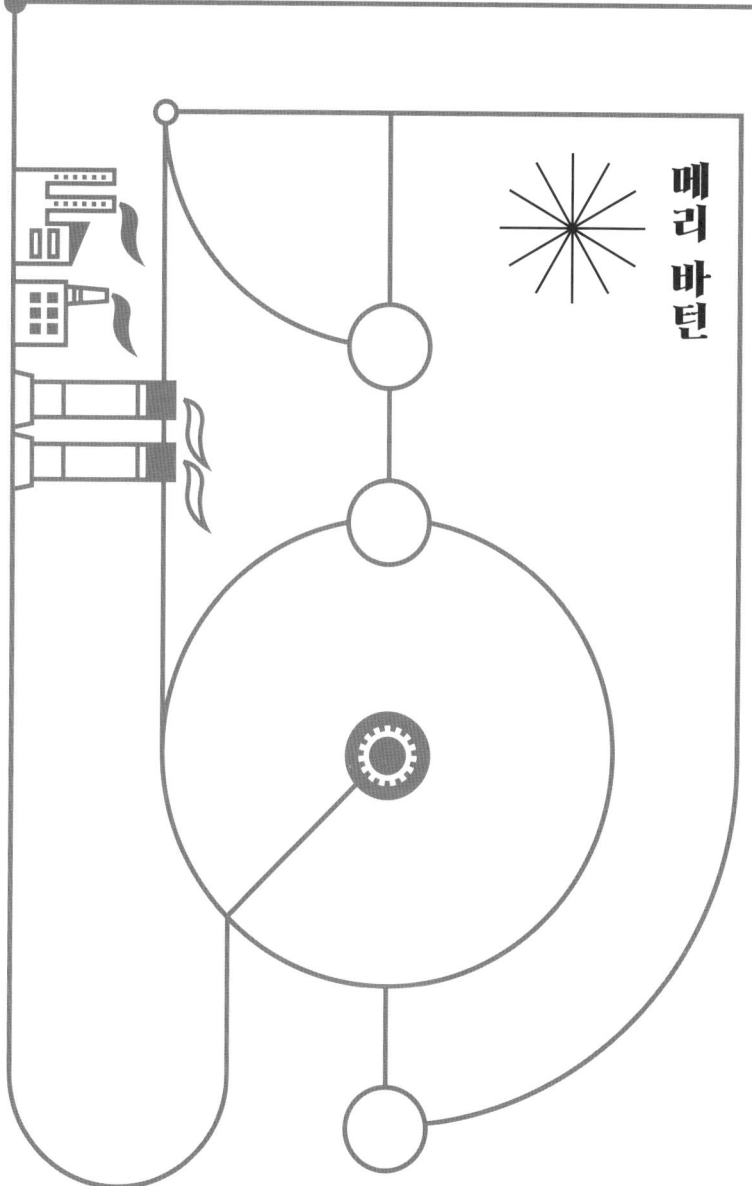

메리 바턴

ELIZABETH GASKELL

엘리자베스 개스켈 지음
최이현 옮김

차례

1. 의문의 실종 • 07

2. 맨체스터 티 파티 • 18

3. 곤경에 빠진 존 바턴 • 27

4. 앨리스의 사연 • 38

5. 공장 화재 - 젬 윌슨, 구조에 나서다 • 55

6. 가난과 죽음 • 78

7. 거절당한 젬 윌슨 • 102

8. 가수로 데뷔한 마거릿 • 113

9. 바턴의 런던 이야기 • 135

10. 돌아온 탕아 • 158

11. 해리 카슨의 드러난 의도 • 176

12. 앨리스의 아이 • 195

13. 여행자의 이야기 • 208

14. 가엾은 에스더와 젬의 대화 • 222

15. 경쟁자들의 폭력적 만남 • 239

16. 공장주와 노동자의 만남 • 256

17. 바턴의 야간 임무 • 271

18. 살인 • 287

19. 살인 혐의로 체포된 젬 윌슨 • 305

20. 메리의 꿈과 깨달음 • 323

21. 에스더가 메리를 찾아온 이유 • 334

22. 알리바이 입증을 위한 메리의 노력 • 348

23. 소환장 • 363

24. 죽어 가는 사람 곁에서 • 380

25. 윌슨 부인의 결심 • 392

26. 리버풀행 • 404

27. 리버풀 부두에서 • 410

28. 어이, 존 크로퍼! • 422

29. 젬에 대한 기소장 • 433

30. 좁 레그의 거짓말 • 442

31. 메리가 그날 밤을 보낸 방법 • 449

32. 재판과 평결 • 457

33. 고이 잠드소서 • 483

34. 귀향 • 501

35. 우리의 잘못을 용서하소서 • 519

36. 던콤 씨와 젬의 대화 • 538

37. 살인 사건의 전말 • 548

38. 결말 • 561

옮긴이의 글_관심과 사랑으로 계층 갈등을 해소할 수 있을까 • 569

일러두기

- 이 책에 나오는 인명, 지명을 비롯한 외래어는 국립국어원의 외래어표기법을 따랐으나, 몇몇의 경우 일상적으로 널리 쓰이는 용례를 참고하여 반영하였습니다.
- 본문에 나오는 고딕체는 모두 저자가 강조한 것입니다.
- 본문 하단에 있는 주는 모두 저자의 것입니다. 옮긴이 주는 문장 뒤에 '옮긴이'로 표시하였습니다.
- 책 제목은 겹낫표『 』로, 잡지의 경우는 겹화살괄호《 》를, 단편·시·논문·기사·장절 등의 제목은 홑화살괄호〈 〉로 표기하였습니다.
- 저자인 엘리자베스 개스켈은 기독교 교파 중 하나인 유니테리언 소속으로, 작품 속 등장인물들이 거의 영국 국교회 신자임을 고려하여, 이 책에 나오는 성경 구절은 대한성서공회의 『공동번역 성서』를 참고하였습니다.

1. 의문의 실종

아! 하루 종일 일했더니
힘들다, 힘들어.
이웃이 모두
소풍을 떠나는데

리처드는 아기를 안고,
메리는 어린 제인을 데리고 가는구나.
가족이 참 다정하게도 걷네,
들판과 가시밭길을.

-〈맨체스터의 노래〉

맨체스터 근처, 주민들이 '그린 헤이스 필즈'라 부르는 들판은 그곳을 관통하는 산책로를 따라 약 2마일 가면 작은 마을로 이어진다. 이 들판은 평평한 저지대에 (통상 평지의 장점인) 나무가 부족한 지역인데도, 산간 주민조차 사로잡는 매력이 있었다. 들판의 전형적인 시골 풍경이 불과 30분 전에 떠나온 정신없고 복잡한 제조업 도시와 대조를 이뤘기 때문이다. 여기저기 오래된 흑백 농가와 어지럽게 널려 있는 별채들은 이곳 사람들이 이웃 주민들을 흡수해 버린 도시들과 다른 시간을 살고, 다른 일을 한다는 사실을 보여준다. 철 따라 이루어지는 건초 만들기나 쟁기질 같은 흔한 농촌 생활은 도시 거주자들의 눈에 즐거워 보였을 것이다. 기계와 엔진 소음에 귀가 먹먹해진 기계공이라면 소와 닭 울음소리, 우유 짜는 여인의 목소리, 농장 안마당의 달가닥 소리 같은 기분 좋은 농촌의 소리에 잠시 귀를 기울일지도 모르겠다. 아니나 다를까 이 들판은 휴가철에 인기가 많다. 특히 이곳의 매력적인 층계형 출입구는 쉴 곳을 찾는 사람들로 자주 붐볐다. 그 가까이에는 햇빛을 가리는 나무들의 검푸른 그림자가 짙게 드리워진 깊고 맑은 연못이 있다. 비탈이 완만한 곳은 산책로가 지나가는 들판을 내려다보며 구세계에 머물러 있는 한 흑백 농가의 어수선한 안마당 옆밖에 없다. 이 농가의 포치는 장미 나무 한 그루가 덮고 있다. 농가를 둘러싸고 있는 작은 정원에는 옛날에 유행했던 허브와 꽃들이 한데 뒤섞여 있다. 오래전에 이 정원은 동네에서 유일한 약방이었을 것이다. 그래서 장미와 라벤더, 세이지, 밤(찻잎), 로즈메리, 패랭이꽃, 꽃무, 양파, 재스민 등이 무질서하지만 무성하게 자랄 수 있었다. 이 농가와 정원은 앞에서 말한 층계형 출입구에서 100야드 떨어져 있으며, 산사나무 울타리가 큰 목초지와 작은 목초지를 나누고 있었다. 저 멀리 층계형 출입구 주변에는 프림로즈가 자주 발견되고 풀이 무성한 산울타리에는 이따금 푸른 향기제비꽃이 핀다고 한다.

(지금으로부터 십수 년 전) 일꾼들이 주인에게 허락받은 휴가를 즐기기 위해서였는지 아니면 자연스레 아름다운 봄날의 유혹에 이끌린 것인지는 모르겠으나, 어느 날 이 들판으로 몰려왔다. 5월 초 어느 저녁이었다. 오전에는 4월이 아직 안 갔다는 듯 내내 폭우가 내렸고, 검푸

른 하늘 위로 서풍이 몰고 온 둥글고 부드러운 흰 구름은 이따금 위협적인 먹구름이 되었다. 낮의 부드러움에 유혹당했던 푸른 어린잎들은 생기가 넘쳤다. 아침에는 물 위에 갈색빛을 드리우던 버드나무들이 지금은 봄과 잘 어울리는 연한 녹회색을 띠었다.

열두 살에서 스무 살까지 다양한 연령의 소녀와 아가씨들이 경쾌한 발걸음으로 와자지껄 떠들며 지나간다. 대부분 공장에서 일하는 이 아가씨들은 계급이 드러나는 외출복 차림이다. 한낮에 날씨가 따뜻할 때는 숄만 걸치고, 저녁 무렵 날씨가 추워지면 스페인풍 만틸라나 스코틀랜드풍 격자무늬 망토를 머리에 걸쳐 아래로 느슨하게 늘어뜨리거나 기발한 방식으로 턱 아래에 핀으로 고정한다.

그들은 눈에 띄는 미인은 아니었다. 솔직히 한두 명을 제외하면 평균 이하의 미모였다. 깔끔하고 단정한 검은 머리와 검은 눈동자를 가졌으나, 이목구비는 흐릿하고 안색은 아픈 사람처럼 누랬다. 행인의 주의를 끌 만한 유일한 점은 제조업 종사자에게서 흔히 보이는 예민함과 총기 정도였다.

들판을 어슬렁거리는 무리 중에는 소년과 젊은 남자도 많았는데, 이들은 서로 농담을 주고받는 것 말고도 특별히 아가씨들에게 말을 붙여보려는 목적도 있었다. 그러나 아가씨들은 수줍어서가 아니라 독립적이었기 때문에, 남자들의 시시껄렁한 농담이나 떠들썩한 찬사에 관심을 두지 않고 그들과 거리를 두었다. 한편에는 조용히 대화를 나누는 연인이나 부부가 있었다. 아버지가 아기를 안고 자유롭게 거니는 부부가 있는가 하면, 온 가족이 기분 좋은 5월의 오후를 만끽하기 위해 서너 살짜리 유아를 동반한 부모도 있었다.

그날 오후에 두 노동자가 아까 말한 층계형 출입구에서 만나 반갑게 인사를 나눈다. 한 사람은 전형적인 맨체스터 남자였다. 공장 노동자 가정에서 태어나 청소년기를 보냈고, 성인이 된 후에도 공장 지대에 살고 있다. 체구는 보통 이하로 다소 왜소했는데, 성장이 일찍 멈춘 듯했다. 그의 창백한 안색은 어린 시절 가난과 그에 따른 잘못된 습관으로 고생을 많이 한 흔적이었다. 이목구비는 뚜렷하고 반듯했으며, 표정은 무척 진지했다. 선이든 악이든 가리지 않고, 무엇에든 단호하고 결연한 열정 같은 것을 품은 듯했다. 아직 이 남자 안에는 선한 열정이 악한 열정보다 우세했으므로, 지금은 낯선 사람도 부탁하고 싶게 만드는 신뢰감을 주는 사람이라고 말할 수 있겠다. 동행한 그의 아내는 누가 봐도 사랑스럽게 느낄 만한 여성이었다. 그러나 지금은 울어서 얼굴이 부은 상태로, 자연스럽게 가리개 뒤로 얼굴을 숨겼다. 그녀는 제조업 도시 출신들과는 다른, 시골 여성 특유의 활기가 있었으나 분별력은 없어 보였다. 그녀는 만삭이었는데, 아마도 그 때문에 더욱 슬픔을 이기지 못하고 과민 반응을 보이는 것 같았다. 이 부부가 만나고 있는 남자는 부부 중 남편보다 외모는 나았으나 눈치는 없어 보였다. 그는 쾌활하고 희망에 부풀어 있었다. 나이는 많았지만, 젊은이들처럼 생기가 넘쳤다. 지금 그는 두 팔로 다정하게 쌍둥이 중 한 아기를 안고 있었고, 예민하고 연약해 보이는 그의 아내는 다른 아기를 겨우 안고 기운 없이 걷는 중이다. 작고 연약한 쌍둥이는 어머니의 허약한 체질을 물려받았다.

"바턴, 어떻게 지냈나?" 쌍둥이 아버지가 먼저 반갑게 인사를 건넨다. 그러다 갑자기 동정하는 표정을 짓고는 목소리를 낮춰 덧붙인다. "에스더는 아직도 소식이 없어?" 아내들끼리도 오랜 친구처럼 인사를 나눈다. 쌍둥이 어머니의 여리고 구슬픈 목소리가 바턴의 아내에게 새로운 슬픔을 불러일으킨다.

"여성분들은 이쪽으로 오세요." 존 바턴이 말했다. "두 사람 모두 너무 많이 걸었어요. 우리 메리는 3주 후 출산이잖아요. 윌슨 부인은 평상시에도 몸이 말썽이고요." 바턴이 너무나 친절하게 말을 해서 아무도 기분 나빠하지 않았다. "여기에 앉아요. 이맘때 잔디는 아주 잘 말라 있어요. 그러니 여러분이 아무리 약골이라도 감기에 걸리지는 않을 거예요. 잠시만 기다려요." 그가 다정하게 덧붙인다. "여기에 손수건을 깔아 드릴 테니 여성분들은 옷이 더러워질지 걱정하지 않아도 됩니다. 그리고 윌슨 부인, 제가 아기를 안고 있을게요. 그동안 제 아내와 이야기나 나누면서 아내를 위로해 주세요. 불쌍한 제 아내는 에스더 때문에 슬픔에 빠져 있답니다."

바턴의 말대로 주변이 정리되었다. 아내들은 남편의 파란색 면 손수건을 깔고 자리를 잡았다. 남편들은 아기를 하나씩 안고 좀 더 걷기로 했다. 아내에게서 멀어지자마자 바턴의 표정이 우울해졌다.

"그런데 그 가여운 에스더는 아무 소식도 없는 거야?" 윌슨이 물었다.

"전혀 없어. 내 생각엔 누군가와 떠난 것 같아. 아내는 에스더가 물에 빠져 죽었을까 봐 안절부절못하고 있어. 그래서 내가 말했지. 멋지게 차려입고 죽으러 가는 사람은 없다고. 그리고 브래드쇼 부인(에스더의 집주인)이 지난 화요일에 아래층에서 에스더를 마지막으로 봤다는데, 그때 에스더는 평소 소원대로 귀부인이라도 된 것처럼 가장 좋은 드레스에 새 리본을 단 보닛을 쓰고 장갑도 끼고 있었다는군."

"에스더만큼 예쁜 아가씨도 없지."

"아, 참으로 어여뻤지. 그래서 더 안타깝고." 바턴이 한숨을 쉬며 덧붙였다. "이곳으로 일하러 오는 버킹엄셔 사람들은 우리 맨체스터 사람들과 외모가 좀 다르잖아. 맨체스터 여자 중에는 내 아내와 에스더처럼 그렇게 고운 장밋빛 뺨과 까만 속눈썹 그리고 (검은색으로도 보이는) 잿빛 눈을 가진 여자들이 없어. 난 그렇게 예쁜 자매를 본 적이 없어. 전혀. 하지만 슬프게도 어떤 아름다움은 덫이 되고 말아. 에스더는 콧대가 높아질 대로 높아졌어. 내가 조금이라도 충고하려 하면 늘 반항했지. 아내가 버릇을 잘못 들이기도 했고. 알다시피, 에스더가 메리보다 한참 어리잖아. 메리가 어머니처럼 에스더의 뜻을 다 받아줬어."

"대체 에스더는 왜 떠났을까." 윌슨이 말했다.

"그게 공장에서 일하는 아가씨들의 문제야. 일이 충분할 때는 돈을 많이 버니까 어떻게든 생활을 유지할 수 있어. 나중에 우리 딸은 공장에 안 보낼 거야. 절대로. 알다시피, 에스더는 예쁜 얼굴을 돋보이게 하려고 옷 사는 데 돈을 많이 썼어. 귀가도 늦었고. 결국 내가 속마음을 말해버렸지. 아내는 내가 화를 냈다고 생각하지만, 내 말이 틀린 건 아니었어. 에스더를 아끼지만, 그건 아내를 생각해서야. 내가 이렇게 말했지. '에스더, 정숙한 여인들이 잠자리에 드는 밤늦은 시간까지 베일도 쓰지 않고 그렇게 꾸미고 나다니다가는 결말이 뻔해. 매춘부가 되고 만다고. 그렇게 되면 네가 내 처제라도 내 집에 발을 들여놓지 못하게 할 거야. 알겠니?' 그랬더니 에스더가 이러더군. '걱정 마세요, 형부. 지금 짐을 싸서 나갈게요. 형부에게 그런 말을 들으면서까지 여기에 있고 싶지 않으니까요.' 에스더는 얼굴이 벌게졌고 눈에서 불을 뿜을 것 같더군. 그래도 우는 언니(메리는 집 안에서 벌어지는 말다툼을 못 견디거든)를 보더니, 다가가서 입을 맞추고는 자기가 형부 생각처럼 그렇게 형편없이 사는 건 아니라고 말하더군. 그래서 내가 에스더에게 네 예쁜 외모와 밝은 모습은 좋다고 말해줬어. 그때부터 나와 에스더는 감정을 누그러뜨리고 대화했지. 하지만 에스더는 자기가 하숙집을 얻어 나가서 가끔만 우리를 만나러 온다면, 우리 사이가 훨씬 좋아질 거라고 하더군(그때 난 일리가 있는 말이라고 생각했지).”

“그럼, 자네와 에스더는 사이가 틀어진 게 아니었군. 사람들 말로는, 자네가 에스더를 내쫓았고 다시는 그녀와 말도 섞지 않겠다고 했다더라고.”

“사람들은 늘 나쁜 얘기만 하지.” 바턴이 짜증스럽게 말했다. “에스더는 이사 나간 후에도 여러 번 우리 집에 왔었어. 지난 일요일에도! 그날 와서 아내 메리와 차를 마셨지. 그때가 에스더를 본 마지막 날이군.”

“에스더의 태도가 평소와 다르지는 않았어?” 윌슨이 물었다.

“글쎄. 모르겠어. 그날 이후로 여러 번 생각을 해보니, 그때 에스더가 조금 더 차분하고 여성스러웠던 것 같아. 좀 더 얌전했고 얼굴을 자주 붉히고, 말도 별로 하지 않았지. 4시쯤 왔는데, 오후에는 교회에 사람이 별로 없잖아. 안에 들어와서는 전에 우리 집에 살 때 자기가 사용했던 낡은 못 위에 보닛을 걸었어. 에스더가 메리 옆에 있던 낮은 의자에 몸을 이리저리 흔들며 앉아 있을 때, 새삼 참 예쁜 아가씨라고 생각했던 것이 기억나는군. 에스더는 울고 웃기를 번갈아 했지만, 아이처럼 순하고 여리게 행동한 데다 메리가 이미 안절부절못하고 있던 터라 그녀를 꾸짖을 수 없었어. 내가 좀 날카롭게 말했다는 사실만 기억나는

군. 에스더가 우리 작은 메리의 허리에 손을 두르고…."

"자네는 꼭 '작은'이라는 말을 붙여서 저 애를 부르는군. 제법 아가씨 태가 나는데 말이야. 아버지보다 어머니를 더 닮았고." 윌슨이 바턴의 말을 끊었다.

"맞아. 아이 엄마 이름도 메리라서 나는 딸아이를 부를 때는 꼭 '작은'이라는 말을 붙여. 어쨌든 말을 계속하자면, 에스더가 우리 딸을 이렇게 구슬리는 거야. '메리, 나중에 내가 너를 데려가서 숙녀로 만들어줄까?' 난 그 말을 참을 수 없었어. 그래서 이렇게 말했지. '애 머리에 그런 헛된 생각을 집어넣지 마. 나는 우리 메리가 빵에 바를 버터가 없더라도 오전 내내 점원이나 귀찮게 하고 오후에는 피아노나 뚱땅거리면서 잠자리에 들 때까지 자기 외에는 그 누구에게도 호의를 베풀지 않는 게으른 숙녀가 되기보다, 성서 말씀대로 땀 흘려 일하는 모습을 보고 싶으니까.'"

"자네도 지체 높은 사람들을 참을 수 없어 하는군." 윌슨은 바턴의 열변이 살짝 마음에 들었다.

"그들에게 받은 것도 없는데 왜 그들을 좋아하겠나?" 바턴이 눈에 불을 켰다. 그러다 갑자기 넋두리를 시작했다. "내가 아프면 그들이 와서 나를 돌봐줄까? 우리 애가 죽어갈 때(가여운 톰은 음식을 충분히 먹지 못해서 창백해진 입술을 떨며 누워 있었지), 아이의 생명을 구할지도 모를 와인이나 수프를 가져다준 부자가 하나라도 있던가? 몇 주나 일자리는 없고, 된서리가 내리고 살을 에는 동풍이 부는 겨울은 오는데, 땔감도 이불도 없이 앙상한 뼈들이 드러날 정도로 다 해진 옷을 입고 있을 때, 어느 부자가 자신이 믿는 종교의 가르침에 따라 재물을 나뉘주던가? 내가 죽으면 메리(그녀를 지켜주소서!)는 어쩔 줄 몰라 할 텐데. 분명 그럴 거야." 여기서 바턴의 목소리가 조금 흔들렸다. "메리를 자기 집으로 데려가 보살피고 할 일을 찾아줄 부유한 여주인이 과연 있을까? 없어. 이게 가난한 사람들의 현실이야. 가난이란 그런 거라고. 부자는 가난한 사람들의 고통을 알 길이 없다는 고리타분한 말은 꺼내지도 마. 모른다면 알아야지. 우리는 노예처럼 그들을 위해 일해. 우리의 피와 땀으로 그들의 재산이 불어나지만, 그들과 우리는 서로 다른 세상에 살고 있어. 하, 성서에 나오는 부자와 거지 라자로✦처럼 그들과 우리 사이는 아주 멀지. 하지만 누가 잘 살았는지는 나중에 밝혀지겠지." 바턴이 조용히 미소 지으며 말을 마쳤다.

월슨이 말했다. "자네 말이 구구절절 옳긴 한데, 내가 지금 궁금한 것은 에스더야. 그러니까 언제 마지막으로 에스더의 소식을 들었나?"

"아, 에스더는 그날 일요일 밤에 아주 다정하게 메리와 ('작은'은 빼고) 딸 메리에게 입을 맞추고, 나와는 악수를 하면서 작별 인사를 했어. 에스더가 내내 쾌활했기에 우리는 그녀의 입맞춤과 악수에 어떤 의미가 있다고 생각하지 않았지. 그런데 수요일 밤에 브래드쇼 부인의 아들이 에스더의 상자를 가지고 왔더라고. 곧이어 브래드쇼 부인이 열쇠를 가져왔고. 부인 말로는, 에스더가 다시 우리 집으로 들어간다면서 미리 알리지 못했다며 일주일치 집세도 치렀다는 거야. 그러고는 화요일 밤에 (아까 말했듯이 가장 좋은 옷을 입은 채) 작은 보따리를 들고 나가면서 큰 상자는 나중에 시간 날 때 가져가겠다고 했다는 거야. 그래서 브

✦ 나사로. 신약성서에서 가난과 고난을 상징하는 인물로, 죽어서 천국에 들어간다. – 옮긴이

래드쇼 부인은 당연히 에스더가 우리와 함께 있다고 생각했대. 이 얘기를 듣자마자, 아내는 소리를 지르며 기절할 듯 바닥에 쓰러졌어. 딸애가 서둘러 물을 가져왔지. 그때는 아내를 걱정하느라 에스더는 안중에 없었어. 다음 날부터 이웃 모두(내 이웃과 브래드쇼 부인의 이웃까지)에게 에스더를 봤는지, 그녀에 관한 소식을 들은 건 없는지 물어보고 다녔어. 몹시 친절해 보이는 경찰관에게까지 물어봤다니까. 제복 입은 사람에게 뭘 물은 건 난생처음이었어. 그에게 좀 알아봐 달라고 부탁했더니, 그가 다른 경찰관들에게 물어봤던 모양이야. 어떤 사람이 화요일 밤 8시쯤 에스더처럼 생긴 아가씨가 꾸러미를 팔에 걸고 빠른 걸음으로 걷다가, 흄 교회 근처에서 전세 마차를 타는 모습을 봤다고 했어. 마차의 번호는 몰라서 추적할 수는 없다고 해. 에스더에게 나쁜 일이 생긴 것 같아서 걱정이긴 한데, 내 아내가 더 안됐어. 아내는 나와 딸애 다음으로 에스더를 사랑했으니까. 더구나 가여운 톰이 죽은 다음부터는 전과 같지 않고. 이제 아내들에게 가보지. 자네 아내가 도움이 되었을 것 같군."

빠른 걸음으로 가는 동안 윌슨이 바턴에게 전처럼 계속 이웃하며 살면 좋겠다고 말했다.

"아직 우리 앨리스가 바버 거리 14번지 지하에 살고 있어. 자네가 부탁만 하면, 5분 후에 우리 앨리스가 외로운 자네 아내의 말벗이 되어 줄 거야. 오빠라고 동생에게 함부로 강요할 수는 없지만, 우리 앨리스처럼 기꺼이 도움의 손길을 내미는 사람도 없어. 힘든 하루를 보낸 후에도 이웃에 아픈 아이가 있을까 봐 늦게까지 안 자더군. 다음 날 아침 6시까지 출근해야 하는데도 말이야."

"앨리스는 자기 사정도 여의찮은데, 딱한 사람들을 동정할 줄 아는군, 윌슨." 그러고는 이렇게 덧붙였다. "친절한 제안, 고맙네. 어쩌면 내가 일하러 간 동안 아내를 앨리스에게 부탁할지도 모르겠군. 딸애가 학교에 가고 나면, 아내가 불안해하거든. 저기 메리가 오는군!" 멀리 한 무리의 소녀들 틈에서 딸을 발견한 아버지의 표정이 밝아진다. 열세 살쯤 되어 보이는 예쁜 소녀가 제 아버지에게 깡충거리며 달려온다. 바턴은 표정은 심각해도 내면은 부드러운 남자인 듯했다. 윌슨과 바턴이 층계형 출입구를 지나는 동안 메리는 그들 뒤에서 산사나무 씨앗들을 주우며 천천히 걸었다. 그때 키만 훌쩍 큰 사내 녀석 하나가 메리 옆을 지나가다 도둑 키스를 하고는 이렇게 외쳤다. "메리, 옛정을 생각해서."

"그럼 나도 옛정을 생각해서." 부끄러움이 아닌 분노로 얼굴이 붉어진 메리가 녀석의 뺨을 때렸다. 메리의 성난 목소리에 바턴과 윌슨이 뒤를 돌아봤다. 키스를 훔친 녀석은 윌슨의 장남으로, 쌍둥이 동생들보다 열여덟 살이나 많았다.

"자, 얘들아. 키스 때문에 실랑이는 그만두고, 둘 다 와서 아기들을 데려가렴. 나도 윌슨 씨도 팔이 무척 아프단다."

메리가 아버지의 짐을 덜어주러 냉큼 달려왔다. 아기를 좋아하기도 했지만, 조만간 집에서 하게 될 일을 미리 경험하려는 목적도 있었다. 윌슨의 아들은 아기 동생이 구구 소리를 내며 까르르 웃는 모습에 철없고 거친 천성을 내다 버린 듯했다.

"가난한 남자에게 쌍둥이는 커다란 시련이지, 맙소사." 윌슨은 자랑 같기도 한 말을 피로감이 묻어나는 목소리로 던지고는 아기에게 요란하게 입을 맞췄다.

2. 맨체스터 티 파티

> 폴리, 물 올려.
> 우리 차 마시자!
> 폴리, 물 올려.
> 모두 차를 마실 거니까.
> -〈폴리가 차를 준비하고 있어요〉✦

"이제 가야지, 여보. 설마 우리를 잊은 건 아니지?" 윌슨이 다정하게 말을 건네자 두 여인은 자리에서 일어나 인사하며 집에 갈 준비를 했다. 바턴 부인은 친구에게 두려운 생각을 털어놓고 나니, 완전히는 아니더라도 어느 정도 기분이 풀렸다. 아내의 편안해진 표정에 기분이 좋아진 바턴이 자기 집으로 가서 차를 마시자고 제안했다. 이 초대에 윌슨 부인만 살짝 반대 의견을 냈는데, 귀가 시간이 늦어지면 아기들이 불편해할 것 같다는 이유에서였다.

"이런. 조용히 좀 해주시죠, 부인." 윌슨이 상냥하게 말했다.

"녀석들이 10시까지 잠을 자지 않는다는 걸 모르지 않겠지? 그리고

✦ 영국 동요 〈폴리가 차를 준비하고 있어요(Polly Put The Kettle On)〉의 일부. 찰스 디킨스의 『바나비 러지 (Barnaby Rudge)』에도 등장한다. 참고로 '폴리'는 '메리'의 애칭이다. - 옮긴이

당신은 숄도 가져왔잖소? 새 날개처럼 숄로 아기의 얼굴을 감싸주면 되지 않을까? 다른 한 녀석은 내 주머니에라도 넣어가지 뭐. 지금 앤코츠까지 가기는 너무 멀어."

"아니면 제 숄을 빌려 드릴게요." 바턴 부인이 말했다.

"아, 뭐든 좋아요."

모두 차를 마시기로 하여 바턴의 집으로 향했다. 비슷하게 생긴 미완성 도로를 여러 개 지나야 하므로 당황해서 길을 잃을 법도 한데, 그들 중에서 길을 못 찾는 사람은 아무도 없었다. 진입로를 지나 모퉁이를 돌자 도로 하나가 나왔고, 이 도로는 작지만 포장이 되어 있는 막다른 골목으로 이어졌다. 골목 어귀의 맞은편 끝에 가정집들의 뒷면이 보였고, 그 가운데에는 생활 하수와 비눗물 등이 흘러나오는 홈통이 있었다. 동네 여자들이 낮은 빨랫줄에 줄지어 걸려 있던 모자와 원피스, 다양한 리넨 제품들을 걷느라 분주했다. 몇 분만 일찍 도착했어도 몸을 낮춰 걷지 않으면 덜 마른 옷가지에 얼굴을 맞았을 것이다. 들판에 있었을 때는 저녁이 아직 멀게 느껴졌는데, 어느새 답답한 집들 사이로 안개와 어둠을 동반한 밤이 내리기 시작했다.

얼마 전까지 그 골목에 살았던 윌슨 가족과 동네 여자들 사이에 여러 차례 인사가 오갔다.

어수선해 보이는 대문에서 버릇없는 사내아이 둘이 메리 바턴(딸)이 지나갈 때 이렇게 소리쳤다. "이야! 폴리 바턴에게 애인이 생겼군."

물론 애인이란 윌슨의 아들인 젬을 가리키는 말이었다. 젬은 메리의 반응이 궁금해서 슬며시 그녀를 쳐다봤다. 메리에게서 분노의 기운이 느껴졌다. 메리는 그가 말을 걸어도 한 마디도 하지 않았다.

바턴 부인이 주머니에서 현관문 열쇠를 꺼냈다. 집 안으로 들어서자 완벽한 어둠 속에 들어온 듯했다. 딱 한 곳만 그렇지 않았는데, 커다란 석탄 덩어리 아래에서 아직 꺼지지 않은 시뻘건 불꽃이 고양이의 눈처럼 반짝거렸다. 바턴이 즉시 난롯불을 지피자, 방 구석구석 온기가 돌고 은은한 불빛이 드리워졌다. 바턴 부인은 양철 촛대 안에 양초를 잘 넣어 불을 붙인 다음 벽난로 옆에 놓았다. (그러나 양초의 작은 노란 빛은 붉은 난롯불에 가려 희미했다.) 그리고 어떻게 대접할지를 고민했다. 방은 꽤 넓었고, 편의 도구도 충분했다. 현관문의 오른쪽에는 넓은 창턱이 달린 긴 창문이 있었다. 창문 양옆에는 파란색과 흰색의 체크무늬 커튼이 달려 있는데, 지금은 친구들끼리 조용히 차를 마시기 위해 넓게 펼쳐 놓았다. 창틀에는 가지치기를 하지 않은 잎이 무성한 제라늄 화분이 두 개 있었으며, 이것들은 밖에서 안을 들여다보는 염탐꾼들을 막아주는 역할을 했다. 창문과 벽난로 사이 구석에는 접시, 찻잔과 받침, 그리고 테이블보를 보호하기 위해 고기를 써는 대형 나이프와 포크를 올려놓는 삼각형 모양의 유리 제품처럼 이름을 알 수 없는 물건들로 가득한 찬장이 있었다. 바턴 부인이 찬장의 문을 열어두는 것을 보면 자신의 도자기와 유리그릇들에 자부심이 있는 듯했다. 문과 창문의 반대편에는 계단과 문 두 개가 있었다. (벽난로와 가까운 쪽의) 문은 설거지 같은 지저분한 일을 처리하는 작은 보조 주방으로 이어지는데, 그곳은 식료품과 각종 물건을 저장하는 곳으로도 사용되고 있었다. 크기가 꽤 작은 다른 문은 계단 아래 공간에 마련한 석탄 저장고의 문이었다. 석탄 저장고부터 벽난로까지는 색이 화려한 기름천이 깔려 있었다. 바턴의 집은 가구도 많았다(공장 지대의 좋았던 시절의 흔적이다). 창문

아래에는 깊은 서랍이 세 개 달린 옷장이 있었다. 벽난로의 맞은편에는 이름에 걸맞지 않게 허름한 펨브로크 탁자가 벽에 붙어 있었다. 탁자 가운데에 밝은 녹색의 일본제 찻쟁반이 놓여 있었고, 쟁반 안에는 포옹하고 있는 연인의 모습이 다홍색으로 칠해져 있었다. 탁자 위에서 너울대는 벽난로의 불빛 덕분에 주변에 다양한 색채가 어우러지게 되었다(어른이라면 누구나 좋아할 분위기였다). 역시 일본 제품인 진홍색 차통도 그런 효과를 내는 데 한몫했다. 실제 사용하고 있는 외다리 원형 탁자는 찬장이 있는 쪽 구석에 있었다. 여기에 흐리지만, 깔끔한 스텐실 벽화까지 떠올린다면 그게 바로 바턴의 집이다.

찻쟁반이 나오고 찻잔과 받침대가 경쾌한 소리를 내며 부딪치는 차 모임을 시작하기 전에, 여자들은 밖에서 가져온 짐들을 내려놓았다. 그것들을 메리가 위층으로 가져갔다. 바턴 가족이 한참 속삭이더니 이윽고 쟁그랑 동전 떨어지는 소리가 들렸다. 예의를 아는 윌슨 부부는 그 모든 소리가 접대와 관련된 것임을 잘 알고 있었다. 다음에 그들도 그렇게 대접할 것이다. 그래서 윌슨 부부는 아이들을 챙기는 데 집중하면서 바턴 부인이 메리에게 하는 지시 내용을 듣지 않으려 애썼다.

"메리, 서둘러. 먼저 티핑스에 가서 신선한 달걀을 몇 개(아마 한 개에 5펜스일거야)만 사오렴. 그리고 괜찮은 햄이 있거든 1파운드 달라고 하고."

"2파운드는 사야 해요, 부인. 인색하게 굴기는." 바턴이 참견한다.

"그럼, 메리. 1.5파운드 사와. 꼭 컴벌랜드 햄으로 사와야 한다. 윌슨 가족이 그곳에서 오셨잖니. 집처럼 느끼게 해드려야지. 그리고…(막 나가려는 메리를 바라보며) 우유와 빵도 1페니어치 사오렴. 신선한

지 꼭 확인하고. 이제 됐다."

"아니, 그게 다가 아니지." 또 바턴이다. "차를 데우려면 6페니어치 럼주도 필요해. 그레이프스에 가면 살 수 있단다. 그리고 앨리스 윌슨 양의 집에도 다녀오렴. (아내를 향해서는) 윌슨 말로는 그녀가 모퉁이를 돌면 바로 나오는 바버 거리 14번지에 산다더군."

"그럼, 앨리스에게 차 마시러 오라고 전하거라. 오빠가 보고 싶을 거야. 올케와 쌍둥이는 말할 것도 없고."

"올 때 찻잔과 받침도 가져오라고 해. 우리 집에 여섯 벌밖에 없는데, 지금 딱 여섯 명이거든." 바턴 부인이 말한다.

"흠, 젬과 메리가 잔 하나로 마셔도 되긴 하지."

메리는 젬과 찻잔을 공유하지 않으려면 앨리스에게 꼭 찻잔과 받침을 가져오게 해야겠다고 속으로 다짐했다.

한편 앨리스 윌슨은 막 귀가했다. 음료와 약으로 만들 허브를 따느라 들판에서 하루 종일 일한 터였다. 그녀는 간호사라는 고귀한 직업과 세탁부라는 세속적인 직업을 병행했을 뿐만 아니라 울타리 재료나 약초에 대한 지식도 상당했다. 그래서 일이 없고 날이 좋을 때면 다리가 아플 때까지 길과 목초지를 돌아다녔다. 이날 저녁도 쐐기풀을 한가득 모아서 돌아왔다. 앨리스는 집에 오자마자 촛불을 켜고 저장고에 쐐기풀 다발을 걸어놓을 자리를 찾았다. 집은 몹시 깨끗했다. 한쪽 구석에는 평범한 침대가, 침대 머리맡에는 체크무늬 커튼이, 그 뒤는 당연하게도 흰색 벽이 자리했다. 벽돌 바닥은 깨끗했지만, 지난 청소 때 남은 물기가 덜 말라 아직 축축했다. 길이 내다보이는 저장고의 창문은 밖에서 사내아이들이 던지는 돌을 막기 위해 겉창이 달려 있었다. 겉창의 테두리는 산울타리와 각종 들판 식물, 배수구 등으로 둘러싸여 있는데, 이런 것들은 무가치해 보이나 긍정적이든 부정적이든 효과가 좋기 때문에, 가난한 가정들이 자주 이용한다. 방 여기저기 걸려 있는 식물들은 건조 과정에서 향이 좋지는 않았다. 한쪽 구석에 달린 커다란 나무 선반에는 앨리스가 오랫동안 모아둔 물건들이 있다. 작은 도자기 그릇들은 촛대와 성냥갑과 함께 벽난로 위 선반에 놓여 있었다. 작은 찬장 아래에는 석탄이, 위에는 빵과 오트밀 그릇, 프라이팬, 찻주전자, 작은 양철 냄비가 있었다. 이 양철 냄비는 주전자로도 사용되고, 이따금 앨리스가 아픈 이웃을 위해 소박하지만 맛있는 수프를 끓일 때에도 쓰인다.

걸어온 터라 춥고 피곤했던 앨리스는 눅눅한 석탄과 반녹색 나뭇가지들로 벽난로에 불을 붙이느라 바빴다. 바로 그때 메리가 문을 두드렸다.

"들어오세요." 앨리스는 밤이라 문에 빗장을 걸어놨다는 사실이 떠올라 서둘러 문을 열면서 말했다.

"어머, 메리 바턴이니?" 앨리스가 외쳤다. 촛불 빛이 소녀의 얼굴에 일렁였다. "오빠 집에서 봤을 때보다 많이 컸구나! 어서 들어와요, 아가씨."

메리가 숨을 헐떡이며 말했다. "아주머니, 어머니가 차 마시러 오시래요. 찻잔도 챙겨오시고요. 지금 윌슨 아저씨와 아주머니가 저희 집에 계시거든요. 쌍둥이와 젬도 있어요. 얼른요!"

"어머니가 친절하시구나. 감사한 초대인데, 가야지. 잠깐, 메리. 집에 쐐기풀이 있니? 봄에 차로 마시면 좋거든. 없으면 내가 좀 가져갈까 하는데."

"아마 없을 거예요."

메리는 힘을 갖고 싶은 열세 살 소녀에게 너무나 재미있는 심부름, 즉 돈을 쓰러 재빨리 뛰어나갔다. 해야 할 일들을 솜씨 있게 처리하고, 한 손엔 작은 럼주 병과 달걀들을, 다른 손엔 붉고 흰 품질 좋은 훈연 컴벌랜드 햄을 종이에 싸서 들고 집으로 갔다.

메리가 집에 도착해서 햄을 굽고 있을 때, 앨리스는 가져갈 쐐기풀을 고르고 촛불을 끈 다음 문을 잠그고 아픈 발로 바턴의 집까지 걸어갔다. 자신의 초라한 저장고를 본 후에 바턴네 거실을 보니, 그곳은 얼마나 아늑하던지! 그녀는 더 비교하지 않기로 했다. 그래도 벽난로의 은은한 불꽃과 방 구석구석 비치는 환한 불빛, 맛있는 냄새, 경쾌한 물 끓는 소리, 지글지글 쉭 햄 익는 소리에 기분이 아주 좋아졌다. 앨리스가 살짝 무릎을 굽혀 인사를 한 다음 문을 닫았다. 놀란 표정으로 요란스럽게 인사를 하는 오빠에게 다정하게 답례했다.

이제 모든 준비가 끝나고, 파티가 시작되었다. 윌슨 부인은 벽난로 오른쪽에 놓인 흔들의자에 앉아 쌍둥이 중 하나에게 젖을 물렸고, 윌슨은 맞은편 안락의자에 앉아 우유에 적신 빵으로 다른 아기를 달래려 했지만 허사였다.

바턴 부인은 예의를 모르는 사람이 아니었지만, 지금은 티 테이블에 앉아 차를 만드는 일만 했다. 마음속으로는 딸이 햄 굽는 일을 감독하고 싶었기 때문에 메리가 아끼지 않고 달걀을 깨고 햄을 뒤집을 때 여러 번 불안한 시선을 보냈다. 젬은 어색하게 서랍장에 기대서서 고모의 이야기에 건성으로 대꾸하고 있었다. 자기는 청년이 되었다고 생각하는데, 고모가 자신을 애 취급한다고 생각했다. 그도 그럴 것이 두 달 뒤면 그는 열여덟 살이 된다. 벽난로와 티 테이블 사이를 왔다 갔다 하는 바턴은 이따금 아내의 얼굴이 붉어졌다가 아픈 사람처럼 찡그리는 것 같을 때마다 걸음을 멈췄다.

드디어 파티가 시작되었다. 나이프와 포크, 찻잔과 받침이 부딪치는 소리는 시끄러웠지만, 배가 고파서 말할 여유가 없었던 사람들은 조용했다. 침묵을 가장 먼저 깬 사람은 앨리스였다. 그녀는 찻잔을 들고 건배를 제안했다. "여기 없는 친구들을 위해서. 친구는 만날 수 있지만 산은 절대 만날 수 없다."✦

그것이 부적절한 건배사라는 것을 앨리스는 재빨리 눈치챘다. 모두가 자리에 없던 에스더를 떠올렸기 때문이다. 더구나 바턴 부인은 먹던 음식까지 내려놓고 황급히 눈물을 훔쳤다. 앨리스는 입을 다물었어야 했다.

그것은 화기애애한 분위기에 찬물을 끼얹는 말이었다. 들판에서도 나눴고 지금도 충분히 꺼낼 수 있는 이야기였지만, 순간적으로 바턴 부인이 뜨거운 눈물을 흘리자 다들 위로의 말 외에는 어떤 말도 하고 싶지 않았다. 윌슨 가족은 서둘러 집에 갈 준비를 했고, (부적절한 발언이 있었음에도) 앞으로 이런 모임을 자주 하면 좋겠다고 말했다. 바턴도 아내가 괜찮아지면 다시 모이자고 화답했다.

'오지 말걸. 내가 파티를 망쳐버렸네.' 이렇게 생각한 가엾은 앨리스

✦ Men can meet, but mountains never. 여러 문화권에서 다양하게 변형해서 사용하는 속담으로, 표면적(혹은 긍정적) 의미는 서로 떨어져 있는 산과 달리 사람은 서로 만나서 문제를 해결할 수 있다는 뜻이지만, 이면적(혹은 부정적) 의미는 어떤 장애물(산)은 넘을 수 없으므로 사람은 자신의 한계를 알고 받아들여야 한다는 뜻이다.
— 옮긴이

는 자리에서 일어나 바턴 부인에게 다가가 미안한 듯 그녀의 손을 잡고 이렇게 말했다. "그런 말을 해서 얼마나 죄송한지 몰라요."

바턴 부인은 놀랐지만, 이내 그 놀람을 기쁨의 눈물로 바꾸어 자책하는 앨리스의 목을 껴안고 그녀에게 입을 맞췄다. "일부러 그런 게 아니잖아요. 내가 바보죠. 에스더 일은, 동생이 어디 있는지 몰라서 마음이 무거웠을 뿐이에요. 잘 가요, 앨리스. 더는 마음에 두지 말고요. 당신의 축복을 빌어요."

그 이후로 앨리스는 수없이 많이 이날 저녁의 일을 떠올렸고, 친절하고 사려 깊은 말을 해주었던 바턴 부인에게 고마워했다. 그러나 그때는 이런 말밖에 하지 못했다. "잘 있어요, 메리. '당신'에게도 꼭 하느님의 축복이 깃들길."

3. 곤경에 빠진 존 바턴

> 그러나 때 이른 소나기로 아침이
> 어둑하고 슬프고 쌀쌀했을 때,
> 그녀의 눈꺼풀이 조용히 감겨 있었다.
> 그녀의 아침은 우리와 달랐다.
>
> - 토머스 후드

그날 한밤중에 바턴의 이웃집 여인은 문 두드리는 소리에 단잠이 깼다. 처음에는 꿈인 줄 알았는데 깨어보니 현실이었다. 그녀가 창문을 열고, 누구냐고 물었다.

"접니다, 존 바턴." 잔뜩 긴장한 목소리가 떨리고 있었다.

"아내가 진통을 시작했어요. 제가 의사를 데려오는 동안 아내의 곁에 있어 주세요, 제발. 아내가 굉장히 무서워해요."

이웃집 여인이 서둘러 옷을 입는 동안 열린 창문 사이로 고요한 작은 마당에 울려 퍼지는 신음이 들렸다. 채 5분도 되지 않아 그녀는 바턴 부인 곁으로 갔고, 겁에 질려 기계처럼 지시받은 대로 여기저기 움직이던 어린 메리를 안심시켰다. 바턴 부인은 죽은 사람처럼 창백했으나 얼굴은 평온했고 눈물도 흘리지 않았다. 과도한 긴장감 때문에 이빨을 딱딱거리는 것 외에는 아무 말도 하지 않았다.

비명이 심해졌다.

의사는 야간용 종이 반복해서 울리는 소리를 오랫동안 들었고, 누가 이 시간에 종을 울리는지 이해하는 데는 더 오랜 시간이 걸렸다. 의사는 바턴에게 옷을 입는 동안만 좀 기다려 달라고 애원하다시피 했다. 어차피 집을 찾는 시간은 아낄 수 있었다. 바턴은 의사가 내려올 때까지 문밖에서 발을 동동 굴렀다. 집을 향해 갈 때는 너무 빨리 걸어서, 의사가 몇 번이나 속도를 줄여 달라고 부탁해야 했다.

"부인의 상태가 몹시 나쁜가요?" 의사가 물었다.

"지금까지 본 중에서 가장 나쁩니다." 바턴이 대답했다.

아니다! 그렇지 않았다. 그녀는 평온했다. 그래도 비명은 계속 들렸다. 바턴은 귀를 기울일 여유가 없었다. 자물쇠를 열었고, 자신에게만 익숙한 계단을 의사에게 안내하면서 촛불도 켜지 않았다. 그러나 2분 만에 방에 들어갔을 때 그가 온 마음을 다해 사랑했던 아내는 죽은 채 누워 있었다. 벽난로 불빛에 의지해서 겨우 위층으로 올라온 의사는 이웃집 여인과 눈이 마주쳤고, 충격에 빠진 그녀의 표정으로 즉시 상황을 파악했다. 방은 쥐 죽은 듯 고요했고, 의사는 습관적으로 발소리를 죽인 채 가녀린 시신에 다가갔다. 어린 메리가 죽은 어머니의 침대 곁에 무릎을 꿇고 옷에 얼굴을 묻은 채, 옷소매로 입을 틀어막고 흐느끼고 있었다. 바턴은 충격으로 망연자실한 채 서 있었다. 의사가 이웃집 여인에게 속삭이듯 몇 가지를 묻더니 바턴에게 다가가 말했다. "아래층으로 내려가세요. 충격이 크겠지만, 남자답게 견뎌야 해요. 어서 내려가요."

바턴은 기계적으로 내려가, 보이는 아무 의자에 앉았다. 희망이 사라졌다. 아내의 얼굴은 완벽히 죽은 사람의 얼굴이었다. 하지만 한두 번 낯선 소음이 들리자, 아내가 혼수상태에 빠졌거나 경련하는 게 아닐까 기대했다. 뭔지는 모르지만 어쨌든 아직은 죽지 않았을 거야! 바턴이 다시 위층으로 올라가려 했을 때, 의사의 무겁고 조심스러운 발소리가 계단에서 들렸다. 그제야 바턴은 위에서 벌어진 일을 제대로 이해했다.

"어떤 방법으로도 부인의 목숨을 구할 수 없었어요. 쇼크가 일어났습니다." 의사는 계속 말했지만, 바턴은 어떤 말도 들리지 않았다. 지금 당장은 의사의 말을 흘려듣고 기억 창고에 저장했다가 필요할 때 곱씹을 터였다. 의사는 상황을 파악하고 그를 안타까워했다. 그러나 졸음이 쏟아져서 집으로 돌아가야겠다고 생각했다. 바턴에게 작별 인사를 건넸으나 아무 답도 듣지 못한 채로 조용히 그 집을 나왔다. 바턴은 돌처럼 굳은 채로 앉아 있었다. 위층에서 어떤 소리가 들렸는데, 그는 그게 뭔지 알았다. 뻑뻑한 나무 서랍장이 열리는 소리였다. 아내는 그곳에 자기 옷을 보관했었다. 이웃집 여인이 내려와서 물과 비누를 찾아 두리번거렸다. 바턴은 그녀가 뭘 찾는지 그것을 왜 찾는지 알았지만, 도와주겠다는 말은 하지 못했다. 결국 이웃집 여인이 다가와 (아무것도 들리지 않는 남자의 귀에는 닿지 않을) 위로의 말을 건네면서 '메리'를 언급했지만, 망연자실한 상태였던 바턴은 그게 어떤 메리를 가리키는지 알 수 없었다.

바턴은 현실에 집중하고 당장 해야 할 일을 생각해 보려 했다. 그러나 머릿속은 완전히 다른 시간대인 과거를 헤맸다. 그는 아내와 연애하던 시절을 떠올렸다. 처음 봤을 때 어리숙한 수습공이었던 아내는 예쁘장한 시골 아가씨였다. 아내에게 처음 선물했던 구슬 목걸이가 생각났다. 오래전 아내는 그 목걸이를 딸에게 주려고 서랍 깊숙이 넣어두었다. 문득 바턴은 묘한 호기심이 발동하여 목걸이가 아직 그 자리에 있는지 확인하려고 자리에서 일어났다. 난롯불은 거의 꺼졌고 양초는 없었다. 더듬거리던 그의 손이 쌓여 있던 다기들에 닿았다. 그도 아내도 피곤하니 다음 날 아침에 설거지하기로 한 것들이었다. 평범한 일이었지만 사랑하는 사람의 생전 마지막 활동이라고 생각하니 특별하게 느껴졌다. 그는 아내의 일과를 떠올렸다. 이제는 그 일을 할 사람이 없어졌다는 생각이 들자, 눈물이 솟구쳐서 소리 내 울었다. 한편 어린 메리는 가엾게도 이웃집 여인을 도와 망자의 주변을 정리하고 있었다. 이웃집 여인이 따뜻하게 입을 맞추며 위로의 말을 건네자, 메리의 뺨을 타고 조용히 눈물이 흘렀다. 하지만 혼자가 될 때까지 벅차오르는 슬픔을 꾹꾹 눌러 담았다. 메리는 이웃집 여인이 떠나자 조심히 방문을 닫은 후, 어머니가 누워 있던 침대를 붙잡고 슬픔을 쏟아냈다. 그녀는 같은 말을 하고 또 했다. 누구도 대답해줄 수 없는 무의미한 외침이었다. "아, 엄마! 엄마, 정말 죽은 거야? 엄마, 엄마!"

그러다 울음을 멈췄다. 자신의 비통한 외침이 아버지를 힘들게 할지도 모른다는 생각이 스쳤기 때문이다. 아래층은 여전히 조용했다. 어머니는 얼굴이 많이 변했지만, 이상하게도 달라진 것이 없어 보였다. 메리는 죽은 어머니에게 입을 맞추려 허리를 굽혔다. 차갑게 굳어버린 살덩어리에 등골이 서늘해져서 본능적으로 초를 집어 들고는 방문을 열었다. 그때 아버지가 흐느끼는 소리가 들렸다. 메리는 서둘러 계단을 내려가 아버지 곁에 무릎을 꿇고 아버지의 손에 입을 맞췄다. 바턴은 걷잡을 수 없는 슬픔에 빠져서 처음에는 아무것도 눈치채지 못했다. 그러다 겁에 질린 딸이 (참지 못하고) 격렬하게 흐느끼는 소리가 들리자, 감정을 억눌렀다.

"애야, 우린 서로를 의지해야 해. 이제 엄마가 없으니까." 바턴이 나직이 말했다.

"아, 아빠. 제가 뭘 해드릴까요? 말만 해주세요! 뭐든 할게요."

"그래, 알아. 무리하다 병나면 안 되니까. 내 걱정은 하지 말고 착한 아이처럼 어서 가서 자렴."

"저는 걱정하지 마세요, 아빠! 아, 그런 말씀 마세요."

"하, 그래도 방에 가서 자려고 노력해 보거라. 내일은 할 일이 많아. 가여운 것."

메리가 일어나서 아버지에게 입을 맞춘 후, 슬픈 표정으로 자신의 작은방으로 올라갔다. 그녀는 전혀 잠을 잘 수 없을 듯 싶어서 옷도 벗지 않은 채, 침대에 몸을 던졌다. 그러나 10분도 안 되어서 격한 슬픔은 잠 속으로 가라앉았다.

조금 전 딸이 내려왔을 때 바턴은 가눌 수 없는 슬픔과 망연자실한 상태에서 모두 깨어났다. 해야 할 일을 떠올리며, 장례식 계획을 세우고 복직 시기를 따져 보았다. 어젯밤에 호사를 누리느라 돈을 너무 많이 써서 일을 오래 쉴 수 없었다. 장례비는 노동조합에서 지원해줄 것이다. 이런 생각들을 하다, 문득 의사의 말이 떠올랐다. 소중한 여동생이 의문의 실종을 당한 사건이 불쌍한 아내에게 쇼크를 유발했다고 생각하니 가슴이 몹시 아팠다. 바턴은 분노가 치솟아 에스더를 저주했다. 에스더가 이 모든 비극의 원인이다. 그녀의 경박한 행동이 재앙을 일으켰다. 전에는 에스더를 감탄과 연민으로 바라봤다면, 이제는 영원히 마음을 닫기로 했다.

바턴의 삶에 선한 영향을 준 사람 중 하나가 그날 밤 떠나버렸다. 그가 온화한 성품을 유지하도록 그를 단단히 묶어주던 끈 중 하나가 끊어지자, 이제 그는 모든 이웃이 눈치챌 정도로 변해버렸다. 가끔 보이던 우울하고 냉혹한 모습은 이제 일상이 되었다. 그는 점점 독불장군이 되어 갔다. 그러나 딸 메리에게만은 달랐다. 죽은 아내가 사랑했던 두 사람은 설명하기 어려울 정도로 끈끈한 부녀 사이가 되었다. 다른 사람에게는 난폭하고 말도 걸지 않던 바턴이었지만, 딸만큼은 따뜻하게 대했다. 메리는 또래보다 훨씬 독립적이었다. 그도 그럴 것이, 살림과 돈 관리를 모두 메리가 했기 때문이다. 물론, 바턴이 제멋대로 하게 내버려 둔 탓도 있었다. 어울릴 친구와 즐길 시간을 고르는 메리의 안목과 취향이 독특했지만, 바턴은 딸을 전적으로 신뢰했다.

반면, 메리는 아버지가 몰두하기 시작한 문제들에 대해 아버지만큼 확신이 없었다. 아버지가 노조 활동을 열심히 한다는 사실은 알았지만, 메리는 그 나이 때(어머니 사망 후 2~3년이 지난 시점) 소녀들처럼 고용주와 노동자의 격차에 관심이 없었다. 그러나 노사 갈등은 제조업 지구의 숙명이었기에, 지금은 잠잠해도 경기가 나빠지면 언제든 폭력 사태로 비화할 것이 분명했다. 겉으로는 조용하나 몇몇 사람의 가슴 속에는 분노가 들끓고 있었기 때문이다.

바턴이 바로 그런 사람이었다. 이 가난한 직공은 자신의 고용주가 계속 큰 집으로 옮겨 다니다 마침내 웅장한 저택을 짓고, 부동산을 사기 위해 회삿돈을 빼내거나 공장을 파는 모습을 보고 당혹스러웠다. 그러는 동안 바턴이 생각하기에, 공장주의 재산을 불려준 동료 직공들은 노동 시간과 임금이 줄어 아이들을 먹일 빵값을 버느라 고군분투해야 했다. 물론 지금은 경기가 나빠서 시장에서 기성품을 사려는 구매자가 줄었고, 그 결과 추가 주문도 없다는 사실을 (부분적으로나마) 그도 이해하고 있었다. 또한 자신은 불평 없이 참고 견디는 동안, 공장주들은 제 몫을 챙겼다는 사실도 알고 있었다. 바턴은 공장주들의 생활에 변화가 없다는 사실에 혼란스러웠고, (그의 표현대로) '부아가 치밀었다'. 큰 집에는 여전히 사람이 살았지만, 방직공의 가족이 빌려 살았던 작은 집이나 창고는 텅텅 비었다. 전과 같이 거리에 마차가 달리고 공연장은 후원자들로 붐비며 사치품 가게에 손님이 끊이질 않지만, 직공들은 일이 없어 빈둥거리고 그들의 아내는 창백한 얼굴로 말없이 집에서 기다리며, 아이들은 밥을 더 달라고 헛되이 보챘다. 직공들의 주변에서는 가까운 사람들이 쇠약해지고 죽어 갔다. 고용주와 노동자의 격차가 너무 컸다. 어째서 노동자만 불경기로 고통받아야 하는가?

물론, 그것이 진짜 그림은 아니었다. 그러나 여기에서 중요한 것은 실제 노동자들이 어떻게 느끼고 생각했는가이다. 사실 별로 불평할 게 없었던 호시절에 노동자들은 어린아이처럼 앞을 내다볼 줄 몰라 무분별하게 낭비했다.

그러나 그중에는 착실한 사람들도 있는데, 이들은 불평하지 않고 부당한 상황을 견디지만, (그들 생각에) 이 모든 문제를 일으킨 사람들을 잊지도 용서하지도 않는다.

바턴도 그런 사람이었다. 그의 부모는 힘들게 살았다. 그의 어머니는 궁핍에 시달리다 돌아가셨다. 성실했던 바턴은 일자리를 꾸준히 얻을 수 있었다. 그러나 자신의 의지와 능력을 과신하는 사람 특유의 자만심(일종의 경솔함)으로 그도 버는 대로 다 쓰고는 했다. 그래서 어느 화요일 아침, 갑자기 공장주인 헌터 씨가 공장 문을 닫는 바람에 모든 직공이 집으로 돌아가야 했을 때, 바턴의 수중에는 겨우 몇 실링만 남아 있었다. 그는 다른 공장에 취직하면 그만이라고 생각해서 집으로 돌아가기 전에 몇 시간 동안 이 공장 저 공장을 돌아다니며 일자리를 찾아다녔다. 그러나 모든 공장이 불경기의 징후를 보였다! 어떤 공장은 노동 시간을 줄였고, 어떤 공장은 아예 문을 닫았다. 바턴은 몇 주나 일을 찾지 못해 빚을 져야 했다. 그즈음 눈에 넣어도 아프지 않을 어린 아들이 성홍열에 걸렸다. 위험한 고비는 넘겼지만, 아들의 목숨은 풍전등화와 같았다. 의사는 고열로 탈진한 아이가 기력을 회복하려면 잘 먹어서 필요한 영양분을 섭취해야 한다고 말했다. 그 말은 조롱이나 다름없었다! 그 집에서는 한 끼도 제대로 먹을 수 없었으니까. 바턴은 외상을 달려고 했다. 그러나 작은 식품점들은 자신들도 어려웠으므로 더는 외상을 받지 않았다. 그는 이런 상황에서 도둑질은 죄가 되지 않으리라 생각했다. 그러나 아이가 겨우 목숨을 부지하던 며칠 동안은 도둑질할 기회도 생기지 않았다. 죽어 가는 아이에 대한 걱정 때문에 자신의 배고픔은 어느 정도 잊었지만, 그래도 너무 배가 고팠던 바턴은 사슴 뒷다리살과 허릿살, 스틸톤 치즈, 젤리 등 배고픈 행인을 유혹하는 맛있고 값비싼 음식들이 진열된 가게의 창문 앞을 서성였다. 그런데 그 가게에서 헌터 부인이 나왔다! 그녀가 자신의 마차로 걸어가는 동안 가게 점원이 파티 음식들을 들고 뒤를 따랐다. 이내 쾅 하고 문이 닫혔고, 헌터 부인이 마차를 몰고 가버렸다. 집에 돌아온 바턴이 외아들의 시신을 보게 되었을 때 분노하지 않을 수 없었다!

예상할 수 있는 일이지만, 바턴은 고용주를 향한 복수심을 마음속에

은밀히 쌓아두기 시작했다. 말로든 글로든 노동 계급의 분노에 관심을 두거나, 위험한 힘을 언제 어떻게 사용할지 알고 그 지식을 무자비한 목적에 사용하는 사람들은 환영받지 못하는 것을 알기 때문이었다.

나날이 아름다워지고 생기가 넘쳐가던 메리가 제멋대로 행동하는 동안, 바턴은 노조 회의에서 여러 번 의장을 맡았다. 그는 노조 대표단의 지지자였고, 그 자신이 노조 대표가 되기를 바라는 야망도 품었다. 차티스트 운동가로서 자신의 계급을 위해 뭐든 할 준비가 되어 있었다.

그러나 이제 시절이 좋아졌다. 그래서 바턴의 모든 생각은 현실과 무관한 이론에 머물렀다. 그의 계획 중 가장 현실적인 것은 메리에게 재봉사 교육을 시키는 것이었다. 바턴은 무슨 일이 있어도 딸을 공장에 보내지 않을 생각이었다.

메리도 일을 해야 했다. 공장 취직은 고려 대상이 아니었기에 남의집살이와 재봉일, 이렇게 두 가지 선택지가 있었다. 이 중 첫 번째는 메리가 강하게 반대했다. 부녀의 의견이 달랐다면, 어떤 일이 벌어졌을지 알 수 없다. 어쨌든 바턴은 집안을 밝히는 존재였던 딸과 떨어지고 싶지 않았다. 메리가 없으면 집은 침묵만 흐를 터였다. 게다가 상류층에 반감을 품은 그로서는 남의집살이를 노예살이나 다름없다고 생각하고 있었다. 남의집살이를 하면 거드름 부리는 사람들의 시중을 들어야 하며, 낮은 물론이고 밤에도 편히 쉴 수 없다. 이런 지나친 반감이 얼마나 타당한가는 독자의 판단에 맡기겠다. 그러나 남의집살이를 하지 않겠다는 메리의 결심은 바턴의 반감보다 훨씬 경솔한 생각에서 비롯되었다. (어머니와 사별한 후 지금까지) 3년간 제멋대로 판단하고 행동해 왔던 메리는 시간이나 동료에 얽매이며 여주인이 만든 복장 규정을 지키기 싫었을 뿐만 아니라, 친한 이웃과 수다를 떨고 슬픔에 빠진 사람을 밤낮으로 도와주는 여성의 소중한 특권도 포기하기 싫었다. 더불어 말없이 사라진 에스더에 관한 소문도 알게 모르게 메리에게 영향을 미쳤다. 메리가 알기로 에스더는 대단한 미인이었다. 직공들이 휴식 시간에 주고받던 (진실인지는 모를) 이야기를 통해 메리도 일찌감치 에스더의 미모에 얽힌 비밀을 알고 있었다. 그들의 말은 흘려듣는다 하더라도, 메리는 거리를 지날 때마다 자신과 계급이 다른 청년들로부터 늘 예쁘다는 찬사를 받곤 했다. 게다가 열여섯은 자신의 미모를 의식할 만한 나이였다. 그래서 일찍부터 메리는 미모를 이용해서 숙녀가 되어야겠다고 결심했다. 아버지는 숙녀가 속한 계급을 증오했으나 그럴수록 메리는 더욱 갈망했고, 사라진 이모도 마침내 거기에 도달했으리라 확신했다. 그건 그렇고, 남의집살이를 하면 늘 지저분한 모습으로 고되게 일을 하기에 집주인의 손님은 모두 하녀를 구분할 수 있지만, 수습 재봉사는 늘 깔끔하게 옷을 입는다(혹은 그렇다고 메리는 생각했다). 또한 손이 더러워지거나 일이 힘들어서 얼굴이 빨개질 일도 없다. 이런 메리의 생각이 얼마나 어리석은가를 비판하기 전에, 계급이나 처한 환경과 관계없이 그녀가 열여섯 살밖에 되지 않았음을 기억해야 한다. 어쨌든 부녀의 결론은 메리가 재봉사가 되는 것이었다. 의욕에 찬 메리는 아버지를 부추겨 몇몇 가게에 지원서를 냈고, 마지못해 바턴은 초라한 여성 노동 현장에서 딸이 어떤 노력과 열의를 보여야 하는지 직접 확인하러 나섰다. 그러나 바턴은 대가를 치러야 했다. 가엾은 양반! 그는 그 사실을 확인하느라 하루를 날려야 했다. 만약 메리를 동반했다면, 바턴은 딸의 미모가 눈요깃거리가 된다는 사실을 알고 분개했을 것이고 상황은 달라졌을 것이다. 그때 바턴은 차선책을 고민했다. 그러나 이 방법에는 돈이 필요했고, 그는 무일푼이었다. 밤에 집에 와서 낙담하고 화가 난 그는 시간만 낭비했다고 투덜댔다. 아무튼 재봉은 골치 아픈 일이며 배울 가치가 없다고 말했다. 메리는 그런 반응을 일종의 신 포도라고 생각했고, 아버지가 다음 날까지 일을 쉴 수는 없었으므로, 그 다음 날 자신이 직접 나서기로 했다. 그리고 밤이 되기 전에 (전날 아버지의 말을 듣고 기대치를 크게 낮춘 덕에) 그녀는 모자와 여성복을 만들어 파는 시먼즈 양 가게의 수습 재봉사로 채용되었다(계약서 같은 것은 따로 없었다). 시먼즈 양의 가게는 아드윅 그린에서 갈라지는 아주 작은 거리에 있었다. 가게 출입문 위에는 새눈 무늬목 단풍재로 만든 간판이 달려 있었고, 검은 바탕에 금색 글씨로 가게 이름이 적혀 있었다. 그곳에서 일하는 여자들은 '그녀의 아가씨들'로 불렸다. 메리는 일을 배우는 조건으로 2년간 무보수로 일하기로 했다. 그 후에는 저녁 식사와 차를 제공받고, 분기별로 소액의 급여를 받았다. 이렇게 분기별로 돈을 준 이유는 (고상해 보이는 방식이라서가 아니라) 같은 금액을 주급으로 환산하면 너무나 **형편없는** 금액이었기 때문이다. 여름에는 6시까지 출근해야 했으므로 첫 2년간은 도시락을 싸서 다녔다. 겨울에는 아침 식사 후에 출근했다. 퇴근 시간은 언제나 시먼즈 양의 작업량에 따라 달라졌다.

어쨌든 메리는 불만이 없었다. 그리고 그 모습을 본 바턴도 겉으로는 뚱하고 투덜댔지만, 그럭저럭 만족했다. 아버지를 잘 아는 메리로서는 그때그때 아버지를 달래어 가며 밝은 미래를 계획했다. 그래서 두 사람 모두 만족까지는 아니라도 적당히 기분 좋게 하루를 마무리했다.

4. 앨리스의 사연

> 드넓은 하늘 아래에서는 아무것도 부럽지 않다.
> 어떤 악행도, 낭비된 시간도 한탄하지 않는다.
> 그리고 살아 있는 한 송이 제비꽃처럼 조용히,
> 선의로 얻은 것을 달콤한 향기로 하늘에 돌려주라.
> 그리고 징벌하는 소나기 아래에 몸을 숙이고, 만족하라.
>
> – 엘리엇

또 한 해가 지났다. 죽은 메리 바턴의 흔적을 모두 지우기에 충분히 긴 시간이었다. 그러나 비통한 마음은 누그러졌어도, 바턴은 여전히 적막한 밤이면 아내가 생각났다. 그리고 겨우 잠이 든 메리는 침대 옆에 서 있는 어머니의 모습을 비몽사몽간에 보곤 했다. '그 옛날' 어머니는 흐릿한 촛불을 들고 말할 수 없이 다정한 표정으로 잠든 자신을 바라보았다. 자다 깬 메리가 눈을 비빈 후 꿈인 걸 깨닫고는 베개에 얼굴을 묻는다. 당황하고 불안해서 마음속으로 어머니에게 도움을 요청한다. '어머니가 살아 계셨다면, 나를 도와주셨을 텐데.' 메리는 어머니의 강력한 사랑이 있어도 아이보다 여인의 슬픔이 가라앉기가 훨씬 어렵다는 사실을 잊었다. 또한 자신이 애도했던 어머니보다 자기 감각과 정신이 훨씬 뛰어나다는 것도 의식하지 못했다. 에스더는 여전히 실종 상태였고, 사람들이 그녀의 소식을 더 이상 궁금해하지 않아서 메리도 그녀를 잊기 시작했다. 바턴은 여전히 노조원으로 활약했다. 메리의 퇴근 시간이 불규칙하고 야근이 잦아지면서 바턴의 노조 활동도 활발해졌다. 바턴과 조지 윌슨은 여전히 절친한 사이였지만, 윌슨은 바턴의 가슴을 뛰게 하는 문제들에 별 관심이 없었다. 그래도 둘 사이는 오랫동안 끈끈했고, 말은 안 해도 서로 만나 옛 추억을 더듬는 것을 즐겼다. 철없던 젬 윌슨은 어느덧 분별력을 갖춘 건장한 청년이 되었다. 여기저기 천연두 흉터만 없다면 잘생겨 보이는 얼굴이기도 했다. 그는 차르와 술탄이 다스리는 나라로 엔진과 기계를 보내는 큰 회사에서 기계 수리공으로 일했다. 윌슨 부부는 침이 마르도록 아들을 칭찬했는데, 거기에는 젬이 대단히 좋은 남편감이며 녀석이 말은 못 하고 눈빛과 표정으로만 표현하는 사랑을 새침한 메리가 알아주기를 바라는 마음이 담겨 있었다.

초겨울은 사람들이 두툼한 외투를 준비만 하고 아직은 입지 않는 계절이라, 자연스레 시먼즈 양의 가게도 한가했다. 그런 초겨울의 어느 날, 메리는 상점에서 한나절 근무하고 귀가하던 앨리스 윌슨을 만났다. 둘은 친했다. 앨리스는 일찍 어머니를 잃은 메리를 각별하게 생각했다. 단정한 중년 여성인 앨리스가 꽃다운 나이에 돈을 버는 메리에게 안부를 물었다. 그리고 그날 저녁에 차를 마시러 자기 집으로 오지 않겠냐고 조심스럽게 물었다.

"나 같이 나이 많은 여인과 시간을 보내는 게 다소 따분하겠지만, 윗집에 괜찮은 아가씨가 있어서 소개해주고 싶어. 바느질하는 아가씬데, 너랑 비슷한 구석이 있단다. 좁 레그 영감님의 손녀딸이고, 방적 공장에서 일해. 꼭 와, 메리! 둘이 친해지면 좋겠다. 고상한 아가씨야."

메리가 처음 그 말을 들었을 때는 오기로 한 손님이 앨리스의 조카인 젬일까 봐 걱정했었다. 그러나 앨리스는 사려 깊은 사람이라 설사 사랑하는 조카를 위한 일이라도, 상대가 불편해할 만남은 주선하지 않았을 것이다. 어쨌든 메리는 앨리스의 마지막 말에 불안감을 덜고 기꺼이 가겠다고 했다. 앨리스는 바쁜 사람이었다! 시간을 내어 사람들과 차를 마시는 일이 드물었다. 그래서 지금은 만남 주선자로서 큰 부담을 느꼈다. 그녀는 서둘러 집에 온 다음, 불이 잘 붙지 않는 벽난로에 불을 붙이기 위해 빌려온 풀무로 바람을 일으켰다. 앨리스는 참을성이 많았다. 석탄에 천천히 불이 붙도록 내버려둔 채 나막신을 신고 옆 건물 마당으로 갔다. 펌프장에서 주전자에 물을 가득 채운 후, 집으로 오는 길에 찻잔 하나를 빌렸다. 필요할 때 접시 대용으로 쓸 만한 찻잔 받침대는 집에 많았다. 오전 품삯으로 찻잎 반 온스와 버터 0.25파운드를 샀다. 이례적인 일이었다. 평상시 앨리스는 사려 깊은 부잣집 안주인이 찻잎을 선물로 주지 않는 이상 집에 혼자 있을 때는 허브차를 마신다. 손님용 의자 두 개를 꺼내서 꼼꼼하게 먼지를 털었다. 자기가 앉을 의자로는 낡은 양초 상자 두 개를 세로로 세운 후 그 위에 요령껏 낡은 판자를 깔았다. (조금 흔들거렸지만, 조심해서 앉으면 괜찮았다. 사실 그 모든 것은 실질적 편안함보다 품위 있어 보이는 것이 목적이었다.) 그리고 활활 타오르는 벽난로 앞에 아주 작은 탁자를 가져다 놓았다. 그 위에 낡고 형편없는 무광택 찻쟁반, 빨간색과 흰색 무늬가 들어 있는 찻잔 두 개와 익숙한 버드나무 문양의 찻잔 하나, 찻잔들과 짝이 맞지 않는 찻잔 받침대들을 놓았다(찻잔용이 아닌 접시 대용 받침대에는 먹음직스러운 버터를 올려놓았다). 준비를 마친 앨리스는 주변을 만족스럽게 둘러본 후, 편안한 저녁 모임에 빠진 건 없는지 생각해 보았다. 의자 하나를 빼서 넓은 벽걸이 선반 아래에 놓고, 그 위로 올라가서 선반 위 낡은 상자를 끌어당겼다. 상자 안에 들어 있던, 컴벌랜드와 웨스트모어랜드에서 '클랩브레드'라 부르는 귀리 빵을 여러 개 꺼내 부서지지 않게 조심스럽게 내렸다. 빈약한 식탁 위에 빵들을 올려놓고, 손님들이 어린 시절을 추억하며 특별한 재미를 느끼기를 기대했다. 가정에서 흔히 먹는 빵도 4파운드 꺼내놓은 다음, 가짜가 아닌 진짜 휴식을 취하려 골풀 의자 중 하나에 앉았다. 촛불도 켜져 있고, 주전자에 물도 끓여 놓았으며 포장지에 싸인 찻잎도 제자리에 있었다. 모든 준비가 끝났다.

그때 누군가 문을 두드렸다! 윗집에 사는 마거릿이었다. 그녀는 시끄럽던 아래층이 조용해지자, 그 집을 방문할 때가 되었다고 생각했다. 마거릿은 혈색이 나쁘고 수심이 가득한 표정을 하고 있었지만, 다정한 아가씨였다. 옷차림은 수수하고 단출했는데, 짙은 색 외투를 걸치고 목에는 칙칙한 황갈색 숄 혹은 목도리를 앞뒤 모두 단단하게 고정했다.

앨리스가 마거릿을 따뜻한 인사로 맞으며, 좀 전까지 자기가 앉아 있던 의자에 그녀를 앉혔다. 그리고 자신은 부자연스러워 보이지 않도록 조심스럽게, 판자로 적당히 만든 의자에 앉았다.

"늦은 시간까지 메리를 붙들고 있는 게 뭔지 모르겠네. 이렇게 늦다니 뭔가 중요한 일이 있나 보다." 메리가 오지 않자 앨리스가 그렇게 말했다.

사실 그 시간에 메리는 입고 갈 옷을 고르고 있었다. 앨리스 집에 어떤 옷을 입고 가면 좋을지 고민 중이었다. 물론, 그 고민은 앨리스 때문이 아니었다. 그들은 서로를 알 만큼 아는 사이였으니까. 다만, 메리는 좋은 인상을 남기는 것을 좋아했고, 그런 점에서 자신이 예쁘다는 사실이 마음에 들었다. 더구나 이번에는 처음 만나는 아가씨도 있었다. 메리는 고상한 마거릿에게 좋은 인상을 남기기 위해, 깃과 소매가 리넨으로 되어 있고 목을 조여주는 새로 산 푸른색 양모 스웨터를 입기로 했다. 메리의 의도는 적중했다. 평소 외모에 관심이 없는 앨리스는 마거릿에게 메리가 얼마나 예쁜지 말하지 않았었다. 그래서 메리가 수줍게 얼굴을 붉히며 들어왔을 때, 마거릿은 메리에게서 눈을 떼지 못했다. 메리는 그런 노골적인 시선이 부담스러워 길고 검은 속눈썹이 달린 눈을 아래로 떨어뜨렸다. 앨리스는 차를 우려 잔에 붓고, 손님들의 기호에 맞게 설탕을 넣으며, 빵과 버터를 대접하느라 부산하게 움직였다. 배고픈 아가씨들 앞에 쌓여 있던 클랩브레드가 하나둘 사라지고 추억을 떠올리는 별미에 대한 칭찬을 들었을 때 앨리스는 얼마나 기뻤을까?

 "자상한 우리 어머니가 북쪽 지방에서 만든 클랩브레드를 보내주곤 하셨어! 타향살이할 때는 그런 것들이 얼마나 먹고 싶은지 몰라. 누구나 그래. 동료들끼리도 늘 나눠 먹었지. 그냥 뭐, 옛날얘기야."

 "더 이야기해 주세요, 아주머니." 마거릿이 말했다.

 "글쎄, 특별한 건 없고, 집에 군식구가 많았어. 맨체스터에 다녀온 윌의 아버지 톰이 (참, 윌은 외항 선원이야) 그곳에 젊은 사람들이 할 수 있는 일이 많다는 이야기를 전해줬어. 그래서 아버지가 먼저 조지 오빠를 맨체스터로 보냈고(메리는 조지가 누군지 잘 알지), 우리가 살던 버턴에 일거리가 줄어들자, 아버지는 내게도 맨체스터로 가서 자리를 잡으라고 말씀하셨어. 조지 오빠는 맨체스터가 밀른소프나 랭커스터보다 임금이 높다고 편지를 보냈지. 난 그때 어리고 생각이 짧았기에 집에서 가능한 한 멀리 떨어지고 싶었어. 그래서 어느 날 정육점 주인이 조지 오빠의 편지를 가지고 왔을 때 난 너무나 들떴고, 아버지도 좋아하셨지. 하지만 어머니는 거의 말씀을 안 하셨어. 가끔 생각해 보면, 어머니는 떠나고 싶어 하는 내 모습에 상처를 받으셨던 것 같아. 아, 용서해 주세요! 그래도 어머니는 내 짐을 쌀 때 당신 옷 중에서 내게 어울릴 만한 좋은 옷들도 함께 싸주셨어. 그 옷들은 저쪽 작은 종이 상자에 들어 있어. 지금은 못 입지만, 그렇다고 땔감으로 쓰고 싶지는 않아. 그 옷들은 어머니가 어릴 때부터 입던 거라서 벌써 80년이나 됐지. 어쨌든 내가 떠날 때 어머니는 울지 않으셨지만, 눈가에 눈물이 맺혀 있었어. 그리고 손으로 눈을 가린 채, 길을 따라 멀어지는 내 모습을 눈으로 좇으셨지. 그게 어머니의 마지막 모습이었어."

앨리스는 얼마 지나지 않아 어머니에게 가봐야 했다는 것을 깨달았다. 그러나 젊은 시절의 비탄과 고뇌는 나이가 들면 사라지기 마련이다. 앨리스가 너무 슬퍼 보였으므로 메리와 마거릿은 그녀의 슬픔을 이해하고, 오래전에 사망한 가엾은 앨리스의 어머니를 애도했다.

"아주머니는 어머니를 다시 못 만났나요? 어머니 생전에 한 번도 집에 안 가셨어요?" 메리가 물었다.

"응, 한 번도 못 갔어. 갈 계획은 여러 번 세웠지. 지금도 그렇단다. 죽기 전에 고향으로 돌아가고 싶어. 남의 집에서 일하던 시절에는 일주일간 휴가를 내고 집에 갈 수 있을 만큼 돈을 모았어. 하지만 자꾸만 다른 일이 생기는 거야. 맨 처음에 집에 다녀오겠다고 말하자마자 주인집 아이들이 홍역으로 앓아누웠어. 아이들을 돌봐야 했기 때문에, 고향에 갈 수 없었지. 그다음에는 주인아주머니가 아파서 못 가게 되었지. 주인 내외는 작은 가게를 운영했는데, 주인아저씨는 매일 술을 마셨어. 그래서 요리와 빨래 외에 아이들을 돌보고 가게를 관리하는 일은 주인아주머니와 내가 해야 했어."

메리는 자신이 남의집살이를 하지 않아 다행이라고 말했다.

"이런! 너는 남을 돕는 즐거움을 모르는구나. 나는 그 집에서 정말 잘 지냈단다. 어쨌든 그다음 해에는 휴가를 내고 집에 갈 수 있겠다고 생각했어. 주인아주머니는 내게 2주 휴가를 내도 좋다고 말했지. 그래서 어머니에게 드릴 선물로 겨우내 열심히 누비이불을 만들었어. 그런데 주인아저씨가 죽고 주인아주머니가 맨체스터를 떠나는 바람에, 나는 새로운 집을 찾아야 했단다."

"하지만, 그때 집에 가셨어야죠." 메리가 말을 끊었다.

"그렇지 않아. 일주일간 휴가를 내고 가서 아버지에게 돈을 좀 드리는 것과 일자리를 잃고 집에 가서 아버지에게 짐이 되는 건 다르단다. 게다가 고향집에 있으면 어떻게 새로운 일자리를 구할 수 있겠니? 어쨌든 그때는 고향에 가지 않는 게 최선이라고 생각했지만, 어쩌면 그때 갔어야 했는지도 몰라. 그랬다면 어머니를 봤을 테니까." 앨리스의 표정이 어두워졌다.

"아주머니는 할 일을 하셨어요." 마거릿이 다정하게 말했다.

"그래." 앨리스가 고개를 들고 짐짓 명랑하게 말했다.

"그게 말이야, 주님은 우리에게 적합하다고 생각하시는 일을 보내주신단다. 내가 가슴 아프고 슬프지 않았다는 의미가 아니야. 정말 아프고 슬펐으니까. 이듬해 봄에 누비이불의 안감까지 완성했을 때인데, 어느 날 저녁에 조지 오빠가 와서 어머니가 돌아가셨다는 거야. 그때부터 나는 수많은 밤을 울며 지샜어. 낮에는 울 시간이 없었거든. 주인아주머니가 엄해서 어머니 장례식에 가는 걸 허락하지 않았어. 어차피 그때는 이미 늦었고. 그날 밤에 조지 오빠는 마차를 타고 떠났어. 내게 전달되었어야 할 편지는 어딘가에 보관되어 있겠지(당시 우편물 배달 방식이 요즘과 달랐거든). 오빠가 어딘가에 어머니를 묻어 드렸고, 아버지는 이사를 하셨어. 어머니도 안 계시는데 살던 집에 계속 사실 수는 없었으니까."

"아주머니 고향은 예쁜 곳이었나요?" 메리가 물었다.

"그럼, 예뻤지! 나는 그렇게 아름다운 곳을 본 적이 없어. 그곳엔 하늘에 닿을 것처럼 높이 솟은 언덕들이 있었어. 집에서 좀 멀었는데, 그래서 더 멋져 보였지. 나는 그곳이 어릴 때 어머니가 불러주던 노래 가사에 나오는 천국의 황금 언덕이라고 생각하곤 했어. '저기 천국의 황금 언덕이 있네, 그대들은 결코 이르지 못할 곳.'

노래는 배 한 척과 금지된 사랑을 한 사람에 관한 내용이야. 참, 고향집 근처에는 바위들도 있었어. 아! 너희는 맨체스터에 어떤 바위들이 있는지 모르겠구나. 집채만 한 회색 바위들이 있고 그 주변을 노란색과 갈색 등 여러 색깔의 이끼가 덮고 있지. 바위 아래에는 무릎 높이까지 자줏빛 헤더가 심겨 있어서 달콤한 향을 풍기고, 헤더들 사이로 벌이 윙윙 날아다닌단다. 어머니는 빗자루를 만들어야 하니 히스와 헤더를 모아 오라고 나와 샐리를 내보내곤 하셨어. 정말 재미있었지! 우리는 저녁마다 몸이 다 가려질 만큼 많은 양의 히스와 헤더를 모아서 집으로 왔어. 히스와 헤더는 무척 가볍거든. 그러면 어머니는 오래된 산사나무 아래(땅 위로 자란 큰 뿌리들 사이에 만든 우리만의 집)에 우리를 앉히고 헤더 묶음을 만들게 하셨지. 마치 어제 일 같은데, 벌써 오래전 일이구나. 불쌍한 샐리가 죽은 지 벌써 40년이 넘었거든. 가끔 궁금해져. 아직 그 산사나무가 거기 있는지, 옛날에 나와 샐리처럼 지금도 소녀들이 헤더를 모으는지 말이야. 그곳을 보고 싶은데. 하느님께서 내년 여름까지 나를 살려두신다면, 그때 그곳을 보러 갈지도 모르겠다."

"왜 지금까지 한 번도 못 가셨어요?" 메리가 물었다.

"이런! 나를 원하는 사람이 계속 생겼거든. 그리고 나는 너무 가난해서 돈 없이 고향에 갈 수는 없었어. 톰은 아주 형편없는 녀석이었는데 늘 이 사람 저 사람에게 도움을 청했어. 그리고 그의 아내(쓸모없는 사람은 성실한 사람보다 늘 일찍 결혼하지)도 도움이 안 됐지. 그녀는 늘 아팠고, 톰은 문제만 일으켰지. 그래도 그런 문제는 내 힘으로 충분히 처리할 수 있었어. 그런데 1년 사이에 부부가 차례로 죽었고, 아까 말한 윌이라는 사내아이를 남겼지(그 부부는 일곱 아이를 낳았는데, 여섯은 일찌감치 하느님 품으로 갔어). 그래서 내가 그 애를 데려다 키우려고 남의집살이를 그만뒀지. 윌은 제 아버지의 얼굴을 쏙 빼닮았지만, 아버지보다 훨씬 성실했어. 윌은 착실했지만, 항해 말고는 다른 데에 관심이 없었어. 나는 그 아이를 선원으로 만들지 않으려고 최선을 다했어. 내가 말했지. '바다에 나가면 심하게 아플 거야. 네 어머니(그 애 엄마는 타지에서 와서 맨체스터 사람이 되었어)는 차라리 바다에 던져 달라고까지 말했단다.' 그리고 바다가 어떤 곳인지 알게 하려고 그 애를 브리지워터 운하를 통해 런콘으로 보냈어. 녀석이 구토 때문에 얼굴이 백지장처럼 하얗게 질려서 돌아오기를 기대했지. 하지만 녀석은 리버풀로 가서 진짜 배들을 보고는 선원이 되겠다는 결심을 굳혀서 돌아왔더라고. 녀석 말이 배 위에서 한 번도 아픈 적이 없었으니, 바다 생활을 잘 견딜 수 있을 거라나. 그래서 하고 싶은 대로 하라고 말했지. 녀석이 내게 입을 맞추며 고맙다고 하더구나. 내가 녀석에게 심술을 부렸는데도 말이야. 사람들 말이 지금 윌은 지구 반대편에 있는 남미에 있다고 하더구나."

메리는 앨리스가 말한 지명을 혹시 마거릿이 아나 해서 그녀를 흘끗 쳐다봤다. 하지만 마거릿의 표정이 침착하고 조용해서, 메리는 그녀가 정말 아무것도 모르는 것은 아닌지 의심했다. 메리는 지식이 많지는 않았지만, 지구본을 본 적이 있어서 지도 위에서 프랑스와 유럽 대륙의 위치는 찾을 수 있었다.

긴 이야기를 마친 앨리스는 잠시 꿈속에서 헤매는 것 같았다. 메리와 마거릿은 앨리스가 어릴 때 살았던 집과 어린 시절을 회상하는 것 같아 그녀를 배려하는 차원에서 말없이 앉아 있었다. 문득 앨리스는 손님을 초대한 주인이 해야 할 일들을 떠올렸고, 정신을 차려 현실로 돌아왔다.

"마거릿, 노래 한 곡 불러보렴. 난 음악을 잘 모르지만, 사람들 말로는 마거릿이 훌륭한 가수라고 하더구나. 마거릿이 〈올덤 직공〉을 부를 때마다 난 늘 운단다. 여기 예쁜 아가씨가 왔으니, 그 노래 좀 불러주렴."

앨리스가 노래를 청한 것이 재미있다는 듯, 엷게 미소를 지으며 마거릿이 노래를 시작했다.

독자들은 〈올덤 직공〉이라는 노래를 아시는지? 이 곡은 랭커셔 민요라서, 랭커셔 출신이 아니면 대부분 모르는 노래다. 독자들을 위해 여기에 노래 가사를 옮겨 보겠다.

〈올덤 직공〉

1절.
많이들 알지만, 나는 가난한 직조공이야.
먹을 것도 없고, 입을 옷도 없지.
당신은 나한테 관심이 없겠지.
나막신은 망가졌고, 신을 양말도 없어.
당신은 힘들다고 생각하겠지.
태어나는 것도
굶주리는 것도
최선을 다해 사는 것도.

2절.
빌리스의 디키 영감이 내게 오랫동안 말했어.
내가 입만 다물었다면, 아무 문제 없었을 거라고.
숨이 막힐 때까지 내가 입을 다물었다면,
나는 굶어 죽었을 거야.
디키 영감도 굶게 될 거야.
그는 전에 한 번도 굶주린 적이 없었고,
손베틀도 써본 적이 없어.

3절.
우린 6주간 버텼어. 날마다 마지막이라고 생각하면서.
우리는 한곳에 머무르다 이동했어. 지금은 꽤 빨라졌지.

쐐기풀이 날 때는 쐐기풀을 먹고 살았어.
그리고 귀리죽이 최고의 음식이었지.
사실이야.
나는 알아. 많은 사람의 삶이
나보다 낫지는 않다는걸.

4절.
어느 날 댄스의 빌리✦ 영감이 빚받이꾼을 보냈어.
내가 외상값을 못 갚았거든.
하지만 너무 늦게 왔지. 벤트의 빌리 영감이
이미 말과 수레를 집세 대신 가져갔거든.
우린 의자 하나밖에 안 남았어.
둘이 그 의자에 앉았지.
마겟과 나는 의자 위에서 움츠려 있었어.

5절.
그때 빚받이꾼들이 쥐처럼 교활하게 주변을 돌아다녔지.
그들이 집 밖으로 물건들을 내가면서
한 녀석이 다른 녀석에게 말하더군. "다 끝났어. 보라고."
내가 말했지. "이봐, 서두르지 마. 감사 인사는 됐고."
그들은 더 이상 소란을 피우지 않았어.
그냥 하나 남은 의자를 부쉈지.
그래서 우린 천을 깔고 바닥에 누웠어.

✦ 남자 이름인 윌리엄(William)의 애칭. - 옮긴이

6절.
내가 우리 마겟과 바닥에 누웠을 때 말했어.
"우린 이 세상에서 지금보다 더 낮아질 수 없어.
하지만 우리가 바꾸면 돼. 우리가 고쳐야 해.
내 생각에 우린 둘 다 밑바닥 인생이었어.
먹을 고기도 없고.
엮을 베틀도 없어.
세상에! 그것들은 찾는 족족 사라져."

7절.
우리 마겟은 입을 옷이 마련되면,
여왕을 만나러 런던에 가겠다고 선언했지.
거기에 가서, 상황이 바뀔 때까지
피 흘려 싸우겠다고 맹세했어.
그녀는 왕에게는 할 말이 없지만,
공정한 걸 좋아하거든.
그리고 그녀는 여왕이 언제 상처받는지 안다고 했어.

이 노래는 낮게 읊조리며 부르는 곡으로, 가창자가 감정을 어떻게 표현하느냐에 따라 곡의 분위기가 달라진다. 가사는 우스꽝스럽다. 그러나 비애가 담긴 유머라서, 노래 속 상황을 경험해본 사람에게는 가슴 아픈 노래일 것이다. 마거릿은 가난을 겪어봤기에 노래 가사를 제대로 이해하고 부른 것도 있지만, 목소리가 맑고 아름다워서 그녀의 노래를 감상하는 데 다른 설명은 불필요했다. 앨리스는 조용히 눈물을 흘렸다. 그러나 마거릿은 한곳을 응시한 채, 열렬히 꿈을 꾸는 듯한 표정으로 자신이 읊고 있는 슬픔에 점점 몰입해 들어갔다. 바로 그 순간 고통과 절망에 빠진 사람들이 위로를 얻는 것 같다고 메리는 생각했다.

갑자기 마거릿은 그 아름다운 목소리로, 고통받는 사람들을 위해 진심 어린 기도를 드릴 때처럼 "주여, 다윗을 기억하소서"라고 외쳤다. 메리는 분위기를 깨지 않으려고 숨을 죽였다. 그것은 너무나 완벽하고 명료한 탄원이었다. 메리보다 음악을 많이 아는 사람이 들어도, 우울한 표정으로 바느질하며 먹고사는 젊은 여성이 자신의 훌륭하고 낭랑한 목소리를 효과적으로 사용하는 모습에 메리처럼 감탄했을 것이다. (올덤 직공이었다가 나중에 유행 선도자 크니벳 부인이 된) 데보라 트래비스가 들었다면, 마거릿을 동료 예술가로 인정했을지도 모른다.

마거릿이 경건하게 연민의 눈물을 흘리며 노래를 멈췄다. 앨리스의 감사 인사를 받은 마거릿은 다시 고요하고 차분한 모습으로 돌아왔다. 메리는 외모에서 전혀 드러나지 않는 마거릿의 잠재력에 놀라 그녀에게서 시선을 떼지 못했다.

앨리스의 감사 인사가 끝나자 아주 작은 소리만 들릴 정도로 사방이 조용해졌다. 그때 마거릿이 부른 노래의 한두 마디를 떨리는 목소리로 다시 불러보는 남자의 목소리가 들렸다.

"저희 할아버지예요!" 마거릿이 외쳤다. "가봐야겠어요. 할아버지가 9시까지 들어오라고 하셨거든요."

"아, 그래. 나도 심슨 부인의 밀린 빨래를 하려면 새벽 4시에는 일어나야 해. 우리 아가씨들은 다음에 또 만나길 바라. 두 사람이 친해지면 좋겠네."

메리와 함께 계단을 올라가면서, 마거릿이 말했다. "잠깐 저희 집으로 가서 할아버지를 만나봐요. 당신을 보면 할아버지가 좋아하실 거예요."

메리는 좋다고 했다.

5. 공장 화재 - 젬 윌슨, 구조에 나서다

> 그는 깨달았네. 날던 새도 곤충도 없는 것을.
> 그러나 그는 알았지, 잎이 무성한 집과 그 집의 역사를.
> 바위에 야생화도 없고, 우물에 이끼도 없었지만,
> 그것의 이름과 특성은 알 수 있었네.
>
> - 엘리엇

맨체스터에는 주민 대부분이 모르고 그 존재 여부도 의심하지만, 그들 스스로는 과학계가 인정하는 모든 고귀한 사람과 동류라고 주장하는 집단이 있다. '맨체스터'라고 했지만, 사실 이들은 랭커셔의 모든 제조업 지구에 흩어져 있다. 올덤 인근에서 쉬지 않고 일하는 직공들의 베틀 위에는 근무 시간에는 뺏길 수 있지만, 식사 시간이나 밤에 탐독할 수 있는 뉴턴의 『프린키피아』가 펼쳐져 있었다. 사투리를 쓰고 평범해 보이는 많은 직공이 수학 문제에 흥미를 느끼고 열심히 공부했다. 그도 그럴 것이, 이들 중 일부는 인기 많은 박물학의 하위 분야를 열렬히 신봉했다. 린네의 생물 분류법이나 자연 분류법을 잘 아는 식물학자는 집 주변을 산책하면서 발견하는 모든 식물의 이름과 서식지를 알고 있었다. 또한 특정 꽃이 피는 시기에는 보잘것없어 보이는 풀을 수집해 오겠다는 일념으로, 하루 이틀 시간을 내어 손수건에 간단한 음식을 싸서 집을 나선다. 그리고 곤충학자는 대충 만든 채집망을 들고 날개 달린 곤충을 잡으러 다니거나, 반두를 들고 녹조 낀 연못이나 진흙 웅덩이를 훑는다. 통찰력과 실행력을 갖춘 이들은 새로 모은 표본들을 자세히 조사하는 일에서 지적 즐거움을 맛본다. 곤충학과 식물학처럼 평범하고 명확한 학문 분야만 열정적인 지식 추구자를 끌어들이는 것은 아니다. 매년 5월이나 6월에 돌아오는 성령강림절에는 도시 전체가 휴가 중이므로, 이때 맨체스터 노동자들은 잘 눈에 띄지 않지만 너무나 아름다운 하루살이과와 날도래과를 자세히 연구할 수 있었다. J. E. 스미스 경이 쓴 『생명』의 서문에는 이 말을 뒷받침하는 내용이 나온다(이 말을 믿지 못하는 독자가 있다면, 해당 구절을 그대로 옮겨 적을 수도 있다). 스미스 경은 리버풀에 사는 로스코 씨를 방문했을 때, 랭커셔의 일부 지역에서 발견된다고 알려진 아주 희귀한 식물의 서식지를 물었다. 로스코 씨는 그 식물에 관해 아무것도 몰랐다. 그러나 어쩌면 맨체스터의 직공이 쓸 만한 정보를 제공해 줄지도 모른다고 말했다. 스미스 경은 배를 타고 맨체스터에 도착하자마자 짐꾼에게 자신을 '아무개'에게 데려다줄 수 있냐고 물었다.

"아, 그럼요." 짐꾼이 대답했다. "저랑 좀 비슷한 친구죠." 그런데 좀 더 조사를 해보니, 그 짐꾼과 그의 친구인 직공 모두 노련한 식물학자였다. 그래서 스미스 경은 이들에게서 원하는 정보를 충분히 얻었다고 한다.

이해하기는 어렵지만, 그런 것들이 일부 사색적인 맨체스터 노동자의 취향과 취미였다.

마거릿의 할아버지도 그런 사람 중 하나였다. 그는 체구는 작지만,

강단 있어 보이는 노인이었다. 머리카락은 얇고 부드러운 회갈색이었으며, 팔다리가 줄에 매달린 장난감 인형처럼 핵핵 움직였다. 이마는 지나치게 넓어서 얼굴의 나머지 부분과 균형이 맞지 않았고, 치아를 모두 상실해서 얼굴 윤곽이 자연스럽지 못했다. 지성이 번득이는 눈은 몹시 날카롭고 예리해서 흡사 마법사 같았다. 실제 그의 집도 마법사의 집 같았다. 그림이 있을 자리에는 거친 나무로 틀을 만든 액자가 걸려 있었고 그 안에 곤충 표본이 있었다. 작은 탁자 위에는 히브리 신비 철학서들이 잔뜩 있었고, 그 옆에는 이상한 도구들을 모아 놓은 상자가 있었다. 마거릿이 들어왔을 때 좁 레그는 도구 중 하나를 사용하고 있었다.

좁은 손녀의 얼굴을 보고 이마에 안경을 올렸고, 메리에게는 간단하지만 친절하게 인사를 건넸다. 그는 마거릿을 아기 대하듯 했다. 그녀를 부드럽게 쓰다듬었고, 그녀에게 말할 때는 목소리도 달라졌다.

메리는 한 번도 본 적 없는 기괴하고 낯선 물건들을 둘러보았다.

"혹시 할아버지가 점쟁이세요?" 메리가 마거릿에게 속삭였다.

"아니요." 마거릿도 메리처럼 속삭였다. "하지만 당신만 우리 할아버지를 그렇게 생각한 건 아니랍니다. 할아버지는 사람들이 모르는 것들을 좋아하세요."

"그럼, 당신도 저것들을 좀 아나요?"

"할아버지가 좋아하는 것들에 대해 조금만 알아요. 할아버지가 좋아하시니까, 저도 그냥 배우려고 노력하죠."

"저것들은 뭐예요?" 희한한 생물체가 들어 있는 조잡한 유리 상자가 방 여기저기에 널브러져 있는 것을 발견하고는 메리가 물었다.

전혀 준비가 되어 있지 않은 메리를 향해 좁은 천창에 떨어지는 우박처럼 빠른 말투로 그 생물체들의 학명을 알려주었고, 난생처음 듣는 단어들에 메리는 어안이 벙벙했다. 상황을 파악한 마거릿이 메리를 구하러 나섰다.

"여기, 무섭게 생긴 전갈을 좀 봐요, 메리. 할아버지 때문에 소스라치게 놀란 적이 있어요. 그때를 생각하면 아직도 무섭다니까요. 언젠가 성령강림절 주간에 할아버지는 선원들에게 원하는 것을 얻으려고 리버풀의 부둣가로 가셨어요. 선원들이 더운 나라에서 괴상한 것들을 가져오곤 했거든요. 어쨌든 할아버지는 거기에서 약제사처럼 손에 약병 같은 걸 들고 있는 남자를 만났어요. 할아버지가 물으셨대요. '거기 그게 뭐요?' 선원이 병을 들어 올렸는데, 희귀한 전갈이었죠. 그 선원의 고향인 동인도 제도에서도 흔치 않은 종이였대요. 그래서 할아버지는 다시 물으셨죠. '이렇게 귀한 녀석을 어떻게 잡으셨소? 뭘 해도 쉽게 안 잡히는 녀석 아닌가요?' 선원 말로는 배에서 짐을 내리는데 쌀가마니 뒤에 전갈이 뻗어 있더랍니다. 짓눌리거나 다친 흔적이 없길래 얼어 죽었나보다 했대요. 내키지는 않았지만, 누군가 전갈을 탐낼 걸 알고는 그로그주 병을 비우고 거기에 전갈을 넣었대요. 할아버지는 그에게 1실링을 내미셨죠."

"2실링이었어." 좁이 끼어들었다. "괜찮은 거래였지."

"맞아요! 할아버지는 펀치✦처럼 자랑스럽게 들어오더니 주머니에서 그 병을 꺼내셨어요. 하지만 이 전갈은 원래보다 두 배로 커졌기 때문

✦ Punch. 19세기에 유럽 대륙에서 영국으로 들어와 축제 때 거리에서 자주 공연되던 인형극의 주인공. – 옮긴이

에, 제게 실제 크기를 알려주고 싶어 하셨답니다. 할아버지는 벽난로 앞에서 전갈을 마구 흔드셨어요. 그때 전 다림질을 하고 있었는데, 그날의 온기가 기억나네요. 저는 다림질을 멈추고, 녀석을 잘 보려고 허리를 굽혔어요. 할아버지는 책을 집어 들더니, 이 전갈의 독이 얼마나 강한지, 물리면 어떤 식으로 부어오르고 얼마나 고통스럽고 치명적인지 등을 읽기 시작하셨어요. 저는 할아버지의 이야기에 귀를 기울이고 있었지만, 전갈이 바닥에 떨어졌을 때는 관찰까지는 아니라도 그것에서 눈을 뗄 수 없었어요. 갑자기 녀석이 홱 하고 움직이는 것 같아서 제가 할아버지에게 알리려는 순간에 또 한 번 움직이더라고요. 그러더니 순식간에 미친개처럼 저한테 달려들었어요."

"그래서 어떻게 했어요?" 메리가 물었다.

"아! 저는 일단 의자 위로 올라갔다가 다림질하던 옷들이 있던 화장대 위로 올라갔어요. 그러고는 큰 소리로 할아버지를 불렀는데, 할아버지는 못 들으신 것 같았어요."

"아니, 내가 너한테로 가면, 그 녀석은 누가 잡니?"

"그래서 제가 할아버지에게 전갈을 죽여 달라고 애원했죠. 저는 전갈 위에 다리미를 떨어뜨릴 준비를 했어요. 하지만 할아버지가 전갈에 상처를 입히지 말아 달라고 부탁했어요. 전 할아버지가 무슨 생각을 하는지 알 수가 없었죠. 할아버지도 겁에 질려 펄쩍 뛰면서 전갈을 죽이지 말라니요. 어쨌든 할아버지가 주전자의 뚜껑을 들어 올리더니 안을 들여다보셨어요. 저는 이게 대체 무슨 일인가 했지요. 방 여기저기를 마음대로 돌아다니는 전갈을 두고 차를 마시려나 생각했죠. 그러자 할아버지는 집게를 들고 안경을 코에 걸더니, 그 집게로 전갈의 다리를 집어서 끓는 물에 빠뜨리셨어요."

"그렇게 해서 전갈이 죽었나요?" 메리가 물었다.

"아, 할아버지는 평소보다 오랫동안 그것을 끓이셨어요. 하지만 저는 전갈이 다시 밖으로 나올까 봐 무서웠지요. 제가 술집으로 달려가서 진을 사왔고, 할아버지는 병에 진을 채운 다음, 주전자 물을 따라 내고 그 안에 있던 전갈을 꺼내 술병 안에 넣었어요. 전갈을 거기에 넣은 지 열두 달 정도 지났네요."

"전갈이 처음에 어떻게 살 수 있었나요?" 메리가 물었다.

"아, 그러니까…. 전갈이 완전히 죽은 게 아니라 기절한 거였어요. 추워서 깊은 잠에 빠졌다가 난롯불 덕분에 의식을 찾았죠."

"우리 아버지가 저런 것들을 좋아하지 않으셔서 다행이에요." 메리가 말했다.

"그런가요? 전 할아버지가 책과 동식물을 좋아하셔서 정말 다행이라고 생각해요. 할아버지가 집에서는 즐겁게 저런 것들을 분류하시고, 쉬는 날이면 더 많은 것을 수집하러 나갈 준비를 하시는 모습을 보면 저도 기분이 좋아져요. 지금 할아버지의 모습을 봐요! 할아버지가 다시 책을 들여다보시네요. 제가 주무시라고 말을 드릴 때까지 할아버지는 왕처럼 행복하게 공부하세요. 그럴 때는 아무 말도 안 하시죠. 하지만 진지하게 열심히 그리고 기분 좋게 공부하시는데 뭐가 문제겠어요? 그런데 한번 말을 시작하면 얼마나 수다스러운지 당신은 상상도 못할 거예요. 사랑하는 할아버지! 우리는 정말 행복하답니다!"

마거릿은 작은 목소리로 말했지만, 그 말을 그녀의 할아버지도 들었을지 메리는 궁금했다. 아마 못 들었을 것이다! 그분은 문제 풀이에 여념이 없었다. 심지어 메리의 작별 인사도 듣지 못했다. 그날 밤 메리는 집으로 돌아가면서 지금까지 만난 사람 중 가장 이상한 두 사람을 알게 되었다고 생각했다. 마거릿은 노래 실력을 드러내기 전까지는 평범하고 조용한 사람이었다. 집 밖에서는 말수가 적었지만, 집 안에서는 쾌활하고 상냥했다. 그녀의 할아버지는 메리가 지금껏 본 사람들과 전혀 달랐다. 마거릿은 그가 점쟁이가 아니라고 말했지만, 그 말을 믿어야 할지 모르겠다고 메리는 생각했다.

이런 의문들을 풀고 싶어서 그날 밤 메리는 아버지에게 마거릿과 그녀의 할아버지를 만난 이야기를 꺼냈다. 딸의 이야기에 호기심이 발동한 바턴은 자기 눈으로 직접 확인하고 싶어졌다. 마음만 있으면 기회는 생기기 마련이다. 그해 겨울이 끝나갈 무렵, 메리는 오랜 친구처럼 마거릿의 집을 방문했다. 마거릿도 메리가 퇴근한 저녁이면 그곳으로 일거리를 들고 갔다. 좁은 책과 파이프를 주머니에 넣고, 모퉁이만 돌면 나오는 메리의 집으로 손녀를 데리러 갔다. 바턴이 집에 있을 때는 그와 대화를 나누었고, 바턴이 노조 사무실에서 돌아오기 전이고 마거릿도 집에 갈 준비가 되어 있지 않을 때는 메리의 집에서 파이프와 책을 꺼내 읽으며 손녀를 기다렸다. 좁은 사랑하는 손녀를 기쁘게 하는 일이면 뭐든 할 준비가 되어 있었다.

마거릿과 메리가 어떤 공통점과 차이점(종종 서로 다른 사람끼리 끌리기) 때문에 서로 친해졌는지는 알 수 없다. 마거릿은 건전한 분별력을 갖췄는데, 그런 매력은 저절로 드러나기 마련이다. 난제를 명쾌하게 해결해줄 친구가 있으면 유익하다. 그런 친구는 무엇이 최선인지 판단할 수 있는 사람이다. 무엇이 '가장 지혜롭고 좋은' 방법인지 명확히 알기 때문에, 결국 모든 어려움이 해소된다. 재능은 누구나 그것에 감탄하고, 그 감탄을 말로 표현한다. 그러나 분별력은 굳이 거론하지 않아도, 그리고 그것이 무엇인지 잘 몰라도 사람들이 가치를 부여한다.

그리하여 메리와 마거릿은 서로를 점점 좋아하게 되었다. 메리는 그동안 아무에게도 드러내지 않았던 자신의 감정들을 말로 표현했다. 또한 일부나마 약점도 밝혔다. 그러나 한 가지는 마거릿에게도 말하지 않았다. 그것은 애인에 관한 이야기로, 멋지고 잘생긴 한 남자와의 연애는 진심이 아닌 욕망에서 비롯된 것이었다. 그래도 날마다 메리는 길을 걸으면서 그와 마주치길 바랐고 그의 이름을 들으면 얼굴을 붉혔으며, 장차 그의 아내가 되는 모습을 상상해 보고는 했다. 아아! 가엾은 메리! 그대의 약점이 그대를 고뇌에 빠뜨렸구나.

메리에게는 다른 연인들도 있었다. 그중 한둘은 메리 곁에 남고 싶었지만, 그녀의 눈이 너무 높다며 떠나갔다. 젬 윌슨은 아무 말도 하지 않았지만, 메리에 대한 애정은 날로 깊어졌다. 그는 희망을 버리지 않았다. 메리가 없는 삶은 상상할 수 없었기에, 그녀를 포기하지 않을 작정이었다. 그는 결과를 예단하지 않기로 했다. 그저 지금 메리를 볼 수 있고, 그녀의 옷자락을 만질 수 있으면 그걸로 충분했다. 간절히 바라면 언젠가 이루어질 것이다.

젬은 희망을 버리지 않았지만, 메리의 냉담한 태도 앞에서는 어떤 남자라도 위축되지 않을 수 없었다. 오랫동안 그러려니 생각했던 젬도 절망하기는 마찬가지였다.

그러던 어느 날 저녁, 젬은 아버지 심부름으로 바턴의 집을 찾았고, 그때 열린 문틈으로 난롯가에서 잠이 든 마거릿을 보았다. 오랜 밤샘 작업으로 지쳐 있던 마거릿이 메리를 만나러 왔다가 기분 좋은 온기에 그만 잠이 든 것이었다.

문득 짚신도 제짝이 있다는 속담이 생각난 젬은 조심스럽게 마거릿에게 다가가 다정하게 입을 맞췄다. 잠에서 깬 마거릿이 상황을 파악하더니 말했다. "부끄러운 줄 알아, 젬! 메리가 뭐라고 하겠어?"

젬은 대수롭지 않게 대꾸했다.

"그냥 뭐, 연습하면 완벽해진다고 하겠지." 마거릿과 젬은 함께 웃었다. 그러나 젬은 마거릿의 말이 마음에 걸렸다. 메리가 신경을 쓸까? 손톱만큼이라도? 그는 밤낮으로 생각해 보았다. 아무래도 메리는 자신이 어떤 행동을 해도 관심을 두지 않을 것 같았다. 그래도 계속해서 열렬히 메리를 사랑했다.

바턴은 메리에 대한 젬의 감정을 잘 알고 있었지만, 메리가 결혼하기에는 아직 어리고 나중에라도 딸과 떨어져 살기는 싫어서 젬의 감정을 모른 척했다. 그러나 의도가 무엇이든 제 아버지의 심부름으로 찾아오는 젬을 바턴은 반가워했다. 그리고 가끔은 젬과의 결혼이 메리로서는 그리 나쁜 선택이 아니리라 생각했다. 어쨌든 젬은 견실한 공장에서 일하는 성실한 일꾼이었고 효자였으며, 남자답고 씩씩한 청년이었기 때문이다. 적어도 메리가 없을 때는 그랬다. 그러나 메리 앞에서는 지나치게 긴장한 탓에 젬은 바턴이 내면의 '불꽃'이라 불렀던 것을 피우지 못했다.

그해 2월 말에는 수 주 동안 된서리가 내렸다. 살을 에는 듯한 동풍이 거리를 휩쓸고 지나간 지 오래였으나, 돌풍이 부는 날은 먼지가 얼음 가루처럼 일어나 사람들의 얼굴을 강타해서 정신이 바싹 들게 했다.

대형 붓으로 먹물을 찍어 바른 듯, 집도 하늘도 사람도 모두 검어졌다. 회갈색 풍경도 풍경이지만, 사람들의 얼굴이 지저분한 데는 따로 이유가 있었다. 단물을 구할 수 없었기 때문이다. 그래서 가난한 세탁부들은 도랑과 연못을 뒤덮고 있는 두꺼운 회색 얼음을 깨서 빨래하는 헛된 수고를 했다. 사람들은 이미 길게 내린 서리가 앞으로 더 내리리라 예상했다. 그래서 봄이 늦어질 거라고 말했다. 그러니 봄옷을 새로 장만할 필요가 없었고, 여름은 어차피 짧고 날씨도 변덕스러우니 여름옷도 굳이 필요 없었다. 황량한 동풍이 계속 부는 동안에는 예상되는 폐해가 끝도 없었다.

햇빛이 희미해져 가던 어느 저녁, 메리가 시먼즈 양 가게에서 나와 서둘러 집으로 가고 있었다. 숄로 입까지 가리고 맞바람을 피해 고개를 숙인 채 걷느라 건물 안마당에 들어섰을 때까지 마거릿이 가까이 다가온 것을 몰랐다.

"어머나, 마거릿! 너구나. 어디 가는 거니?"

"네 집이지, 어디겠어(그러니까 같이 가자). 오늘 밤에 마무리해야 할 일이 있어. 내일 장례식에 맞춰 상복을 지어야 하거든. 할아버지는 이끼를 수집하러 나가서 늦게 돌아오실 거야."

"와, 재밌겠다! 진도가 안 나가면 내가 도와줄게. 할 게 많니?"

"응, 어제 정오에 주문을 받았거든. 아주머니 거 말고도 세 딸의 상복도 만들어야 해. (그들이 처음 고른 옷이 부족해서) 새로 맞추느라 일이 좀 밀렸어. 치마는 다 만들었어. 어두워질 때까지 계속 작업했거든. 하지만 몸통과 소매는 아직 못 만들었어. 아주머니가 옷에 좀 까다로워. 그래서 울면서 서로의 옷을 봐주는 모습에 웃음을 참기 힘들었지.

곤경에 처해도 옷에 신경을 쓰는 사람들이 분명해."

"그렇구나. 어쨌든 넌 늘 환영이지. 오늘은 나도 가게에서 내내 바느질을 하느라 피곤하지만, 너니깐 도와줄게!"

메리는 석탄을 뒤적이고 촛불을 켰다. 마거릿이 탁자 한쪽에서 일을 시작할 준비를 했고, 메리는 그 맞은편에서 서둘러 차를 마셨다. 탁자 위 물건은 모두 서랍장으로 치웠다. 메리는 집에서 입는 앞치마로 자기 쪽 탁자를 쓱 닦은 다음, 자리를 잡고 마거릿과 함께 바느질을 시작했다.

"손님이 누구라고 했지? 말했는데, 내가 잊어버렸나?"

"아, 옥스퍼드로에서 청과물 가게를 운영하는 오그던 부인이야. 주인아저씨는 술로 돌아가셨고. 오그던 부인은 아저씨 생전에도 음주 습관 때문에 늘 우셨는데, 지금은 돌아가셔서 더 슬퍼하고 계셔."

"아저씨가 유산은 많이 남겼대?" 옷감을 만져보며 메리가 물었다. "이거 굉장히 좋은 봄버진 천이잖아."

"아니, 별로 없을걸. 장성한 세 딸 말고도 어린 자녀가 몇 명 더 있거든."

"딸들은 자기 상복을 직접 만들 수 있었을 텐데." 메리가 말했다.

"그러면 좋은데, 지금은 장례식 준비로 바쁜가 봐. 그 집 아이 중 하나가 얘기해 줬는데, 거의 스무 명에게 아침을 대접해야 해서 여간 큰일이 아니라고 하더라. 그 애는 떠들썩한 걸 좋아하는 눈치였어. 내 생각에도 바쁜 게 오히려 가엾은 오그던 부인에게 도움이 될 것 같고. 내가 부엌에서 기다리는데, 햄과 닭을 굽는 냄새가 났어. 장례식보다는 결혼식을 준비하는 것 같았지. 장례식에 60파운드를 쓸 것 같다고 하더라고."

"오그던 부인의 형편이 좋지 않다면서." 메리가 말했다.

"응. 내가 듣기로, 아저씨가 술을 마시느라 돈을 다 써버려서 오그던 부인이 여기저기에서 돈을 빌렸대. 너도 알지만, 장의사들이 판단력이 흐려진 부인들을 마구 부추기잖아. 예를 갖추려면 이것도 하고 저것도 해야 한다면서. 다들 그렇게 한다고 말하지. 차갑게 굳은 시신 앞에서 정성을 다하지 못하면 부인으로서는 가슴이 아플 거야(누군가를 잃으면 다들 그러지). 그래서 부인은 성대한 장례식을 치러서 마음의 빚을 갚으려 하는데, 그렇게 하고 나면 부인과 가족은 여러 해 동안 쪼들리겠지."

"이 상복도 비용이 많이 드는데." 메리가 말했다. "난 사람들이 왜 상복을 입는지 모르겠어. 예쁘지도 않고 어울리지도 않는데. 게다가 아무리 싸게 맞춰도 비용이 꽤 들잖아. 성서의 말이 옳다면, 선했던 망자는 영원한 안식에 들 테니 슬퍼하지 않아도 되고, 악했던 망자는 이 세상에서 사라졌으니 기쁜 일인데. 아무튼 상복을 입으면 뭐가 좋은지 난 잘 모르겠어."

"그런 마음이 어디에서 '왔는지'(앨리스 아주머니의 표현인데, 나도 동의해) 내가 말해줄게. (슬픔에 짓눌려 통곡 말고는 아무것도 할 수 없다고 느낄 때는) 들인 만큼 얻지 못하더라도 뭔가를 하는 것이 도움이 돼. 오그던 가족이 그런 식으로 애도하는 이유는 오그던 씨가 생각이 모자라는 사람이긴 했어도, 술을 마시지 않을 때는 좋은 남편이자 아버지였기 때문이야. 어쨌든 그 가족은 내가 거기 있는 동안 기운을 차렸고, 나는 평소보다 더 많은 질문을 해서 상복을 어떻게 만들지 의논했어. 그리고 혹시 몰라서 (두 달 전에 만든) 유행복 견본집도 두고 왔어."

"애도 방식이 다 다르긴 하지. 앨리스 아주머니만 봐도."

"앨리스 아주머니 같은 분이 천 명 중에 한 명이나 있을는지. 그분은 아무리 슬픈 일이 있어도 차분하실 거야. 거기에 담긴 의미를 찾는 데 집중하실 테니까. 아주머니는 모든 슬픔에 선한 목적이 있다고 생각하셔. 메리, 전에 내가 어떤 일을 당했을 때 앨리스 아주머니가 뭐라고 하셨는지 내가 말했었니?"

"아니, 말해봐. 뭐 때문에 조바심이 났었는데?"

"지금은 말하기 싫어. 시간이 좀 필요해."

"언제 말할 거야?"

"내키면, 오늘 저녁쯤. 영영 안 할 수도 있고. 아무 때나 불쑥 떠올라 도무지 다른 생각은 할 수 없게 하는 두려움이거든. 내가 그 두려움 때문에 울고 있던 어느 날, 앨리스 아주머니가 다른 일로 오셨어. 그때도 지금처럼 아무 말도 하지 않으려 했는데 아주머니가 이렇게 말씀하시더라고. '애야, 초조하고 기분이 처질 때는 이걸 기억하렴. 불안한 사람은 고결할 수 없다는 것을.' 그 말을 들은 후부터는 내 감정을 잘 조절할 수 있게 됐어."

잠시 따분한 바느질 소리만 들리더니, 이윽고 메리가 물었다.

"이 상복 값은 제대로 받을 수 있겠어?"

"글쎄, 아닐 것 같아. 몇 번 고민했는데, 조의금을 낸다고 생각하고 받지 않으려고. 못 받을 것 같기도 하고. 그들은 상복만 입어도 마음이 편해지는 그런 사람들이니까. 난 검은색 옷이 싫어. 만들 때 눈이 아프거든."

마거릿이 한숨을 쉬며 옷감을 내려놓고는 눈을 감았다. 그러더니 짐짓 밝은 목소리로 말했다.

"오래 기다릴 필요 없겠다, 메리. 내 비밀을 말해줄게. 나는 시력을 잃어가고 있어. 눈이 멀면 나와 할아버지는 어떻게 될까? 아, 주님. 도와주세요, 제발요!"

마거릿이 괴로워하며 눈물을 흘렸고, 그 곁에 메리가 무릎을 꿇고 앉아 마거릿을 위로하려 했다. 그러나 경험이 부족했던 메리는 마거릿이 불행에 맞서도록 돕기보다 그녀의 두려움을 부정하려 애썼다.

"아니야." 눈물이 맺힌 눈을 들어 조용히 메리를 응시하며 마거릿이 말했다. "착각이 아냐. 결과를 알기 한참 전부터 나도 느끼고 있었어. 어쨌든 작년 가을에 병원에 갔어. 의사는 돌려 말하지 않았어. 시력이 얼마 못 버틸 테니, 캄캄한 방에 계속 있지 말라고 하더라. 하지만 그게 어떻게 가능하겠니, 메리? 우선 할아버지가 눈치채실 거야. 할아버지는 내 말을 듣자마자 괴로워하시겠지. 그러니 가능한 한 늦게 아셔야 해. 게다가, 나는 부족한 생활비를 벌어야 해. 할아버지는 식물을 채집하고 곤충을 잡느라 여기저기를 다니는데, 표본 하나에 4, 5실링을 주고 사는 걸 과하다고 생각하셔. 불쌍한 할아버지! 할아버지가 돈을 아껴가며 즐거움을 누린다고 생각하니 마음이 아파. 나는 혹시 다른 이야기를 들을 수 있을까 해서 다른 의사를 찾아가 봤는데, 그는 이렇게 말했어. '아, 그냥 몸이 약해서 그래요.' 그러고는 안약을 주더라고. 그런데 (한 병에 2실링 하는) 안약을 세 병 썼는데, 눈이 더 나빠졌어. 통증은 심하지 않았지만, 더 안 보였거든. 그래서 지금은, 메리…." 마거릿이 한쪽 눈을 감으며 말을 이었다. "지금 네가 반짝이며 춤을 추는 거대한 검은 그림자처럼 보여."

"그럼, 가까이 있는 사람은 잘 보이니?"

"응, 아주 가까이에 있는 건 괜찮아. 유일한 차이는 오랫동안 바느질을 하면 내가 바라보는 방향으로 해처럼 밝은 점이 나타난다는 거야. 내가 보고 싶은 곳만 빼고 나머지 부분이 환해져. 두 의사를 다시 찾아갔는데, 이제는 둘 다 같은 말을 하더라고. 난 조만간 시력을 잃을 거야. 단순 작업은 돈이 너무 안 되고, 올겨울에는 상복 주문도 많아서 가능한 한 검은색 옷을 많이 만들고 싶었어. 그래서 지금 눈이 아파."

"그런데, 마거릿. 넌 그 일을 계속하겠지. 그건 바보 같은 행동이야."

"맞아, 메리! 하지만 내가 달리 무슨 일을 하겠니? 우선 살아야지. 눈은 어차피 멀 거고. 할아버지에게 말씀 드려야 하는데, 몹시 불안해 하실 거야."

마거릿이 감정을 다스리기 위해 몸을 앞뒤로 흔들었다.

"아, 메리!" 마거릿이 말했다. "자주 할아버지의 얼굴을 기억하려고 노력해. 할아버지가 다른 곳을 볼 때 바라보고는 그 사랑스러운 얼굴을 기억할 수 있는지 확인하기 위해서 눈을 감아 봐. 그러면 조금 위로가 돼. 혹시 제이컵 버터워스라는 사람을 아니? 나이 든 직공인데, 노래를 잘 부르셔. 그분을 조금 알아서, 노래를 가르쳐 달라고 말했지. 그런데 그분 말로는 내가 굉장히 고운 목소리를 가졌다는 거야. 그래서 일주일에 한 번씩 가서 레슨을 받아. 그분은 한때 훌륭한 가수셨어. 여러 축제에서 합창단을 이끌었고, 런던 사람들에게 여러 번 감사 인사도 받았지. 그리고 외국 가수인 마담 카탈라니가 사람들이 꽉 찬 맨체스터 성당 앞에서 그에게 악수를 청했대. 그분은 내가 노래로 돈을 많이 벌 거라고 말했지만, 난 잘 모르겠어. 어쨌든 눈이 먼다는 건 슬픈 일이야."

마거릿은 눈을 충분히 쉬었다며 다시 바느질을 시작했고, 한동안 말 없이 일만 했다.

문득 밖에서 발소리가 들리더니, 커튼이 처진 창문으로 사람들이 뛰어가는 모습이 보였다.

"무슨 일이 일어났나 봐." 메리가 말했다. 그녀가 문을 열고, 처음 눈이 마주친 사람에게 무슨 일인지 물었다.

"저기, 아가씨! 혹시 불빛 봤어요? 카슨 공장이 활활 타오르고 있어요." 그 사람은 말을 마치고 뛰어갔다.

"마거릿, 어서 보닛을 써. 카슨 공장에 가보자. 불이 났대. 공장이 불타는 모습은 대단한 장관이라고 들었거든. 난 한 번도 못 봤지만."

"글쎄, 난 무서울 것 같은데. 게다가 바느질도 해야 하고."

메리가 다정한 목소리로 밤새 상복 만드는 일을 도와주겠다고 약속했고, 화재 구경이 꽤 재미있을 거라며 마거릿을 구슬렸다.

사실 메리는 마거릿의 비밀을 듣고 마음이 무거웠지만, 그녀를 위로할 수 없어서 무력감을 느끼던 터였다. 그녀는 마거릿의 우울한 기분을 바꿔주고 싶었다. 그리고 이런 이타적인 마음 외에도 솔직히 메리는 화재가 난 공장의 모습을 보고 싶었다.

그리하여 두 사람은 2분도 채 되지 않아 외출 준비를 마쳤다. 집을 나서는 순간 바턴을 만났다.

"카슨 공장이요! 아니, 어떤 공장에 불이 났어요. 불빛이 보였대요. 물이 부족하니 활활 탈 거예요. 카슨 가족이 걱정이 많겠지만, 보험을 잘 들어뒀고 기계들도 낡았으니 오히려 잘됐다고 생각할지도 모르겠어요. 화재 진압을 바라지 않을 거예요."

바턴은 조급해하는 두 아가씨가 지나가도록 길을 내주었다. 두 사람은 공장으로 가는 길에 대한 정확한 지식보다 빨간 불빛에 의지해서, 마주 불어오는 차가운 동풍을 가능한 한 적게 맞기 위해 고개를 숙인 채 빠른 걸음으로 걸었다.

카슨 공장은 동서로 긴 건물이다. 건물이 접해 있는 거리는 맨체스터에서 가장 오래된 거리 중 하나다. 사실 도시 자체가 오래됐다. 이곳에 최초로 방적 공장들이 세워지면서 동네 골목과 뒷길마다 사람들로 북적였고, 그곳에서 사람들은 위험하게 불을 피웠다. 공장 계단이 있는 서쪽 끝 출입구는 지저분한 대로에 접해 있는데, 거기에는 주로 술집과 전당포, 고물상, 지저분한 식품점 등이 있었다. 반대쪽인 동쪽은 빛이 잘 들지 않고 포장도 제대로 되어 있지 않으며 폭이 20피트도 되지 않는 좁은 뒷길에 접해 있었다. 공장 동쪽의 맞은편 도로 끝에는 박공집이 있었다. 집의 크기나 멋진 석재 외장, 전면의 미완성 장식 등으로 보아 아마도 과거에는 귀족의 저택이었을 것이다. 그러나 지금은 커다란 전면 창들을 통해 보이는 불빛이 페인트 벽, 벽기둥과 벽감들, 멋진 도금 가구들이 배치된 화려한 방의 내부와 그 안에 앉아 있는 초라하고 지저분한 사람들을 밝히고 있었다. 그곳은 겉만 화려하게 꾸민 싸구려 술집이었다.

구경꾼들 틈에 합류하자마자 (마거릿의 말처럼) 덜컥 겁이 난 메리는 도망가고 싶어졌다. 불길이 내는 굉음이 멈출 때마다 수많은 사람이 웅성거렸다. 사람들의 관심이 높았다.

"사람들이 뭐라고 하는 거야?" 웅성거림 속에서도 몇 마디가 뚜렷하게 들리자, 마거릿이 물었다.

"다행히 공장에는 아무도 없었대!" 위쪽을 바라보던 사람들이 일제히 공장의 동쪽 끝으로 고개를 돌리자, 메리도 그곳의 좁은 뒷길인 던햄 거리를 바라보며 외쳤다.

공장의 서쪽 끝은 바람을 타고 불길이 맹렬해지면서 이글거리는 불꽃 왕관을 쓴 것처럼 보였다. 창문 틈마다 지옥 불이 혀를 날름거리며 탐욕스럽고 맹렬하게 검은 벽들을 핥았다. 불길은 강풍에 이리저리 흔들리고 휘청대다 더욱 높이 솟아올랐고, 사납게 굉음을 내며 주변을 파괴했다. 지붕의 한 부분이 요란한 소리를 내며 떨어지자, 사람들이 거대한 불길을 피해 던햄 거리 쪽으로 몰려갔다. 인생에 비유한다면, 거대하고 무서운 불길은 무엇이고, 떨어지는 나무나 흔들리는 벽은 무엇일까?

강풍에 밀려 맹렬하던 불길은 잦아들었으나, 건물의 구멍마다 아직 검은 연기가 뿜어져 나왔다. 그리고 짙은 연기가 잠깐 걷히는 순간, 4층 창문 혹은 물건을 올릴 때 크레인과 연결하는 출입문 쪽에서 두 남자가 도움을 청하는 모습이 언뜻 보였다. 무슨 이유에선지 공장에 남아 있던 두 남자는 바람이 반대쪽으로 불길을 몰고 간 탓에, 불이 난 것을 알지 못했고 경고음도 듣지 못했었다. (공포에 질린 군중은 30분도 되지 않아 그곳으로 몰려들었는데) 그들은 불이 건물 반대쪽 끝에 있는 낡은 나무 계단을 한참 태우고 나서야 화재를 인지했다. 어쩌면 그들이 위험을 감지한 것은 아래 몰려든 군중의 소리 때문이었을지도 모르겠다.

"소방차는 어디에 있어요?" 마거릿이 옆 사람에게 물었다.

"아마 오는 중일 겁니다. 세상에, 화재를 발견한 지 10분밖에 안 지난 것 같은데, 건조한 바람 때문에 불길이 커져 버렸어요."

"누가 사다리를 가지러 갔나요?" 말소리가 들리지는 않았지만, 두 남자가 사람들에게 도움을 청하는 모습이 보이자, 메리가 숨을 헐떡이며 말했다.

"아, 월슨의 아들하고 또 다른 남자가 5분 전쯤 급하게 뛰어갔어요. 하지만 석공과 지붕 공사하는 사람들이 퇴근할 때 건물을 잠갔대요."

그러니까 연기가 걷힐 때마다, 뜨겁지만 희미해지는 불빛에 모습이 보이던 남자는 윌슨이었다. 그게 윌슨 아저씨였나? 메리는 두려운 마음이 들었다. 조지 월슨은 카슨 공장에서 일했다. 처음에 그녀는 위험에 처한 사람이 있으리라고는 생각하지 못했었다. 그러다 도움을 청하는 사람이 있다는 사실을 알고 나서부터는 뜨거운 공기, 굉음을 내는 불길, 아찔한 불빛, 동요하며 웅성대는 사람들 때문에 현기증이 났다.

"아! 이제 집에 가자, 마거릿. 더 이상 있기 싫어."

"안 돼! 지금 우리는 사람들 틈에 끼어 있잖아. 불쌍한 메리! 다시는 불을 보고 싶지 않겠구나. 저기! 들어 봐!" 숨죽인 채 공장 주변과 던햄 거리를 가득 메운 군중들 사이로, 짐을 가득 실은 말처럼 소방차가 덜커덩거리며 달려오는 소리가 들리는 듯했다.

"하느님, 감사합니다!" 마거릿의 옆에 있던 사람이 말했다. "소방차가 오네요."

그러나 다시 멈췄다. 소화전이 작동하지 않아 물이 나오지 않았다.

그때 사람들이 뒤로 밀리면서, 마거릿과 메리가 끼어 있던 공간이 더 좁아졌다. 그다음에는 한 번 더 숨 쉴 여유가 생겼다.

"사다리에 소방관과 윌슨의 아들이 있네요." 키가 커서 마거릿 옆에서 군중을 내려다볼 수 있었던 남자가 말했다.

"아, 뭐가 보이는지 말해 주세요." 메리가 애원했다.

"소방관들이 술집 벽에 사다리를 고정했어요. 공장 안에 있던 남자 중 하나가 뒤로 물러났어요. 연기 때문에 눈이 매웠나 봐요. 저쪽 바닥은 무너지지 않았네요. 이런!" 그가 시선을 아래로 향하며 말했다. "사다리가 너무 짧아요! 이제 끝이에요. 불쌍한 사람들. 더디긴 해도 불이 그쪽으로도 번질 거에요. 물을 뿌리거나 다른 사다리를 가져오지 못하면, 저 사람들은 죽게 될 겁니다. 주여, 저들을 도와주소서!"

숨죽인 군중 틈에서 흥분한 여성들이 흐느끼는 소리가 들렸다. 아까처럼 또 사람들이 뒤로 밀렸다! 메리는 마거릿의 팔을 꽉 잡고, 이 괴로움에서 벗어나기 위해서라면 기절이라도 해서 아무것도 느끼지 못하면 좋겠다고 생각했다. 1, 2분 만이라도.

"소방관들이 '아폴론 신전'으로 사다리를 가져갔어요. 아까 사다리를 댔던 마당에는 댈 수가 없어서요."

힘찬 함성이 들렸다. 망자도 무덤에서 일어날 만큼 큰 소리였다. 위를 올려다보니, 술집 다락방 창문의 돌출 부위에서 사다리 끝이 흔들리는 모습이 보였다. 다락방 창문이 잘 보이는 곳에 있던 사람들이 말하기를, 소방관들이 출입구로 들어갈 수 있도록 몇 사람이 사다리의 아래쪽을 잡고 그들의 무게를 지탱하고 있다고 했다. 공장 아래에 있던 군중은 의식하지 못했지만, 다락방 창틀은 이미 제거된 뒤였다.

마침내 좁은 길을 가로질러 아찔한 높이에 공중 사다리가 설치되었다. 겨우 2분이 지났지만, 심장 박동수로는 충분히 긴 시간이었다.

모두가 걱정하는 마음으로 시선을 고정했고, 긴장해서 숨도 제대로 쉬지 못했다. 공장 안에 있던 남자들은 보이지 않았으나, 지금은 강풍이 반대편으로 불길을 몰아냈다.

이제 메리와 마거릿의 눈에도 바람에 흔들리는 사다리가 보였다. 건물 아래에 있던 군중이 뒤로 물러섰다. 사다리를 댄 창가에 소방관 모자를 쓴 사람들이 나타났고, 그때 한 남자가 신속하고 안정된 걸음으로 머리를 고정한 채 이 끝에서 저 끝으로 지나갔다. 그가 출렁대는 위험한 다리를 건너는 동안 사람들은 숨을 죽였다. 그가 다리를 건너 안전해지자, 결과가 불확실한 상황에서 죽음을 무릅쓴 용감한 사람들을 방해하고 싶지 않았던 사람들 사이에서 즉시 환호성이 터져 나왔다.

"저기 또 나와요!" 여러 사람의 입에서 그 말이 튀어나왔을 때, 한 남자가 자신을 믿고 다리를 건너기 전에 잠시나마 신선한 공기를 들이마시려는 듯 출입구에 서 있는 모습이 보였다. 그는 어깨에 의식불명의 사람을 지고 있었다.

"젬과 그의 아버지야." 마거릿이 속삭였다. 메리도 알고 있었다. 사람들은 공포에 휩싸였다. 젬은 팔로 균형을 잡을 수 없었기에, 신경과 눈에만 의존해야 했다. 의식불명인 사람의 머리는 고정되어 있었다. 두 사람의 무게를 감당하느라 사다리가 흔들렸다. 아래를 내려다볼 용기가 없어, 젬은 머리를 움직이지 않았다. 두 사람이 사다리를 건너기까지 오랜 시간이 흐른 듯했다. 마침내 술집 다락방의 창문에 이르렀다. 젬이 아버지를 내려놓았다. 둘의 모습이 사라졌다.

그때 사람들이 함성을 질렀다. 용감한 시도가 성공한 것을 축하하기 위해 굉음을 내는 불길 위로, 강풍 소리보다 더 크게 우레 같은 박수가 터져 나왔다. 그때 새된 목소리가 들렸다.

"나이 든 남자는 살았을까요?"

한 소방관이 숨죽이고 있던 군중에게 말했다. "아, 그는 의식이 회복되는 중이에요. 얼굴에 찬물을 끼얹었거든요."

그가 고개를 뒤로 젖혔다. 질문과 함성, 우르르 몰려오는 파도 소리 같은 웅성거림이 들리다 다시 멈췄다. 소방관이 내용을 설명하는 동안 아까 그 용감한 영웅이 불타는 공장에 남아 있던 남자를 구하기 위해 다시 사다리에 올랐다.

그는 아까처럼 신속하지만 침착하게 다리를 건넜고, 앞 시도가 성공한 덕분에 덜 불안해진 군중은 이리저리 몸이 밀리는 가운데에도 공장 다른 쪽의 피해 상황과 그쪽으로 물을 대려고 애쓰는 소방관들의 노력 등을 이야기했다. 숨죽이며 지켜봤던 조금 전과는 달랐다. 이런 어수선한 분위기 때문인지 아니면 아까 위험했던 순간이 떠오른 건지, 그것도 아니면 남아 있던 (체구가 작은) 남자를 어깨에 메고 심호흡을 하기 전에 아래를 내려다본 것인지 이유는 알 수 없지만, 젬의 발걸음은 아까보다 불안정하고 불확실했다. 그는 사다리에 발을 내디딜 때마다 걸음을 의식하는 듯했고, 몸이 흔들리더니 마침내 중간에 멈춰 섰다. 이제 군중도 긴장했다. 그 끔찍한 순간에 그들은 감히 아무 말도, 심지어 격려의 말도 하지 못했다. 많은 사람이 공포에 휩싸여 우려하던 재앙을 차마 못 보겠다는 듯 눈을 감았다. 젬은 이리저리 흔들렸는데, 처음에는 균형을 잡으려는 듯 살짝만 움직였다. 그러나 그는 확실히 집중력을, 심지어 판단력까지 잃어가고 있었다. 그가 이타적 감정보다 앞서는 동물의 자기 보호 본능에도 불구하고 무력한 의식 불명자를 떨어뜨리지 않고 다리를 건넜다는 사실은 놀라울 따름이다. 그러나 어쩌면 그 동물적 본능으로 젬은 지고 있던 짐이 갑자기 가벼워지면 오히려 더 위험해진다는 사실을 깨달았는지도 모르겠다.

"도와주세요, 여기 실신한 사람이 있어요." 마거릿이 외쳤다. 그러나 아무도 주의를 기울이지 않았다. 모든 시선이 위에 쏠려 있었다. 바로 그때, 소방관 하나가 올가미를 씌우듯 고리 달린 줄을 두 남자의 머리 위로 솜씨 좋게 던졌다. 사실 그것은 무례하고 모욕적인 행동이었으나 믿을 만한 방법이기도 했다. 의기소침한 마음을 격려하고 흐트러진 정신을 다잡게 해줬기 때문이다. 젬이 한 발 더 내디뎠다. 줄이 출렁대거나 당겨져도 서두르지 않았다. 천천히 조심스럽게 밧줄이 감겼고, 젬도 천천히 조심스럽게 네다섯 걸음을 내디뎠다. 드디어 그가 창문에 이르렀고, 모두 안전해졌다. 거리에 있던 사람들이 승리감에 취해 춤을 추고 목소리가 갈라질 때까지 환호하며 소리를 질렀다. 그다음에는 군중 특유의 변덕이 발동해서, 서로 밀치고 비틀대고 욕설을 퍼부으며 거리를 서둘러 빠져나갔다. 이제 화재 현장은 위력적인 불길이 내는 굉음과 서로 밀치며 현장을 벗어나려는 군중의 고함과 욕설이 뒤섞여 난장판이 되었다.

사람들이 밀치고 지나가는 동안 마거릿은 창백한 얼굴로 두려움에 비틀대던 메리의 허리를 꽉 잡고 꼿꼿하게 서 있었던 탓에, 부축하고 있던 메리의 몸에 눌려 주저앉기 직전이었다.

이제 마거릿은 메리를 차갑고 깨끗한 포장도로 위에 부드럽게 내려놓았다. 자세가 바뀌고 가까이에 있던 사람들이 흩어져 주변 온도가 낮아진 덕분에, 메리는 빠르게 의식을 회복했다.

처음에 메리의 눈빛은 당혹스럽고 불안했다. 자신이 어디에 있는지 잊어버려서, 차갑고 딱딱한 바닥을 이상하게 느꼈다. 컴컴한 하늘에서 번쩍이는 불빛도 두려웠다. 메리는 눈을 감고 기억을 더듬었다.

그리고 위를 쳐다봤다. 무섭게 걸려 있던 다리는 철거되었고, 창가에는 아무도 없었다.

"그들은 안전해." 마거릿이 말했다.

"다? 모두 안전하니, 마거릿?" 메리가 물었다.

"소방관에게 물어봐. 나보다 더 많은 얘기를 해줄 거야. 하지만 그들이 모두 안전한 건 확실해."

소방관이 서둘러 마거릿의 말을 보충했다.

"왜 젬 윌슨을 두 번이나 보냈나요?" 마거릿이 물었다.

"아, 그러니까, 그를 막을 수 없었어요. 자신의 아버지가 (얼마 전부터 그곳에서 일하게 되었다고) 말하는 걸 들었다면서, 쏜살같이 달려갔어요. 그리고 다른 사람은 어디에서 찾아야 하는지 자신이 더 잘 안다고 했고요. 그가 서두르지 않았다면, 우리가 갔을 거예요. 맨체스터 소방관은 위험 앞에서 물러서지 않으니까."

소방관은 그렇게 말하더니 뛰어갔다. 메리와 마거릿은 말없이 집으로 향했다. 가는 도중에 조지 윌슨과 마주쳤는데, 그는 그을음이 묻어 지저분한 얼굴에 안색은 창백하고 눈은 흐렸지만, 겉보기에는 평소처럼 건강해 보였다. 윌슨은 두 사람과 1~2분 정도 쉬엄쉬엄 걸으며 공장에 갇혔던 순간에 관해 이야기했다. 그러더니 집에 가서 아내에게 무사하다고 말해야 한다며 서둘러 떠났다. 그리고 몇 걸음 가다 뒤돌아서 메리 쪽으로 걸어오더니 진심을 담아 속삭였다. 마거릿도 듣지 않을 수 없었다.

"메리. 오늘 밤에 우리 아들을 보게 되면, 날 봐서라도 한두 마디 친절한 말을 건네주렴. 꼭! 부탁해. 착한 아가씨."

메리가 고개를 떨구고 아무 대답도 하지 않자, 그는 바로 가버렸다.

메리와 마거릿이 집에 도착했을 때, 바턴은 담배를 피우고 있었다. 선뜻 질문하지는 않았지만, 사건에 관해 자세히 듣고 싶은 눈치였다. 마거릿이 자초지종을 설명했고, 바턴은 흥미롭게 이야기를 듣다 흥분하기까지 했다. 처음에는 뻐끔대며 담배를 피우다 곧 멈췄다. 파이프를 입에서 떼고, 잠시 손에 들었다. 그러더니 자리에서 일어나 말하고 있던 마거릿에게 다가갔다.

마거릿의 이야기가 끝나자, 바턴은 젬 윌슨이 무일푼이라도 메리를 원하면 내일이라도 당장 딸을 내주겠다고 (그로서는 이례적으로) 맹세했다.

마거릿은 웃음을 터뜨렸지만, 이제 진정이 된 메리는 뾰로통해졌다.

메리와 마거릿은 밀린 바느질을 다시 시작했다. 마음은 바쁜데 손은 느렸다. 그래서 유감스럽게도 오그던 부인의 세 딸 중 둘은 사랑하는 아버지를 잃은 슬픔이 깊었음에도 조문객 앞에 모습을 드러낼 수 없었고, 장례식도 참석할 수 없었다.

6. 가난과 죽음

부자는 거의 모르지,
가난한 사람의 감정을.
궁핍해지면 어둠의 악마처럼,
도둑이 되어 간다는 것을!

그분은 얻을 게 하나도 없는
지친 땅을 절대 짓밟지 않았고,
자신이 보람없이 구한다는 것을
알려주는 끔찍한 소음에도 싫증내지 않았어.

발도 아프고, 마음도 아파서,
그분은 겨울바람을 뚫고
불도, 빛도, 음식도 전혀 없는
눅눅한 지하로 절대 다시 돌아오지 않았지.

그분은 절대 보지 못했어.
침대 시트 위에 떨며 누워 있는 자식들을.
그분은 미칠 것 같은 울음소리를 절대 듣지 못했지.
'아빠, 빵 좀!'

- 〈맨체스터의 노래〉

바턴의 짐작대로, 카슨 씨는 공장 화재를 별로 안타까워하지 않았다. 보험 덕분이었다. 기계도 오래된 것들이라 작동은 되었어도 새로 들일 수 있는 기계보다 성능이 떨어졌다. 무엇보다 장사가 시원찮았다. 판로가 막힌 탓에 재고가 쌓였다. 공장들이 문을 닫지 않은 이유는 경기가 회복되어 주문이 늘 때를 대비해서 기계와 인력, 재료를 미리 확보해 두기 위해서였다. 그러므로 이번 화재는 공장주에게 절호의 기회였다. 카슨 씨는 넉넉히 받게 될 보험금으로 공장을 최신식으로 재정비하기로 했다. 그러나 공장 가동은 서두르지 않았다. 지금 같은 시장 상황에서는 직공이 불필요했기에 그들에게 지급하던 주급도 끊었다. 공장주들은 수년간 미루던 여가를 즐기기로 했다. 아내와 딸들에게 날씨가 풀리면 단기간 여행을 가자고 약속했다. 아침마다 잡지나 신문을 보면서 한가로이 식사할 수 있는 것도 즐거웠다. 그동안은 온종일 캘리코◆와 계산서에 둘러싸여 있느라 가지지 못했던 일이었다. 이제는 돈을 아끼지 않고 교육한 상냥하고 교양 있는 딸들과 친해질 시간을 가질 수 있었다. 공장주들에게 가정생활을 즐길 시간이 생겼으므로, 이제 가정마다 행복하게 저녁 시간을 보낼 수 있었다. 그러나 전혀 다른 그림도 있었다. 카슨 공장의 화재로 짙은 어둠이 드리운 가정들이 있었다. 이들은 일을 하고 싶어도 일자리를 구할 수 없었기에, 이들에게 여가는 저주나 다름없었다. 한 주 한 주가 지날수록 배고픔의 울부짖음이 가정 음악이 되었다. 일이 없으니 빵 살 돈을 벌지 못했고, 배고픔을 잘 참지 못하는 아이들은 소리를 지르고 울었다. 그들에게는 느긋하게 즐길 아

◆ 옥양목. 날염을 한 무명 면직물. — 옮긴이

침 식사가 없었다. 그들에게 느긋함이란 매서운 날씨에 체온을 유지하고 고통스러운 배고픔을 견디기 위해 가만히 침대에 누워 있는 것이었다. 귀리나 감자를 사기에는 부족한 돈으로 아편을 사서 주면, 아이들은 무거운 잠자리에서 배고픔을 잊고 불안감을 누그러뜨렸다. 어머니들은 그런 식으로 아이들의 고통을 덜어주었다. 그럴 때 인간의 선한 본성과 악한 본성이 드러난다. 아버지들은 절망에 빠졌고, 어머니들은 입이 거칠어졌다. (당연하지 않겠는가!) 아이들은 난폭해졌다. 시련과 고통의 시기에는 천륜도 소용없었다. 그러나 이들 사이에는 부자가 도저히 상상할 수 없는 '신의', '죽음처럼 강한 사랑'[✦] 이 있었다. 무례하고 거친 사람 중에도 필립 시드니 경[✦✦]처럼 고귀한 행동을 통해 절제의 미덕을 보여주는 사람들이 있었다. 이따금 우리는 이 세상에서 가난한 사람들의 악덕에 놀란다. 그러나 모든 비밀을 알고 나면, 그들의 미덕에 훨씬 많이 놀랄 것이다.

   춥고 황량한 (이름뿐인) 봄과 그로 인한 불황이 끝없이 이어지는 가운데, 공장들은 노동 시간을 줄이고 사람을 자르다가, 마침내 문을 닫았다.

   바턴의 노동 시간도 줄었다. 카슨 공장에서 일했던 윌슨은 아예 일자리가 없어졌다. 그러나 엔지니어 회사에서 성실하게 일하던 젬은 살뜰하게 가족을 보살필 수 있을 정도로 충분한 임금을 받았다. 윌슨은 아들에 대한 부채감을 좀처럼 떨쳐내지 못했다. 그는 풀이 죽고 우울해

[✦] 구약성서 아가서 8장 6절에 나오는 표현. - 옮긴이
[✦✦] Sir Philip Sidney. 스페인과의 전투에서 본인도 중상을 입고 사경을 헤매던 중 옆에서 죽어 가던 다른 병사에게 물을 양보했다는 미담으로 유명한 16세기 인물. - 옮긴이

졌다. 바턴은 뚱했고, 인류 전체와 특히 부자들에게 실망했다. 그러던 어느 날, 저녁 6시에도 환한 빛이 모든 문과 구멍을 통해 들어오던 매서운 바람과 묘하게 대비되던 날이었다. 그때 바턴은 겨우 불을 지핀 난롯가에 앉아 이런저런 생각에 잠겨 있다가, 메리의 발소리를 듣고는 문득 딸의 존재가 자신에게 힘이 된다고 느꼈다. 그러나 가쁜 숨을 몰아쉬며 들어온 사람은 윌슨이었다.

"돈 좀 있나, 바턴?" 윌슨이 물었다.

"아니. 돈 있는 사람을 나도 알고 싶네. 돈은 왜 필요한가?"

"내가 필요한 게 아니야. 물론 우리도 여윳돈은 없지. 아무튼 카슨 공장에서 일했던 벤 대븐포트를 아나? 그 사람이 고열에 시달리는데, 그 집에 땔감도 없고 차가운 감자도 없다네."

"말했지만, 나도 돈이 없어." 바턴이 말했다. 윌슨은 실망한 표정이었다. 바턴은 관심을 두지 않으려 애썼지만, 무뚝뚝한 그라도 모른 척할 수 없었다. 바턴은 자리에서 일어나 (오래전 아내가 자랑스러워했던) 찬장으로 갔다. 거기에는 그가 저녁 식사로 먹으려던 음식이 있었다. 빵과 차가운 베이컨 한 조각이었다. 그는 그것들을 손수건으로 싸서 모자 꼭대기에 넣고 말했다. "자, 가지."

"가자니. 이 시간에 일하러 가자고?"

"이런, 바보 같으니라고. 그럴 리가 있나. 자네가 말한 사람을 보러 가자고." 두 사람은 모자를 쓰고 길을 나섰다. 가는 동안 윌슨은 대븐포트가 감리교 신자지만, 좋은 사람이라고 말했다. 대븐포트의 아이들은 일하러 나가기에는 어리지만, 추위와 배고픔을 느낄 수 있을 만큼 나이를 먹었다고 한다. 그 가족은 상황이 계속 나빠져서 물건들을 전당포에 내다 팔았으며, 지금은 오프 거리에서 조금 떨어진 베리가의 어느 지하실에 살고 있었다. 바턴은 알아들을 수 없는 말로 인류 전체를 향해 욕을 했고, 그렇게 윌슨과 함께 베리가에 이르렀다. 길은 비포장이었고, 그 한가운데에 배수로가 있었으며, 곳곳에 웅덩이가 있었다. 이 거리만큼 옛 에든버러 사람들이 외치던 '오물 조심하라!'는 말이 절실한 곳도 없었다. 바턴과 윌슨이 지나가는 동안, 여자들이 집에서 가지고 나온 온갖 구정물을 배수로에 버렸다. 배수로에서 넘친 구정물은 웅덩이에 고였다. 잿더미가 징검돌을 이루고 있어, 위생에 신경 쓰지 않는 행인이라도 그것을 밟지 않으려 주의할 정도였다. 바턴과 윌슨도 깔끔한 사람들은 아니었지만, 그래도 조심스럽게 길을 걸어서 좁은 지역으로 내려가는 계단에 이르렀다. 계단 아래는 선 사람의 머리 1피트 위에 거리가 있었고, 몸을 아주 조금만 움직여도 맞은편에 있는 지하실의 창문과 축축한 진흙 벽에 닿을 정도였다. 그 지저분한 곳에서 심지어 한 계단 더 내려간 지하실에 대븐포트 가족이 살고 있었다. 내부는 어두컴컴했다. 창유리 대부분이 깨졌고 그 틈을 해진 천들로 막아놓은 탓에, 한낮에도 어스름한 빛만 들어왔다. 앞서 묘사한 거리의 상태를 생각하면, 대븐포트가 사는 지하실을 보고 아무도 놀라지 않을 것이다. 그곳의 지독한 악취에 윌슨과 바턴은 거의 쓰러질 지경이었다. 그러나 그런 환경에 익숙한 사람답게 재빨리 정신을 차린 두 사람은 그곳의 짙은 어둠을 뚫고, 바닥에서 뒹굴고 있던 서너 명의 어린이를 발견했다. 눅눅하다 못해 아예 젖어 있는 벽돌 바닥 사이로 불결한 거리에 고여 있던 물이 흘러나왔다. 벽난로는 아무것도 없이 새까맸다. 대븐포트의 아내는 어둠 속에 누워 있는 남편 옆에 앉아 고독하게 울었다.

"저기, 아주머니. 제가 다시 왔어요. 애들아, 좀 조용히 하거라. 엄마에게 빵 달라고 떼쓰지 말고. 저 아저씨가 너희에게 줄 빵을 좀 가져왔단다."

이방인은 어둡다고 느낄 정도로 희미한 불빛 아래에서 아이들이 바턴을 에워싸고 그가 가져온 빵을 잡아챘다. 커다란 빵이었지만, 아이들은 순식간에 해치워버렸다.

"이 사람들을 위해 우리가 뭔가 해야 하네."

바턴이 윌슨에게 말했다. "여기 잠깐 있게. 30분 후에 돌아올 테니."

바턴은 성큼성큼 걷고 뛰면서 서둘러 집으로 갔다. 그릇에 조금 남아 있던 음식을 늘 유용하게 쓰고 있는 손수건에 쌌다. 메리는 시먼즈 양 가게에서 차를 마시고 올 것이므로 메리의 식사는 걱정하지 않아도 된다. 바턴은 위층으로 올라가서 쓸 만한 외투와 화사한 빨강과 노랑이 어우러진 실크 손수건, 보석과 도금 제품 등의 귀중품을 챙겼다. 그런 다음 전당포로 가서 물건들을 맡기고 5실링을 받았다. 쉬지 않고 걸어서 베리가에서 5분 거리에 있는 런던가에 이르렀다. 그런 다음에는 생각하고 있던 가게들을 찾기 위해 천천히 걸었다. 고기와 빵 한 덩어리, 양초, 감자튀김을 사고, 석탄 224파운드어치를 샀다. 그래도 돈이 조금 남았다. 나머지도 대븐포트 가족을 위해 쓸 생각이지만, 어떻게 써야 좋을지 몰랐다. 그들에게 당장 필요한 것은 음식과 빛, 그리고 온기였다. 그 외의 것들은 사치였기에, 나중에 생각하기로 했다.

바턴이 물건들을 들고 들어오자, 윌슨의 눈에 눈물이 차올랐다. 상황을 파악한 윌슨은 아들에게 손을 벌리지 않으면서, 다른 사람들에게 물질적 도움을 줄 수 있게 일자리를 구하고 싶어졌다. 그러나 '은과 금은 없어도◆ 그는 훨씬 가치 있는 마음(봉사와 사랑)을 주었다. 이런 점에서는 바턴도 뒤지지 않았다. 대븐포트의 '열'은 (맨체스터에서는 흔한) 고약한 장티푸스의 증상으로, 궁핍한 생활과 불결한 환경, 지친 몸과 마음이 원인이었다. 장티푸스는 치명적이고 전염성이 높은 질병이다. 가난한 사람들은 전염의 위험성을 운명론자처럼 다뤘는데, 그도 그럴 것이 그들의 밀집된 주거 환경에서는 환자를 격리할 수 없기 때문이다. 윌슨은 병이 옮을 것 같냐며 바턴에게 물었다가 비웃음을 샀다.

두 남자가 서툴어도 다정한 보호자처럼 벽난로에 불을 피우자, 눅눅하고 막혀 있던 굴뚝으로 연기가 나가지 못하고 실내로 뿜어져 나왔다. 탁하고 축축한 공기 속에서 연기는 오히려 깨끗하고 건강해 보였다. 아이들이 또다시 빵을 달라고 난리를 피웠다. 그러나 이번에 바턴은 남편의 불안하고 고통스러운 중얼거림을 들으며 여전히 그의 곁에 앉아 있던, 가련하고 무력하여 낙심해 있던 여인에게 먼저 빵을 주었다. 빵을 받아 든 그녀가 한 조각을 손으로 떼었지만 먹지 못했다. 그녀는 아사 직전이었다. 그녀가 쿵 하고 둔탁한 소리를 내며 바닥에 쓰러졌다. 윌슨과 바턴은 당황했다. "부인은 매우 굶주렸네." 바턴이 말했다. "심하게 굶은 사람에게는 먹을 것을 많이 주면 안 된다고 들었어. 하지만 세상에, 이러면 그녀는 아무것도 못 먹을 텐데."

"이렇게 하면 어떨까." 윌슨이 말했다. "아무것도 안 하고 싸우기만 하는 이 두 녀석을 내가 오늘 밤에 집으로 데려가서 차를 주겠네. 다른 여인들처럼 차를 마시면 도움이 될 거야." 이제 바턴은 (음식을 먹은 후

◆ 신약성서 사도행전 3장 6절. - 옮긴이

에도) 엄마를 찾는 막내 아이와 함께 남았다. 그 곁에 반송장이나 다름 없는 아이의 엄마와 중얼거림이 괴로운 비명으로 바뀐 아픈 아빠가 있었다. 바턴은 아이 엄마를 난롯가로 옮겨 놓고 그녀의 두 손을 마주 비벼 따뜻하게 했다. 여인의 머리에 괼 것을 찾아 주위를 두리번거렸다. 푸석푸석한 벽돌 몇 개 외에는 정말 아무것도 없었다. 그가 입고 있던 외투를 벗어서 정성스레 덮어주었다. 그녀의 발은 희미하나마 열기를 내뿜기 시작한 벽난로 가까이에 두었다. 주변을 둘러보며 물을 찾아보았으나, 대븐포트 부인이 너무 약해서 밖에 있는 펌프장까지 가서 물을 가져올 수 없었는지 집 안에 물이 전혀 없었다. 바턴은 아이를 안고 계단을 뛰어올라 윗집으로 가서, 그 집의 유일한 냄비에 물을 조금 담아 왔다. 그러고는 능숙하게 귀리죽을 끓였다. 죽이 완성되자마자 바턴은 다 망가진 철제 숟가락(다른 세간은 모두 팔았고 아기에게 밥을 줄 때 쓰려고 남겨놓은 것)을 집어 들고, 악문 이빨 사이로 한두 방울씩 죽을 흘려 넣어줬다. 입은 더 먹기 위해 자동으로 열렸고, 부인은 점점 기운을 차렸다. 그녀는 몸을 일으키고 앉아 주변을 둘러보았다. 상황을 모두 파악한 후에는 낙담하여 다시 쓰러졌다. 아이가 엄마에게 기어가, 이제 울 힘이 생긴 엄마의 굵은 눈물을 손가락으로 닦았다. 이제는 아픈 남자를 돌봐야 할 시간이었다. 대븐포트가 누워 있던 짚은 축축하고 곰팡이가 가득 피어서 개도 눕지 않을 것 같았다. 짚 위에는 거친 삼베 조각이 있었고, 그 옆에는 뼈만 앙상하게 남은 사람이 있었다. 그의 몸을 이 매서운 추위에 아내나 아이들이 구해왔을 옷 한 벌이 덮고 있었다. 만약 그가 담요처럼 그 옷을 계속 덮고 있었다면, 입고 있던 옷과 함께 몸을 따뜻하게 해주었을지 모른다. 그러나 그가 끊임없이 뒤척이면서 덮고 있던 옷을 쳐내는 바람에, 불덩이 몸을 계속 떨었다. 이따금 대븐포트는 적나라한 광기를 드러냈는데, 그럴 때마다 그의 모습은 무서운 역병을 그린 그림 속의 비애에 찬 예언자처럼 보였다. 그러나 광기를 드러낸 후에는 바로 기진맥진하여 쓰러졌다. 이때 딱딱한 벽돌 바닥에 다칠 수 있어서 그를 잘 지켜봐야 했다. 윌슨이 불쌍한 대븐포트 부인을 위해 따뜻한 찻주전자를 가지고 나타났을 때 바턴은 고마웠다. 그러나 정신이 혼미한 대븐포트가 마실 것을 보자마자 동물적 본능으로 그것을 낚아챘다. 이런 이기적인 행동은 그가 건강했을 때는 한 번도 보이지 않던 모습이었다.

　바턴과 윌슨은 어떻게 해야 할지 고민하기 시작했다. 서로 말은 안 했지만, 두 사람 모두 그날 밤을 이 불쌍한 부부와 보내기로 마음을 정했다. 그런데 의사를 데려와야 하지 않을까? 아마 의사는 오지 않을 것이다. 다음 날 병원에 가서 도움을 청해보겠지만, 분명히 그들은 약국에 가보라는 말밖에 하지 않을 것이다. 그래서 바턴은 (이제 돈이 좀 있기에) 런던가로 가서 약국을 찾아보기로 했다.

　불 켜진 상점들이 있는 거리는 아름다웠다. 환한 가스등 덕분에 상점에 전시된 물건들은 낮보다 훨씬 더 생동감 있어 보였다. 상점 중에도 약국은 어릴 때 들었던, 이국적인 과일로 가득한 알라딘의 정원이나 매력적인 로자먼드의 자주색 항아리와 비슷해 보였다. 그러나 바턴의 머릿속에서는 그런 연상 작용이 일어나지 않았다. 그저 물건이 가득하고 불빛이 환한 상점들과 어둡고 침침한 지하실의 대비를 느꼈고, 그 때문에 우울해졌다. 그런 격차가 존재한다니 인생은 불가사의했다. 바턴은 발걸음을 재촉하는 행인 중 대븐포트 가족처럼 비참한 집에 사는 사람이 있을지 궁금했다. 그들이 모두 즐거워 보여서 바턴은 화가 났다. 그러나 저마다의 속사정은 누구도 알 수 없다. 그들이 험한 생활을 하는지 누가 알겠는가? 어쩌면 지금 그들은 온갖 시련을 견디고 유혹에 저항하다 지쳐 쓰러지고 있는지도 모른다. 잠깐 팔꿈치를 부딪친 소녀는 겉보기에 터무니없을 정도로 명랑해 보이지만, 실은 버림받아 절망에 빠진 상태일 수도 있다. 그녀의 영혼은 죽음을 갈망하고 있으며, 차가운 강물에 몸을 던지는 것만이 이 세상에서 그녀가 받을 수 있는 신의 유일한 자비라고 생각할지도 모른다. 어떤 행인은 내일 사람들을 공포에 떨게 할 범죄를 구상 중인지도 모른다. 어떤 이는 수수하고 눈에 띄지 않지만, 천국에서 하느님의 도움으로 영원히 살게 될 최후의 선인일 수도 있다. 우리가 날마다 만나는 수많은 사람이 선을 행하러 가는지, 악을 행하러 가는지 생각해 본 적이 있는가? 바턴은 선을 실천하는 중이었다. 그러나 그의 마음속에는 행복에 겨운 사람들, 지금은 이기적인 사람들과 구분되지 않는 그들을 향해 증오심을 품음으로써 죄를 짓고 있었다.

 어느덧 바턴은 약국에 도착했다. 약제사는 (몸에 고래기름이라도 바른 듯 나긋나긋했다) 바턴이 설명하는 대븐포트의 증상을 주의 깊게 듣고는, 그 지역에서 흔한 장티푸스성 열병이라고 결론을 내렸다. 그런 다음 물약과 감초석정 등을 섞어서 약을 만들었는데, 이 약은 가벼운 감기에는 효과가 좋지만, 고열 환자에게는 일시적으로만 열을 내린다. 약제사는 늘 하던 대로 약을 주고, 다음 날 아침에 진료소에 갈 수 있게 소견서를 써주었다. 바턴은 약제사의 말에 안도하며 약국을 떠났다. 약제사를 믿을 수 있다면, 그가 내린 처방도 당연히 효과가 있을 것이다.

한편, 윌슨은 대븐포트의 집에서 할 수 있는 일을 다했다. 수시로 환자를 위로하며 간호했고, 아기를 먹이고 달랬으며, 여전히 힘이 없고 지쳐 있는 아기 엄마에게는 따뜻한 말을 건넸다. 잠깐 출입문을 열어보기도 했다. 그 문은 창문 대신 쇠창살이 있는 뒤쪽 지하실로 이어졌는데, 돼지우리에서 나오는 물을 흘려놓은 듯 역겨운 냄새가 났다. 바닥은 악취가 나는 진흙 덩어리가 그대로 있었다. 한 번도 사용된 적이 없는지 세간이 전혀 없었다. 사람은커녕 돼지도 거기에서는 살 수 없을 것 같았다. 그래도 그 '뒷집'은 집세가 쌌다. 대븐포트 가족은 방 두 개짜리를 얻느라 그 집보다 3펜스를 더 냈다. 윌슨이 돌아보니 대븐포트 부인이 빈약한 가슴으로 아이에게 빈 젖을 물리는 모습이 보였다.

"젖을 이미 뗀 줄 알았는데요!" 윌슨이 놀라서 소리쳤다. "대체 아이가 몇 살이죠?"

"곧 두 살이에요." 그녀가 힘없이 대답했다. "하지만, 아이에게 줄 게 없을 때 이렇게 해서 달랬어요. 먹을 게 없으니 곧 잠을 잘 거예요. 우리는 몸이 부서져라, 최선을 다해 애들을 먹였어요."

"동네에서 돈을 빌릴 데가 전혀 없나요?"

"없어요. 남편은 버킹엄셔 출신이에요. 그는 노조에 나갔을 때 시에서 자신을 고향으로 보낼까 두려워했어요. 그래서 우리는 경기가 나아지기만을 바라며 버티고 있었어요. 그런데 제 생각에 그런 날은 영영 오지 않을 것 같아요." 이 불쌍한 여자는 큰 목소리로 다시 울기 시작했다.

"여기 귀리죽 좀 드시고 잠을 청해 보세요. 바턴과 제가 오늘 밤에 당신의 남편을 지켜볼게요."

"하느님의 축복을 받으시길."

대븐포트 부인은 귀리죽을 다 먹은 후 곤히 잠들었다. 윌슨이 자기 외투로 정성스레 그녀를 덮어준 후 조심스럽게 움직였다. 그러나 대븐포트 부인은 지쳐 깊이 잠들었기에 불필요한 행동이었다. 그녀는 아이 주변으로 외투를 당기기 위해 딱 한 번 깼다.

이제 윌슨은 바턴과 함께 고열에 시달리는 남자의 고통을 줄이는 데 집중했다. 대븐포트가 소리를 지르기 시작했고, 참을 수 없는 불안감이 분노로 이어진 듯했다. 그가 욕설과 저주를 퍼붓자, 평소 그의 신심을 잘 알았고 난폭한 발언이 정신착란 증세임을 알지 못했던 윌슨은 깜짝 놀랐다. 한참 후 대븐포트는 기진맥진하여 잠이 들었다. 바턴과 윌슨은 벽난로 근처로 가서 조용히 대화를 나눴다. 의자가 없었으므로 둘은 바닥에 앉았다. 낡은 욕조를 뒤집어서 탁자로 이용했다. 둘은 촛불을 끄고 깜박이는 난롯불에 의지해 대화를 나눴다.

"이 사람을 얼마나 알고 지냈나?" 바턴이 물었다.

"3년은 넘었지. 대븐포트는 카슨 공장에서 오래 일했어. 전에도 말했지만, 감리교 신자이긴 해도 성실하고 예의 바른 사람이었어. 그가 1~2주 전에 일자리를 구하러 다닐 때 아내에게 보냈던 편지를 나도 받아보고 싶군. 그 편지를 읽고 나서 마음이 따뜻해졌거든. 자네도 알지만, 내가 불만이 좀 많았잖아. 아들의 돈으로 내가 부양해야 할 가족을 먹인다는 생각에 괴로웠거든. 알다시피, 난 돈을 벌지 못하는데 밥을 굶지는 않잖아. 내가 불평을 일삼고 있었을 때, (자고 있는 대븐포트 부인을 고개로 가리키며) 부인이 대븐포트의 편지를 보여줬어. 그녀는 글을 못 읽거든. 그 편지는 성서의 말처럼 훌륭했어. 불평은 한 마디도 없었고, 하느님 아버지가 우리를 세상에 보내신 목적에 맞게 참고 견뎌야 한다고 쓰여 있더라고."

"자네는 하느님이 공장주들의 아버지라고 생각하지 않나? 난 공장주들을 형제로 여겨야 한다는 생각에 신물이 나네."

"아, 바턴! 그런 말 말게. 우리보다 훌륭한 공장주도 많아."

"그렇게 생각한다면, 이건 어떤가. 어째서 그들은 부자고 우리는 가난뱅인가? 난 그 이유가 알고 싶어. 그들이 받은 대로 우리를 대접한 적이 있던가?"

윌슨은 논쟁을 좋아하지 않았다. 그리고 그의 말대로, 연설자도 아니었다. 그래서 바턴이 하고 싶은 말을 계속했다.

"(많은 사람들처럼) 자네도 그들에게는 자본이 있고 우리는 없다고 말하겠지. 나는 우리 노동자에게도 우리만의 자본이 있고 거기에 관심을 두어야 한다고 말하고 싶네. 고용주들은 늘 어떻게든 자신들의 자본에 대해 이자를 받지만, 우리 자본은 놀고 있어. 그게 아니면, 어떻게 그들 모두가 하고 싶은 대로 하고 살 수 있겠나? 더구나 처음에는 아무것도 없이 시작한 사람도 많아. 카슨, 던콤, 멘지 등 많은 이가 빈손으로 맨체스터에 와서 우리 노동자를 이용해 막대한 돈을 벌었지. 20년 전에 60파운드로 산 땅이 지금은 600파운드가 됐는데, 그것도 우리 노동자들 덕분이지. 그런데 우리를, 나를, 저 불쌍한 대븐포트를 좀 봐. 우리 생활은 얼마나 나아졌나? 저들은 부를 쌓고 저택을 짓기 위해 우리를 쥐어짜서 가장 비참한 계급으로 떨어뜨렸어. 지금 얼마나 많은 사람이 굶주리고 있는가. 현실이 이런데, 아무 문제가 없다고 말할 수 있겠나?"

"그러니까, 바턴. 나는 자네 의견에 반대하지 않아. 하지만 카슨 씨는 화재 후에 내게 이렇게 말했어. '이런 힘든 시기에는 경비를 줄이고 신중하게 지출해야 하네.' 알다시피, 지금은 고용주들도 고통을 겪고 있어."

"그들의 자녀 중에 굶어 죽은 아이가 있나?" 깊게 가라앉은 목소리로 바턴이 물었다.

"나는 지금 내 형편이 나빠서 그런 말을 하는 게 아니야. 내 자신을 위해서 하는 말이라면 비웃음을 살 거야. 하지만 저기 굶어 죽어 가는 대븐포트 같은 사람을 보면 나는 참을 수가 없어. 내겐 메리만 남았는데, 그 애는 제 앞가림을 잘하지. 살림은 포기해야겠지만, 난 개의치 않아." 바턴이 말했다.

이런 대화를 나누며 환자를 지켜보는 가운데 길고 무거운 밤이 지나고 있었다. 바턴과 윌슨의 생각에, 대븐포트의 증상은 수시로 달라졌지만, 전반적인 상태는 변화가 없었다. 대븐포트 부인은 이따금 아이가 울 때만 깼는데, 아이의 울음소리에만 지배당한 듯 그보다 훨씬 큰 소리에는 깨지 않았다. 윌슨과 바턴은 아침에 카슨 씨가 손님을 맞이할 수 있을 시간이 되자마자, 윌슨이 가서 대븐포트를 병원으로 데려가게 해달라고 부탁하기로 의견을 모았다. 마침내 어슴푸레 물든 새벽빛이 캄캄한 지하실을 비췄다. 대븐포트는 여전히 잠을 자고 있었고, 윌슨이 돌아올 때까지 바턴이 남기로 했다. 끔찍한 거리로 나섰으나 신선한 공기를 마시니 기분이 상쾌해지고 활기가 생긴 윌슨은 그대로 카슨의 집으로 향했다.

카슨의 집은 시내에서 떨어진 곳에 있어서, 그곳에 가기 위해 윌슨은 약 2마일을 걸어야 했다. 거리는 붐비거나 복잡하지 않았다. 8시가 다 되었는데도 게으른 점원들이 상점 문을 열지 않았다. 하루 종일 손님이 별로 없었기 때문이다. 처량해 보이는 여자 한둘이 구걸에 나설 준비를 했다. 그러나 주변에 사람이 거의 없었다. 카슨 씨의 집은 훌륭했고, 값비싼 가구들로 채워져 있었다. 아름답고 우아한 가구들은 호화로움에 더해 그들의 취향도 드러냈다. 윌슨은 하녀가 열어둔 창문 옆을 지나다 그림과 도금 액자들을 보고는 그 자리에 서서 계속 보고 싶은 유혹을 느꼈다. 그러나 왠지 무례한 행동 같아서 서둘러 부엌 출입문으로 갔다. 하인들이 아침 식사 준비로 분주했다. 그래도 친절하게 그에게 들어오라고 말했고, 곧 카슨 씨에게 안내해 주기로 했다. 부엌에서는 벽난로가 굉음을 내며 활활 타고 있었고, 반짝이는 냄비와 수많은 주방 도구가 걸려 있었다. 윌슨은 주방 도구의 종류와 용도를 추측하면서 시간을 때웠다. 하인들은 이리저리 부산하게 움직였다. 바깥 하인이 들어와 윌슨 근처에 앉았다. 요리사는 스테이크를 굽고 하녀는 빵을 구우며 달걀을 삶았다.

  난로 위에서 커피가 김을 내뿜었고 여러 냄새가 어우러져 식욕을 자극했기에, 전날 저녁 식사 후 아무것도 먹지 못했던 윌슨은 간절하게 음식을 먹고 싶었다. 하인들이 알았다면, 기꺼이 그에게 고기와 빵을 주었을 것이다. 그러나 그들은 굶주림에 시달리지 않아 누군가 배고플 수 있다는 사실을 잊었다. 윌슨의 갈망이 통증으로 바뀌는 동안 그들은 자유롭게 주인 가족의 흉을 봤다.

  "토머스, 어젯밤에 일이 늦게 끝났죠!"

  "맞아, 대기하느라 너무 피곤했지. 밤 12시까지 기다리라고 해서 그렇게 했어. 그런데 새벽 2시에 나를 부르더군."

"그럼, 길에서 내내 기다렸어요?" 제 할 일을 마치고 수다나 떨러 부엌으로 들어온 하녀가 물었다.

"그럴 리가! 길에 계속 있었으면 나랑 말들은 얼어 죽을 텐데, 내가 그렇게 바보는 아니라고. 아니지! 스프레드 이글로 가서 마구간에 말들을 넣고, 나는 난롯가에서 술을 한두 잔 마셨지. 마부들에게는 좋은 습관이 있더라고. 우리는 다섯 명이었는데, 추위를 잊으려고 진과 에일을 많이 마셨거든."

"저런, 토머스. 당신은 결국 술고래가 되고 말 거예요!"

"내가 그렇게 된다면, 그게 누구 탓이겠어. 그건 안주인 탓이지, 내 탓이 아냐. 나 몰라라 하는 사람들을 기다리며 마부석에 앉아 굶어 죽을 수는 없지."

중상급 하녀 겸 중급 시녀인 여인이 안주인의 지시 사항을 들고 부엌으로 들어왔다.

"토머스, 생선 가게로 가서 부인이 화요일에 받은 연어 1파운드에 대해 반 크라운[✦] 이상은 줄 수 없다고 전하세요. 잘못된 거래라며 부인이 투덜대고 계세요. 그리고 토머스, 3시에 부인이 마차를 타고 설교를 들으러 가실 거예요. 알겠지만, 왕실 처형 장소로요."

"아, 알고 있어요."

"그리고 여러분 모두 행동거지를 조심하는 게 좋아요. 오늘 아침에 부인의 심기가 대단히 불편하시거든요. 두통이 심하세요."

✦ 당시 2.5실링. 지금의 12.5펜스에 해당하는 영국의 옛날 주화. – 옮긴이

"젠킨스 양이 여기 없어서 안타깝군. 맙소사! 두 사람은 누가 더 두통이 심한가를 두고 경쟁을 벌였지. 그것 때문에 젠킨스 양이 떠났고. 안주인은 심한 두통에서 벗어나지 못하실 거야. 자기 말고 다른 사람이 두통을 앓는 걸 못 참으시지."

"요리사, 부인이 아침 식사를 방에서 드시겠대요. 어제 남은 차가운 자고새 고기와 크림을 잔뜩 얹은 커피를 준비하세요. 롤빵도 남았을 테니 거기에 버터를 듬뿍 발라서 올려 보내라고 하셨어요."

말을 마친 중급 시녀는 어젯밤에 늦게까지 놀았던 아가씨들이 자신을 찾을지 몰라 서둘러 부엌을 나갔다. 카슨 부자는 아침마다 호화로운 서재에서 잘 차려진 음식을 먹었다. 아버지는 신문을, 아들은 잡지를 읽으며 한가하게 맛있는 식사를 즐겼다. 아버지는 호감형 노인으로, 방종한 면이 있었다. 아들은 굉장한 미남이었으며, 본인도 그 사실을 잘 알았다. 옷을 잘 입었고, 매너는 아버지보다 신사다웠다. 집안의 유일한 아들인 그를 부모는 물론 누이들도 자랑스러워했다. 그 자신도 자부심이 강했다.

문이 열리고 막내딸 에이미가 총총거리며 들어왔다. 열여섯 살인 에이미는 장미 꽃봉오리처럼 반짝반짝하고 생기가 가득한 사랑스러운 소녀였다. 그녀는 연회에 참석할 수 없는 나이였기에, 저녁 내내 귀여운 농담과 꾀꼬리 같은 노래, 장난스러운 애정 표현으로 외로운 아버지를 즐겁게 했다. 또한 소피 언니나 헬렌 언니처럼 피곤해하지 않아서, 연회 다음 날 아침 식사도 아버지와 함께할 수 있었다.

에이미가 손으로 아버지의 눈을 가리고, 아버지의 울긋불긋한 얼굴 곳곳에 입을 맞춘다. 못마땅하다는 듯 아버지의 신문을 뺏고, 오빠 해리도 잡지를 보지 못하게 방해한다.

"아빠, 오늘 아침에는 제가 유일한 숙녀라고요. 그러니까 저한테 잘 하셔야 해요."

"얘야, 네가 유일한 숙녀든 아니든, 늘 네 맘대로 하잖니."

"맞아요, 아빠. 제 말을 잘 듣고 계시네요. 하지만 해리 오빠는 아주 버릇이 없군요. 제가 시키는 대로 하지 않고 있어요. 안 그래, 오빠?"

"무슨 말인지 모르겠는데, 에이미. 난 비난이 아니라 칭찬을 기대했 는데. 내가 휴즈에 팔지 않는 오 드 포르투갈을 시내에서 사다줬잖니, 이 배은망덕한 아가씨야."

"그랬나? 아, 다정한 오빠. 오빠도 그 향수만큼 매력적인 사람이야. 아빠와 비슷한 수준으로 착하고. 그런데 빅랜드에 새로 들어왔다는 장 미꽃을 사다 달라는 부탁은 잊은 거야?"

"물론 잊지 않았지, 에이미. 내가 빅랜드에 말을 해두었고 거기서 갖다 놓았다고 하니까, 이제 비난은 그만하셔. 그런데 그 작은 장미가 한 송이에 반 기니나 하는 거 알고 있니? 이 사치쟁이 아가씨야."

"아, 그런 건 상관없어. 아빠가 사주실 거니까. 그렇죠, 사랑하는 아 빠? 아빠는 이 어린 딸이 꽃과 향수 없이 살 수 없다는 걸 잘 아시잖아 요."

카슨 씨는 딸의 부탁을 거절하려 했지만, 에이미는 꼭 갖고 싶다고 애교를 부리며 아버지의 입을 막았다. 꽃이 없는 삶은 가치가 없다나.

"그럼, 에이미." 해리가 말을 꺼냈다. "모란과 민들레를 좋아하도록 노력해 봐."

"아니, 이런 나쁜 오빠가 있나! 그것들은 꽃이 아니야. 게다가 오빠도 만만찮게 사치스럽잖아. 한 달 전에 예이츠에서 은방울꽃 한 다발을 반 크라운이나 주고 산 사람이 누구였더라? 그리고 가여운 여동생이 그 꽃을 달라고 무릎까지 꿇고 애원했는데도 주지 않았잖아. 바른대로 얘기하시죠, 해리 도련님."

"그러지 마." 해리가 웃으며 말했지만, 눈빛에는 짜증이 드러났고 난처한 듯 얼굴도 처음엔 붉었다가 창백해졌다.

"혹시 괜찮으시면, 주인어른." 하인 하나가 방으로 들어와 말했다. "공장에서 일했던 사람 하나가 주인어른을 뵙고 싶다고 하네요. 이름이 윌슨이랍니다."

"내가 직접 가겠네. 아니, 여기로 오라고 하게."

에이미가 서재 밖 온실로 춤을 추며 사라진 후에, 세수도 면도도 하지 않은 창백하고 수척한 직공이 안내를 받아 들어왔다. 윌슨은 시골 사람의 오랜 습관대로 문가에서 머리를 매만지고 서서, 화려한 방을 슬쩍 훑어봤다.

"그래, 윌슨. 무슨 일로 왔나?"

"저, 사장님. 대븐포트가 열이 심합니다. 그를 진료소에 데려가게 해주실 수 있을까요?"

"대븐포트, 대븐포트라. 그게 누구지? 못 들어본 이름인데."

"3년 넘게 사장님의 공장에서 일한 사람입니다."

"그렇군. 나는 직원들의 이름을 다 알지는 못해. 그런 건 감독자가 할 일이지. 그런데 그 사람이 아프다고?"

"예, 사장님. 아주 심하게 아픕니다. 그래서 그를 열병 환자 병동으로 데려가고 싶습니다."

"지금 입원실에 자리가 없을 거야. 하지만 외래 진료는 받게 해주지."

카슨 씨가 자리에서 일어나 서랍을 열고 잠시 생각한 다음, 윌슨에게 외래 진료 신청서를 내밀었다.

한편, 해리 카슨은 잡지를 마저 읽고 나서 아버지와 윌슨의 대화를 들었다. 아침 식사를 마친 후 자리에서 일어나 5실링을 주머니에서 꺼낸 다음, '그 불쌍한 사람'을 위해 쓰라고 윌슨에게 주었다. 그러고는 재빨리 나가 말을 부른 다음, 경쾌하게 말을 타고 사라졌다. 해리는 시먼즈 양 가게로 걸어가고 있을 사랑스러운 메리 바턴의 얼굴과 미소를 놓칠까 불안했다. 그러나 오늘 그는 실망하게 될 것이다. 윌슨은 기쁜지 슬픈지 알 수 없는 기분으로 카슨의 집을 나왔다. 그 집 사람들 모두 자신에게 친절했지만, 대븐포트의 사정이나 그와 그의 가족에게 필요한 도움이 무엇인지는 묻지 않았다. 그래도 요리사는 주인 가족의 식사 준비를 모두 마친 후 짬이 생겼을 때 윌슨의 창백한 얼굴을 알아보고는, 응접실을 나서는 그에게 고기와 빵을 들려주었다. 배가 부르면 누구나 희망적인 사람이 된다. 윌슨은 베리가에 이르렀을 때, 좋은 소식을 들었다고 확신했고 의기양양한 기분마저 들었다. 그러나 대븐포트의 지하실 문을 열었을 때, 바턴과 대븐포트의 아내가 슬픔에 짓눌린 표정으로 환자를 굽어보고 있는 모습이 보이자 다시 의기소침해졌다.

"이쪽으로 오게." 바턴이 말했다. "자네가 가고 나서 이 사람에게 변화가 있었어. 보이나?"

윌슨이 들여다보았다. 살이 꺼지고 뻣뻣해졌으며, 이목구비와 앙상한 뼈가 도드라졌다. 죽음의 색인 흙빛이 퍼져 있었다. 두 눈은 떠진 채로 감각은 있었으나 죽음의 장막이 그 위로 덮이고 있었다.

"자네가 간 후, 이 사람이 잠에서 깨어 중얼거리고 신음하기 시작했네. 그러다 조용해져서 우리는 그가 아내를 부르기 전까지 깨어 있었다는 사실을 전혀 몰랐어. 지금은 아내가 옆에 있는 데도 아무 말도 못 하는군."

대븐포트는 빠르게 기력을 잃고 있었기에 말을 할 수 없었다. 그의 아내와 윌슨, 바턴이 그의 곁에서 말없이 조용히 서 있었다. 아내는 아이를 가슴에 품고 달래면서 숨죽여 흐느꼈다. 모두의 시선이 아직 목숨은 붙어 있지만, 죽음을 향해 달려가는 사람에게 고정되었다. 마침내 대븐포트는 (사력을 다해) 기도하는 사람처럼 두 손을 모았다. 입술이 움직이는 것 같아서 나머지 사람들이 허리를 굽혀 그가 하는 말을 들으려 했는데, 그것은 말이라기보다 헐떡임에 가까웠다.

"오, 주여! 고통스럽던 삶을 끝내주셔서 감사합니다."

"아, 벤! 벤!" 그의 아내가 울부짖기 시작했다. "내 생각은 안 해요? 나한테 힘이 되는 말을 한 마디만 해줘요."

대븐포트는 더는 말하지 못했다. 대천사가 나팔을 불어 그의 입을 풀지 않는 한 그에게서 어떤 말도 들을 수 없을 것이다. 그러나 대븐포트는 사람들의 말을 듣고 이해했으며, 보이지 않는 눈으로 이불 위에 있던 손을 더듬거렸다. 윌슨과 바턴이 그 의미를 이해하고는 슬픔에 잠겨 손으로 머리를 감싼 채 고개를 숙이고 있는 대븐포트 부인의 머리 쪽으로 그의 손을 옮겨주었다. 그가 다정하게 가녀린 손을 아내의 머리에 얹었다. 영혼이 신에게 가까워질수록 대븐포트의 얼굴이 점점 아름다워졌다. 말할 수 없는 평화가 느껴졌다. 이제 아내 머리에 얹혀 있던 그의 손이 무겁고 뻣뻣해졌다. 더 이상 그에게 슬픔이나 고통은 없었다. 그들이 경건하게 시신을 수습했다. 윌슨은 하나 남은 셔츠를 가져와서 시신에게 입혔다. 대븐포트의 아내는 고통에 휩싸여 아직도 옷에 얼굴을 묻고 있었다.

그때 문을 두드리는 소리가 나서 바턴이 문을 열었다. 이웃에게 아버지의 메시지를 전해 듣고 메리가 찾아왔다. 그녀는 출근 전에 아버지와 대화를 나누기 위해 일찌감치 집을 나선 터였다. 그러나 시먼즈 양의 심부름 때문에 이제야 올 수 있었다.

"애야, 들어오렴!" 바턴이 말했다. "저기에 무릎을 꿇고 있는 가여운 아주머니를 좀 위로해 드려라. 신이여, 그녀를 도와주소서!"

메리는 무슨 말을 해야 할지 어떻게 위로해야 할지 몰랐다. 그저 부인 곁에 무릎을 대고 앉아 그녀의 목을 팔로 껴안았다. 미망인이 안타까워서 메리도 비통하게 눈물을 쏟았고, 그러고 나니 분주했던 마음도 잠시나마 편안해졌다.

그래서 메리는 멋진 애인인 해리 카슨과 만나기로 한 것을 잊고 말았다. 가엾고 외로운 여자를 위로하느라, 시먼즈 양 심부름도 그녀의 짜증도 모두 잊었다. 메리가 더듬더듬 건네는 위로의 말과 따뜻한 목소리는 아름다운 음악처럼 들렸고, 그녀의 어여쁜 얼굴은 천사처럼 보였다.

"너무 서럽게 울지 마세요, 대븐포트 부인. 제발 그러지 마세요. 아저씨는 고통 없는 곳으로 가셨잖아요. 그래요, 아주머니가 얼마나 외로운지 알아요. 하지만 아이들을 생각하세요. 아! 저희가 아이들에게 먹을 것을 가져다줄게요. 아주머니가 그렇게 힘들어하는 모습을 아저씨가 안다면 얼마나 속상하시겠어요. 제발 그만 우세요."

그러면서 메리도 불쌍한 대븐포트 부인처럼 대성통곡했다.

대븐포트는 오랫동안 매장 협회에 회비를 내왔으나 최근 몇 주간은 내지 못해 자격을 잃은 상태였지만, 시에서 그를 매장해도 좋다고 허락해 주었다. 대븐포트 부인과 막내는 메리가 집으로 데려가야 할까? 메리가 밝은 표정으로 제안했지만, 그럴 수 없었다! 사랑했던 남편의 시신이 있는 곳을 미망인은 떠나고 싶지 않았다. 할 수 없이 바턴과 윌슨은 대븐포트 부인에게 위로금을 조금 주고, 이웃에게 틈틈이 그 집을 들여다봐 달라고 부탁했다. 그리하여 대븐포트 부인은 죽은 남편과 함께 홀로 남았고, 일이 있는 사람은 직장으로, 일이 없는 사람은 장례 준비를 맡았다.

그날 메리는 다른 데 정신을 팔았다는 이유로 시먼즈 양에게 호된 꾸중을 들었다. 시먼즈 양은 그날 밤에 완성해야 할 드레스가 있었고, 여기에 필요한 모슬린과 실크를 아침에 가져오라고 메리에게 지시했었다. 시먼즈 양이 크게 화를 냈지만, 메리는 신경 쓰지 않았다. 그녀는 자신의 오래된 검은 드레스(돌아가신 어머니가 물려준 가장 좋은 옷)를 미망인에게 어울릴 만한 상복으로 바꾸는 문제를 고민하느라 마음이 분주했다. 그래서 (아침에 처리하지 못했던 일들을 마무리하느라 매우 늦게 퇴근했음에도) 집에 오자마자 바로 작업에 착수했다. 바쁘기는 해도 즐거운 작업이어서 짤막한 노래를 흥얼거리며 바느질하다 문득, 그런 태도가 작업 목적과 맞지 않다는 생각에 가닿았다.

그렇게 해서 장례식 날 대븐포트 부인은 깔끔한 상복을 입을 수 있었고, 가엾은 부인의 슬픈 마음을 위로해 주었다. 그녀는 바턴과 윌슨,

그리고 두 아들과 함께 남편의 관을 따라갔다. 눈에 띄지 않는 소박한 장례 행렬이었다. 어쩌면 이런 장례 행렬이 화려한 영구차와 나부끼는 깃털 장식으로 기괴한 장관을 연출하는 고관대작의 장례 행렬보다 애도라는 목적에 더 부합할지 모르겠다. 가난한 사람의 장례식에는 "돌 위에서 덜컹대는 뼛조각들"✦이 없으니까. 미망인을 위로하려는 사람들이 예의를 갖춰 조용히 무덤까지 따라갔다. 가난의 흔적은 망자나 애도자보다 삶을 누리는 자에게서 훨씬 잘 드러난다. 그들이 교회 묘지에 도착해서 멋지게 우뚝 솟은 묘석 앞에 멈췄다. 사실 그것은 상류층의 묘지를 장식하는 돌을 흉내 낸 나무 덮개였다. 이 가짜 묘석은 들어 올리는 데 단 몇 분밖에 걸리지 않으며, 지면에서 1~2피트 아래에는 가난한 사람들의 시신이 포개져 있다. 사람들이 삽으로 흙을 덮고 발로 밟아 다진 후에 그 나무 덮개를 또 다른 구덩이 위에 올렸다.✦✦ 그들은 이런 매장 방식에 크게 개의치 않았다.

✦ 토머스 노엘(Thomas Noel)의 시, 〈빈자의 여행(The pauper's drive)〉에서 인용. – 옮긴이
✦✦ 맨체스터의 한 교회에서 그렇게 한다고 들었지만, 그런 교회는 더 있을 것이다.

7. 거절당한 젬 윌슨

> 무한한 사랑과 희망이
> 이 작고 소중한 집을 장식했었다.
> 그러나 오! 우리의 세상은 파산했네.
> 죽음이 양심의 가책을 느끼지 않는 채권자처럼,
> 우리가 몹시 사랑했던 모든 것을 몰수하네.
>
> – 〈쌍둥이들〉[✦]

악귀 같던 열병은 벌을 받았고, 먹잇감을 잃었다. 대븐포트 부인은 아이들을 바르게 키우기 위해 애썼다. 이웃들은 선한 사마리아인이 되어 그녀가 밀린 집세를 일부 부담했고, 여윳돈으로 몇 실링을 마련해 주었다. 부인은 가슴 아픈 기억을 떠올리지 않기 위해 살던 지하실에서 벗어나기로 했다. 그녀의 상상과 달리, 그리 무섭지 않은 노조가 그녀의 사건을 조사했다. 그리고 그녀의 걱정과 달리, 그들은 버킹엄셔 교구이자 대븐포트가 속했던 스토크 클레이폴로 그녀를 돌려보내지 않고 집세를 내주기로 했다. 그래서 이제는 네 식구가 먹을 음식만 고민하면 되었다. 그러나 그녀는 자신과 젖을 떼지 못한 막내를 한 사람으로 계

[✦] 작자 미상. – 옮긴이

산하고는, 늘 해결할 입이 셋이라고 말했다.

대븐포트 부인은 이제 1~2주일치 밥값은 벌 수 있을 만큼 건강해져서 더는 절망에 빠지지 않기로 굳게 마음먹었다. 그녀는 다른 집 어린 아이들을 데려와서 음식을 해먹이고 돌보는 일을 했다. 밤에 그 아이들을 각자 집에 데려다준 후에는 '꿰매기', '덧대기', '줄무늬 넣기' 등 단순한 바느질 작업을 하면서, 어떻게 하면 힘이 세고 덩치는 크지만 늘 허기지는 아들 벤을 열세 살로 속여서 공장에 취직시킬 수 있을지 궁리했다. 그녀의 생활이 자리를 잡아갈 무렵, 윌슨네 쌍둥이가 열병에 걸렸다는 가슴 아픈 소식이 들렸다.

윌슨네 쌍둥이는 건강하지 못했다. 그들도 다른 집 쌍둥이들처럼 한 명분의 삶을 둘이 나눠 가진 듯했다. 목숨과 체력은 물론이고 머리도 나눠 가졌는지, 윌슨네 쌍둥이는 무력하고 온순하며 발달이 더뎠다. 그렇다고 그들의 부모나 건강하고 활동적이며 남자다운 형이 쌍둥이를 덜 사랑한 것은 아니었다. 윌슨네 쌍둥이는 걷기, 말하기 등 모든 면에서 느렸다. 그래서 또래 아이들이 돌아다니다 길을 잃고 집에서 먼 경찰서에서 발견될 때, 그 아이들은 여전히 집에서 보살핌을 받았다.

그래도 아직은 이 순수한 아이들이 짐이 될 정도는 아니었다. 젬의 벌이와 이따금 윌슨 부인이 허드렛일하며 버는 돈으로 가족이 근근이 살아가는 지금도 마찬가지였다.

그러나 쌍둥이가 여러 날 앓으면서 음식도 거의 먹지 못하다 나란히 혼수상태에 빠졌던 어느 오후, 윌슨 부부와 젬은 내색은 하지 않았어도 이 아이들이 목숨을 건지지 못할 것을 예감했다. 일주일쯤 전에 윌슨네 쌍둥이가 병에 걸렸다는 소문이 과거 윌슨 가족도 살았고 아직 바턴 가족이 살고 있는 동네까지 퍼졌다.

며칠 전, 쌍둥이 조카들이 아프다는 소식을 들은 앨리스는 문을 잠그고 오빠가 사는 앤코츠로 떠났다. 평소에도 앨리스는 병에 걸리거나 곤경에 빠진 사람들을 도우러 며칠씩 집을 비워서, 이번에도 그녀의 이웃들은 대수롭지 않게 생각했다.

한편 마거릿은 쌍둥이가 아프기 시작하고 며칠이 지난 어느 날, 우연히 젬을 만나 소식을 들었다. 마거릿은 그날 저녁 건물 안마당에서 만난 메리에게 윌슨네 소식을 전했다. 메리는 집으로 오는 길에 들었던 즐겁고 다정한 말들과 묘하게 대비되는 슬픈 소식에 마음이 좋지 않았다. 그녀는 황금빛 미래를 꿈꾸느라 정신이 팔려서 쉬는 토요일 오후에도 어머니의 친구였던 윌슨 부인을 보러 가지 못했던 것을 자책했다. 서둘러 이웃집에 들러 아버지에게 메시지를 전달해 달라고 부탁한 후, 빠른 걸음으로 슬픔에 잠겨 있는 윌슨네로 향했다.

윌슨네 현관 앞에서 잠시 멈춘 메리는 뛰는 가슴을 진정시키며 안에서 들리는 소리에 귀를 기울였다. 그러고는 조심스레 문을 열었다. 윌슨 부인이 죽어 가는 남자아이를 무릎에 누인 채 낡은 흔들의자에 앉아 있었다. 그녀는 고통스럽게 숨을 헐떡이는 아이를 달래며 조용히 울고 있었다. 그 뒤에는 앨리스가 다른 쌍둥이의 시신 앞에서 눈물을 흘리고 있었다. 그녀는 방 한구석에 있던 소파 위에 널빤지를 깔고 그 위에 아이의 시신을 올려놓았다. 윌슨은 불안하지만, 실낱같은 희망을 품고 아직 숨이 붙어 있는 쌍둥이를 내려다보고 있었다. 메리가 조심스럽게 앨리스에게 다가갔다.

"아, 가엾어라! 하느님이 너무 일찍 데려갔어, 메리."

메리는 무슨 말을 해야 할지 몰랐다. 예상보다 훨씬 나쁜 상황이었다. 마침내 용기를 내어 작은 목소리로 말했다.

"다른 쌍둥이는 살 수 있을까요?"

앨리스는 고개를 저으며 그럴 가능성이 전혀 없다는 표정을 지었다. 그러고는 죽은 조카의 시신을 아이에게 익숙한 부모의 침대로 옮기려 했다. 아직 살아 있는 아이를 지켜보고 있었지만, 죽은 아이도 잊지 않았던 윌슨이 조심스럽게 일어나 딱딱한 의자에 누워 있던 시신을 잠든 아이처럼 부드럽게 팔로 안아서 조심스럽게 위층으로 올라갔다.

아직 살아 있는 아이가 힘겹게 오랫동안 숨을 헐떡였다.

"아이를 엄마에게서 떨어뜨려 놓아야 해. 엄마가 아이를 붙잡는 동안에는 아이가 편안히 가지 못해."

"아이를 붙잡다니요?" 메리가 캐묻는 어조로 물었다.

"아, 그 말의 의미를 모르는 거니? 아픈 사람은 자신이 지상에 머물기를 바라는 사람의 품에서는 죽지 못해. 죽어 가는 사람을 붙들고 있으면 그의 영혼이 자유를 얻을 수 없어. 그래서 고요한 죽음을 맞기 위해 힘겹게 싸워야 하지. 그러니 아이를 엄마의 품에서 떼어놓아야 해. 그렇지 않으면 아이는 힘들게 떠나게 될 거야. 불쌍한 것."

앨리스가 조용히 가서 죽어 가는 아이를 데려가겠다고 말했다. 그러나 윌슨 부인은 아이를 내려놓지 않은 채, 애원하는 눈빛으로 앨리스를 바라보며 자신도 아이가 남기를 원하지 않는다고, 아이가 고통에서 벗어나기를 바란다고 속삭였다. 앨리스와 메리는 그 불쌍한 아이에게 시선을 고정한 채 가만히 서 있었다. 아이의 몸부림이 심해지자 마침내 윌슨 부인은 목이 메어 말했다.

"아이를 데려가요. 마음속으로는 아이가 죽지 않기를 바라고 있었나 봐요. 아이를 보낼 수 없으니까요. 안 돼요. 두 아이를 한꺼번에 보내다니요. 아이를 붙잡고 싶지만, 더는 나 때문에 고통받으면 안 되겠죠."

윌슨 부인이 허리를 굽혀 다정하고 애틋하게 아이에게 입을 맞추고는 앨리스에게 아이를 건네주었다. 앨리스는 조심스럽게 아이를 데려갔다. 본능적으로 몸부림치던 아이는 이내 지쳤고, 그 작은 생명은 평화롭게 떠났다.

그때 윌슨 부인이 목소리를 높여 울기 시작했다. 아내의 통곡을 들은 윌슨이 찢어지는 가슴을 붙들고 내려왔다. 이번에도 앨리스가 아이의 시신을 수습했고, 메리는 두렵고 경건한 마음으로 앨리스를 도왔다. 윌슨 부부는 죽은 아이가 고요히 쉬고 있는 침실로 뒤에 죽은 아이를 데려갔다.

메리와 앨리스는 난롯가에 서서 한동안 조용히 슬픔에 잠겨 있었다. 그때 앨리스가 침묵을 깨고 말했다.

"젬이 오면 슬퍼하겠구나, 가여운 녀석."

"젬은 어디에 있어요?" 메리가 물었다.

"공장에서 초과 근무 중이야. 외국에서 대량 주문이 들어왔대. 너도 알다시피, 가엾은 쌍둥이 때문에 가슴이 찢어져도 일은 해야 하니까."

두 사람은 말없이 생각에 잠겼다. 다시 앨리스가 말을 꺼냈다.

"이따금 나는 주님이 우리 계획에 반대하신다는 생각이 들어. 내가 무리하게 계획을 세울 때마다, 주님은 미래를 당신 손에 맡기라고 말하시는 듯 내 계획을 전부 무너뜨리거든. 나는 크리스마스 전에 아예 고향으로 돌아가는 문제를 고민하고 있었어. 내가 얼마나 오랫동안 집에 가고 싶어 했는지 전에 얘기했었지. 지난 성 마르틴 축일에 고향집 뒷집에 살던 아가씨가 맨체스터에 왔었어. 얼마 후 어느 일요일에 그 아가씨가 내게 와서는 사촌들이 나를 찾아 달라고 했다는 거야. 큰 농장을 관리하느라 아이들을 돌볼 수 없으니 내가 그곳에 숙식하면서 아이들을 봐주면 좋겠다고 했대. 그 아가씨도 소를 돌보는 일을 하고 있었지. 그래서 겨우내 잠자리에서 고민해 봤는데, 그것이 하느님을 기쁘게 하는 일이려니 생각하고는 여름이 오면 조지 오빠와 올케에게 고향으로 돌아가겠다고 말하기로 마음먹었지. 나는 지금까지 나를 광야로 인도한 전능하신 하느님에게 내 삶을 온전히 맡기지 않았다는 이유로, 그분이 내 앞길을 막으리라는 생각은 거의 하지 못했어. 조지 오빠는 일자리도 잃었고, 지금은 그 어느 때보다 절망에 빠져 있어. 쌍둥이가 죽기 훨씬 전부터 오빠는 위로가 필요했지. 그리고 지금 주님의 손은 내가 있어야 할 곳이 어딘지 분명하게 알려주고 있어. 오빠와 올케가 '그분의 뜻이 이루어지리'라고 말할 때, 그건 내가 이 짐을 진다는 의미일 거야."

앨리스는 그렇게 말하고 나서 방을 정리하기 시작했고, 환자의 흔적을 최대한 지우려 했다. 난로에 장작을 넣고, 위층 방에서 낮게 신음하는 올케에게 주려고 주전자에 찻물을 올렸다.

앨리스의 작은 선행에 메리도 동참했다. 두 사람이 분주하게 움직이고 있을 때, 젬이 조심스럽게 문을 열고 안으로 들어왔다. 야근에 지친 그의 얼굴은 험상궂고 지저분했으며 더러운 앞치마를 허리에 두르고 있었는데, 다른 때 같았으면 메리에게 그런 차림을 보인 것을 민망해했을 것이다. 그러나 지금은 메리가 눈에 들어오지 않았다. 젬은 앨리스에게 곧장 다가가서 동생들의 상태를 물었다. 점심때 쌍둥이의 상태가 괜찮았기 때문에, 밤이면 동생들의 상태가 호전될 것을 기대하며 내내 일했었다. 차를 마실 수 있는 30분간의 휴식 시간에는 공장 밖으로 몰래 나가 동생들에게 줄 오렌지를 샀으며, 그 오렌지 때문에 지금 그의 재킷 주머니는 불룩했다.

젬이 앨리스를 다그쳤다. 왜 고모가 고개를 젓고 갑자기 눈물을 흘리는지 이해할 수 없었다.

"둘 다 죽었단다." 앨리스가 말했다.

"죽었다니요!"

"아! 가여운 녀석들. 쌍둥이의 상태가 2시쯤 나빠졌어. 조가 순한 양처럼 먼저 떠났고, 윌은 좀 더 버티다 갔단다."

"둘 다 죽다니!"

"아, 얘야! 그렇단다. 주님이 닥쳐올 악에서 아이들을 구하신 거야. 그렇지 않다면 주님이 그런 선택을 하지 않으셨겠지. 믿으렴."

젬이 찬장으로 가더니 차분하게 주머니에서 오렌지들을 꺼냈다. 거기에서 한참을 서 있다가, 갑자기 건장한 그의 몸이 고통으로 몸부림치며 흔들렸다. 슬픔에 압도된 남자를 본 여느 여자들처럼, 메리와 앨리스는 겁에 질렸다. 두 사람이 울기 시작했다. 슬퍼하는 젬이 안타까웠던 메리가 그가 등지고 선 구석으로 천천히 다가가 부드럽게 그의 팔을 잡고 말을 걸었다.

"아, 젬. 이렇게 무너지면 안 돼. 네 모습을 차마 볼 수가 없구나."

이때 젬은 슬픔 속에서도 묘한 희열을 느꼈고, 메리의 위로에서 힘을 얻었다. 그는 행여 그 행복한 순간이 깨질세라, 소리나 몸짓은커녕 아무 말도 하지 않았다. 메리의 부드러운 손길이 몸 전체에 전율을 일으켰고, 그녀의 낭랑한 목소리가 귓가를 간지럽혔다. 아니! 이건 아니지. 문득 젬은 자기 자신이 혐오스러웠다. 동생들의 죽음을 비통해하면서 메리의 말에서 행복을 느끼다니.

"그러지 마, 젬. 제발." 메리가 다시 속삭였다. 그녀는 그의 침묵을 다른 형태의 슬픔으로 이해했다.

젬은 감정을 억누를 수 없었다. 투박한 손을 덜덜 떨며 메리의 손을 잡더니 메리로서는 끔찍하게 여길 말을 했다.

"메리. 동생들이 죽고 부모님이 큰 슬픔에 빠져 있지만, 나는 평생 기다렸던 이 순간을 놓치고 싶지 않아. 이런 나 자신이 너무 싫어. 하지만, 메리. (그녀가 손을 빼려 하자) 지금 내가 얼마나 행복한지 너도 알 거야."

당연히 메리는 알았다. 젬이 메리의 어여쁜 얼굴을 보기 위해 뒤돌아 앉을 때, 그녀는 분노에 가까운 괴로운 표정을 지었다. 그것은 거의 혐오감이라고, 젬은 생각했다.

젬이 메리의 손을 놓자, 그녀는 재빨리 앨리스 쪽으로 가버렸다.

'나는 정말 바보구나. 이 못난 놈. 이런 고통스러운 상황에서 그녀에게 사랑을 고백하다니. 그녀가 이런 이기적인 짐승을 외면하는 것도 당연하지.'

젬은 죽은 동생들이 있는 위층으로 서둘러 올라갔다. 메리의 불쾌감을 덜어주고, 자신의 그릇된 욕망과 비탄에 빠져 있던 부모에 대한 죄책감에서 벗어나기 위해서.

메리는 밤새 기계적으로 앨리스를 도왔지만, 젬을 다시 보지는 못했다. 그는 메리가 두려움 없이 인적이 드문 거리를 지나 집으로 갈 수 있을 만큼 날이 환해질 때까지 위층에 머물렀다. 메리는 출근 전까지 잠을 좀 자야 했기에 윌슨 부부에게는 따뜻한 위로의 말을, 젬에게는 망설이다 아무 말도 남기지 않은 채 밖으로 나왔다. 환한 아침 빛이 죽음이 지배한 윌슨의 캄캄한 집과 선명한 대조를 이루었다.

"그들의 아침은 우리와 달랐다."✦

메리는 옷도 갈아입지 않은 채 침대에 누웠다. 천창으로 쏟아져 들어온 빛 때문인지 아니면 과하게 흥분한 탓인지, 한참이 지나서야 눈을 붙일 수 있었다. 젬의 말과 태도가 뇌리에서 떠나지 않았다. 사람들에게 들어서 익히 아는 내용이었지만, 그가 그렇게 노골적으로 표현할 줄은 몰랐다.

"아, 이런." 메리가 혼잣말했다. "그가 오해하지 않았으면 좋겠는데. 예의상 보인 친절인데, 그의 눈이 빛나고 뺨이 붉어지다니. 곤란하게 됐어. 윌슨 아저씨와 우리 아버지는 오랜 친구 사이고, 젬과 나도 어릴 때부터 알고 지낸 사이인데. 내가 뭐에 홀린 건지 모르겠지만, 젬이 우울하다고 내가 그를 위로할 필요는 없어. 그와 대화를 나누는 것은 고모인 앨리스 아주머니가 할 일이니까 오늘 밤은 그 집 일에 관여하지 말아야지. 그에게 별 관심은 없지만, 내가 조심하지 않으면 다시 그에게 다정한 말을 건넬지도 몰라. 내가 확실히 거절할 수 있을 만큼 자제

✦　3장에 인용된 토머스 후드의 시 한 구절을 변형했다. – 옮긴이

력이 생길 때까지 거기에 가면 안 되겠어. 아니면 그에게 자연스럽게 말할 수 있을 때까지 기다려야지. 사실 그것도 너무 친절하고 다정한 행동이지만. 나는 젬보다 훨씬 멋진 남자와 결혼을 약속한 사람이야. 물론 젬의 얼굴은 마음에 들어. 하지만 마음에 드는 것은 마음에 드는 것이고, 그건 어쩔 수 없지. 음, 내가 해리 카슨의 아내가 되면, 젬에게도 도움을 줄 수 있을 거야. 그런데 젬이 고마워할까? 가끔 보면 그는 좀 난폭한 면이 있던데, 내가 다른 사람의 아내가 되어 베푸는 친절을 거슬려 할 수도 있겠어. 이제 젬 생각은 그만해야지."

메리는 베개를 베고 잠이 들었으나 잠들기 전에 했던 생각들이 꿈에 나타났다. 그녀가 마차를 타고 결혼식 종이 울리는 교회를 떠난다. 깜짝 놀란 아버지를 태우고, 어둡고 낡아 하찮은 동네를 영원히 떠나 저택으로 들어간다. 그곳에서 아버지는 파이프 담배를 피우며 신문과 소책자를 읽고, 저녁 식사 때마다 혹은 원하면 하루 종일 고기를 드신다.

이런 소망이 잘생긴 해리 카슨을 좋아하게 된 이유에 섞여 있었다. 근무 시간이 따로 없는 그는 어느 날 여동생들이 부탁한 물건을 사기 위해 가게를 서성이다 어여쁜 모자 가게 아가씨를 보게 되었고, 그 후로 자연스럽게 친해지기 위해서 매일 그녀가 지나가는 길목을 지켰다. 그의 표현에 따르면, 그는 그녀에게 푹 빠졌으며 날마다 들뜬 마음으로 만날 시간만 기다리고, 최근에는 단순한 만남 이상을 기대하고 있다. 메리는 현실적이고 영리한 구석이 있었는데, 이런 면은 시먼즈 양 가게의 아가씨들이 주고받는 연애담에서 들은 어리석고 순진한 생각과는 크게 달랐다.

그랬다! 메리는 야망이 있었기에 부유한 해리 카슨이 싫지 않았다.

수년 전 에스더 이모가 심은 허영심은 그녀의 어린 가슴에서 조금씩 자라다, 부자와 신사 계급을 향한 아버지의 반감 때문에 오히려 더 커졌다. 아담과 이브가 살던 시절부터 인간은 한결같이 달콤한 금단의 열매를 원했다. 메리는 언젠가 귀부인이 되어, 그에 걸맞게 우아하게 살고 싶다는 소망을 품었다. 시먼즈 양에게 꾸중을 들을 때마다, 마차를 타고 그 가게에 들어와 성격은 급하지만 친절한 시먼즈 양에게 드레스를 주문하는 상상을 하며 자신을 달랬다. 카슨 씨의 첫째 딸과 둘째 딸이 무도회장이나 길에서, 말을 타거나 길을 걸을 때, 자신의 미모를 알아보고 감탄하는 장면을 상상하면 즐거웠다. 카슨 씨의 딸들과 말을 타고 산책하면서 그들과 다정하게 자매애를 쌓으리라. 그러나 허영 가득한 상상과 달리, 자신의 계획 중에서 가장 훌륭한 것은 아버지와 관련된 계획일 것이다. 사랑하는 아버지는 근심 걱정에 짓눌려 늘 낙심하고 우울한 상태였다. 아버지를 어떻게 달래야(당연히 아버지는 메리와 함께 살 것이므로) 부유한 삶을 좋은 일로 받아들이고 귀부인이 된 딸을 축복하실까! 어려울 때 친절을 베푼 사람은 누구나 그 백배로 보답받는다.

이런 식으로 신기루를 좇던 메리는 며칠 후에 눈물을 쏟으며 속죄해야 할 일을 겪게 된다.

한편 젬 윌슨은 메리의 말이, 더 정확하게는 그녀의 말투가 뇌리에서 떠나지 않았다. 그녀의 손이 그의 팔에 얹혔을 때를 떠올리니 그때 느꼈던 전율이 되살아났다. 동생들을 잃은 슬픔과 메리를 향한 간절한 마음이 뒤섞이면서 그는 비탄에 잠겼다.

8. 가수로 데뷔한 마거릿

그들을 친절하게 대하라, 그들은 견딜 만큼 견뎠다.
그들의 애틋한 희망과 간절한 계획을 비웃지 말라.
그것이 그대에게 망상과 환상처럼 보일지라도.
어쩌면 그들은 '경험'이라는 거친 학교에서
'이론'으로 배우지 못한 것을 배웠을 것이다.
혹은 그들이 크게 실수하더라도, 여전히 친절하게 대하라.
실수하게 내버려두고, 그들이 더 강력하게 애원하게 하라, 이렇게.
'우리에게 필요한 빛과 길잡이를 주세요!'

- 〈사랑에 관한 생각들〉

비통한 밤이 지나고 그로부터 약 3주가 지난 어느 일요일 오후에, 젬 윌슨은 겉으로는 바턴을 방문한다는 목적을 품고 집을 나섰다. 그러면서 그는 가장 좋은 외출복을 꺼내 입었다. 박박 문질러 씻은 얼굴은 빛이 났다. 거울 앞에 서서 짙은 검은색 머리를 여러 번 매만졌으며, 메리가 알아주기를 바라는 마음으로 단춧구멍 안에 (랭커셔에서 귀여운 낸시라고 부르는) 수선화 한 송이를 꽂았다. 그것을 메리에게 줄 수 있다면 얼마나 기쁠까.

젬이 바턴의 집에 들어가기 몇 분 전에 메리가 먼저 그를 발견하면서 젬의 행복한 계획은 시작부터 꼬였다. 메리는 창가에 놓인 서랍장 끝에 앉아 성서를 읽고 있었는데, 중간중간 행인을 관찰하기 위해서 창문 한쪽에만 작은 블라인드를 쳐놓은 상태였다. 그래서 그녀는 젬과 지인이 인사하는 모습을 보게 되었다. 지인은 애도를 표하고 따뜻하게 젬의 손을 잡았다. 메리는 젬이 들어오기 전에 제 얼굴을 살피고 옷을 매만졌다. 젬은 바턴에게만 시선을 고정하고 안으로 들어왔는데, 바턴은 난롯가에 앉아 파이프로 담배를 피우며 동네 술집에서 빌려온 《노던 스타》✦ 과월호를 읽고 있었다.

그러나 젬은 거의 몸이 기억하는 어떤 본능적인 감각에 이끌려 몸을 돌렸고, 거기에 메리가 있었다. 메리의 손이 옷매무새를 고치느라 분주했다. 부자연스럽고 불필요한 동작이라고, 젬은 생각했다. 메리의 인사는 엄숙하고 차분하고 친절했다. 메리의 의도와 달리 얼굴이 장미처럼 붉어졌는데, 젬은 그것이 두려움이나 분노 때문인지 아니면 혹시 사랑 때문인지 궁금했다.

메리는 영악했다. 성서를 읽느라 아무것도 못 듣는 척했으나, 사실 젬의 길고 깊은 한숨까지 포함해서 모든 소리를 듣고 있었다. 젬의 한숨에 마음이 무거워진 메리는 방해받고 싶지 않다는 듯, 성서를 들고 자기 방으로 올라갔다. 젬에게 거의 말도 걸지 않았고, 그의 얼굴도 거의 쳐다보지 않았다. 그러니 그녀의 칭찬만 기다렸던 아름답고 귀여운 낸시는 있는 줄도 몰랐다! 젬은 메리의 작고 우중충한 방에 흰색 꽃병이 있고, 그 안에 이른 봄에 핀 화려한 장미꽃 한 다발이 꽂혀 있으며, 그

✦   1837년에 차티스트 운동가들이 펴낸 주간지. – 옮긴이

것이 방 전체를 밝고 향기롭게 해준다는 사실을 다행히도 몰랐다. 장미꽃은 그녀의 부자 애인이 준 선물이었다. 어쨌든 제 꾀에 빠진 젬은 꼼짝없이 바턴 옆에 앉아서 그의 이야기를 듣고 성실하게 대꾸해야 했다.

"여기 《노던 스타》에 좋은 글이 있어. 바로 이거야. 단시간 노동에 관해 옳은 말이 쓰여 있다고."

"임금률은 지금과 같고요?" 젬이 물었다.

"그럼, 당연하지! 그렇지 않으면 무슨 소용이 있겠니? 공장주들이 감당할 수 있는 만큼 주머니에서 내놓는 방식이야. 오래전에 진료소에 서 있었던 얘기를 내가 한 적이 있니?"

"아니요." 젬이 무심하게 말했다.

"그렇군! 내가 열이 심해서 진료소에 갔었는데, 아주 살기 힘들 때 였어. 나중에 무슨 일이 일어날지 모르지만, 살아 있으면 다행이던 시절이었지. 아무튼 열은 내렸는데 내가 아직 힘이 없을 때, 그들이 말했어. '혹시 당신이 글을 쓸 수 있다면, 여기에 일주일 더 머물러도 좋소. 그리고 우리 의사가 서류 분류하는 일을 도와주시오. 그러면 고기와 술을 마음껏 먹게 해주겠소. 그럼, 일주일 후에 당신은 두 배나 더 튼튼해져 있을 거요.' 괜찮은 거래였어. 그래서 거기에서 글을 베껴 쓰는 일을 했지. 베껴 쓰는 일이라면 어느 정도 자신이 있었는데, 그들은 내가 한 번도 써본 적이 없는 철자법을 쓰더라고. 닭이 모이를 쪼듯 원고 한 번 보고 내가 옮긴 글 한 번 보면서 꼼꼼히 작업했어. 그때 한 가지 발견한 게 있는데, 문서의 의미를 의사에게 묻다니 내가 생각해도 용감한 행동이었지. 난 숫자는 잘 몰랐지만, 이건 알겠더라고. '대부분의 사고가 작업을 시작하고 두 시간쯤 지났을 때 일어났다.' 그때가 사람들이 피곤해져서 부주의해지는 시간이거든. 의사는 그게 사실이며, 그 사실을 널리 알릴 거라고 했어."

젬은 메리의 행동을 곱씹고 있었다. 그러나 듣고 있다는 표시를 하기 위해 잠시 생각을 멈추고 이렇게 말했다.

"정말 맞는 말이에요."

"아, 진짜 그렇단다, 애야. 안타깝게도 우린 너무 오래 일하고 있어서, 머지않아 나쁜 일이 일어날 거야. 지역 인쇄공들이 파업할 예정이야. 그들은 훌륭한 노조가 있어서 혹사당할 생각이 없거든. 하지만 사람들의 예상과 달리 조만간 많은 일이 일어날 거야. 내 말을 믿거라, 젬."

젬은 그의 말을 믿었지만, 보였어야 할 호기심을 보여주지 못했다. 그래서 바턴은 한두 가지를 더 귀띔해 줘야겠다고 생각했다.

"노동자들은 더 이상 그런 먼지 속에서 혹사당하지 않을 거야. 우리는 인간적으로 참을 만큼 참았어. 그래서 만약 공장주들이 우리에게 아무것도 해줄 수 없다면, 그리고 우리 요구를 거절한다면, 우리는 더 높은 사람을 찾아갈 거야."

여전히 젬은 호기심이 일지 않았다. 메리가 내려올 마음이 없자, 그는 그녀를 다시 볼 수 있으리라는 기대를 접었다. 그렇다면 차선책은 혼자 조용히 메리를 생각하는 일이다. 그래서 젬은 갑자기 일이 생겼다는 핑계를 둘러대고, 서둘러 그 집을 나왔다. 바턴은 다시 파이프 담배를 물고, 정치 문제를 생각하기 시작했다.

지난 3년간 불경기가 심화되고, 식료품의 가격이 계속 올랐다. 노동계급의 소득 저하와 고물가 현상은 상상 이상으로 많은 사망자와 질환자를 낳았다. 기아에 허덕이는 노동자 가족이 점점 늘었다. 그들은 자신들의 고통을 기록해줄 단테와 같은 사람을 원했다. 그러나 아무리 단테라도 이 끔찍한 현실을 글로 다 표현하지 못할 것이다. 1839년부터 1841년까지 수많은 사람이 겪었던 궁핍한 현실을 글로 쓴다면 간단하게 개요만 제시할 수 있을 것이다. 그 시기를 연구했던 자선가조차도 고통의 진짜 원인을 파악하면서 당혹감을 느꼈다. 전반적으로 문제가 너무 복잡해서 제대로 이해할 수 없었기 때문이다. 그래서 이런 궁핍한 시기에 노동자와 상류층의 서로에 대한 반감이 커졌다고 해서 놀랄 일은 아니었다. 궁핍에 시달리는 많은 직공이 의회 의원과 치안판사, 공장주와 심지어 성직자들을 압제자와 적으로 여기고, 그들이 굴종과 속박을 유도하기 위해 연대를 맺었다고 의심했다. 이런 침체기에 가장 심각한 문제는 계층 간 소외감이었다. 당시 맨체스터 사람들이 빠져 있던 고통은 너무나 커서 제대로 설명하기는커녕 대략적으로 묘사하기도 어렵다. 그러나 다시 생각해 보면, 기독교가 다스리는 곳이었으므로 행복하고 부유한 사람들이 말로 다할 수 없을 정도로 고통을 겪는 사람들을 동정하고 기꺼이 도울 수 있었다. 대개 고통을 겪는 사람들은 일단 울고 나서 저주를 퍼부었다. 그들의 복수심은 폭력 행위로 표현되었다. 궁핍하고 고통받는 사람들의 안타까운 이야기는 끝이 없었다. 그들이 식품점에서 사 가는 차와 설탕, 버터는 극소량이었으며, 심지어 밀가루도 그랬다. 가족 수에 비해 침대나 침구류가 부족해서 부모들은 매일 밤 난롯가에서 옷을 입은 채로 잤다. 어떤 사람들은 연료가 부족하여 (한겨울에도) 차가운 벽난로의 바닥 돌 위에서 잠을 청했다. 며칠간 강제 단식을 한 사람들은 더 나아지리라는 희망을 버리고 사람 많은 다락방이나 눅눅한 지하실에서 굶주리다, 결핍과 절망의 무게에 서서히 가라앉고 때 이른 죽음을 맞았다. 초췌한 얼굴과 초조해하는 모습, 황량한 집에서 그들의 비참한 생활이 고스란히 드러났다. 삶이 이렇게 궁핍한데, 수많은 사람이 과격하게 말하고 행동하는 것이 당연하지 않겠는가?

이즈음 직공들 사이에서 한 가지 아이디어가 떠올랐다. 그것은 본래 노동자의 참정권을 주장하던 차티스트들의 생각이었으나, 이제는 많은 직공이 공감했다. 직공들은 나라가 자신들의 비참한 생활을 모른다고 생각했다. 알고 있다면 이럴 수 없을 테니. 그래서 자신들의 현실을 제대로 알리기 위해 의회에 진출해야겠다고 생각했다. 의회가 아이들이 여러 날 굶주렸다는 사실도 모른 채 그 아이들에게 예의범절을 가르치는 법을 만들고 있었기 때문이다. 더구나 수많은 사람이 굶주린다는 사실 자체를 의회가 부인한다는 이야기도 들렸다. 씁쓸한 기분이 들었지만, 자신들의 비참한 생활을 낱낱이 알려야 해결책을 찾을 수 있고, 그래야 아픈 마음을 달래고 끓어오르는 분노를 잠재울 수 있으리라 생각했다.

그렇게 해서 제조업 지구 주민들의 비할 데 없는 궁핍 상황을 의회에 알리는 탄원서가 작성되었고, 1839년 화창한 어느 봄날 수천 명이 이에 서명했다. 노팅엄, 셰필드, 글래스고, 맨체스터 등은 서둘러 탄원서를 전달할 대표단을 구성했다. 이 대표단은 직접 보고 들은 것뿐만 아니라, 자신들이 무엇을 견디고 무엇 때문에 고통받는지도 알리기로 했다. 생활고를 겪으며 몹시 여위고, 불안감과 배고픔에 시달리는 남자들이 대표단으로 뽑혔다.

바턴도 그들 중 하나였다. 그는 대표단에 뽑혀서 마음이 들떴던 것이 부끄러웠다. 물론, 처음에는 런던에 가게 되어 아이처럼 기뻐했다. 그다음은 수많은 사람 앞에서 자기 생각을 밝힌다는 생각에 우쭐했다. 그러나 마지막에는 사람들의 고통을 널리 알려 가난에서 벗어날 계기를 마련할 대표단이 되었다는 것 자체에서 순수한 기쁨을 느꼈다. 바턴이 런던행에 대해 품은 기대는 크고 모호했다. 탄원서는 절망에 빠진 수많은 사람의 간절한 소망을 모으고 모은 결과물이었다.

맨체스터 대표단이 런던으로 떠나는 전날 밤, 소문을 들은 이웃들이 바턴을 찾아왔다. 좁 레그는 일찌감치 와서 벽난로 앞에 자리를 잡고는, 아무 말 없이 파이프 담배를 뻐끔뻐끔 피우고 있었다. 그리고 메리를 위해, 벽난로 앞에 걸려 있는 다리미를 필요할 때 바로 쓸 수 있게 준비해 두어야겠다고 생각했다. 메리는 창고 겸 보조 부엌에서 보 팁스[*]의 아내처럼, '아버지의 셔츠 두 벌을 빨고' 있었다. 그녀는 런던에서 아버지가 초라해 보일까 봐 걱정이 많았다. (전당포에서 외투는 찾아왔지만, 실크 손수건은 그러지 못했다.) 여느 때처럼 거실과 보조 부엌 사이의 문을 열어두어, 손님들에게 인사를 건넸다.

"아니, 바턴. 런던에 간다면서?" 누군가 말했다.

"아, 그렇게 됐네." 바턴은 불가피한 일이라는 듯, 그렇게 대답했다.

"그래, 나도 자네가 의회에 가서 해줬으면 하는 이야기가 많다네. 남김없이 얘기하고 오게. 그들에게 우리 생각을 말해주라고. 우리가 얼마나 오랫동안 굶주려 왔는지, 태어나서 지금까지 계속 요구하는 것을

---

[*] Beau Tibbs. 18세기 영국 극작가 올리버 골드스미스(Oliver Goldsmith)의 에세이 「보 팁스」의 주인공. – 옮긴이

줄 수 없다면, 과연 우리에게 뭘 해줄 수 있는지 모르겠다고 말이야."

"아! 그래야지. 내 차례가 돌아오면 그보다 더한 얘기도 할 걸세. 하지만 자네도 알다시피 나 말고도 얘기할 사람이 많다네."

"그래도 자네 차례는 돌아오겠지. 몸조심하고. 공장주들이 그들의 기계를 부수게 만들어줘. 방직기가 들어오고 나서 좋았던 날이 하루도 없어."

"기계가 가난한 사람들을 죽이고 있어." 몇몇이 끼어들었다.

입성이 초라한 남자가 오한이 든 사람처럼 몸을 떨면서 난롯가로 슬며시 다가와 말을 꺼냈다. "제 경우에는 노동시간 단축법을 통과시켜달라고 부탁했으면 좋겠어요. 그렇게 많이 일하면 사람은 지치기 마련이에요. 대체 왜 공장 노동자는 다른 직종 노동자보다 오래 일해야 하나요? 그 사람들에게 이유 좀 물어봐 줄래요, 바턴?"

바턴이 대답을 꺼리고 있을 때, 전에 그가 큰 친절을 베풀었던 대븐포트 부인이 들어왔다. 잘 먹지 못한 얼굴이 안타까웠지만, 옷차림은 깔끔했다. 그녀는 신문지로 싼 작은 물건을 메리에게 건넸다. 그것을 열어본 메리가 거기에서 셔츠 깃을 꺼내 비눗물이 묻은 손가락으로 들고 외쳤다.

"아, 아버지. 이걸 달고 런던에 가시면 정말 멋질 거예요! 대븐포트 부인이 주셨어요. 유행에 맞게 새로 재단하셨네요. 아버지를 생각해주셔서 고맙습니다."

"아, 메리!" 대븐포트 부인이 낮은 목소리로 말했다. "바턴 씨가 우리 가족을 위해 해주신 일을 생각하면, 내가 뭐든 못 하겠니? 바턴 씨의 여행 준비로 네가 바쁠 텐데, 내가 도와줄게."

"이것만 좀 짜주세요. 그럼, 제가 탈수기에 넣을게요."

그렇게 해서 대븐포트 부인은 사람들의 대화를 들을 수 있게 되었고, 잠시 후에는 대화에 직접 참여했다.

"바턴 씨, 의회에 가서 얘기하실 때, 건강에 상관없이 모든 아이를 공장에서 일하지 못하게 막는 법 때문에 얼마나 속상한지 의원들에게 말 좀 해주세요. 제 아들 벤은 말이죠. 죽으로는 안 돼요. 걔는 정말 많이 먹거든요. 그 애를 학교에 보내고 싶어도 보낼 돈이 없어요. 그래서 애가 하루 종일 길을 쏘다니고 그러다 보니 더 배가 고파져서 나쁜 짓을 하기도 해요. 공장 감독관은 그 애가 어리다고 일을 주지 않고요. 하지만 우리 애는 구루병에 걸린 생키 씨 아들보다 두 배나 힘이 세답니다. 그 집 아들은 나이는 많아도, 다리가 아파서 울면서 일하고 있거든요. 일은 우리 벤이 더 잘해요."

"저도 바턴 씨에게 부탁드리고 싶은 게 있습니다." 한 남자가 점잔을 빼며 조심스럽게 말을 꺼냈다. "의회에 가서 이 말 좀 전해주세요. 제 어머니가 옥스퍼드셔 출신인데, 프랜시스 대시우드 경 댁에서 세탁하녀로 일하셨거든요. 저는 어렸을 때 어머니로부터 그 댁의 위세에 관해 여러 얘기를 들었답니다. 그중 하나만 말하면, 프랜시스 경이 하루에 두 번 셔츠를 갈아입었대요. 지금 그는 의회 의원이 되었어요. 당연하겠지만, 많은 의원이 사치스러울 겁니다. 그러니 바턴 씨, 그들에게 말 좀 해줘요. 그들의 셔츠가 모두 캘리코 셔츠라면 그것을 만든 랭커셔 직공들을 도와 달라고 말이죠. 그들이 셔츠를 많이 사면 시장이 활발해질 거라고요."

좁 레그도 한마디 거들었다. 입에서 파이프를 떼고 좀 전에 이야기를 마친 남자를 향해 말했다.

"할 말이 있네, 빌. 기분 나쁘게 듣지는 말게. 의원 수백 명이 수많은 셔츠를 입을 거야. 하지만 가난한 직공 수천 명은 셔츠가 한 벌밖에 없어. 아, 의원들이 입고 있는 셔츠가 해지면 어디서 새것을 구하는지는 모르겠지만, 날마다 수없이 많은 캘리코가 생산되고 있어. 그리고 수없이 많은 캘리코 면직물이 창고에 쌓이지만, 구매자가 없어서 거래는 안 돼. 바턴, 내가 조언하겠네. 의회에 거래 규제를 풀어 달라고 요청하게. 그래야 노동자들이 적절한 임금을 받아서 매해 두 벌 세 벌 셔츠를 살 수 있으니까. 그래야 직조 산업이 살아날 걸세."

그가 다시 파이프를 입에 물고, 말하는 동안 피우지 못한 시간을 만회하려는 듯 연거푸 연기를 내뿜었다.

"저는 두렵습니다, 이웃 여러분." 바턴이 말했다. "여러분이 말씀한 내용을 모두 전달하기에는 기회가 많지 않거든요. 일단은 그들이 아무것도 아니라고 말하는 고통에 관해 말할 생각입니다. 그들이 갓 태어난 아기를 싸맬 천이 없다거나 산모가 먹을 음식이 부족하다는 얘기를 듣는다면, 거리에서 죽어 가는 사람들이나 지하실의 조그만 구덩이 안에서 아무것도 먹지 못하고 죽음을 기다리는 사람들의 이야기를 듣는다면, 이 모든 역병과 폐해, 기근에 관한 이야기를 듣는다면, 그들은 분명히 기대 이상으로 우리를 많이 도와줄 것입니다. 그러나 기회가 된다면, 여러분이 말씀하신 내용도 전하겠습니다. 어쨌든 저는 최선을 다할 겁니다. 의회가 모두 알고 나서 상황이 나아질지는 두고 봐야겠지만요."

몇 사람은 고개를 저었지만, 다수는 표정이 밝아졌다. 한 사람씩 자리를 떴고, 마침내 바턴과 메리만 남았다.

"윌슨 부인의 안색이 얼마나 나쁜지 너도 봤니?" 힘든 하루를 마무리하고, 벽난로 옆에서 저녁 식사를 할 때 바턴이 물었다. 오직 난롯불만이 방 전체를 희미하게 비추고 있었다.

"아뇨, 몰랐어요. 쌍둥이가 죽은 후에 아주머니가 영 기운을 못 차리시네요. 원래 몸이 약하시기도 했고요."

"사고를 당한 후부터 계속 그랬지. 전에는 어느 맨체스터 아가씨들처럼 생기 넘치고 유쾌한 사람이었는데."

"사고라니요, 아버지?"

"마차에서 떨어져 옆구리를 크게 다쳤단다. 상자형 마차가 나오기 전이었지. 결혼을 앞둔 시점이라 많은 사람이 윌슨이 파혼할 거라 생각했어. 하지만 그는 그런 비열한 사람이 아니지. 그녀가 다시 외출할 수 있게 되었을 때 처음 온 곳이 교회였어. 가엾게도 얼굴이 창백하고 다리를 절었는데, 못된 녀석들이 윌슨 부부를 짓궂게 놀리는데도 윌슨은 서두르지 않고 어머니처럼 다정하게 아내를 부축하면서 최대한 천천히 걸었지. 윌슨 부인이 교회에 들어왔을 때는 얼굴이 백지장처럼 새하얬는데, 제단 앞으로 갈 때는 붉어졌지. 그래도 두 사람의 결혼 생활은 행복했어. 윌슨은 내게 형제나 다름없는 사람이고. 아내를 잃으면 그는 일어서지 못할 거야. 오늘 밤에 본 윌슨 부인의 얼굴이 걱정이구나."

바턴은 친구 걱정과 런던에서 할 일, 미래에 대한 희망 등이 뒤섞인 채로 잠자리에 들었다.

메리는 비스듬하게 들어온 밝은 빛에 부신 눈을 손으로 가리고, 아침 일찍 집을 나서는 아버지의 모습을 바라봤다. 그리고 출근 전에 어질러진 집을 청소했다. 그녀는 이런 아침저녁의 고독을 자신이 좋아하게 될지 알고 싶었다. 몇 시간 동안은 시계 종이 울릴 때마다, 아버지를 떠올리고 지금쯤 어디 계실지 궁금해했다. 그녀는 행실을 올바로 하기로 마음먹었다. 그러다 서서히 그날 예정된 일과 약속들이 떠올라 현재에 집중하게 되자, 부재중인 아버지 생각은 희미해졌다.

메리의 결심 중 하나는 아버지가 안 계신 동안에는 해리 카슨과의 만남을 자제하겠다는 것이었다. 여기에는 불편한 구석이 있었다. 이런 결심 자체가 잘못된 만남을 인정하는 것 같았기 때문이다. 그동안 메리는 자기 행동이 순수하고 올바르다고 생각하고 있었다. 비록 아버지가 모르고 아셔도 허락하지 않을 만남이지만, 해리 카슨과의 연애가 결국은 아버지를 돕고 행복하게 해줄 것이라 믿었다. 그러나 아버지가 멀리 떠나 있는 지금은 허락받지 않은 일은 그 무엇도 하고 싶지 않았다. 결국 아버지에게 도움이 되는 일이라도 하기 싫었다.

한편, 시먼즈 양 가게에는 처음부터 메리와 해리 카슨의 연애를 아는 아가씨가 있었다. 사실 그녀는 해리가 심어 놓았다. 해리는 편지와 메모를 전달하고, 자신이 없을 때 자신을 지지해줄 제삼자가 필요했다. 샐리 리드비터가 바로 그런 아가씨였다. 그녀는 연애 사건(특히 비밀 연애) 자체에 관심이 많았기 때문에, 기꺼이 그 일을 맡았다. 그러나 무엇보다 강력한 유인책은 이따금 해리가 찔러주는 반 파운드 금화였다.

샐리 리드비터는 속물이었다. 연애 이야기가 아니면 불편한 대화 상대였다. 그녀는 많은 구애자를 거느리는 것을 영광으로 생각했다. 그러나 안타깝게도 그녀는 주근깨 많은 평범한 얼굴에 머리도 빨간색이었다. 누구라도 그녀가 주인공이 될 수 없다고 생각했을 것이다. 그러나 그녀는 부족한 외모를 대담한 재치로 채우려 했고, 그 때문에 그녀보다 외모가 나은 사람들은 그녀가 신랄하다고 말했다. 그녀는 예의로라도 좋은 말을 하는 법이 없었다. 그리고 다른 사람을 타락시키는 재주를 타고났다. 그녀의 친절은 사람들에게 해로웠다. 친절한 사람은 미워할 수 없다. 곤경에 처한 자신을 기꺼이 도와주는 사람을 거절하기란 어렵다. 샐리는 늘 사람들의 결점을 감춰줄 준비가 되어 있었고, 유사시 말도 잘 지어냈다. 유대인이나 이슬람교도는 우리 몸 안에 있는 작은 뼈 하나(아마 척추뼈 중 하나)는 썩어서 먼지가 되지 않고 최후의 심판 날까지 파손되지 않은 채 땅속에 그대로 남아 있다고 믿는다. 이것을 '영혼의 씨앗'으로 여긴다. 최고의 악인도 언젠가 내면의 악을 무너뜨릴 수 있는 '신성한 씨앗'이 있다. 즉 아무리 타락하고 사악한 사람이라도 그 안에 좋은 품성이 틀림없이 숨어 있다는 의미다.

샐리의 신성한 씨앗은 늙고 병든 어머니에 대한 애정이었다. 그녀는 어머니를 위해서 자신의 욕구를 참았다. 아무리 지치고 피곤해도, 저녁마다 어머니의 침대 곁으로 가서 외로워하는 어머니를 다정하게 위로했다. 그날 일어난 사건들을 우스운 이야기로 바꿔서 들려주고 자신의 예리한 눈에 포착된 어리석은 사람들을 똑같이 흉내 내며 어머니를 즐겁게 해주었다. 그녀의 어머니도 딸처럼 도덕관념이 약해서, 샐리는 해리 카슨에게 돈을 받는 이유를 굳이 감추지 않았다. 그녀의 어머니도 만족스러워했고, 해리의 구애가 오래 지속되기만을 바랐다.

샐리나 그녀의 어머니, 해리 카슨 모두 아버지가 없는 동안 해리를 만나지 않겠다는 메리의 결심을 좋아하지 않았다.

어느 저녁(초여름은 해가 길다), 해리와 만난 샐리는 만나 달라고 애원하는 편지를 메리에게 전달하고, 자신도 최선을 다해 메리를 설득하겠다고 약속했다. 그리고 해리와 헤어졌을 때, 그리 늦은 시간이 아니어서 메리에게 곧장 가 해리의 편지와 메시지를 전달하기로 했다.

메리는 깊은 슬픔에 빠져 있었다. 방금 자신과 아버지의 오랜 친구이자 젬의 아버지인 조지 윌슨이 급사했다는 소식을 들었다. 문득 그와 관련된 온갖 죽음이 떠올랐다. 그녀가 타인의 죽음을 목격하거나 그런 소식을 듣지 못하게 보호받는 부잣집 아가씨는 아니지만, 최근 3~4개월간 그런 사건이 너무 잦았다. 그래서 잇따라 친구를 잃은 메리는 마음이 몹시 힘들었다. 더구나 아버지도 런던으로 떠나기 전날 저녁에 윌슨 부인을 걱정하지 않았던가. 그런데 지금은 몸이 약한 윌슨 부인은 살아 있고, 부인의 건강한 남편은 죽어버렸다. 어쨌든 아버지가 우려하던 비극은 아직 일어나지 않았다. 그런 생각들로 메리의 마음은 어지러웠다.

당연히 윌슨 부인을 위로하러 가야 했지만, 젬을 피해 왔던 메리로서는 갈 수 없었다. 그러나 이번 사건은 냉정한 태도를 버려야 할 경우라는 생각이 들었다.

어쨌든 메리는 이렇게 큰 슬픔에 빠져 있을 때 샐리 리드비터를 보고 싶지 않았다. 그러나 눈물로 얼룩진 얼굴을 감추고 샐리에게 반갑게 인사했다.

"좋아, 내가 내일 카슨 씨에게 가서 네가 얼마나 애를 태우고 있는지 말해줄게. 지금은 널 위해 애쓰지 말라는 거잖아, 알겠어."

"아니, 그를 위해서라고!" 예쁜 머리를 홱 젖히며 메리가 말했다.

"아, 그래. 그를 위해서! 너는 지난 며칠간 일을 할 때도 가슴 아픈 사람처럼 한숨을 쉬었잖니. 너를 자기 목숨만큼 사랑하고, 너도 사랑하는 그 사람을 만나지 않겠다는 바보가 어딨니? 유치하게 '날 얼마만큼 사랑해, 메리?', (샐리가 팔을 크게 벌리며) '이만큼' 뭐, 이런 대화나 하면서 말이야."

"말도 안 되지만." 메리가 입술을 삐죽 내밀었다. "내가 그를 사랑하는 건지 가끔 의심이 들어."

"다음에 그를 만나면 내가 그렇게 전해줄까?" 샐리가 물었다.

"마음대로 해." 메리가 말했다. "지금은 다른 생각을 하고 싶지 않아." 메리가 울기 시작했다.

하지만 샐리는 그런 말을 전할 생각이 없었다. 자신의 계획이 틀어졌지만, 지금은 생각이 많은 메리에게 어떤 메시지나 편지를 전해도 소용이 없을 걸 알았다. 그래서 눈치 빠른 샐리는 하려던 말을 거두고, 그 어느 때보다 따뜻하게 말을 걸었다.

"말해봐, 메리. 왜 그렇게 안절부절못하는 거니? 그렇게 우는 모습을 나로서는 보기가 힘들구나."

"윌슨 아저씨가 오후에 돌아가셨어." 메리는 잠시 샐리를 똑바로 바라보더니, 앞치마에 얼굴을 묻고 흐느꼈다.

"저런! 성서에 따르면, 육체는 풀과 같아. 오늘 여기 있다가 내일은 사라지지. 어쨌든 그는 노인이었고 별로 쓸모 있는 사람은 아니었잖아. 남은 사람이 더 낫지. 그 독실한 척하는 노처녀 동생은 아직 살아 있니?"

"누구 얘길 하는 건지 모르겠구나." 메리가 날카롭게 말했다. 그녀는 다정하고 소박한 앨리스를 그런 식으로 말하는 것이 싫었다.

"얘, 메리. 모른 척 하지 마. 그럼, 이렇게 물으면 되겠니? 앨리스 양은 살아 있니? 최근에 안 보여서 말이야."

"그럼, 여기 살고 계셔. 쌍둥이가 죽고 슬픔에 빠져 있는 윌슨 아주머니를 도와야겠다고 생각하셨지. 아주머니가 기운을 차릴 수 있게 말이야. 윌슨 아주머니가 힘들 때마다 얘기를 들어주시려고, 살던 집에서 나와 그 집으로 들어가셨어."

"뭐, 그 여자랑 잘 어울리네. 난 그 여자 별로야. 우리 예쁜 메리를 감리교 신자로 만들면 안 되는데."

"앨리스 아주머니는 감리교 신자가 아니야. 영국 국교회 신자라고."

"그래, 알았어. 메리, 너 좀 이상하다. 내 말이 무슨 의미인지 너도 알잖니. 아무튼, 이 편지를 누가 보냈게?" 샐리가 해리 카슨의 편지를 내민다.

"난 알지도 못하고 신경도 안 써." 메리의 얼굴이 새빨개졌다.

"세상에! 네가 알고 있고 신경도 쓴다는 걸 내가 모를 줄 아니."

"그래, 이리 줘." 샐리가 그냥 갈까 봐 불안해진 메리가 냉큼 말했다. 샐리는 마지못해 편지를 건넨다. 그러나 실은 편지를 읽는 메리가 보낸 사람의 관심을 확인하고 살짝 웃으며 얼굴이 빨개지는 모습을 즐겼다.

"그 사람에게 내가 갈 수 없다고 전해줘." 마침내 메리가 눈을 들어 샐리에게 말했다. "아버지가 안 계셔서 만날 수 없다고 말이야."

"하지만 메리, 그는 너를 너무 보고 싶어 해. 너 그 사람에게 많이 미안해해야 해. 그는 지금 너를 못 봐서 화가 많이 나 있거든. 게다가 아버지가 집에 계실 때도 아버지 허락 없이 그를 만났잖아. 그런데 지금은 뭐가 문제야?"

"세상에, 샐리. 말했잖아. 난 그를 만나지 않을 거야."

"그에게 나를 보내지 말고, 저녁에 직접 오라고 해야겠다. 그럼, 네가 고집을 꺾을지 모르니까."

메리의 얼굴이 빨개졌다.

"아버지가 안 계신 동안 그 사람이 여기 오면, 나는 이웃들을 불러서 그를 내쫓게 할 거야. 그러니까 그렇게 전하지 마."

"세상에! 연애는 너만 하는 줄 아니? 다른 아가씨들이 어떻게 행동하는지 못 들어봤어?"

"입 다물어, 샐리! 현관에 마거릿 제닝스가 왔단 말이야."

잠시 후 마거릿이 들어왔다. 메리는 마거릿을 집으로 보내 달라고 좁에게 부탁을 해둔 참이었다. 난롯불의 불빛이 희미하긴 했어도 마거릿이 눈먼 사람처럼 더듬더듬 걷는다는 사실을 누구나 눈치챌 수 있었다.

"그럼, 난 가야겠다." 샐리가 말했다. "메리, 더 할 말 없니?"

"없어. 조심히 들어가." 메리는 불청객이 떠나게 되어 기쁜 마음으로 문을 닫았다. 지금은 전혀 반갑지 않은 손님이었다.

"아, 마거릿. 윌슨 아저씨 소식은 들었니?"

"들었어. 가여운 사람들. 최근에 계속 시련이 닥치네. 난 돌연사가 나쁘지만은 않다고 생각해. 죽는 동안 공포를 느끼지 않아도 되니까. 하지만 남은 사람은 너무 힘들어. 불쌍한 윌슨 아저씨! 참 따뜻한 분이셨는데."

"마거릿." 그녀를 꼼꼼히 관찰하던 메리가 말을 꺼냈.

"너, 오늘 밤에는 더 앞을 못 보는 거 같아. 울어서 그러니? 눈이 붓

129

고 빨개졌어."

"그래, 맞아! 하지만 슬퍼서 운 건 아냐. 내가 어젯밤에 어디 갔었는지 들었니?"

"아니, 어디 갔었는데?"

"이것 봐." 마거릿이 반짝이는 1파운드 금화를 보여줬다. 메리의 잿빛 눈이 놀라서 커졌다.

"어떻게 된 일인지 말해줄게. 메카닉스에서 음악을 가르치는 신사는 너도 알지. 그분은 자기 노래를 부를 사람이 필요하거든. 그런데 어젯밤에 가수가 목이 아파서 노래를 부를 수 없게 되었어. 그래서 나를 찾아왔더라고. 제이컵 버터워스가 내 얘기를 좋게 했다면서 노래를 부를 수 있냐고 묻더라. 넌 내가 겁을 먹었겠다고 생각하겠지만, 일생일대의 기회라 생각해서 최선을 다하겠다고 말했지. 난 그 신사의 노래들을 열심히 불렀어. 그랬더니 나를 찾아온 사람들이 나더러 옷을 갖추어 입고 7시까지 오라고 말했어."

"그런데 무슨 옷을 입고 갔니?" 메리가 물었다. "아니, 나한테 와서 분홍색 깅엄 체크무늬 옷을 달라고 하지 그랬어?"

"생각을 못 했어. 그때는 너도 집에 없었고. 괜찮아! 어쨌든 작년 겨울에 수선한 메리노 스웨터랑 흰색 숄을 걸치고 머리도 예쁘게 만지고 갔어. 그걸로 충분했어. 아무튼 시간 맞추어 갔지. 눈이 안 보여서 악보를 읽을 수 없었지만, 손가락으로 뭔가를 해보려고 신문을 가져갔어. 사람들의 머리가 춤을 췄는데, 내가 그들 바로 앞에 서 있어서 그랬는지 마치 내가 그들의 머리로 공놀이하는 것 같았어. 네 예상대로, 나는 토할 것 같았어. 첫 노래는 다른 사람이 불렀는데, 내게 용기를 가지라고 말하는 친구의 목소리 같더라. 정리하면, 강사를 포함해서 모두가 내게 고맙다고 말했고, 매니저들은 지금껏 그렇게 많은 박수를 받은 신인 가수는 없었다고 말해줬어. (내 노래가 끝나자마자 그들이 손뼉을 치고 발을 굴렀는데, 손은 물론이고 그렇게 발을 구르다간 일주일에 얼마나 많은 신발이 닳아 없어질지 궁금할 정도였어.) 목요일에도 다시 노래를 부르러 가기로 했어. 그리고 어젯밤에 이 금화를 받았지. 메카닉스에서 강의가 있을 때마다 반 파운드씩 받기로 했어."

"어머, 마거릿. 그 말을 들으니 정말 기쁘다."

"가장 기쁜 건 말이야. 이제 나도 다른 사람에게 짐이 되지 않고 살 수 있다는 거야. 그래서 하느님의 은혜로 눈이 멀게 되었다고, 할아버지에게 말을 드리기로 했지. 어젯밤에는 노래를 불러서 1파운드 금화를 받았다고만 말했거든. 그러다 오늘 아침에는 전부 말씀 드렸어."

"할아버지의 반응은 어땠어?"

"말씀을 많이 안 하셨지만, 좀 놀라신 거 같아."

"나도 놀랐어. 나도 네 얘기를 듣기 전까지는 전혀 몰랐으니깐."

"아, 바로 그거야! 내가 말하지 않으면, 매일 만나도 네가 눈치를 못 챌 것 같았어."

"그런데 할아버지는 뭐라고 말씀하셨어?"

"그게, 메리." 마거릿이 살짝 미소를 지으며 말했다. "너한테 말하기가 좀 그런데. 너는 우리 할아버지를 잘 모르니까 좀 이상하게 생각할 거야. 할아버지는 내 얘기를 전부 들으시더니 깜짝 놀라서 이렇게 말씀하셨어. '빌어먹을!' 그리고 나서 책을 읽기 시작하셨고, 아무 말씀도 안 하셨어. 내가 얼마나 무섭고 기가 꺾였겠니. 그게 주님의 뜻이라면 받아들여야 한다고, 내가 얼마나 노래 부르는 일로 돈을 벌고 싶은지 등을 말하는 동안 커다란 눈물방울이 할아버지 책 위로 떨어지는 걸 봤어. 나는 못 본 척했고. 불쌍한 할아버지! 할아버지는 하루 종일 조용히 내 발에 걸릴 것 같은 물건들을 치우시고 내가 필요할 것 같은 물건들을 내 앞에 가져다 놓으셨어. 내가 할아버지의 행동을 보고 있다는 걸 모르셨지. 너도 그렇지만, 할아버지도 내가 곧 완전히 눈이 멀 거라 생각해서. 곧 그렇게 되겠지만.”

마거릿은 한숨을 쉬었지만, 목소리는 밝고 편안했다.

메리는 마거릿의 한숨 소리를 들었지만, 모른 척하는 게 좋겠다고 생각했다. 그 대신 어차피 진심 어린 공감은 통하기에, 가수 데뷔와 관련해서 재치 있는 질문들로 분위기를 바꿔보려 했다.

"그럼, 마거릿." 메리가 말을 꺼냈다. "저번에 마차 타고 음악회장에 가던, 그 런던에서 온 귀부인처럼 너도 언젠가 유명해질 거야."

"그렇겠지." 마거릿이 웃으며 말했다. "그렇게 되면, 가끔 너를 마차에 태워줄게. 혹시 모르지. 네가 착하게 굴면, 내가 너를 하녀로 삼을지! 멋지지 않니? 심지어 노래의 시작 부분을 혼자 부를 수도 있어."

'당신은 실크 드레스를 입고 걷겠군요.
하지만 돈을 아껴야 해요.'

"아, 멈추지 마. 아니다, 새로운 노래를 들려줘. 도널드를 떠올리는 대목이 맘에 들지 않으니까."

"알겠어, 좀 피곤하지만 괜찮아. 여기 오기 전에 목요일에 부를 노래를 두 시간이나 연습했어. 그 노래가 내게 딱 맞는다고 강사가 말해서 잘 불러야 해. 실망시키고 싶지 않아. 정말 친절하고 격려를 많이 해주시거든. 그분은 나를 야단치거나 함부로 평가하지 않아. 그게 정말 도움이 돼. 게다가 몇몇 가수가 그러는데, 자기 곡에 대해 굉장히 까다롭고 꼼꼼해서 들으면 금방 알아볼 수 있대. 내가 제대로 부를 수 있을지 걱정이야. 신경이 많이 쓰여. 그분이 말하길, 1절은 '조심스럽지만 아주 기쁘게' 불러야 한대. 내가 제대로 이해했는지 모르지만, 노력해 볼게."

'단 한 마디면 돼요!
심금을 울리고,
정다운 추억을 불러내고,
희망의 멜로디를 비처럼 뿌리고,
환한 빛에 흠뻑 취하려면,
단 한 마디면 돼요!'

"다음은 단조로 바뀌기 때문에 아주 슬프게 불러야 해. 그건 누구보다 잘할 수 있어."

'단 한 마디면 돼요!
삶을 거짓처럼 보이게 하고,
기쁨과 희망도 날려버리고,
한 줄기 빛도 남기지 않고,

모든 꽃을 시들게 하려면,
단 한 마디면 돼요!'

　확실히 마거릿은 그 노래를 제대로 이해했다. 왜냐하면 밖에서 그녀의 노래를 듣고 있던 공장 노동자 하나가 이렇게 말했기 때문이다. "제대로네, 기가 막혀!" 만약 메카닉스에서 마거릿이 그날 밤 표현한 감정의 반만 쏟아내 노래를 부르더라도, 그 공연은 까다로운 강사의 기대를 넉넉히 충족시킬 것이다.
　노래가 끝났을 때 메리가 무슨 생각을 했는가는 말보다 표정이 더 잘 말해주었다. 그녀는 잠시 눈물을 흘리다가 밝게 미소 지으며 말했다. "꼭 마차가 올 거야. 우리 그렇게 꿈꿔 보자."

9. 바턴의 런던 이야기

우리는 제멋대로 살고,
그들은 억제하며 살지.
우리 동네의 길들은 넓고 사람들로 붐비지만,
그들의 지하실은 어둡고 비위생적이어서,
그 안에서 물쥐가 헤엄치고 있을지 몰라!
우리의 푸른 길은 잦은 비로 깨끗해지지만,
그들의 어두운 골목은 먼지로 가득하네!
이 정해진 고통은 우리의 운명이 아니다.
신이 부자와 빈자를 만드셨으니, 무엇을 불평하겠는가?

— 노튼 부인 〈섬의 아이〉

다음 날 저녁에는 따뜻한 비가 쉴 새 없이 내렸다. 꽃들을 깨우는 비였다. 그러나 안타깝게도 맨체스터에는 꽃이 없었으므로, 그 비는 사람을 낙심하게 하고 우울하게 할 뿐이었다. 도로도, 집들에서 떨어지는 물방울도, 사람도 모두 축축하고 더러웠다. 사람들 대부분이 집 안에 머물렀다. 그래서 포장된 작은 안마당에서 나는 발소리가 이례적으로 느껴졌다.

집까지 걸어온 메리는 옷을 갈아입어야 했다. 그리고 휴식을 취하려던 차에 문을 더듬는 소리가 들렸다. 소리가 멈추지 않자 메리가 일어나 문을 열어보았다. 그런데 거기에 서 있는 사람은 바로 그녀의 아버지였다!

여행에 지치고 비에 흠뻑 젖은 바턴이 서 있었다! 그는 놀라면서도 반갑게 맞이하는 메리에게 아무 말도 하지 않고 안으로 들어갔다. 그러고는 젖은 옷을 입은 채 태연히 난롯가에 앉았다. 그러나 메리는 아버지를 그런 꼴로 쉬게 할 생각이 없었다. 서둘러 아버지의 작업복을 가지고 나왔고, 그가 난롯가에서 옷을 갈아입는 동안 창고에 가서 먹을 것을 찾아보았다. 메리는 최선을 다해 명랑하게 이야기했지만, 아버지의 우울함이 납덩이처럼 가슴을 짓눌렀다.

메리는 가게에 틀어박혀 일만 하는데, 그곳 사람들은 주로 패션과 드레스, 파티 등만 이야기하고 어쩌다 막간에 연애나 연인들의 소문을 속닥거리기 때문에, 그녀로서는 정치 소식을 전혀 들을 수 없었다. 그래서 거칠고 무식한 노동자들이 '푸르스름한 말을 탄 정복자'[✦]가 삶을 짓밟고 땅 위에 비통한 흔적을 남기고 있음을 알아 달라며 최선을 다해 쓴 탄원서를 의회가 거절한 걸 몰랐다.

바턴은 먹고 마시는 내내 말이 없었다. 메리는 무엇이 아버지의 가슴을 억누르고 있는지 묻고 싶었지만, 감히 말을 꺼내지 못했다. 그것은 현명한 태도였다. 마음이 무거운 사람은 때가 되면 자신의 방식대로 감정을 표출하기 때문이다.

메리가 아이처럼 아버지의 발치에 놓인 작은 의자에 앉아 슬그머니

✦ 요한의 묵시록 6장 8절에 나오는 표현으로 '죽음'을 의미한다. – 옮긴이

아버지의 손을 잡았다. 메리는 아버지의 슬픔에 자신도 전염되어, '비탄의 계책에 걸려 한숨을 쉬었다'.✦ 그녀로서는 이유를 몰랐다.

"메리, 우리 이야기를 들어 달라고 신께 기도해야 해. 지금 우리가 피눈물을 흘리는데, 사람들은 전혀 듣질 않거든."

메리는 이내 상황을 파악했다. 자세히는 몰라도, 무엇이 아버지의 마음을 짓누르는지 알았다. 그녀는 말없이 아버지의 손을 꼭 잡았다. 해야 할 말도 몰랐지만, 혹여 말실수라도 할까 봐 잠자코 있었다. 30분이 넘도록 아버지의 자세에는 변화가 없었다. 공허한 눈을 들어 난롯불을 바라보며, 이따금 지루한 시곗바늘 소리와 지붕 위로 떨어지는 빗방울 소리를 뚫는 깊은 한숨 외에는 아무 말도 하지 않았다. 메리는 참을 수 없었다. 무기력한 아버지를 깨우려면 나쁜 소식이라도 전해야 했다.

"아버지, 윌슨 아저씨가 돌아가신 거 알고 계세요? (메리가 조금 강하게 손을 쥐며) 어제 아침에 옥스퍼드로에서 쓰러져서 그대로 돌아가셨대요. 정말 슬픈 일이지요, 아버지?"

메리는 연민 가득한 눈으로 아버지를 바라보니 눈물이 터져 나올 것 같았다. 그러나 아버지의 얼굴은 여전히 절망만 가득할 뿐, 망자에 대한 비통함은 드러나지 않았다.

"윌슨에게는 차라리 잘된 일이다." 바턴이 낮은 목소리로 말했다.

메리는 더는 안 되겠다고 생각했다. 오늘은 자러 오지 말라고 마거릿에게 말하러 가는 척 일어섰으나, 실은 좁에게 와서 아버지를 위로해 달라고 부탁할 생각이었다.

✦ 윌리엄 워즈워스의 시 〈버려진 오두막(The Deserted Cottage)〉의 한 구절. – 옮긴이

메리는 집 밖에서 잠시 멈추었다. 고요한 밤공기 사이로 노래 연습 중인 마거릿의 천사 같은 목소리가 울려 퍼지고 있었다.

"너의 하느님이 말씀하시리라. 편히 쉬어라, 나의 백성아. 편히 쉬어라."

옛 히브리 선지자의 말이 메리의 가슴에 이슬처럼 내렸다. 마거릿을 방해할 수 없었다. 메리는 가만히 귀 기울였고, '쉼'을 얻었다. 그러다 작게 대화 소리가 들리길래 안으로 들어가 용건을 말했다.

좁과 마거릿 모두 메리의 부탁을 들어주기 위해 자리에서 일어났다.

"네 아버지는 매우 피곤할 거야, 메리." 좁이 말했다. "내일은 달라지겠지."

쓰라린 가슴과 무거운 마음을 억누르고 있는 바턴의 얼굴과 목소리는 그대로였다. 그러나 한 시간 정도 지나자, 바턴은 전처럼 편하게 대화를 나눌 정도가 되었다. 물론 대화 주제는 그를 포함한 많은 사람의 무너진 희망에 관한 것이었다.

"참, 런던은 멋진 곳이더구나." 바턴이 말했다. "그곳 사람들은 이야기책 말고는 들어본 적 없는, 기대 이상으로 화려한 생활을 하고 있었어. 지금은 잘살아도, 나중에는 고통을 겪을지 모르지만."

또 부자와 라자로의 비유였다! 과연 부자도 가난한 사람들처럼 그 비유를 새겨들을까?

"런던 이야기 좀 해주세요, 아버지." 평소처럼 바턴의 무릎 옆자리에 앉아 메리가 물었다.

"뭘 말해야 할지 모르겠다. 십분의 일밖에 못 봤거든. 런던이 맨체스터보다 여섯 배나 크다고 하더라. 런던의 육분의 일은 거대한 궁전들이 차지했고, 육분의 삼은 평범한 사람들이, 나머지는 맨체스터 사람들은 전혀 알 수 없는 부정과 타락의 소굴이라고 말하고 싶구나."

"그런데, 아버지. 여왕 폐하도 보셨나요?"

"못 본 것 같아. 전에는 여러 번 뵙고 싶다고 생각했었지. 영감님은 아시겠지만." 바턴이 좁을 바라보며 말했다. "우리 대표단이 의회를 방문할 수 있는 날은 하루였어요. 다른 날은 대부분 홀번에 있는 술집에서 대기했는데, 그들은 우리를 잘 대해주었죠. 의회가 탄원서를 받기로 한 날 아침에 우리는 여왕 폐하가 직접 지시했다는 조찬 자리에 참석했어요. 그 사람들은 우리가 대접받고 싶어 한다고 생각했나 봐요. 양 콩팥과 소시지, 구운 햄, 튀긴 소고기, 양파 등이 나왔으니, 조찬보다 만찬에 가까웠죠. 하지만 많은 대표단원이 거의 먹지를 못했어요. 집에서 굶고 있을 가족들 생각에 음식이 넘어가질 않았죠. 어쨌든 아침 식사 후에 우리는 행진 준비를 마쳤어요. 둘씩 짝을 이뤄 줄지어 걷고, 종이 길이가 몇 야드나 되는 탄원서는 맨 앞줄 사람들이 들고 가기로 했어요. 영감님도 아시겠지만, 우리 얼굴이 평소처럼 수척하고 창백하고 비참했을지 몰라도, 표정만큼은 무척 진지했어요!"

"자네가 빈말하는 사람은 아니지."

"아, 하지만 저는 다른 사람들과 달리 어리석게 희망에 차 있었어요. 어쨌든 우리는 딘스게이트와 똑같이 생긴 거리를 수없이 지나며 계속 걸었어요. 거리마다 마차와 자동차가 넘쳐나서 천천히 걸어야 했죠. 이제 좀 파악했나 싶으면 어느새 길이 넓어지고 복잡해졌어요. 그러다 결국 옥스퍼드 거리에서 완전히 막혀 버렸어요. 곧 깨달았죠. 세상에! 우리는 거대한 거리들 사이에 있더군요! 아무리 그래도 런던인데, 그곳 집들을 보고 우리는 몹시 당황했어요. 성실하고 훌륭한 건축가가 실력을 발휘하기에 좋을 곳 같았어요. 사람이 살 만한 집이 거의 없더군요. 어떤 집은 무너질까 봐 집 앞에 추하기 짝이 없는 커다란 기둥들을 세워 놓았어요. 어떤 가게는 (우리 생각에 양복점 같았는데) 돌로 만든 남녀 모형에 판매하는 옷을 입혀 놓았고요. 저는 어린아이처럼 할 일을 잊고 주변을 둘러봤어요. 그러다 머리 위의 해를 보고는 저녁 먹을 시간이 된 것을 알았어요. 우리는 먼지투성이에 지친 몸을 이끌고 한 걸음씩 나아갔어요. 그러다 마침내 왕궁으로 이어지는 넓은 도로에 이르렀고, 저는 그곳에서 여왕 폐하를 볼 수 있으리라 생각했어요. 영감님, 혹시 흰색 깃털로 장식된 장의 마차를 보신 적이 있나요?"

좁이 그렇다고 답했다.

"런던의 장의사들은 장사가 잘되나 봐요. 마차를 타고 있던 부인들 대부분이 깃털 달린 장례식 모자를 쓰고 있었어요. 사람들 말로는 그곳에 여왕 폐하의 접견실이 있다는데, 서커스단처럼 화려하게 차려입은 신사와 숙녀를 태운 마차들이 그곳으로 미끄러지듯 달려가고 있었지요. 마차들이 마구 흔들렸어요. 마차 안에 타지 못한 신사 중 일부는 말 궁둥이 뒤에 앉아서, 들고 있던 꽃다발에 코를 박고는 자신의 실크 스타킹에 튀는 오물을 지팡이로 쳐내고 있었어요. 나는 왜 그들이 마차를 빌리지 않고 직접 마부 역할을 하는지 궁금했어요. 사이좋은 부부처럼 아내 곁에 있고 싶었을까요. 마부들은 교구 목사가 쓰는 구식 가발을 쓰고 쪼그려 앉아 있고요. 어쨌든 우리는 마차들이 지나가기를 기다리고 또 기다렸어요. 말들은 너무 뚱뚱해서 빨리 달리지 못하더군요. 가죽에 윤기가 도는 걸 보면 먹이는 충분한 것 같았어요. 우리가 길을 건너려 할 때 경찰들이 막았어요. 한둘은 경찰 곤봉에 맞았는데, 그 모습을 보고 마부들이 웃었지요. 가까이 있던 몇몇 경찰은 소형 망원경을 계속 눈에 대고 있어서 약장수처럼 보였어요. 한 경찰관이 저를 치길래, 제가 '왜 그러시죠?'라고 물었어요. 그랬더니 그가 점잔을 빼며, (말문이 막히면 아무 말이나 하는 런던 사람들처럼) 이렇게 말했어요. '당신들 때문에 말들이 겁을 먹잖소. 여왕 폐하의 접견실로 가는 신사와 숙녀분들을 괴롭히는 사람들을 막는 것이 우리의 임무요.'

그래서 제가 물었어요. '랭커셔에서 수많은 아이가 굶주리고 있는 상황에서 우리는 생사가 걸린 임무를 점잖게 수행하고 있는데, 왜 우리를 때리는 거요? 당신이 중요하게 생각하는 저 훌륭한 신사 숙녀들과 우리 중에 하느님께서 누구의 일을 더 중요하게 생각하실까요?' 하지만 잠자코 있을 걸 그랬나 봐요. 그 경찰관이 웃었거든요." 바턴이 말을 멈췄다. 좁은 바턴이 계속 말할 건지 눈치를 보다 말을 꺼냈다.

"하지만 그게 다가 아닐 텐데. 의회에 갔을 때 무슨 일이 있었는지 말해봐요."

바턴은 잠시 머뭇대더니 이렇게 말했다.

"죄송하지만, 그 얘기는 하고 싶지 않습니다. 저도 그렇고 다른 사람들도 그렇고 그 일을 잊지 못할 것이며 용서하지도 않을 겁니다. 우리의 실패를 무슨 런던 소식 전하듯 그렇게 말할 수는 없어요. 저는 그날 우리가 당한 거절을 평생 마음속에 간직할 겁니다. 우리의 탄원을 무참히 거절한 그들을 평생 저주할 겁니다. 그러나 더는 그 일을 언급하지 않겠습니다."

나머지 사람들이 더는 감히 질문하지 못한 채 몇 분간 조용히 앉아 있었다.

그러나 좁은 아무도 말하지 않으면 바턴의 우울함이 해소될 수 없다고 생각했다. 그래서 바턴의 마지막 말과 이어지되, 그의 우울한 생각이 꼬리를 물지 않을 만한 주제를 잠시 생각해 보았다.

"혹시 내가 전에 런던에 살았었다는 거 알고 있니?" 좁이 메리를 보며 말했다.

"아뇨!" 메리가 놀라서 대답하고는 존경하는 듯한 표정으로 좁을 바라봤다.

"그러니까, 나도 있었고 마거릿도 있었단다. 마거릿은 아무 기억도 없지만, 가여운 것! 너도 알겠지만, 나는 자식이 하나밖에 없었는데 그게 바로 마거릿의 엄마란다. 나는 내 딸을 그 누구보다 사랑했어. 어느 날 그 아이가 와서 (빨개진 얼굴을 감추려고 내 뒤로 와서는 내 뺨을 만지고 애교를 부리며, 우리 집 근처에 살던 목수인) 프랭크 제닝스와 결혼하고 싶다고 했지. 딸과 떨어져 살아야 해서 마음이 힘들었지만, 반대할 수는 없었어. 외동딸의 마음을 아프게 할 수 없었지. 나는 그 애 엄마를 사랑했던 내 젊은 시절을 떠올렸어. 그때 우리도 부모님 곁을 떠나 함께 세상 밖으로 나왔으니까. 나는 삶의 빛인 딸이 떠나면 얼마나 허전할지 말하지 않았어. 그때 그 애에게 마음의 부담을 주지 않았던 것을 지금도 감사한단다."

메리가 말했다. "그런데, 그 청년이 이웃이었다면서요."

"맞아. 그 녀석 아버지 때부터 이웃이었어. 하지만 맨체스터에는 일자리가 별로 없어서, 프랭크의 삼촌이 녀석에게 런던의 일자리 상황과 임금 수준을 이야기해줬고, 프랭크가 런던으로 가기로 하면서 마거릿 엄마가 따라 가게 됐지. 아무튼 그때를 생각하면 지금도 마음이 힘들단다. 그래도 그 둘은 행복했어. 한심한 이 아비만 두 사람 뒤에서 애달파했고. 둘은 결혼해서 런던으로 떠나기 전까지 한동안 나랑 살았단다. 지금도 가끔 생각하지만, 그때 마거릿의 엄마도 몇 번이나 마음이 약해졌고, 그걸 굳이 숨기지 않았어. 하지만 나는 내 기분을 한 번도 털어놓지 않았지. 나는 그 애가 내게 입을 맞추고 손을 잡으면서 어릴 때처럼 애교를 부릴 때, 그게 무슨 의미인지 알았지. 어쨌든 두 사람은 결국 떠났어. 마거릿, 너도 그 두 통의 편지를 알고 있지?"

"네, 그럼요." 마거릿이 대답했다.

"안타깝지만 내가 마거릿의 엄마에게 받은 편지는 그 두 통이 다야. 딸이 몹시 행복하다고 썼기 때문에 나는 그러려니 했지. 프랭크의 가족도 프랭크가 좋은 직장에서 일한다는 소식을 들었고. 편지 중 하나는 맨 끝에 '잘 지내세요, 할아버지!'라고 쓰고 '할아버지'라는 단어 아래에 밑줄이 그어져 있었어. 그래서 나는 그 애가 아이를 가진 걸 눈치챘지. 나는 아무 말도 하지 않았지만, 돈을 모아서 성령강림절 주간에 휴가를 내어 딸을 보러 가야겠다고 생각했어. 그런데 성령강림절을 앞둔 어느 날, 제닝스가 심각한 얼굴로 와서는 '우리 아들과 당신 딸이 둘 다 열병에 걸렸다는 소식을 들었어요'라고 말했지. 마치 그 말이 하느님의 최후통첩 같아서 나는 살짝만 건드려도 금방 쓰러질 것 같았어. 제닝스는 아들 내외가 사는 셋집의 주인에게 편지 한 통을 받았는데, 거기에는 두 사람에게 친구가 없으니 와서 돌봐 달라는 내용이 담담하게 적혀 있었어. 마거릿의 엄마가 먼저 병에 걸렸고, 뒤이어 아내를 정성스럽게 간호하던 프랭크가 따라 걸렸지. 딸은 임신 중이어서 매일 누워 지냈어. 어쨌든 줄이면, 제닝스와 내가 그날 밤 마차를 타고 출발했지. 그렇게 해서 런던으로 가게 됐단다, 메리."

"할아버지가 런던에 도착했을 때 마거릿 엄마의 상태는 어땠나요?" 메리가 불안해하며 물었다.

"가엾게도 둘 다 죽은 상태였어. 아이들의 집에 도착했을 때 울어서 눈이 퉁퉁 부은 집주인 여자의 얼굴을 보고 짐작했지. '아이들이 어디에 있나요?'라고 물었을 때 그 여자의 얼굴로 나는 아이들이 이미 죽은 걸 알았어. 하지만 제닝스는 모르는 듯했어. 집주인 여자의 안내로 아이들의 방에 들어갔을 때 흰색 천으로 덮인 침대 아래에 놓인 두 시신을 눈으로 확인한 후에야 비명을 질렀으니까.

하지만 그에게는 다른 자식들이 있었고 나는 없었어. 하나밖에 없는 내 자식이 거기에 누워 있었지. 그 애가 죽었으니 이제 나를 사랑해줄 사람이 아무도 없게 된 거야. 그날 내가 뭘 했는지 기억이 안 나. 아주 침착했지만, 가슴은 무너져 내리고 있었지.

제닝스는 그 방에 있는 걸 힘들어해서 주인 여자가 그를 데리고 나갔어. 나는 혼자 있게 되어서 오히려 다행이라고 생각했지. 어두워질 때까지 그 방에 앉아 있었어. 한참 후에 주인 여자가 와서는 '이쪽으로 오세요'라고 말하더군. 나는 일어나서 빛이 보이는 쪽으로 걸어갔는데, 난간을 잡아야 했어. 힘이 없고 어지러웠거든. 주인 여자가 나를 어떤 방으로 안내했는데, 거기 소파에 제닝스가 손수건을 수면 모자처럼 쓴 채 깊이 잠들어 있었어. 주인 여자의 말이 그가 울다 지쳐서 잠이 들었다고 하더구나. 탁자에는 차가 준비되어 있었어. 주인 여자는 참 친절한 사람이었어. 그런데 그 사람이 또 '이쪽으로 오세요' 하더니 내 팔을 잡아끌었어. 그래서 탁자 근처로 가니, 벽난로 옆에 숄로 덮어 놓은 세탁물 바구니가 보이더구나. '거길 들춰 보세요'라고 말하길래 그대로 했지. 그런데 그 안에 아주 자그마한 아기가 깊이 잠들어 있는 거야. 가슴이 쿵쾅거리고 그날 처음으로 눈물이 쏟아졌어. '제 딸의 아기인가요?' 이미 알면서도 그렇게 물었어. '맞아요.' 그녀가 말했지. '아기 엄마는 호전되고 있었어요. 그때 아기를 낳았죠. 하지만 그 후에 안타깝게도 아기 아빠가 아프기 시작했고 결국 죽고 말았어요. 얼마 안 되어서 아기 엄마도 뒤따랐고요.'

그 어린 것은! 꼭 우리 딸이 아기 천사가 되어 나를 위로하러 온 것 같았어. 나는 제닝스가 아기 곁에 있을 때마다 질투가 났어. 아기는 그와 나의 혈육인데, 그가 할아버지로서 권리를 주장할까 봐 겁이 났지. 하지만 그의 생각은 달랐어. 나중에 안 사실이지만, 그에게는 다른 아이들도 있었기 때문에 내가 아기를 맡아주기를 내심 바랐더라고. 어쨌든 우리는 자식들을 런던에 있는 크고 복잡하나 외롭기 그지없는 교회 묘지에 묻었어. 처음에는 애들을 그곳에 묻기 싫었어. 애들이 다시 태어났을 때 맨체스터와 옛 친구들에게서 멀리 떨어진 그곳을 낯설어하면 어쩌나 하는 마음에서였지. 하지만 그건 쓸데없는 걱정이었어. 여기든 거기든 하느님께서 애들의 무덤을 지켜주실 테니까. 우리는 섭섭지 않게 제대로 장례를 치렀어. 그런 다음, 작고 귀여운 아기를 집으로 데려가기로 했지. 수중에 남은 돈이 별로 없었지만, 날씨가 좋길래 브러머검*까지 마차를 타고 갔다가 그 주변을 좀 걸었지. 5월의 어느 화창한 아침에 시내에서 1~2마일 떨어진 큰 언덕에 올라 런던 도시를 마지막으로 내려다봤어. 그 큰 땅에 사랑하는 내 딸이 영원히 잠들어 있는 거야. 아, 주님의 뜻을 이루소서! 내 딸은 나보다 먼저 천국에 갔어. 아직 갈 길이 멀지만, 제발 주여. 저도 마지막에는 천국에 갈 수 있기를 바라나이다.

아기는 우리가 출발하기 전에 밥을 먹였기 때문에 마차가 움직이는 동안 계속 잠을 잤어. 고맙기도 하지! 그런데 저녁 식사를 하려고 마차가 멈추었을 때, 아기가 깨서 배가 고파 우는 거야. 우리는 끓인 우유에 적신 빵을 얻어 왔고, 제닝스가 그것을 아기에게 먹이려 했어. 아기가 입을 쩍 벌렸지만, 빵이 입 밖으로 다 흘러나왔어. '아기를 흔들어 봐요, 제닝스.' 내가 말했지. '깔때기로 물을 넣을 때처럼 말이오. 아기의 입은 깔때기의 넓은 면이고, 식도는 좁은 면이라고 생각해요.' 그래서 그가 아기를 흔들었는데, 아기는 더 크게 울기만 했지. '내가 해볼게요.' 제닝스가 당황한 것 같아서 내가 그렇게 말했어. 하지만 나라고 더 나은 건 아니었어. 아기를 흔들어서 빵을 먹이기는 했는데, 아기가 토하는 바람에 집주인 여자가 입혀 놓은 예쁜 옷이 다 젖어버렸거든. 어쨌든 우리도 겨우 저녁을 해결하고 밖으로 나왔어. 한 녀석이 손 한가득 캘리코 조각을 들고 있었어. 누군가 '마차 곧 출발합니다!'라고 말했어. 또 누군가가 '밥값은 반 크라운입니다!'라고 말했지. 우리는 식사비로 비싸다고 생각했어. 얼마 먹지도 못했으니까. 세상에, 1인당 반 크라운

✦ 버밍엄의 별칭. — 옮긴이

에 아기가 옷에 토한 우유 적신 빵값이 1실링이라니. 우리는 너무 비싸다고 말했어. 하지만 다들 그게 정가라고 했어. 그러니 우리 같은 한심한 바보들이 뭘 어쩌겠어? 가여운 아기는 그날 밤에 브러머검에 도착할 때까지 숨넘어갈 듯 계속 울었어. 그 어린 것 때문에 가슴이 아팠어. 그 작은 입으로 우리의 외투 소매를 물기도 하고, 우리가 말을 걸어 달래려 했을 때는 입을 내밀었지. 불쌍한 것! 엄마를 찾고 있었어. 제 엄마는 무덤 속에 차갑게 누워 있는데. 내가 말을 꺼냈어. '아까처럼 밥을 다 토하면, 아기가 굶어 죽을 거예요. 아기에게 밥을 먹일 수 있는 여자를 찾아봅시다. 여자들에게는 모성 본능이 있으니까요.' 그래서 우리는 여관에 들어가서 객실 청소부에게 부탁했어. 그녀가 아기를 잘 돌봐줬어. 따뜻한 날씨에 신선한 공기를 마시며 마차로 긴 여행을 한 터라, 저녁을 든든히 먹고 나니 슬슬 졸렸어. 객실 청소부가 아기와 함께 자고 싶지만, 그러면 여관 주인에게 꾸중을 들을 거라고 말했지. 그녀의 품에서 아기가 안정을 찾은 듯 웃고 있었기 때문에, 우리가 아기와 함께 있어도 괜찮겠다고 생각했어. 내가 말했어. '봐요, 제닝스. 여자들은 정말 아기를 잘 돌본답니다. 내 말이 맞잖아요.' 그런데 그의 표정이 심각했어. 그는 늘 생각이 많은 얼굴이지만, 진지한 말은 거의 하지 않았어. 그가 이렇게 말했거든.

'저기 아주머니! 혹시 남는 수면 모자가 있나요?'

주인아주머니에게 포장을 뜯지 않은 신사용 수면 모자가 있다고 그녀가 재빨리 말했지.

'아, 아니에요. 당신 모자가 필요해요. 아기가 당신을 좋아하는 것 같은데, 제가 당신의 모자를 쓰고 있으면 어둠 속에서 아기가 저를 당

신으로 알지 몰라요.'

객실 청소부가 씩 웃으며 수면 모자를 가지러 갔지. 난 여자 수면 모자를 쓴다고 수염 달린 할아버지가 여자처럼 보일 거라고 생각한 제닝스 때문에 웃음을 터뜨렸어. 하지만 웃을 일이 아니었어. 그가 잘 때는 내가 아기를 안았어. 수면 모자를 쓰고서! 그런데 아기가 그런 구닥다리 방식이 싫었는지 소리를 지르기 시작했어. 우리는 교대로 아기를 어르고 달랬지. 아기가 입을 쩝쩝댈 때마다 가슴이 너무 아팠어. 그래도 수면 모자를 쓴 노인이 엉덩이를 의자에 걸치고 앉아 좀처럼 자지 않는 아기에게 자장가를 불러주는 모습을 떠올리면 웃지 않을 수가 없어. 아침이 밝자, 그 가엾은 것은 울다 지쳐서 잠이 들었어! 하지만 잠을 자면서도 낑낑대며 그 작은 가슴이 딱하게 흔들리는 걸 보면서, 나는 그 애가 제 엄마의 품에서 영원히 안식을 찾았으면 좋겠다는 바람을 한두 번 품기도 했어. 제닝스는 곯아떨어졌어. 하지만 슬슬 나는 돈 걱정을 하기 시작했어. 전날 저녁 식사에 너무 많은 돈을 썼거든. 저녁과 아침 식사비, 숙박비를 모두 합하면 얼마나 나올지 모르겠더라고. 어릴 때부터 난 셈을 하려고 하면 잠이 왔거든. 그래서 바로 잠이 들었어. 우린 객실 청소부가 문을 두드리는 소리에 잠이 깼어. 그녀는 우리만 괜찮으면, 주인아주머니가 깨기 전에 아기 옷을 갈아입히고 싶다고 말했어. 하지만 이런, 우리는 전날 밤에 아기의 옷을 벗겨 놓아야 한다는 생각을 전혀 하지 못했어. 그런데 지금 아기가 너무 곤히 자고 있어서 옷을 갈아입히다가 깨기라도 하면 다시 소리를 지르고 울 것 같았지.

(메리는 열심히 듣다가 잠이 들었다!) 저런! 내 얘기가 지루한가 보구나. 곧 끝내마. 돈 계산을 해보니 남는 게 거의 없었어. 그런데 누군

가가 거기서 우리 동네까지 60마일밖에 안 된다길래 중간에 쉬지 않고 걸으면 식비를 아낄 수 있겠다고 생각했지. 그래서 브러머검(그곳도 맨체스터처럼 검은 도시였지만, 집처럼은 보이지 않았어)을 출발해서, 아기를 번갈아 안고 종일 걸었어. 떠나기 전에 객실 청소부가 아기에게 충분히 밥을 주었고 날씨도 좋아서 우리는 제대로 된 대화를 나눌 여유가 생겼고, 집에 돌아갈 생각에 기분도 좋아졌지(물론 신은 아시겠지만, 나는 외로웠단다). 우리는 식당은 아니지만, 술집에서 적당히 저녁을 먹었어. 아직 서툴렀지만, 그래도 아기에게 정성껏 밥을 먹였어. 우리는 아기에게 빨아 먹을 수 있게 빵 껍질을 줬어. 객실 청소부가 그렇게 하라고 알려줬거든. 그날 밤은 너무 피곤했는데, 아기가 자다 깨서 심심했는지 울기 시작해서 마음이 또 심난해졌어. 그때 제닝스가 말했어.

'어제 그렇게 지체 높은 사람들처럼 마차를 타지 말았어야 했어요.'

'그렇지 않아요! 어제 마차를 안 탔으면 더 많이 걸어야 했는데, 그러면 지금쯤 우리는 쓰러졌을 거요.'

그랬더니 그가 조용해졌지. 하지만 그는 뒷북 치기를 좋아하는 사람이었어. 다시 할 말이 있는 사람처럼 헛기침하더라고. 나는 속으로 '그래, 어디 말해보시지'라고 말했지. 그가 이러더군.

'죄송한 말씀이지만, 우리 아들이 당신 딸과 사귀지 말았어야 했다는 생각이 듭니다.'

세상에! 난 그 말을 듣고 화가 났어. 내 딸의 아기를 안고 있어서 그러지 못했지만, 그를 한 대 칠 뻔했지. 내가 말했어.

'차라리 이렇게 말해야죠. 하느님이 이 세상을 만들지 말았어야 했

다고요. 그랬다면 우리가 이 세상에 있지도 않고 지금처럼 괴롭지도 않을 테니까요.'

그런데! 그가 그 말이 신성모독이라는 거야. 하지만 나는 하느님이 계획한 일을 비난하는 그가 더 불경하다고 생각했어. 그렇지만 불쌍한 아기를 위해서 심한 말은 하지 않았지. 어쨌든 이 아기는 죽은 그의 아들과 내 딸의 아기니까.

우여곡절은 있었지만, 어쨌든 그날 밤도 지나갔어. 우리도 발이 아프고 피곤했지만, 내 생각에 아기가 점점 야위는 것 같았어. 울음소리가 약해졌거든! 아기가 어제처럼 우렁차게만 울어준다면 나는 뭐든 희생할 생각이었어. 우리처럼 아기도 배가 고팠겠지. 엄마 없는 불쌍한 아기! 6시쯤(나중에 확인해보니 그렇더구나)이라 술집은 문을 열지 않았어. 걷다가 어느 오두막 앞에 멈췄는데, 열린 문틈으로 어떤 여자의 모습이 보였지. 내가 말을 걸었어. '친절한 아주머니, 저희가 잠시 쉬면 안 될까요?' '들어오세요.' 그녀가 앞치마로 의자 하나를 닦고는 밝은 표정으로 말했어. 깔끔하고 기분 좋은 방이었지. 우리는 의자에 앉을 수 있어서 기뻤어. 내 다리가 영원히 안 굽혀질 것 같았거든. 그녀는 즉시 아기를 알아보고는 팔로 안아서 여러 번 입을 맞췄어. 내가 말했지. '아주머니, 저희가 아주 돈이 없는 사람들은 아니에요. 적당히 사례를 할 테니, 저희에게 아침을 좀 주시고, 이 불쌍한 아기를 씻기고 옷도 갈아입혀 주세요. 아기가 배가 많이 고픈 상태인데, 밥도 좀 먹여주신다면 제가 죽는 날까지 아주머니를 위해 기도하겠습니다.' 그랬더니 그녀가 아무 말도 하지 않고 내게 아기를 돌려주더니, 눈 깜짝할 새에 난로에 냄비를 올리고 탁자에 빵과 치즈를 가져다 놓았어. 그녀가 몸을 돌렸을 때 보니, 얼굴이 붉어졌고 입술은 앙다물고 있더구나. 아! 우리는 밥을 먹게 되어 너무 기뻤고, 그날 친절을 베풀어준 여인에게 하느님의 축복을 빌어주었지! 그녀는 따스하게 아기에게 밥을 먹였고, 아기 엄마처럼 다정하게 말도 걸었단다. 마치 천국에서나 볼 수 있는 장면처럼, 아기와 그 낯선 사람은 이전부터 서로 알던 사이 같았어. 아기가 그녀의 눈을 사랑스럽게 바라보며, 비둘기처럼 구구구 소리도 냈지. 그녀가 부드러운 손길로 아기의 옷을 벗기고는(가여운 것! 갈아입을 때가 지났지), 머리부터 발끝까지 씻겼어. 런던에서 애 엄마가 미리 준비해 놓고 바구니에 넣어두었던 아기 옷들 대부분이 더러워졌기 때문에, 여자는 그것들을 한쪽으로 치워 놨어. 그러고는 아기를 자기 앞치마로 싼 다음에 가슴에 달고 있던 검은 리본이 달린 열쇠를 꺼내 서랍장을 열었지. 훔쳐본 건 미안하지만, 어린아이의 옷들이 들어 있던 그 서랍장을 보지 않을 수 없었어. 서랍장 안에는 라벤더가 흩뿌려져 있었고, 작은 자동차와 부서진 딸랑이가 들어 있더구나. 그때 난 그 여자의 마음을 알 것 같았어. 여자가 물건을 한두 개 꺼내고 서랍장을 잠근 후에 아기에게 옷을 입혔어. 바로 그때 덩치 큰 그녀의 남편이 이른 시간이 아닌데도 잠이 덜 깬 얼굴로 나타났어. 표정을 보니, 아래층에서 나는 소리를 모두 들은 것 같았지. 그는 거친 사내더군. 아침 식사를 마친 후에 제닝스는 여자가 아기를 흔들며 재우는 모습을 열심히 바라봤어. 한참 후에 그가 말했어. '이제 방법을 알았어요. 아래위로 두 번 흔들고, 좌우로 한 번 흔들기. 아래위로 두 번, 좌우로 한 번. 이제는 혼자서도 아기를 재울 수 있겠어요.'

여인의 남편이 우리에게 고개를 끄덕이더니 문가로 가서 주머니에 손을 넣고 휘파람을 불며 밖을 내다봤어. 그러다 몸을 홱 돌리며 날카롭게 말하더군.

'마누라, 나 아직 아침을 못 먹은 것 같은데.'

여인이 아기에게 길고 다정하게 입을 맞춘 후에, 자신의 의도를 알겠냐는 듯 나를 쳐다보더니 말없이 아기를 주었어. 안타깝지만 떠나야 할 시간이었지. 그래서 (그새 잠이 든) 제닝스를 쿡 찌르고는, 우리가 무일푼이라고 생각하지 않도록 짤랑 소리를 내며 돈을 꺼내고 이렇게 말했지. '아주머니, 얼마를 드릴까요?' 그러자 그녀가 내내 말없이 우리 이야기를 듣고 있던 남편을 쳐다봤어. 남편은 아무 말도 하지 않았지만, 그가 두려웠는지 여자는 주저하며 말했어. '6펜스면 너무 많을까요?' 그녀의 남편이 나타나기 전에 이미 먹은 아침 식사까지 생각하면, 술집 계산서와는 너무 다른 금액이었어. 그래서 내가 말했어. '그럼, 아주머니. 아기가 먹은 빵이랑 우윳값으로는 얼마를 드릴까요?' ('당신의 모든 수고에 대해'라고 말하고 싶었지만, 그러지 않기로 했어. 그녀의 행동은 마음에서 우러난 것이었으니까.) 그러자 그녀가 짧게 남편의 등을 바라보더니, 모두 들으라는 듯이 큰 소리로, '아, 아기가 그 두 배를 먹었대도 아기의 밥값은 받을 수 없죠.' 그때 그녀의 남편이 얼굴을 찡그리며 아내를 바라봤어! 그녀가 그 표정의 의미를 파악하고는 남편에게 조심스럽게 다가가 그의 팔에 손을 얹었어. 그가 잽싸게 팔을 빼내려 하자, 여인이 낮게 말했지. '가여운 우리 조니를 생각해, 리처드.' 그는 아무 말도, 아무 행동도 하지 않았고 그런 그를 잠시 바라보던 그녀가 몸을 돌려 마른침을 삼켰어. 여자가 자고 있던 아기에게 입을 맞췄고, 나는 그녀에게 돈을 주었어. 그녀의 거친 남편을 진정시키고 그녀를 야단치지 못하게 하려고 빵 아래에 6펜스를 더 놓은 다음, 그 집을 나왔어. 그녀의 마지막 모습은 앞치마로 조용히 눈물을 훔치다 남편의 아침 식사를 챙기러 가는 모습이었지. 나는 천국에 가서도 그녀를 알아볼 수 있을 거야."

좁은 잠시 말을 멈추고, 오래전 5월의 어느 아침에 저 멀리 산울타리에 꽃이 핀 단풍나무 아래로 손녀딸을 데리고 갔던 때를 떠올렸다.

"이제 다 말했단다, 애야." 그러나 계속 얘기해 달라고 조르는 마거릿에게 좁이 말했다. "그날 밤 우리는 맨체스터에 도착했고, 내가 아기를 맡겠다고 했더니 제닝스가 기뻐했어. 즉시 아기를 집으로 데려왔고, 지금까지 내게 가장 큰 선물이 되었지."

잠시 모두 아무 말도 하지 않았다. 각자 자신만의 생각에 잠겼다. 그러다 거의 동시에 모두 메리를 쳐다봤다. 작은 의자에 앉아 있던 메리가 보금자리로 몰래 들어가는 새처럼 조심스럽게 머리를 제 아버지의 무릎에 댄 채, (아기처럼) 새근새근 잠이 들어 있었다. 반쯤 벌어진 입은 감탕나무 열매처럼 주홍빛을 띠고, 새하얀 얼굴과 선명한 대조를 이루었다. 얼굴은 핏기가 돌아 담홍빛으로 물들어 있었다. 검은 속눈썹과 고운 뺨을 가린 풍성한 금발 머리는, 메리가 누우면 보금자리 같은 기둥을 형성할 것 같았다. 잠시 바턴이 자부심과 애정을 담아 동그랗게 말린 메리의 머리카락을 펴주었다. 딸의 윤기 흐르는 머리카락이 얼마나 길고 보드라운지 보여주려는 듯.

이 작은 행동에 잠이 깬 메리가 이런 상황에서 누구나 그렇듯 눈을 크게 뜨고 외쳤다.

"저 안 잤어요. 계속 깨어 있었다고요."

바턴조차 미소 짓지 않을 수 없었고, 좁과 마거릿은 크게 웃었다.

"자, 아가씨." 좁이 말했다. "나 같은 늙은이가 옛날이야기를 하는 동안 잠이 들었다고 해서 그렇게 미안해하지 않아도 된단다. 잠이 들 만도 했지. 하지만 내가 어느 직조공이 쓴 시를 네 아버지에게 읽어주는 동안에는 깨어 있으려고 노력해 보렴. 이런 시를 지을 수 있는 직조공은 정말 드물거든."

좁이 코에 안경을 걸고 턱을 당긴 후 다리를 꼬았다. 그런 다음 목소리를 가다듬고 새뮤얼 뱀포드✦의 시를 낭독했다.

하느님이 불쌍한 자를 도우리라.
이 추운 아침에 어둡고 구석진 골목에서 나오라.
하느님이 의지할 곳 없어 낙담한 저 불쌍하고 창백한 소녀를
도우리라.
그녀는 얌전히 고통을 견디고 있구나.
하느님이 그녀를 도우리라. 그녀는 버림받은 양처럼 떨며 서서
입술은 창백하고, 손은 벌겋게 얼었으며
퀭한 두 눈은 조용히 내리깔려 있다.
이따금 부는 바람에 그녀의 까만 머리카락이 나부낀다.
어여쁜 그녀의 가슴이 반쯤 드러났고,
그 위로 눈이 내려앉으니, 아! 이 얼마나 추울까.
신발이 해지고 갈라져, 발은 감각을 잃었다.
하느님이 그대를 도우리라.

✦ 고매한 정신을 가진 작가로, 「어느 급진주의자의 인생 구절들(Passages in the Life of a Radical)」을 통해 자신의 계급을 계몽하고 오두막도 고귀할 수 있음을 보여주었다.

버림받은 양처럼 의지할 곳 없이 서 있는 그대를!
하느님이 불쌍한 자를 도우리라!

하느님이 불쌍한 자를 도우리라!
저 좁은 입구에서 연약한 아기의 울음소리가 들린다. 그러니 보라!
저기 창백한 얼굴로 웅크리고 있는 여인이 있다.
추위로부터 보호하려고 아기를 꼭 안고 있구나.
옷은 몸을 다 가리지 못하고, 보닛은 눌리고 찢어져
얇은 숄로 아기를 다정하게 감싸고 있구나.
그렇게 그녀는 무자비한 아침 강풍을 견딘다.
가슴에 찬바람이 인다.
그러다 갑자기 그녀가 탐욕스러운 표정을 짓는다.
누군가 갓 구운 빵을 들고 후미진 골목을 지나간다.
자꾸만 군침이 돌아 그녀는 눈물을 흘린다.
하느님이 그대를 도우리라. 무력한 자를, 버려진 자를!
하느님이 불쌍한 자를 도우리라!

하느님이 불쌍한 자를 도우리라! 이 굶주린 젊은이를 보라.
상처 입은 발을 보호할 신발도, 양말도 신지 않고,
몽롱하고 슬픈 표정으로 절름거리며 걷는다.
그가 이리저리 배회하다 멈춘다,
음식이 진열된 가게의 창문 앞에서.
그는 한 끼를 갈망한다.
아! 굶주린 사람은 대충 만든 음식에서조차
자신만 아는 풍미를 느끼리라!

그는 지금 곰팡이 핀 빵 껍질도 게걸스레 먹는구나.
이빨과 손으로 그 귀한 선물을 뜯느라,
머리 주변을 휘감는 폭풍에 아랑곳하지 않는구나.
매섭게 휩쓰는 폭풍을.
하느님이 그대를 도우리라, 버림받은 아이야!
하느님이 불쌍한 자를 도우리라!

하느님이 불쌍한 자를 도우리라! 또 다른 이가 보인다.
존경받던 남자가 머리를 숙이고 있다.
빛바랜 상장이 둘린 모자를 눌러쓰고
올이 다 드러난 잿빛 외투를 입었구나.
'격렬한 바람이 그의 백발을 조롱하는' 듯하고,
강풍에 셔츠를 입지 않은 가슴이 드러난다.
이내 그는 동경하는 눈빛으로,
눈을 뜰 수 없게 하는 비말을 낡은 손수건으로 닦으며
주변을 둘러본다, 염탐꾼처럼.
좋았던 시절에 그가 대접한 친구가 많았으나
아! 몇몇은 죽고, 몇몇은 오래전에 외면했지,
그 불쌍한 사람을. 그렇게 그는 버림받았다네!
하느님이 불쌍한 자를 도우리라!

하느님이 불쌍한 자를 도우리라,
외로운 골짜기에 살고 있는 자를.
가시금작화와 헤더가 자라는 저 먼 구릉지에서
너무나 슬픈 이야기가 전해오지만,

세상은 관심도 없고 알려 하지 않는다,
사람들이 겪는 고통과 빈곤을.
사람들은 아침에 힘든 직조기 앞으로 불려 오고,
기진맥진해서 잠자리에 들 때까지 일을 한다네.
그들도 맛을 느끼지만 먹지는 못하네.
눈발이 날리네, 불도 없는 간이침대 주변으로. 그래서 문을 막는다.
밤 폭풍이 황야를 가로질러 장송가를 불러대네.
그들은 계속 이렇게 억압당한 채 외로이 죽음을 맞이해야 하는가?
계속 이렇게 절망적인 고통과 기근을 견뎌야 하는가?
그렇지 않다! 하느님이 손을 들어 불쌍한 자를 도우리라!

"아멘!" 바턴이 비탄에 잠겨 엄숙하게 말했다. "메리! 애야, 저 시를 좀 베껴 주겠니? 레그 영감님이 괜찮다고 하시면 말이다."

"나야 물론 괜찮소. 이 시가 많이 읽혔으면 좋겠군요."

메리가 그 종이를 받아 갔다. 다음 날 그녀는 밸런타인데이 카드의 한쪽 빈자리에 뱀포드의 아름다운 시를 옮겨 적었다. 화살 꽂힌 하트로 테두리가 장식된 그 카드는 젬 윌슨이 보냈을 거라고 메리는 추측했다.

10. 돌아온 탕아

한때 여인의 눈물처럼 부드러웠던 내 마음이 으르렁대네,
내가 고칠 수 없는 병을 비웃으며.

- 엘리엇

그러니 그녀의 순결을 지키고 보호하라.
그녀가 나처럼 무너지지 않게 하라.
오! 수천 번 말했지만,
그녀는 무덤 속에 있는 것이 더 낫다.

- 〈버림받은 자〉

먹구름처럼 절망이 짙게 드리웠다. 그리고 이따금 죽음 같은 고요한 고통을 뚫고 폭풍이 불어와 이 어두운 조짐의 결말을 예고했다. 인고의 시절에는 조상들의 지혜가 담긴 옛 속담을 되새기기만 해도 위안을 얻는다. 그러나 '기다리면 반드시 기회가 온다', '쥐구멍에도 볕들 날이 있다' 같은 속담은 끔찍한 시간이 너무 길어지다 보니 이제는 거짓말이나 빈말처럼 보였다. 가난한 사람들은 더 깊은 가난 속으로 침몰했다. 얼마나 많은 고통을 얼마나 오래 겪어야 사람이 죽는 것인지, 그 시절에 사망자는 (비교적) 적었다. 그러나 잊지 말아야 할 것이 있다! 거기에는

비천한 곳에서 노동하는 남자들이 빠졌다. 또한 노약자와 어린이의 죽음도 거의 주목받지 못했다. 그러나 이들의 죽음은 많은 사람에게 오랫동안 채워지지 않는 공백을 만들어 낸다. 또한 건강하고 유용한 사회 구성원이 고통을 겪다 죽기까지는 오랜 시간이 걸릴지 모르나, 지치고 무력하고 쇠약해지기까지는 그리 오랜 시간이 걸리지 않는다는 사실도 기억해야 한다. 그들은 우울하고 아픈 몸으로 겨우 살아간다.

지난 몇 년간 사람들은 가난을 견디기 어렵다고 생각했고, 삶을 무거운 멍에처럼 느꼈다. 그러나 올해는 그 멍에가 훨씬 무거워졌다. 그동안 겪은 가난이 평범한 채찍이라면, 앞으로 겪을 가난은 갈고리가 달린 채찍이었다.

당연히 바턴도 육체적 고통을 겪고 있다. 무익한 사명을 띠고 런던에 가기 전에 그는 짧은 시간 동안 공장에서 일했었다. 그러나 의회의 개입으로 신속한 보상을 받으리라는 희망을 품고 기존 직장을 그만두었다. 런던에 다녀온 후 다시 취업하려 했으나, 공장들은 매주 인력을 줄이고 있으며 차티스트 운동가와 노조 간부는 구인 시장에서 선호되지 않는다는 이야기를 동료들에게 들었다. 그는 마음을 굳게 먹었다. 배고픔은 견딜 수 있었다. 아주 어릴 때부터 인내심을 길러왔기 때문이다. 그의 어머니는 자식들에게 음식을 나눠주기 위해 날마다 자기 몫을 숨겼고, 맏이였던 바턴도 어머니를 본받아 "배고프지 않아서 더 먹지 않아도 된다"는 착한 거짓말을 자주 했다. 그런데도 어린 동생들은 배가 고프다고 울었다. 어쨌든 메리는 가게에서 하루 두 끼는 해결할 수 있었다. 그러나 재봉사도 불경기의 영향을 받고 있었으므로 더는 수습 재봉사에게 차를 제공하지 않았고, 아무리 늦더라도 일이 끝날 때까지는 식사하지 않음으로써 금욕적으로 생활하는 습관을 몸소 보여주었다.

하지만 집세는 어떻게 하나! 매주 바턴은 메리의 수입과 거의 맞먹는 반 크라운을 집세로 내고 있었다. 그가 생각하기에, 지금은 두 사람밖에 없으니 집 크기를 줄여도 괜찮을 것 같았다. (일찍 죽은 사람은 이런 고통을 피했으니 차라리 다행일까.) 대개 농촌 사람은 살던 지역에 애착이 강하다. 그러나 도시 거주자는 대부분 그렇지 않다. 바턴은 예외였다. 바턴은 아들 톰이 죽은 직후에 지금의 집으로 이사했다. 당시 아들을 잃고 망연자실한 아내를 바쁘게 하기 위해서였다. 그는 아내가 기운을 차릴 수 있게 그 어느 때보다 꼼꼼하게 새집을 꾸몄다. 그래서 아내의 편의를 위해 설치한 놋쇠못들의 위치까지 기억하고 있다. 딱 하나 치운 것은 에스더의 보닛을 걸어두었던 못이었다. 바턴은 아내의 죽음에 책임이 있는 에스더에게 몹시 분노한 나머지 그 못을 뽑아서 길에 던져버렸다. 바턴으로서는 아내와 행복했던 추억이 서린 집을 떠나기가 쉽지 않았다. 그러나 그는 법이든 관례든 다 무시하고 제멋대로 하는 사람이었다. 그래서 집세 수금원에게 집을 비우겠다고 알린 후 더 싼 집을 알아보겠다고 메리에게 통보했다. 가엾은 메리! 그녀도 이 집을 좋아했다. 새집에 정을 붙이려면 아무래도 시간이 걸리기에, 메리는 아버지의 결정이 속상하기만 했다.

그러나 이사는 취소됐다. 바턴이 이사 의사를 전달하기로 마음먹은 월요일에, 집세 수금원이 (자발적으로) 집세를 주당 3펜스로 깎아주겠다고 해서 바턴은 그 집에 계속 살기로 했다.

그러나 세간살이는 점점 줄어들었다. 망가진 것은 수리비가 2~3펜스나 했기 때문에 고칠 수 없었다. 그런 돈은 식료품을 사는 데 써야 했다. 메리는 필수품이 아닌 것들을 전당포에 맡기기 시작했다. 오랫동안 잘 관리해 온 고급 차 쟁반과 차통은 아버지에게 드릴 빵을 사기 위해 맡겼다. 아버지가 그런 요구를 하거나 배고픔을 불평하지는 않았지만, 여위고 사나워진 표정에서 공복의 고통이 엿보였다. 여름이라 당장 필요하지 않은 담요들도 전당포에 넘겼다. 메리는 물건을 맡기고 받은 돈으로 상황이 나아질 때까지 버틸 생각이었다. 그러나 그 돈은 금세 바닥이 났다. 메리는 몇 개 안 남은 장신구를 찾아 집을 뒤졌다. 그러는 동안 바턴은 한 마디도 하지 않았다. 굶을 때나 (물건들을 팔아서) 드물게 빵과 치즈를 먹을 때에도, 그가 무심하고 무뚝뚝한 표정으로 일관해서 메리를 속상하게 했다. 메리는 아버지가 구빈위원회에 도움을 요청하기를 바랐다. 그리고 노조가 아버지를 돕지 않는 이유도 궁금했다. 언젠가 하루 종일 굶어 수척해진 바턴이 암울한 표정으로 면도도 하지 않은 채 난롯가에 앉아 있는 모습을 보고 메리가 왜 시의 도움을 받지 않느냐고 묻자, 그가 분노로 일그러진 얼굴로 메리를 보며 말했다. "이런 바보 같은 것, 난 돈은 필요 없다. 빌어먹을 놈의 동정심이나 돈 따위는! 나는 일을 하고 싶어. 그건 내 권리야. 난 일자리를 원한다고."

바턴은 전부 견디겠다고 혼잣말했다. 그리고 정말 견디고 있지만, 쉽지 않았다. 그의 기대가 너무 컸다. 친절을 받아본 사람이 순해진다. 그러나 그는 거의 친절을 경험하지 못했다. 그러는 동안 그는 노조에서 받을 수 있었던 도움도 강력하게 거부했다. 노조도 제공할 것이 많지는 않았지만, 부양가족이 많아도 무기력한 사람을 돕기보다 적극적이고 유용한 노조원을 달래는 편이 더 이익이라고 판단했다. 바턴은 생각이 달랐다. 그는 일을 하고 싶었다.

"톰 다비셔에게 줘." 바턴이 말했다. "그는 나보다 더 자격이 있어. 아이가 일곱 명이니까 나보다 더 도움이 필요하지."

톰 다비셔는 무기력한 데다 불평이나 해대고, 바턴을 뒤에서 욕하는 사람이었다. 바턴은 다 알고 있었지만, 그것이 수혜 자격을 판단하는 데에 영향을 미치면 안 된다고 생각했다.

메리는 일찍 출근했다. 그러나 이제는 일할 때 쾌활하게 웃지 않았다. 그녀의 마음은 고통 속을 방황하다, 미래를 상상하며 바느질하는 것으로 안정을 찾았다. 상상 속에서는 미래를 함께할 연인보다 안락한 환경이나 허영과 허식을 더 많이 생각했다. 그래도 자신보다 신분이 높은 사람의 마음을 사로잡았다는 사실에 자부심을 느꼈다. 또한 선망의 대상인 그가 자신의 귀여운 미소를 보기 위해서라면 뭐든 주겠다고 한 말을 떠올리는 일은 은밀한 즐거움이었다. 그를 향한 그녀의 사랑은 허영심이 만든 거품이었다. 그러나 대단히 밝고 현실적으로 보였다. 한편, 샐리 리드비터는 예리한 눈으로 상황을 주시했다. 그녀는 메리가 '돈으로 사는 인생'에 관심이 커졌다는 사실과 메리 같은 기만적 사랑이 없어도 많은 아가씨가 황금에 눈이 먼다는 사실을 알았다. 그래서 해리 카슨에게 메리의 궁핍한 상황을 알려주고 진도를 좀 더 나가보라고 부추겼다. 그러나 그는 메리의 자존심을 건드려서 좋을 게 없음을 본능적으로 알아서, 지금 많은 사람이 견디고 있는 고통에 대해 철저히 모른 척했다. 현재로서는 은밀한 만남과 여름 저녁의 산책, 그리고 사랑의 밀어에 붉어지는 그녀의 얼굴과 찬란한 미소를 보는 즐거움에 만족하기로 했다. 그렇다. 그는 확실해질 때까지 조심할 것이다. 어떤 식으로든 메리는 그의 것이 될 테니까. 그는 시간이 지날수록 자신의 매력이 효과를 발휘할 것을 의심하지 않았다. 자신은 잘생기고 매혹적인 남자니까.

만약 해리 카슨이 메리의 가정 상황을 알았더라면, 메리가 상쾌한 여름 공기 속에서 그와 보내는 시간이 늘어나는 것이 자신의 매력 덕분이라고 확신하지 않았을 것이다. 메리가 퇴근했을 때 바턴은 자주 집에 없었고, 집은 비누와 칫솔, 흑연과 파이프 점토가 부족하지 않았던 시절의 쾌적함이 사라졌다. 집은 우중충하고 쓸쓸했다. 과묵한 집 친구인 난롯불도 피울 수 없었다. 지금은 마거릿도 큰 무대에서 노래를 부르러 다니느라 집을 자주 비웠다. 그리고 앨리스 아주머니는, (아, 가시지 않길 바랐는데) 지금은 앤코츠에서 윌슨 부인과 살고 있다. 이 문제와 관련해서 메리는 죄책감을 느끼고 있었다. 그녀는 윌슨 아저씨가 죽고 난 후 윌슨 아주머니를 보러 가는 일을 계속 미루고 있었다. 젬과의 만남이 두렵기도 했고, 지난번처럼 젬이 오해할 만한 상황을 만들고 싶지 않았기 때문이다. 그녀는 방문을 차일피일 미루는 자신이 너무 부끄러워서 영영 그 집에 못 갈 것 같았다.

아버지가 집에 계셔도 나을 게 없었다. 사실 더 나빴다. 그는 이전보다 더 말수가 줄었다. 그리고 어쩌다 입을 열 때면 한 번도 보지 못한 모습으로 신랄하고 과격한 말을 했다. 메리도 자주 화를 냈고, 대답도 고분고분하지 않았다. 그래서 한번은 화가 잔뜩 난 바턴이 메리를 때린 적도 있었다. 만약 그 순간에 샐리 리드비터나 해리 카슨이 가까이 있었다면, 메리는 영원히 집을 떠났을지도 모른다. 바턴이 화가 나서 집을 나간 후에 메리는 홀로 앉아서 지나간 날들을 가슴 아프게 떠올렸다. 조급한 자신에게 화가 났고, 이제 아버지가 자신을 사랑하지 않는다고 생각했다. 고통스러운 생각이 꼬리에 꼬리를 물며 이어졌다. 이제 누가 그녀를 사랑할까? 해리 카슨이 있지만, 지금으로서는 위로가 되지 않았다. 어머니는 돌아가셨다! 아버지는 너무 자주 화를 내고 최근에는 잔인해졌다(바로 이 점이 충격이었다. 이를 떠올리자, 메리의 하얗고 부드러운 얼굴이 고통으로 일그러지고 벌게졌다). 그러다 마음이 좀 풀리면서, 그동안 자신이 얼마나 짜증스럽게 말하고 행동했는지, 아버지가 얼마나 많이 자신을 참아줬는지, 그리고 최근에 이런 시련이 오기 전까지 아버지가 얼마나 아낌없이 자신을 사랑했는지 등을 떠올리며 자책했다. 아버지의 사랑을 느꼈던 순간을 하나둘 떠올려 보니, 어떻게 아버지를 그런 식으로 대할 수 있었는지 의아해지기 시작했다.

그때 바턴이 돌아왔다. 메리는 수치심만 느끼지 않았다면 잘못을 빌었을 것이다. 그러나 감정을 가라앉히려 애쓰다 그만 뚱한 표정을 짓고 말았다. 그래서 바턴은 어떤 말로 시작해야 할지 몰라서 한참을 망설였다. 마침내 자존심을 버리고 그가 말했다.

"메리, 네게 손찌검해서 정말 미안하구나. 네가 내 화를 돋웠고, 나도 예전의 내가 아니야. 하지만 손찌검은 잘못한 일이지. 다시는 안 그러마."

바턴이 손을 내밀었고, 메리도 눈물을 쏟으며 잘못했다고 말했다. 그 후로 바턴은 다시는 메리를 때리지 않았다.

그러나 화를 자주 냈다. 그래도 침묵보다는 나았다. 말을 하지 않을 때는 난롯가에 앉아 (습관처럼) 담배나 아편을 피웠다. 메리는 그 냄새가 정말 싫었다! 그리고 황혼이 짧은 여름밤의 어둠 속으로 사라지기 직전에, 그녀는 아버지가 커튼을 열어놓은 창문 쪽을 두렵게 바라보기 시작했다. 이따금 창문 밖은 꿈에 나타날지도 모를 두려운 광경이 펼쳐졌다. 창백한 안색의 낯선 남자들이 이글거리는 눈빛으로 어둠을 꿰뚫고, 아버지가 집에 있는지 확인하는 듯했다. 또는 (몸은 숨긴 채) 손이나 팔을 출입문 안으로 집어넣고 아버지에게 나오라고 손짓했다. 그럴 때마다 바턴은 늘 나갔다. 그리고 한두 번은 메리가 잠자리에 들려 할 때 남자들이 낮고 진지한 목소리로 조용히 대화를 나누는 소리가 들렸다.

그들은 모두 간절하게 뭐든 할 준비가 되어 있던 노조원이었다.

처음 겪는 음침한 상황들로 마음이 무겁던 어느 날 저녁, 메리는 윌슨 부인을 마지막으로 언제 봤냐는 아버지의 난데없는 질문에 깜짝 놀라 몽상에서 깨어났다. 말투를 보아 아버지가 그 집을 방문했었던 것이 분명한데, 그동안은 거기에 대해 일절 언급이 없었다. 어쨌든 지금 바턴은 메리에게 다음 날 꼭 가보라고 퉁명스럽게 말하며, 진작 가보지 않은 것을 거친 말로 나무라기까지 했다. 아버지의 꾸지람은 오히려 지금 메리에게 필요한 격려의 말이었다. 그래서 메리는 젬과 마주칠 것 같은 시간을 피해서 다음 날 오후에 앤코츠로 갔다.

익숙했던 집인데 밖에서 보니 뭔가가 달라져 있었다. 전에는 늘 열려 있던 문이 닫혀 있었다. 윌슨 아저씨가 자부심을 느끼며 세심하게 관리했던 페네스트라이아가 시들어서 축 늘어져 있었다. 한동안 아무도 그 식물에 물을 주지 않다가 갑자기 게으른 자신을 자책하던 윌슨 부인이 무지에서 비롯된 불안감에 사로잡혀 너무 많은 물을 준 탓이었다. 메리가 문을 열자 앨리스 아주머니가 눈에 들어왔다. 늘 그렇듯 난롯가에 차분히 앉아 뜨개질을 하고 있었다. 난롯불이 희미하게 꺼져 가는데도 오후의 밝은 햇살 때문에 안은 더웠다. 윌슨 부인은 저녁 식사를 한쪽으로 치워놓고는 언제나처럼 큰 목소리로 구시렁대고 있었는데, 처음에 메리는 무슨 말인지 알아듣지 못했다. 그러나 이내 찾아오지 않는 자신에 관한 이야기임을 깨달았다. 슬픔에 잠겨 있던 윌슨 부인의 얼굴이 못마땅한 표정으로 바뀌는 걸 보고, 메리는 곧 잔소리를 듣겠다고 생각했다.

"세상에! 메리니?" 윌슨 부인이 먼저 알아봤다. "아니, 네가 오다니 이게 꿈이니 생시니! 우린 네가 우릴 까맣게 잊었다고 생각했단다. 젬은 길에서 너를 보면 알아볼 수나 있을지 모르겠다고 했지."

불쌍한 윌슨 부인은 그동안 수많은 시련을 겪었다. 그리고 그 시련들은 그녀의 외부보다 내면에 더 강한 영향을 미쳤다. 성격이 점점 비뚤어졌다. 그녀는 메리에게 자신의 불쾌감을 드러내고 그것을 합리화하기 위해 젬이 하지도 않은 말을 꾸며냈다.

메리는 죄책감을 느꼈기에 변명을 할 수 없었다. 그래서 민망한 얼굴로 말없이 서 있다가 앨리스 아주머니에게 말을 걸려고 몸을 돌렸다. 깜짝 놀란 앨리스가 메리에게 따뜻하게 인사하려다 소모사 실뭉치를 떨어뜨렸다. 그녀는 새끼 고양이가 의자와 탁자 주위에 실뭉치를 풀어낸 것처럼 실이 마구 엉키기 전에 얼른 정돈했다.

"메리, 앨리스에게 들리게 하려면 더 크게 말해야 해. 몇 주 전부터 귀가 안 좋아. 네가 얼마 만에 여기 온 건지 내가 기억할 수 있다면, 앨리스 귀가 언제부터 나빠졌는지 정확히 말해줄 수 있겠다만."

"그래, 얘야. 최근에 귀가 많이 나빠졌단다." 앨리스가 상황을 파악하고는 황급히 눈을 흘기며 말했다. "이제 시작이라고 생각해."

"그런 말 말아요." 윌슨 부인이 비명을 질렀다. "우리는 불행을 겪을 만큼 겪었어요." 그녀가 앞치마로 얼굴을 가리고 울기 시작했다.

"그는 정말 좋은 남편이었어." 윌슨 부인이 눈물에 젖은 눈을 들어 메리를 바라보며 차분하게 말했다. "나만이 그 사람의 가치를 알기 때문에, 내가 뭘 잃었는지 아무도 모를 거야."

메리의 동정 어린 경청에 마음이 풀린 윌슨 부인이 자신을 짓누르던 짐을 풀어놓기 시작했다.

"아, 애야! 아무도 내가 뭘 잃었는지 몰라. 가엾은 쌍둥이를 잃었을 때도 나는 전능하신 하느님이 나를 버렸다고 생각했지만, 남편 조지까지 잃을 줄은 정말 몰랐어. 그 사람 없이 못 살 것 같았거든. 그런데 나는 여기 살아 있고, 그 사람은…." 울음이 터진 윌슨 부인이 말을 멈췄다.

"메리." 윌슨 부인이 말을 이었다. "그가 나와 결혼할 당시에 내가 불쌍한 처지였던 것을 알고 있니? 그는 정말 미남이었지! 젬은 비교가 안 될 정도로."

메리는 그 얘기를 들은 적이 있었기에, 그렇다고 대답했다. 가여운 윌슨 부인은 한숨을 쉬고 눈물을 흘리고는 고개를 저으며, 지난 추억들을 더듬었다.

"그가 나를 선택할 이유가 전혀 없었어. 사고 전에는 나도 괜찮았지만, 사고 후에는 완전히 달라졌으니까. 그리고 지금은 카슨 부인이 된 베시 위터가 그에게 눈독을 들였지. 그때는 잘 몰랐지만, 그녀도 꽤 예쁜 아가씨였어. 카슨 씨도 그녀와 비슷한 지위였는데, 지금은 둘 다 우리보다 잘살지."

메리는 얼굴이 빨개졌다. 자신도 그렇게 됐으면 좋겠다고 생각했고, 윌슨 부인이 자기 애인의 부모에 관한 이야기를 더 들려주기를 바랐다.

그러나 그런 부탁은 감히 하지는 못했고, 윌슨 부인도 죽은 남편과의 신혼 생활을 떠올렸다.

"솔직히, 애야. 나처럼 집안일에 젬병인 사람도 없단다. 그런데도 남편은 나와 결혼했지! 나는 거의 다섯 살 때부터 공장에서 일했기 때문에 빨래는 고사하고 청소고 요리고 아무것도 할 줄 몰랐어. 신혼 때 그가 아침을 먹고 출근하면서 이렇게 말했지. '제니, 점심에는 콜드비프와 감자 요리를 먹자, 근사하게.' 나는 내색하지 않았지만, 그때 얼마나 걱정했는지 하느님만 아실 거야. 나는 감자를 어떻게 요리하는지 전혀 몰랐거든. 껍질을 벗기고 삶는다는 것은 알고 있었지만, 그게 다였어. 나는 집을 대충 청소한 다음, 저 시계를 쳐다봤지." 윌슨 부인이 벽에 걸린 시계를 가리켰다. "아침 9시였어. 그래서 내 생각에 감자를 삶아야 하니까, 얼른 불에 올렸어(그러니까 껍질을 벗기자마자 올렸는데, 처음이라 힘들었지). 그리고 다른 일을 했지! 그가 12시 20분에 집에 왔고, 나는 탁자 위에 소고기를 차린 다음, 냄비에서 감자를 꺼내러 갔어. 그런데, 아. 물은 다 끓어 없어져 버렸고, 감자는 까맣게 타서 온 집안에 탄내가 가득했어. 다정했던 그는 아무 말도 안 했지. 하지만, 메리! 나는 그날 오후에 펑펑 울었어. 평생 그 일을 잊을 수가 없단다. 그 후에도 여러 실수를 저질렀지만, 그때처럼 당황스러운 적은 없었어."

"우리 아버지는 공장에 나가는 아가씨를 싫어하세요." 메리가 말했다.

"그래, 나도 안단다. 그럴 만도 하지. 확실히 결혼한 후에는 공장에 나가면 안 돼. 어떤 남자들은⋯." 윌슨 부인이 손가락으로 셈을 하며, "그러니까, 아홉 명인데. 내가 알기로 아내가 공장에서 일하는 남편들은 술집을 다니더라고. 다들 나쁜 사람은 아니야. 하지만 공장에 나가는 여자들은 아이들을 애 보는 사람에게 맡기고, 집도 지저분하고 난롯불이 꺼져 있어도 신경 쓰지 않아. 그러면 남편들은 어디에 머물고 싶겠어? 밝고 깨끗하고 난롯불도 활활 타고 있는 술집을 찾겠지. 안 그래도 술집은 남자들을 환영하는 곳이잖니."

일부러 가까이 서 있던 앨리스는 윌슨 부인의 말을 들으며, 그 이야기가 전에도 나눴던 대화 주제인 것을 알고 끼어들었다.

"난 우리 젬이 여왕 폐하를 뵙고, 공장에서 일하는 기혼 여성의 문제에 관해 말씀을 드릴 기회가 오면 좋겠어. 그런데 그 문제에 대한 그 애의 생각은 좀 지나쳐. 자기 아내는 집 밖에서 절대 일하면 안 된다나."

"내 생각에, 지치고 피곤한 남편이 집에 왔을 때 아내가 반겨주면 좋겠는지 질문을 받아야 할 사람은 앨버트 공이야. 아마 가끔 여왕도 지치고 피곤한 채 집에 오겠지. 그런데 앨버트 공은 아내가 집에서 청소도 하지 않고, 난롯불도 꺼진 채 그냥 두면 싫어하지 않을까? 식사가 불편하고 엉망인 것은 말할 것도 없고. 확신컨대, 그도 왕이니까 아내에게 그런 대접을 받는다면, 화려한 술집 같은 곳으로 가버릴 거야. 하여튼 왜 앨버트 공은 가난한 아내들을 공장에서 일하지 못하게 하는 법을 만들지 않는 걸까?"

메리는 빅토리아 여왕과 앨버트 공은 법을 만들 권한이 없다고 조심스럽게 말하려 했지만, 윌슨 부인은 이렇게 자답했다.

"흥! 여왕이 법을 만들 수 없다는 말은 꺼내지도 마. 그리고 여왕도 남편에게 순종할 의무가 있지 않니? 앨버트 공이 안 된다고 하고, 여왕도 안 된다고 하면, 모든 사람이 아, 안 되겠다고 말할 거야."

"젬은 잘 풀리고 있단다." 올케의 일장 연설을 듣지 못한 앨리스가 조카의 다양한 재능을 떠올리며 말했다. "젬이 크랭큰지 탱큰지 하는 것의 문제점을 찾아냈거든. 둘 중 뭐였는지는 잊어버렸는데, 어쨌든 공장주가 그를 현장 주임으로 앉히고 자기는 공장 일에서 손을 뗐지. 그러면서 젬을 절대 놓칠 수 없다고 했대. 지금 젬은 괜찮은 보수를 받고 있어. 내가 젬에게 결혼을 생각해 보라고 말했지. 그 애는 자기에게 딱 맞는 좋은 아내를 얻을 자격이 있어."

메리는 다시 얼굴이 빨개졌다. 젬의 이야기를 들었을 때 가슴 깊은 곳에서 은밀하게 기쁨이 샘솟았지만, 얼굴은 짜증 난 표정을 지었다. 윌슨 부인은 메리의 뚱한 표정을 보고 불쾌해졌다. 그녀는 아들의 결혼을 크게 바라지 않았다. 그녀에게 아들은 행복했던 시절의 유산이므로, 누가 오든 미래의 며느리에게 살짝 질투를 느꼈다. 그래도 젬에게 선택된 것을 고마워하고 자랑스러워하지 않는 사람은 참을 수 없었고, 젬이 누구보다 메리를 좋아한다는 사실도 잘 알았다. 또한 메리가 이제야 자신을 방문한 것도 며느릿감으로서 감점 요인이었다. 그래서 윌슨 부인은 앨리스가 말한 '딱 맞는 좋은 아내'가 메리는 아니라는 뜻을 전달하려고 이야기를 꾸며댔다.

"아, 젬에게 곧 아내가 생길 거란다." 비밀을 얘기하듯 낮은 목소리로 윌슨 부인이 말했다. 그러면서 눈치 없는 시누이가 반박이나 부연 설명을 하지 못하게 막으려고 이렇게 덧붙였다.

"조만간 몰리 깁슨(모퉁이 식료품 가게 딸)이 기분 좋은 소식을 듣게 될 거야. 그 애가 하루에도 수십 번 젬에게 눈길을 주는데, 젬은 그 애 아버지가 평범한 노동자에게 딸을 주지 않을 거라 생각했어. 하지만 이제는 어느 모로 보나 젬도 몰리만큼 조건이 좋아졌지. 전에는 젬이 메리 너를 좋아했지만, 나는 네가 어울리지 않는다고 늘 생각했었지. 그래서 지금은 잘된 것 같아."

메리는 짜증을 가까스로 억누르며 말했다. "젬이 몰리 깁슨과 잘됐으면 좋겠네요. 몰리도 예쁜 아가씨니까요."

"맞아, 그리고 살림도 잘한단다. 지난 토요일에 몰리가 준 조각보가 위에 있는데, 가져다가 네게 보여줄게."

메리는 윌슨 부인이 방을 나가게 되어 기뻤다. 그녀의 말을 곧이곧대로 믿지는 않았지만, 그래도 거슬렸다. 더구나 그녀는 앨리스 아주머니와 대화하고 싶었는데, 윌슨 부인은 미망인으로서 관심을 받고 싶어했다.

"앨리스 아주머니." 메리가 입을 뗐다. "귀가 나빠지셨다니 너무 슬퍼요. 굉장히 빨리 악화됐나 봐요."

"그렇단다, 애야. 또 다른 시련이지. 하느님께 그분의 뜻을 깨닫게 해달라고 기도해야지. 어느 날 날이 좋아서 기침하는 윌슨 부인에게 차로 끓여줄 조팝나무 꽃잎을 모으러 나갔는데, 그때 문득 화가 났단다. 들판이 쓸쓸하고 고요해 보였고, 처음에는 내가 뭘 찾으러 나왔는지 생각이 안 났어. 그러다 새소리가 들렸는데, 더는 그 예쁜 소리를 못 듣는다고 생각하니 눈물이 나더구나. 그래도 감사할 게 많아. 나는 윌슨 부인에게 위로를 주는 사람이야. 물론 부인은 가끔 내게 잔소리를 하지만. 불쌍한 사람! 그래도 내게 잔소리하는 동안은 부인이 가슴 아픈 생각에서 벗어날 수 있어. 눈만 괜찮다면, 그럭저럭은 살 수 있어. 사람들이 하는 말을 추측하면 되니까."

　윌슨 부인이 빨간색과 노란색 천을 이어 붙인 화려한 조각보를 가져왔다. 만약 메리가 테두리와 중심, 바탕색, 좌우 등 구석구석 살펴보며 칭찬하지 않았다면, 윌슨 부인은 기분이 상했을 것이다. 메리는 경쟁자에 대해 진심 어린 찬사까지는 할 수 없었기에 조각보를 칭찬하는 것으로 대신했다. 그러면서 젬과 마주치지 않으려고 서둘러 작별 인사를 했다. 윌슨네에서 한참 멀어졌을 때 메리는 속도를 늦추고 생각하기 시작했다. 젬이 정말 몰리 깁슨을 좋아할까? 그럼, 그러라지. 사람들은 젬이 그녀(메리 자신)에게 과분하다고 생각하는 모양이다. 하지만 나중에 자신이 젬보다 훨씬 잘생기고 돈도 많은 남자의 아내로 적합하다는 것을 젬에게 보여줄 것이다. 메리는 화가 나기도 했고, 오기가 생기면서 이전보다 더 열심히 해리 카슨을 부추겼다.

　그로부터 몇 주 후에 바턴이 소속된 노동조합에서 회의를 열었다. 그날 아침 바턴은 일찍 일어나도 할 일이 없어서 늦게까지 침대에 누워 있었다. 밥을 먹을지 아편을 피울지 고민하다 자신에게 더 필요한 아편을 택했다. 이따금 찾아오는 끔찍한 우울감에서 벗어나고 싶었기 때문이다. 큰 덩이 하나만 있으면 아무렇지 않은 상태 혹은 과거에 누렸던 편안한 상태로 돌아가는 듯했다. 노조 회의는 8시에 시작했다. 전국 각지에서 온 우려 가득한 편지들이 낭독되었다. 지독하고 무거운 우울감이 회의장을 덮었다. 11시쯤 사람들이 사납고 무거운 마음을 안고 흩어졌다. 일부는 자신들의 절박한 계획에 반대한 사람들 때문에 화를 내고 자리를 떴다.

　가스등 불빛이 이글대는 방에서 나와 밤거리로 나왔을 때, 날씨도 그들의 편이 아니었다. 비가 추적추적 멈추지 않고 내렸다. 젖은 유리 때문에 가스등의 불빛이 희미해서 가시거리가 짧았다. 거리에 행인은 없었다. 방수 제복이 무색하게 흠뻑 젖은 경찰관 하나를 제외하고는 개미 한 마리도 보이지 않았다. 바턴은 사람들에게 작별 인사를 하고 집으로 향했다. 거리 한두 개를 지났을 무렵, 뒤에서 따라오는 발소리가 들렸다. 그러나 그는 발걸음을 멈추고 그게 누군지 확인하려 하지 않았다. 잠시 후 뒤따라오던 사람의 걸음이 빨라지더니 슬며시 그의 팔을 잡았다. 바턴이 뒤를 돌아봤다. 가로등 불빛이 희미했는데도 그는 그 여자가 무엇을 하는 사람인지 바로 알았다. 폭우에 어울리지 않는 화려한 옷이 그 증거였다. 얇은 보닛은 한때 분홍색이었으나 지금은 지저분한 흰색이 되었고, 질질 끌리는 모슬린 드레스는 무릎 위까지 흠뻑 젖어 있었다. 명주실과 무명실 등으로 얇게 짠 화려한 숄로 몸을 감싼 그 여인은 떨리는 목소리로 속삭였다. "얘기 좀 하고 싶어요."

바턴은 욕을 하며 그녀를 쫓았다.

"정말이에요. 절 쫓아내지 마세요. 지금은 숨이 차서, 제가 누군지 한 번에 말할 수가 없어요." 그녀가 손을 허리에 짚고는 고통스럽게 숨을 헐떡였다.

"나는 당신이 생각하는 그런 사람이 아니오." 바턴이 무례하다는 듯 덧붙였다. 그러다 그녀의 목소리를 듣고 뭔가가 생각난 듯했다. "잠깐만." 그가 (방금 떼어낸) 그녀의 팔을 꽉 잡고는, 힘없이 저항하는 그녀를 가스등 기둥 가까이 끌고 갔다. 그가 보닛을 들추고, 그녀가 감추려 했던 얼굴을 거칠게 쥐고 불빛에 비추었다. 그녀가 부자연스러운 잿빛 눈을 크게 뜨고 어여쁜 입술을 반쯤 벌린 채 용서를 구하는 듯했지만,

말로 표현되지 못했다. 바턴은 한동안 보지 못했던 에스더를 즉시 알아보았다. 아내를 죽음으로 몰고 간 그 에스더였다. 고운 얼굴은 그대로지만, 짙은 화장과 날카로워진 이목구비 때문에 인상이 전반적으로 달라졌다! 무엇보다 그는 그녀의 옷차림이 싫었다. 하지만 불쌍한 에스더는 그날 밤 바턴을 만나기 위해 몇 벌 없는 옷 중에서 그나마 가장 평범한 옷을 걸친 터였다.

"그래, 너 맞지? 너구나!" 바턴은 이를 갈면서 이렇게 외치고는 그녀를 마구 흔들었다. "오랫동안 거리 모퉁이들을 돌며 너를 찾았지. 언젠가는 만날 줄 알았거든. 전에 내가 매춘부가 될 거라고 말해서 네가 화를 냈었지. 세상에! 너는 그런 사람이 아니라고 했잖아. 이렇게 화려한 드레스를 질질 끌고 분홍색으로 뺨을 화장한 너를 보고 사람들이 무슨 생각을 하겠니!" 바턴은 숨이 차서 말을 멈췄다. "제발! 형부, 제발요! 제 얘기 좀 들어봐요, 메리를 위해서라도!"

에스더가 말한 메리는 조카였으나, 바턴은 아내를 가리켰다고 오해했다. 그리고 그 이름은 불에 기름을 끼얹는 것과 같았다. 짙게 화장한 얼굴이 사색이 된 에스더가 자비를 구했으나 허사였다. 바턴이 다시 분노를 터뜨렸다.

"감히 네가 그 이름을 입에 올려? 그 이름을 대면 내가 자비를 베풀 거라 생각했나 보구나! 아벨을 죽인 카인처럼, 언니를 죽인 건 바로 너야. 그녀가 너를 자식처럼 사랑하고 믿었는데, 네가 자취를 감춘 다음부터 기운을 차리지 못했어. 그러다 3주도 안 되어서 죽어버렸지. 최후의 심판 때 그녀가 부활하면 너를 살인자로 지목할 거야. 그녀가 안 하면 내가 그렇게 할 거고."

바턴이 에스더를 밀치고는 성큼성큼 가버렸다. 에스더가 바들바들 떨며 주저앉았다. 가로등 기둥을 붙들고 가냘픈 비명을 지르며 그 자리에 쓰러졌다. 그때 한 경찰관이 무슨 일인지 확인하러 다가왔고, 에스더가 술에 취해 쓰러졌다고 생각하고는 반쯤 정신이 나가 있던 그녀를 유치장에 가두었다. 악인과 비참한 사람들을 가두고 있는 그곳의 감독관은 어둠 속에서 졸다가 반쯤 정신이 나간 사람의 울부짖음과 신음을 듣고는 잠에서 깼다. 그는 보고서에 에스더가 취한 상태였다고 썼다. 그러나 그가 자세히 들었다면, 불안한 중얼거림 속에서 이런 말이 반복되고 있는 것을 알았을 것이다.

"그가 내 말을 들으려 하지 않는데, 내가 뭘 할 수 있겠어? 그가 내 말을 안 들어. 그에게 경고하고 싶었는데! 아, 언니의 딸을 구하려면 어떻게 해야 할까? 어떻게 하면 그 아이를 나처럼 되지 않게 할 수 있을까? 이렇게 가련하고 역겨운 사람이 되지 않게! 그 아이는 내가 들었던 이야기를 듣고, 내가 사랑한 방식대로 사랑하고 있어. 그러면 결국 나처럼 될 텐데. 어떻게 그 아이를 구하지? 그 아이는 나처럼 경고를 무시하고 조심하지 않을 거야. 누가 그녀를 사랑으로 주의 깊게 살필 수 있을까? 하느님, 그 아이를 악으로부터 지켜주세요! 하지만 기도할 수 없어. 난 죄인이니까! 내 기도가 들릴까? 아! 내 기도는 해만 끼칠 거야. 내가 어떻게 그 아이를 구하지? 그는 내 말을 들으려 하지 않아."

그렇게 그날 밤이 지났다. 다음 날 아침 그녀는 뉴 베일리로 보내졌다. 그녀의 사건은 부랑자가 난동을 부린 사건으로, 그녀는 한 달간 감옥에 갇혔다. 그동안 많은 사건이 벌어진다!

11. 해리 카슨의 드러난 의도

오 메리, 당신이 그의 평화를 깨뜨릴 수 있다면,
누가 기꺼이 당신을 위해 죽겠는가?
혹은 당신이 그의 마음을 아프게 할 수 있다면,
당신을 사랑하는 것은 누구의 유일한 잘못인가?
- 번스

고백하지만, 나도 부자를 좋아할 수 있어.
그러나 무일푼이라도 그 남자가 더 소중해.
나는 부자들과 맞지 않아.
작위나 재산의 영향을 받으니까.
혹은 그의 재산 때문에 황송해하며
그와 한 몸이 되기는 정말 싫어.
- 조지 위더 『피델리아』

바턴은 에스더를 마주친 후 불편하고 불안한 마음을 안고 집에 돌아왔다. 그는 길에서 예상했던 모습으로 에스더가 나타나면 해줘야겠다고 수년간 생각해둔 말 외에 아무 말도 하지 않았다. 에스더는 그런 말을 들어도 싸지만, 지금은 말하지 말 걸 하는 후회가 들었다. 자비를 구하던 에스더의 모습이 떠올라 마음이 아팠다. 무력하게 바닥에 엎드려 있던 에스더의 마지막 모습이 자꾸만 꿈에 나타나 잠을 제대로 이룰 수 없었다. 바턴은 에스더의 환영을 몰아내기 위해 침대에서 일어나 앉았다. 너무 늦었지만, 양심의 가책을 느꼈다. 마지막에 친절한 말을 덧붙였다면 훨씬 좋았겠다고 생각했다. 그는 그날 밤의 일을 죽은 아내가 알고 있을지 궁금했다. 에스더를 사랑했던 아내가 비천하고 혐오스러운 모습으로 나타난 동생을 보면 천국에서도 가슴이 아플 것 같아 모르기를 바랐다. 문득 그는 에스더가 암묵적으로나마 겸허히, 길 잃은 자기 모습을 인정했던 것을 떠올렸다. 그러자 그는 자신이 자주 들었던 종교에서 에스더가 길을 찾을 방법이 있지 않을까 궁금해졌다. 그 어떤 세속적인 힘으로는 불가하지만, 종교는 에스더를 구할 수 있을지 모른다는 기대가 어두운 마음속에서 희미하게 깜빡였다. 그런데 어디에서 에스더를 찾지? 이 넓은 도시에서 에스더처럼 작고 하찮은 여인을 어떻게 만날 수 있을까?

바턴은 에스더가 자신을 따라왔던 날 그녀의 발소리가 들렸던 거리들을 저녁마다 돌아다니며 괴상망측한 보닛을 쓴 여자들을 유심히 바라보았다. 다시 에스더를 만나면 저번에 했던 말과는 전혀 다른 말을 해줘야겠다고 마음먹었다. 그러나 밤마다 실망하며 집에 돌아와야 했고, 결국 그녀를 찾는 일을 포기했다. 그리고 자책감에서 벗어나고 싶은 마음에, 에스더를 향한 분노의 불씨를 되살렸다.

바턴은 외모가 비슷하면 운명도 비슷할 것 같은 생각이 들어, 딸 메리가 에스더를 닮지 않기를 바랐다. 그런데 이런 바람이 불안감을 키워서, 결국 메리의 행동을 의심하고 걱정하기에 이르렀다. 지금까지 그는 메리의 일에 간섭은 물론이거니와 질문도 거의 하지 않았었기에, 메리는 아버지의 갑작스러운 변화를 참을 수 없었다. 더구나 자꾸 만나자고 졸라대는 해리 카슨을 상대하느라 바쁜 요즘, 퇴근은 몇 시에 하는지 퇴근하면 바로 집으로 오는지 등 온갖 질문에 일일이 답하기가 어려웠다. 물론 거짓말을 하면 되겠지만, 그보다는 질문을 받지 않는 쪽이 더 많은 것을 감출 수 있었다. 그래서 메리는 캐묻는 질문에 화가 났음을 표시하기 위해서 고집스럽게 침묵을 지켰다. 이것이 부녀 사이에 도움이 되지는 못했지만, 여전히 서로를 아끼는 두 사람은 상대를 불쾌하게 하는 행동이 모두 상대의 행복을 바라기 때문이라고 믿었다.

지금 바턴은 메리의 결혼을 바랐다. 메리의 결혼은 메리가 에스더와 같은 길을 갈지 모른다는 두려움을 제거할 것이다. 자신은 풀어준 고삐를 다시 쥘 수 없었지만, 남편은 다를 것이다. 만약 젬 윌슨이 메리와 결혼만 한다면! 젬은 성실하고 능력도 있다! 하지만 젬은 메리에게 무시당할까 봐 이제는 발걸음도 끊었다. 바턴이 메리에게 물었다.

"메리, 젬과는 어떻게 된 거니? 너희 둘은 친했잖아."

"아, 젬이 몰리 깁슨과 결혼할 거래요. 결혼하기까지 시간은 걸리겠지만요." 메리가 최대한 무심하게 말했다.

"네가 뭘 잘못했나 보구나." 바턴이 퉁명스럽게 말했다. "전에 젬이 너를 꽤 좋아했던 것 같은데. 아니면 내가 잘못 봤나. 네게는 과분한 녀석인데."

"그건 사람들의 생각이죠." 메리가 버릇없이 말했다. 그날 아침에 해리 카슨이 한숨을 쉬며, 그녀가 세상에서 가장 사랑스럽고 예쁘고 훌륭하다며 온갖 사탕발림을 해댔던 일이 기억났기 때문이다. 또 그가 예쁜 여동생과 말을 타고 가면서 메리를 봤을 때는 공개적으로 그녀에게 관심을 보이진 않았지만, 여동생의 뒤에서 잠시 맴돌며 메리에게 보라는 듯 자기 손에 여러 번 입을 맞췄다. 그러니 젬 윌슨과 마찬가지로, 메리도 젬을 붙잡을 생각이 없었다.

그러나 바턴은 딸의 건방진 태도를 참을 기분이 아니어서, 젬 윌슨을 놓쳤다며 메리를 호되게 나무랐다. 메리는 마음속에서 차오르는 분노를 누그러뜨리려 피가 날 때까지 입술을 깨물었다. 급기야 바턴은 집을 나가버렸고, 메리는 격렬하게 울었다.

한편, 그날 젬은 골똘히 생각한 끝에 모 아니면 도라는 심정으로 운명에 모든 것을 걸기로 했다. 그는 아내를 맞아도 괜찮은 조건이었다. 물론 어머니와 고모와 같이 한집에 살아야 했지만, 가난한 사람들에게는 흔한 일이었다. 또한 윌슨네와 바턴네의 친분을 생각한다면 그것이 결혼 생활에 장애가 되지 않으리라 젬은 생각했다. 어머니와 고모도 메리를 환영할 것이다. 아! 두 분이 메리를 환대할 것을 생각하니 젬은 더없이 행복했다.

젬은 그날 저녁에 할 일을 생각하느라 하루 종일 정신이 팔려 있었다. 메리의 집에 가려고 정성껏 몸을 씻고 옷을 갖춰 입는 동안 혼자 실실 웃었다. 양복 조끼 같은 것이 결정적인 순간에 자신의 운명을 결정할 것 같았다. 자신이 소심하고 여자를 두려워해서 작은 거울 앞에서 자꾸 시간을 끄는 것만 같았다. 다른 생각을 해보려 했지만, 소용이 없었다.

불쌍한 젬! 그대에게 영광의 순간은 오지 않으리!

"들어오세요." 문을 두드리는 소리에 메리가 대답했다. 그녀는 몇 펜스를 벌기 위해, 몇 시간째 슬픈 표정으로 상복을 짓고 있었다.

안으로 들어온 젬은 그 어느 때보다 당황하고 부끄러워했다. 그토록 보고 싶었던 메리가 혼자 있었기 때문이다. 메리가 의자에 앉으라는 말을 하지 않아서, 젬은 잠시 우두커니 서 있다가 그녀 근처로 가서 앉았다.

"바턴 아저씨는 집에 계시니, 메리?" 메리가 침묵하기로 결심한 사람처럼 말없이 바느질만 하자 젬이 그렇게 물었다.

"아니, 노조 사무실에 가신 거 같아." 또 침묵이 흘렀다. 젬은 기다려도 소용없겠다고 생각했다. 이렇게 불안하고 떨리는 상태로는 도무지 하려고 했던 말을 꺼낼 수 없을 것이다. 그러니 단도직입으로 말하는 편이 나았다.

"메리!" 평소와 다른 젬의 목소리에 메리가 잠시 그를 쳐다봤다. 젬의 표정을 보는 순간 메리는 무슨 일이 일어날지 깨달았고, 그와 동시에 가슴이 마구 뛰는 바람에 가만히 앉아 있을 수가 없었다. 그러나 한 가지는 분명했다. 젬이 무슨 말을 하든 그녀는 그의 사람이 되지 않을 것이다. 그녀는 자신이 모두에게 과분한 사람임을 세상에 보여줄 것이다. 메리는 아버지의 짜증 섞인 꾸짖음을 듣고 아직 마음이 풀리지 않은 상태였다. 그러나 간절한 눈빛으로 자신을 뚫어지게 바라보고 있는 젬 앞에서 자신의 감정을 숨겼다.

"저기 메리! (네가 얼마나 사랑스러운지 말로 다 표현할 수 없지만) 지금 하려는 말이 새로운 것은 아니야. 너도 오랫동안 알고 있던 내용이지. 어릴 때부터 나는 부모님을 포함해서 그 누구보다 너를 제일 좋아했어. 날마다 너와 함께 있고 싶다고 생각하고 밤에는 네 꿈을 꿔. 그

동안은 너를 데려올 방법이 없어서 붙잡지 못했어. 그래서 다른 사람이 너를 데려갈까 봐 불안했지. 그런데 지금은 달라, 메리. 내가 공장 감독자가 됐거든. 내 얘기를 들어줘, 메리!" 메리는 참을 수 없어서 자리에서 일어나 젬을 외면했다. 젬도 따라 일어나서 메리에게 다가가 그녀의 손을 잡으려 했다. 하지만 메리가 허락하지 않았다. 그녀는 최후통첩을 전하겠다고 마음을 다잡고 있었다.

"그리고 메리, 이제 나는 그 누구보다 너를 사랑하고 소중하게 여길 마음과 너와 함께할 집이 있어. 우리가 부자는 될 수 없겠지. 하지만 사랑하는 마음과 건강한 육체로 너를 고통과 가난에서 충분히 보호할 수 있어. 어떻게 말해야 할지 모르겠다. 내 사랑을 말로 다 표현할 수가 없네. 하지만 아! 메리. 나를 믿겠다고, 나만의 사람이 되겠다고 말해줘."

메리는 즉답하지 않았다. 무슨 말을 해야 할지 몰랐다.

"사람들이 침묵은 동의라고 하던데. 메리, 그러니?" 그가 속삭였다.

바로 지금이다.

"아냐! 내 경우는 그렇지 않아." 메리의 목소리는 차분했지만, 온몸이 떨렸다. "난 언제까지나 네 친구일 뿐이야, 네 아내는 될 수 없어, 젬."

"내 아내가 될 수 없다고?" 슬픔이 복받쳐 젬이 말했다. "아, 메리. 조금만 더 생각해 봐! 내 아내가 되지 않을 거라면 친구도 될 수 없어. 적어도 나는 너와 친구로 지낼 생각이 없거든. 제발 좀 더 생각해 봐! 네가 거절하면, 나는 절망에 빠질 거야. 이 사랑은 최근에 시작된 게 아냐. 그동안 사람들이 봐왔던 내 내면의 선함은 널 향한 사랑에 기반했어. 너와 함께하지 못하면 내가 어떻게 될지 몰라. 그리고 메리, 네 아버지가 얼마나 좋아하실지 생각해 봐! 자랑처럼 들리겠지만, 네 아버지는 우리 둘이 결혼하면 좋겠다는 말씀을 여러 번 하셨어."

젬은 바턴을 언급해서 메리를 설득하려 했지만, 지금 메리의 기분 상태에서는 오히려 역효과만 내는 발언이었다. 지금 그의 말은 아버지가 어리석게도 젬에게 메리와 결혼해 달라고 부탁했다는 의미였기 때문이다.

"젬, 말했잖아. 싫다고. 나는 절대로 너와 결혼하지 않을 거야."

"내가 진정 바라왔던 일이 이렇게 끝난다고? 내 삶은 끝이야. 난 이제 살 가치가 없어!" 젬이 동요했고, 격정에 사로잡혔다. "메리, 넌 내가 주정뱅이나 도둑, 살인자가 되었다는 이야기를 듣게 될 거야. 잊지 마! 모두가 나를 비난할 때 너는 그럴 권리가 없을 거야. 내가 그렇게 된 건 다 너의 무정함 때문이니까. 나를 좋아하려 애써 보겠다고 말이라도 해주면 안 되겠니, 메리?" 절망에 빠진 젬이 위협에서 간절히 애원하는 어조로 바꾸며 말했다. 메리의 손을 꽉 쥐고는 외면하고 있는 그녀의 얼굴을 돌려 보려 애썼다. 메리는 침묵했지만, 이는 분노에서 비롯된 행동이었다. 젬은 기다릴 수 없었다. 두 번 거절당하기는 싫었다. 메리의 대답을 기다릴 필요도 없이 절망을 확신한 그는 메리의 손을 놓고 쓰라린 가슴을 안은 채 밖으로 뛰쳐나갔다.

"젬! 젬!" 메리가 질식할 듯 가냘픈 목소리로 외쳤다. 너무 늦었다. 젬은 자신의 깊은 절망을 들키지 않을 들판을 찾아, 거의 빛의 속도로 길을 내달렸다.

젬이 왔다 간 지 채 10분도 되지 않았지만, 메리는 평정심을 잃었고, 이제 서랍장에 반쯤 기대어 양손으로 머리를 감싼 채 온몸을 떨며 격렬하게 흐느꼈다. 메리는 왜 그렇게 괴로운지 (누가 물으면) 처음에는 제대로 답을 할 수 없었을 것이다. 너무 갑작스러운 일이라서 그 문제를 검토하거나 판단할 수 없었다. 자신이 저지른 행동 때문에 장차 인생이 허무하고 쓸쓸해질 것 같았다. 슬픔에 겨워 기진맥진해진 메리는 울 힘조차 남지 않았다. 의자에 앉으니 여러 생각이 밀려왔다. 불과 한 시간 전에 아무것도 몰랐을 때는 운명이 손안에 있었다. 그러나 기회만 있으면 결심한 내용을 척척 말할 수 있었던 때가 순식간에 지나가 버렸다.

마치 두 자아가 싸우는 것 같았다. 애처롭고 절망적이게도 과거의 자아와 현재 자아가, 하루나 한 시간 전 자아와 지금의 자아가 다투고 있었다. 살면서 가끔 과거와 미래를 완전히 새로운 관점으로 바라볼 때가 있다. 그런 순간이 오면, 우리는 과거의 허영과 잘못을 깨닫고, 그동안 염원하던 것을 혐오하게 된다. 짧은 순간들이 완전히 다른 목표와 힘을 주어서 우리의 인생관을 바꾸기도 한다.

메리의 경우가 이러했다. 그녀의 계획은 해리 카슨과 결혼하는 것이었고, 한 시간 전의 사건은 예비 단계에 불과했다. 그러나 이제 메리는 자신의 속마음을 알아버렸다. 그녀는 그 누구보다 젬을 사랑한다는 사실을 깨달았다. 그러나 젬은 가난한 기계공이었고, 어머니와 고모를 부양해야 한다. 게다가 그의 어머니는 며느릿감으로 자신을 못마땅하게 여겼다. 반면, 해리 카슨은 부유하고 전도유망한 청년이었으며, (그녀 생각에) 온갖 호사와 안락을 제공해줄 것이기에 메리는 이제 가난하게 살지 않을 것이다. 하지만 이는 공허한 허영이었고, 메리는 이제야 자신의 영혼이 갈망하던 것을 깨닫게 되었다. 심지어 지금은 싸구려 보석으로 자신을 꼬드겼던 해리 카슨에게 증오심마저 생겼다. 이제 메리는 젬과 나눌 수 없는 것이라면 멋지고 화려한 물건도, 그 어떤 기쁨과 쾌락도 헛되고 무의미했다. 물론, 조금 전에 그녀는 젬을 모진 말로 거절했었다. 그러나 지금은 그의 가난이 그를 사랑하는 데 방해가 되지 않았다. 그의 어머니가 자신을 부족하다고 생각했다면, 그건 사실이 아닐까? 메리는 깊이 후회했다. 그동안 그녀는 낭떠러지를 향해 더듬더듬 걸어가고 있었다. 하지만 지난 한 시간 동안 위험을 확인했으니, 이제는 영원히 거기에서 벗어나기로 했다.

그렇게 생각하니 조금 위로가 되었다. 메리는 해야 할 일을 분명히 파악했다. 이제는 그 어떤 유혹에도 넘어가지 않을 것이다. 젬의 사랑을 어떻게 되찾을 것인가는 새로운 걱정거리였다. 메리는 계획을 세우고 무너뜨리고 다시 세우기를 반복하느라 몹시 피곤해졌다.

메리는 교회 종이 울리는 소리를 듣고 자정이 되었음을 인지했다. 아버지가 돌아오실 시간이지만, 아버지와 마주치고 싶지 않았다. 그래서 서둘러 일거리를 정리해서 자신의 작은 침실로 갔다. 아버지는 알아서 들어오시겠지.

메리는 아버지가 들어오실 때 보지 못하게 하려고 방의 촛불을 껐다. 그러고는 침대에 앉아 생각하기 시작했다. 이리저리 생각을 바꾸다가, 일단 해리 카슨을 만나서 헤어지겠다는 의사를 확실하게 전달하기로 했다. 한편, 메리는 젬에게 자신의 거부를 후회하며 그를 깊이 사랑하는 걸 이제야 깨달았다고 말하고 싶었지만, 그것은 조신하고 (진실한 사랑의 특징인) 겸손한 태도가 아니라고 생각했다. 그래서 메리는 아무 것도 하지 않고 인내하며 상황이 저절로 나아질 때까지 기다리자는 엉

똥한 결론에 도달했다. 그녀가 미혼으로 계속 지낸다면, 분명히 젬은 자신의 운을 한 번 더 시험해볼 것이다. 그는 거절당했다고 바로 포기할 사람이 아니다. 그녀는 자신이 젬이라면 그렇게 하지 않으리라 생각했다. 자신이 큰 잘못을 저질렀지만, 그것을 바로잡으려 노력할 것이다. 자연스러운 행동을 통해 자신이 후회하고 있고 이제 변했다는 것을 젬이 알아줄 때까지 여인답게 참고 기다릴 것이다. 몇 년이 걸릴지 모르지만, 그래도 지금으로서는 아찔한 불장난과 바보 같은 실수를 참회하며, 바라는 미래가 오기를 기다리는 방법밖에 없었다. 그래서 메리는 멀어 보이긴 해도 자신의 사랑이 행복한 결말을 맞으리라 기대하며, 공장의 시작종이 울릴 무렵에야 겨우 잠이 들었다. 옷을 입은 채 잠이 들어서, 편하게 자지는 못했다. 그녀가 잠에서 깼을 때는 몸이 바들바들 떨리고 마음은 더없이 슬펐는데, 처음에는 왜 그런지 이유를 알 수 없었다.

메리는 전날 밤을 떠올렸고, 그때 했던 생각을 바꾸지 않기로 마음먹었다. 그러나 아침이 되니 참고 견디는 일이 무척 어렵게 느껴졌다.

그녀는 서둘러 아래층으로 내려갔다. 간절하게 잘못을 바로잡고 싶은 마음으로, 아버지의 부실한 아침 식사를 정성껏 챙겨드리려 애썼다. 그래서 아버지가 못마땅한 표정으로 천천히 안으로 들어왔을 때 메리는 뉘우치는 표정으로 부드럽게 말을 걸어 아버지의 화를 풀어주었다.

그날 메리는 샐리 리드비터를 보고 싶지 않았다. 그러나 한 직장에서 그럴 수 없기에, 메리는 마음을 굳게 먹었다. 그녀는 해리 카슨과의 관계를 끊겠다고 샐리에게 말하면서, 샐리가 둘 사이의 친밀한 관계가 깨졌다고 생각하게 만들기로 결심했다.

그러나 샐리는 메리의 결심이 지켜지도록 내버려둘 사람이 아니었다. 메리의 감정 상태를 재빨리 파악했지만, 그것을 여자의 변덕 정도로 여기고 언젠가는 메리가 부자 애인과의 만남과 교제를 부추긴 자신에게 고마워하리라 생각했다.

한편, 메리는 이틀간 노골적으로 샐리를 피했다. 샐리는 해리 카슨으로부터 메리가 만날 약속을 지키지도 않고, 퇴근할 때 빠른 걸음으로 가는 바람에 억지로 붙잡지 않으면 그녀에게 말을 붙일 기회가 없다는 불평을 들었다. 그래서 샐리는 메리에게 그녀의 이익을 위해 행동할 것을 강요하기로 결심했다.

샐리는 메리가 자신을 피해 다니는 사흘 동안 함께 앉아 일하면서도 별 내색을 하지 않았다. 오히려 둘의 관계가 서먹해진 것을 묵인하는 듯했다. 샐리는 어머니가 몸이 안 좋아지셨다며, 일찍 일을 마무리하고 집에 갔다. 곧 다른 아가씨들도 샐리를 따라 퇴근했다. 마지막으로 가게를 나온 메리는 해리 카슨과 마주치지 않기 위해 잠시 가게 입구에 서서 집으로 가는 길을 재빨리 훑었다. 다행히 그날 밤은 길에서 아무도 만나지 않았다. 예상대로 집에는 아무도 없었다. 그날은 노조 모임이 있는 날이라, 아버지는 그곳에 갔을 것이다. 메리는 숨을 고르고 떨리는 가슴을 진정하기 위해 의자에 앉았다. 집까지 빨리 걸은 탓도 있었지만, 그보다는 불안감 때문에 가슴이 심하게 떨렸다. 잠시 후 자리에서 일어나 보닛을 벗던 메리는 샐리 리드비터가 창문 주변을 어슬렁거리며, 자신이 집에 왔는지 확인하려 열심히 어둠 속을 들여다보는 모습이 보였다. 곧 샐리가 문을 두드렸고, 대답도 기다리지 않은 채 안으로 들어왔다.

"사랑하는 메리. (샐리가 자신을 '사랑'하지 않는 걸 메리는 잘 알았다) 가게에서는 편하게 이야기 나누기가 어렵잖아. 그래서 퇴근 후에 너를 집에서 만나야겠다고 생각했어."

"난 어머니가 편찮으시다길래 어머니 곁에 있으려나 보다 했어." 메리가 달갑잖은 어조로 말했다.

"아, 어머니는 괜찮아지셨어." 샐리가 뻔뻔하게 말했다. "네 아버지는 나가셨지, 아마?" 샐리가 꼼꼼하게 안을 둘러봤다. 메리는 손님을 맞이할 때처럼 성냥을 긋고 초를 켜는 행위를 굳이 서두르지 않았다.

"응, 나가셨어." 메리가 짧게 말하고는 샐리에게 앉으라는 말도 없이 초를 켰다.

"훨씬 낫네." 샐리가 말했다. "솔직히 말하면, 메리. 밖에 친구가 와 있는데 네 집에 오고 싶대. 네가 길에서 그와 얘기도 안 하고 까다롭게 군다면서. 그가 여기로 들어올 거야."

"아, 샐리. 그가 못 오게 해." 마침내 메리가 성의 있게 말했다. 그러고는 문으로 달려가 잠그려 했지만, 샐리가 메리의 손을 붙잡고는 괴로워하는 그녀를 비웃었다.

"아, 제발, 샐리." 메리가 몸부림쳤다. "샐리! 그가 여기 오면 안 돼. 이웃들이 수군댈 거야. 그럼, 아버지가 듣고 무섭게 화를 내실 거야. 그를 죽일지도 모른다고, 샐리. 정말 그럴 거야. 게다가 나는 그를 사랑하지 않아. 아니, 사랑했던 적이 없어. 제발, 이 손 놔줘." 그때 발소리가 들렸다. 발소리가 집을 지나치자, 메리는 참았던 숨을 내쉬며 말을 이었다. "전해줘, 샐리. 제발, 그에게 가서 내가 사랑하지 않는다고 말해. 더는 그와 함께하고 싶지 않다고. 감히 말하지만, 관계를 유지하는 것은 대단히 잘못된 일이라고. 나 때문에 나를 마음에 두게 됐다면, 정말 미안하다고. 하지만 더는 내 생각을 하지 말아 달라고. 이렇게 전해줄래, 샐리? 그렇게 해주면 네가 원하는 건 뭐든 해줄게."

"내가 어떻게 할지 말해줄게." 샐리가 좀 누그러진 어조로 말했다. "나는 그가 기다리는 곳으로 너를 데려갈 거야. 아니, 더 정확하게 말하면, 네 아버지가 집에 계시는지 확인할 때까지 25분만 기다려 달라고 그에게 말해두었어. 제시간에 내가 그쪽으로 가지 않으면, 그가 여기로 올 거야. 문을 부수고 너를 만나겠지."

"그럼, 거기로 가자." 메리는 아버지가 언제 오실지 모를 집에서 만나느니 그곳으로 가서 대화하는 게 낫겠다고 생각했다. 메리가 보닛을 집어 들고는 재빨리 건물 안마당 끝까지 갔다. 하지만 메리는 어느 쪽으로 가야 할지 방향을 몰랐으므로 샐리를 기다려야 했다. 샐리는 느긋하게 걸어오며 메리가 생각을 바꿔 돌아가지 못하도록 그녀의 팔을 꽉 잡았다. 이것은 메리가 전혀 예상하지 못한 전개였다. 메리는 해리 카슨과 더 대화할 필요가 있을까 여러 번 생각했었다. 자신의 최종 결심을 알리고, 그녀가 생각 없이 그에게 헛된 희망을 품게 한 것에 용서를 구해야겠다고 마음먹었다. 해리 카슨의 목적이 고결하다고 믿은 자신의 순진함 혹은 무지함도 잊지 말아야 한다. 해리 카슨은 어떤 대가를 치르더라도 그녀를 가져야겠다고 말만 하고 실제로는 어떻게든 값싼 대가를 치렀는데도, 메리는 미혹에서 벗어나지 못했다. 한편, 샐리 리드비터는 두 사람을 속으로 비웃으며 결말이 어떻게 될지 즉, 메리가 영악하게 카슨의 구애 목적을 오해한 척해서 결혼이라는 목표를 달성할 수 있을지 궁금했다.

해리 카슨은 메리가 사는 건물 안마당과 이어지는 도로 끝 가까이에서 모자를 푹 눌러쓴 채 서 있었다. 메리와 샐리가 오는 모습을 보고는 몸을 돌려 미완성 주택들이 늘어선 거리로 말없이 안내했다(메리와 샐리는 그 뒤를 바싹 따라갔다).

메리는 걷는 동안 할 이야기를 준비했다. 혹여 계획대로 일이 진행되지 않더라도, 불상사는 피할 수 있게 샐리 리드비터를 꼭 붙들고 있었다.

마침내 해리 카슨은 나무 울타리로 둘러싸인 오두막에서 멈추었고, 인도 위에 널려 있던 건축 폐기물들을 치웠다. 잠시 후 울타리 안으로 메리와 샐리가 들어왔다. 메리는 오는 길에 샐리의 의사와는 상관없이 그녀를 대화의 증인으로 삼기로 마음먹고, 그녀를 잡고 있던 팔을 풀렀다. 그러나 샐리의 호기심은 메리에게 팔이 잡혀 있는 동안 이미 사라졌다.

여유가 생긴 해리 카슨이 메리의 허리를 꽉 잡았고, 메리는 화를 내며 저항했다.

"그럼, 안 되지! 이 앙큼한 것! 지금 내가 널 잡았어. 넌 내 포로야. 요즘 나를 멀리하는 이유가 뭔지 말해, 이 깜찍한 요부야!"

메리는 저항을 멈췄지만, 그를 거의 등진 채 차분히 대담하게 말했다.

"카슨 씨! 마지막으로 한 번 더 말하겠어요. 지난 월요일 저녁 이후로 저는 더 이상 당신과 만나지 않기로 했어요. 제가 당신을 좋아한다고 오해하게 한 제 잘못은 잘 압니다. 하지만 그때는 저도 제 마음을 정확히 몰랐어요. 당신의 마음이 깊어지도록 제가 유도했다면, 정중히 용서를 구합니다."

잠시 해리 카슨은 놀란 표정을 지었다. 그러다 허영에 들뜬 메리가 농담하고 있다고 생각했다. 자신은 누구나 좋아하는 잘생긴 부자 청년인데! 그럴 리 없지! 그녀는 앙큼한 여자들처럼 내숭을 떨고 있는 것이다.

"이런 깜찍한 게 있나! '당신의 마음이 깊어지도록 제가 유도했다면, 정중히 용서를 구합니다'라니. 내가 아침저녁으로 너를 생각하는 걸 모르는 척하겠다는 거야? 넌 그 말을 반복해서 듣고 싶어 하잖아, 아니야?"

"아니에요, 진심으로 그렇지 않아요. 이제는 그런 말보다 저를 다시는 생각하기 싫다는 말을 듣고 싶어요. 정말로 그 어느 때보다 진지하게 말하지만, 오늘이 당신과 대화를 나누는 마지막 밤(last night)이에요."

"어젯밤(last night)이지, 마지막 밤이 아니야. 요 앙큼한 게 모호한 단어를 쓰네. 하, 메리. 내가 지금 너를 붙잡고 있어, 알아?" 메리는 계속해서 자기 말을 농담으로 받아들이는 그에게 당황했고, 어떻게 하면 자기 의도를 제대로 전달할 수 있을지 고민했다.

그녀가 날카롭게 말했다. "제 말은, 오늘 밤 이후로는 영원히 당신과 말을 섞지 않겠다는 거예요."

"대체 왜 이러지, 메리?" 이제 심각해진 그가 말했다. "내가 무슨 상처라도 줬었나?" 그가 진지하게 덧붙였다.

"아니에요." 메리가 부드럽지만 단호하게 대답했다. "제 마음이 변한 이유를 정확하게 말할 수는 없어요. 하지만 생각을 바꾸지는 않을 거예요. 아까도 말했지만, 당신에게 잘못한 일이 있다면 용서해 주세요. 그리고, 괜찮다면 그만 가보겠습니다."

"아니, 안 괜찮아. 넌 못 가. 메리, 내가 무슨 잘못을 했나? 말해봐. 네가 뭣 때문에 이러는지 말하지 않으면 넌 갈 수 없어. 내가 어떻게 해주면 좋겠니?"

"아무것도요. 하지만, (불안한 목소리로) 아! 저를 가게 해줘요! 제 마음은 바뀌지 않아요. 확고하거든요. 아! 제 허리를 왜 그렇게 꽉 잡는 건가요? 제가 이러는 이유를 굳이 알고 싶다면, 그건 당신을 사랑할 수 없어서예요. 노력을 해봤는데, 안 되더군요."

이런 순진하고 솔직한 고백은 메리에게 도움이 되지 않았다. 해리 카슨은 그 말이 진실인 것을 이해하지 못했다. 다른 이유가 숨겨져 있다고 생각했다. 그는 열렬한 사랑에 빠져 있다. 그녀를 유혹하려면 어떻게 해야 할까? 그때 뭔가가 떠올랐다.

"들어봐! 메리. 안 돼. 네가 내 말을 들을 때까지 너를 보내지 않을 거야. 나는 정말로 너를 사랑해. 그리고 네가 나를 조금, 아주 조금만 사랑한다는 걸 믿지 않을 거야. 좋아, 네가 인정하지 않아도 상관없어! 나는 그저 내가 너를 무척 사랑하고 너를 위해 뭐든 포기하겠다고 말하고 싶을 뿐이야. 너도 알지만(아니 어쩌면 잘 모를 수도 있지만), 우리 부모님은 내가 너랑 결혼하는 것을 좋아하지 않으셔. 그분들이 화를 많이 내실 거고 나는 조롱도 받을 테니 용기를 내야겠지. 물론 지금까지는 한 번도 생각해 보지 않았어. 나는 우리가 결혼하지 않고도 충분히 행복할 수 있다고 생각했어. (메리는 이 말을 가슴에 깊이 새겼다.) 하지만 이제, 네가 원한다면 나는 내일 아침에라도 혼인 신고를 할 수 있어. 아니, 오늘 밤에. 세상이 반대해도 너를 포기하지 않고 너와 결혼할 거야. 1~2년이 지나면 아버지도 용서하시겠지. 그동안 너는 온갖 호사를 누리며 행복하게 살면 돼. 어쨌든 우리 어머니도 공장에서 일하던 아가씨였으니깐. (마지막 말은 대담한 행동의 대가를 치르겠다는 듯 그가 내뱉은 혼잣말이었다.) 자, 메리. 내가 너를 위해서 어떤 희생을 할지 이제 알겠지. 네 야심을 만족시키기 위해 결혼까지 약속했어. 그러니까 이제, 네가 나를 아주 조금만 사랑한다는 말은 하지 않겠지?"

해리 카슨이 메리를 끌어당겼다. 놀랍게도 메리는 계속 저항했다. 그랬다! 여러 달 동안 그의 아내가 되는 꿈을 꾸었고 그 꿈을 이제 손에 쥐게 됐는데도, 메리는 저항했다. 그의 말을 듣고 메리는 그저 안도했다. 그녀는 두려웠지만, 불장난이 빚어낸 애정과 깊은 마음이 자신이 만들어낸 감정이었음을 알았고, 진정한 사랑이 무엇인지 비로소 깨달았기 때문이다. 메리는 자신이 초래했을 이 불행을 자책했다. 그러나 다행스럽게도, 자신이 꾸며낸 애정이 상대를 유혹하려는 저급한 계획의 결과물이며, 상대에게 유도한 마음도 자신을 사랑하는 척만 하고 실은 불행과 파멸로 몰아넣는 얄팍한 감정임을 알게 되었다. 그녀는 그런 음모자에게 죄책감을 느낄 필요가 없었다! 그래서 안도했다.

"당신의 생각을 말해줘서 고마워요. 저를 바보로 생각하실지 모르겠네요. 저는 내내 당신이 저와 결혼할 걸로 생각했거든요. 어쨌든 저는 당신을 더는 사랑하지 않아요. 당신과 사귄 것에 대해서는 아직도 미안하게 생각합니다. 하지만, 전에는 제가 당신을 사랑했는지 모르지만, 당신이 저를 망가뜨릴 의도를 밝힌 지금은 당신을 사랑하지 말았어야 했다는 생각이 드는군요. 간단명료하게 말을 하자면, 당신은 이 순간까지도 저와 결혼할 생각이 없습니다. 아까는 죄송하고, 정중히 용서를 구한다고 말을 드렸죠. 그건 당신이 어떤 사람인지 알기 전의 얘기였고요. 이제 불쌍한 여자를 파멸시키려 한 당신의 음모를 알았으니, 저는 당신을 경멸합니다. 잘 가세요."

메리는 꾹꾹 눌러온 비통한 감정이 터질세라 재빨리 자리를 떴다. 그녀의 황급한 발소리가 조용한 거리를 울렸다. 이어 샐리의 웃음소리가 들렸고, 그것이 귀에 거슬렸던 해리 카슨은 몹시 짜증이 났다.

"뭐가 그렇게 재밌지, 샐리?" 그가 물었다.

"아, 죄송합니다. 메리의 말을 빌리면, 정중히 용서를 구합니다. 하지만 메리가 스스로 우리보다 똑똑하다고 생각하는 걸 보고 웃지 않을 수가 없네요." (샐리는 '당신'이라고 말하려다 '우리'로 바꿔 말했다.)

"그럼, 샐리. 메리가 이런 식으로 가버릴 줄 넌 알고 있었나?"

"아니, 전혀요. 하지만 당신이 그녀와 결혼할 생각이라면, (주제넘은 질문일지 모르지만) 왜 그녀에게 가서 결혼 외에 다른 생각은 없다고 말하지 않았나요? 그러면 그녀가 떠나지 않았을 텐데요!"

"아, 전에도 나는 메리에게 청혼할 생각이 없다는 걸 계속 암시했어. 그녀가 바보같이 내 목적을 오해하리라고는 꿈에도 생각해 본 적이 없고. 이런 앙큼한 공상가가 있나! 나는 그녀의 편견을, 그러니까 내가 그녀를 위해 희생하리라는 잘못된 생각을 자연스럽게 깨주려고 했거든. 그런데 메리는 깨닫지 못한 것 같아. 나는 내가 원하기만 하면, 맨체스터에 있는 어떤 아가씨도 취할 수 있어. 그러니 가난한 재봉사와는 결혼할 생각도 없고 준비도 하지 않았지. 내 말 알겠나? 내가 메리의 비위를 맞추기 위해 얼마나 애썼는지 너도 알지? 모든 게 물거품이 됐다고."

샐리가 아무 말도 하지 않자, 그가 계속 말했다.

"우리 아버지는 내가 계급이 한참 낮은 여자와 결혼만 하지 않는다면, 일시적 관계는 뭐든 용서하실 거야."

"당신도 말했지만, 당신 어머니도 공장 아가씨였다면서요." 다소 심술궂게 샐리가 응수했다.

"그래, 맞아! 하지만 그때는 우리 아버지도 비슷한 처지였어. 어쨌든 메리와 나는 수준 차이가 난다고."

잠시 침묵이 흘렀다.

"그럼, 메리를 포기한다는 말씀이세요? 메리는 당신과 더는 만나지 않겠다고 솔직히 말했잖아요."

"아니지. 너나 메리가 어떻게 생각하든, 나는 그녀를 포기할 생각이 없어. 그녀가 아무리 변덕을 부려도, 나는 전보다 더 그녀를 사랑하겠어. 메리는 돌아올 거야. 믿어도 돼. 여자들은 늘 그러니까. 여자들은 생각이 많아지면 이별을 최선책이라고 생각하지. 잘 들어. 다시는 그녀에게 같은 제안을 하지 않을 거야."

샐리와 해리 카슨은 시답잖은 말을 몇 마디 더 나누고 헤어졌다.

12. 앨리스의 아이

> 그가 가지 않기를 바랐는데, 지금 그는 가고 없다.
> 나는 외로워.
> 그가 말할 때 내가 막았지. 하지만 그가 다시 말한다면,
> 아! 나는 막지 않으리.
> 나는 한때 그를 사랑하지 않는 이유를 찾아다녔네.
> 이제는 그 모든 생각에 지쳐버렸어.
>
> - 월터 새비지 랜더

 이제 메리는 두 연인을 모두 잃었다고 생각했다. 그러나 그들은 자신들이 당한 거절을 전혀 다른 시선으로 바라봤다. 온 마음을 다해 메리를 사랑했던 사람은 거절을 최후통첩으로 받아들였다. 젬은 여자들의 변심 가능성을 생각하며 스스로 위로하는 법을 몰랐다. 그는 진심 어린 사랑만 있으면 된다고 생각했기에 자신이 메리에게 어울리지 않는다는 생각을 믿지 않았다. 겸손이 지나치면 조롱을 당한다는 생각을 전혀 하지 못했다. 자신은 메리의 '취향을 저격'하지 못했다고 생각했다. 흔히 쓰는 말인데, 자신이 주인공이 됐다고 생각하니 가슴이 아팠다. 군대에 갈까, 술로 괴로움을 잊어볼까, 그냥 아무렇게나 살아볼까 하는 거친 생각까지 했다. 하지만 그때 떠오른 어머니 생각은 죄악을 향하는

길목에서 칼을 들고 선 천사와 같았다. 어쨌든 '그는 어머니에게 남은 유일한 자식이었고, 어머니는 미망인'이기에 그가 생계를 책임져야 한다. 그는 어머니를 부양할 돈이나 다름없는 자신의 체력과 시간을 낭비할 수 없었다. 그래서 평소와 다름없는 모습으로 직장에 나갔다. 하지만 마음은 더없이 무거웠다.

한편, 해리 카슨은 메리의 거절을 단순한 '변덕'으로 치부했다. 그래서 샐리 리드비터를 통해 메리에게 열정적인 구애의 쪽지를 계속 전달했다. 샐리는 메리가 출근하자마자 카슨의 쪽지를 슬쩍 건네고 곧바로 뒤로 빠졌으므로, 메리는 다른 아가씨들에게 들키지 않고는 그 쪽지를 돌려줄 수 없었다. 그녀는 쪽지들을 집으로 가져가야 했다. 그러나 하나를 읽고 나서 결심이 더욱 굳어졌다. 일단 샐리가 전하는 쪽지를 순순히 받되 읽지는 않았고, 이따금 백지 반장을 답장으로 보냈다. 그러나 몹시 괴로운 일은 그 구애자가 끊임없이 메리의 퇴근길을 지켰다는 것이다. 메리는 자신의 습관을 전부 꿰고 있는 그를 피하기가 어려웠다. 늦은 귀가든 이른 귀가든, 메리는 항상 그를 만났다. 요리조리 피하며 그를 따돌렸다고 안심하는 순간 골목길 같은 데서 그가 불쑥 나타났다. 메리로서는 그보다 더 끔찍한 일도 없었다.

더구나 이제 젬 윌슨은 발길을 뚝 끊었다! 메리는 물론, 바턴도 보러 오지 않았다. 메리로서는 전혀 예상하지 못했던 상황이다. 혹시 메리의 생각이 바뀌지 않았을까 기대하고 젬이 구실을 만들어 오리라 내심 기대했기 때문이다. 그러나 젬은 한 번도 오지 않았다. 메리는 지치고 안절부절못하다 기운이 빠졌다. 한 애인은 자기를 못살게 굴고 다른 연인은 자기를 외면했으므로, 메리는 몹시 답답했다. 직장에서는 저녁 내내 가만히 앉아 있을 수 없었다. 방을 왔다 갔다 하지 않으려 무던히 애를 썼고, 바느질하는 동안 잡생각을 몰아내기 위해 노래를 불렀다. 그 노래들은 터무니없을 정도로 흥겨웠다. 〈바바라 알렌〉✦ 같은 슬픈 노래는 행복한 순간에나 듣기 좋았다. 하지만 지금 이 슬픔을 잠재우려면 외부에서 흥밋거리를 찾아야 했다.

아버지도 메리에게 큰 걱정거리인데, 외모가 많이 변하고 병색이 완연했다. 하지만 그는 병에 걸린 걸 부인했다. 메리는 다음 날 아버지에게 따뜻한 한 끼를 대접하고자 몇 펜스라도 더 벌기 위해(서투른 하인들이 주기적으로 잡다한 수선을 맡겼다) 늦게까지 가게에서 일했다. 또한 야근 후에도 종종 집으로 일거리를 가져와서 아침까지 일하고, 일을 맡긴 사람들에게 따로 돈을 받았다. 메리는 식품을 사러 갈 시간이 없어서 그 돈을 아버지에게 주었다. 바턴은 그 돈을 이따금 굶주림 해소용으로 썼지만, 대개는 아편 구입에 썼다.

결과적으로 바턴은 메리만큼 굶주리지 않았다. 메리는 시먼즈 양 가게에서 점심 식사 후 1시부터 거의 자정까지 금식해야 했기 때문이다. 그녀는 젊어서 '굶주림'을 견디는 법을 배우지 못했다.

어느 날 저녁에 메리가 신나는 노래를 부르고 이따금 한숨을 쉬며 일하고 있는데, 앞이 보이지 않는 마거릿이 더듬더듬 안으로 들어왔다. 그동안 마거릿은 요크셔와 랭커셔의 제조업 도시를 순회하는 음악 강연에 따라다니느라 집을 비웠고, 이는 메리에게 또 다른 슬픔이었다. 그

✦ Barbara Allen. 17세기경부터 스코틀랜드와 아일랜드 등의 영어권 나라에서 불린 민요로, 내용은 두 남녀의 슬픈 사랑 이야기다. — 옮긴이

즈음 마거릿의 할아버지도 열심히 표본을 수집하러 다녀서 마거릿의 집은 몇 주나 비어 있었다.

"아, 마거릿, 마거릿! 널 봐서 정말 기쁘다. 조심해. 지금은 괜찮아. 그거 아버지 의자야. 거기 앉아." 메리는 마거릿에게 여러 번 입을 맞췄다.

"널 다시 보다니, 좋은 날이 오려나 보다. 마거릿, 와줘서 고마워! 그리고 좋아 보인다!"

"의사들이 환자에게 전지 요양을 권하잖아. 최근에 나도 그런 요양을 다닌 셈이지."

"넌 여행을 다닌 거지! 어땠는지 전부 말해줘. 어서, 마거릿. 제일 먼저 간 곳이 어디였어?"

"이런, 아가씨. 다 말하려면 오래 걸리지. 세상의 반을 다닌 것도 같고. 볼턴과 베리, 올덤, 핼리팩스 등. 그런데 메리, 내가 누굴 만났는지 알아맞혀 볼래? 혹시 이미 알면, 추측은 불필요하고."

"아니, 모르겠어. 말해봐, 마거릿. 기다림이나 추측이나 다 싫어."

"알겠어. 어느 날 밤에 숙소의 주인집 아들의 부축을 받아서 노래부를 장소로 가고 있었어. 그때 내 앞에서 길을 걷던 사람이 기침했는데, 젬 윌슨 같은 거야. 난 내가 착각했다고 생각했지. 그다음에는 재채기와 기침 소리가 같이 들렸고, 그때 확신했어. 처음에는 모르는 사람이면 어쩌나 해서 말을 걸까 말까 망설였어. 하지만 눈이 안 보이는 사람은 묻는 걸 두려워하면 안 되니까, 내가 이렇게 물었지. '젬 윌슨, 너니?' 진짜 젬이었어. 그가 핼리팩스에 있었던 거 너도 알았니, 메리?"

"아니." 메리가 힘 빠진 목소리로 대답했다. 핼리팩스가 지구 반대편에 있는 나라처럼 느껴졌다. 겸허히 뉘우치는 얼굴로 다정하게 사랑을 표현해도 닿을 수 없는 곳 같았다.

"그렇구나. 아무튼 걔가 거기 있더라고. 공장주를 대신해서 그곳에 엔진을 설치하러 왔대. 걔가 일을 잘하는지, 네다섯 명을 부리더라. 젬을 두세 번 더 만났는데, 크랭큰지 뭔지를 제거하려고 걔가 발명한 기계들에 관한 이야기를 들려줬어. 젬의 공장주가 젬에게서 그 발명품을 사서 특허를 냈대. 젬은 공장주에게 받은 돈으로 평생 신사처럼 살 수 있다고 하더라. 그런데 너 다 아는 얘기니, 메리?"

아니다! 메리는 전혀 몰랐다.

"아, 나는 그게 모두 젬이 맨체스터를 떠나기 전의 일이라고 생각해서, 네가 그 내용을 다 알고 있으리라 생각했어. 그런데 걔가 핼리팩스에 도착한 후에 결정된 일인가 보네. 어쨌든 젬은 발명품으로 2~3백 파운드를 벌었대. 그런데 왜 그러니, 메리? 너 좀 슬퍼 보인다. 젬이랑 싸운 건 아니지?"

메리가 큰 소리로 울기 시작했다. 그녀는 심신이 지쳐서, 고민을 털어놓고 위로받고 싶었다. 그러나 자신의 허영심과 어리석음이 얼마나 큰 슬픔을 초래했는지를 제 입으로 말할 수는 없었다. 그녀는 그 일이 알려지지 않기를 바랐고, 그런 생각을 참을 수도 없었다.

"아, 마거릿! 어느 날 밤에 젬이 여기에 왔는데, 내가 쫓아낸 걸 알고 있니? 이런! 어쩌면 좋아! 그 생각만 하면 혀라도 깨물고 싶어. 그때 젬이 나를 얼마나 사랑하는지 말했는데, 나는 그를 사랑하지 않는다고 생각해서 그렇게 말해버렸어. 젬이 내 말을 믿고 상심해서 화를 내고 가버렸어. 그런데 지금은 뭐라도 하고 싶어. 정말⋯." 메리는 흐느끼느라 말을 맺지 못했다. 마거릿이 슬픔과 희망이 섞인 표정으로 메리를 바라봤다. 그녀는 이를 일시적인 이별로 확신했기 때문이다.

"말해줘, 마거릿." 메리가 앞치마로 눈물을 닦으며, 간절히 답을 기다리는 표정으로 마거릿을 바라봤다. "젬을 돌아오게 하려면 내가 어떻게 해야 하니? 편지를 쓸까?"

"아냐." 마거릿이 대꾸했다. "그건 효과가 없을걸. 남자들은 이상한 구석이 있어서, 직접 구애하는 걸 좋아해."

"젬에게 연애편지를 쓰겠다는 게 아니야." 메리가 발끈해서 말했다.

"네가 편지를 썼다면, 그걸로 네가 후회한다는 암시를 준 것이니, 그가 돌아왔겠지. 이제는 젬이 스스로 알아내는 편이 낫다고 생각해."

"하지만 그는 그러지 않을 거야." 메리가 한숨 쉬며 말했다. "핼리팩스에 있다면서 어떻게 알아내겠어?"

"그에게 의지가 있다면 어떻게든 방법을 찾겠지. 그가 돌아올 생각이 없다면, 어쩔 수 없고. 메리! 아, 이런!" 마거릿이 이성적인 사람들이 쓰는 딱딱한 말투에서 그녀 특유의 우아하고 부드러운 말투로 바꾸었다. "그냥 기다리며 인내해야 해. 걱정하지 마. 모든 게 잘 끝날 거야. 지금은 그렇게 믿는 게 직접 나서는 것보다 나을 거야."

"하지만 기다리는 게 너무 힘들어." 메리가 항변했다.

"인내는 삶에서 가장 어려운 일이야. 나도 알아. 기다리는 건 행동하는 것보다 훨씬 어렵고. 나는 눈이 나빠지면서 그걸 알게 되었고, 사람들은 아픈 사람을 보면서 알게 되지. 하지만 그건 어떤 식으로든 우리가 배워야 할 하느님의 가르침이야." 마거릿이 잠시 멈추더니 말했다. "최근에 젬의 어머니를 뵈었니?"

"아니. 못 뵌 지 몇 주 됐어. 마지막으로 갔을 때는 아주머니가 나한테 짜증을 내셔서 나를 멀리하고 싶으신가 보다 했어."

"저런! 나라면 거기에 가볼 거야. 젬이 네가 왔다는 이야기를 들으면, 편지보다 훨씬 도움이 될 거야. 어쨌든 너도 편지로 그 문제를 해결하기가 어려운 걸 알 거야. 딱 할 말만 하기가 쉽지 않으니까. 이제 가 봐야 해. 할아버지가 집에 계시거든. 오늘 집에 돌아왔는데, 할아버지를 너무 오래 기다리시게 하면 안 되지."

마거릿은 자리에서 일어났지만, 여전히 꾸물댔다.

"메리! 너한테 하고 싶은 말이 있는데, 어떻게 시작해야 할지 모르겠다. 그러니까 할아버지와 나는 지금이 불경기이고 네 아버지가 실직하신 걸 알고 있어. 그런데 내 벌이가 좀 괜찮거든. 그래서 말인데, 지금 이 돈을 줄 테니까 형편이 나아지면 갚을래?" 이렇게 말하는 마거릿의 눈에서 눈물이 흘렀다.

"고마워, 마거릿. 하지만 우리 형편이 그렇게 나쁜 건 아니야. (문득 안색이 나쁘고 하루에 한 끼밖에 못 드시는 아버지가 떠올랐다.) 하지만, 그래. 너만 괜찮다면 내가 열심히 일해서 그 돈을 갚을게. 그런데 네 할아버지가 화내시지 않을까?"

"아냐, 얘! 이건 할아버지 생각이야. 그리고 우리 집은 여유가 좀 있으니까 급하게 갚지 않아도 돼. 앞이 안 보여서 힘들지만, 나는 그런대로 잘 벌어. 그리고 좋아하는 노래를 부르면서 돈을 버니 정말 좋아."

"나도 노래를 잘 불렀으면 좋겠다." 메리가 마거릿이 내민 금화를 바라보며 말했다.

"사람마다 가진 재능이 달라. 눈이 나빠지기 전에 나는 네 미모가

201

부러웠어. 우린 어린아이처럼 자신이 가지지 못한 걸 원하지. 이제 한 마디만 더 할게. 네가 돈에 쪼들리는 걸 우리에게 말하지 않으면, 우린 무척 섭섭할 거야. 그럼, 잘 지내."

앞이 안 보이는 데도 마거릿은 할아버지를 보고 싶은 마음에, 그리고 메리의 감사 인사를 받기가 민망해서 서둘러 나갔다.

마거릿의 방문은 여러 면에서 메리에게 유익했다. 메리에게 인내심의 가치를 일깨우고 희망도 주었다. 마거릿의 공감 덕분에 메리는 자신감을 얻었다. 그리고 무엇보다 중요한 것은 (소유한 사람은 아무나 줄 수 있는 금과 은은 사랑에 비해 가치가 덜하더라도) 마거릿의 금화를 통해 돈에도 위로하는 힘이 있음을 알게 되었다. 돈으로 많은 것을 살 수 있으니까! 메리는 가장 먼저 그날 저녁에 아버지에게 풍족한 저녁 식사를 차려 드려야겠다고 생각했다. 비록 늦은 시간이었지만, 문을 닫지 않은 식료품 가게를 찾아 밖으로 나섰다.

그날 밤 메리의 오두막은 평소와 달리 밝고 따뜻했다. 바턴 부녀는 나름 사치스러운 식사를 했다. 두 사람은 정말 오랜만에 배불리 먹었다.

랭커셔 사람들은 흔히 '곳간에서 인심 난다'고 말한다. 다음 날 메리는 마거릿의 조언에 따라 윌슨 부인을 만나러 갔다. 윌슨 부인은 혼자 있었는데, 지난번에 메리가 방문했을 때보다 좀 더 품위 있어 보였다. 앨리스는 외출 중이라고 했다.

"앨리스는 우체국에 갔는데, 가봤자 소용없을 거야. 혹시 양아들에게서 편지가 왔을까 해서 갔거든. 선원이 됐다는 윌 윌슨 말이야."

"왜 편지가 왔다고 생각하셨대요?" 메리가 물었다.

"글쎄, 너도 알겠지만 리버풀에 살았던 이웃이 있는데, 그 사람이 윌의 배가 들어왔다고 말해줬어. 윌이 지난번에 리버풀에 왔을 때 앨리스를 보러 가겠다고 말했는데, 그때는 휴식 기간이 일주일밖에 없었고 해야 할 일도 많았다나 봐. 그래서 앨리스는 윌이 이번에는 여기 올 거라고 확신했고, 길에서 무슨 소리만 나면 윌인가 해서 귀에 손을 대고 유심히 들었지. 그런데 오늘까지 아무도 오지 않자, 앨리스는 혹시 네 동네에 있는 자기 옛집으로 윌이 편지를 보냈을지 모른다고 생각해서 우체국으로 직접 갔단다. 내가 못 가게 막았어. 앨리스는 귀도 안 들리지만, 5야드 앞도 못 보거든. 그런데 그냥 갔지, 뭐니. 가엾은 사람."

"앨리스 아주머니가 눈도 안 보이는지 몰랐어요. 우리 동네에 사셨을 때 시력은 괜찮으셨거든요."

"아, 최근에 나빠졌단다. 그런데 너, 젬의 안부는 궁금하지 않나 보구나." 메리는 가장 중요한 얘기를 듣게 되자 불안해졌다.

"아니에요." 메리가 얼굴을 붉히며 말했다. "젬은 어떻게 지내요?"

"걔가 핼리팩스에 있어서 어떻게 지내는지 잘은 몰라. 지난주 화요일에 보낸 편지에는 아주 잘 지내고 있다고 하더라. 젬에게 좋은 일이 생겼다는 얘기는 들었니?"

메리는 잠시 실망했지만, 이내 젬이 발명품을 공장주에게 팔았다는 이야기를 들었다고 말했다.

"그렇구나! 젬이 그 돈으로 뭘 했는지도 마거릿이 말했니? 거기에 대해서 사전에 한 마디도 안 하다니, 정말 젬답지 않니. 아무튼 젬이 돈을 받으면서, 공장주에게 나와 앨리스의 몫을 따로 떼어 달라고 부탁했단다. 젬 덕분에 앨리스도 평생 소득이 생겼지. 하지만 가엾게도 앨리스는 얼마 못 살 것 같아. 최근에 몸이 많이 약해졌어. 어쨌든 나와 앨리스는 재산을 가진 부인이 됐단다. 1년에 20파운드 정도 받을 수 있대. 가엾은 쌍둥이가 살아 있었다면 얼마나 좋았겠니." 윌슨 부인이 눈물을 몇 방울 흘리며 말했다. "그랬다면 녀석들은 학교도 다니고 밥도 배불리 먹었을 텐데. 쌍둥이는 천국에서 잘 지내고 있겠지만, 난 걔들이 너무 보고 싶구나."

젬의 선행을 듣고 나니 메리의 마음은 사랑으로 가득 찼다. 하지만 말로 표현할 수는 없었다. 메리는 윌슨 부인의 손을 다정하게 꼭 쥐었다. 그러고 나서 앨리스의 조카인 윌의 이야기로 돌아갔다. 젬의 이야기를 더 하고 싶었던 윌슨 부인은 약간 서운했지만, 재산이 생기면서 짜증이 많이 줄어들었기에 젬의 성공에 대한 메리의 무관심에 화를 내지는 않았다.

"내 생각에, 윌은 아프리카 어딘가에 있는 것 같아. 걔도 괜찮은 녀석인데, 머릿결이 젬하고는 달라. 윌의 머리는 붉은 편이야. (너도 들었을지 모르는데) 전에 윌이 앨리스에게 5파운드 정도를 보냈었어. 하지만 그 금액은 젬이 만들어준 재산에 비하면 아무것도 아니지, 너도 알겠지만."

"모두가 한 번에 1, 2백 파운드를 벌 수 있는 건 아니죠." 메리가 말했다.

"맞아! 정말 그렇지. 젬 같은 사람은 흔치 않아. 앨리스가 오는구나." 윌슨 부인이 서둘러 현관으로 가서 문을 열어주었다. 앨리스는 지치고 먼지투성이였으며, 무엇보다 슬퍼 보였다. 슬퍼 보이지만 않았다면, 지친 기색이나 먼지 따위는 보이지도 않았을 것이다.

"편지는 없었어요?" 윌슨 부인이 물었다.

"네, 전혀! 그 아이 소식을 들으려면 더 기다려야 하나 봐요. 기다리는 건 너무 힘든데." 앨리스가 말했다.

문득 메리는 마거릿의 말을 떠올렸다. 누구나 기다림의 시간이 필요하다.

"그 애가 물에 빠져 죽지는 않았는지, 무사한지 알기만 하면 좋겠는데!" 앨리스가 말했다. "그 애가 물에 빠져 죽었다면, 하느님께 은혜를 베풀어 달라고 기도해야겠지. 아버지의 뜻이 이루어지게 하소서. 저는 기다립니다."

"누구에게나 인내는 고역이죠." 메리가 말했다. "저도 알아요. 하지만 아주머니만큼 잘 인내하시는 분도 없어요. 저는 제가 늘 조급해서 불만인데, 아주머니도 어려워하시네요."

마지막 말은 앨리스를 책망하는 말이라고 메리는 생각했다. 앨리스도 메리의 말을 알아듣고는 이렇게 말했다.

"그럼, 얘야. 내가 약한 모습을 보여서 네 믿음이 약해졌다니, 미안하구나. 하느님께도 용서를 빌어야겠다. 우리는 인생의 반을 기다리며 사는데, 나처럼 은혜를 많이 받은 사람이 심술궂게 불평이나 하다니. 머리를 비우고 입에 자물쇠를 채워야겠다." 앨리스는 용서를 구하는 사람처럼 낮고 조용한 목소리로 말했다.

"이쪽으로 와요, 앨리스." 윌슨 부인이 끼어들었다. "여기저기 쓸데없는 얘기에 애태우지 말아요. 잠시만요! 내가 물을 올려놨어요. 당신과 메리에게 당장 차를 만들어 줄게요."

윌슨 부인이 바삐 움직이며, 먹음직스러운 큰 빵을 꺼내와 메리에게 잘라서 버터를 바르라고 시킨 후 달그락달그락 경쾌한 소리를 내며 찻잔을 꺼냈다.

모두 자리에 앉았을 때 누군가 현관문을 두드렸고, 대답을 듣기도 전에 안으로 들어왔다. 들어온 남자는 조지 윌슨이 거기에 사는지 물었다.

윌슨 부인은 조지 윌슨이 한때 이 집에 살았으나, 어느 날 쓰러져 죽었노라고 슬픔에 잠겨 길게 설명했다. (일반적이고 평범한 상황에서는 시력과 청력 손실 때문에 앨리스 아주머니가 다른 사람들보다 감각 반응이 훨씬 늦지만) 지금은 본능적으로 애정이 샘솟아 갑자기 비틀거리며 문 쪽으로 걸어갔다.

"우리 아이! 우리 아이가 왔구나!" 앨리스가 윌 윌슨의 목을 껴안고 외쳤다.

그때부터 떠들썩한 환영 파티가 시작되었다. 늘 그렇듯, 윌슨 부인은 울고 웃고 떠들었다. 메리는 소꿉놀이 친구를 만난 것처럼 신기해하며 흐뭇하게 그를 바라봤다. 구릿빛 피부와 곱슬머리를 가진 이 늠름한 청년은 솔직하고 쾌활하고 다정했다.

그러나 양아들과 함께 있는 앨리스 아주머니가 기쁨을 표현하는 방식은 평소와 조금 달랐다. 그녀는 말을 하지 않았는데, 정말 말문이 막혔기 때문이다. 하지만 그녀의 여윈 뺨을 타고 하염없이 눈물이 흐르는 바람에, 그의 얼굴을 다정스럽게 바라보기 위해 집어쓴 뿔테 안경이 흐려졌다. 시력이 좋지 않은 데다 눈물로 시야가 가려진 탓에, 그녀는 눈으로 그의 얼굴을 기억해 놓으려던 생각을 포기하고 다른 방법을 시도했다. 쭈글쭈글한 손을 부들부들 떨며 그의 얼굴을 열심히 쓰다듬었고,

윌은 앨리스 아주머니가 이 이상한 환영 인사를 좀 더 편하게 할 수 있게 얌전히 몸을 굽혔다. 마침내 그녀의 마음이 흡족해졌다.

차를 마신 후 메리는 그들이 서로 할 말이 많을 것이기에, 자기는 자리를 비켜주는 편이 좋겠다고 생각해서 자리에서 일어났다. 꿈에 그렸던 재회에 행복해하던 앨리스 아주머니가 정신을 차린 듯, 서둘러 현관으로 메리를 따라갔다. 걸쇠를 잡고 선 앨리스 아주머니가 메리의 팔을 잡더니, 윌이 온 후 거의 처음으로 입을 뗐다.

"얘야! 오늘 밤 내 불쾌한 말이 네 앞길에 걸림돌이 된다면, 나는 결코 용서받지 못할 거야. 주님은 원수를 은혜로 갚아주며 나를 부끄럽게 하셨어! 아, 메리. 도마처럼 의심 많은 나 때문에 네 믿음이 약해지지 말아야 할 텐데. 네 고민이 무엇이든 인내하며 주님의 뜻을 기다리렴."

13. 여행자의 이야기

인어가 바위 위에 앉아 있었네,
하루 종일,
미모를 뽐내고 머리를 빗고,
노래를 부르며.

만약 당신이 하루 종일 태양을 따라,
그와 함께 바다로 들어간다면,
당신은 인어의 노래를 듣게 되리,
너무도 확실하게.

- 월터 새비지 랜더

윌 윌슨이 앨리스 아주머니를 찾아오고 나흘 혹은 닷새가 지난 어느 날 밤, 메리가 창가에서 몽상에 빠져 있을 때 윌이 건물 안마당을 통과해서 황급히 메리의 집 앞까지 왔다. 메리는 윌이 자신과 성격이 비슷해서 친근감을 느끼고 있었기에 그를 보고 기뻤다. 그녀는 진심으로 반가워하며 문을 열었다.

"어서, 메리! 보닛이나 숄이나 여자들이 외출할 때 가져가는 거는 뭐든 챙겨봐. 너를 데려오라는 명령을 받고 왔으니 지체할 수 없어."

"어디로 가는데?" 누가 자신을 기다린다고 생각하니 메리는 가슴이 두근거렸다.

"가까운 데야." 윌이 대답했다. "저기 모퉁이 돌면 나오는 레그 영감님 집에 가야 해. 앨리스 아주머니가 새 친구들을 만나보라고 하셔서 영감님 댁에 갔었는데, 영감님이 너랑 네 아버지도 왔으면 좋겠다고 하셨어. 밤새 다 같이 놀고 싶으신 거 같아. 네 아버지는 어디에 계시니? 네 아버지도 가셨으면 좋겠는데."

"지금은 안 계셔. 하지만 아버지가 보실 수 있게 옆집에 메모를 남겨 놓을게. 아버지가 일찍 집에 오시면 말이야." 그러고는 메리가 주저하며 덧붙였다. "좀 할아버지 집에 다른 사람은 없니?"

"없어! 윌슨 아주머니는 무슨 변덕인지 안 오시겠다고 했고. 그리고 젬은! 너랑 무슨 일이 있었는지 모르겠지만, 풀이 죽어 있더라고. 무척 슬퍼 보이던데, 불쌍한 녀석! 이제 침울한 표정은 털어내고 계집애처럼 울면 안 될 텐데."

"그럼 젬이 핼리팩스에서 돌아왔어?" 메리가 물었다.

"응! 몸은 왔는데, 마음은 두고 온 것 같아. 말하기 싫은 아이처럼 입을 닫았어. 내가 그의 기분을 풀어주려 노력했고 젬도 싫지 않은 눈치였는데, 여전히 침울하고 의욕이 없더라고. 어제야 비로소 젬이 나를 자기 일터로 데려갔는데, 가는 내내 서로 아무 말도 안 해서 누가 봤다면 퀘이커 교도인 줄 알았을 거야. 젬의 공장은 확실히 남자들이 열광할 만한 곳이더라. 그렇게 시끄러운 블랙홀이라니! 눈길을 끄는 게 한두 가지 있었어. 그 사람들이 강풍이라고 부르는 풀무가 인상적이더라. 나라면 그 옆에서 하루 종일이라도 서 있을 수 있을 것 같아. 만약 내가 거기에 취직한다면, 나는 풀무질하는 사람이 되었을 거야. 그런 자리가 있다면 말이지. 그런데 젬은 거기서도 기분이 나아지지 않았어. 바람이 불어서 내가 손에 든 모자가 날아가는데도 걔는 판사처럼 엄숙하게 서 있더라고. 걘 입맛도 잃어서, 아주머니가 안절부절못하고 계셔. 얘! 메리, 아직 준비가 덜 됐니?"

메리는 좁의 집에서 젬을 볼 수도 있겠다고 생각했다. 그러나 문을 열었을 때, 그가 없는 것을 바로 알아챘다. 이제 그 저녁은 공허한 시간이 될 터였다. 적어도 5분간은 그렇게 생각했다. 그러나 그녀를 제외한 나머지 사람들은 각자 나름의 이유로 그 시간을 즐겨서 메리도 곧 실망감을 떨쳐냈다. 가만히 있지 못하는 마거릿은 뜨개질을 하며, 이따금 얼굴을 들어 방을 정면으로 응시했다. 앨리스 아주머니는 온화한 표정으로 조용히 앉아 침침한 눈으로 인내심 있게 사람들을 쳐다보고 그들의 말을 들었지만, 불평은 전혀 하지 않았다. 사실 그녀는 마음속으로 하느님에게 감사하고 있었다. 아들처럼 여기는 조카가 곁에 있기에 시력과 청력의 손실에도 그녀는 행복했다.

좁은 주인과 안주인의 역할 모두에 심취해 있었다. 그는 마거릿과 암묵적 합의를 맺고, 늘 하던 연구를 하지 않을 때는 마거릿이 했던 가사 대부분을 맡기로 했다. 좁은 집 안을 돌아다니면서 젊은 선원과의 대화에 깊이 빠져들었고, 그가 방문한 나라들의 자연환경과 동식물의 이야기를 끌어내려 노력했다.

"아! 만약 땅벌레와 파리, 딱정벌레를 좋아하신다면, 시에라리온만 한 곳이 없답니다. 우리 음식을 좀 나눠 드리고 싶네요. 좋은 것도 한두 번이지, 우린 너무 많이 먹거든요. 술과 같이 마시기도 하고, 음식을 먹을 때 거의 항상 곁들여 먹어요. 저는 사람들이 그런 기름진 곤충 같은 걸 좋아할 줄 몰랐어요. 그렇지 않았다면, 제가 수천 개를 가져다 드렸을 겁니다. 여러분은 완두콩 수프로 충분하시겠지만요. 아무튼 너무 많아요."

"나라면 몇 가지는 돈을 주고 샀을 거야." 좁이 말했다.

"네, 저도 우리나라 사람들이 해외에서 본 희한한 것들을 좋아하는 걸 알고 있어요. 하지만 그렇게 지저분하고 불쾌한 것들까지 좋아할 줄 몰랐어요. 저는 늘 인어를 보길 기다렸어요. 알아요. 그건 진기한 것이죠."

"정말 오래 보고 있어야 할 걸." 좁이 낮게 경멸하는 투로 말했지만, 귀가 밝은 윌이 그 말을 알아들었다.

"그렇게 오래는 아닙니다. 영감님 생각과 달리, 몇몇 지역에서는 말이죠. 이 주변 바다는 누가 봐도 인어들에게 너무 추워요. 날씨 때문에 반나체로 다니는 여자들이 이곳에는 없어요. 하지만 저는 날씨가 너무 더워서 모슬린도 걸치기 어려운 지역이나 바닷물이 데운 우유처럼 따뜻한 지역에도 가봤어요. 그런 곳에서 운 좋게 인어를 본 적은 없지만, 인어가 거기 사는 것은 알고 있어요."

"그 얘기 좀 들려줘." 메리가 외쳤다.

"흥, 쳇!" 동식물 전문가 좁이 말했다.

윌은 이야기를 계속하기로 했다. 한 번도 살던 동네를 벗어나 보지 못한 사람이 망망대해의 경이를 어찌 알겠는가. 윌은 좁의 말을 무시하기로 했다.

"지난 항해에서 우리에게 그 얘기를 수도 없이 들려준 사람은 삼등 항해사인 잭 해리스였어요. 그의 배가 채텀섬(태평양에 있는 섬인데, 물이 따뜻해서 인어와 상어 같은 위험한 것들이 많이 있는 곳이죠) 근처에서 멈췄다나 봐요. 그래서 몇몇 선원이 대형 보트를 타고 섬에 뭐가 있는지 보러 갔어요. 그들이 섬에 가까이 다다랐을 때, 어떤 생명체가 숨을 쉬려고 올라오는 것처럼 뻐끔대는 소리가 들렸대요. 잠수부가 내는 소리 아니냐고요? 아니에요! 전혀요. 여러분은 천식 환자의 소리를 들어보셨을 텐데, 그런 소리랑 비슷했대요. 그래서 그 사람들이 주위를 둘러봤는데, 바위 위에 앉아 햇볕을 쬐던 인어밖에 안 보였대요. 알다시피 파도가 거칠 때 물이 더 따뜻한데, 그때는 주변이 고요해서 춥다고 느꼈는지 인어가 몸을 데우러 밖으로 나온 것 같아요."

"인어는 어떻게 생겼어?" 메리가 숨도 쉬지 못한 채 물었다. 좁은 벽난로 위 선반에서 파이프를 꺼내서, 들을 가치도 없는 이야기라는 듯이 시끄러울 정도로 뻑뻑 피워대기 시작했다.

"아! 잭 말로는 꼭 이발소에 있는 밀랍 인형처럼 예쁘게 생겼대. 그런데 메리, 작은 차이점이 하나 있대. 인어의 머리카락은 밝은 초록색이었대."

"그럼 안 예쁠 거 같은데." 메리가 주저하며 말했다. 그녀는 아름답다고 공인된 것의 흠을 지적하고 싶지는 않았다.

"아! 너는 초록색을 많이 봐서 그래. 나는 늘 어떤 땅을 처음 봤을 때 초록색처럼 예쁜 색은 없다고 생각해. 어쨌든 인어의 머리는 분명히 초록색이었대. 그리고 그것을 자랑스러워했대. 선원들이 그녀를 처음 봤을 때 긴 머리카락을 빗고 있었으니까. 그들 모두 횡재를 만났다고 생각했는데, 인어가 고래와 맞먹을 정도로 값이 나갈 거라고 봤어(그들은 고래잡이 선원이야). 다른 사람이 어떻게 생각하든 인어를 좋아하는 사람도 있으니까." 이 말이 좁의 심기를 건드렸는지, 그가 더 큰 소리를 내며 파이프 담배를 피워댔다.

"계속 말하자면, 그들이 그녀를 잡을 생각으로 가까이 다가갔어. 인어는 한 손에 거울을 들고 계속 아름다운 머리를 빗으면서, 그들에게 유혹의 손짓을 보냈지."

"인어가 손이 몇 갠데?" 좁이 물었다.

"당연히 두 개죠. 다른 여자들처럼요." 윌이 기분 나쁘다는 듯이 대답했다.

"아! 나는 인어가 한 손으로 오라고 손짓하고, 다른 손으로 머리를 빗고, 또 다른 손으로 거울을 들고 있다고 말하는 줄 알았지." 좁이 짜증 날 정도로 차분하게 말했다.

"아니에요! 저는 그렇게 말하지 않았어요! 혹시 제가 그렇게 말했다면, 그녀가 빗질과 손짓을 연이어 했다는 의미였겠죠. 누구나 그렇게… (여기서 윌은 말을 더듬었다.) 이해할 수 있죠. 그런데, 메리." 윌이 단호하게 메리를 바라보며 말을 이었다. "인어가 선원들이 다가오는 모습을 봤을 때, 그들이 섬에서 쓰려고 가져온 엽총 때문에 겁을 먹었는지 아니면 본래 제 마음도 모르는 변덕 심한 닳고 닳은 여자여서 그랬는지 모르겠지만(여자들 반이 그렇다고 생각해), 그들이 그녀가 앉아 있는 바위에서 불과 노 두 개를 이어 붙인 정도의 거리까지 다가가자 그녀가 바닷속으로 풍덩 들어갔고, 잠시 물고기 꼬리처럼 생긴 다리만 물 밖으로 나와 있다가 나중에는 아예 사라져 버렸대."

"선원들은 그 뒤로 그녀를 못 봤대?" 메리가 물었다.

"전혀. 밤 9시에서 11시 사이에 번을 섰던 사람은 그녀가 배 주위에서 헤엄치는 모습을 봤는데, 그때 그녀가 들고 있는 거울에서 뭔가가 보이더래. 웨일즈의 애버 근처에 있는 작은 오두막(거기에 아내가 산대)이 원래 알던 모습 그대로 보였대. 집 밖에 아내가 서 있었는데 마치 그를 찾는 것처럼 손으로 눈을 가리더라는 거야. 하지만 잭 해리스는 그의 말을 믿지 않았어. 그는 늘 이야기를 꾸며대는 데다, 향수병에 걸려 풀이 죽어 있었기 때문이지."

"선원들이 그녀를 잡았다면 좋았을 텐데." 메리가 혼잣말했다.

"그들이 인어의 물건 하나를 가져왔어." 윌이 대꾸했다. "나도 직접 봤어. 증거를 원하는 사람들에게 보여주면 믿을 거야."

"그게 뭔데?" 자기 할아버지가 보고 싶어 할 거라고 확신한 마거릿이 물었다.

"그녀가 서두르다가 바위에 빗을 떨어뜨렸는데, 그걸 선원 중 하나가 본 거야. 선원들은 그거라도 챙기기로 하고, 바위 쪽으로 노를 저어가서 그것을 가져왔대. 잭 해리스가 그 빗을 존크로퍼호로 들고 왔는데, 나는 일요일 아침마다 그가 그 빗으로 머리를 빗는 모습을 봤어."

"그 빗은 어떻게 생겼어?" 메리가 잔뜩 기대하는 표정으로 물었다. 진주가 박힌 산호 빗을 상상했다.

"거기에 이상한 실이 달리지 않았다면, 참빗이랑 구분이 안 될 거야."

"안 듣는 게 낫겠군." 좁이 코웃음을 쳤다.

윌은 좁의 말에 화가 나는 걸 참느라 입술을 깨물었다. 할아버지를 잘 아는 마거릿으로서는 다음에 할아버지가 어떤 신랄한 말로 손님의 화를 돋울지 짐작조차 할 수 없어서 마음이 불편해졌다.

그러나 메리는 망망대해의 경이에 매료된 나머지 윌슨의 인어 얘기를 좁이 믿지 않는다는 것을 눈치채지 못했다. 그래서 기분이 상한 윌이 말을 멈추고 저녁 내내 아무 말도 하지 않겠다고 다짐하고 있을 때, 그녀는 기대하는 표정으로 이렇게 말했다.

"네가 항해하면서 보고 들은 것을 좀 더 얘기해줘, 윌!"

"사람들이 믿지 않는 얘기가 무슨 소용이 있겠니, 메리. 내가 내 눈으로 본 것들인데, 어떤 사람들은 마치 내가 횡설수설하는 애송이나 된다는 듯 야유를 한다니까. 하지만 메리, 너한테는 말해줄게." 윌은 '너'라는 단어를 강조했다. "경이로운 바다에 관해서 말이지. 너는 내 말을 믿을 만큼 지식이 많지는 않으니까. 난 물고기가 나는 것도 봤어."

메리는 충격을 받았다. 술집 간판이나 경이로운 바다 이야기를 통해 인어를 접한 적은 있지만, 나는 물고기는 금시초문이었다. 좁도 마찬가지였다. 좁이 파이프를 내려놓더니, 만족한다는 뜻으로 머리를 끄덕이며 말했다.

"아하! 젊은이. 이제야 진실을 말하는군."

"이제야 영감님이 제 말을 믿으시네요. 제가 반은 물고기고 반은 새인 생물을 봤다고 하니까요. 반은 물고기고 반은 여자의 몸인 인어가 있다는 말은 안 믿으시고. 저는 둘 다 이상한데요."

"네가 인어를 직접 본 건 아니잖아." 마거릿이 조심스럽게 끼어들었다. 윌은 '내가 좋으면 내 개도 좋아해라'를 좌우명으로 삼고 있는데, 그것을 윌의 표현으로 바꾸자면, '내 말을 믿으면 잭 해리스의 말도 믿어'가 된다. 그래서 마거릿의 말은 의도와 다르게 윌을 달래는 데 도움이 되지 않았다.

"그건 엑소세투스야. 연기류에 속하지." 좁이 대단히 흥미 있어 하며 말했다.

"아하, 그렇군요! 영감님은 사람들이 모르는 짐승들 이름을 잘 아는 그런 분이시군요. 어려운 말은 잘 알지만, 쉬운 말은 잘 모르시고요. 영감님 같은 사람을 많이 만나봤어요. 제가 미리 알았다면, 가엾은 잭이 말한 인어에게 뜻도 모를 거창한 이름을 붙여줬을 텐데요. 머메이디쿠스 잭 해리슨시스, 이런 식으로 말이죠. 머메이디쿠스라고 하면 믿으셨을까요, 영감님?" 다들 그렇듯, 윌도 자신의 농담을 뿌듯해하며 물었다.

"아니! 그 얘기 좀 해봐."

"그러니까!" 마침내 좁의 신뢰와 칭찬을 얻은 것에 기뻐하며 윌이 말했다. "그것은 직접 항해에서 봤어요. 마데이라에서 하루 정도 항해했을 때였어요. 선원 중 하나가⋯."

"잭 해리스는 아니길." 좁이 속삭였다.

"저를 불렀어요." 좁의 속삭임을 못 듣고 윌이 계속했다. "영감님이 말씀하신 그것, 그 나는 물고기를 보라면서요. 물에서 20피트 위로 떠서 100야드 가까이 날았어요. 그런데 영감님, 제게 말린 날치가 하나 있는데요. 원하시면 드릴게요. 다만," 윌이 낮게 덧붙였다. "영감님이 제 머메이디쿠스 이야기를 믿어주시면 좋겠습니다."

인어 이야기를 믿는 척해서 날치를 받을 수 있다면, 좁이 아무리 정직한 사람이라도 그렇게 했을 것이다. 좁은 날치 표본을 소유할 수 있다는 사실에 대단히 기뻤다. 좁이 자리에서 일어나 윌의 양손을 붙잡고 흔들며 열렬히 감사를 표하자 윌은 기분이 좋아졌고, 어리둥절하던 앨리스 아주머니는 놀라며 미소를 지었다. 그녀는 그 행동이 윌을 향한 애정 표시라고 이해했다.

좁은 고마움을 표현할 방법을 몰라 당황했다. 이 젊은 선원은 거미 표본 같은 걸 좋아하지 않을 것이다. 좁이 가장 아끼는 거대한 미국 독거미 표본을 준다 해도 말이다. 윌이 그런 걸 좋아했다면, 좁은 말린 엑소세투스를 받으면서 어떤 표본이라도 기꺼이 내어줬을 것이다. 그럼, 그에게 무엇을 해줄까? 좁은 애지중지 여기는 마거릿에게 노래를 불러달라고 부탁했다. 주변 사람들도 그녀의 노래를 듣고 싶었다. 마거릿은 옛 유행가들을 부르기 시작했다. 그녀는 요즘 노래를 잘 몰라서(듣는 사람들도 고마웠을 것이다), 음악 강사의 순회강연을 따라다니며 최근에 배웠던 옛 칸초네타 몇 곡을 풍부한 목소리로 불렀다.

메리는 윌이 넋을 잃고 앉아 있는 모습이 재미있었다. 한 음도 놓치지 않기 위해 눈을 부릅뜨고 입을 크게 벌린 채 집중하고 있었다. 눈 깜짝일 사이에 그 방을 떠다니는 풍부한 음을 하나라도 놓칠세라 그는 눈도 깜박이지 않았다. 처음으로 메리는 눈치는 좀 없지만 단정하고 얌전한 마거릿이 잘생기고 늠름한 윌 윌슨의 마음을 사로잡을 수도 있겠다는 생각이 들었다.

좁도 윌에 대한 생각이 빠르게 바뀌고 있었다. 날치 이야기도 좋았지만, 마거릿의 노래를 진심으로 감탄하며 듣는 모습에 감동했다.

서로 아웅다웅하던 두 사람이 한 시간 만에 서로의 마음을 얻으려 애쓰는 모습이 무척 흥미로웠다. 윌은 마거릿의 노래가 끝나자마자 (경탄에서 우러난 깊고 긴) 숨을 내쉰 후, 좁에게 다가가 불안한 듯한 목소리로 물었다.

"살아 있는 맹크스 고양이는 싫으세요, 영감님?"

"뭐라고?" 좁이 외쳤다.

"그 이름이 맞는지는 모르겠네요." 윌이 겸손하게 대답했다. "하지만 우리는 그걸 맹크스 고양이라고 불러요. 꼬리가 없는 고양이거든요."

좁은 그 동물에 관해 들어본 적이 없었다. 그러자 윌이 말을 이었다.

"배로 돌아가기 전에 어머니의 친구들을 뵈러 갈 건데요. 영감님이 원하시면, 그 섬에 있는 맹크스 고양이를 가져다 드릴게요. 날치만큼 자연을 거스른 독특한 동물이에요. 아니면…." 그가 말을 잇기 전에 침을 꿀꺽 삼켰다. "특히 지붕 위를 걸어 다니는 고양이를 보시면요. 일반 고양이는 느슨한 줄 위에서 균형을 잡는 춤꾼처럼 꼬리를 뒤로 뻣뻣하게 세우거든요. 꼬리가 없는 고양이는 그렇게 할 수 없는데, 희한하게 여기에 매료되는 사람들이 있어요. 영감님이 허락해 주시면, 제가 마거릿을 위해 그곳에 있는 고양이를 한 마리 가져올게요." 윌이 마거릿 쪽으로 홱 고개를 돌렸다. 좁은 꼬리 없는 고양이가 너무나 궁금했기에 고마워하며 동의했다.

"언제 떠날 거니?" 메리가 물었다.

"언젠지는 모르는데, 다음 항해지는 미국이라고 하더라고. 출항 날짜가 정해지면 동료 선원이 알려줄 거야. 하지만 그 전에 먼저 맨섬에 가야 해. 저번에 영국에 왔을 때, 다음에는 삼촌이랑 그곳에 가기로 약속했거든. 언제든지 출항 준비를 해야 할 수도 있지만, 그러니까 내가 여기 있는 동안 날 잘 대해줘, 메리."

좁이 윌에게 미국에 가봤는지 물었다.

"그럼요! 북부와 남부 모두 가봤어요! 이번에는 북부로 가요. 양키의 땅이라고들 부르죠. 거기에 엉클 샘이 있고요."

"엉클 뭐?" 메리가 말했다.

"아, 선원들이 쓰는 말이야. 보스턴으로 간다는 의미지. 그곳이 엉클 샘이야."

메리는 무슨 말인지 모르겠기에 윌을 그냥 두고, 크게 말하지 않으면 대화를 들을 수 없었던 앨리스 아주머니의 옆으로 가서 앉았다. 그날 밤 아주머니는 거의 말이 없었고, 지금도 조용히 웃으며 메리를 맞았다.

"아버지는 어디 가셨니?" 앨리스 아주머니가 물었다.

"노조 사무실에 가셨을 거예요! 저녁에는 대개 거기에 계시니까요."

앨리스가 고개를 가로저었다. 그러나 이런 행동이 소리가 안 들려서였는지 들은 내용이 마음에 들지 않아서였는지, 메리로서는 알 길이 없었다. 메리는 말없이 앨리스 아주머니를 바라보며, 전에는 밝고 생기 있던 그녀의 눈이 흐릿하고 침침해진 것을 안타까워했다. 아주머니는 다른 감각으로 메리의 생각을 알아채기라도 한 듯, 갑자기 메리 쪽으로 몸을 돌리더니 이렇게 말했다.

"지금 나를 안쓰럽게 생각하니? 그럴 필요 없단다, 메리. 나는 아이처럼 즐거운 상태야. 이따금 나는 나를 긴 잠으로 이끄는 주님의 자장가를 듣는 어린아이라고 생각해. 내가 애 보는 일을 했을 때, 주인아주머니는 항상 내게 낮고 부드러운 목소리로 말하면서 아이가 잘 수 있게 방의 불을 꺼달라고 말했었지. 그런데 지금은 모든 소리가 작게 들리면서 잠잠하고 아름다운 세상이 희미하고 어둡게 느껴져서, 그것이 나를 긴 잠으로 이끄는 하느님 아버지의 자장가라는 걸 알게 됐어. 나는 정말 만족해. 그러니 안타까워하지 마. 나는 더 바랄 게 없을 정도로 축복받은 인생을 살았어."

메리는 앨리스 아주머니의 숙원을, 너무나 원했지만 자주 미뤄야 했고 이제는 아마 영영 이룰 수 없을 귀향에의 염원을 떠올렸다. 혹시 고향에 가더라도, 그곳은 그리워했던 옛 모습에서 크게 달라져 있을 것이다! 그리고 눈도 귀도 먼 아주머니는 조롱거리가 될지도 모른다.

그날 저녁 시간은 빨리 지나갔다. 변변찮은 음식이었지만 즐거운 식사를 마치고 떠들썩하게 작별 인사를 나눈 후, 메리는 다시 음산하고 쓸쓸한 집으로 돌아와 한 번 더 고요와 고독 속에 있었다. 아버지는 아직 돌아오지 않았고, 벽난로의 불은 꺼졌으며 저녁에 해야 할 일거리도 찬장 위에 그대로 있었다. 하지만 생각해 보면 기분 좋은 막간의 여흥이었다. 몇 시간이나마 불편한 생각들에서, 암울하고 무겁고 답답한 시간에서 벗어날 수 있었으니까. 그러나 이제는 슬픔과 욕구가 사방에서 그녀를 에워싸는 듯했다. 아버지의 변해버린 얼굴은 망가진 건강과 마음에 품은 적의를 여실히 드러냈다. 내일도 그다음 날도 갑갑하고 단조로운 작업실에서 자기 귀에 대고 듣기 싫은 말을 속삭이는 샐리 리드비터와 시간을 보내야 한다. 그리고 시먼즈 양의 가게 입구에서는 추근대는 해리 카슨이 근처에 있을까 봐 두려운 마음에 쫓기듯 거리를 나서야 한다. 그는 끈질기게 숨어서 메리를 기다렸고, 최근에는 자기 이야기를 들어 달라며 비겁하게 완력을 쓰는 바람에 메리는 그를 증오하다시피

했다. 또 지나가는 사람들의 시선을 아랑곳하지 않는 그의 태도도 싫었는데, 혹여 소문이라도 돌아 아버지의 귀에 들어간다면 끔찍한 일이 일어날지도 모른다. 더구나 그 소문을 젬 윌슨이 듣는다면 상황은 더욱 나빠질 것이다. 이 모든 것은 그녀의 아찔한 불장난이 원인이었다. 아! 메리는 종일 꿰매고 박느라 기진맥진한 채로 집에 돌아와 마음의 소리를 들으며 괴로워하고 있는 이 뜨거운 여름 저녁이 너무나 싫었다.

그런데 젬 윌슨! 젬은 왜 메리가 그토록 보여주고 싶은 고상한 모습과 들려주고 싶은 밀담을 보고 들으러 오지 않을까. 메리가 자신의 성급했던 거절을 후회하고 잘못을 만회하려 애쓰는데 왜 오지 않을까. 두 사람 모두 눈물을 흘리며 괴로워하면서도 말이다. 하루하루 지날수록, 메리의 인내는 소용없어 보였다. 그리고 그녀의 울음소리는 '해자✦를 두른 농가'에서 흘러나오는 오랜 신음 같았다.

'그는 왜 오지 않을까?' 그녀가 말했다.
'난 지쳤어, 지쳤다고.
차라리 죽고 싶어.'✦✦

✦ 연못, 못. – 옮긴이
✦✦ 앨프리드 테니슨의 시 〈마리아나(Mariana)〉의 일부. – 옮긴이

14. 가엾은 에스더와 젬의 대화

범죄를 비난하기 전에 유혹이 있었음을 알라!
이 나무를 보라. 그것은 푸르고 아름답고 우아했다.
그러나 이제, 말라비틀어진 몇 안 남은 싹들을 구하라!
그대는 원인을 모르리. 얼마 전에,
뿌리가 엮여 있던 옆 참나무가
엄청난 힘을 받아 쓰러졌다.
우리가 정성껏 보살폈으나,
아름다움도 사라지고, 점점 시들어 갔다.
그러니 우리가 사람의 가슴을 들여다볼 수 있었다면
거기에서 얼마나 자주 어두운 그림자를 만나는지.
쉽게 믿는 사람에게서 찢기고 피 흘리는 마음을 발견하고도,
눈물로 동정하되,
경멸이나 비난을 퍼붓는다면 부끄러운 일이다.

- 〈거리의 여인들〉

한 달이 지났다. 어딘가로 신혼여행을 다녀온 부부가 있고, 출산에서 완벽히 회복한 '산 아이의 어머니✦'가 있다. '첫날은 아무것도 없어

✦ 구약성서 열왕기상 3장 26절의 솔로몬의 판결에 나오는 표현. - 옮긴이

어두웠던[*] 미망인과 남겨진 아이가 있고, 참회하고 고된 노동을 하며 독방에서 위축된 채 떨며 절망하는 죄수가 있다.

다른 사람이 '병들었을 때나 감옥에 갇혔을 때 돌보아 주었던'[**] 사람들이 있다. 혹시 당신이나 나도 그런 축복을 받을 수 있을까? 그런 도움을 제공하는 사람을 하나 안다. 주물 공장 감독관으로 있는 어느 백발 노인이 수년 동안 안식일마다 맨체스터 뉴 베일리에 있는 죄수와 고통받는 사람들을 방문했다. 그는 조언과 위로뿐만 아니라 그들이 잃어버린 미덕과 평화를 되찾을 방법도 제공했다. 그들이 취직할 수 있게 보증을 서주었고, 자신에게 도움을 청하는 사람을 절대 외면하지 않았다.[***]

에스더의 수감 생활이 끝났다. 그녀는 모범수로 인정받았다. 날마다 뱃밥도 넉넉하게 만들었고, 죄수들이 벌로 받는 밟아 돌리는 바퀴는 한 번도 밟지 않았으며, 그녀의 표현으로 예의 바르고 착실하게 생활했다. 이제 한 번 더 감옥 문을 나섰다. 그녀 뒤로 육중한 문이 덜컹하고 닫히자, 집 문이 닫힌 것 같아 에스더는 쓸쓸했다. 유일한 쉼터에서 나오던 음울한 날, 에스더는 집도 없고 돈도 없었다.

그러나 에스더는 그곳에서 아주 잠깐만 불안하게 서 있었다. 밤낮으로 자신을 괴롭히던 생각 때문이었다. 그것은 자신처럼 악의 길로 가고 있는 메리(에스더가 순수했던 시절에 귀여워했던, 죽은 언니의 하나뿐인 딸)를 어떻게 구할 것인가였다. 대체 누구에게 도움을 요청해야 할까? 에스더는 바턴을 떠올리다 멈칫했다. 지난번에 그가 보여준 격렬

---

[*] 36장에서 인용될 바이런의 시 한 구절. – 옮긴이
[**] 신약성서 마태오의 복음서 25장 43절의 일부. – 옮긴이
[***] 1846년 3월 18일자 《맨체스터 가디언》과 윌리엄스 교도소장의 보고서를 보라.

한 거부와 맹렬한 비난이 기억나서 가슴이 철렁 내려앉았다. 그럼, 메리에게 직접 경고할까. 그것은 죽기보다 싫었지만, 이따금 가장 끔찍한 방법이 가장 효과적일 수도 있을 것 같았다. 어떻게든 메리가 처한 위험을 알려야 한다. 그런데 누구에게 알리지? 전에 알고 지냈던 여자 친구들에게 말하는 것은 꺼려졌다. 아무리 그들이 분별력 있고 정신이 건전하며 에스더의 임무에 관심이 있더라도 말이다.

버림받은 매춘부의 이야기를 누가 들어줄까? 누가 도움이 필요한 그녀를 도와줄까? 그녀는 세상이 배척하는 죄를 지었기에, 자신도 불결한 사람으로 보일까 두려워서 모두가 그녀를 멀리한다.

에스더는 황량한 밤길을 떠돌며, 버려진 여자를 거의 떠올리지 않을 사람들이 자주 드나드는 곳과 그들의 습관을 주목했다. 그러는 동안 전에는 힘들고 단조로워 보였지만 지금 되돌아보면 밝고 행복했던 시절에 알았던 사람들의 생활 방식과 교제에 관심이 많아졌다. 그렇게 해서 에스더는 어디에서 바턴을 만나야 할지 알았고, 그 불운한 밤에 그의 화를 돋우어 한 달간 감옥에 갇혔다. 그녀는 바턴이 여전히 윌슨 가족과 친하게 지내는 것을 알았다. 그가 윌슨 부자와 함께 걸으면서 얘기하는 모습을 여러 번 봤었다. 그는 자신의 옛 친구들과도 친하게 지냈다. 그래서 우연히 어떤 사람으로부터 조지 윌슨이 급사했다는 소식을 들었을 때, 그녀는 아무도 모를 알아주지 않는 눈물을 흘렸었다. 그러다 문득 메리가 어릴 때 오빠처럼 여기며 함께 놀았던 조지 윌슨의 아들에게 메리의 이야기를 들려주고 그녀를 구할 방법을 제시하면 괜찮겠다는 생각이 들었다.

에스더는 이 모든 생각을 감옥에 있는 동안 했다. 이렇게 목표가 뚜렷했으므로 출소했을 때 허전하지 않았다.

출소한 날 밤에 에스더는 일찌감치 젬이 일한다는 주물 공장 근처로 가서 그를 기다렸다. 젬은 다음 날 할 일을 준비하느라 평소보다 늦게까지 공장에 있었다. 에스더는 피곤하고 초조해졌다. 창문 없는 긴 벽돌 건물에서 나오는 수많은 직공의 얼굴을 열심히 살폈다. 그들이 내뱉는 모욕이나 저주하는 말은 들리지 않았다. 젬이 일찍 퇴근한 건가. 에스더는 길을 한 번만 더 돌고 가야겠다고 생각했다.

그때 작업장과 창고들이 있는 조용한 거리에서 에스더는 건물 밖으로 나오는 젬의 발소리를 들었다. 순간 그녀의 마음이 약해졌다! 분명 고통스러운 일이지만, 용기를 내어 시도해 보기로 했다. 에스더가 젬의 팔을 잡았다.

예상대로 젬은 팔을 힘껏 붙잡은 사람이 누구인지 슬쩍 본 다음, 거칠게 뿌리치고 계속 걸었다. 에스더는 벌벌 떨면서도, 한 번 더 젬의 팔을 꽉 잡았다.

"내 말 좀 들어, 젬 윌슨." 그녀가 명령하듯 말했다.

"저리 가요. 듣건 말건 당신에게 볼일 없어요."

그가 다시 저항했다.

"들어야 한다니까." 그녀가 다시 명령조로 말했다. "메리 바턴을 위해서니까."

메리의 이름이 들리자 젬의 눈빛이 선원처럼 강렬하게 반짝였다. 그는 '세 살 아기처럼 귀를 기울였다'.✦

"너도 그 아이를 아끼고 악에서 구하고 싶잖아."

✦ 새뮤얼 테일러 콜리지의 시 〈늙은 선원의 노래(The Rime of the Ancient Mariner)〉에 나오는 표현. – 옮긴이

젬이 잠시 에스더의 얼굴을 빤히 쳐다보며 말했다.

"누구신데 메리 바턴을, 아니 메리가 나랑 관계가 있는 걸 아시는 거죠?"

에스더는 잠시 갈등했다. 자신이 누구인지 스스로 인정하기도 부끄러웠지만, 그것을 밝히고 나면 더욱 부끄러울 터였다. 이윽고 그녀가 말했다.

"혹시 에스더라고, 존 바턴의 처제를 기억하니? 메리의 이모야. 10년 전 2월에, 내가 밸런타인데이 카드도 보냈잖니?"

"그럼요, 잘 알죠! 하지만 당신은 에스더가 아니잖아요, 그렇죠?" 그가 다시 그녀의 얼굴을 들여다봤다. 정말로 어릴 때 친구라는 것을 알아본 젬은 아까의 일은 다 잊고 반갑게 그녀의 손을 잡으며 흔들었다.

"아니, 에스더! 그동안 어디에 있었어요? 어디를 헤맸길래 우리 중 누구도 당신을 못 찾았을까요?"

젬의 질문은 무심했지만, 에스더의 답은 더없이 진지했다.

"내가 어디에 있었냐고? 내가 무엇을 했느냐고? 왜 그런 질문들로 나를 괴롭히는 거니? 짐작이 안 가니? 하지만 내가 살아온 얘기를 하면 너를 설득하기 쉬울 테니 지금 해줄게. 제발! 내 말을 듣고 마음을 바꾸지 말아줘. 내 이야기를 넌 들어야 해. 그러고 나서 메리가 나처럼 되지 않게 그 아이를 돌봐줘. 지금 메리는 예전의 나처럼 자기보다 신분이 높은 사람과 사랑에 빠졌어." 에스더는 자기 얘기에 몰두한 나머지 젬의 호흡이 변하고 그가 벽을 와락 움켜쥔 것을 눈치채지 못했다. 그것은 그가 에스더의 말에 어마어마한 관심이 있음을 보여주는 행동이었다. "그는 몹시 잘생겼었어. 다정했고! 하지만 그의 연대가 체스터로 이동할 것을 명령받았지(그 사람이 장교란 얘기를 했었니?). 우리는 헤어질 수 없어서, 내가 그를 따라갔어. 나는 가엾은 언니가 그 일에 그렇게 상심할 줄 몰랐어! 결혼한 후에 언니에게 오라고 할 생각이었지. 그래, 맞아! 그가 내게 결혼을 약속했었거든. 남자들은 다 그렇지. 어쨌든 3년간은 좋았어. 그럼 안됐지만, 행복했지. 내게는 딸도 있었어. 아! 그렇게 사랑스러운 아이는 본 적이 없었지! 하지만 그 아이 생각은 하지 말아야 해." 그녀가 손으로 거칠게 자기 이마를 쳤다. "그렇지 않으면 난 미쳐버리고 말 거야. 정말로."

"에스더 이야기는 더 하지 않아도 돼요." 젬이 달래듯 말했다.

"뭐라고! 벌써 내 이야기에 질린 거니? 하지만 난 말할 거야. 네가 먼저 물어봤으니까. 고통스러웠던 과거를 떠올리는 일이 허사가 되면 안 돼. 얘기를 하고 나면 위로를 얻겠지. 아, 난 정말 행복했단다!" 아이 같은 에스더의 목소리가 구슬프게 가라앉았다. "행복한 시간은 쏜살같이 지나갔고, 어느 날 그가 오더니 아일랜드로 발령을 받았다며 나를 두고 가야 한다고 하더구나. 그때 우린 브리스틀에 살았거든."

젬이 몇 마디 말을 중얼거렸다. 그녀는 그의 말을 알아듣고는 애원하는 목소리로 말을 계속했다.

"아, 그를 욕하지 마. 나쁜 말은 단 한 마디도 하지 말아줘! 내가 아직도 그를 얼마나 사랑하는지 너는 모를 거야. 이렇게 비참하게 사는데도 말이지. 그가 어떤 사람이었는지 넌 짐작도 못 할 거야. 그는 헤어지기 전에 내게 50파운드를 줬는데, 어렵게 마련한 돈이었어. 그러니 젬, 제발 욕하지 말아줘." 젬은 다시 분노가 치밀었지만, 에스더를 위해서 참았다. "나는 그 돈으로 잘 살 수도 있었어. 이제야 알지. 하지만 그때는 돈의 가치를 몰랐어. 전에 나는 공장에 다닐 때 쉽게 돈을 벌었고, 부족한 게 없었기 때문에 돈을 옷이나 음식에 써버렸지. 그와 함께 살 때는 그에게 부탁해서 처리했고. 그래서 50파운드면 충분하다고 생각했어. 나는 체스터로 돌아갔고, 거기에서 잘 지냈어. 잡화점을 열고 근처에 방도 얻었지. 우리 모녀는 잘 살 수도 있었는데, 아, 이런! 내 딸이 병에 걸린 거야. 나는 가게도, 아이도 제대로 돌볼 수 없었어. 그리고 상황은 점점 나빠졌지. 아이에게 먹일 음식과 약을 사느라 돈이 필요해서 내 물건들을 내다 팔았어. 아이 아버지에게 도움을 요청하는 편지를 여러 번 보냈지만, 그의 병영이 바뀌었는지 답장을 한 번도 받지 못했어. 집주인은 내가 가게를 열 때 쓰려고 남겨두었던 실패✦와 끈도 가져가 버렸어. 우리에게 형편없는 방을 임대하던 집주인은 방세를 내지 않으면 우리를 내쫓겠다고 위협했어. 그렇게 수 주가 흘렀고, 춥고 황량한 겨울이 왔지. 아이는 너무 심하게 아팠고, 나는 굶주렸어. 나는 아이가 아파하는 모습을 참을 수 없어서 함께 죽는 편이 낫겠다는 생각까지 했어. 아이는 끙끙 앓았고, 나는 돈이 필요했어! 그래서 1월의 어느 밤에 거리로 나갔지. 하느님이 내게 벌을 내리실까?" 그녀는 거의 실성한 사람처럼 집요하게 물었고, 젬의 팔을 흔들며 대답을 강요했다.

 젬이 위로의 말을 건네기도 전에, 그녀는 목소리를 낮추고 절망에 빠진 고요한 목소리로 말했다.

 "하지만 상관없어! 나는 그때부터 계속 그렇게 살아왔고, 그것이 우리 모녀를 천국과 지옥으로 갈라놨어." 그녀의 목소리가 고통으로 다시

✦ 바느질할 때 쓰기 편하도록 실을 감아 두는 작은 도구. - 옮긴이

날카로워졌다. "내 아기! 내 딸! 죽어서도 나는 너를 보지 못하겠지, 내 사랑스러운 아기! 그 아이는 너무나 착했어. 작은 천사 같았지. 성서 구절이 기억이 안 나네. 오래전 우리 어머니가 나를 무릎에 앉혀 놓고 알려주시던 말인데, '마음이 깨끗한 사람은 행복하다'로 시작해."

"마음이 깨끗한 사람은 행복하다. 그들은 하느님을 뵙게 될 것이다."✦

"맞아, 그거야! 어머니가 지금 내 모습을 보신다면 가슴이 찢어지겠지. 언니도 마찬가지고. 참, 내가 너를 만나고 싶었던 이유는 언니의 아이 때문이야, 젬. 너는 메리 바턴을 알지, 그렇지?" 그녀가 생각을 가다듬으려 애쓰며 말했다.

물론, 젬은 메리를 안다. 너무도 잘. 쿵쾅대는 그의 심장이 그 증거다.

"그래. 그 아이를 위해 할 일이 있어. 뭘 얘기하려고 했더라. 잠시만! 메리는 내 딸과 아주 닮았어." 눈물이 맺혀 반짝이는 눈을 들어 젬의 동정을 구하며 말했다.

젬은 진심으로 그녀가 안타까웠다. 하지만 아! 메리와 신분이 높은 그의 애인 그리고 메리를 위해 그가 해야 할 일에 관한 말을 듣기 위해 오랫동안 에스더의 이야기를 참고 들어야 했다. 하지만 내색하지는 않았다. 이윽고 에스더가 좀 더 차분한 목소리로 말을 시작했다.

"내가 맨체스터에 왔을 때(아이가 죽은 후에 체스터에 머물 수 없었어), 너를 포함해서 사람들을 쉽게 찾았어. 하지만 불쌍한 언니가 죽은

✦ 신약성서 마태오의 복음서 5장 8절. – 옮긴이

줄은 몰랐어. 꿈에도 생각하지 못했지. 며칠 밤을 언니가 살던 동네로 가서 이웃들의 이야기만 엿들었어. 나는 물을 수 없었으니까. 그리고 이 사람 저 사람에게 들은 얘기들을 정리해 보았어. 다른 지역 경찰관이 창문의 덧문 틈을 통해 메리의 집 안을 엿보는 것도 여러 번 봤고. 이따금 메리나 형부는 이런저런 이유로 늦게까지 자지 않고 앉아 있었지. 나는 메리가 양재를 배우러 다니는 걸 알았기에 겁이 나기 시작했어. 그 일을 하는 여자들은 밤늦은 거리를 다녀야 하고, 오랜 작업으로 지치게 되면 기분 전환용으로 색다른 것을 추구하기 마련이니까. 그래서 내가 나쁜 사람이라 하더라도 메리를 지켜줘야겠다고 결심했지. 밤마다 퇴근길에 메리를 기다리고 따라다녔는데, 그 애는 주변에 누가 있는 줄도 잘 모르더구나. 나는 메리의 동료 중 하나를 참을 수 없었는데, 그 여자가 몰래 나쁜 짓을 하고 있다고 확신했거든. 어느 날 메리가 집으로 가고 있었는데, 혼자가 아니었어. 어떤 남자와, 신분이 높은 누군가와 함께 걷더라고. 메리가 그 남자의 관심을 즐기는 것이 보여서 나는 두려워졌어. 그리고 그 남자가 아까 말한 메리의 뻔뻔한 동료와도 길게 대화하는 모습을 보고는 그를 나쁘게 보기 시작했지. 하지만 객혈 때문에 오랫동안 쉬어야 했어. 아무것도 할 수 없었지. 메리를 걱정하느라 내 상태가 나빠졌던 것 같아. 몸이 괜찮아져서 외출하게 되었을 때도 모든 게 전과 다름없더라고. 메리가 더욱 그를 좋아하는 것 같았어. 그리고 아! 젬, 형부는 내 말을 들으려 하지 않아. 그러니 메리를 구할 사람은 너밖에 없어! 너는 메리에게 오빠나 다름없잖아. 그러니 그 애에게 조언을 해주고 그녀를 지켜볼 수 있을 거야. 그리고 형부가 네 얘기는 들으실 거고. 형부는 무섭고 냉정해." 에스더는 바턴의 가혹한 말이 떠올라 울기 시작했다. 하지만 괴롭던 젬이 쉰 목소리로 그녀의 말을 끊고 물었다.

"메리가 사랑에 빠진 사람은 누구예요? 그의 이름을 알려 주세요!"

"카슨 씨 아들이야. 네 아버지가 일했던 공장주의 아들."

에스더가 잠시 멈췄다. 이윽고 침묵을 깼다.

"그러니, 젬. 네가 메리를 돌봐주면 좋겠어! 그 애가 죽으면 안 되지만, 나처럼 사느니 차라리 죽는 게 나을지도 몰라. 내 말 듣고 있니, 젬?"

"네. 듣고 있어요. 더 낫죠. 우리 다 죽는 게 나을 겁니다." 젬이 속생각을 말해버렸다. 그러나 즉시 목소리를 바꾸고 말을 이었다.

"에스더, 제가 메리를 위해 뭐든 할 수 있다는 말은 믿으셔도 돼요. 전 결심을 굳혔거든요. 그러니 이제는 제 말을 들으세요. 당신도 그렇게 사는 게 싫잖아요. 그렇지 않으면 그런 식으로 말하지 않으셨겠죠. 저랑 집으로 가요. 저희 어머니에게 가자고요. 어머니와 앨리스 고모는 함께 지내고 계세요. 두 분이 에스더를 반겨주실 거예요. 그리고 당신이 제대로 살 수 있는 방법이 뭐가 있을지 내일 제가 찾아볼게요. 저랑 집으로 같이 가요."

에스더는 잠시 말이 없었고, 젬은 자신의 설득이 성공했기를 바랐다. 그때 그녀가 말했다.

"그런 말을 해주다니. 젬, 네게 축복이 있기를. 몇 년 전이었다면, 네가 나를 구했을 거야. 그래서 나는 네가 메리를 구할 수 있길 바라고 믿어. 하지만 지금은 너무 늦었단다. 너무 늦었어." 그녀가 깊이 절망한 목소리로 덧붙였다.

여전히 그가 쥔 손을 풀지 않았다. "우리 집으로 가요." 그가 말했다.

"말했잖아. 난 갈 수 없어. 나는 떳떳하게 살지 못했어. 그러니 네게 망신만 줄 거야. 네가 전부 알게 된다면." 젬이 계속 권할 것 같아서 에스더는 말하기 시작했다. "난 술을 마셔야 해. 나 같은 사람은 술을 마시지 않고는 견딜 수가 없거든. 자살을 막을 유일한 방법이야. 술을 마시지 못하면 단 하루도 지나간 날들에 대한 기억과 현재의 내 모습을 견딜 수가 없어. 밥이나 집은 없어도 술은 마셔야 해. 아! 내가 감옥에 있는 동안 술을 마시지 못해 밤마다 얼마나 괴로웠는지 너는 모를 거야." 에스더는 말하면서, 마치 주변에서 형체가 불분명한 영적 존재를 본 사람처럼 몸서리를 치고 두려움이 가득한 눈을 부릅떴다.

"그들을 만나기가 너무 두려워." 사납지만 낮은 목소리로 속삭였다. "밤마다 그들이 내 침대 주변을 빙글빙글 돌아. 어머니가 내 딸 애니를 안고 있고(그 두 사람이 왜 함께 있는지는 모르겠지만), 언니도 있어. 모두 슬프고 차가운 눈빛으로 나를 바라봐. 아아, 젬! 너무 무서워! 그들은 뒤를 보이지 않으면서 침대 머리 뒤로 지나가. 사방에서 그들이 보고 있는 게 느껴져. 침대보를 뒤집어써도 여전히 보여. 그리고 더 나쁜 건…." 겁에 질린 듯 목소리를 낮추며, "그들이 나를 보고 있는 거야. 그러니 내게 맨정신으로 살라고 말하지 마. 난 술을 마셔야 해. 술 없이는 밤을 버틸 수 없어. 무서워서 그럴 수 없어."

젬은 깊이 동정하며 침묵했다. 그는 에스더를 위해 아무것도 할 수 없었다! 다시 말하기 시작한 그녀의 목소리는 덜 초조했고 오싹할 정도로 진지했다.

"나를 동정하지 마! 네가 말하지 않아도 네 마음을 잘 알아. 하지만 나를 위해서 네가 할 일은 아무것도 없어. 나는 가망이 없어. 하지만 넌 아직 메리를 구할 수 있어. 반드시 그래야 해. 메리는 아무 잘못이 없어. 자기보다 신분이 높은 사람을 사랑하는 거 말고는. 젬! 네가 반드시 메리를 구할 거지?"

말은 거의 하지 않았지만, 젬은 진심으로 이 세상에서 메리가 넘어지지 않게 뭐든 하겠노라고 약속했다. 에스더가 그의 축복을 빌어주며 잘 가라고 인사했다.

"잠시만요." 그녀가 막 떠나려는데 젬이 말했다. "당신에게 할 얘기가 생길지 몰라요. 어디서 당신을 찾아야 할지 알고 싶어요. 어디 사세요?"

그녀가 묘한 웃음을 터뜨렸다. "나처럼 천한 사람에게 집이 있겠니? 품위 있고 선량한 사람들에게나 있지. 우리 같은 사람은 집이 없단다. 전혀. 나를 만나고 싶을 때는 밤에 이 주변 거리의 모퉁이를 살펴보렴. 춥고 황량하고 폭풍우가 부는 밤에는 쉽게 찾을 수 있을 거야. 그런 날엔…." 구슬픈 목소리를 낮추며 덧붙였다. "문간이나 바깥 계단에서 자면 너무나 추워서 그 어느 때보다 한 잔이 간절해져."

에스더가 재빨리 그곳을 벗어났고, 젬도 집으로 향했다. 하지만 길 끝에 도착하기도 전에 젬은 질투심으로 괴로운 와중에도 양심의 가책을 느꼈다. 그는 메리를 구하기 위해 충분히 노력하지 않았다. 한 번만 더 노력하면, 그녀가 자기에게 올 것이다. 아니, 스무 번을 노력하면 그녀를 보상으로 얻게 될 것이다. 그가 뒤를 돌아봤을 때, 에스더는 가고 없었다. 잠시 다른 감정이 밀려들면서 자책감이 약해졌다. 그러나 훗날 여러 번 그는 의무를 다하지 못한 일, 즉 에스더에게 선행을 베풀지 못한 것을 뼈저리게 후회했다.

젬은 집으로 가 혼자 있고 싶었다. 메리가 다른 사람을 사랑한다니! 아! 그 사실을 어떻게 견뎌야 할까? 지금까지 그는 메리의 거절을 큰 시련이라고 생각했지만, 이제 그 일은 아무것도 아니었다. 다행스러운 것은 그가 메리를 직접 만나서 운명을 다시 시험해 보라는 유혹에 굴복하지 않았다는 것이다. 그녀를 만났다면 그 달콤한 미소와 귀여운 몸짓, 어여쁜 행동이 다른 사람의 눈과 마음을 기쁘게 해주려고 준비된 것임을 알게 되리라. 그런데도 그는 계속 살아야 한다. 그것이 가장 이상한 일 같았다. 긴 인생을 (가슴을 후벼 파는 깊은 슬픔에도 사람은 오래 산다) 메리 없이 살아야 한다. 아니, 그녀가 다른 사람과 함께라는 사실을 안 채로! 젬은 쥐 죽은 듯 고요한 이 밤에 자기 방으로 돌아가 이 끔찍하고 괴로운 생각을 계속할 생각이다. 이제 집 앞에 도착했다.

안으로 들어가니, 익숙한 얼굴과 장면이 눈에 들어왔다. 젬은 넌더리가 났고, 그런 자신이 몹시 싫었다. 어머니가 정성껏 준비한 저녁 식사를 망치다시피 했기에 어머니에게 미안했다. 하루하루 감각을 잃어가는 앨리스 고모는 난롯가에 말없이 앉아 있었다. 양아들의 존재가 그녀의 행복을 좌우했다. 윌은 잘 들리지 않는 앨리스 고모의 귀에 같은 말을 반복했고, 그녀가 비틀거리며 걸을 때는 앞에 있는 장애물들을 손으로 일일이 치웠다. 그리고 이전보다 더욱 다정하고 명랑하게 이야기했다. 풀이 죽은 젬을 보고, 수다로 그의 기분을 풀어주려 했다. 어쨌든 윌의 수다는 윌슨 부인의 구시렁거림을 들리지 않게 했고, 어떤 면에서는 저녁의 공허한 분위기를 가려주었다. 마침내 잘 시간이 왔다. 윌은 인근 숙소로 돌아갔다. 윌슨 부인과 앨리스 고모는 재를 긁어내고 문단속한 다음, 비틀거리는 걸음과 새된 목소리로 위층으로 갔다. 젬도 침실로 쓰고 있는 작은방으로 들어갔다. 그 방에는 빗장이 없었다. 하지만 젬은 오른팔로 힘껏 무거운 상자를 문 앞으로 밀었다. 그러고는 침대에 걸터앉아 생각에 잠겼다.

메리가 다른 사람을 사랑했다니! 가장 먼저 그 생각이 떠올라 몹시 괴로웠다. 외적인 조건을 생각하면, 메리가 자신이 아닌 다른 사람을 좋아하는 것이 그리 놀랍지는 않았다. 하지만 신사 계급이라니. 주변에 만날 여자도 많을 텐데 그 사람은 왜, 굳이 몸을 낮춰 자기처럼 불쌍한 남자가 사랑하는 여자를 쟁취했는가? 손에 넣을 수 있는 꽃이 정원에 한가득인데, 왜 들장미를, 젬만의 향기로운 들장미를 꺾었을까?

메리가 그의 소유라니! 아! 이제는 자신의 사람이 될 수 없구나! 영원히 사라졌어.

그러자 복수심이 끓어 올랐다! 질투심이 폭발했다! 누군가는 죽어야 한다는 생각이 들었다. 메리가 다른 사람의 것이 되느니 차라리 무덤 속에 차가운 시신으로 누워 있기를 바랐다. 메리의 피범벅이 된 밝은색 머리칼과 창백하고 어여쁜 얼굴이 자꾸만 떠올라 눈이 아팠다. 그녀가 눈을 크게 뜨고, 부드럽고 차분한 얼굴로 젬을 말없이 책망했다! 그녀가 무슨 짓을 했다고 그렇게 끔찍한 대우를 받는가? 그녀는 젬도 아는, 잘생기고 밝고 쾌활한 사람의 구애를 받았고, 그녀도 그 사람에게 사랑을 주었다. 그게 다였다! 그러니 죽어야 하는 사람은 그 구애자였다. 그렇다, 죽어야 하는 이유를 알았으니 이제 죽으라. 젬은 그 남자가 공격받고 쓰러졌으나 아직 의식은 남아서 자신의 질책과 비난을 들는 모습을 상상했다(그리고 그 모습에 만족했다). 그가 감히 신분이 낮은 여자와 결혼하겠는가! 그리고 가장 가슴 아픈 사실은 메리도 그를 사랑했다는 것이다! 그때 젬 안의 다른 목소리가 메리를 위해 대비해야 할 고통을 기억하라고 말했다! 처음에는 자기 안의 착한 목소리를 듣지 않거나, 듣고 싶은 대로 바꿔 들으려 했다. 메리가 울부짖을 때 나는 크게 기뻐할 것이다! 그녀의 가슴이 폐허가 될 때 나는 쾌감을 얻을 것이다!

아니다! 그럴 수 없다고 여전히 작은 목소리가 말했다. 지금 무거운 짐을 견딜 수 없다고 메리에게 그런 고통을 안기는 것은 최악의 행동이다.

하지만 젬은 짐이 너무 무겁고 고통스러워서 살 수 없을 것 같았다. 스스로 목숨을 끊고 두 연인을 사랑하게 내버려두면, 태양은 밝게 빛나되 활활 타오르던 그의 비통한 마음은 안식을 얻을 것이다. '하느님의 백성에게는 참 안식이 남아 있다.'✢

그는 메리가 에스더처럼 되지 못하게 하겠다고 엄숙하고 간절하게 약속하지 않았던가? 인생의 의무를 다하지 않고 비겁하게 죽음을 택해도 될까? 그럼, 누가 사랑에 빠진 순진한 메리를 지키지? 메리의 사랑을 받지 못해도 그녀를 돕는 것이 선행이 아닐까? 그녀가 생명의 위협을 받거나 위험을 알지 못할 때 그녀의 수호천사가 되어줘야 하지 않을까?

젬은 마음을 가다듬고, 하느님의 도움으로 자신이 이 세상에서 메리

✢ 신약성서 히브리인들에게 보낸 편지 4장 9절의 일부. – 옮긴이

의 수호자가 되겠노라고 다짐했다.

그의 앞길은 여전히 가시밭길이나, 그래도 안개와 폭풍우는 걷힌 듯했다. 가장 먼저 해야 할 일을 하고 나니(마음의 소요를 가라앉히고 평정심을 찾는 일), 다음 할 일이 떠올랐다.

불쌍한 에스더는 경험을 통해, 해리 카슨이 메리에게 불순한 의도로 접근했다며 어찌 보면 성급한 결론을 내렸다. 그러면서 자신의 두려움에 대한 타당한 근거를 제시하지 못했다. 젬은 부유한 해리 카슨이 메리와 결혼할 리 없다고 생각했다. 젬이 보기에, 메리는 기품과 우아함을 타고 난 여성이었다. 맨체스터 공장주 상당수는 자수성가한 것을 영광이자 정당한 결과로 여기는데, 그 아들은 무엇을 이뤘는가? 물론, 부와 관련해서 젬은 해리 카슨이 가진 엄청난 특권을 생각하지 않을 수 없었다. 해리 카슨의 어머니는 과거에 공장에서 일하던 여성이었다. 그러니 메리를 향한 해리 카슨의 의도를 의심할 만한 이유가 있을까?

어쩌면 처음에는 이 연애 사건에서 난감한 상황이 펼쳐질지 모른다. 메리의 아버지나 카슨 가족 모두 편견이 심할 것이다. 그러나 젬은 바턴의 마음을 움직일 힘이 있다. 그러므로 만약 그가 메리의 행복을 위해 그 힘을 사용하면, 자신의 이익은 포기해야 한다.

그런데! 왜 에스더는 이 일을 할 사람으로 자신을 선택했을까? 올바른 행동을 하기에 자신은 능력이 부족한 사람이었다! 그녀는 어째서 그를 뽑았을까?

젬이 마음의 소리에 귀 기울일 정도로 침착해지자 그 답이 생각났다. 메리에게는 오빠가 없었기에 젬이 오랜 우정을 생각해서 그 일을 해주리라 에스더는 생각했다. 그러므로 그는 메리에게 오빠가 되어줄 것이다.

일단 젬은 해리 카슨이 메리의 사랑을 얻으려는 목적을 확인해야 한다. 그는 남자 대 남자로서, 필요하다면 메리를 향한 자신의 마음을 숨기지 않고 해리 카슨에게 단도직입적으로 물어볼 것이다.

젬은 최선을 다해 메리를 지키겠다고 결의하고 나니 마음이 편안해졌다. 폭풍은 뒤로 물러났다.

날이 밝기 두 시간 전에 그는 잠이 들었다.

15. 경쟁자들의 폭력적 만남

부자와 빈자 사이에 아가리를 벌린 어둠의 심연을
아무리 사려 깊은 사람이 들여다봐도
거기에는 애석하게도 음식이 없다!
하느님이 그들을 형제처럼 서로 돕고 동정하며 화합하라고 만들었으나
그들은 격렬하게 싸운다! (마치 천적들처럼)
그리고 크게 슬퍼하지도 않는다.
이 심연에 다리를 놓고,
그들을 다시 신뢰와 사랑으로 묶어줄 지혜로운 자는 어디에 있는가?
- 〈사랑에 관한 진실〉

이제 존 바턴의 이야기로 돌아가자. 가엾은 바턴! 그는 실망스러웠던 런던의 경험을 전혀 극복하지 못했다. 그때 느꼈던 깊은 치욕감(이기심과는 무관하다)은 일시적인 감정이 아니었다. 사실, 그의 감정 중에 일시적인 것은 거의 없었다.

바턴은 오랫동안 육체적 궁핍에 시달렸다. 날마다 굶주렸다. 자신은 궁핍을 아무렇지도 않게 참을 수 있으며 다른 사람들처럼 욕구에 집착하지 않는다고 자신을 위로했음에도, 육체는 불쾌한 감정으로 복수했다. 그는 점점 심술궂고 날카로워졌으며, 평정심도 많이 잃었다. 젊은

시절이나 비교적 행복했던 시절에 부렸던 여유가 더는 없었다. 희망도 사라졌다. 희망 없이는 삶을 지속하기 어렵다.

바턴의 감정 상태에 이름을 붙일 수 있다면, 그것은 편집증일 것이다. 그의 뇌리에 박힌 생각들이 그를 압박했다. 이탈리아의 보르자 가문에 그런 벌이 있었다고 한다. 진짜 범죄자나 범죄자로 추정되는 사람을 온갖 편의와 사치품이 제공되는 방에 가둔다. 처음에 그들은 감금된 것을 별로 슬퍼하지 않는다. 그러나 날마다 방의 좌우 벽 사이가 좁아지는 것을 깨닫고, 그때 자신의 운명을 예상한다. 페인트 벽들이 끔찍할 정도로 가까워지고, 마침내 그의 몸을 으스러뜨린다.

그렇게 날마다 바턴의 병적인 생각들도 점점 가까워지고 있었다. 거기에는 천국의 빛도 지상의 환호도 없었다. 그의 죽음이 준비되고 있었다.

사실 병적인 생각의 원인은 주로 아편 때문일 것이다. 그러나 아편 사용자나 심지어 남용자라도 그들을 혹독하게 비난하기 전에 날마다 굶주리는 생활이 얼마나 절망적일지 헤아려 보라. 자신뿐만 아니라 주변 사람들까지 똑같이 비참한 상황이라면 얼마나 끔찍하겠는가. 주변 사람들이 (말로 하지 않아도) 무기력한 행동과 표정으로 자신들도 내핍 생활을 하고 있으며, 그것을 감당하기 어렵다고 표현한다고 해보자. 그럴 때면 모두 잊고 삶의 무게를 내려놓고 싶지 않겠는가? 그리고 아편은 잠시나마 망각을 유도한다.

물론 아편 남용으로 치러야 할 대가는 크다. 그러나 교육받지 못한 사람들이 그 대가를 제대로 계산할 수 있을까? 불쌍한 사람들! 그들은 무거운 대가를 치른다. 낮에는 숨 막힐 정도로 지치고 무기력해지며 희미하고 메스꺼운 망상에 시달리고, 밤에는 지독한 악몽으로 고통받는다. 건강이 나빠지고 골격이 무너지면서 광기가 시작되고, 설상가상으로 광기의 전조를 의식하게 된다. 이것이 아편 남용의 대가다. 그러나 그들이 아편 남용의 결과를 배운 적이 있던가?

바턴을 짓누르던 그의 지상 과제는 부자와 빈자에 관한 것이었다. 두 집단 모두 하느님이 만들었는데, 왜 분리되고 구별되는가? 두 집단의 격차가 그렇게 큰 것은 하느님의 뜻이 아니다. 그럼, 누가 그렇게 했을까?

이렇게 삶의 수수께끼에 빠져버린 바턴은 당황하고 길을 잃었으며, 불행하고 괴로웠다. 그리고 마음의 격동 속에서 유일하게 흔들리지 않던 감정은 부자에 대한 증오와 빈민에 대한 애끓는 연민이었다.

그러나 그의 연민은 무슨 소용이 있었을까? 교육을 받아도 지혜는 생기지 않았다. 그리고 지혜 없이는 강력한 사랑조차 해로울 때가 있다. 그는 최선을 다해 행동했지만, 널리 죄를 범하고 말았다.

무지한 행동가의 전형은 영혼도 없고 선악의 차이도 구별하지 못하면서 인간의 다면성을 보여준 괴물 프랑켄슈타인이다.

어떤 사람들은 살기 위해 투쟁한다. 그러나 그들이 다른 사람들을 화나게 하고 두렵게 할 수 있다. 그러면 서로 적이 된다. 그때 패배의 슬픔을 맛본 사람들은 말없이 상대에게 비난의 시선을 던진다. 무엇이 그들을 내면의 평화와 행복을 누리지 못하는 괴물로 만들었는가?

바턴은 차티스트이자 공산주의자였고, 두 집단 모두 거친 공상가로 불렸다. 아! 공상가는 중요하다. 그들은 세속적이지 않으며, 자신뿐만 아니라 타인을 위해서도 앞날을 생각한다.

온갖 결점에도 불구하고, 바턴은 실행력이 있었기에 그가 속한 단체에서 유용한 존재였다. 그는 벅찬 감정에서 터져 나오는 거친 랭커셔식 언변을 갖추고 있었다. 그래서 그와 상황이 비슷한 사람 중 자신의 감정이 말로 표현되기를 바라는 사람들의 마음을 흔들었다. 바턴은 이따금 명석하게 방법과 계획을 마련했는데, 이는 수많은 사람을 이끌 때 필요한 재능이었다. 그리고 아마도 그가 신뢰받고 가치를 인정받게 된 요인은 무엇보다 그와 접촉한 사람이면 누구나 느끼게 되는 그의 양심, 즉 이타적 동기였다. 그는 보잘것없는 자신의 권리가 아닌 자기 계급의 이익을 위해 행동했다. 위대하고 고결한 사람도 사익을 전면에 내세우는 순간 저열하고 시시한 사람이 된다.

전부터 바턴은 노동자 심의회에 관심이 많았고, 최근에는 토론회 때문에 자주 귀가가 늦어졌다.

공장주나 노동자 단체의 전문 용어에 자신은 없지만, 최근 노동자 단체가 토의했던 사례를 간단하게 소개해 본다.

신규 해외 시장에서 주문이 들어왔다. 대량 주문이어서, 관련 공장은 모두 참여하기로 했다. 그런데 최소 비용으로 신속하게 생산해야 했는데, 그 이유는 유럽 대륙의 제조업 도시 중 하나에도 같은 주문이 들어갔다고 공장주들이 믿었기 때문이다. 그곳 도시들은 곡물법 제한도 받지 않고 건물이나 기계에 대한 세금도 없어서, 결과적으로 영국보다 훨씬 낮은 비용으로 물건을 만들 것이고 나아가 시장도 지배하지 않겠냐며 공장주들은 두려워했다. 당연히 공장주들은 싼값에 면을 사와서 최저 임금으로 제품을 만들고 싶어 했다. 장기적으로는 노동자들에게도 이익이 될 것이다. 서로 믿기 어렵더라도, 공장주와 노동자는 생사고락을 같이 해야 한다. 사건의 순서는 다를 수 있지만, 사실에는 변함이 없다.

그러나 공장주들은 이런 사정을 공개하지 않기로 했다. 그들은 자신들이 주인이므로 임금을 마음대로 정할 권리가 있다고 믿었고, 지금 같은 불경기와 고실업에는 제품 생산에 차질을 빚지 않으리라 확신했다.

이제 노동자의 입장을 살펴보자. 공장주들(노동자들은 몰랐지만, 번영의 기반이 흔들리는 사람들)은 아무 문제 없이 귀족처럼 '집에서 편히' 지내지만, 자신들은 하루하루 숨 막히는 굶주림에 시달리고 있다. 그리고 해외 주문량은 터무니없이 많은데, 이를 신속하게 처리해야 한다. 이런 상황에서 공장주들은 왜 그렇게 낮은 임금을 제시하는가? 그들은 부끄러운 줄 알아야 한다! 이는 아사 직전의 노동자들을 착취하는 행동이다. 그러므로 공장주들이 제시한 조건을 따르느니 차라리 굶어 죽겠다. 노동자들은 여전히 가난하지만, 공장주들은 노동자들의 여윈 손과 피땀으로 부자가 됐다. 그러나 노동자들은 쓰러지지 않을 것이다. 절대로! 노동자들은 팔짱을 끼고 한가롭게 앉아서 공장주들을 비웃을 것이며, 죽어서까지도 괴롭힐 것이다. 노동자들은 일을 거부하고 스파르타인처럼 인내하며, 공장주들에게 자신들의 힘을 알리기로 했다.

이렇게 계급과 계급 사이에 불신이 생겼고, 이것이 양쪽 모두에게 슬픔을 안겼다. 공장주들은 저임금 조치가 왜 최선인지 밝히라는 협박이나 강요를 받지 않았다. 그들은 유럽 대륙의 제조업자들을 이기기 위해 자본도 희생하고 있다는 말을 하지 않았다. 노동자들은 말없이 팔짱을 낀 채, 그런 낮은 임금으로는 일할 수 없다고 단호히 거절했다. 그래서 맨체스터에 파업이 일어났다.

당연히 예상할 수 있는 결과가 뒤따랐다. 여러 산업 분야의 노동자들이 속한 노조들은 각종 물적, 정신적 지원을 받았는데, 맨체스터 직조공들도 공장주들에게 같은 것을 요구했다. 글래스고나 노팅엄 같은 도시의 노조 대표단들이 투지를 계속 불태우기 위해 맨체스터로 왔다. 위원회가 만들어졌고, 위원장과 회계 담당자, 명예 간사 등 지도부도 선출했다. 바턴도 그중 하나였다.

한편 공장주들도 나름의 방법을 찾았다. 그들은 공장 벽마다 직공을 채용한다는 광고 현수막을 붙였다. 노동자들도 자신들의 고충을 큰 글씨로 적은 현수막을 만들어 맞대응했다. 공장주들은 날마다 시내에서 만나 해외 주문 마감일이 (너무나 빨리) 다가오는 것을 안타까워하며 노동자들에게 양보하지 않겠다는 결의를 다졌다. 지금 물러서면, 앞으로 계속 양보해야 할 것이다. 절대 안 될 일이다. 적극적으로 활동하는 공장주 중에는 카슨 부자도 있었다. 흔히 알다시피, 개종자만큼 열정적인 종교인도 없다. 신분 상승을 이룬 공장주는 대단히 완고했고, 노동자의 이익을 전혀 고려하지 않았다. 카슨 씨는 노동자들에게 휘둘리지 않겠다고 결심했다. 심지어 그는 저임금 조치의 이유를 대라는 협박이 와도 굴하지 않겠다고 마음먹었다. 그것이 공장주들의 뜻이고, 노동자들에게는 그것으로 충분하다. 한편, 해리 카슨은 행동의 이유를 별로 고민하지 않았다. 그는 연애가 주는 흥분을 즐겼다. 저항하는 태도도 좋아했다. 그는 대담했고, 조심성 많은 사람들이 공장주에 대한 폭력을 겁낼 때 그는 신변의 위협을 가볍게 생각했다.

한편 랭커셔 외곽과 이웃 자치주에 살고 있던 직조공들도 맨체스터 공장주들이 낸 광고 소식을 들었다. 외진 곳에 살면서 굶주림에 지쳐 있던 이들은 맨체스터로 가기로 했다. 이들은 걷느라 발도 아픈데 아사 직전의 몰골이어서, 인적이 드문 이른 새벽이나 어스름한 저녁에 몰래 맨체스터로 들어왔다. 이때부터 노조의 악행이 시작되었다. 저임금을 받고 일을 하든 말든 그것은 현명한 선택이냐 아니냐의 문제다. 최악의 결과는 그저 판단 오류다. 그리고 노조는 노동자를 억압할 권리가 없으므로 자신들이 일률적으로 정한 방침을 강요하면 안 된다. 공장주들의 억압을 혐오했던 사람들이 왜 다른 노동자들을 억압하는가? 사람은 흥분하면 할 일을 제대로 판단하지 못한다. 그럴 때는 모든 사람이 사랑하는 신의 자비 같은 것을 판단 기준으로 삼아야 한다.

가난한 도시 직조공들의 안전을 위해 경찰이 배치되고, 치안판사와 교도소, 엄한 형벌까지 준비되었는데도, '최저 임금'이라도 받고 일하겠다고 번리와 패디햄 등에서 터벅터벅 걸어온 가난하고 침울한 남자들은 길거리에서 급습당해 길가에 초주검이 되어 누워 있었다. 경찰은 어슬렁거리는 남자들이 보이면 흩어지게 했다. 그러면 그들은 조용히 흩어졌다가 시내에서 반 마일 떨어진 곳에 다시 모였다.

상황이 이러해서 공장주와 노동자의 갈등은 좀처럼 개선되지 못했다.

조합은 무서운 힘을 발휘한다. 그것은 강력한 증기 기관과 같다. 거의 무제한으로 선 혹은 악을 행할 수 있다. 하지만 노동자에게 유리한 결과를 얻어내려면, 걱정이나 흥분에 휘둘리지 않을 고도로 지적인 사람의 지시에 따라 움직여야 한다. 그러나 직조공들은 차분하고 지혜로운 사람의 인도를 받지 못하고 있었다.

여기까지가 전반적인 사회적 상황에 대한 설명이다. 이제 개인의 이야기로 돌아가자.

직조공들은 강력한 투지는 드러내되 표현은 예의 바르게 다듬은 편지를 공장주들에게 보냈다. 편지는 '대표단'을 통해 동맹 파업을 끝내기 위한 선행 조건을 제시하겠으니, 그들과 협의하라는 내용이었다. 노조는 자신들이 명령을 내릴 수 있는 지위를 획득했다고 생각했다. 그리고 바턴이 대표단으로 뽑혔다.

공장주들은 갈등을 해소하고 싶어서 노조의 협의 제안을 수락했지만, 양보를 할지 말지, 하면 어디까지 할지 등을 정하지 못했다. 경험을 통해 연민을 배운 일부 고령의 공장주는 양보에 찬성했다. 평생 무자비와 고집만 학습했던 백발의 다른 공장주들은 회유책을 비웃었다. 젊은 공장주들은 폭력을 일삼는 그들의 요구에 절대 굴복하면 안 된다고 입을 모았다. 이 젊은 집단을 이끄는 사람이 바로 해리 카슨이었다.

여느 왕성한 활동가처럼, 시간이 갈수록 해리 카슨이 처리해야 할 일이 많아졌다. 그는 뉴 베일리에서 파업 방해자에 대한 폭력 사건을 전수 조사하며 편지를 작성하고 전화를 돌렸다. 그러는 동안 이전보다 더욱 메리를 괴롭혔다. 메리는 해리 카슨 때문에 지쳐 갔다. 어느 날은 그녀를 구슬렸고, 어느 날은 무조건 그녀가 자신의 소유라며 위협까지 했다. 메리의 관심을 끌고 그녀의 인격에 상처를 주기 위해 무엇이든 심하게 모욕했다.

여전히 메리는 젬을 만나지 못했다. 젬이 집에 돌아온 것은 알고 있었다. 이 집 저 집 돌아다니며 어디서든 친구를 사귀는 그의 사촌 윌을 통해서 이따금 젬의 소식을 들었다. 그러나 얼굴은 보지 못했다. 메리는 무슨 생각을 했을까? 젬은 그녀를 포기했나? 화가 나서 성급하게 내뱉은 몇 마디가 그녀의 인생을 짓밟게 될까? 때로 메리는 변함없는 사랑으로 이 시련을 인내할 수 있다고 생각했다. 변화나 망각은 생각하지 않았다. 그러나 조바심이 날 때는 나가서 젬을 찾아다니지 않기 위해, (동성 친구 사이처럼) 자신이 성급하게 내뱉은 말을 취소할 테니 용서해 달라고 애원하지 않기 위해, 자신의 절실한 사랑을 받아 달라고 말하지 않기 위해 강력한 자제력을 발휘해야 했다. 메리는 젬에 대한 마거릿의 조언이 자기의 생각과 다르지 않기를 바랐다. 마거릿의 말이 내적 욕구에 따른 단순한 행동도 불가능하게 만드는 것 같았기 때문이다. 그러나 친구의 충고가 강력해지는 순간은 그것이 우리 마음의 비밀스러운 신탁을 말로 표현했을 때뿐이다. 메리가 여성스럽지 못한 행동을 꺼리는 것은 마거릿의 조언 때문이 아니라 여성의 본능이 작동했기 때문이었다.

열흘쯤 전에 윌이 맨체스터에 온 후부터 어떤 일이 메리의 관심을 끌고 있었는데, 옛날이었다면 메리는 그 일을 몹시 재미있어하고 즐겼을 것이다. 메리는 유쾌하고 제멋대로이며 잠시도 가만히 있질 못하는 윌이 조용하고 단정하고 다소 심심한 마거릿을 사랑하게 된 것을 알았다. 그녀는 마거릿도 윌의 사랑을 느꼈는지 궁금했는데, 마거릿을 주의 깊게 관찰한 결과, 눈이 먼 마거릿이 자신의 창백한 얼굴에 자주 누군가의 시선이 고정된다는 것을 본능적으로 느낀 것 같았다. 마거릿의 내면에 있는 어떤 감정이 그녀의 얼굴을 우아하게 장밋빛으로 물들였다. 마거릿은 전처럼 단호하게 말하지 않았다. 뛰어난 감각보다 부드럽고 사랑스러운 무언가가 느껴져야 말할 수 있다는 듯 망설였다. 이것이 그녀를 몹시 매력적으로 보이게 했다. 그녀의 눈은 늘 부드러웠고, 앞이 보이지 않아도 외관상으로는 전혀 흉하지 않았으며, 이제는 내리뜬 하얀 눈꺼풀 아래에서 두 눈이 떨리는 모습이 새로운 매력으로 추가되었다. 마거릿은 윌을 의식하고 있는 것이 분명하다고 메리는 생각했다. 마음과 마음이 통한 것이다.

사랑에 빠진 윌은 얼굴이 붉어지지도, 눈을 내리깔지도, 말을 줄이지도 않았다. 타고난 성격대로 감정을 숨기지 않았다. 그러나 그는 마거릿에게서 어떤 답을 들을지 걱정하는 듯했다. 그의 마음을 사로잡았고, 이 세상 사람이 아닌 것 같아서 구애를 두렵게 만든 것은 모두 마거릿의 천사 같은 목소리였다. 윌은 온갖 방법으로 좁의 비위를 맞추려 애썼다. 그는 리버풀로 가서 선원용 대형 사물함을 뒤져 날치를 찾았다 (아무튼 지금은 날치에서 아무 냄새도 나지 않는다). 그는 아기들이 태어날 때 쓰고 나오는 대망막을 보고 잠시 망설였는데, 그가 보기에 그것은 엑소세투스보다 훨씬 귀해 보였다. 풋내기 선원이 그것을 어디에 쓰겠는가? 그때 윌의 귀에 마거릿의 목소리가 들렸고, 그는 자신이 가장 아끼던 보물을 마거릿이 사랑하는 할아버지에게 드리기로 결심했다.

대망막과 날치를 갈색 종이에 싼 뒤, 혹시 잃어버릴까 봐 기차에서는 그 위에 앉아 가져왔다. 그러나 좁은 윌이 아끼던 대망막에 너무나 무관심했으므로, 그것을 도로 가져갈 수 있다는 생각에 오히려 안심했다. 그는 마거릿 주변을 어슬렁대다가, 자신과 시간을 보내고 싶다고 말하는 앨리스 아주머니를 생각하며 양심의 가책을 느꼈다. 그는 잠시 자리를 비웠다가, 좁과 대화할 거리를 생각해내어 다시 마거릿의 집으로 갔다. 현관문을 잡고 선 채로 마거릿과 한 번 더 대화를 나누었고,

들어오지 않겠냐는 반가운 말을 기다렸다. 그러나 초대받지 못했기에, 결국 그 집을 나와서 앨리스 아주머니와 시간을 보냈다.

　젬 윌슨은 사흘간 해리 카슨을 주시했지만, 소득은 없었다. 노동자들의 동맹 파업으로 공장주들 회의가 늘어난 탓에 해리 카슨의 귀가 시간이 일정하지 않았기 때문이다. 닷새째 되던 날 뜻밖에도 두 사람이 마주쳤다. 노동자들이 식사하는 12시와 1시 사이였다. 이 시간대에는 맨체스터 거리가 비교적 조용했다. 몇몇 쇼핑하는 부인과 빈둥대는 신사들은 복잡하고 부산하고 활기찬 지역에서는 볼 일이 없었다. 젬은 식사하러 가는 대신 공장주의 심부름을 하러 나섰다. 길 혹은 도로(미래 건축업자의 의도에 맞게 부르자면, 거리)를 따라가다가 해리 카슨과 마주쳤다. 젬이 보기에 그 인적 드문 길을 걷고 있던 사람은 자신 외에 해리 카슨이 유일했다. 길 한쪽에 콜타르로 검게 칠한 높고 넓은 울타리가 쳐져 있었고, 울타리 꼭대기에는 그 너머에 있는 정원으로 들어오지 못하도록 뾰족한 못이 박혀 있었다. 이 울타리 옆에는 오솔길이 있었다. 마차가 지나다니는 진흙길은 바퀴 자국이 깊게 패어 있어서, 거기에 바퀴가 빠지면 헤라클레스의 도움 없이는 마차는커녕 수레조차 움직일 수 없을 정도였다. 길 반대편에는 칙칙한 벽돌 벽이 있었다. 벽 안쪽에는 톱질 구덩이와 목수의 작업장이 있었다.

　밝고 잘생긴 청년이 가벼운 발걸음으로 다가오는 모습을 봤을 때 젬의 가슴이 격렬하게 뛰었다. 이 사람이 메리가 사랑하는 남자였다. 어쩌면 놀랄 일도 아니었다. 하찮은 노동자가 보기에, 그는 대단히 품격 있고 완벽하게 보여서 젬은 잠시 해리 카슨의 우월한 외모를 낯설면서도 아프게 느꼈다. 그때 젬 안에서 어떤 목소리가 들렸다. '두 배를 가졌어도 사람은 다 같은 사람이지."✦ 젬은 더 이상 연적의 외모에 신경 쓰지 않기로 했다.

해리 카슨은 어린아이처럼 통통걸음으로 지저분한 땅을 가볍게 지나갔다. 그때 어둠 속에서 건장한 직공이 공손하게 말을 걸자 깜짝 놀랐다.

"얘기 좀 하실까요, 선생님?"

"그러지." 처음에는 놀랐다가 기다리는 말이 빨리 나오지 않자 그가 이렇게 덧붙였다. "하지만 빨리 말하게. 내가 급하거든."

젬은 최우선으로 생각하는 주제를 자연스럽게 꺼낼 방법을 궁리하기도 했었지만, 지금은 방법이 없었다. 쉰 목소리를 떨며 말했다.

"제가 알기로, 선생님이 메리 바턴이라는 아가씨와 만나신다고요?"

순간 뜨끔해진 해리 카슨은 상대방이 원하는 답을 하기 전에 잠시 멈췄다.

이 남자가 메리의 연인인가? 이 남자가 메리가 사랑하는, (묘한 고통을 느끼며) 그래서 메리가 자신을 고집스럽게 거절하게 만든 사람인가? 해리 카슨은 젬을 머리부터 발끝까지 훑어봤다. 이 까무잡잡한 때투성이 기계공은 다부진 체격에 퍼스티언 천으로 만든 지저분한 옷을 입고 (춤을 추듯 움직이는 공장주가 보기에는) 불편하게 서 있었다. 그때 해리 카슨은 제 몸을 슬쩍 보고는 최근에 잠자리에서는 하지 않기로 했던 생각을 떠올렸다. 그것은 불가능한 일이었다. 보는 눈이 있는 여자라면 자기 대신 저 남자를 선택하지 않을 것이다. 자신이 태양신 히

✦ 18세기 로버트 번스가 지은 노래 가사로, 평등사상을 담고 있다. – 옮긴이

페리온이면 저쪽은 짐승 사티로스였다.✦ 그게 적절한 비유였다. 그는 '그래 봤자 사람은 다 같은 사람'이라는 문구를 잊었다. 그러나 그가 찾고 싶었던, 메리의 바뀐 태도에 대한 단서가 여기에 있었다. 메리가 이 남자를 사랑한다면, 정말 그렇다면 그는 이 남자가 싫고 때리고 싶을 것이다. 그는 전부 알고 싶었다.

"메리 바턴이라! 글쎄. 아, 그게 그 여자의 이름이군. 하찮은 계집애가 터무니없이 추파를 던지더라고. 뭐 예쁘긴 했지. 그러니까 걔 이름이 메리 바턴이군."

젬이 입술을 깨물었다. 일이 그렇게 된 거라고? 메리가 추파를 던지는 경박한 요부라고? 젬은 그 말을 믿지 않았지만, 도발하는 말도 듣고 싶지 않았다. 그래도 생각은 계속해야 한다. 설사 메리가 그랬다 해도, 그 때문에 더욱 그녀를 보호해야 한다. 사랑하는 여인이 안타깝게도 길을 잘못 들었으니까.

"그녀는 좋은 여잡니다, 선생님. 미모가 뛰어나 함정에 빠졌을지 모르지만요. 아버지의 귀한 외동딸이지요. 그리고…." 젬이 잠시 말을 멈췄다. 메리를 의심한다는 것을 드러내고 싶지 않았기에, 해리의 말이 전혀 근거가 없다고 믿기로 했다. 이제 무슨 말을 하지?

"그런데, 이봐. 내가 뭘 해야 하지? 메리 바턴이 예쁘다는 얘기나 하려고 나를 멈춰 세웠다면, 나나 자네나 시간 낭비 같은데. 아무튼 충분히 알았네."

해리 카슨이 갈 길을 계속 가려는 것처럼 보이자, 젬이 검고 튼튼한

✦ 셰익스피어의 『햄릿』에도 비슷한 비유가 나온다. – 옮긴이

오른손으로 그의 팔을 잡고 가지 못하게 했다. 거만한 청년이 그 손을 뿌리치고는 장갑으로 밝은 외투의 소매 위에 남았을지 모를 검은 얼룩을 닦는 척했다. 이 작은 행동이 젬을 도발했다.

"이봐, 내가 하고 싶은 말을 쉬운 말로 설명하지. 당신이 메리 바턴과 산책하고 그녀에게 구애했다는 사실을 알 만한 사람은 다 알고 있어. 그녀가 내게 당신을 사랑한다고 말했고. 그건 아닐 수도 있겠지만. 하지만 나는 메리와 그녀 아버지의 오랜 친구야. 그래서 나는 당신이 그 애와 결혼할 의사가 있는지 알고 싶을 뿐이야. 당신은 메리가 가벼운 여자라고 말했지만, 그녀를 오래 알아 온 사람으로서 나는 그녀가 누구와 결혼하든, 남편에 순종하는 훌륭한 아내가 될 거라고 확신해. 그리고 나는 그녀 곁에서 오빠처럼 지켜볼 거야. 만약 당신 말이 맞다면, 내가 지금까지 한 말을 기분 나쁘게 듣지 않을 거야. 그리고 만약, 아니지. 그녀의 머리털 하나라도 잘못 건드리는 남자를 내가 어떻게 할지는 말하지 않겠어. 평생 후회하게 될 거라고만 말해두지. 자, 선생. 내 요구 사항은 이거야. 그녀의 명예를 더럽히지 않고 제대로 대한다면 그건 괜찮아. 하지만 그렇게 하지 않겠다면, 그녀를 위해서나 당신을 위해서 그녀를 그냥 내버려두고 다시는 말도 걸지 마." 젬은 간절한 마음으로 목소리를 떨며 말한 다음 대답을 기다렸다.

한편, 해리 카슨은 젬이 자신에게 말을 걸었던 목적에 주목하는 대신, 그의 말을 들으며 상황을 파악하려 했다. 일단 저 남자는 메리가 자신의 경쟁자를 사랑한다고 믿고 있다. 그러므로 만약 저 남자도 메리를 사랑하고 있다면, 그는 선택받지 못한 구애자인 셈이다. 또는 메리가 자신을 고집스럽게 거부하고 있지만 사실 자신을 사랑하고 있으며, 결혼을 강요하기 위해 (누군지는 모르지만) 저 남자를 고용했을지 모른다. 이제 해리 카슨은 저 남자와 메리의 관계를 좀 더 정확하게 파악해야겠다고 결심했다. 일단 저 남자가 애인이라면, 그렇다 해도 그는 선택받지 못한 구애자다(이 경우에는 그가 왜 자신과 메리의 결혼을 강요하는지 그의 동기에 대해서는 알 길이 없다). 아니면 이 남자는 자신을 괴롭히려고 메리가 보낸 친구거나 공모자일지도 모른다. 선을 믿지 않으면, 해리 카슨처럼 이렇게 비열하고 이기적인 사람이 된다!

해리 카슨이 경멸조로 말했다. "이봐, 내가 자네를 친구로 삼기 전에 우리 연애에 자네가 간섭할 권리가 있는지를 확인하고 싶어. 내 생각이지만, 나나 메리나 자네를 중재인으로 부르지 않았으니까." 그가 멈칫했다. 그는 이 마지막 문장에 대한 답을 알고 싶었다. 젬은 어떤 대답도 하지 않았다. 그래서 해리 카슨은 약혼을 강요받고 있다고 상상하기 시작했고, 분노가 치밀었다.

"그렇다면, 이봐. 우리를 내버려두고 당신과 무관한 일에 끼어들지 않았으면 좋겠어. 당신이 메리의 오빠나 아버지라면, 얘기는 달라질 거야. 현 상황으로는 나는 당신을 무례한 참견자로 여길 뿐이야."

해리 카슨이 다시 길을 가려 했지만, 젬이 단호하게 가로막았다.

"당신 말대로 내가 그녀의 오빠나 아버지라면, 당신은 내 요구에 답을 했겠지. 좋아, 그녀의 오빠나 아버지도 내가 그녀를 사랑했던 것만큼, 아니 지금 내가 사랑하는 것만큼 사랑할 수 없어. 사랑에 점수를 매긴다면, 누구도 내 사랑에 미치지 못해. 자, 말해보시오! 메리를 제대로 대우할 거야 말 거야? 나는 알 권리를 증명했어. 그러니 하느님께 맹세코, 난 알아야겠어."

"어디 해봐, 건방지게 굴지 말고." 상황 파악을 마친 해리 카슨이 응수했다. (그러니까 저 사람은 메리를 사랑하고, 메리는 그의 구애를 받아들이지 않았다.) "아버지든 오빠든 거절당한 구애자든. (그는 거절이라는 단어를 강조했다.) 누구도 나와 그녀 사이를 간섭할 권리는 없어. 그 누구도. 빌어먹을! 저리 비켜, 안 그러면 가만 안 둘 테니." 젬은 여전히 완강하게 길을 막았다.

"아니. 당신이 메리를 제대로 대하겠다고 약속하기 전까지 안 비킬 거야." 젬은 목소리를 낮춰 말했으나 분노로 일그러지고 창백해진 얼굴을 더는 감출 수 없었다.

"안 비키겠다고? (비웃으며) 내가 비키게 만들어 주지." 해리 카슨이 작은 지팡이를 들어 젬의 얼굴을 세게 쳤다. 잠시 후 진흙땅에 대자로 뻗은 그를 젬이 분노로 헐떡이며 내려보고 있었다. 젬이 제어할 수 없는 격정에 사로잡혀 있었기에 그다음 순간에 그가 무슨 일을 할지 아무도 몰랐다. 그러나 그 길이 이어지는 주도로에서 어슬렁대던 경찰관 한 명이 눈에 띄지 않은 곳에 서서, 둘 사이의 난폭한 대화가 이런 식의 결말을 맞이하리라 예상하며 기다리고 있었다. 즉시 경찰관이 젬의 두 팔을 묶었고, 젬은 불쾌하고 놀란 표정으로 저항하지 않았다.

해리 카슨은 분노인지 수치심인지 얼굴이 벌게진 채 몸을 일으켰다.

"그를 폭행죄로 가둘까요, 선생님?" 경찰이 말했다.

"아니에요. 됐어요." 해리 카슨이 외쳤다. "내가 먼저 때렸어요. 그는 반격하지 않았고요." 그가 젬을 바라보며 낮은 목소리로 말했다. 젬은 정당한 것이라도 연적 덕분에 얻은 자유가 싫었다. "오늘 당한 모욕을 절대로 용서하거나 잊지 않을 거야. 각오하라고." 분노가 치밀어서 제대로 말하기 어려웠다. "네가 건방지게 간섭했다고 메리의 상황이 더 나아지지는 않을 거야." 그는 자신이 가진 힘을 의식한 듯 비웃었다.

똑같이 흥분 상태인 젬이 응수했다.

"감히 메리에게 손댔다가는 경찰관이 끼어들 수 없는 곳에서 너를 기다릴 거야. 우리 둘 중에 누가 옳은가는 하느님이 판단하시겠지."

이제 경찰관이 끼어들어 한쪽은 설득하고 한쪽에게는 경고했다. 그가 젬의 팔을 잡고 해리 카슨이 가던 방향과 반대쪽으로 끌고 갔다. 젬이 침울한 표정으로 몇 발짝 따라 걸은 후에 팔을 비틀어 뺐다. 경찰이 그의 뒤에서 소리쳤다.

"이봐, 조심하라고! 미안하지만 인생을 걸 만큼 가치 있는 여자는 세상에 없어."

하지만 젬의 귀에는 아무 말도 들리지 않았다.

16. 공장주와 노동자의 만남

> 잠시라도 비웃는 자가 되지 마라.
> 그 자리에 앉으면 모르리라.
> 단어 하나가, 말투와 표정이,
> 형제의 가슴을 얼마나 아프게 하는지,
> 그리고 그를 매섭게 등 돌리게 한다는 것을.
> – 〈사랑에 관한 진실〉

공장주들과 노조 대표단이 만나는 날이 왔다. 회의는 한 호텔의 라운지에서 열리기로 했다. 11시쯤 해외 주문을 받았던 공장주들이 그곳으로 모이기 시작했다.

물론 마음을 어지럽히는 주제는 따로 있었지만, 먼저 날씨 이야기로 시작했다. 소나기도 내리고 맑은 날도 있었던 지난주 날씨를 습관적으로 언급한 뒤, 이날 모임의 목적인 노조와의 협상 문제에 관해 대화하기 시작했다. 방에는 스무 명가량의 신사 계급이 자리했는데, 그중 일부는 긴급한 현안 해결에 관심이 있다기보다 예의상 참석한 사람들이었다. 공장주 집단 내에서도 상하위 집단들로 나뉘어 있었기 때문에 만장일치 결정이 어려웠다. 일부는 사탕으로 시끄러운 아이를 조용히 시키듯 조금 양보해서 평화와 평온을 되찾자고 주장했다. 일부는 위험한 선례를 만들 수 있으므로 동맹 파업이라는 외력에 조금도 굴복할 생각이 없다며 격렬하게 반대했다. 그들은 양보란 노동자에게 공장주가 되는 방법을 가르치는 일과 같다고 말했다. 또한 이후에도 노동자들이 파업을 통해 터무니없는 요구를 할지 모른다고 생각했다. 더구나 모임 참석자 중 뉴 베일리에서 막 돌아온 한두 사람의 말에 따르면, 지금 그곳에서는 한 파업 노동자가 저임금이라도 받고 일을 하려고 북쪽 지방에서 온 가난한 직조공을 잔인하게 폭행한 죄로 재판을 받고 있었다. 공장주들은 그 가엾은 직조공이 당한 무자비한 폭행에 분개했다. 그리고 (자주 그러듯) 잘못에 대한 분노는 복수라는 극단적 방식을 택하게 했다. 이들은 동료 노동자를 잔인하게 폭행한 노동자들에게 격렬한 고통을 안기기 위해서라면, 자신들이 양보로 얻을 수 있는 모든 혜택을 포기하는 게 낫다고 생각했다. 공장주들은 파업이 궁핍을 견디는 사람들이 부당하게 그런 일을 겪고 있다고 믿기 때문에 발생했다는 사실을 잊었다. 그것이 근거 없는 믿음이라 하더라도, 노동자들은 그렇게 믿었고 결국 그 믿음이 폭력 사태를 유발했다. 폭력은 폭력으로 막으면 안 된다. 일시적으로 진압할 수는 있지만, 속으로 성공을 과신하는 동안 이전보다 더 사악한 7대 악마가 나타날지도 모른다!

어떤 공장주도 노동자를 형제나 친구로 대할 생각이 없었고, 자신들이 처한 정확한 상황과 자신들이 왜 스스로 희생하고 같은 것을 직조공들에게도 요구하는지를 이성적인 사람들에게 호소할 때처럼 공개적으로 명확하게 설명하지 않았다.

회의실로 들어오는 사람들 사이에 이런 말들이 오갔다.

"불쌍한 사람들! 그들이 굶어 죽을까 걱정입니다. 앨드리드 부인은 매주 암소 두 마리의 머리로 수프를 만드는데 사람들이 그걸 사러 수 마일 떨어진 곳에서도 온대요. 이런 날이 계속되면, 우리는 다른 대책을 세워야 합니다. 하지만 그렇다고 해서 우리가 휘둘려서는 안 돼요!"

"1실링을 인상한다고 크게 달라지는 건 없습니다. 하지만 저들은 목적을 달성했다고 생각하고 해산할 겁니다."

"바로 그것 때문에 제가 반대하는 겁니다. 노동자들이 그런 생각을 하게 되면, 다른 목표가 생길 때마다 그 목표가 합리적이든 아니든 파업에 돌입할 겁니다."

"사실 파업은 우리보다 그들이 더 피해를 봅니다."

"우리 이익이 나뉜다고 보지 않습니다."

"그 저주받을 짐승이 불쌍한 동료의 발목에 황산을 부었답니다. 알다시피, 발목은 치료가 어려운 부위죠. 그가 고통스러워서 움직이지 못했고, 그 잔인한 악당은 신원을 확인하기 어려울 정도로 그 사람의 머리를 마구 때렸답니다. 피해자가 목숨을 건질 수나 있을지 모르겠대요."

"그것 때문이라면, 내가 파산하게 되더라도 그들과 싸우겠소."

"아, 저는 그 잔인한 짐승들에게 조금도 양보하지 않을 겁니다. 그들은 사람보다 야수에 가깝더군요."

(이 상황에서 누가 그들의 생각을 바꿀 수 있겠는가?)

"나는 카슨이 이 혐오스러운 사건을 던콤에게 전해야 한다고 주장합니다. 그는 망설이고 있지만, 이 얘기를 들으면 당장 결심할 겁니다."

그때 문이 열리더니 호텔 직원이 와서 아래에 남자들이 왔는데 여기로 올려 보내도 괜찮은지 물었다.

공장주들은 허락했고, 재빨리 공식 회의 탁자 주변에 자리를 잡았다. 그들은 브렌누스와 갈리아인의 침략을 기다린 고대 로마의 원로원처럼 보였다.

쿵쿵 계단을 올라오는 육중한 발소리가 들렸다. 잠시 후에 거칠지만 진지해 보이는 다섯 남자가 방으로 들어왔다. 일이 생겨 시간을 맞출 수 없었던 바턴은 거기에 없었다. 한때 건장했던 남자들은 이제 수척해졌다. 원래 작은 키가 아니었는데 팔다리가 쭈그러드는 바람에 퍼스티언 천으로 만든 옷이 헐렁했다. 그러나 노동자 대표단은 가지고 있는 옷보다 언변과 두뇌를 기준으로 선발되었다. 대표단이 기계공이 입는 낡은 외투와 바지를 입고 나타난 것으로 보아, 이들은 『의상철학』✦에 나오는 저명한 토이펠스드레크 교수의 의견을 읽은 것 같다. 상당수는 새 옷을 입는 호사를 잊은 지 오래였다. 그리고 그들의 옷에는 구멍 같은 것들도 보였다. 일부 공장주는 옷차림에 신경 쓴 자신들과 달리, 그들은 무심하게 그런 남루한 차림으로 협상 자리에 나타난 것에 모욕감을 느꼈다.

급하게 의장으로 선출된 공장주의 요청에 따라, 노조 대표단장이 시편을 읊듯 큰 소리로 사건 경과, 직조공들의 불만과 요구 사항이 적힌 종이를 읽었다. 자연스러운 협상 과정의 일부였다.

의장은 공장주들이 명확한 답변을 마련하는 동안 대표단은 다른 방에서 기다리기를 바랐다.

대표단이 방에서 나가자, 모든 공장주가 기존 주장들을 반복하며 낮

✦ 토머스 칼라일이 1834년에 발표한 철학서로 여러 사상을 의상에 비유해서 설명한다. – 옮긴이

은 목소리로 열띤 논의를 벌였다. 다수가 양보하자는 쪽이었다. 소수는 대표단이 방으로 다시 들어온 후에도 오만한 태도로 소리를 높여 채택 예정인 조치에 반대 의사를 표했다. 눈이 밝은 대표단은 그들의 말과 표정을 놓치지 않았다. 쓰라린 가슴 속에 그들의 이름을 새겼다.

공장주들은 대표단이 요구한 선금은 동의하지 않았다. 다만 이전보다 주당 1실링을 더 주기로 했다. 대표단에게 그 제안을 수락할 권한이 있었을까?

그들은 그날 공장주들이 내놓는 모든 제안을 수락하거나 거절할 수 있는 권한이 있었다.

이제는 대표단이 공장주들의 제안을 논의할 필요가 있었다. 그래서 그들은 다시 철수했다.

오래 걸리지 않았다. 대표단은 돌아왔고, 자신들의 요구 사항을 타협하지 않겠다고 분명하게 거절했다.

그때 과격한 소수를 대표하던 해리 카슨이 자리에서 일어났고, 못마땅한 얼굴로 노려보고 있는 직조공들이 앞에 있는데도 의장에게 다른 결의안을 제출했다. 그 결의안은 좀 전에 대표단이 자리를 비웠을 때 해리 카슨과 그 동조자들이 만든 것이었다.

첫째, 자신들은 이전 제안을 철회하고, 지금 자리한 노조 대표단과 모든 협상을 끝내겠다. 둘째, 앞으로 공장주는 노조에 가입하지 않고 공장주들을 방해할 목적을 지닌 노조를 돕거나 가입하지 않겠다고 서약한 노동자만 고용하겠다. 셋째, 공장주는 처음 제시한 임금과 노동 조건을 기꺼이 받아들이는 모든 노동자를 보호하고 격려하겠다. 지금 반항의 의미로 눈살을 찌푸리고 서서 그 이야기를 듣고 있는 사람들이 노조 지도부라는 사실을 고려하면, 그런 도발적인 결의안은 충분히 적대감을 일으킬 만했다. 또한 해리 카슨은 단순히 결의안을 발표하는 것에 그치지 않고, 신중하지 못한 용어들을 사용해서 노동자들의 태도를 설명했다. 그가 한 마디 한 마디 내뱉을 때마다 노조 대표단의 얼굴은 흙빛으로 변했고 눈은 분노로 이글거렸다. 대표단 중 하나가 뭔가 말하려다 단장이 엄중한 눈빛으로 팔을 누르자 자제했다. 해리 카슨이 자리에 앉자 즉시 그의 친구가 동의한다는 의미로 자리에서 일어났다. 그렇다 해도 만장일치와는 거리가 한참 멀었다. 의장이 그 결의안을 대표단에 전달했다(다시 한 번 대표단은 그 방을 나왔다). 그들은 침통한 표정으로 조용히 결의안을 받아 들고는 말도 인사도 없이 그 방을 나왔다.

협의의 주요 내용만 보도했던 맨체스터 신문들에는 언급되지 않았지만, 이날은 몇 가지 작은 사건도 있었다.

대표단이 처음 협의장에 들어와 입구에서 무리 지어 서 있었을 때, 해리 카슨은 은으로 만든 연필을 꺼내서, 그들의 볼품없고 초라하며 의기소침하고 굶주림에 찌들어 있는 모습을 희화화한 그림을 그렸었다. 그리고 그림 아래에는 경솔하게도 셰익스피어의 『헨리 4세』에서 뚱보 기사가 한 유명 연설의 일부를 적어 놓았다. 해리 카슨이 그림을 옆 사람에게 전달했고, 실제 모습과 똑같다고 생각한 그가 다시 옆 사람에게 전달하면서 거기 앉은 모든 사람이 그림을 돌려 보며 고개를 끄덕이고는 웃었다. 그림이 다시 해리 카슨까지 왔을 때, 뒷면에 그림을 그렸던 편지지를 반으로 찢고 구깃구깃한 다음 난로로 던졌다. 그러나 부주의하게도 그는 종이가 제대로 난로 안으로 들어갔는지는 확인하지 않았다.

그 모습을 대표단 중 하나가 주시하고 있었다.

그는 공장주들이 (일부는 농담을 주고받으며 웃었다) 호텔을 떠나는 모습을 지켜보다가 모두 떠났을 때 다시 협의장으로 들어갔다. 그는 자신을 알아보는 호텔 직원에게 다가갔다.

"저 위에 공장주 한 분이 버린 그림 조각이 떨어져 있을 텐데요. 우리 아들이 그림을 아주 좋아하거든요. 당신이 허락해 준다면, 내가 올라가서 그것을 가져가고 싶은데요."

심성이 착하고 동정심이 많았던 직원이 그를 위층으로 데려갔다. 종이를 집어서 펼친 다음 안의 내용을 슬쩍 보고서 그것이 노동자가 말했던 '그림 조각'임을 확신하고는 그에게 건넸다.

그날 저녁 7시쯤 많은 직조공이 위버스 암스라는 술집에 모이기 시작했다. 그곳은 집주인이 임대 광고를 할 때 '축제 행사'용 공간으로 소개한 곳이었다. 하지만 이런! 그날 밤 사람들은 축제를 즐기러 그곳에 모인 것이 아니었다. 굶주리고 화가 나고 절망한 남자들이 그날 아침 공장주들이 대표단에 전달한 답변을 듣기 위해 모인 것이다. 그 후에는 공고문에 명시된 대로 런던에서 온 신사가 영광스럽게도, 노동자와 공장주 혹은 (그가 선택한 용어로) 유휴 숙련 계급과 공장주의 현안에 관한 협의 내용을 설명할 예정이다. 술집은 크지 않았지만, 가구가 거의 없어서 커 보였다. 실내로 들어온 여위고 지저분한 직공들은 뚜껑 없이 타고 있는 가스등의 불빛이 너무 밝아서 눈을 깜빡거렸다.

그들은 긴 의자에 앉아서 대표단을 기다렸다. 대표단은 음울하고 사나운 표정으로, 자신들의 말은 보태지 않고 공장주들의 최후통첩을 그대로 발표했다. 참을성 있게 발표 내용을 듣던 노동자들의 쓰라린 가슴은 더욱 깊이 무너져 내렸다.

그때 (공장주들의 결정을 이미 아는) '런던에서 온 신사'가 들어왔다. 그의 정확한 입장이나 교육받은 사람으로서 보여준 정신 상태를 들여다보면 당혹스러운 면이 발견될 것이다. 그는 간절한 마음으로 열중해 있는 주변 사람들과 달리 진정성이 부족하고 자의식이 강해 보였다. 어쩌면 그는 밥 소여✦의 수업에서 망신당한 의학도거나 실패한 배우, 화려하게 치장한 상인일지도 모른다. 호감 가는 인상도 아니었고, 의심스러운 점도 한둘이 아니었다.

그는 사람들의 무뚝뚝한 인사에 능글맞은 웃음으로 답하며 자리에 앉았다. 그러고는 주변을 둘러보며, 참석한 사람들에게 파이프와 술을 돌리면 받겠냐고 묻고는 자신이 내겠다고 덧붙였다.

교육 수준이 높고 독서가 취미인 사람이 오랫동안 책을 보지 못하다가 책을 만나면 허겁지겁 탐독하듯, 담배와 맥주 같은 것들을 좋아하는 이 가난한 사람들은 런던 신사의 제안을 듣고는 눈을 반짝였다. 담배와 술은 배고픔을 못 느끼게 하고, 비참한 집과 절망적인 미래를 잊게 한다.

이제 그들은 기꺼이 런던 신사의 말을 들을 준비가 되었다. 그는 그렇게 느꼈다. 그가 위대한 웅변가처럼 오른팔은 뻗고 왼팔은 조끼 가슴에 댄 채 자리에서 일어났다. 그리고 과장된 목소리로 열변을 토하기 시작했다.

런던 신사는 로마 공화정을 세운 대(大) 브루투스와 카이사르를 죽

✦ 찰스 디킨스의 『픽윅 클럽 여행기』 속 등장인물. – 옮긴이

인 소(小) 브루투스의 행적을 뒤섞어 설명하며 '맨체스터 사람 수백만 명'의 막을 수 없는 힘을 과장하는 내용의 웅변을 끝낸 후, 바로 사무적인 자세로 돌아갔다. 이 사람을 대리인으로 보낸 사람들의 판단이 과연 옳았는지 의문이 든다. 대중에게 선택의 자유가 있을 때는 재능을 타고난 사람을 구별하기 어렵지 않다. 그러나 안타깝게도 이들은 인내와 원칙을 거의 중시하지 않았다. 런던 신사는 신속한 결정을 요구하며 대책도 제시했다. 그가 벽걸이 현수막에 넣을 감동적인 문구를 만들었다. 그리고 다른 도시 노조들에 협조를 구하기 위해 그곳에 대표단을 보내자고 제안했다. 특별히 자신이 런던에서 후한 기부금을 내고 접촉하고 있던 노조들의 목록을 맨 위에 썼다. 게다가 놀랍게도 진짜 짤랑거리는 금화들을 꺼냈다! 아아! 그 돈은 간절히 바라던 것이었다. 그러나 그 돈은 생필품 구입비 대신, 하루 이틀 동안 글래스고와 뉴캐슬, 노팅엄 등을 돌아다니게 될 대표단에 출장비로 전달되었다. 이들 대부분은 그날 오전에 공장주들과 만난 사람들이었다. 런던 신사는 편지 몇 통을 써서 건네주고 감동적인 말을 몇 마디 보탠 후에 주변 사람들과 일일이 악수하고 물러났다. 많은 사람이 재빨리 그의 뒤를 따라 밖으로 나갔다.

신임 대표단과 한두 사람이 남아서, 런던 신사 앞에서는 감히 사용하지 못했던 사투리로 각자 맡은 임무를 의논했다.

"거참, 대단한 친구야." 누군가가 런던 신사가 나간 문을 향해 엄지를 치켜들며 말했다. "말 한번 기똥차게 잘하네!"

"그러니까! 해야 할 말을 잘 알더군. 브루투스 얘기를 술술 잘도 풀어내더라고. 친아들을 죽이다니, 몹시 힘들었을 거야!"

"내 아들이 공장주들과 한편이라면 나라도 아들을 죽이겠어. 의붓아들이라고 달라지진 않아." 다른 사람이 말했다.

그러다 모두 말을 멈추고, 그날 아침에 호텔로 돌아가서 해리 카슨이 대표단을 우스꽝스럽게 그린 그림을 가져온 사람을 바라봤다.

그들은 머리를 맞대고 함께 그림을 보면서 닮은 부분을 찾아냈다.

"이 사람은 존 슬레이터네! 코가 커서 어디서든 알아볼 수 있지. 세상에! 진짜 비슷하네. 젠장, 저건 나군. 셔츠를 받쳐 입지 않은 걸 감추려면 저렇게 조끼를 핀으로 고정해야 하거든. 정말 창피하군. 참을 수가 없어."

"맞아!" 제 코를 알아본 존 슬레이터가 말했다. "내가 굶주리고 있지만 않았다면, 나를 놀리는 어떤 농담에도 웃어줄 수 있다네. (그의 눈에 눈물이 차올랐다. 그는 초췌한 가난뱅이였고, 외모를 완곡하게 표현하면 이목구비가 뚜렷했다.) 하지만 지금은 굶주리고 있기에 저걸 참을 수 없어. 배고픈 가족의 울음소리가 귓가에 들려서 집에 가기가 두렵네. 내가 차가운 물에 빠져 죽기라도 하면, 그 울부짖음을 안 들을 수 있지 않을까 생각하지. 그러니까 말이야, 나는 어떤 것에도 웃을 수 없어. 잘 알지도 못하는 사람들을 웃음거리로 삼고, 가슴 아픈 우리를 대상으로 그린 우스꽝스러운 그림을 그리는 사람이 있다니 너무나 슬프다네. 하느님, 우리를 도와주세요."

이제 바턴이 말하기 시작했다. 사람들이 큰 관심을 보이며 그를 바라봤다. "나는 슬픔 이상의 감정을 느끼네. 고통을 겪는 사람들을 농담거리로 삼다니, 가슴이 분노로 활활 타올라. 우리는 추위에 떨고 있는 할머니를 위해 땔감을, 축축한 거적에서 출산한 가엾은 아내를 위해 따뜻한 이불과 옷을, 배고프다고 울 힘조차 없는 아이를 위해 음식물을 구하러 나선 사람들이야. 형제들, 우리가 임금을 올려 달라고 요구하는 것은 바로 그런 이유 때문이 아닌가? 우리가 원하는 것은 산해진미가 아니라 충분히 먹는 거야. 겉만 번지르르한 외투와 조끼가 아니라 따뜻한 옷이지. 산해진미나 값비싼 옷을 얻자고 그들과 싸우는 게 아니야. 우리는 그들의 저택을 원하지 않아. 비바람과 눈을 가릴 지붕 있는 집을 원하는 거지. 그래, 우리뿐만 아니라 날카로운 바람을 맞으며 우리에게 매달려 왜 자신을 고통스러운 세상에 내놓았냐며 눈빛으로 묻는 무력한 아이들을 위한 집 말이야."

바턴이 목소리를 낮춰 거의 속삭이듯 말했다.

"나는 아이가 굶는 모습을 보다 못해 자기 아이를 죽인 아버지를 봤어. 그는 인정 많은 사람이었는데."

바턴은 다시 원래 목소리로 말을 이었다. "우리는 아까 내가 말한 것들을 부탁하러 간절한 마음으로 공장주들에게 갔어. 우리가 그들을 위해 일했으니까 그들이 돈을 번 것을 알고 있지. 시장이 좋아지고 있고 대량 주문이 들어왔으니 그들은 돈을 많이 벌 거야. 그래서 우리는 우리 몫을 요구하는 거고. 그들이 우리 몫을 가져가면, 그들은 그 돈으로 하인과 말을 부리고, 옷과 사치품을 사는 데 쓸 거야. 좋아, 만약 자네들이 제정신인데도 바보가 되겠다면 막지 않겠네. 하지만 우리는 우리 몫을 가져야 하고 가질 거야. 더는 속지 않아. 우리는 먹고살기 위해 우리 몫이 필요해. 우리 자신의 목숨을 위해서가 아니라(여기 많은 사람과 달리, 나 자신은 이 지친 세상에서 그냥 쓰러져 죽는 편이 기쁘고 감사한 일이라고 생각하네만), 삶이 뭔지도 모르고 죽음을 두려워하는 어린아이들의 목숨을 위해서야. 그래서 우리는 공장주들에게 가서 우리가 원하는 것, 그들의 일을 해주기 위해 우리에게 필요한 것들을 말했어. 그런데 그들이 '안 된다'고 했지. 그것만으로도 비정한 일이었어. 그런데 그들은 우리를 비웃는 그림을 그렸군! 나도 저 가엾은 존 슬레이터처럼 나에 대해서는 조롱을 감당할 수 있어. 웃을 여유가 있을 때는 괜찮겠지만. 아무튼 고통을 겪고 있는 성실한 사람들을 놀림거리로 만드는 그런 무정한 사람들에게 복수하기 위해 나는 마지막 피 한 방울까지 흘릴 것이네!"

사람들 사이에서 성난 중얼거림이 낮게 들렸지만, 말의 형태를 갖추지는 못했다.

"자네들은 오늘 아침에 내가 협의장에 가지 못한 이유가 궁금할 거야. 그 시간에 내가 뭘 했는지 말하겠네. 뉴 베일리에 있는 사제가 내게 조나스 히긴보텀을 만나 달라고 했어. 히긴보텀은 지난주에 한 파업 방해자의 얼굴에 황산을 뿌린 죄로 경찰서에 잡혀 있었어. 나로서는 당연히 가봐야 할 일이었지. 그러나 거기에서 그렇게 늦어질 줄은 몰랐어. 히긴보텀을 만났는데, 그는 미치광이가 다 되어 있었어. 자신이 망가뜨린 그 불쌍한 사람의 얼굴이 밤낮으로 생각나서 잘 수가 없다고 하더군. 그 사람이 아픈 발로 터덜터덜 시내로 들어왔을 때 그 여위고 굶주린 얼굴이 자꾸 떠오른다면서. 그리고 조나스는 그를 기다리는 그의 가족이 아무 소식도 못 듣다 우연히 그의 사망 소식을 들을지 모른다고 생각했네. 어쨌든 조나스는 이런 생각들로 쉴 수 없어서 우리 안 짐승처럼 끊임없이 왔다 갔다 했어. 마침내 그가 도울 방법을 생각해 냈고, 사제에게 나를 보내 달라고 요청했네. 그가 내게 말했어. 그 가엾은 파업 방해자가 지금 진료소에 누워 있는데, 나더러 자기 어머니의 은시계를 최대한 좋은 가격에 팔아서 그 돈을 그 남자에게 가져다주라더군(오늘이 진료소 면회가 가능한 날이라면서). 그리고 그 남자가 번리에 사는 친구들에게 그 돈을 보낼 수 있게 도와주라고 했어. 나는 그 남자에게 조나스의 호의를 전하려 했는데, 조나스는 겸허히 용서를 구할 뿐이었어. 그래서 나는 조나스가 원하는 대로 해줬네. 어쨌든 오늘 내가 목격한 일을 자네들도 볼 수 있다면, 누구도 다시는 황산을 뿌리지 않을 거야(적어도 파업 방해자에게는). 그 남자는 얼굴 전체를 붕대로 감은 채 누워 있었기 때문에, 내가 상처를 보지는 못했어. 그러나 통증 때문에 끊임없이 사지를 떨었네. 신음을 억제하려면 손이라도 깨물어야 했지만, 조금이라도 몸을 움직이면 얼굴이 너무나 아팠기 때문에 그렇게 할 수 없었지. 내가 그에게 조나스 얘기를 했을 때는 별 반응이 없었어. 그런데 짤랑하고 돈소리를 들려줬더니 내 손을 꽉 쥐었고, 아내의 이름을 물었을 때는 소리를 질렀어. '메리, 메리. 다시는 당신을 못 보겠지? 메리, 여보. 당신과 우리 아기 때문에 일하려 했는데 저들이 나를 장님으로 만들어버렸어. 아, 메리!' 그때 간호사가 들어와서는 나 때문에 그가 헛소리를 한다고 말했네. 나는 그게 사실일까 봐 두려웠지. 하지만 그 돈을 어디로 보낼지 모르는 채로 돌아오고 싶지는 않았는데…. 어쨌든 그 일 때문에 내가 회의 시간을 지키지 못했네."

"그 사람의 아내가 사는 곳은 결국 못 들었나?" 많은 사람이 불안한 목소리로 물었다.

"그렇네! 그가 계속 아내를 상상하며 말했는데, 내 가슴을 칼로 도려내는 듯 아팠어. 나는 간호사에게 그녀가 누구이고 어디에 사는지 찾아 달라고 했네. 하지만 지금 이 얘기를 꺼내는 건 다음과 같은 이유에서야. 우선 나는 자네들에게 오늘 아침에 내가 의무를 다하지 못한 이유를 밝히고 싶었어. 두 번째는 파업 방해자들을 공격하면 어떤 결과가 일어나는지 내 눈으로 똑똑히 봤으니, 더 이상 그런 행동을 하면 안 된다고 말하고 싶었네."

이의를 제기하는 목소리들이 들렸지만, 바턴은 신경 쓰지 않았다.

"아니야! 나는 겁쟁이가 아니네." 바턴이 응수했다. "그리고 나는 뼛속까지 투쟁에 진심이야. 내 바람과 목표는 공장주들과 싸우는 것이야. 누군가가 나를 겁쟁이라고 불렀는데. 당연히! 누구나 자기 의견을 말할 권리가 있어. 하지만 오늘 그 사건을 곰곰이 생각한 결과, 우리처럼 불쌍한 사람을 공격하는 사람이 오히려 겁쟁이라고 생각하게 되었네. 그들은 도움을 받을 곳도 없어서, 비방과 굶주림 사이에서 선택해야 해. 나는 그들을 그냥 두는 것보다 그들을 해치는 것이 더 비겁한 행동이라고 생각하네. 그럼, 안 되지! 내가 하고 싶은 일은 이거야. 공장주들을 공격하라!" 그리고 한 번 더 외쳤다. "공장주들을 공격하라!" 그러고는 목소리를 낮췄다. 다들 숨죽이며 들었다.

"이런 고통을 초래한 쪽은 공장주들이야. 그들은 대가를 치러야 해. 방금 나를 겁쟁이라고 부른 사람은 내가 겁쟁이인지 아닌지 시험해볼 수 있어. 나를 공장주들 쪽으로 잠입시킨 다음, 내가 어떻게 하는지 보라고."

"만약 그들 중 하나가 죽을 지경이 되도록 구타당한다면, 공장주들이 겁을 먹을 거야." 누군가 말했다.

"흥! 아니면 죽을 때까지 맞을 수도 있고." 다른 누군가가 투덜댔다.

그리하여 그들은 말보다 더 많은 의미를 담은 표정을 주고받으며 위험한 계획을 세웠다. 그들이 자신과 동료들을 공포스럽게 할 생각을 쉰 목소리로 노려보며 말하는 가운데, 점점 그들의 대화가 어두워졌다. 꽉 쥔 주먹, 악문 이, 흙빛의 안색 등 이 모든 것은 범죄를 기도하고 세부 계획을 알게 되었을 때 그들이 느끼는 고통을 그대로 보여주었다.

그때 노조원들은 잔인하고 끔찍한 어떤 임무를 수행하기로 서약했다. 그들은 활활 타는 가스등 아래에 모여 좀 더 의논했다. 아무도 믿을 수 없었고, 상대의 배신도 두려웠다. 종이(그날 아침 조롱하는 그림이 그려졌던 똑같은 편지지)를 여러 조각으로 찢고, 그중 하나에 어떤 표시를 했다. 그런 다음 구분할 수 없게 모든 종이를 다시 접었다. 모든 종잇조각을 모자에 넣고 흔들었다. 가스등이 꺼졌다. 모든 사람이 한 장씩 뽑았다. 가스등이 다시 켜졌다. 각자 동료들에게서 가능한 한 멀리 떨어진 다음, 아무 말도 하지 않고 최대한 돌처럼 차갑고 태연한 표정을 지은 채 자신이 뽑은 종이를 살펴봤다.

그때도 여전히 굳게 침묵한 채 그들은 각자 모자를 집어 들고 하나 둘 갈 길을 갔다.

표시된 종이를 뽑은 사람은 암살자로 뽑힌 것이다! 그는 추첨 결과에 따라 행동하기로 맹세했었다. 누가 암살자로 뽑혔는지는 아무도 모른다. 하느님과 그 자신 외에는.

17. 바턴의 야간 임무

> 작별 인사는 슬프지 않아,
> 우리는 잠깐 이별하는 거니까.
> 그 부재의 순간에 누가 알았으랴.
> 가슴 아픈 일이 오리라는 것을!
>
> — 작자 미상

앞 장의 사건들은 화요일에 일어났다. 그 주 목요일 오후에 메리는 바쁘게 일을 하다 집으로 온 윌을 보고 깜짝 놀랐다. 그는 평소와 달라 보였는데, 우울한 그의 표정이 메리로서는 낯설었다. 윌이 손에 종이 꾸러미를 들고 있었다. 안으로 들어와 의자에 앉은 그는 평소보다 조용했다.

"아니, 윌! 무슨 일 있어? 속상한 일이 있었나 보구나!"

"맞아, 메리! 작별 인사를 하러 왔어. 사랑하는 사람들과 헤어지는 걸 좋아하는 사람은 없잖아."

"작별 인사라니! 저런, 윌. 갑작스럽다, 그렇지?"

메리가 다림질을 멈추고, 난롯가로 왔다. 그녀는 윌이 좋았다. 그런데 이제 떠난다고 하니 남매의 정 같은 감정이 샘솟으면서 섭섭했다.

"그렇게 갑자기?" 메리가 한 번 더 물었다.

"맞아, 너무 갑작스럽지." 그가 꿈을 꾸듯 말했다. "하지만 그렇지 않아." 그가 정신을 차리고 할 말을 생각했다. "선장님이 2주 후에 출항할 준비를 하라고 말하셨거든. 이곳 사람들이 너무 좋았어서 출항 소식이 너무나 갑작스럽게 느껴지네."

윌은 일반화해서 말했지만 메리는 그의 특별한 감정을 알고 있었다. 그녀가 다시 말했다.

"하지만 네가 온 지 2주도 안 됐어. 네가 윌슨 아주머니네 현관문을 두드린 것도 2주 전이 아니고. 기억하겠지만, 그때 내가 거기 있었잖아. 2주는 아니야!"

"그래, 나도 알아. 하지만 어쨌든 다음 주 화요일에 출항한다는 편지를 오늘 오후에 잭 해리스에게서 받았어. 전에 나는 이번에 뭍에 오면 뵈러 가겠다고 외삼촌과 약속했었어. (외삼촌은 맨섬의 램지 너머에 있는 커크크라이스트에 살고 계셔.) 나는 가야 해. 섭섭하지만, 불쌍한 우리 어머니의 친구들을 무시할 수는 없어. 꼭 가야 해. 날 붙잡지 말아 줘." 윌은 누군가 간절히 붙잡으면 결심이 무너질까 두렵다는 듯 그렇게 말했다.

"그러지 않을게, 윌. 네가 맞을 거야. 다만 네가 떠나서 서운할 뿐이야. 남겨진다는 건 몹시 힘 빠지는 일 같아. 언제 떠나니?"

"오늘 밤에. 이제 널 못 볼 거야."

"오늘 밤이라니! 리버풀로 가는구나! 어쩌면 우리 아버지랑 함께 가겠다. 아버지는 리버풀을 거쳐서 글래스고로 가실 거야."

"아냐! 난 걸어갈 거야. 네 아버지는 걸어서 못 가실 거 같은데."

"그렇구나! 그런데 넌 왜 걸어가는데? 3실링 6펜스면 기차표를 살 수 있어."

"아, 메리! (이 말을 다른 사람에게 하면 안 돼.) 나는 3실링은커녕 6펜스도 없어. 적어도 지금은. 내가 여기로 오기 전에, 나를 섬에 내려 주고 데려오는 조건으로 집주인 아주머니에게 돈을 드렸고, 선물도 좀 샀지. 그리고 나머지는 여기에서 다 쓰고 겨우 이것만 남았어." 그의 손에서 동전 몇 개가 짤랑거렸다.

"괜찮아. 30마일 정도 걷는 거니까, 걱정하지 마." 안타까운 표정을 짓는 메리를 보고 윌이 덧붙였다. "밤공기가 맑네. 늦기 전에 출발해야겠다. 맨섬 우편선이 출항하기 전에 도착해야 하니까. 네 아버지는 어디로 가시니? 글래스고라고 했던가? 어쩌면 거기에서 네 아버지를 만날 수도 있겠다. 내가 리버풀에 도착했을 때 맨섬 우편선이 이미 떠났다면, 스코틀랜드 우편선을 타고 가야 해. 네 아버지는 글래스고에 왜 가시는 거야? 일자리를 구하러? 거기도 여기만큼 경기가 안 좋다던데."

"아냐, 아버지도 아셔." 메리가 슬프게 대답했다. "가끔 나는 아버지가 다시는 일을 하지 못하실 거 같고, 경기는 결코 나아지지 않을 것 같아. 마음을 다잡기가 무척 어려워. 내가 남자라면 너랑 바다로 나갈 텐데. 그럼 어떻게든 나쁜 소식을 떨쳐낼 수 있겠지. 지금 문턱을 넘은 괴물은 없지만 털어놓고 싶은 슬프고 불행한 일이 있어. 아버지는 노조 대표단으로서 글래스고 노조에 도움을 청하러 가시는 거야. 오늘 저녁에 떠나셔."

혼자 남겨진다는 생각에 다시 한번 힘이 빠져서 메리가 한숨을 내쉬었다.

"네가 말한 문턱을 넘은 괴물은 없지만 털어놓고 싶은 슬픔이라는 게 말이야. 혹시 마거릿 제닝스에게 문제가 생겼다는 의미니?" 윌이 불안한 듯 물었다.

"아니야!" 메리가 살짝 웃으며 말했다. "마거릿은 내가 아는 사람 중 유일하게 걱정이 없어 보이는 사람이야. 이따금 눈이 보이지 않는 게 축복처럼 느껴져. 눈머는 걸 막연히 두려워할 때는 몹시 낙심했었지만, 상황이 확실해진 지금은 차분하고 행복해 보여. 그래! 내 생각에 마거릿은 행복해."

"난 그 반대를 바랐는지 몰라." 윌이 생각에 잠겨 말했다. "마거릿이 곤란해지면, 내가 기꺼이 그녀를 위로하고 따뜻하게 돌볼 수 있을 테니까."

"마거릿이 행복할 때는 왜 그녀를 따뜻하게 돌볼 수 없는데?" 메리가 물었다.

"아! 모르겠어. 그녀가 나보다 훨씬 나은 사람 같으니까! 그리고 그녀의 목소리! 그 목소리를 들으며 가슴에 품은 소망을 떠올리면, 그녀에게 내 아내가 되어 달라고 말하는 건 마치 천국의 천사에게 부탁하는 것처럼 몹시 부적절해 보여."

메리는 우울한 상태였지만, 마거릿을 천사에 비유한 말을 듣고는 웃음을 터뜨리지 않을 수 없었다. (상상력을 발휘해서 옷을 만든다 해도) 갈색 나사 가운이나 푸른색과 노란색 날염 천 어디에, 어떻게 날개를 달아야 할지 상상조차 어려웠기 때문이다.

윌도 조금 웃었지만, 메리의 유쾌한 웃음에는 공감할 수 없었다. 그가 말했다.

"아, 메리. 넌 웃을지 모르지. 그건 네가 사랑에 빠져본 적이 없어서야."

순간 메리의 얼굴이 분홍빛으로 물들었고, 부드러운 잿빛 눈에 눈물이 맺혔다. 지금 그녀는 사랑을 의심해서 고통받는 중이니까! 윌의 말은 고약했다. 그는 메리의 안색이 변하는 걸 눈치채지 못했다. 다만 메리가 조용해지자, 그가 말을 이었다.

"내가 생각해 봤는데, 아니 생각하는데, 이번 항해를 마치고 돌아오면 말하려고. 이번이 같은 선장과 같은 배를 타고 하는 네 번째 항해야. 선장님이 이번 항해를 마친 후에 나를 이등 항해사로 올려주겠다고 약속했어. 그렇게 되면 마거릿에게 줄 수 있는 게 생길 거야. 마거릿이 할아버지와 앨리스 아주머니와 함께 살면, 내가 바다에 있는 동안 외롭지 않을 거야. 지금 내가 그녀가 나를 사랑하고 나와 결혼할 것처럼 말하고 있네. 마거릿이 나를 조금이라도 마음에 둘까, 메리?" 그가 불안한 듯 물었다.

메리는 거기에 대해 나름 분명한 견해가 있었지만, 그걸 말할 자격이 없는 것 같았다. 그래서 이렇게 말했다.

"그건 내가 아닌 마거릿에게 물어야지, 윌. 마거릿이 내게 네 이야기를 한 적은 없어." 윌이 고개를 떨궜다. "하지만 그건 마거릿의 성격을 생각하면 긍정적인 신호라 할 수 있어. 내가 내 생각을 말할 자격은 없지만. 그래도 내가 너라면 지금처럼 말없이 가지는 않을 거야."

"안 돼! 말할 수 없어! 노력은 해봤어. 그들에게 작별 인사를 하려고 들어갔는데, 목소리가 안 나오더라고. 그래서 하려던 말을 못 했어. 그리고 이번 항해가 끝나고 이등 항해사가 되기 전까지는 감히 청혼할 수 없어. 마거릿에게 이 상자도 줄 수 없고." 윌은 종이 꾸러미를 풀어서 장식이 화려한 아코디언을 보여줬다. "마거릿에게 뭔가 사주고 싶었어. 음악과 관련된 선물이면 그녀가 아주 좋아할 것 같아서. 내가 떠난 후에 이걸 마거릿에게 전해줄래, 메리? 그리고 슬쩍 내 얘기를 해주면 좋겠어. 그러니까 내 감정 같은 것 말이야. 마거릿이 메리 네 얘기는 들을 것 같아."

메리가 그의 부탁을 모두 들어주겠다고 약속했다.

"먼바다에서 불침번을 설 때마다 마거릿을 생각할 거야. 바람이 휘파람 소리를 내다 사나워지면 혹시 그녀가 나를 생각하는 걸까 궁금해하겠지. 마거릿에게 내 얘기를 자주 꺼내주겠니, 메리? 그리고 내게 불운한 일이 생기면, 그녀가 내게 얼마나 소중한 존재였는지 말해주고, 불쌍한 앨리스 아주머니를 위로해줘. 가여운 우리 아주머니! 너와 마거릿이 아주머니를 자주 찾아봐 줄래? 안타깝게도 아주머니는 저번에 본 후로 건강이 더 나빠지셨어. 아주머니만큼 착한 분도 없는데! 내가 어릴 때 아주머니와 함께 살았는데, 그때 나는 이웃들이 문을 두드려 아주머니를 찾는 바람에 자주 깼었어. 아픈 사람이 있거나 잠을 못 자는 아이가 있으면 모두 아주머니를 찾아왔어. 아주머니는 아무리 피곤해도, 다음 날 아침부터 해야 할 일이 있어도, 금세 일어나 옷을 입으셨지. 행복한 시절이었어! 아주머니가 허브를 따러 나를 데리고 들판으로 나갔을 때 얼마나 즐거웠던지! 나중에 내가 중국에서 마신 차는 일요일 밤마다 아주머니가 끓여주시던 허브차의 반도 못 따라가더라고. 아주머니는 식물과 새에 관한 지식이 풍부하셔. 내게 아주머니의 어린 시절 이야기도 많이 들려주었기에, 우리는 나중에 함께 아주머니 고향에 갈 계획도 세웠었지. (아주머니의 표현대로) 하느님을 기쁘게 해드리면 랭커스터 너머에 있는 아주머니의 고향집 근처에서 살 수 있으리라 생각했어. 가능하면, 아주머니가 태어난 바로 그 오두막에서 살자고 했었지. 세상에! 그 집은 얼마나 달라졌을까! 그런데 아주머니는 아직 여기 맨체스터의 뒷골목에 사시고, 다시는 고향을 못 보시겠지. 그리고 뱃사람인 나는 다음 주에 미국으로 출항하고. 아주머니가 돌아가시기 전에 한 번만이라도 버턴에 갈 수 있으면 좋겠는데."

"슬프지만 아마 완전히 바뀐 모습을 보게 되실 거야." 말은 그렇게 했지만, 메리도 윌과 같은 마음이었다.

"아! 그래! 그렇게라도 보시면 좋겠다. 그게 내 소원이거든. 깊은 바다 위에서 홀로 갑판으로 나왔을 때, 생각이 모자란 사람조차 과거와 미래를 생각하지 않을 수 없을 때 나는 자주 그것을 바랐어. 그런데 이제 다시는 아주머니를 안타까워할 수 없다니. 아, 메리! 가슴 아프게 생각하는 사람을 다시는 볼 수 없다고 생각하면 그동안 함부로 했던 말들이 생각나 가슴에 사무쳐!"

메리와 윌이 생각에 잠긴 채 서 있었다. 문득 메리가 입을 열었다.

"아버지가 오시네. 아직 셔츠 준비가 안 됐는데!"

메리가 서둘러 다리미를 들고 허비한 시간을 메우려 했다. 바턴이 안으로 들어왔다. 그렇게 초췌하고 걷잡을 수 없이 불안해 보이는 사람은 처음이라고 윌은 생각했다. 바턴은 윌을 쳐다봤지만, 인사를 하지도 반갑다는 말도 하지 않았다.

"인사를 드리러 왔어요." 윌이 그렇게 말하고는, 사교적이고 친근한 유머로 말을 계속하려 했다. 하지만 바턴은 무뚝뚝하게 대답했다.

"그래, 잘 가라."

바턴의 태도에서 방문객을 내보내고 싶은 마음이 뚜렷하게 드러나서 월은 메리와 악수한 다음, 바턴에게 악수를 청해도 될지 몰라 잠시 그를 쳐다봤다. 하지만 바턴이 어떤 눈짓이나 몸짓으로도 답을 하지 않아서, 월은 그냥 가려다 문가에서 잠시 멈추었다.

"다음 주 화요일에 날 생각해 줘, 메리. 그날 출항한다고 잭 해리스가 그랬어."

문이 닫히자 메리는 진심으로 섭섭했다. 마치 따뜻한 햇빛이 차단되는 듯했다. 그리고 아버지는! 대체 무슨 일일까? 아버지는 도무지 가만히 있지를 않았다. (메리의 바람과 달리) 말도 하지 않았고, 자리에 앉았다 일어났다 하면서 메리의 다림질을 방해했다. 또한 얼굴은 험상궂었다. 아버지는 월의 방문이 싫었나, 아니면 메리가 할 일을 하지 않아서 화가 난 걸까, 메리는 궁금했다. 아버지 때문에 자신도 불안하고 초조해진 메리는 결국 참지 못하고 말했다.

"언제 가시죠, 아버지? 제가 기차 시간을 몰라서요."

"그게 왜 궁금한데?" 그가 무뚝뚝하게 말했다. "다림질이나 해라. 너랑 상관없는 질문은 하지 말고."

"식사부터 챙겨 드리려고요." 메리가 다정하게 말했다.

"넌 음식 없이 지내는 법을 배우지 못했구나." 그가 말했다.

메리는 아버지가 농담을 하시나 해서 그를 쳐다봤다. 아니었다! 아버지는 무서울 정도로 진지해 보였다.

메리는 다림질을 끝내고 아버지에게 필요한 음식들을 준비하기 시작했다. 경험상 지금쯤이면 배고픔 때문에라도 아버지의 짜증이 늘었을 시간이었다.

바턴에게는 글래스고로 가는 대표단에 지급된 1파운드가 있었고, 이 중에서 몇 실링을 오전에 메리에게 주었었다. 그 돈으로 메리는 식료품을 충분히 살 수 있었고, 지금 그녀의 관심은 아버지의 비위를 맞추기 위해 요리하는 것이었다.

"날 위해 요리하지 말고, 메리, 네 체력을 아껴라. 난 안 먹겠다고 말했잖니."

"출발 전에 조금이라도 드셔 보세요, 아버지." 메리가 끈질기게 설득했다.

바로 그 순간, 좁이 들어왔다. 그는 자주 오지 않았지만, 한번 방문하면 오래 머물다 간다는 사실을 메리는 경험으로 알고 있었다. 메리가 다정한 목소리로 애원하자 바턴의 얼굴에 깊은 어둠이 드리웠다. 그는 다시 초조하고 불안해져서, 방문객인 좁에게 집주인으로서 당연히 해야 할 인사마저 제대로 하지 못했다. 그러나 좁은 격식을 차리지 않았다. 그는 목적이 있어서 방문했을 뿐이었다. 그는 바턴의 글래스고행에 관심이 있었고, 그의 임무에 관해 모조리 듣고 싶었다. 좁이 편안하게 자리를 잡고 앉았다. 메리의 눈에는 그 집에 눌러앉으러 온 사람처럼 보였다.

"글래스고로 간다면서, 그런가?" 그는 질문을 퍼붓기 시작했다.

"네."

"언제 출발하나?"

"오늘 밤이요."

"들은 대로군. 무슨 기차로?"

그건 메리도 궁금했다. 하지만 바턴은 전혀 말할 기분이 아니었다. 그는 말없이 자리에서 일어나 위층으로 올라갔다. 메리는 아버지의 걸음걸이와 태도로 보아 그가 몹시 불쾌해한다는 것을 눈치챘고, 좁도 알아챌까 봐 걱정했다. 하지만 아니었다! 좁은 태연해 보였다. 차라리 잘됐다. 어쩌면 메리가 좁에게 예의 바르고 친절하게 대하면 아버지의 결례를 만회할 수 있을 것이다.

그래서 메리는 위층에서 아버지가 (격렬하고 난폭하고 초조하게) 움직이는 소리에 귀 기울이면서 동시에 예의를 갖춰 좁과도 대화를 나눴다.

"네 아버지가 언제 출발하시니, 메리?"

성가신 질문이 다시 시작됐다.

"아! 곧이요. 지금 저녁을 챙겨 드리는 중이었어요. 마거릿은 잘 지내죠?"

"그럼, 아주 잘 지내. 오늘 저녁에 한 시간 정도 윌슨네로 가서 말동무를 해줄 예정이야. 윌이 리버풀로 가는 모양이던데, 그러면 앨리스 아주머니가 외로울 거라고 생각했지. 노조에서 네 아버지에게 수고비를 주지 않았니?"

"네, 1파운드를 줬어요. 할아버지도 노조원이지 않으세요?"

"맞아. 나도 노조원이긴 한데, 적극적으로 활동하지는 않아. 나는 어쩔 수 없는 평화주의자라서 그들과 함께하지 않아. 너도 알겠지만, 그들은 스스로를 똑똑하다고 생각해서 자기들과 다른 나를 바보 취급하지. 뭐! 그건 괜찮아. 그런데 그들은 나를 평화롭고 고요하고 어리석은 상태로 두지 않고, 자기들처럼 똑똑해지라고 강요해. 그건 영국식 자유가 아니야. 나더러 자기들의 신념에 따르라고 강요하고, 그렇게 하지 않으면 박해하고 몰아내지."

위층에서 쿵쿵 쾅쾅하는 소리가 났다. 대체 바턴은 뭘 하고 있을까? 왜 아래층으로 내려오지 않을까? 그리고 좁은 왜 가지 않지? 저녁 식사를 망칠 것이다.

하지만 좁은 갈 생각이 없었다.

"메리, 어리석은 나는 이렇게 생각한단다. 얻을 수 있는 걸 얻어야 해. 나는 빵이 아예 없는 것보다 반 개가 더 낫다고 생각하거든. 일이 없어서 굶주리는 것보다 저임금을 받고라도 일할 거야. 하지만 노조에 가면, 이런 말을 듣지. '이봐. 당신이 빵 반 개를 가져가면, 우리가 평생 당신을 괴롭힐 거야. 굶을 거요, 아니면 괴롭힘을 당하겠소?' 그런데 굶주림은 조용한 죽음이고 괴롭힘은 그렇지 않기에, 굶주림을 택하고 노조에 들어갔지. 하지만 나는 바보 취급을 받아도 좋으니 그들이 나를 좀 내버려뒀으면 좋겠어."

삐걱삐걱 계단을 내려오는 소리가 났다. 마침내 바턴이 내려왔다.

그렇다. 그는 내려왔지만, 전보다 더욱 고집스럽고 험상궂은 표정으로 떠날 준비를 했다. 그의 팔에는 작은 꾸러미가 달려 있었다. 메리의 예상과 달리, 그는 좁에게 가서 정중하게 작별 인사를 했다. 그런 후에 메리를 향해서는 차가울 정도로 간단하게 인사했다.

"아! 아버지, 아직은 가지 마세요. 저녁 식사를 차려 놨어요. 잠시만 기다리세요."

하지만 바턴은 딸을 제치고 나갔다. 메리가 눈물을 흘리며 문까지 그를 따라갔다. 거기에서 그를 배웅했다. 그는 낯설고 차갑고 난폭했다. 그러다 갑자기 안마당 끝에서 몸을 돌리더니 메리가 서 있는 쪽을 바라봤다. 재빨리 돌아오더니 메리를 껴안았다.

"하느님의 축복이 있기를, 메리! 천국에 계신 하느님의 은총이 함께 하기를, 가여운 아가!" 메리가 아버지의 목을 껴안았다.

"아직 가지 마세요, 아버지. 이렇게 가시면 전 견딜 수 없어요. 들어가서 식사 좀 하세요. 얼굴이 너무 창백해요. 아버지, 제발!"

"그럴 수 없단다." 바턴이 힘없이 구슬프게 말했다. "이게 최선이야. 나는 먹을 수 없어. 그리고 지금 떠나는 게 좋아. 집에 가만히 있을 수가 없거든. 움직여야 해."

그렇게 말하더니, 메리의 팔을 풀고 한 번 더 입을 맞춘 다음 끔찍한 임무를 수행하러 떠났다.

바턴이 메리의 시야에서 사라졌다! 이유는 몰랐지만, 그렇게 우울하고 황량한 기분이 든 건 처음이었다. 좀을 보니 그는 여전히 그 자리에 앉아 있었다. 바턴은 메리의 시야에서 벗어나자마자 속도를 늦췄는데, 그의 발걸음은 절망적이고 나약하다고 할 수 있을 만큼 무겁고 무기력했다. 날이 어두워지고 있었지만, 늦장을 부리며 누구와도 인사하지 않았다.

어린아이의 울음소리가 들렸다. 바턴은 가여운 아들 톰이 생각났다. 지금보다 행복했던 시절에 그 아이를 땅에 묻었었다. 그가 **톰**의 것일지 모를 울음소리를 따라갔고, 길을 잃은 어린아이를 발견했다. "엄마, 엄마" 하면서 우는 아이를 보고 슬픔이 차올랐다. 바턴은 다정한 말로 아이를 달랬고, 놀라운 인내심을 발휘해서 겁에 질려 우느라 더듬더듬 말하는 아이의 말에서 의미를 파악했다. 그리고 행인에게 이런저런 질문을 한 후에 그 아이를 집에 데려다주었다. 아이의 엄마는 너무 바빠서 애가 없어진 줄도 몰랐지만, 아이를 돌려받을 때는 몹시 고마워하며 아일랜드 말로 축복했다. 축복하는 말을 듣자, 바턴은 슬픔에 잠겨 고개를 젓고는 발길을 돌렸다.

그렇게 바턴은 떠났다.

아버지가 떠난 후 메리는 앉아서 바느질을 시작했고, 평소보다 말이 많은 좁의 이야기에 주의를 기울이려 애썼다. 아버지에 대한 불안감을 떨치고 그가 거부한 저녁 식사를 좁에게 대접했다. 그녀 자신도 먹어보려 했으나, 잘되지 않았다. 가슴에 납덩이가 얹힌 듯했다. 끔찍한 일이 일어날 것 같은 불길한 예감이 들었으나, 그건 아마 그날 오후에 두 사람이 길을 떠나서 우울해졌기 때문일 것이다.

메리는 좁이 얼마나 더 있다 갈지 궁금했다. 일을 그만하기도 싫고, 좁 앞에서 울기도 싫었다. 그저 혼자가 되어 마음껏 울고 싶었다.

"알겠다, 메리." 갑자기 좁의 말이 들렸다. "오늘 밤에는 혼자 있고 싶은 모양이구나. 마거릿이 앨리스 아주머니를 위로하러 간다길래 나는 너한테 가보겠다고 했지. 네 곁에 있어 주려고 했거든. 오늘 저녁 대화는 즐거웠단다, 몹시. 마거릿이 언제 올까 모르겠네."

"아마 왔을 거예요." 메리가 말했다.

"오, 아니야. 내가 이걸 가지고 왔거든. 여기!" 좁이 커다란 집 열쇠를 꺼냈다. "마거릿이 길에서 기다려야 할 텐데, 내가 어디에 있는지 아니까 안 그러겠지."

"마거릿이 혼자 집에 올 수 있나요?" 메리가 물었다.

"아, 처음에는 미덥지 않아서 몰래 뒤를 밟았지. 물론 말하지 않고,

그런데 세상에! 마거릿이 최대한 천천히 길을 걷더구나. 당연히 속도는 느렸고, 주위 소리를 들으려는 듯 고개를 한쪽으로 기울였지. 그런데 그 애가 길을 건너는 모습은 정말 아름다웠어. 그 애는 주변이 조용해질 때까지 서서 기다린단다. 마거릿의 시력이 마차나 수레가 커다란 검은 물체로만 보일 정도로 나쁜 건 아니지만, 그것들이 떨어져 있는 거리를 눈으로 정확히 잴 수는 없어서 소리를 주의 깊게 듣지. 알겠지, 그게 우리 마거릿이야!"

그때 마침 마거릿이 들어왔는데, 평소와 다름없는 차분한 얼굴이 온통 눈물 자국이었다.

"얘야, 무슨 일이니?" 좁이 급히 물었다.

"아, 할아버지! 앨리스 아주머니의 상태가 너무 안 좋아요!" 그녀는 숨이 가빠 말이 제대로 나오지 않았다. 그날 오후에 윌이 떠나면서 충격을 받은 바람에 앨리스 아주머니의 상태가 나빠졌다.

"그게 무슨 소리니? 말해봐, 마거릿!" 마거릿을 의자에 앉히고 보닛 끈을 풀어주며 메리가 말했다.

"중풍이 온 거 같아. 몸 한쪽을 못 쓰셔."

"윌이 떠나기 전이었니?" 메리가 물었다.

"아니, 내가 갔을 때는 이미 떠난 뒤였어." 마거릿이 말했다. "그때는 평소와 다름없었어. 많지는 않아도 말씀도 하셨지. 너도 알다시피 윌슨 아주머니가 워낙 혼잣말을 많이 하시니까. 앨리스 아주머니가 방 건너편으로 가려고 일어섰는데, 다리 끌리는 소리가 나더니 이내 넘어지셨어. 윌슨 아주머니가 뛰어가더니 비명을 질렀어! 윌슨 아주머니가 의사를 부르러 간 사이에 나는 앨리스 아주머니와 함께 있었지. 내게 뭔가 말을 하고 싶은데 말이 안 나오는 것 같았어."

"젬은 어디에 있었니? 그가 왜 의사에게 가지 않았지?"

"내가 그 집에 갔을 때 젬은 없었어. 내가 앨리스 아주머니와 함께 있는 동안에도 집에 오지 않았고."

"아픈 앨리스 아주머니만 두고 윌슨 집에서 나온 건 아니지?" 좁이 서둘러 물었다.

"아니에요." 마거릿이 말했다. "하지만 아! 할아버지, 제 눈이 나쁜 게 지금 너무나 속상해요. 앨리스 아주머니를 잘 돌보고 싶었는데. 저는 노력했어요. 제가 도움보다 폐가 된다는 걸 알기 전까지는요. 아, 할아버지. 제 눈이 멀지만 않았어도!"

마거릿이 흐느꼈다. 마음이 조금은 편안해진 마거릿이 말을 계속했다.

"아무튼, 저는 대븐포트 부인에게 갔어요. 아주머니는 일하느라 바빴지만, 제가 용건을 말하자마자 서둘러서 윌슨 아주머니네로 가셨어요. 앨리스 아주머니를 밤새 돌보실 거예요."

"의사는 뭐라고 하니?" 메리가 물었다.

"아! 의사들은 다 비슷해. 그 의사도 헛다리를 짚을까 봐 말을 자꾸 바꾸더라고. 그러다 어느 순간 희망이 별로 없다고 생각했지. 하지만 생명이 붙어 있는 한 희망이 있어! 의사는 앨리스 아주머니가 일부만 회복될 거 같다고 말했어, 나이가 있다며. 그리고 아주머니 머리에 거머리를 붙여서 피를 빼자고 했어."

말을 끝낸 마거릿은 몸도 마음도 지쳐서 몸을 뒤로 젖혔다. 메리가 서둘러 차를 내렸다. 좀 전까지 수다스러웠던 좁은 슬픔에 잠겨 말없이 앉아 있었다.

"내일 아침에 바로 가서 앨리스 아주머니의 상태를 알아볼게. 그리고 일하러 가기 전에 소식을 전해줄게." 메리가 말했다.

"윌이 떠난 게 문제야." 좁이 말했다.

"윌슨 아주머니는 앨리스 아주머니가 아무도 못 알아본다고 생각하세요." 마거릿이 대답했다. "지금 앨리스 아주머니의 얼굴이 너무 안 좋아서 윌도 아주머니를 보지 않는 편이 나을 거예요. 윌이 영영 아주머니를 못 보게 되면, 예전에 좋았던 얼굴로 기억할 거고요."

몇 마디 슬픈 대화를 나눈 후에 마거릿과 좁이 돌아갔다. 홀로 집에 있게 되자 메리는 음울했던 하루를 되짚어 봤다. 모두 잘못된 듯했다. 윌이 돌아갔고, 아버지는 너무도 이상한 모습으로 떠나셨다. 메리는 글래스고가 불가사의할 정도로 멀게 느껴졌다! 그동안 아버지의 존재가 해리 카슨의 위협에서 자신을 보호해 준다고 느꼈었다. 이제 그녀가 혼자 있다는 사실을 해리 카슨이 알게 될까 두려웠다. 젬에 대해서도 절망하기 시작했다. 메리는 그가 자신을 더는 사랑하지 않으면 어쩌나 덜컥 겁이 났다. 그녀는, 겉보기에 그의 무시하는 태도 때문에 더욱 그를 사랑하게 되었다. 그런데 이것만으로는 부족하다는 듯, 여기에 새로운 슬픔이 추가되었다. 가엾은 앨리스 아주머니가 마비성 뇌졸중에 걸렸다.

18. 살인

> 하지만 그의 맥박은 뛰지 않았고,
> 입술에는 잦아드는 헐떡임도 없었다.
> 말도, 거친 호흡도 아닌 한숨이
> 그의 죽음을 예고했다.
> - 〈코린트의 포위〉

> 머리를 이리저리 굴려본다.
> 복수 외에는 어느 것도 확정하지 않을 것이다.
> - 기즈 공작

그날 밤 메리와 친구들이 헤어지기 한두 시간 전으로 돌아가 보자. 저녁 8시경이었고, 카슨네 세 딸은 아버지의 응접실에 앉아 있었다. 카슨 씨는 식당에 있는 안락의자에서 잠이 들었다. 카슨 부인은 (특별히 신나는 일이 없을 때는 늘 그렇듯) 몸이 좋지 않아 위층 옷방에 앉아서 두통이라는 사치에 빠져 있었다. 정말 머리가 아프긴 했다. 하인들은 그것을 '머리에 든 바람'이라고 불렀다. 하지만 그것은 육체적, 정신적으로 한가해서 생긴 자연스러운 결과였다. 그녀는 부와 여가를 즐길 만한 교육은 받지 못했고, 그 둘을 마음껏 사용할 수 있는 재산은 많았다.

일주일 동안만 하인처럼 일해도, 날마다 습관적으로 삼켰던 각종 에테르✦와 탄산암모늄의 도움은 필요 없을 것이다. 침대를 정리하고 탁자를 닦고 카펫을 털고 나서 신선한 아침 공기를 마시러 나가면, 숄과 망토, 깃털 목도리, 털 부츠, 보닛, 베일 등을 걸친 채 꽁꽁 닫혀 있는 마차를 타고 '바람 쐬러' 나가는 것보다 나을 것이다.

한편 세 딸은 안락하고 우아하고 환한 응접실에 있었다. 환경이 비슷한 다른 숙녀들처럼, 그들도 차를 마시는 시간이 올 때까지 남는 시간에 무엇을 해야 할지 잘 몰랐다. 첫째와 둘째는 전날 밤 무도회에 다녀왔으므로 나른하고 졸렸다. 한 명은 에머슨의 『에세이집』을 읽으려다 잠이 들었다. 다른 하나는 좋아하는 노래를 찾아보려고 새 노래집을 뒤적이고 있었다. 막내 에이미는 악보를 필사하고 있었다. 옆에 딸린 온실에서 밤마다 향이 강한 꽃들이 뿜어내는 향기가 응접실까지 가득 전해졌다.

벽난로 위 선반에 놓여 있던 시계가 8시를 알렸다. (졸고 있던) 소피가 그 소리에 잠이 깼다.

"몇 시야?" 소피가 물었다.

"8시." 에이미가 대답했다.

"아, 저런! 피곤하네. 해리 오빠는 들어왔어? 차를 한잔 마시면 괜찮아질 텐데. 피곤하지 않니, 헬렌?"

"당연히 피곤하지. 무도회 다음 날은 아무것도 못 하겠어. 파티 때는 피곤하지 않은데, 파티가 너무 늦게 끝나는 것 같아."

✦ 용매나 마취제로 쓰이는 알코올 추출물. – 옮긴이

"하지만 별 수 있겠어? 대여섯 시까지 식사를 마치는 사람이 별로 없어서 8시나 9시 전에는 무도회를 시작할 수 없잖아. 저녁에 흥을 돋우는 데 시간이 오래 걸려. 저녁 먹기 전보다 먹은 후가 기분이 더 좋고."

"어쨌든 오늘 밤은 무도회 시간을 바꾸는 문제를 논하기에는 너무 피곤해. 뭘 베끼고 있니, 에이미?"

"언니가 불렀던 스페인 노래, 〈Quien quiera(사랑하는 사람)〉이라는 곡이야."

"그걸 왜 베끼는데?" 헬렌이 물었다.

"아침 식사 때 해리 오빠가 부탁했어. 리처드슨 양에게 줄 거라나."

"아, 제인 리처드슨!" 뭔가 떠올랐다는 듯 소피가 말했다.

"오빠가 그녀의 관심을 끌고 싶은 걸까?" 헬렌이 물었다.

"아니, 나도 너만큼 밖에 몰라. 관찰하고 추측만 할 뿐이지. 넌 어떻게 생각하는데, 헬렌?"

"오빤 늘 그 자리에서 가장 예쁜 아가씨에게 잘 보이고 싶어 해. 여러 사람이 감탄하는 아가씨가 있으면 그녀 주변으로 가서 친해지려 하지. 그게 오빠의 수법인데, 나는 오빠가 제인 리처드슨에게 그 이상의 감정이 있는지는 모르겠어."

"그런데 그게 오빠의 수법이라는 걸 그녀는 모르는 것 같아. 다음에 오빠와 제인 리처드슨이 같이 있을 때 그녀의 모습을 관찰해 봐봐. 오빠가 다가오는 걸 느끼는 순간 그녀의 얼굴이 빨개지고 표정이 변하는지 보자고. 내 생각에 오빠는 그걸 즐기는 것 같아."

"아마 오빠는 제인 리처드슨같이 사랑스러운 아가씨가 자기를 바라보는 걸 꽤 좋아하는 것 같아. 그녀의 마음은 모르겠고, 오빠는 사랑에 빠지지 않았을 거야."

"아니, 그런데!" 소피가 발끈해서 말했다. "우리 오빠긴 하지만, 난 그 행동이 좀 잘못됐다고 봐. 내가 계속 생각해서 얻은 확신은, 제인 리처드슨이 오빠의 행동에 뭔가 의미가 있다고 생각하고, 오빠가 그렇게 의도했다는 거야. 그 후에 오빠가 관심을 거두면."

"더 예쁜 아가씨가 나타나자마자." 헬렌이 끼어들었다.

"오빠가 관심을 거두자마자." 소피가 다시 꺼냈다. "그녀는 크게 상심할 거고, 오빠가 바람둥이인 것처럼 그녀도 스스로 바람둥이가 되기로 작정할 거야. 가엾기도 하지!"

"그런 식으로 오빠를 말하지 마." 에이미가 소피를 쳐다보며 말했다.

"나도 그렇게 말하고 싶지 않아, 에이미. 오빠를 사랑하니까. 그는 친절하고 좋은 오빠지만, 허영심이 많아. 오빠는 그 허영심이 끔찍한 범죄를 유발할 수 있다는 사실을 잘 모르는 것 같아."

헬렌이 하품했다.

"아! 차를 내오라고 종을 울릴까? 저녁 먹고 잤더니 열이 나네."

"그럼, 왜 안 되겠어?" 소피가 명랑하게 말한 후 당당하게 종을 울렸다.

"지금 차를 가져와, 파커." 그녀가 응접실로 들어온 파커에게 명령 조로 말했다.

소피는 다른 사람의 표정을 잘 읽지 못하기 때문에 파커의 안색을 눈치채지 못했다.

하지만 그는 충격을 받은 얼굴이었다. 죽은 사람처럼 하얗게 질려 있었다. 끔찍한 이야기를 삼키려는 듯 두 입술을 굳게 다문 채였다. 두 눈은 부자연스럽게 커져 있었다. 그야말로 공포에 질린 얼굴이었다.

아가씨들은 차를 마시려고 악보와 책을 정리하기 시작했다. 다시 천천히 문이 열리고 이번에는 간호사가 들어왔다. 그녀는 과거에 간호사로 일해서 간호사로 불리지만, 지금은 카슨 가족의 비상 상황을 관리하고 있다. 재봉사와 하인, 창고지기 등은 모두 이름으로 불렸지만, 그녀만은 '간호사'로 불렸다. 그녀는 어느 하인보다 오랫동안 그 집에 살았기에, 카슨 가족은 다른 하인들을 대할 때보다 덜 오만하게 대했다. 그녀는 카슨 부부의 물건을 찾으러 자주 응접실을 출입하고는 해서, 그녀가 그 방에 나타난 것이 그리 놀라운 일은 아니었다. 아가씨들은 쓰던 물건을 계속 정리했다.

간호사는 그들이 자신에게 고개를 돌려주길 바랐다. 자신의 표정을 읽어주기를 바랐다. 비탄과 공포가 가득한 얼굴을. 그러나 아가씨들은 눈치채지 못하고 하던 일을 계속했다. 간호사가 헛기침했다. 부자연스러운 기침이었고, 할 말이 있을 때 하는 행동이었다.

"응, 간호사. 무슨 일이야?" 에이미가 물었다. "몸이 안 좋아?"

"엄마가 편찮으셔?" 소피가 재빨리 물었다.

"어서 말해봐, 간호사!" 목이 메여 말을 제대로 하지 못하는 그녀를 보고 그들이 외쳤다. 세 사람은 곧 알게 될 끔찍한 사실을 언뜻 본 사람들처럼 불안한 표정으로 간호사 주위로 몰려들었다.

"저, 아가씨들! 맙소사!" 간호사가 한참 숨을 헐떡이다 눈물을 터뜨렸다.

"아니, 무슨 일인지 말해봐. 간호사!" 하나가 말했다. "무슨 얘기든 지금보다 나을 거야, 말하라고!"

"아가씨들! 어떻게 말씀 드려야 할지 모르겠어요. 사람들이 해리 도련님을 집으로 모셔 왔는데······."

"집으로 모셔 왔는데. 모셔 왔다니, 왜?" 그들은 본능적으로 목소리를 낮췄다. 그것은 두려움에서 비롯된 행동이었다. 마치 생명이 없는 벽과 세간살이가 들을까 무섭다는 듯 낮은 목소리로 간호사가 대답했다.

"돌아가셨어요!"

에이미가 간호사의 팔을 꽉 쥐고 그게 사실이냐는 듯 뚫어지게 그녀를 쳐다봤다. 간호사의 슬프지만 단호한 눈을 보고 사실을 확인하자, 에이미가 아무 소리도 내지 않은 채 마루에 털썩 주저앉았다. 자매 중 하나가 오토만 옷감에 앉아 얼굴을 가리고 상황을 이해해 보려고 애썼다. 소피였다. 헬렌은 소파에 몸을 던지고 베개에 얼굴을 묻고는 비명을 지르지 않으려고 몸을 떨었다.

간호사는 말없이 서 있었다. 아직 다 말한 건 아니었기 때문이다.

"말해." 소피가 고통에 잠긴 쉰 목소리로 간호사를 쳐다보며 말했다. "다시 말해줘, 간호사! 오빠가 **죽었다는** 말이야? 의사는 안 불렀어? 아! 의사를 불러와, 불러오라고." 목소리가 날카로워지면서 그녀가 일어섰다. 헬렌도 몸을 일으키고 숨죽인 채 간호사를 바라봤다.

"그래요, 돌아가셨어요! 하지만 의사는 불렀어요. 저는 할 수 있는 걸 다했어요."

"언제 오빠가, 그들이 오빠를 집으로 데려왔어?" 소피가 물었다.

"10분 전쯤에요. 아가씨들이 파커를 부르기 전에요."

"어떻게 죽었는데? 사람들이 오빠를 어디에서 발견했어? 오빠는 건강했는데. 늘 튼튼해 보였고. 아! 오빠가 죽은 게 맞아?"

소피가 문 쪽으로 갔다. 간호사가 그녀의 팔을 잡았다.

"소피 아가씨. 아직 할 얘기가 남았어요. 들을 수 있겠어요? 주인 어르신이 옆방에 계신다는 걸 잊지 마세요. 그분은 아직 아무것도 모르세요. 저기, 제가 주인 어르신에게 말씀 드릴 때 저를 도와주셔야 해요. 이제 조용히 해주세요, 아가씨! 그분이 평범하게 돌아가신 게 아니에요!" 눈빛으로 의미를 전달하려는 듯 소피의 얼굴을 똑바로 바라봤다.

소피의 입술이 움직였지만, 아무 소리도 들리지 않았다.

"밤에 터너 거리를 따라 집으로 오시다가 총에 맞았어요."

소피의 입술이 경련하듯 실룩거렸다.

"아가씨, 정신을 차리셔야 해요. 어머님과 아버님은 아직 못 들으셨다는 걸 잊지 마세요. 말 좀 해보세요! 소피 아가씨!"

하지만 소피는 말할 수 없었다. 얼굴 전체가 제멋대로 움직였기 때문이다. 간호사가 나가서 탄산암모늄과 물을 가지고 들어왔다. 소피가 벌컥 들이켜고는 한두 번 크게 숨을 헐떡였다. 그리고 나서 차분하고 부자연스러운 목소리로 말했다.

"내가 어떻게 했으면 좋겠어, 간호사? 헬렌과 가엾은 에이미에게 가봐. 두 사람 다 도움이 필요해."

"가여운 아가씨들! 하지만 잠시 두 분을 그냥 둬야 해요. 아가씨는 주인 어르신에게 가셔야 하고요. 제가 바라는 건 그거예요, 소피 아가씨. 아가씨가 가여운 주인 어르신에게 소식을 전하셔야 해요! 저기, 주인님이 식당에서 잠이 드셨는데, 사람들이 말을 전하려고 기다리고 있어요."

소피가 기계적으로 식당 문 쪽으로 갔다.

"아! 못 들어가겠어. 말 못 해. 무슨 말을 해야 해?"

"제가 같이 들어갈게요, 소피 아가씨. 천천히 말씀하세요."

"못 해. 머리가 너무 아파서, 잘못 말할 거 같아."

하지만 소피는 문을 열었다. 아버지가 앉아 있었는데, 침침한 양초형 전구의 빛이 약해서 그의 뚜렷한 이목구비가 부드럽게 보였고, 그의 백발이 모로코가죽 의자의 진홍색과 선명한 대조를 이루었다. 그가 보던 신문이 카펫에 떨어져 있었다. 그가 깊고 고르게 숨을 쉬고 있었다.

바로 그 순간 소피에게 헤먼스 부인◆의 시가 떠올랐다.

"그대는 그대가 뭘 하는지 모르지.
잠꾸러기를 불러들이고 있잖아.
그대에게 보이지 않던 영역에서
희미하고 지친 인생의 궤도로."

하지만 장차 아들을 잃은 아버지의 인생 궤도는 희미하고 지친 것 이상일 것이다.

"아버지." 소피가 다정하게 말을 걸었다. 그는 꼼짝하지 않았다.

"아버지!" 소피가 목소리를 높였다.

◆ Felicia Dorothea Hemans. 19세기 영국의 시인. – 옮긴이

그가 반쯤 눈을 떴다.

"차가 준비됐니?" 그가 하품하며 말했다.

"아니에요, 아버지. 아주 무서운 일이, 너무나 슬픈 일이 일어났어요!"

그가 너무 크게 하품하는 바람에 딸의 말을 듣지 못했고, 딸의 표정도 보지 못했다.

"해리 도련님은 안 오세요." 간호사가 말했다. 평소와 다른 그녀의 목소리가 그의 주의를 끌었기에, 그는 눈을 비비며 간호사를 쳐다봤다.

"해리! 아, 이런! 그 애가 그 빌어먹을 파업 때문에 공장주들 회의에 참석해야 해서, 아직 오지 않았을 걸세. 소피, 넌 왜 그렇게 이상하게 나를 쳐다보는 거냐?"

"아, 아버지. 오빠가 왔어요." 소피가 울음을 터뜨리며 말했다.

"그게 무슨 말이냐?" 문득 뭔가 잘못됐다는 걸 깨달은 그가 물었다. "한 명은 그가 안 왔다고 하고, 한 명은 그가 왔다니. 그게 무슨 소리야! 무슨 일인지 당장 말해라. 해리가 말을 타고 시내로 갔니? 말에서 떨어졌어? 말 좀 하렴, 얘야. 왜 그러니?"

"아니에요! 말에서 떨어진 게 아니에요, 아버지." 소피가 슬프게 말했다.

"하지만 심하게 상처를 입었어요." 간호사가 그의 불안감이 누그러지길 바라면서 말했다.

"다쳤다고? 어디서 어떻게? 의사는 불렀나?" 그렇게 말하고는 방에서 나가려는 듯 서둘러 일어났다.

"네, 아버지. 의사를 불렀어요. 하지만 소용이 없을 거 같아요."

그가 잠시 딸을 쳐다봤고 그녀의 표정을 읽었다. 그의 아들이, 하나밖에 없는 아들이 죽었다.

그가 의자에 털썩 주저앉아 손으로 얼굴을 감싸고 머리를 숙여 탁자에 댔다. 고통으로 몸부림치는 그 아래에서 단단한 마호가니 식탁이 흔들리고 덜컹 소리를 냈다.

소피가 다가가 팔로 아버지의 목을 끌어안았다.

"저리 가! 넌 해리가 아니야." 그가 말했다. 정신이 퍼뜩 들었다.

"해리 어디 있나? 어디에……." 그의 강한 얼굴이 비통함에 굳어버렸다.

"하인들이 모이는 방에요." 간호사가 말했다. "경찰관 두 명과 다른 한 사람이 해리 도련님을 데려왔어요. 그 사람들이 주인 어르신이 괜찮아지실 때를 기다려서 뵙고 싶어 합니다."

"지금 괜찮네." 그가 말했다. 처음 자리에서 일어날 때 그는 비틀거렸지만, 스스로 균형을 잡은 후 훈련 중인 군인처럼 굳은 표정으로 문까지 걸었다. 그런 다음 뒤돌아서 식탁 위에 있던 디캔터에서 와인을 따랐다. 두세 시간 전에 해리가 마셨던 와인 잔에 시선이 닿았다. 그는 길게 한숨을 내쉬며 몸을 떨고는 다시 자신을 다스린 후 방을 나섰다.

"동생들에게 돌아가는 게 좋겠어요, 소피 아가씨." 간호사가 말했다.

소피는 그렇게 했다. 아직은 죽음을 마주하기가 버거웠다.

간호사가 카슨 씨를 따라 하인들이 모이는 방으로 갔다. 그곳 식탁에 불쌍한 시신이 놓여 있었다. 시신을 수습한 남자들은 난로 근처에 앉아 있었고, 몇몇 하인은 식탁 주변에 서서 시신을 바라보고 있었다.

"시신이라니!"

몇몇은 울고, 몇몇은 속삭이고 있었다. 망자에 대한 두려움 때문에 목소리와 행동이 묘하게 차분해졌다. 카슨 씨가 들어오자 모두 뒤로 물러서서 슬프고 경건한 표정으로 그를 바라봤다.

카슨 씨가 앞으로 가서 망자의 고요한 얼굴을 오래 애틋하게 바라봤다. 그러더니 몸을 굽혀 아직 핏기가 남아 진홍색을 띠고 있는 입술에 입을 맞췄다. 경찰들이 앞으로 나와서 질문 받을 준비를 했다. 처음에 카슨 씨는 온통 죽음만 생각했다. 그러다 서서히 폭력과 살인자를 떠올리기 시작했다. "해리가 어떻게 죽었나?" 그가 신음하듯 물었다.

경찰관들이 서로의 얼굴을 쳐다봤다. 그때 한 경찰관이 터너 거리(카슨 씨가 알기로 이 길은 인적이 드문 외진 길이나 카슨네 정원으로 이어지는 지름길로, 해리에게 정원 출입문 열쇠가 있었다)에서 총격이 발생했다는 보고를 받아서 현장에 도착했으며, 경찰이 현장에 가까워졌을 때 한 남자가 뛰어가는 소리를 들었다고 했다. 그러나 그때는 (아직 달이 뜨지 않아) 꽤 어두웠던 탓에 20야드 앞도 전혀 보이지 않았다. 가까이 다가가서야 발밑을 가로질러 누운 시신이 보여서 깜짝 놀랄 정도였다고 했다. 그래서 딸랑이를 울렸고, 곧 다른 경찰관이 다가와서 손전등을 비췄을 때 두 사람은 누군가 살해당한 것을 알게 되었다고 했다. 경찰관들이 처음 해리를 봤을 때 그가 움직이지도, 말하지도, 숨을 쉬지도 않았기에 그가 죽었다고 생각했다. 이 사건은 총경에게 이미 보고되었고, 그가 곧 여기로 올 예정이다. 사건 현장에서는 두세 명의 경찰관이 아직 남아서 살인자를 추적하고 있다. 여기까지 말하고는 두 경찰관이 잠시 멈추었다.

카슨 씨는 시신에서 눈을 떼지 않은 채 경찰관들의 이야기를 주의 깊게 들었다. 경찰관들의 이야기가 끝나자, 그가 말했다.

"총 맞은 곳이 어디였나?"

그들이 짙은 밤색 머리카락 몇 가닥을 들어 올리며 왼쪽 관자놀이에 생긴 푸른색 점(그 위를 살이 덮고 있어서 구멍이라 부르기 어려웠다)을 보여줬다. 백발백중이라니! 그렇게 어두운 밤에!

"범인은 분명 가까이 다가갔을 겁니다." 한 경찰관이 말했다.

"그리고 하늘 아래에 둘만 있었고요." 다른 경찰관이 덧붙였다.

그때 방문 앞에서 가엾은 카슨 부인이 작은 소동을 벌였다.

그녀는 집에서 나는 이상한 소음을 들었고, (교육 수준이 높은 딸들보다 훨씬 편한) 하녀를 보내 무슨 일인지 알아 오라고 했었다. 그러나 하녀는 부인에게 가는 것을 잊었거나 두려웠던 모양이다. 불안하고 초조해진 카슨 부인이 직접 내려왔다가 하인들이 모이는 방에서 나는 웅성거림을 듣고 거기로 왔다.

카슨 씨가 몸을 돌렸다. 그러나 그는 다른 사람에게 시신을 맡길 수 없었다.

"아내를 못 오게 해, 간호사. 그녀가 보면 안 돼. 소피를 제 어머니에게 보내." 그러고는 죽은 아들의 얼굴에 시선을 고정했다.

이내 카슨 부인이 오열하는 소리가 집 전체에 퍼졌다. 카슨 씨는 가슴을 찢는 비통함이 다른 사람을 통해 표현되자 몸서리를 쳤다.

그때 총경이 들어왔고, 그 뒤를 의사가 따랐다. 의사는 말없이 사망을 확인하는 모든 절차를 수행했다. 정맥을 절개하고 피가 전혀 나오지 않는 것을 보고 고개를 저은 후 거기 있는 모든 사람에게 사망을 확인해 주었다. 총경은 카슨 씨에게 따로 이야기를 나누고 싶다고 말했다.

"나도 요청하려 했소." 카슨 씨가 답했다. 그러고는 여전히 식탁에 와인 잔이 놓여 있는 식당으로 총경을 안내했다.

식당 문이 조심스럽게 닫히고, 두 사람은 의자에 앉아 상대가 먼저 말을 시작하기를 기다렸다.

마침내 카슨 씨가 말했다.

"당신은 내가 부자라는 얘기를 들었을 것이오."

총경이 고개를 끄덕였다.

"그럼, 선생. 내 재산의 반을, 아니 필요하다면 전 재산을 걸고 살인자를 교수대로 데려갈 것이오."

"저희 쪽에서는 모든 노력을 다하겠습니다, 선생님. 하지만 현상금을 두둑하게 주신다면 살인자를 좀 더 빨리 잡을 수 있을 겁니다. 특별히 드릴 말씀은, 제 부하 중 하나가 이미 단서를 잡았고, (여기에 저와 함께 온) 다른 부하는 25분 만에 살인자가 지나갔던 들판에서 총을 발견했습니다. 아마 살인자가 도주에 방해될 거 같아서 쫓길 때 그 총을 버린 것 같습니다. 저는 살인자를 찾을 것이라는 데 추호의 의심도 없습니다."

"두둑한 현상금이란 얼마를 말하는 거요?" 카슨 씨가 물었다.

"네, 선생님. 3백이나 5백 파운드면 아주 넉넉하지요. 공범이 있다면 더 많이 필요할 수도 있고요."

"천으로 합시다." 카슨 씨가 단호히 말했다. "빌어먹을 동맹 파업자의 짓일 거요."

"제 생각에는 아닙니다." 총경이 말했다. "아까 제가 단서를 잡았다고 말해드린 경찰관이 며칠 전에 순찰하다가 아드님하고 한 청년을 떼어 놓아야 했던 사건을 경찰서에 보고했었습니다. 그 청년의 옷으로 짐작하건대 주물 공장에서 일하는 사람인 것 같답니다. 그 남자가 아드님을 넘어뜨렸고 추가 폭력을 행사할 것처럼 보였는데, 그때 경찰관이 개입했다고 합니다. 실은 제 부하가 그를 폭행죄로 데려가려 했는데, 아드님이 그러지 말라고 하셨다는군요."

"녀석답군. 훌륭한 녀석!" 카슨 씨가 중얼거렸다.

"하지만 아드님이 자리를 뜬 후에, 그 남자가 꽤 강하게 위협했다고 합니다. 그 실랑이가 일어난 장소와 살인이 벌어진 장소가 일치하다니 기이한 우연이지요. 터너 거리 말입니다."

그때 누군가가 방문을 두드렸다. 소피였다. 그녀는 아버지를 나오라고 손짓한 후 두려움에 떨며, 위층으로 가서 어머니와 이야기를 해보라고 속삭였다.

"어머니가 오빠 곁을 떠나지 않겠다는데, 너무 이상하게 말씀하세요. 실은, 어머니가 제정신이 아닌 것 같아요."

소피가 흐느꼈다.

"어머니가 어디에 있니?" 카슨 씨가 물었다.

"오빠 방에요."

두 사람은 재빨리 그러나 조용히 위층으로 올라갔다. 해리의 침실은 크고 안락했다. 너무 커서 부엌에서 급히 가져와 화장대에 올려놓은 희미한 촛불로는 환해지지 않았다.

침대 위에는 해리의 시신이 관을 덮는 천 같은 무거운 녹색 커튼에 싸여 있었다. 사람들이 시신을 방으로 데려다 놓았고, 마치 그가 깰까 무섭다는 듯 조심스럽게 침대에 뉘어 놓았다. 사실 시신은 죽었다기보다 잠든 것처럼 보였으며, 얼굴도 대단히 고요하고 편안해 보였다. 조각 같은 이목구비는 생명체의 화려한 색채로 시선이 분산될 때보다 훨씬 완벽해 보였다. 고통 없이 즉사했으므로 망자의 얼굴은 평화로웠다.

카슨 부인은 미소를 지은 채 침대 머리맡에 있는 의자에 앉아 있었다. 아이들이 어렸을 때처럼, 부드럽게 아들의 손등을 쓰다듬었다(따뜻한 그녀의 손으로 잡아도 아들의 손은 빠르게 뻣뻣해졌다).

"당신이 와줘서 기뻐요." 카슨 부인이 미소를 거두지 않은 채 남편을 올려다보고는 말했다. "해리는 장난기가 넘치는 아이예요. 늘 새로운 방식으로 우리를 놀라게 하죠. 이제는 자는 척을 하네요. 그 애를 깨우면 안 돼요. 보세요! 지금 미소 짓고 있잖아요. 내가 그 애의 장난을 눈치챘다는 말을 들었나 봐요. 보세요!"

실제로 망자의 입은 웃는 것처럼 보였고, 흔들리는 촛불 때문에 입술이 움직이는 듯했다.

"에이미, 보렴." 카슨 부인이 막내딸을 보며 말했다. 에이미는 어머니의 발 옆에 무릎을 대고 앉아 어머니 옷에 입을 맞추며 그녀를 위로하려 애썼다.

"아, 네 오빠는 장난꾸러기였지! 너도 기억하지. 안 그러니, 아가? 그는 아기처럼 장난을 많이 쳤어. 네가 놀고 싶어 할 때 네 오빠는 내 팔에 얼굴을 숨겼지. 언제나 장난꾸러기였지, 해리는!"

"부인을 데려가야 해요, 주인어른." 간호사가 말했다. "아시겠지만, 당장 해야 할 일이 많습니다."

"알고 있네, 간호사." 카슨 씨는 시신의 변화 과정을 가리키는 특수 용어를 듣고 싶지 않아서 서둘러 간호사의 말을 끊었다.

"여보, 이리 오시오." 카슨 씨가 아내에게 말했다. "나랑 나갑시다. 아래층에서 얘기합시다."

"갈게요." 카슨 부인이 일어서며 말했다. "어쨌든 해리도 피곤할 테니, 자고 싶을 거예요. 그래도 그 애가 감기 들지 않게 해주세요. 추위를 느끼는 것 같아요." 그러더니 몸을 굽혀 창백한 해리의 입술에 입을 맞췄다.

카슨 씨가 아내의 허리에 팔을 두르고 함께 방을 나갔다. 이제 세 자매가 통곡했다. 그들은 삶과 죽음을 가르는 현실을 접하고 깜짝 놀랐다. 그러나 비명을 지르고 신음을 내며 몸서리치고 이를 덜덜 떠는 가운데 소피의 눈은 망자의 고요한 아름다움에 시선을 빼앗겼다. 폭력 한가운데 평온이라니, 소피는 차분해졌다.

"가자." 소피가 동생들에게 말했다. "간호사는 우리가 가길 바라고 있어. 게다가 우리는 어머니와 함께 있어야 해. 아버지와 대화를 나누던 남자가 아직 기다리고 있고, 어머니는 혼자 계셔서는 안 돼."

한편 총경은 초를 들고 식당에 걸려 있는 판화들을 살펴보고 있었다. 살인자 색출이 걱정스럽기는 했지만, 워낙 범죄 수사에 이골이 난 사람이라 사건에 완전히 몰입하지는 않았다. 그는 식당 안에 딱 하나 있는 유화(멋진 옷을 입고 있는 18세 정도 되는 청년)를 바라보며, 그림 속 청년이 의문의 피살자겠거니 추측했다. 그때 식당 문이 열리고 카슨 씨가 들어왔다. 그곳을 나가기 전에도 매서운 표정이었지만, 지금은 훨씬 냉혹해 보였다. 분노한 그의 얼굴에 확고한 결심이 드러났다.

"혼자 있게 해서 미안합니다." 총경이 고개를 숙였다. 두 사람은 의자에 앉아서 긴 대화를 나눴다. 경찰관들이 하나씩 불려 와 질문에 대답했다.

그날 밤 내내 그 집은 부산하고 소란스러웠다. 아무도 자러 갈 수 없었다. 소피로서는 한밤중에 어머니 곁에서 간호사가 함께 저녁 식사하도록 호출됐다는 이야기가 이상했고, 그녀가 그렇게 할 수 있다는 것은 더욱 이상했다. 초상집에서 먹고 마시는 일이 어울리지 않아 보였다.

아침이 밝아올 즈음 식당 문이 열리고 두 사람의 발소리가 복도를 따라 울렸다. 드디어 총경이 떠나는 모양이었다. 카슨 씨는 현관 계단에 서서 선선한 아침 공기를 느끼며 별빛이 새벽으로 사라지는 모습을 보고 있었다.

"잊으시면 안 됩니다." 카슨 씨가 말했다. "당신을 믿어요." 총경이 고개를 숙여 인사했다.

"돈을 아끼지 말아요. 지금 내게 가장 중요한 목표는 살인자를 체포해서 법의 심판을 받게 하는 일이오. 그놈이 사형당하는 모습을 보는 것이 내 평생의 소망이 되었소. 현상금 액수는 상관없소. 현수막에 천 파운드를 주겠다고 쓰시오. 필요하면 밤낮을 가리지 말고 아무 때나 내게 오시오. 유일한 소망은 살인자의 목을 교수대에 거는 일이니까. 가능하다면 다음 주에 하시오. 오늘이 금요일이니까. 당신에게 이미 단서가 있으니, 다음 주면 그놈을 재판받게 할 수 있을 만큼 충분한 증거가 확보되겠지."

"통지 기한이 짧았다는 이유로 그놈이 재판을 연기할 수도 있습니다." 총경이 말했다.

"가능하면, 이의를 제기하시오. 어떤 변호사가 고용되는지 내가 알아보리다. 그놈이 살아 있는 동안 나는 쉴 수 없소."

"최선을 다하겠습니다, 선생님."

"검시관을 보내요. 괜찮다면 10시에."

총경이 떠났다.

카슨 씨는 빛과 공기가 차단되는 것이 두려운 듯 잠시 현관에 서 있다가 겁에 질리고 음울한 집 안으로 들어왔다.

"아들아, 내 아들아!" 마침내 그가 말했다. "불쌍한 내 아들이 살해당하다니, 아버지가 복수해 주겠다."

아! 살인자는 악을 응징하기 위해 희생자를 골랐고, 단번에 신이 준 생명을 빼앗았다. 카슨 씨는 죽은 아들을 위해 복수를 다짐했다. 그가 가슴에 품은 유일한 목표는 살인자에 대한 복수다. 그의 복수는 법의 제재를 받겠지만, 그렇다고 그것이 약한 복수일까?

당신은 예수를 믿는가, 알렉토✦를 믿는가?

아! 오레스테스✦✦여, 그대가 19세기에 기독교인으로 태어났다면 복수심을 불태우지 않았을지도!

✦ 그리스 신화에 나오는 복수의 여신. - 옮긴이
✦✦ 그리스 신화에서 아버지의 원수를 갚기 위해 어머니를 죽이는 비극적 인물. - 옮긴이

19. 살인 혐의로 체포된 젬 윌슨

> 숨겨야 하는 행위가 숨겨지지 않았고,
> 너무 혼란스러워 나는 알 수 없었네,
> 내가 정말 고통을 받았는지를.
> 모든 것이 죄책감, 회한, 비애로 보였으므로.
> - 콜리지

카슨 씨의 집이 비탄에 잠겨 있던 바로 그 목요일 밤에, 메리도 우울한 생각에 사로잡혀 있었다. 그녀는 밤새 뒤척이며 괴로운 생각들을 떨쳐내려 애썼고, 어서 날이 밝아져서 할 일을 찾기를 갈망했다. 그러나 막상 새벽이 밝아오자 차분해지면서 무거운 잠에 빠져들었고, 빛이 환해질 때까지 늦잠을 잤다.

메리는 서둘러 옷을 입으면서 8시를 알리는 교회의 종소리를 들었다. 시간이 너무 늦어서 계획(앨리스 아주머니의 상태를 확인하고 돌아와서 마거릿에게 알려주기)대로 할 수 없어서, 마거릿에게 그런 사정을 알리러 갔다. 그러나 마거릿의 집에는 그녀의 할아버지만 홀로 슬픈 표정으로 앉아 있었다. 메리는 자신이 온 용건을 그에게 말했다.

"가여운 우리 마거릿! 그 애는 두 시간 전에 윌슨네로 갔다. 글쎄! 어젯밤에 네가 가겠다고 말했는데도 말이야. 마거릿이 밤새 잠을 못 자더니 아침 일찍 그곳으로 갔단다."

메리는 아침에 늦잠을 잔 것에 죄책감을 느꼈고, 서둘러 마거릿을 따라갔다. 시간이 늦긴 했지만, 가엾은 앨리스 아주머니의 상태를 확인하지 못하면 직장 일이 손에 잡힐 것 같지 않았다.

빵 껍질로 아침을 때우고 메리는 빠른 걸음으로 거리를 나섰다. 훗날 기억하기로, 그날 거리에는 사람들이 모여서 열심히 소식을 주고받고 있었다. 그러나 그때 메리는 시먼즈 양에게 꾸중을 들을 걱정에 걸음을 재촉하느라 여념이 없었다.

윌슨의 집에 도착했을 때, 문득 메리는 안에 젬이 있을지 모른다는 생각에 가슴이 두근대고 얼굴이 빨개졌다. 거기까지 오는 동안에는 젬이 전혀 생각나지 않았다. 참을성은 없지만 마음만은 따뜻한 메리는 그 정신없던 아침에 허둥지둥 걸어오며 오직 앨리스 아주머니만을 생각했었다.

다행히 젬이 집에 없어서 메리의 가슴은 더 뛰지 않았고, 뺨도 곤란한 색깔로 물들지 않았다. 둥근 탁자에 사용 흔적이 있는 컵과 컵받침이 한 벌 놓여 있었고, 그 맞은편에는 윌슨 부인이 조용히 울면서 기계적으로 아침을 먹고 있었다. 대븐포트 부인은 수면 모자 같은 걸 빨고 있었는데, 메리는 그 단순하고 낡은 형태를 보고는 한눈에 그것이 앨리스 아주머니의 것임을 알았다. 그뿐이었다.

앨리스의 상태는 비슷하거나 약간 나아졌다고 윌슨 부인과 대븐포트 부인이 말했다. 앨리스가 말은 할 수 있지만, 안타깝게도 횡설수설한다고 했다. 메리는 앨리스 아주머니를 보고 싶을까?

물론 보고 싶어 했다. 많은 사람이 친구의 병세를 궁금해한다. 그리고 가난한 사람들은 그런 자연스러운 욕구를 억압해야 할 정도로 자신이 받을 상처나 마음의 동요를 겁내지 않는다.

그래서 메리는 대븐포트 부인과 함께 위층으로 올라갔다. 그 전에 대븐포트 부인은 양손에 비누 거품을 닦아내며 알아듣기 쉽게 평소보다 큰 목소리로 말했다.

"집에 가야 해서, 앨리스의 모자는 오늘 밤에 와서 다릴게. 늘 깔끔하던 사람을 아프다고 지저분한 채로 두는 것은 부끄럽고 벌받을 일이야. 평생 착하게 살았던 앨리스가 이렇게 쓰러지다니. 가엾은 사람! 앨리스가 널 못 알아볼 거야, 메리. 아무도 못 알아보거든."

방에는 침대가 두 개 있었다. 네 기둥에 체크무늬 커튼이 달린 큰 침대는 죽은 쌍둥이가 생전에 쓰던 침대다. 앨리스는 그 집에 들어와 살면서부터 둘 중 작은 침대를 쓰고 있었다. 그러나 '하느님께 매를 맞아 학대받는'✦ 사람을 배려하는 차원에서 전날 밤 뇌졸중으로 쓰러진 그녀를 큰 침대로 옮겼다. 그리고 작은 침대는 윌슨 부인이 짧게 휴식을 취할 때만 사용했다.

마거릿이 메리를 맞으려 일어섰다. 그녀가 올 걸 예상하기도 했고, 발소리로 친구라는 걸 알았기 때문이다. 대븐포트 부인은 빨래를 마저 하러 다시 내려갔다.

마거릿과 메리는 아무 말도 하지 않았다. 앨리스 아주머니를 걱정하며 침묵에 잠겼다. 그녀는 상기된 얼굴로 누워 있었는데, 어릴 때 이후로 붉어진 적이 없던 얼굴이 병석에 누워 죽을 때가 되니 장밋빛으로

✦ 구약성서 이사야 53장 4절의 일부. - 옮긴이

물들어 있었다. 아주머니는 마비가 온 쪽을 대고 누워서 반대쪽 팔을 허공에서 끊임없이 흔들었는데, 안절부절못해서가 아니라 다른 사람의 시선을 끌 때 하는 단조롭고 꾸준한 움직임이었다. 앨리스는 불분명하고 낮은 목소리로 거의 쉬지 않고 말했다. 그러나 그녀의 얼굴, 즉 옆모습은 흐릿하게 떠오르는 생각들이 흥미롭다는 듯 조용히 미소 짓고 있었다.

"들어봐!" 마거릿이 아주머니의 중얼거림을 좀 더 잘 들으려고 고개를 숙이며 말했다.

"엄마가 뭐라고 하시겠니? 마지막 별들이 집으로 돌아오고 있는데, 우린 아직 갈 길이 멀잖아. 봐! 여기 가시금작화 덤불에 홍방울새 둥지가 있어. 그 위에 암컷 새가 있고. 저 반짝이는 눈 좀 봐. 새가 꿈쩍도 하지 않네. 아! 서둘러 집에 가야 해. 우리가 어여쁜 헤더를 아무리 많이 모았대도 엄마는 좋아하지 않으실 거야! 서둘러, 샐리. 저녁으로 새조개를 먹을지 몰라. 새조개잡이 아저씨의 당나귀가 안사이드 마을에서 우리집 쪽으로 올라오는 걸 봤거든."

마거릿이 메리의 손을 잡고, 메리가 그 손을 지그시 누르면서 서로 이해한다는 뜻을 주고받았다. 두 사람은 이 질병이 늙고 지친 여인에게 하느님이 내린 보이지 않는 축복임을 깨달았다. 앨리스는 오래전 떠난 고향에서 행복했던 어린 시절로 돌아가 있었다. 지금 그녀는 버턴의 작은 교회 마당의 풀이 우거진 묘지에 거의 50년간 잠들어 있는 여동생과 놀고 있었다.

갑자기 앨리스의 얼굴이 바뀌었다. 슬프고 뉘우치는 듯한 표정이었다.

"아, 샐리! 엄마에게 말했어야 했어. 엄마는 우리가 오전 내내 교회에 있었다고 생각할 텐데 우린 엄마를 속인 거라고. 교회의 열린 문틈으로 들어온 산사나무 향이 얼마나 향긋했는지, 우리가 복도 끝 마지막 의자에 어떻게 앉아 있었는지, 그리고 그때 교회 안으로 날아든 나비가 이번 봄에 처음 본 나비였다는 걸 엄마에게 미리 말했다면 좋았을 텐데. 아! 우리 엄마는 너무나 다정한 분인데 우린 거짓말을 했어. 다음에 엄마를 보면 꼭 말할 거야. '엄마, 지난 안식일에 우리가 나쁜 짓을 했어요.'"

앨리스 아주머니가 말을 멈췄다. 어린 시절에 어머니를 속이고 옆길로 샜던 일이 생각났는지 늙고 여윈 뺨에 슬며시 눈물이 흘렀다. 어른이 되어 아무리 많은 죄를 지어도 이 순수한 영혼을 어둡게 하지는 못할 것이다. 메리가 붉은 점박이 손수건을 찾아서 흐르는 눈물을 닦을 뭔가를 찾는 앨리스의 손에 쥐어주었다. 앨리스가 부드럽게 중얼거렸다.

"엄마, 고마워요."

메리가 마거릿을 침대에서 떼어 놓았다.

"앨리스 아주머니가 행복하신 거 같지, 마거릿?"

"맞아! 다행이야. 아주머니는 통증을 못 느끼고 현 상태에 대해서 아무것도 모르셔. 아! 내가 앞이 보이면 좋을 텐데, 메리! 아주머니를 돌보고 싶은데, 뭐가 보여야 도움을 드리지. 난 정말 쓸모가 없어! 윌슨 아주머니가 혼자 계실 때는 내가 여기에 있으려고 해. 오늘 밤도 있고 싶지만…."

"내가 올게." 메리가 단호히 말했다.

"대븐포트 부인이 다시 오겠다고 말하셨지만, 종일 힘들게 일하시는 분이라."

"내가 있을게." 메리가 한 번 더 말했다.

"그래 줘!" 마거릿이 말했다. "그럼 네가 올 때까지 내가 여기에 있을게. 젬과 네가 교대로 있어 주면, 윌슨 아주머니가 젬의 침대에서 조금이나마 주무실 수 있을 거야. 어젯밤 내내 윌슨 아주머니가 위아래 층을 오가다 새벽 두세 시쯤에야 겨우 잠이 드셨는데, 젬이 들어오는 소리에 곧바로 깨셨거든."

"그렇게 늦게까지 젬은 어디에 있었다니?" 메리가 물었다.

"몰라! 내가 참견할 일은 아니니까. 그리고 젬이 앨리스 아주머니를 보러 이 방으로 들어올 때까지 나는 그를 보지 못했어. 젬이 오늘 아침에 다시 왔는데, 슬프고 침울해 보였어. 어쩌면 네가 오늘 밤에 젬을 위로해줄 수 있을지 모르겠다, 메리." 마거릿이 웃으며 말했다. 한 줄기 희망의 빛이 메리의 가슴을 비추는 듯했다. 마침내 젬과 함께할 수 있다는 생각에 메리는 기뻤다. 아! 행복한 밤이 되겠구나! 밤이 언제 올까? 그러나 밤은 아직 멀었다.

그때 앨리스 아주머니가 눈에 들어오자, 메리는 죄책감을 느꼈다. 그러나 자책은 했어도, 마음 깊은 곳에서 자꾸만 기쁨이 샘솟는 걸 어쩌지 못했다. 그래서 메리는 더는 생각하지 않기로 하고 가벼운 발걸음으로 서둘러 시먼즈 양 가게로 향했다.

어쩔 수 없이 메리는 지각했다. 시먼즈 양은 짜증을 내고 신경질을 부렸다. 메리로서는 예상한 반응이었기에, 그날은 특별히 부지런하고 꼼꼼하게 일해서 시먼즈 양의 노여움을 풀어줄 생각이었다. 그러나 평소와 다른 동료 아가씨들의 태도는 전혀 예상하지 못했었다. 메리가 들어오자, 아가씨들이 대화를 멈췄다. 아니 그보다는 샐리 리드비터의 이야기를 주의 깊게 듣고 있던 터라 듣기를 멈췄다고 말해야 할 것이다. 처음에는 새로운 관심 대상을 보듯 메리를 빤히 쳐다봤다가, 이내 자기들끼리 수군댔다. 자기만의 생각에 빠져 있던 메리라도 그들이 자기 얘기를 한다는 것을 모를 수 없었다.

마침내 샐리 리드비터가 메리에게 소식을 들었는지 물었다.

"아니! 무슨 소식?" 메리가 대답했다.

음울해하던 아가씨들이 이해할 수 없다는 표정으로 서로를 쳐다봤다. 샐리가 다시 물었다.

"해리 카슨이 어젯밤에 살해당했다는 소식 못 들었어?"

메리가 굳이 말하지 않아도, 공포에 질려 창백해진 얼굴로 그 무서운 사건을 처음 들었다는 사실을 의심할 수 없었다.

아는 사람이 끔찍한 죽음을 맞이했다니 얼마나 무서운 일인가! 누구나 갑자기 그런 소식을 접하면 그런 행위가 벌어진 세상을 겁내고, 폭력적이고 사악한 사람들이 있다는 사실에 진저리를 칠 것이다. 최근에 해리 카슨을 두려워하긴 했었지만, 막상 그가 죽으니(더구나 그런 식으로 죽었다니) 메리는 숨이 막힐 정도로 슬펐다.

메리는 방이 빙빙 도는 것 같아 어지러웠다. 다행히 시먼즈 양이 문을 열고 들어왔을 때 신선한 공기가 몸에 닿자 정신이 번쩍 들었다. 지각에 대해 꾸중하겠거니 각오했지만, 시먼즈 양도 아침에 들은 소식에 정신이 팔려 있었다.

"그 끔찍한 사건 얘기를 들었겠지, 바턴 양?" 메리가 일에 집중하려

311

했을 때 시먼즈 양이 물었다.

메리가 뭔가를 말하려 애썼다. 처음에는 말이 잘 나오지 않아 한 문장을 겨우 내뱉었는데 자기 목소리가 아닌 것 같았다.

"네, 조금 전에 들었습니다."

"저런! 다들 그 이야기를 하는데, 참 이상하구나. 살인자가 꼭 잡혀야 할 텐데. 멋진 청년이 그런 식으로 살해당하다니. 그런 짓을 저지른 놈은 하만✦처럼 교수대에 높이 매달아야 해."

한 아가씨가 다음 주에 순회 재판이 열린다고 말했다.

"맞아." 시먼즈 양이 대답했다. "그리고 우유 배달원이 그러는데, 살인자를 잡으면 일주일 안에 재판을 열고 교수형에 처할 거래. 누구든 벌을 받아야 하지. 해리 카슨은 정말 멋진 청년이었는데."

그러자 아가씨들이 각자 들은 다양한 소문을 시먼즈 양에게 늘어놓기 시작했다.

갑자기 시먼즈 양이 버럭 소리를 질렀다.

"바턴 양! 절대로 호키스 부인의 새 실크 드레스에 눈물을 흘리면 안 돼! 거기에 얼룩이 지면 영영 못 입을 옷이 되는 거 몰라? 잘생긴 청년이 요절했다고 그렇게 아이처럼 울다니. 부끄러운 줄 알아, 이 아가씨야! 네 평판이랑 일이나 신경 쓰라고, 세상에. (꾸중을 들은 메리가 더 크게 우는 모습을 보더니) 정 그렇게 울어야겠다면, 이 옷감을 가져가. 이건 그 아름다운 실크처럼 눈물자국이 남지 않으니까." 시먼즈 양

✦ 구약성서 에스델서에 등장하는 악인으로, 페르시아 왕의 재상이었으나 유대인 말살 계획이 발각되어 교수형을 당했다. – 옮긴이

은 눈물방울이 말라 뻣뻣해진 가장자리를 부드럽게 하려고 깨끗한 손수건으로 정성스레 문질렀다.

메리는 옷감을 받았으나, 울어도 좋다는 허락을 받으니 오히려 울고 싶은 마음이 사라졌다.

모두 카슨 사건에 정신을 빼앗겼다. 실크 드레스에 어울릴 물건을 사러 갔던 아가씨는 검시관의 조사에 관한 이야기를 듣고 왔다. 드레스를 주문하러 들른 부인들은 먼저 살인 사건 이야기부터 꺼냈고, 세부 주문 사항과 살인 사건 이야기를 섞어서 말했다. 메리는 잠에서 깨어나야 풀려날 수 있는 악몽처럼 공포감을 느꼈다. 살해당한 사람의 모습이 실제보다 훨씬 무서운 모습으로 눈앞에 어른거렸다. 샐리 리드비터는 나무라는 눈빛으로 메리를 바라보며, 이전의 불장난보다 최근에 마음을 바꾼 것이 더 비난받을 일이라며 동료 아가씨들에게 메리의 처신을 폭로했다.

"불쌍한 신사 양반." 샐리가 메리와 해리 카슨의 마지막 대화를 언급하자 누군가 말했다.

"너무 심했잖아!" 다른 아가씨가 메리를 쳐다보고 분개하며 외쳤다.

"난 그런 여자를 바람둥이라고 부르지." 또 다른 아가씨가 말했다. "이제 그는 차가운 시신이 되어 끔찍한 관 속에 누워 있구나!"

메리는 시먼즈 양이 다시 들어와서 샐리의 말을 끊고 다른 아가씨들에게도 잡담을 그만두게 하자 말할 수 없는 고마움을 느꼈다.

메리는 아픈 앨리스 아주머니의 방에서 느꼈던 평온함이 그리웠다. 고대하던 젬과의 만남이 가져다줄 무한한 기쁨도 더는 생각나지 않았다. 지금은 충격이 너무 컸다. 메리는 가엾은 앨리스 아주머니가 횡설수설하며 보여주었던 평화롭고 다정한 분위기, 오래전 순수했던 시절의 평온하고 아름다웠던 풍경 등을 갈망하며 앨리스처럼 죽음을 앞둔 사람이 되고 싶어졌다. 일찍부터 자신에게 고통을 알려주더니 이제는 범죄에 대한 공포로 자신을 짓누르는 이 세상에서 벗어나고 싶었다. 어머니가 어린 시절에 큰 소리로 읽어주시던 (혹은 자세히 설명해주던) 성서 구절이 떠올랐다. '그곳은 악당들이 설치지 못하고 삶에 지친 자들도 쉴 수 있는 곳'✦, '하느님께서는 그들의 눈에서 눈물을 말끔히 씻어주실 것입니다.'✦✦ 바로 그곳을 앨리스 아주머니가 서둘러 가고 있었다! 아, 앨리스 아주머니처럼 될 수 있다면!

한편 윌슨의 집은 메리가 상상하던 평화와는 거리가 멀었다. 카슨 씨가 아들의 살인자에게 현상금을 걸었다는 사실을 기억하는지? 현상금 자체도 유혹적이었지만, 꽃다운 나이에 목숨을 잃은 청년과 그의 늙은 부모에 대한 자연스러운 연민이 사람들의 관심을 모았다. 그뿐 아니라 미스터리를 풀고, 혐의를 확신할 작은 단서들을 포착하는 일은 항상 즐거운 법이다. 분명히 경찰도 큰 자극을 받았을 것이다. 그들은 늘 주의를 집중해서 증거를 수집하고 분석하는 일을 좋아하고 모험 가득한 삶을 즐긴다. 그리고 교육 수준이 낮은 일반 서민은 언제나 잭 셰퍼드✦✦✦의 탈옥기 같은 이야기에 끌리고, 겉으로 드러난 범죄 징후와 징표에 흥분한다.

사건 다음 날 아침, 검시관 조사로 단서와 증거가 충분히 확보되었

✦ 구약성서 욥기 3장 17절. - 옮긴이
✦✦ 신약성서 요한의 묵시록 7장 17절의 일부. - 옮긴이
✦✦✦ 18세기 영국에서 탈옥으로 유명해진 범죄자로 결국 교수형에 처해졌다. - 옮긴이

다. 시신에서 총알을 빼냈고, 그 후 총도 찾았다. 그리고 젬 윌슨과 해리 카슨의 싸움을 말렸던 경찰관이 정직하고 간단명료하게 증언했다. 검시관이나 배심원은 망설이지 않았으나, 평결문은 조심스러웠다. '신원 미상자에 의한 고의적 살인.'

이런 조심스러운 평결문은 고민할 필요 없는 확실한 사건이라고 생각했던 카슨 씨를 화나게 했다. 총경이 평결문은 형식에 불과하다고 했지만, 카슨 씨의 마음은 풀리지 않았다. 그는 용의자 젬 윌슨의 신병을 확보하기 위한 구속 영장을 보여주었다. 또한 수사국의 유능한 경찰관을 보내 총기 소유자를 확인하고, 싸움이 있던 날 순찰 경관의 증언에 따라 싸움의 원인을 제공한 여성에 대한 추가 증거를 수집하도록 지시하겠다고 약속했다. 그러나 카슨 씨는 흥분해서 계속 짜증을 냈다. 심신이 모두 지쳤기 때문이다. 그는 다음 날 아침에 치안판사들 앞에서 젬을 고소할 준비를 모두 마쳤다. 형사 전문 변호사들을 고용해서 소송에 대비했다. 그리고 북부 지방 순회 재판에 오는 유명한 법정 변호사들에게 미리 편지를 보내 놓았다. 그의 복수를 완성할 방법은 신속한 유죄 판결과 처형밖에 없어 보였다. 그는 할 수만 있다면, 자기가 직접 경찰관과 치안판사, 고소인의 역할을 모두 맡고 싶었다. 그리고 무엇보다 판사가 되어 직접 사형 선고를 내리고 싶었다.

그날 오후, 전날 밤에 제대로 자지 못해 피곤했던 윌슨 부인은 시누이의 침대 옆에 앉아 환자의 가냘픈 중얼거림을 자장가처럼 들으며 꾸벅꾸벅 졸다가, 아래층에서 어떤 남자가 부르는 소리에 깜짝 놀라 일어났다. 처음에 남자는 문밖에서 노크했으나 안에서 아무 대답이 없자 참지 못하고 집 안으로 들어와 힘차게 외쳤다.

"부인! 부인!"

윌슨 부인이 계단 난간을 통해 불청객을 슬쩍 보고는, 모르는 사람이지만 기름때 묻은 옷을 입은 걸로 보아 젬의 동료이겠거니 추측했다. 그가 손에 총을 들고 있었다.

"혹시 이 총이 아드님 건가요?"

윌슨 부인은 남자를 쳐다본 다음, 피곤하고 잠이 덜 깬 상태여서 질문의 의도를 파악하지도 않은 채 총을 살펴보러 가까이 다가가서 개머리판의 구식 장식을 확인하고는 답했다. "그런 것 같은데요. 아, 젬의 것이 맞아요. 이 표시를 보면 확실히 알 수 있거든요. 그 애 할아버지가 북부에서 사냥꾼으로 지내던 시절에 쓰던 총이지요. 요즘 총은 그렇게 정교하지 못해요. 그런데 그걸 어떻게 당신이 가지고 있죠? 젬이 소중히 여기는 건데. 걔가 사격장에 갔나요? 아닐 텐데. 지금 걔 고모가 심하게 아파서 나만 집에 두지는 않을 거예요." 그러더니 마음이 불안한 이유가 떠올랐다는 듯, 윌슨 부인은 앨리스의 병에 대해 장황한 이야기를 늘어놓으며 사이사이에 남편과 쌍둥이의 죽음까지 언급했다.

직공 복장으로 변장했던 경찰관은 가능한 한 많은 정보를 얻기 위해 1~2분 정도 윌슨 부인의 이야기를 더 들었다. 그리고 나서 바쁘다고 말한 다음, 그 집을 나가려고 몸을 돌렸다. 윌슨 부인은 문간까지 그를 따라가는 중에도 계속 자신의 어려움을 이야기했고, 총을 가지고 떠나는 남자의 행동을 이상하게 여기지 않았다. 어차피 그때 이유를 묻기에는 너무 늦었다. 무거운 발걸음으로 계단을 오르는 동안 남자의 행동에 대한 궁금증도 사라졌는데, 그가 아들과 사격장에서 만나기로 했거나 젬이 그에게 낡은 총 수리를 부탁한 거라 확신했기 때문이다. 굳이 낡은 총까지 걱정하지 않아도, 그녀는 충분히 불안한 일들이 많았다. 젬이 그것을 어머니에게 가져다 드리라고 했겠지. 그렇다면 괜찮다. 그게 아니더라도 그녀가 총을 지키지 않아도 되니 다행이다. 그녀는 사람을 쏠 수 있는 총을 지킬 수 없으니까.

그렇게 윌슨 부인은 생각이 부족했던 자신을 달래며 또다시 불안하고 개운치 않은 잠에 빠져 들었다.

한편, 횡재를 만난 경찰관은 걸으면서 복잡한 감정이 들었다. 일부는 경멸감과 실망감이었고, 연민이 주를 이루었다. 경멸감과 실망감이 든 이유는 미망인이 그 총을 아들의 물건이라고 너무 쉽게 인정했고 그것을 장식품처럼 여겼기 때문이다. 그는 사람을 당황하게 만드는 일을 즐겼고, 그것에 익숙했다. 그런 시도를 통해 기지와 상황 판단 능력을 키웠다. 만약 르나르✦가 도망가지 않고 순종한다면, 여우 사냥은 재미없을 것이다. 어쨌든 젬은 그녀의 아들이다. 비록 자신이 수사국 경찰관이긴 하나, 아들의 살인 혐의를 입증하는 증거를 '순순히' 제공한 그의 어머니가 불쌍해졌다. 그래도 그는 총경에게 그 총과 얻은 정보를 전달했다. 곧바로 경찰관 세 명이 젬이 일하는 공장으로 갔고 깜짝 놀란 공장 감독관에게 용건을 말하자, 감독관은 젬이 주물 제작을 감독하고 있던 주물 공장으로 안내했다.

그들이 마당을 가로질러 가는 동안 벽과 땅, 주변 사람들의 얼굴은 검고 어두웠다. 그러나 용광로실은 타는 듯이 붉고 짙은 불꽃이 사방에서 노려보고 있었다. 용광로는 강력한 화염을 뿜어내며 포효했다. 검게

✦ 중세 프랑스의 동물 우화 〈여우 이야기〉에 나오는 여우의 이름. – 옮긴이

그을린 남자들이 악마처럼 서서, 수많은 쇳덩이가 불같이 빨간 액체로 녹고 그 쇳물이 곱고 검은 모래 속에 있는 섬세한 거푸집에 둔탁한 소리를 내며 부어지는 순간을 기다리고 있었다. 열기는 강렬했고, 빨간 불꽃은 격렬하게 튀었다. 경찰관들은 처음 보는 광경에 압도된 채 서 있었다. 그때 삽이 달린 이상한 양동이를 들고 있던 검은 형체들이 용광로의 진홍빛 불빛을 가르며, 맑고 밝은 쇳물을 주형으로 흘려보냈다. 다시 목소리가 커졌다. 말하고, 숨을 고르며, 땀을 닦는 시간이었다. 그런 다음 하나둘 각자 자리로 흩어졌다.

지난번에 해리 카슨과 젬의 실랑이를 봤던 B72번 경찰관이 젬을 지목했다. 나머지 두 경찰관이 젬을 체포하면서, 그가 고발당했고 그 사유가 무엇인지 알렸다. 젬은 저항하지 않았지만, 놀란 듯 보였다. 하지만 동료 직공을 불러서, 자기 어머니에게 가서 자기에게 문제가 생겼으니 당장 집에 갈 수 없다고 전해 달라며 부탁했다. 아직은 어머니가 자세한 이야기를 듣지 않기를 바랐다.

한편, 졸고 있던 윌슨 부인은 계속 악몽을 꾸다가 조금 전과 거의 비슷한 방식으로 잠에서 깼다.

"부인! 부인!" 아래층에서 누군가가 부르는 소리가 들렸.

또 노동자였지만, 이번에는 아까보다 좀 더 피부색이 검었다.

"무슨 일이죠?" 그녀가 언짢아하며 말했다.

"그러니까⋯." 창의력은 없지만 동정심이 많고 기본적으로 마음씨가 착했던 그 남자는 말을 더듬었다.

"네, 말하세요. 무슨 일이 있나요?"

"젬에게 문제가 생겼어요." 다른 말이 생각나지 않아서 젬이 한 말을 그대로 전했다.

"문제라니요?" 윌슨 부인이 걱정스러운 마음에 목소리를 높였다.

"문제라니! 하느님 맙소사, 문제가 끝도 없이 일어나네. 그런데 무슨 문제를 말하는 거죠? 어서 말해봐요, 네? 젬이 병이 났나요? 내 아들이! 말해봐요, 걔가 아픈가요?" 공포감에 목소리가 다급해졌다.

"아니에요, 그게 아니에요. 그는 건강해요. 그가 제게 전하라는 말은 '어머니에게 가서 자기에게 문제가 생겼으니 오늘 밤에 집에 갈 수 없다고 전하라'는 것이에요."

"오늘 밤에 집에 올 수 없다니! 그럼 내가 앨리스를 어떻게 돌본담? 계속 돌보느라 너무 지쳤는데. 걔가 와서 나를 도와줘야 하는데."

"젬은 그럴 수 없어요." 그 남자가 말했다.

"그럴 수 없다니요. 젬은 아프지 않다고 말하지 않았나요? 세상에! 녀석이 다른 청년들처럼 놀고 싶은 모양이군. 녀석이 집에 오면 내가 재밌게 해줘야겠어."

그 남자가 나가려고 했다. 젬을 변명해줄 자신이 없었다. 하지만 윌슨 부인은 그냥 보내고 싶지 않았다.

그녀가 문을 가로막고 서서 말했다.

"젬이 뭐 때문에 그러는지 말할 때까지 보내주지 않을 거예요. 당신이 아는 게 뻔히 보이거든요. 그러니 나도 알아야겠어요."

"곧 아시게 될 겁니다, 부인!"

"지금 알고 싶다고 했잖아요. 무슨 일 때문에 젬이 집에 와서 나를 도울 수 없는 거죠? 난 어젯밤에 간호하느라 한숨도 못 잤다고요."

"정 알고 싶으시다면⋯." 불쌍히도 계속 시달리던 남자가 말했다.

"경찰이 젬을 잡아갔어요."

"우리 젬을!" 윌슨 부인이 격분해서 말했다. "당신은 순 거짓말쟁이군요. 우리 젬은 단 한 번도 남에게 해를 끼친 적이 없어요. 이런 순 거짓말쟁이 같으니라고."

"이번에는 해를 끼쳤나 보죠." 그 남자도 화가 나서 말했다. "어젯밤 총격 사건에서 젬이 해리 카슨을 살해했다는 충분한 증거가 있답니다."

윌슨 부인은 충격적인 사실을 전하는 그 남자를 때리려고 비틀거리며 앞으로 갔다. 하지만 나이도 많고 몸도 연약한 데다 극한의 고통까지 겹치자, 윌슨 부인은 그만 의자에 주저앉아 얼굴을 감쌌다. 남자는 그녀를 그냥 둘 수 없었다.

이제 윌슨 부인은 가냘프고 어린아이 같은 목소리로 한탄하기 시작했다.

"아, 선생님. 지금 농담하고 계시는 거죠? 제가 당신을 화나게 했다면, 용서하세요. 하지만 방금 그 말은 농담이라고 해주세요. 당신은 젬이 제게 어떤 존재인지 몰라요."

그녀가 겸허히 간절한 표정으로 그를 바라봤다.

"저도 농담이면 좋겠습니다, 부인. 하지만 사실이에요. 그들이 살인 혐의로 젬을 데려갔어요. 범죄 현장 근처에서 그의 총이 발견됐대요. 경찰관 하나는 며칠 전에 젬이 어떤 아가씨 때문에 해리 카슨과 싸우는 소리를 들었고요."

"아가씨라니!" 윌슨 부인은 한 번 더 분노가 치밀었지만, 기운이 없어서 드러내지 못했다. "우리 젬은 견실한 아이예요." 그녀는 어떤 단어에 비유해서 말을 마무리할지 잠시 망설이더니, 이렇게 반복했다. "루

시퍼처럼 견실해요. 당신도 아시겠지만, 그 애는 천사같이 착해요. 우리 젬은 여자 때문에 싸움을 벌일 애가 아닙니다."

"아, 하지만 그랬다고 합니다. 두 사람이 잘 아는 아가씨였대요. 그 경찰관은 두 사람이 하는 얘기를 전부 들었답니다. 그 아가씨 이름이 메리 바턴이래요. 누군지는 모르지만."

"메리 바턴! 그 더러운 계집애! 우리 젬을 이런 곤란에 빠뜨리다니. 그 애를 만나면 그대로 돌려주겠어. 꼭. 아, 불쌍한 젬!" 그녀가 이리저리 몸을 흔들었다. "그런데 총은 무슨 얘기죠? 뭐라고 하셨죠?"

"그의 총이 살인 현장에서 발견됐대요."

"아니에요. 젬의 총은 다른 사람이 안전하게 가져갔어요. 내가 한 시간 전에 그 총을 봤어요."

남자가 고개를 저었다.

"맞아요, 정말 그 사람이 가지고 있어요. 젬이 친구에게 빌려줬다고요."

"아는 사람이었나요?" 정말로 젬을 돕고 싶었던 남자는, 윌슨 부인의 마지막 말에 지푸라기라도 잡는 심정으로 그렇게 물었다.

"아니요! 몰라요. 하지만 그는 공장 작업복 차림이었어요."

"아무래도 경찰관 중 하나가 변장을 한 거 같네요."

"그럴 리가요. 그들이 변장까지 해서 나를 속여 아들을 고발하게 하는 짓은 절대 안 할 겁니다. 그건 젖을 먹여 키운 제 자식을 버리는 일이니까요. 그건 성서도 금하는 행동이에요."

"저는 모르겠습니다." 남자가 대답했다.

남자는 슬픔에 빠진 윌슨 부인을 보고 마음이 괴로웠지만 그녀를 위로할 수 없겠다는 생각이 들어 그 집을 나왔다. 윌슨 부인이 붙잡아도 그는 나갔을 것이다. 이제 그녀는 혼자가 되었다.

윌슨 부인은 젬의 유죄를 전혀 믿지 않았다. 차라리 해를 불이라고 하면 모를까. 하지만 이내 슬픔이 밀려왔고 쓸쓸했으며, 이따금 분노가 치밀었다. 그녀는 위로받고 싶어서 의식이 없는 앨리스에게 말을 걸었다. 그러나 앨리스는 조용히 미소 지은 채, 어머니와 행복했던 어린 시절 이야기를 중얼거렸다. 윌슨 부인은 낙담했다.

20. 메리의 꿈과 깨달음

> 나는 그가 교수대 아래에 차갑고 뻣뻣하게
> 누운 것을 보았다.
> 그리고 모두가 가리키며 말했네,
> '그가 당신을 위해 죽은 곳이 저기다!'
>
> * * *
>
> 오! 눈물 흘리는 가슴! 오! 피 흘리는 가슴!
> 무엇이 지금 당신의 연민을 부추기는가?
> 그의 눈에서 그늘이 사라지게 하라,
> 그의 이마에서 죽음의 땀도 사라지게 하라!
>
> – 〈버틀의 비극〉✦

그리하여 그 병든 집에는 죽어 가는 앨리스를 제외하고는 아무도 평화롭지 못했다.

메리는 그날 오후에 벌어진 일을 전혀 모르고 있었다. 그래서 가게에서 나와 기쁜 마음으로 신선한 공기를 들이마시며 서둘러 젬의 집으

✦ 1825년에 영국 버틀(Birtle)에서 노부부가 끔찍하게 살해되는 사건이 발생했고, 용의자로 체포된 지역 주민은 정황 증거만으로 불과 며칠 만에 교수형에 처해졌다. – 옮긴이

로 갔다. 바깥 공기를 마시니 생각이 달라지는 듯했다. 메리는 하루 종일 자신을 괴롭혔던 그 무서운 사건을 덜 생각했다. 자신을 비난하던 동료 아가씨들의 말도 크게 신경 쓰지 않았다. 앨리스 아주머니에게 받은 위로와 연민을 떠올리자, 비록 그녀의 영혼은 의식이나 감각이 없을지라도, 그녀의 존재는 곤경에 빠진 사람들을 달래고 위로한다는 생각이 들었다.

그때 메리는 자기를 두렵게 했던 사람이 이제 더는 길목을 막으며 자신을 괴롭히지 못한다는 생각에 안도했던 것을 조금 자책했다. 그래도 이제는 그가 숨어서 기다리곤 했던 길모퉁이나 가게 등을 지날 때 안전할 것이다. 아, 메리의 가슴이 마구 뛰었다! 두려움 없이 바깥 공기를 즐길 수 있다는 기쁨이 내면을 가득 채웠다! 그러나 젬과 만나서 대화를 나누지 못하면, 결국 그들은 서로 사랑하는 마음을 확인할 수 없을 것이다!

메리는 친구만 누릴 수 있는 특권으로, 윌슨의 집 현관문의 빗장을 부드럽게 들어 올렸다. 그는 없었고, 그의 어머니가 난롯가에 서서 뭔가를 젓고 있었다. 신경 쓰지 말자! 그가 곧 올 테니까. 그와 관련된 모든 사람에게 품위 있게 의무를 다하고 싶은 순수한 마음을 품고, 메리는 지글지글 부글부글 요리하는 소리에 아무것도 듣지 못한 윌슨 부인에게 가벼운 발걸음으로 다가갔다. 그러나 윌슨 부인은 슬픔에 잠겨 흐느끼고 있었고, 알아듣기 어려운 말을 중얼거리고 있었다.

메리가 재빨리 보닛과 숄을 벗고, 윌슨 부인에게 다가가 자신이 온 것을 알리면서 말했다.

"제가 할게요, 아주머니. 피곤하시잖아요."

윌슨 부인이 천천히 뒤를 돌아봤고, 방문객이 누구인지 확인하더니 억눌려 있던 야수처럼 눈빛을 번득였다.

"그런 일이 벌어졌는데 어떻게 감히 우리 집에 발을 들이니? 네 음흉한 계략과 방탕한 행동으로 내게서 아들을 빼앗은 것도 모자라 내게, 어미인 나한테, 승리를 뽐내러 온 거니? 넌 그 애가 어디 있는지 알지? 푸른 눈과 금발로 남자들을 파멸로 이끄는 사악한 계집애 같으니라고. 부끄러운 줄 알아야지, 그런 천사 같은 얼굴은 무덤에 들어갈 때나 가져가! 너는 내내 젬이 어디 있는지 알았지?"

"아니에요!" 가여운 메리가 덜덜 떨며 말했다. 윌슨 부인의 말을 거의 이해할 수 없었고, 격분한 그녀가 너무나 무서웠다.

"젬이 뉴 베일리로 잡혀갔다." 윌슨 부인은 말로 무한한 고통을 줄 수 있다는 듯 자신이 내뱉은 모진 말의 결과를 확인하며 천천히 또박또박 말했다. "해리 카슨의 살해 혐의로 젬이 그곳에서 재판을 기다리고 있다고."

메리는 아무 말도 하지 못했다. 그러나 얼굴은 창백해지고 놀란 눈이 커졌으며 팔다리가 떨려서 본능적으로 지지할 것을 찾았다!

"너도 해리 카슨이 죽은 걸 알고 있지?" 윌슨 부인이 몰아세웠다. "사람들이 그러는데 네가 그 사람을 아주 잘 알았다더구나. 너 같은 애를 위해 내 소중한 아들이 그 남자에게 총을 쐈다고 했지. 하지만 그럴 리가 없어. 나는 그 애가 그러지 않은 걸 알아. 사람들이 그 애를 교수대에 매달지 모르지만, 내가 죽을 때까지 그 아이의 결백을 주장할 거야."

윌슨 부인은 할 말이 없어서가 아니라 기진맥진해서 잠시 말을 멈췄다. 메리가 말을 시작했지만, 목이 막혀 윌슨 부인과 비슷한 목소리가 나왔다. 마치 그곳에 있던 다른 인물이 말하는 듯 낯설고 쉰 목소리였다.

"다시 말씀해 주세요. 아주머니 얘기를 이해하지 못했어요. 젬이 뭘 했다고요? 제발 말해주세요."

"난 젬이 뭘 했다고 말하지 않았어. 맹세컨대, 그 애는 아무 짓도 안 했어. 그 애가 싸운 얘기를 누가 들었건, 시신 근처에서 발견된 총이 그 애 것이든 아니든 상관 안 해. 우리 젬은 여자한테 차였다고 해서 누굴 죽이러 갈 사람이 아니야. 우리 착한 젬은 축복받은 아이였어." 윌슨 부인은 '첫아이'의 요람을 흔들던 때가 떠올라 눈물이 솟구쳤다. 그다음에는 여러 사건이 주마등처럼 지나가고 다시 현재로 돌아온 윌슨 부인은 남자를 위험에 빠뜨린 델릴라✦ 같은 애 앞에서 약한 모습을 보였다는 사실에 화가 나 다시 날카롭게 말했다.

"내가 젬에게 너를 마음에 두지 말라고 했었지. 하지만 내 말을 듣지 않았어. 이 매춘부! 너는 젬의 발아래 먼지도 닦을 수 없을 정도로 천박한 여자야. 너는 뻔뻔하고 더러운 바람둥이야. 네가 얼마나 쓸모없는 인간인지 네 어머니가 몰라서 다행이지. 가여운 사람."

"어머니! 아, 어머니!" 메리는 인정 많았던 죽은 어머니에게 애원하듯 말했다. "저는 젬에게 부족한 사람이에요! 저도 알아요." 메리가 겸손하게 덧붙였다.

그러나 메리의 마음속에는 젬이 마지막으로 했던 불길하고 예언 같

✦ 구약성서 속 인물로 힘센 삼손을 유혹해서 파멸로 이끈 여인. - 옮긴이

은 말들이 떠올랐다.

'메리! 넌 아마 내가 주정뱅이나 도둑, 혹은 살인자가 되었다는 말을 듣게 될지도 몰라. 하지만 잊지 마! 모두가 나를 나쁘게 말해도, 너는 나를 비난할 자격이 없다는걸. 나를 그렇게 만든 건 네 무정함 때문이니까.'

물론 메리는 젬을 비난하지 않았지만, 그에게 죄가 없는지는 의심이 들었다. 남자가 질투를 느끼면 얼마나 정신 나간 행동을 하는지 그녀도 잘 알았기에, 그런 원인을 제공한 자신은 얼마나 끔찍한 죄인인가! 비통한 어머니여, 계속 말하라. 하고 싶은 대로 메리를 욕하라. 가슴이 무너진 어머니는 그럴 자격이 있다.

윌슨 부인은 가슴이 아팠지만, 메리가 겸손하게 자신을 낮추며 한 말에 마음이 움직였다. 그녀는 새하얗게 질린 채 어떤 위로도 감히 바라지 않는 메리를 불쌍한 눈으로 바라봤고, 자기도 모르게 분노가 누그러졌다.

"너도 가벼운 행동의 결과가 어떤지 봤겠지, 메리! 아이처럼 순수한 젬이 의심을 받게 된 건 네 행동 때문이야. 그 애가 교수형이라도 당하면 네가 책임져야 할 거야. 내가 너의 집 앞에서 죽어버릴 테니까!"

가혹한 말이긴 했지만, 윌슨 부인의 말투는 조금 부드러워졌다. 그러나 메리는 교수대 위에서 죽는 젬의 모습이 떠오르자 차마 볼 수 없다는 듯 가녀린 손으로 눈을 가렸다.

그녀가 몇 마디 중얼거렸으나 윌슨 부인처럼 깊은 고통에 목이 막혀 작게 들렸다. "제 가슴이 찢어지고 있어요." 그녀가 가냘픈 목소리로 말했다. "저도 가슴이 찢어져요."

"웃기지 마!" 윌슨 부인이 말했다. "그런 바보같은 말이 어딨니. 내가 너보다 더 가슴이 무너지지만, 보다시피 이렇게 겨우 붙들고 있어. 하지만 아, 이런!" 갑자기 아들이 처한 위험에 대한 공포감이 엄습했다. "내가 무슨 말을 하는 거지? 젬, 네가 죽으면 내가 어떻게 사니? 나는 네가 결백한 걸 확신하지만, 사람들이 너를 교수대에 매달면, 내 아들아, 나는 그대로 쓰러져 죽고 말 거야!"

윌슨 부인은 젬에게 일어날지 모를 무시무시한 가능성을 고통스럽게 인식하고는 대성통곡했다. 그녀는 더욱 격렬하게 울었다.

메리는 정신을 차렸다.

"제발 제가 곁에 있게 해주세요, 결과가 나올 때까지는요. 아주머니, 제가 있어도 될까요?"

윌슨 부인이 모질게 비난할수록, 메리는 한결같이 여린 목소리로 간절하게 애원했다. "같이 있게 해주세요." 망연자실한 그녀는 적어도 한동안은 같은 사람을 사랑하고 걱정하는 사람 곁에 남고 싶은 듯했다.

하지만 그러지 못했다. 윌슨 부인은 완강했다.

"어쩌면 내가 너무 심했는지 몰라, 메리. 인정할게. 하지만 너를 견딜 수 없어. 이 고통이 네 경박한 행동 때문에 일어났다는 사실을 잊을 수 없거든. 내가 앨리스 곁에 있을 거고, 아마 대븐포트 부인이 도와줄 거야. 나는 널 참을 수가 없어. 가거라. 혹시 내일은 내 마음이 달라질지 모르지. 가거라."

그래서 메리는 그가 살고 사랑받았으며, 이제는 그를 안타까워하는 집에서 쫓겨나 복잡하고 붐비는 쓸쓸한 거리로 나왔다. 거리 한쪽에는 반 페니짜리 동전을 구걸하는 사람들과 함께, 끔찍한 살인과 검시관의

사인 규명 소식, 무서운 살인 용의자 제임스 윌슨에 관해 이야기를 나누는 사람들이 있었다.

메리는 아무 소리도 들리지 않았다. 사람들의 말을 마음에 두지 않았다. 그녀는 꿈을 꾸는 사람처럼 휘청거렸다. 고개를 숙이고 비틀거리며 본능적으로 집으로 가는 지름길을 택해 걸었다. 지금으로서는 사면이 벽으로 막힌 공간에 숨고만 싶었다. 그곳에서는 환영도, 사랑도, 동정도 얻을 수 없겠지만, 이 잔인하고 불친절한 세상의 눈을 피해 고통을 분출할 수 있을 것이다.

집까지 2분 정도 남았을 때 서둘러 걷던 그녀의 팔을 누군가 잡자, 메리가 급하게 몸을 돌려 쳐다봤다. 한 이탈리아인 소년이 하얀 쥐 같은 것이 들어 있는 작은 상자를 들고 서 있었다. 소년의 얼굴이 석양빛으로 빨갛게 물들었는데, 그러지 않았다면 그의 올리브색 얼굴이 몹시 창백해 보였을 것이다. 길게 말린 속눈썹에 눈물방울이 걸려 반짝거렸다. 그는 애원하는 표정을 지은 채 가녀린 목소리로 서투른 영어를 말했다.

"배고파! 너무 배고파."

말만으로는 부족하다고 생각했는지, 그가 창백하게 떨리는 입술을 손으로 가리켰다.

메리가 성급하게 대답했다. "아, 애야. 배고픔은 아무것도, 아무것도 아니란다!"

그러고는 서둘러 가던 길을 갔다. 하지만 그런 모진 말을 한 자신에게 화가 난 메리는 집으로 들어가자마자 찬장에 얼마 남지 않은 음식을 가지고 나와서 왔던 길을 되짚어갔다. 거기에는 희망을 잃은 어린 이방인이 외로움과 굶주림 속에서 말 없는 친구 곁에 주저앉아, 저 먼 곳에 있는 '맘마미아!'✢를 향해 외국어로 말하며 눈물을 흘리고 있었다.

그는 메리가 가져온 음식을 보자마자 아이답게 금세 쾌활해져서 벌떡 일어났다. 슬픔에 빠진 아름다운 얼굴에 마음을 뺏긴 아이가 먼저 메리에게 말을 걸었다. 자기 나라의 예법에 따라 메리를 보고 미소를 지으며 그녀의 손에 입을 맞췄다. 그러고는 고마움을 표한 뒤, 애완동물과 함께 그녀에게 받은 음식을 나눠 먹었다. 메리는 아이처럼 기뻐하는 그를 보면서 잠시 슬픈 생각을 잊었다. 허리를 굽혀 아이의 부드러운 이마에 입을 맞춘 후, 다시 고통스러운 혼자만의 시간을 찾아서 집으로 돌아갔다.

집으로 돌아온 메리는 문을 잠그고, 고통과 절망에 잠겨 있고 싶어서 황급히 보닛을 벗었다.

그러고는 딱딱한 바닥에 쓰러져 연약한 팔다리를 툭 떨어뜨렸다. 머리에 꽂혀 있던 빗이 바닥으로 떨어졌고, 그녀의 숱이 많은 긴 머리카락이 바닥의 먼지를 쓸었다. 팔을 베고 누웠다가 다시 그 팔에 얼굴을 숨기고는 큰 소리로 울음을 토해냈다.

아, 이 땅은! 그 불쌍한 아이가 하룻밤을 보내기에도 너무나 황량한 곳이다. 그에게는 위로도 동정도 해줄 사람이 하나도 없다! 메리는 또 자책했다.

메리는 대체 왜 그 남자의 유혹에 넘어갔을까? 왜 부와 화려함을 동경하는 내면의 소리에 귀를 기울였을까? 왜 부자 애인을 두면 좋다고

✢ 이탈리아어로 '맙소사'라는 뜻이지만, 직역하면 '나의 엄마' 즉 성모 마리아를 의미한다. - 옮긴이

생각했을까?

그녀는 그 모든 일을 당할 만했다. 그러나 그는, 그가 사랑하는 젬은 피해자였다. 메리는 자신과 해리 카슨의 관계를 누가 발설했는지, 젬이 그 사실을 어떻게 알았는지 감조차 잡을 수 없었지만, 그것을 곰곰이 생각해볼 여유도 없었다. 어쨌든 젬은 모든 사실을 알았다. 그러니 젬이 자신을 어떻게 생각하겠는가? 이제 그의 사랑을 바랄 수 없다. 아, 이제 순순히 포기해야 하리라. 그러나 지금 그의 귀한 목숨이 위협받고 있다! 메리는 윌슨 부인이 상황을 설명하는 동안 귀가 먹먹해서 잘 듣지 못했던 내용을 떠올리려 애썼다. 명확히 기억나지는 않지만, 총과 싸움 얘기를 들었다. 아, 젬이 범죄를, 살인죄를 저질렀다니. 생각만 해도 끔찍했다. 그렇게 착하고 고결한 그가 암살범이라니! 메리는 살인자가 된 젬을 떠올리고는 몸을 움츠렸다. 그러다 이내 양심의 가책을 느껴 심하게 자책했다. 그를 나락으로 떨어뜨린 건 그녀가 아니었던가? 그녀가 그를 비난할 자격이 있나? 그를 평가할 자격이 있나? 질투심을 느낀 그가 얼마나 화가 났는지 누가 알겠는가. 한순간 통제되지 못한 정념이 그를 살인자로 만들었을지 모른다! 그런데 그녀는 그가 예언처럼 쏟아낸 마지막 애원을 듣고 마음속으로 그를 비난하지 않았던가!

메리는 울음을 터뜨렸다. 울다 지치면 다시 생각에 빠졌다. 교수대! 교수대라니! 아무리 세게 눈을 감아도, 감은 눈마저 부시게 하는 타는 듯한 불빛 속에 검은 교수대가 보였다. 아! 그녀는 미칠 지경이었다. 겉보기에는 차분히 누워 있었지만, 거칠고 격렬한 감정이 머릿속을 헤집고 다녔다.

문득 먼 과거의 추억이 떠올랐고, 그러자 이상하게도 현재의 고통이 잊혔다. 슬픔에 빠지거나 잘못을 저질렀을 때, 메리는 어머니의 사랑스러운 가슴에 얼굴을 묻고 따뜻하게 위로받았었다. 그때는 어머니의 사랑이 너무나 강력해서 영원히 계속될 것만 같았다. 그 시절엔 배고픔이 일상이 아니었고, (좀 전에 그녀가 음식을 나눠주었던 그 어린 이방인처럼) 굶주린 사람을 안타까워했었다. 두 사람이 함께 놀던 어린 시절, 젬은 큰아이답게 어른스러웠고, 그녀는 무의식적으로 젬도 자신처럼 사소하지만 중요한 것들에 만족한다고 믿었었다. 아버지는 쾌활했고, 부부애와 우정으로 충만했다. (생각을 정리하면) 그때는 어머니가 살아 계셨고, 그는 살인자가 아니었다.

그때 메리에게 하늘에서 축복이 내려서, 그녀는 추억을 헤매고 아무 관련 없는 생각들을 기웃대다 스르르 잠이 들었다. 정말 그랬다! 딱딱하고 차가운 바닥에서, 자세는 이상했지만 그렇게 잠이 들었다. 그리고 꿈에서 오래전 행복했던 시절로 돌아갔다. 어머니가 다가와 누워 있는 그녀에게 입을 맞췄다. 행복한 꿈에서는 죽은 사람도 살아 있는 모습으로 나타난다. 어린 시절에 기쁨을 주었지만 깨어 있는 동안에는 오랫동안 잊고 지냈던 모든 것이, 심지어 그녀의 놀이 친구이자 절친이었던 작은 고양이까지 등장했다. 그녀가 사랑했던 모든 것이 거기에 있었다!

그러다 갑자기 눈이 떠졌다! 완전히 깨어 정신이 또렷해졌다! 어떤 소리가 들렸기 때문이다. 메리는 일어나 앉아 (아직 눈물에 젖어 있던) 머리를 붉어진 뺨 뒤로 넘기고 귀를 기울였다. 처음에는 심장 뛰는 소리만 들렸다. 고뇌하던 시간은 지났고, 지금은 한밤중이었기에 주위가 고요했다. 덧문이 열린 창문으로 들어온 달빛이 집 안을 거의 대낮처럼 환하고 오싹하리만치 차갑게 비췄다. 그때 문을 두드리는 소리가 작게 들렸다! 어떤 영적인 존재가 가까이 있는 것처럼 기분이 묘했다. 좀 전에 꿈에 나타났던 망자가 흐릿하고 무서운 모습으로 아직 가지 않고 그녀 주위를 어슬렁대는 듯했다. 그런데 왜 무서운 기분이 들까? 그들은 그녀를 사랑했던 사람들이 아닌가? 지금은 누가 그녀를 사랑하지? 그녀는 얼마나 외롭길래 자기를 사랑했던 망자의 영혼마저 반기는 걸까? 어머니가 살아 있다면, 자신은 여전히 어머니의 사랑을 받을 텐데. 메리는 두려운 마음을 가라앉히고 가만히 귀를 기울였다.

"메리! 메리! 문 좀 열어줘!" 말하는 사람의 목소리가 너무 작아서 메리는 그 사람이 마치 꿈이나 무의식 속에 있는 존재 같았다. 말투는 어머니와 비슷했다. 메리가 잘 아는 남부 억양이었다. 이따금 그녀는 어머니가 그리워지면 혼자서 그 말투를 흉내 내곤 했었다.

그래서 메리는 두려워하거나 망설이지 않고 바닥에서 일어나 문을 열었다. 거기에는 달빛을 등지고 죽은 어머니를 빼닮은 사람이 서 있었다. 메리는 그의 정체를 의심하지 않았기에 (마치 공포에 질렸다가 부모 곁으로 와서 안심한 어린아이처럼) 이렇게 외쳤다.

"아, 어머니! 드디어 오신 건가요?"

메리는 행방불명되어 오랫동안 보지 못했던 에스더의 떨리는 가슴에 쓰러지다시피 안겼다.

21. 에스더가 메리를 찾아온 이유

> 내 휴식은 끝났고,
> 내 가슴은 아프다.
> 나는 평화를 찾을 수 없구나,
> 더는 결코.
>
> - 괴테 『파우스트』

에스더가 메리를 만나려 했던 이유를 설명하려면 시간을 앞으로 돌려야 한다.

살인 사건은 목요일 이른 밤에 일어났기 때문에, 다음 날 새벽까지 그 소식이 맨체스터 거리와 그 이외 지역까지 각계각층의 사람들 사이에 퍼지기까지는 아직 시간이 넉넉했다.

그 소문을 귀담아들은 사람 중에 에스더도 있었다.

그녀는 그 사건을 좀 더 자세히 알고 싶었다. 그래서 터너 거리에서 멀리 떨어져 있었지만, 즉시 살인 현장으로 달려갔다. 현장에 도착했을 때 잿빛 새벽이 희미하게 밝아오고 있었다. 그곳은 너무나 조용하고 평화로워서 살인 사건이 일어났다고 믿기 어려울 정도였다. 난투극이나 폭력의 증거라고는 거기에 누워 있던 사람이 외력으로 일으켜진 것처럼 먼지 위에 남은 흔적이 전부였다. 작은 새들이 이파리 없는 울타리 위에서 총총대며 짹짹거리기 시작했는데, 그것이 근처에서 뚜렷하게 들리는 유일한 소리였다. 에스더는 살인자가 서 있었을 것으로 예상하는 들판을 가로질러 갔다. 그곳은 말라 죽은 산사나무 울타리에 틈이 많았기 때문에 살인자가 접근하기 좋은 위치였다. 들판의 모퉁이에 있는 톱질 구덩이와 목수의 작업장 쪽으로 다가갔을 때 발밑의 물러진 풀에서 냄새가 올라왔다. 그녀가 들은 정보에 따르면, 경찰은 살인자가 그곳에서 피해자를 기다리며 숨어 있었다고 생각했다. 그러나 거기에 사람이 있었던 흔적은 없었다. 만약 살인자가 밟은 풀이 쓰러지고 물러졌대도, 풀은 생명력이 강해서 밤이슬을 받으면 다시 일어선다. 그녀는 무의식적으로 공포감에 휩싸여 숨을 죽였지만, 살인의 흔적은 어디에도 없었다. 그녀는 잠시 서서, 유일한 증거인 길에 남은 먼지 흔적을 따라 살인자와 피살자의 위치를 상상해 보았다.

(해가 지평선 위로 떠오르기 전에) 갑자기 산울타리에서 희끄무레한 물체가 보였다. 아직 어두워서 다른 색은 알아볼 수 없었지만, 물체의 형태는 뚜렷했다. 저게 뭐지? 시기상 꽃은 아니었다. 산울타리의 울퉁불퉁한 마디에 아직 녹지 않고 남은 언 눈덩이인가? 에스더가 자세히 보려고 물체에 다가갔다. 가서 보니 그것은 뻣뻣한 편지지 조각이 뭉쳐진 것이었다. 순간 에스더는 깨달았다. 그것은 살인자가 총의 화약 마개로 사용한 종이였다. 그러니까 지금 그녀는 살인자가 불과 몇 시간 전에 있던 자리에 서 있는 것이다. (온 동네에 퍼진 소문대로) 아마도 살인자는 험상궂은 표정으로 여기저기 어슬렁대며 범행을 기도하던 분노한 동맹 파업자였을 것이다. 그녀는 동맹 파업자들의 고통을 잘 알았기 때문에, 그들을 동정하고 있었다. 게다가 그녀도 메리 때문에 해리

카슨을 싫어하고 무서워했었다. 가여운 메리! 에스더가 두려워했던 악인에게 죽음은 끔찍하지만 확실한 해결책이었다. 그러나 사랑하는 사람을 잃은 메리는 어떻게 그 충격을 견딜 것인가? 불쌍한 메리! 누가 그녀를 위로해주지? 에스더는 연인의 사망 소식을 들은 메리의 슬픔과 절망을 머릿속으로 상상해 보았다. 그가 살아 있다면 그녀에게 더 큰 슬픔을 주었을 것이라고 메리에게 말해주고 싶었다.

밝고 아름다운 아침 해가 비스듬히 비추었다. 행복한 사람들에게만 허락되는 낮의 찬란한 빛을 피해, 밤의 음란한 것들과 함께 그녀 자신을 숨겨야 할 시간이었다. 에스더는 그 종이를 쥔 채 시내 쪽으로 발을 내디뎠다. 그러나 산울타리를 넘을 때 종이를 쥐고 있던 손이 거추장스러워서 종이를 바닥으로 던져버렸다. 그러고는 몇 발짝 걸었으나 계속 메리 생각이 머리를 맴돌았다. (처음에는 빈 종이처럼 보였던) 저 종이가 혹시 살인자에 대한 단서를 제공하지는 않을까? 동맹 파업자들에게 연민을 느끼고 있던 에스더는 다시 돌아가서 그 종이를 집어 들었다. 그러자 마치 공범이 된 것 같아서 종이를 살펴보지 않고 손에 숨긴 채, 왔던 길과 반대 방향으로 황급히 빠져나갔다.

현장에서 어느 정도 멀어졌을 때 에스더는 조심스레 구겨진 종이를 펴봤다. 그런데 거기에 메리 바턴의 이름과 자신이 살았던 거리의 이름까지 적혀 있었다! 실제로는 한두 단어가 지워져 있었지만, 그럼에도 이름은 똑똑히 알아볼 수 있었다. 아! 문득 에스더는 끔찍한 생각이 들었다. 그저 억측일까? 하지만 그것은 그녀가 한때 잘 알았던 필체와 몹시 닮았다. 그것은 젬 윌슨의 필체였다. 자신이 언니네에 살 때 젬은 가까운 이웃이었고, 틀린 철자를 휘갈겨 쓰는 자신이 부끄러워서 젬에게 대신 편지를 써달라고 부탁하곤 했었다. 에스더는 그 옛날 자신이 감탄했던 멋진 장식 서체가 떠올랐다. 자신이 의자에 앉아 불러준 내용을 젬이 새로 배운 서체를 뽐내며 받아 적었고, 그런 그의 특별한 재능은 그녀의 눈을 사로잡았었다.

만약 이 종이가 그의 것이라면!

아냐! 어쩌면 지금 머릿속이 온통 메리 생각뿐이어서 사소한 것도 다 메리와 연결하는지도 모른다. 그런 구불구불한 장식체를 딱 한 사람만 쓴다고 생각하는 것처럼!

에스더는 그 종이를 숨겨서 메리를 구해야겠다는 생각뿐이었다. 그래서 종이를 한 번 더 보면서, 멍청한 경찰관이 거기에 적힌 이름을 착각할 가능성은 없는지, 메리가 이 사건에서 주목받을 가능성은 없는지 따져봤다.

하지만! 누구도 '−리 바턴'을 보고는 착각할 수 없을 것이며, 그것은 젬의 필적이 확실했다!

아! 그렇다면, 에스더는 모든 것을 이해했다. 그러니까 자신이 원인 제공자였다! 천성이 거칠고 무절제한 자신이 고단한 삶 속에서 타락의 길을 걸으며 더욱 음울해졌고, 그런 자신의 개입으로 살인이 일어났다는 사실에 에스더는 스스로 저주했다. 그녀가 준 정보와 경고를 듣고 젬이 살인을 저지른 것이다. 그녀처럼 버림받고 타락한 부랑자는 아무리 선행을 하려 노력해도 감히 축복을 바랄 수 없었다. 선행이든 악행이든 하늘은 그녀가 하는 모든 행동에 지독한 저주를 내렸다.

가여워라, 병든 영혼이여! 그대를 도와줄 사람은 없다!

초조해진 에스더는 평상시와 달리 아침에 잠을 이룰 수 없어서 거리를 배회하며 행인들의 말에 열심히 귀를 기울였다. 그리고 모여서 대화하는 사람들이 보이면 추측이든 의심이든 작은 정보라도 모을 요량으로 근처를 어슬렁댔다. 그러나 이 모든 행동에는 명확한 목적이 있지 않았다. 그녀는 많은 사람을 밀고할지 모를 종잇조각을 손에 쥐고 손톱으로 꾹 눌렀다. 자기도 모르는 사이에 그것을 떨어뜨릴까 봐 두렵고 불안했다.

한낮이 가까워지면서 에스더는 휴식을 취하며 원기를 회복하고 싶은 마음이 간절해졌다. 그녀에게 휴식은 생각을 멈추는 것이고, 원기 회복은 진 한 잔을 의미했다.

문득 에스더는 휴식이라 여겼던 인사불성 상태에서 깜짝 놀라 일어났다. 어떤 충동에 이끌려, 경찰이 수집한 사건 정보를 얻을 수 있는 장소로 급히 갔다.

에스더가 띄엄띄엄 들리는 단어들을 이해하기 위해 정신을 집중하며 귀를 기울이자, 좀처럼 연결되지 않던 문장들의 의미가 분명해졌다. 살인 용의자 젬의 혐의가 확인되었다는 내용이었다.

에스더는 젬이 수갑을 찬 채 마차 밖으로 나와 호송되는 모습을 보았다(젬은 깊은 슬픔에 빠져 에스더를 보지는 못했다). 젬이 경찰서로 들어갔다. 에스더는 그가 여전히 수갑을 찬 채 뉴 베일리로 호송되기 위해 경찰서 밖으로 나올 때까지 숨도 제대로 쉬지 못했다.

젬은 에스더에게 올바른 삶으로 돌아갈 수 있다는 희망을 준 유일한 사람이었다. 그의 말이 천국의 소리처럼, 멀리 들리는 안식일 종소리처럼 머릿속에 떠다니다 절망에 빠진 지금은 멀어지고 있었다. 젬은 그녀에게 친절을 베푼 유일한 사람이었다. 반면, 살인 사건이 충격적이기는 해도 에스더에게는 마음에 직접 와닿지 않는 일종의 관념적인 사건이었다. 그래서 지금 그녀의 마음속에는 친절한 젬이 위험에 처했다는 생각뿐이었다.

그때 메리가 떠올랐다. 에스더는 메리가 이 사건을 어떻게 받아들이고 있을지 몹시 궁금했다. 어쨌든 이 사건은 어머니 없이 불쌍하게 자란 메리에게 엄청난 충격이었을 것이다. 그리고 메리의 무서운 아버지는 에스더에게도 비난하는 천사나 다름없었다.

에스더는 필요한 정보를 얻기 위해 메리가 사는 동네로 향했다. 그러나 자신이 순수했던 시절에 살았던 동네를 가려니 부끄러운 마음이 들어 근처 거리만 서성이며 사람들에게 감히 물어보지 못했다. 결국 바턴이 집에 없다는 사실만 확인하고 다른 정보는 얻지 못했다.

에스더는 지친 팔다리를 쉬며 좀 더 생각해 보기 위해 불이 꺼진 어느 집의 문간으로 갔다. 무릎에 팔꿈치를 괴고 앉아 양손으로 얼굴을 가린 채, 생각의 조각들을 맞춰보려 애썼다. 그러는 동안에도 손에 쥐고 있는 종이가 그대로 잘 있는지 확인하기 위해 수시로 손바닥을 펼쳐봤다.

마침내 에스더가 자리에서 일어났다. 적어도 한 가지 갈망은 해소한다는 목표를 세웠고, 바로 행동에 나서기로 했다. 그녀가 현명하고 일관성 있는 계획을 세우던 시절은 이미 오래전에 지나갔다.

밤이 깊어지고 있었으나, 에스더로서는 그게 오히려 좋았다. 그녀는 어느 전당포의 뒷방으로 가서, 입고 있던 화려한 옷을 벗었다. 그녀는 얼굴이 알려진 데다 정직했기에, 별 어려움 없이 노동자의 아내에게 어울리는 외출복을 빌릴 수 있었다. 그녀가 빌린 검은색 실크 보닛과 날

염 드레스, 격자무늬 숄은 조금 낡고 지저분했지만, 매춘부의 눈에는 다시는 소속될 수 없는 행복한 계급의 옷차림이었다.

에스더는 벽에 걸린 작은 거울에 자기 모습을 비춰보고는, 자신이 쫓겨난 에덴동산에서의 의무가 얼마나 쉬운 일이었는지를 생각하며 슬프게 고개를 저었다. 과거에 그녀는 남편과 자식을 위해 피땀 흘려 일하고, 어쩌면 굶주리다 죽을지도 모르는 삶을 견딜 수 없었다. 그러나 지금은 마녀의 가마솥처럼 상상 속에서 순수한 마음이 보글보글 끓어올랐다. 그녀는 다시 한번 행동에 나섰다.

그렇게 해서 에스더는 메리의 집 문 앞에 서서 문이 열릴 때까지 떨며 기다렸다. 그리고 메리는 절망적인 말을 내뱉으며 그녀의 품에 안겼다.

처음에 에스더는 (사악한 레이디 제랄딘이 크리스타벨의 집에 들어가지 못하는 것처럼)✦ 신성한 주문 같은 것에 막혀 과거 순수했던 시절에 살던 곳의 문지방을 넘을 수 없었다. 그것은 상대의 초대를 기다려야 한다는 의미였다. 하지만 도움이 필요했던 메리 덕분에 에스더는 망설일 필요 없이 집 안으로 들어갈 수 있었다. 메리는 어딘지 모르게 달라진 이모의 얼굴을 당황한 눈빛으로 바라봤다.

에스더의 계획은 갈아입은 옷차림대로 태도와 성격도 기계공의 아내인 것처럼 꾸미는 것이었다. 그러나 오랫동안 사랑하는 사람들에게 소식을 전하지 못했던 이유를 설명하려면 잘못된 태도일지라도, 진심을 감추고 조금은 무심한 모습을 보여줄 필요가 있었다. 그래서 에스더

✦ 새뮤얼 테일러 콜리지의 시 〈크리스타벨(Christabel)〉의 내용. - 옮긴이

는 다소 과장된 행동을 했고, 메리는 확 달라진 모습으로 갑자기 나타난 이모에 거부감을 느꼈다. 메리의 이런 감정을 에스더가 알았더라면, 그녀는 바로 본론으로 들어갔을 것이다.

"날 기억 못 하겠지. 이해해, 메리!" 에스더가 말을 꺼냈다. "너무 오래전에 여길 떠났으니까. 여러 번 너와 네 아버지를 보러 오려고 했었어. 하지만 사는 곳도 멀었고, 늘 바빠서 마음대로 되지 않았단다. 에스더 이모를 기억하니, 메리?"

"아주머니가 헤티 이모라고요?" 메리는 그 옛날 눈부시게 아름다웠던 이모의 달라진 모습에 정신이 아득해졌다.

"맞아! 헤티 이모야. 아! 그 이름을 정말 오랜만에 듣는구나." 한숨이 나왔으나, 다시 마음을 다잡고 냉정한 연기를 계속하며 말을 이었다. "네 오랜 친구가 곤란해졌다는 이야기를 오늘 들었어. 아무래도 네가 슬픔에 빠져 있을 것 같아서 먼 길이지만 이렇게 너를 보러 왔단다."

메리는 다시 울음이 터졌지만, 이모도 직접 말했듯이 수년간 연락도 없이 지내다 수상하게 나타난 이모에게 마음을 털어놓고 싶지는 않았다. 그래도 (늦었지만) 친절을 베풀어준 사람에게 예의를 갖추어 고마움을 표하려 했다. 그리고 가장 중요한 고민에 관해서는 별로 말하고 싶지 않았다.

메리는 잠시 뜸을 들인 후 말했다.

"고맙습니다. 정말 친절하시네요. 오래 걸으셨어요? 죄송합니다만…." 갑자기 뭔가가 떠오른 듯 자리에서 일어서며 메리가 말했다. "집에 먹을 게 없네요. 걸어오셔서 배가 고프실 텐데요."

확실히 메리는 에스더가 얼굴도 못 보고 소식도 못 들을 정도로 먼

곳에 살고 있다고 생각한 모양이었다. 어쨌든 그녀는 이모 생각을 별로 하지 않고 살았었다. 다른 일들로 너무나 괴로워서 그 밖의 것들은 꿈처럼 느껴졌다. 이모와 대화하면서 어떤 인상이나 감정을 느끼긴 했으나, 그것들을 종합해서 깊이 생각해 보거나 따져보지는 않았다.

그런데 에스더는 앙상한 몸과 창백한 입술이 보여주듯이, 몇 주간 음식을 제대로 먹지 못했으나 차마 그런 말을 할 수 없었다!

그래서 다소 어색하게 웃으며 말했다.

"아! 메리, 음식은 괜찮아. 우린 그럭저럭 잘 먹고 살아. 남편의 벌이가 좋거든. 여기 오기 전에 이미 저녁을 먹었어. 네가 음식을 내놓아도 난 먹을 수 없단다."

묘하게도 메리는 가슴이 아팠다. 메리가 기억하기로, 에스더는 늘 다정하고 헌신적인 사람이었다. 대체 얼마나 사람이 변했길래, 넉넉하게 살면서 굶주리는 친척을 찾지도 않았을까! 메리는 자연스레 마음을 닫았다.

그러나 가엾은 에스더는 슬픔을 삼킨 채, 행여 조카가 매춘부이자 부랑자인 자신의 정체를 알고 역겨워할까 봐 최선을 다해 연기를 계속했다.

에스더는 버림받고 희망도 잃은 비참한 처지를 자신이 사랑했던 메리에게 모두 털어놓고 싶었다. 그러나 진실을 들은 상대가 혐오감을 느껴 시선을 피하고 목소리를 꾸며 낼까 두려워서 꾹 참았다. 에스더는 곧장 본론으로 들어갔다. 연기를 오래 할 수 없기에, 꾸물거릴 시간이 없었다.

두 사람은 작은 원형 탁자에 마주 앉았다. 에스더는 메리의 감정 상태와 관심사를 파악하기 위해서 그녀의 얼굴을 자세히 보려고 둘 사이에 초를 놓았다.

그러고는 말을 시작했다.

"상황이 나빠. 해리 카슨의 살인 말이야."

메리가 움찔했다.

"젬 윌슨의 짓이라고 들었다."

메리가 빛을 막으려는 듯 두 손으로 눈을 가렸고, 자제가 서툰 에스더도 상대를 조용히 관찰하기에 불안한 상태였다.

"내가 터너 거리 주변을 산책하다가 사건 현장을 보러 갔었어." 에스더가 계속했다. "그러다 우연히 산울타리에 걸려 있던 이 종잇조각을 발견했어." 에스더가 고이 손에 쥐고 있던 물건을 내보였다. "총의 화약 마개로 사용했던 것 같아. 잔뜩 구겨진 모양으로 봐서 거의 확실해. 누가 됐든 살인자가 안됐다는 생각이 들어서(그때는 젬이 용의자인 줄 몰랐어), 아무리 작은 단서라도 그 사람을 유죄 판결로 이끌 물건은 없애야겠다고 생각했어. 경찰은 사소한 단서에도 예민하니까. 그래서 그것을 들고 와서 펴봤는데, 메리 네 이름이 적혀 있는 거야."

메리가 눈에서 손을 떼더니 놀란 얼굴로 에스더를 바라봤다. 결국 그녀는 친절한 사람이 맞았다. 메리가 소환되어 조사받지 못하게 막았으니까. 메리는 무엇보다 그것을 가장 두려워했었다. 머뭇거리는 대답이 젬에 대한 의혹을 짙게 할 거라고 확신했기 때문이다. 자신을 구하려 하다니, 이모는 정말 친절한 사람이었다.

에스더는 메리의 표정을 보지 못한 채 말을 이었다. 말하는 거 자체도 힘들었지만, 몇 달간 계속된 잔기침 때문에 중간에 자꾸 말이 끊겨서 상대를 꼼꼼히 관찰할 수 없었다.

"이 종이를 발견한 사람은 절대로 모를 수가 없어. 여기 네 이름과 동네의 이름을 봐! 그리고 내 착각일지 모르지만 이건 젬의 필체잖아. 봐보렴!"

그제야 에스더는 메리를 관찰했다.

메리가 종이를 받아서 펼쳤다. 갑자기 얼굴이 공포에 질린 사람처럼 굳어지더니 자리에서 벌떡 일어났다. 경직된 얼굴로 터져 나오려는 절규를 막으려는 듯 입술을 꽉 깨물었다. 그러다 긴장했던 근육이 갑자기 풀린 듯 의자에 털썩 주저앉았다. 그러나 말은 하지 않았다.

"그거 젬의 필체지, 맞지?" 에스더가 그렇게 물었지만, 메리의 태도로 보아 거의 확실했다.

"아무에게도 말하면 안 돼요. 말하지 않을 거죠?" 메리가 위협하듯 강한 어조로 말했다.

"당연하지." 에스더가 나무라듯 말했다. "내가 그렇게 나쁜 사람은 아니야. 아, 메리. 내가 어떻게 살아왔든, 그런 일은 하지 않아."

에스더는 옛 친구를 밀고할 사람으로 의심받았다는 생각에 눈물이 나기 시작했다.

메리가 에스더의 슬프고 책망하는 표정을 읽었다.

"아니에요! 저도 이모가 말하지 않을 걸 알아요. 너무 충격을 받아서 저도 모르게 그렇게 말했어요. 하지만 이모가 절대 그러지 않을 걸 알아요. 정말이에요."

"그래, 무슨 일이 있어도 절대로 말하지 않을 거야."

메리가 가만히 필체를 바라보다 어떤 희망을 품고 조심스럽게 종이를 뒤집어 봤으나, 이내 희망은 사라지고 두려움이 엄습했다.

"네가 살해당한 청년을 좋아하는 줄 알았어." 에스더의 목소리가 조금 커졌다. 하지만 메리가 범인의 단서가 될 만한 물건을 감추려는 모습에서, 살인 용의자에 대한 수상쩍은 관심을 포착할 수 있었다. 에스더는 메리가 해리 카슨의 죽음을 얼마나 슬퍼하는지 알고 싶었고, 그 중요한 종잇조각을 이용해서 용서를 구할 생각이었다. 그러나 메리의 반응을 보고는 종이에 적힌 글씨를 젬의 필체라고 한 말이 대단히 경솔하게 느껴졌다. 극도로 불안해하는 메리를 보면 젬에 대한 메리의 관심을 의심할 수 없었다. 에스더는 당혹스러웠고, 머리가 아파서 이성적으로 사고할 수 없었다. 메리는 말이 없었다. 그녀는 종이를 꽉 쥐고 무슨 일이 있어도 그것을 내놓지 않기로 마음먹었다. 그리고 에스더가 어서 가기를 바랐다. 에스더는 의자에 앉아 있는 메리를 보면서 자신의 죽은 아이와 닮았다고 생각했다.

"넌 내 딸과 많이 닮았구나!" 불편한 대화에 지친 데다 죽은 아이의 얼굴도 자꾸 떠오르자, 에스더가 그렇게 말했다.

메리가 에스더를 쳐다봤다. 이모에게 아이가 있었구나. 메리가 얻은 정보는 그게 다였다. 불쌍한 에스더의 사랑과 고통을 조금이라도 상상할 수 있었다면, 메리는 에스더의 모든 죄와 잘못을 가슴에 품어주고 그녀의 상처를 붕대로 감아주려 했을 것이다. 그런데! 그게 아니었다. 이모에게 아이가 있었다. 메리는 아이에 관해 물어보고 싶었으나, 다른 생각이 떠올라 다시 문제의 종이와 필체의 수수께끼를 푸는 과제로 돌아갔다. 메리는 에스더가 나가기를 간절히 바랐다!

최면을 믿는 사람들에 따르면, 간절한 소망은 말하지 않아도 전달된다고 한다. 지금 에스더는 자신이 불청객이며, 얼른 나가주기를 메리가 바란다고 느꼈다.

에스더는 가야겠다고 마음먹기 전에 그것을 알았다. 그녀는 두렵지만 오래 고대했던 메리와의 대화에 크게 실망했다. 그녀는 자신의 훌륭한 결혼 생활에 관해서 말하되, 실제 운명에 대해서도 진심으로 동정받고 싶었다. 어쨌든 그녀는 메리를 잘 속였다. 어쩌면 훗날 그 점을 기뻐할지도 모르겠다. 하지만 지금은 더욱 쓸쓸해졌다. 그리고 우중충하고 지저분해도 매력적으로 보였던 벽과 바닥이 있는 옛집을 떠나야 한다. 가난의 집을 떠나 더 끔찍한 악의 집으로 가야 한다. 반드시 그래야 하고, 그럴 것이다.

"그래. 잘 있으렴. 종잇조각이 너에게 있으니 안심이야. 하지만 내가 그걸 발설하지 않겠다고 네게 약속했으니, 너는 잠들기 전에 그것을 없애버리겠다고 내게 약속해줘."

"약속할게요." 쉰 목소리지만 단호하게 메리가 말했다. "그런데 가시려고요?"

"그래. 네가 더 있어 달라고 부탁하면 몰라도. 또 내가 네게 위로가 되면 모르겠지만, 가야지." 실낱같은 희망을 붙들고 에스더가 말했다.

"아, 괜찮아요." 혼자 있고 싶었던 메리가 말했다. "이모부가 이모를 찾을 거예요. 나중에 이모 이야기를 해주세요. 그런데 이모의 성이 뭐였죠?"

"퍼거슨." 에스더가 슬프게 말했다.

"퍼거슨 부인." 메리가 무의식적으로 반복했다. "어디 사신다고 하셨죠?"

"말한 적 없는데…." 에스더가 중얼거렸다. 그러다 큰 소리로, "에인절 메도우, 니컬러스 거리 145번지야."

"에인절 메도우, 니컬러스 거리 145번지. 기억할게요."

에스더가 숄을 두르고 떠나려 하자, 메리는 자신을 구하려고 친절하게 종잇조각(무섭고 끔찍한 종이!)을 가져다준 이모를 너무 차갑고 딱딱하게 대한 건 아닌지 미안해졌다. 자신이 얼마나 상처를 준 건지 정확히 가늠할 수 없었다. 그래서 무심했던 태도를 바로잡고 싶은 마음에 메리는 떠나려는 에스더에게 입을 맞추려고 다가갔다.

그러나 놀랍게도 에스더는 몹시 당황해서 그녀를 밀치고는 이렇게 말했다.

"아니야. 넌 내게 입을 맞추면 안 돼!"

에스더는 어두운 길로 달려 나가 한참을 구슬프게 울었다.

22. 알리바이 입증을 위한 메리의 노력

> 그녀 안에서 두려움이 들렸다.
> 재앙이 시작되었다는 듯.
> 앞에는 먹구름이 잔뜩 끼어 있고,
> 음침한 뒤에서는 천둥이 칠 준비를 하는
> 불운한 날이 왔다는 듯.
>
> - 키츠 〈히페리온〉

메리는 혼자가 되자마자 문을 걸어 잠그고, 창문의 덧문을 닫은 다음 초를 켰다. 평소에 창문은 에스더 이모가 들어왔을 때 펄럭이던 커튼으로만 가린다.

메리의 표정은 처음 종이를 들여다볼 때와 똑같이 굳어 있었고, 입술은 꼭 다문 채였다. 그녀는 잠시 생각하기 위해 의자에 앉았다. 그러다 뭔가 굳게 결심한 듯 자리에서 일어나 위층으로 향했다. 자신의 방을 지나쳐 두 걸음 더 가서 아버지의 방으로 들어갔다. 메리가 아버지의 방에 무슨 볼일이 있었을까?

메리가 그 종잇조각에서 알아낸 끔찍한 비밀은 바로 이것이었다.

살인자는 바로 아버지였다.

두껍고 빳빳하게 빛나는 종잇조각은 여러 달 전에 메리가 새뮤얼 뱀포드의 아름다운 시구를 옮겨 적은 편지지의 일부였다. 지금과 달리 젬의 손길이 닿았던 모든 것을 보물처럼 여기지 않던 시절에, 메리는 그가 밸런타인데이에 보낸 편지지의 여백에 뱀포드의 시를 옮겨 적었었다.

시를 베껴 적은 편지지를 메리는 아버지에게 드렸고 이따금 아버지는 그것을 읽었지만, 지난 2주 동안은 그러지 않았다. 메리는 편지지의 나머지 부분이 아직 아버지에게 있는지 확인하기로 했다. 어쩌면 아버지가 친구에게 주었을지도 모른다. 만약 그렇다면, 그 사람이 범인이라고 그녀는 자신있게 말할 것이다.

먼저 메리는 낡고 작은 서랍장에서 물건들을 모두 꺼냈다. 그중에는 어머니의 물건도 있었지만, 지금은 그것들을 만져보며 과거를 추억할 여유가 없었다. 그녀가 어머니의 물건들에 표할 수 있는 경의는 그것들을 조심스럽게 침대 위에 옮겨놓는 것뿐이었고, 나머지 물건들은 바닥에 아무렇게나 던져 놓았다.

뱀포드의 시를 필사한 종이는 거기에 없었다. 아! 아마도 아버지가 다른 사람에게 줬나 보다. 그럼, 그게 젬에게 갔을까? 어쨌든 총은 젬의 것이니까.

이제 메리는 두 배로 힘을 모아 지금 의자로 쓰고 있는 낡은 상자를 살펴보기로 했다. 거기에는 아버지가 나들이를 갈 여유가 있던 시절에 입었던 외출복들이 보관되어 있었다.

쓸 만한 외투는 아버지가 떠나기 전에 전당포에 맡겼다. 그래서 상자 안에는 낡은 외투 한 벌만이 남아 있었다. 그런데 그 주머니 안에서 바스락거리는 것은 뭐지?

그 종이였다! "아, 아버지!"

그랬다. 그 종이가 맞았다. 들쭉날쭉한 단면과 글자뿐만 아니라, 심지어 에스더가 여백이라고 생각했던 부분은 큰 종이에서 잘린 것임을 말해주듯, y와 g의 꼬리 부분이 남아 있었다. 그리고 그것만으로는 유죄로 강력히 보이는 증거로 충분하지 않다는 듯, 그 주머니에는 작은 화약 포장지와 함께 작은 총알 혹은 탄알(같은 것)도 있었다. 메리가 종이와 총알 등을 빼낸 후 외투를 상자에 다시 넣으려 했을 때, 공교롭게도 줄무늬 말 옷 같은 것으로 만든 모직 엽총주머니가 보였다. 그것을 본 메리는 상자를 자세히 조사했지만, 증거가 될 만한 것은 더 없었다. 그녀는 상자에 자물쇠를 채운 후, 찾은 물건들에 관해 곰곰이 생각하기 위해 바닥에 앉았다. 소름 돋고 절망스러운 가운데, 아버지가 어떻게 목격되지 않을 수 있었는지도 신기했다. 충분히 쉬운 일이었는데 말이다. 어쨌든 아버지에게는 총이 있었다(그 총은 정말 젬의 것이었나? 젬이 결국 공모자였나? 아니다! 그렇지 않다. 젬이 아무리 그때 격정에 사로잡혔었대도 계획 살인을 할 사람이 아니다. 무엇보다 젬은 메리에게 사전 경고도 없이 아버지에게 메리의 행실을 고자질할 리가 없다. 그런 행동은 그의 성격과 맞지 않았다).

그렇다면 아버지가 총을 빌려 와 집에서 장전한 다음, 이웃이 눈치채지 못할 시간에 메리가 외출했거나 잠든 시간에 그것을 가지고 나갔을 것이다. 그런 다음 원하는 시간에 사용할 수 있게 어딘가에 그 총을 숨겨두었을 것이다. 마지막 외출 때 아버지에게는 분명 총이 없었다.

메리는 아버지의 동기를 추측하는 것이 무의미하다고 생각했다. 최근 아버지는 부쩍 변덕스럽고 거칠게 행동했으므로, 그녀로서는 합리적인 살해 동기를 생각해낼 수 없었다. 더구나 아버지가 끔찍한 범죄를 저질렀다는 사실만으로도 그녀는 충분히 괴롭지 않은가? 아버지에 대한 사랑과 아버지가 저지른 범죄에 대한 공포가 엇갈리면서 메리는 너무도 고통스러웠다. 한때는 너무나 다정하고 따뜻했으며, 사람이든 짐승이든 고통받는 존재를 기꺼이 도왔던 아버지가 사람을 죽이다니! 이런 생각들이 에워싼 불행의 사막과 감히 들여다볼 수 없을 만큼 깊은 어둠 속에서 작은 위로의 샘이 발아래에서 솟아올랐다. 처음에는 눈에 띄지 않았으나, 곧 그녀에게 힘과 희망을 주었다.

이렇게 발견한 것을 행동으로 옮기려면 거기에는 노력이 필요했다. 아! (육체적이든 정신적이든) 고난받는 동안에 노력이나 행동의 필요성이 있다는 사실은 무한한 축복이지만, 첫 시도는 괴롭기 마련이다. 할 수 있는 일이 있다는 것은 선한 행동을 하거나 다른 악을 피할 수 있다는 희망을 암시한다. 그러면 그 희망이 슬픔을 서서히 몰아낸다.

세상의 위로가 통하지 않는 슬픔은 세상의 어떤 방법으로도 피할 수 없다. 동정하려는 노력도 하지 않고 슬픔에 빠진 사람에게 조롱하듯 건네는 진부하고 공허한 위로 중에서 최악은 괴로워해봤자 '어쩔 수 없다'는 말이다. 그런데 어쩔 수 있다면 팔짱을 끼고 앉아 울고만 있겠는가? 희망이 조금이라도 남았다면, 그 자리에서 일어나 무언가를 하지 않겠는가? 사람들이 슬퍼하는 이유는 사건이 벌어졌을 때 어쩔 수가 없기 때문이다. 우리가 슬픈 이유가 곧 그들이 슬퍼하지 말라고 하는 이유다. '아버지'가 합당하다고 생각하여 보낸 고통을 왜 인내해야 하는지 숭고한 이유를 알려준다면, 누구나 그 고통을 기꺼이 묵묵히 감당할 것이다. 그러나 애통해하는 사람들을 이런 말로 조롱하지 말라. "어쩔 수 없으니, 슬퍼하지 말아라. 손쓰기에는 늦었다."

하지만 메리는 방법을 찾아냈다. 아버지가 유죄면, 젬은 무죄다. 그리고 젬이 무죄면 그를 구할 수 있다. 반드시 구해야 한다. 그리고 그 일은 메리 자신이 해야 한다. 그 끔찍한 비밀을 아는 유일한 사람이 바로 그녀 자신이 아니던가? 아버지는 용의선상에서 벗어나 있다. 그리고 그녀가 통찰력을 발휘해서 최선을 다한다면, 아버지는 계속 의심받지 않을 것이다.

메리는 아버지를 의심받게 하지 않으면서 어떻게 젬을 구할 수 있을지 방법을 몰랐다. 이 문제는 더 많이 고민해야 한다. 그러나 신중하게 상황을 파악하려 애쓰다 보면, 타고난 위기 대처 능력이 발휘되면서 답을 얻게 될 것이다. 이제 모든 단계가, 아니 일분일초가 중요했다. 다음 주에 재판이 열릴 거라는 소식을 시먼즈 양 가게에서 들었기 때문이다. 게다가 지금 메리는 도와줄 친구도, 돈도 없는 어린 아가씨일 뿐이다. 그러나 위험한 황무지에서 사자가 우나의 동반자✦가 되어주었듯이, 무력한 사람이라도 선행을 실천하기로 굳게 결심하면 언제나 보호받을 것이다.

시계가 새벽 2시를 가리켰다. 깊고 어두컴컴한 밤이었다.

끝이 없어 보이는 피곤한 밤에 여러 계획을 세워봤자 도움이 되지 않았다. 아침이 되기 전에는 아무것도 할 수 없다. 처음에 메리는 조바심에 날이 밝기를 간절히 기다렸다. 그러다 몸이 어떤 계획도 실행하기

✦ 고난의 길을 떠난 우나 공주를 잡아먹으려던 사자가 그녀의 아름다움과 용기에 감동해서 동반자가 되었다는 이야기로, 1837년에 빅토리아 여왕이 발행한 금화의 도안에도 등장한다. – 옮긴이

어려운 상태인 걸 깨닫고는 체력을 아끼기로 했다.

무엇보다 먼저 문제의 종이를 태워버려야 한다. 화약과 총알, 엽총 주머니는 한데 묶어서 침대 밑에 숨겼으니, 지금으로서는 아무에게도 불리한 증거가 되지 않을 것이다. 메리는 그 종이를 가지고 아래층으로 내려가서 난롯불에 태우고 손가락으로 가루를 만든 후 쇠살대에 남아 있던 재 사이에 흩뿌렸다. 그러고 나서 숨을 내쉬었다.

메리는 머리가 어지럽고 지끈거렸다. 그 두통을 잠재우지 못하면 차분히 생각하고 계획을 세울 수 없을 것이다. 음식을 찾아봤지만, 집 안에는 생귀리 가루만 조금 있었다. 목이 막혔지만, 메리는 그거라도 먹었다. 경험을 통해 오랜 금식이 두통을 유발한다는 사실을 알고 있었다. 그런 다음 욱신거리는 관자놀이를 적시고, 타는 듯한 갈증을 풀어주기 위해 물을 찾았다. 집에는 아무도 없었기에, 메리가 직접 주전자를 들고 안마당의 반대편에 있는 펌프장으로 갔다. 고요한 밤에 메리의 가벼운 발소리가 주변에 울려 퍼졌다. 맑고 차가운 하늘을 배경으로 서 있는 집들의 각진 윤곽이 영원한 안식을 누리는 무수한 별빛을 받아 유난히 날카롭게 보였다. 바깥 풍경은 내면의 고통과 조화를 이루지 못했다. 동요 없이 고요하고 매정했다! 멀리 지평선이 달빛을 받아 부드럽게 물결치고, 가까운 나무들은 살랑 부는 밤바람에 가볍게 흔들리는 시골의 사랑스러운 밤 풍경과 전혀 달랐다. 시골에서 바람이 나뭇가지에 스치는 소리는 마음이 무거워 잠을 이루지 못하는 지친 영혼에게 따뜻하게 말을 건네는 것 같다. 그런 밤의 풍경과 소리는 고통과 슬픔을 잠재운다.

메리가 주전자에 물을 채우고 집으로 들어갔다. 사람 많고 냉혹한 세상에서 지식도 부족하고 도와줄 친구도 없는 자신에게 얼마나 많은 것이 달려 있는지 새삼 깨닫고는 더욱 불안해졌다.

그녀는 물로 이마를 적시고 갈증을 해소한 다음, 세웠던 목표를 찬찬히 생각하면서 방으로 올라갔다. 긴 잠을 자려는 사람처럼 옷을 벗었으나, 날이 밝기까지는 몇 시간도 남지 않았다. 잠이 오지 않을 걸 알았으나 그래도 자리에 누워 눈을 감았다. 세상의 죄와 슬픔은 전혀 모르는 사람처럼 메리는 몇 분 만에 깊은 잠에 빠져들었다.

숙면 덕분에 눈을 떴을 때는 몸이 개운했다. 그럼에도 대재앙이 임박했다는 사실은 잊지 않았다. 메리는 침대에 걸터앉아 생각을 가다듬었고, 그러다 절망감과 무력감이 밀려와 다시 침울해졌다. 그러나 그것은 순간의 나약함일 뿐이었다. 행동하지 않고 심사숙고하는 시간이 왜 소중하지 않겠는가?

평소 아침처럼 옷을 갈아입고 집을 정돈하기 전에, 메리는 혼란스러운 생각들을 정리하고 일종의 행동 계획을 마련했다. 만약 젬이 결백하다면(지금 메리는 그가 살인을 저지르지 않았을뿐더러, 그 일에 관여도 하지 않았고 사건 자체도 모르고 있다고 진심으로 믿었다), 살인이 일어난 시간에 다른 장소에 있었을 것이다. 어쩌면 그때 젬과 함께 있었던 사람들이 있을지 모르니 그들을 찾아야 한다. 모든 것이 그녀에게 달려 있었다. 언젠가 알리바이라는 것이 있다는 얘기를 들은 적이 있는데, 어쩌면 그것이 해법이 될 수 있을 것이다. 그러나 확신은 할 수 없었기에 좁에게 물어보기로 했다. 그는 메리가 아는 사람 중에서 어려운 말을 잘 아는 소수에 속했고, 법률 용어나 박물학 어휘나 철자가 어렵기는 마찬가지이기 때문이다.

꾸물거릴 시간이 없었다. 메리는 곧장 좁의 집으로 갔다. 좁과 마거릿은 아침 식사를 하고 있었다. 메리가 문을 열고 들어갔을 때, 그들은 대단히 슬픈 이야기를 나누는 듯 심각한 표정으로 조용히 대화하고 있었다. 자신을 보고 말을 멈추는 두 사람을 보고, 메리는 그들이 살인 사건과 젬에 관해 이야기하고 있었음을 눈치챘다. 그리고 두 사람은 (이제야 떠올랐지만) 자신에 관한 소문도 들었을 것이다. 지금까지 그들은 메리와 해리 카슨의 불장난에 관해 전혀 몰랐었다. 마거릿과 비밀을 나눌 때도 메리는 그에 관한 이야기를 한 번도 하지 않았다. 그러나 이제 마거릿은 사람들이 뻔뻔하고 못된 여자라고 부르는 메리의 소문을 들었을 것이다. 그 소문을 다 믿는 건 아니지만, 어쨌든 마음의 상처를 받았고 메리에게 실망하지 않을 수 없었다.

그래서 메리는 늘 하던 아침 인사를 하면서 목소리가 작아졌고, 좁이 예의상 답례했을 때는 가슴이 내려앉았다. 지금까지 그곳은 들어와 앉으라는 말도 필요 없을 정도로 메리에게 편한 장소였기 때문이다.

메리가 의자에 앉았다. 마거릿은 계속 말이 없었다.

"드릴 말씀이 있어요. 젬 윌슨에 관해서요."

"상황이 안 좋은 것 같더구나." 좁이 슬픈 목소리로 대답했다.

"네. 많이 안 좋아요. 하지만 젬은 결백해요. 정말이에요. 제가 장담해요."

"얘야, 그걸 네가 어떻게 아니? 증거가 불리하다던데. 불쌍한 녀석. 동기가 있어서 죄가 무겁다고 하더라. 아, 가엾은 녀석. 그가 스스로 한 것 같더구나."

"할아버지." 메리가 안타까워하며 의자에서 일어나 말했다. "그런 말씀 마세요. 젬은 하지 않았어요. 제가 확실히 알아요. 아니! 왜 고개를 흔드세요? 누가 제 말을 믿을까요? 젬을 잘 아는 할아버지가 그를 유죄라고 생각하는데, 누가 젬의 결백을 믿어주겠어요?"

"나도 믿고 싶지 않아, 얘야." 좁이 대답했다. "하지만 내 생각에, 젬은 이용당하고 버림받았어(그건 틀림없는 사실이야, 메리. 겉보기엔 모르지만). 그래서 피가 끓었고. 그런 이유로 죄를 짓는 남자는 많아."

"세상에! 그럼 할아버지는 젬의 무죄를 입증하는 일을 돕지 않으시겠군요. 할아버지, 제발요! 절 믿어주세요. 젬은 아무도 해치지 않았어요."

"우선, 잘 듣거라! 나는 이 일로 젬을 비난하지 않아." 좁은 다시 침묵에 빠졌다.

메리가 잠시 생각했다.

"저, 할아버지. 제 얘기를 들어보세요. 할아버지가 젬의 결백을 입증하는 일을 도와주신다면, 할아버지가 어떻게 생각하시든 저는 상관없어요. 지금 저는 젬이 무죄란걸 알아요. 아니 만약에 제가 그걸 알았다면, 어떻게 입증해야 할까요? 말씀해 주세요, 할아버지! 그걸 알리바이라고 부르지 않나요? 사건이 일어난 시각에 젬이 다른 곳에 있었다고 누군가 말한다면요?"

"젬의 결백을 알고 있다면, 가장 좋은 방법은 진범을 찾는 거야. 누군가 분명히 살인을 저질렀으니까. 젬이 아니면, 누구지?"

"제가 어떻게 알겠어요?" 메리는 좁의 의심을 키우지 않으려고 두렵고 괴로운 마음으로 대답했다.

그러나 좁은 전혀 다른 생각을 하고 있었다. 사실 그는 실연당해 질투에 눈이 먼 젬이 순간적으로 감정이 격해져 살인을 저질렀다고 굳게 믿었다. 그리고 메리도 그 사실을 알지만, 끔찍한 사건을 유발한 자신의 경솔한 행동을 뒤늦게 후회하면서 자신의 옛 친구를 죽을 운명에서 구하려 한다고 확신했다.

"젬이 범인이 아니라도 누가 그랬는지 아무도 몰라. 시간이 충분하면 뭔가를 찾을 수도 있겠지. 하지만 사람들 말로는 다음 주 화요일에 재판이 열린대. 솔직히 말해서, 메리, 젬에게 몹시 불리한 상황이야."

"저도 알아요, 안다고요! 하지만, 할아버지! 사건이 일어났을 때 젬이 다른 곳에 있었다는 사실을 보여주는 걸 알리바이라고 하나요? 알리바이는 어떻게 만들어야 하나요?"

"그래, 그게 알리바이야." 좁이 잠시 생각했다. "그 애 어머니에게 가서 그날 밤에 젬이 어디에서 뭘 했는지 물어봐야 해. 그걸 알면 도움이 될 거야."

또 다른 사람이 메리에게 절망적인 상황을 이해시키는 일을 맡게 되는 것이 걱정스러웠지만, 자신의 단순 주장보다 직접 조사가 메리를 더 잘 설득하리라 좁은 생각했다.

마거릿은 내내 말없이 심각한 표정으로 앉아 있었다. 솔직히 마거릿은 해리 카슨과 메리의 소문을 듣고 놀라서 실망한 상태였다. 온화하고 차분하고 수줍음이 많은 마거릿은 외모로 주목받은 적이 한 번도 없었고, 윌 윌슨을 보고 그의 이야기를 듣거나 그를 떠올릴 때 난생처음 느꼈던 설렘과 다정함, 그리고 무한한 기쁨이 사랑인지 아닌지 모를 정도로 둔했다. 마거릿은 허영에 들떠 야망을 품고 애정과 흠모의 대상이 되고 싶어 하는 여자들, 즉 장난삼아 연애하는 여자들에게 공감하지 못했다. 그래서 그런 여자들이 의지와 원칙 사이에서 얼마나 많이 갈등하는지를 전혀 이해하지 못했다. 마거릿은 행동이 잘못됐다는 확신이 들면 그것을 반복하지 않겠다고 결심했다. 그리고 그 결심을 이행하는 데별 어려움을 느끼지 않았다. 그래서 메리가 잘못을 부끄러워하면서도 궤변을 늘어놓는 모습을 이해할 수 없었다. 마거릿은 그동안 속은 기분이 들어 화가 났다. 그래서 지금 메리를 포기하고 싶은 생각마저 들었다. 메리는 정숙하지 못하고 젬을 애인처럼 말하면서 동시에 다른 애인의 관심도 얻으려 했던 표리부동한 사람이거나, 아무리 좋게 말해도 믿을 수 없는 사람이라는 생각이 들었기 때문이다.

그러나 지금 메리는 마거릿을 대화에 끌어들였다. 살인이 일어났던 날 밤에 혹은 더 정확하게는 그다음 날 이른 아침에 마거릿이 앨리스 아주머니와 함께 있었던 일이 문득 떠올랐기 때문이다. 즉시 메리는 마거릿을 바라보며 말했다.

"마거릿, 말해봐. 젬이 그날 밤에 집에 왔을 때 넌 거기에 있었잖아. 그렇지? 아니다! 없었구나. 하지만 몇 시간 지나지 않아서 그 집에 갔지. 젬이 어디에 있었는지 들었어? 그 전날 앨리스 아주머니가 쓰러졌던 날 밤에도 젬은 집에 없었잖아. 네가 그 집에서 차를 마셨을 때 말이야. 젬은 어디에 있었니, 마거릿?"

"몰라." 마거릿이 대답했다. "잠깐만! 윌이 리버풀로 걸어가는 동안 젬이 함께 있었다는 얘기가 기억난다. 정확하지는 않아. 그날 밤에 너무 많은 일이 벌어졌으니까."

"젬의 어머니에게 가봐야겠다." 메리가 단호히 말했다.

좁과 마거릿은 충고도 설득도 하지 않았다. 메리는 그들의 공감을 얻지 못했다고 느껴서, 친구들의 도움 없이 홀로 행동하기로 했다. 메리는 부탁하면 언제든 그들이 기꺼이 조언해줄 것을 알았고, 젬을 구하는 데 친구들의 조언이면 충분하다고 생각했다. 그럼에도 홀로 비밀을 간직한 채 젬의 집으로 걸어가는 동안 용기가 조금씩 사라졌다.

윌슨 부인은 너무 울어서 눈이 퉁퉁 부어 있었다. 지난 24시간 동안 극도의 불안감과 슬픔이 그녀의 얼굴에 만들어 놓은 흔적을 보니 안타까웠다. 밤새도록 윌슨 부인과 대븐포트 부인은 옛 노래처럼 반복되는 자신들의 슬픔을 함께 나눴고, 이제 최악의 슬픔이 윌슨 부인에게 다가오고 있었다. 표현이 적절한지 모르겠지만, 윌슨 부인은 성숙해졌다. 순교자처럼 슬픔을 껴안기로 했다. 그리고 아들에 대한 극도의 불안감 때문에 일종의 흥분 상태가 되었다.

"그래, 메리. 너 왔구나! 메리, 애야! 젬이 화요일에 재판을 받는대."

윌슨 부인은 그동안 얼마나 울었는지, 이제는 경련하듯 흐느꼈다.

"아, 윌슨 아주머니. 진정하세요! 우리가 젬을 구할 거예요, 두고 보세요. 불안해하지 마세요. 그들은 젬의 유죄를 입증할 수 없어요."

"그들은 밝혀낼 거야." 윌슨 부인은 쉽게 말하는 것처럼 보이는 메리에게 다소 화가 나서 중간에 말을 끊었다. 또한 절망 속에서 위안을 찾으려 할 때에 또 다른 희망을 심어주는 메리가 조금 불쾌했다.

"참 너답구나." 윌슨 부인이 계속했다. "네가 원인을 제공한 불행을 가볍게 여기다니. 나는 죽을 때까지 너를 비난할 거야. 그 애는 죽게 될 거야. 자기가 하지도 않은 일 때문에. 맞아. 그는 결코 그런 짓을 저지르지 않았어. 그 애가 얼마나 소중한 아들인데!"

월슨 부인은 너무나 기운이 없어서 화를 길게 내지도 못했다. 그녀의 분노는 가녀린 흐느낌과 희미한 신음으로 바뀌었다.

메리는 슬픔이든 분노든 어떻게든 월슨 부인을 달래고 싶었다. 그리고 그녀가 기억을 또렷하게 되살려 주기를 바랐다. 젬의 어머니인 그녀를 친절하게 대하고 싶었다. 메리는 부드러운 저음으로 다정한 말들을 건넸다. 그러나 말은 소리만 반복하면 그 의미와 힘을 잃으며, 진심에서 우러난 행동과 위로하는 표정을 곁들일 때 비로소 강력해진다. 월슨 부인은 맑고 푸른 눈과 동정 어린 눈물, 사랑과 희망이 담긴 말 등이 발휘하는 힘에 자기도 모르게 도움을 받아 덜 침울한 상태가 되었다.

"저, 월슨 아주머니. 젬이 목요일 밤에 어딜 간다고 말한 거 기억하세요? 앨리스 아주머니가 편찮았을 때 그는 밖에 있었잖아요. 다음 날 이른 아침까지, 아니 정확히 말하면 그날 밤늦게까지 집에 오지 않았고요. 맞나요?"

"아! 젬은 오후 5시쯤 나갔어. 윌과 함께. 윌이 리버풀로 걸어가는 동안 얼마간 동행해 주겠다고 말했지. 윌이 리버풀까지 걸어가겠다고 고집을 피웠는데, 차비로 5실링을 빌려주겠다는 젬의 제안을 거절했거든. 그래서 두 아이가 함께 나갔어. 이제야 생각나네. 너도 알다시피, 아픈 앨리스와 가엾은 젬 때문에 그걸 잊고 있었어. 둘은 함께 나갔어. 리버풀까지 걸어간다면서. 그러니까 얼마간 함께 걸었을 거야. 하지만 누가 알겠니. (다시 낙담하며) 젬이 정말로 갔다면? 그 애가 길에서 끌려갔겠구나. 얘야! 그들이 저지르지도 않은 죄를 물어 젬을 교수대에 매달겠구나."

"아니에요, 그러지 못할 거예요. 결코요! 제가 지금 방법을 찾고 있어요. 윌의 도움이 필요해요. 시간이 걸릴 거예요. 그가 젬과 함께 있었다고 증언하면 돼요. 젬은 지금 어디에 있나요?"

"사람들 말로는 오늘 아침에 죄수 호송차에 태워 커크데일로 보냈대. 난 얼굴도 못 봤어, 불쌍한 것! 그런데 그들이 신속하게 형을 집행하려고 서두르고 있대."

"아! 그들은 진범을 잡을 기회를 놓치고 있어요." 메리가 슬픔에 겨워 비통하게 말했다. "하지만 실망하지 마세요. 그들이 젬을 의심한 건 잘못이에요. 걱정하지 마세요. 결국 잘될 거예요."

"내가 할 수 있는 일이 있으면 좋겠는데." 윌슨 부인이 말했다. "하지만 나는 늙고 힘도 없는 불쌍한 사람이야. 머리도 이상해졌고. 앨리스를 돌보며 이런저런 생각들을 하다 보니 멍해져서, 내 자식을 도울 수 있는 게 아무것도 없단다. 어젯밤에 가서 그 애를 볼 수도 있었는데, 이제는 늦었다고 하더구나. 메리, 내가 기회를 날렸어. 이제 다시는 그 애를 볼 수 없어."

메리는 윌슨 부인의 슬프고 처연한 눈에서 그녀가 포기하려는 것을 느꼈고, 자신도 마음이 약해지고 두려워서 눈물이 터질 것 같았기에 서둘러 앨리스 아주머니의 이야기로 화제를 바꿨다. 윌슨 부인은 어머니만큼 자식을 걱정하는 사람은 없다고 생각하면서 이렇게 말했다.

"계속 똑같아. 고맙다. 앨리스는 행복해해. 무슨 일이 벌어지고 있는지 전혀 모르니까. 하지만 의사 말로는 앨리스가 점점 약해지고 있대. 만나보겠니?"

메리는 방으로 올라갔다. 친구들에게 죽어 가거나 이미 죽은 사람을 보여주는 것도, 그 제안을 거절하지 않는 것도 모두 예의를 지키는 행동이었다. 더구나 메리는 신실하고 선량한 앨리스 주변을 감싸고 있는 신성하고 고요한 기운을 잠시나마 느끼고 싶었다. 앨리스는 여전히 고통 없이 혹은 적어도 겉으로는 고통을 느끼지 못한 채 누워 있었다. 현재 벌어지는 일들을 전혀 의식하지 못했으며, 현실처럼 생생한 어린 시절의 추억에만 젖어 있었다. 여전히 푸른 들판을 이야기했고, 오래전에 사망해서 수십 년간 무덤 속에 누워 있는 어머니와 여동생이 그리운 고향집에 함께 있다는 듯 그들과 대화했다.

하지만 목소리는 가늘어지고, 동작은 느려졌다. 확실히 앨리스 아주머니는 죽어 가고 있었다. 하지만 표정은 얼마나 행복하던지!

메리는 잠시 말없이 서서 앨리스의 얼굴을 보고 그녀의 말을 들었다. 그러고 나서 허리를 굽혀 앨리스의 뺨에 다정하게 입을 맞췄다. 그리고 아직도 앨리스가 현실을 인지한다고 생각하는 불쌍한 윌슨 부인을 침대에서 떨어뜨려 놓고는, 부인에게 희망적인 말을 속삭이고 따뜻하고 다정하게 여러 번 입을 맞춘 후 작별 인사를 했다. 밖으로 나와 몇 걸음 걷다가 윌슨 부인에게 다시 돌아가 실망하지 말라고 달래주었다.

메리가 완전히 그 집에서 나가자, 집 안에 더는 햇빛이 들어오지 않는 것 같은 느낌을 윌슨 부인은 받았다.

그러나 메리의 가슴은 찢어지는 듯했다. 아버지가 살인자라는 사실이 분명해졌다! 메리는 이 확신에 너무 연연하지 않기로 했다. 지금은 젬의 결백을 입증하는 것만 생각하기로 했다. 그것이 그녀의 첫 번째 임무이자 반드시 성공해야 할 일이었다.

23. 소환장

> 그러므로 이제 그것은 흐린 눈과
> 떠는 손에 의지해야 한다.
> 내 모든 소중한 희망과 사랑을 담은 배는
> 험한 암초들을 통과하여
> 평화롭고 안전한 큰 항구로 가는 통로를 찾을까,
> 아니면 암초에 부딪혀 처참히 가라앉을까?
> 하늘이여 저를 도우소서.
> 제 눈을 밝히고 제 떨리는 손을 잡아주소서!
> — 〈굳은 의지의 여성〉

가슴이 뛰고 머릿속이 복잡했던 메리는 홀로 생각을 정리할 시간이 필요하여 서둘러 집에 왔다. 그녀는 원석을 발견해도 일단 숨겨두고 그것의 활용 가치를 꼼꼼히 따져보는 사람이었다. 지복의 내실로 안내하는 주요 단서를 발견하고도, 힘을 확보할 때까지 잠시 기다렸다가 미궁을 빠져나가는 그런 사람이었다.

구두쇠에게는 보석이, 연인들에게는 지복의 내실이 소중하겠지만, 지금 메리에게는 이 끔찍한 사건의 용의선상에서 배제된 사람. 즉, 살인자이지만 그녀에게는 너무도 소중한 사람이 계속 의심받지 않게 하면서 젬의 결백도 입증할 수 있다는 믿음이 중요했다. 왜냐하면 끔찍한 질문이 떠올랐기 때문이다. 만약 모든 상황이 젬에게 불리해져서 판사와 배심원들이 교수형을 결정하면, 진실을 알고 있는 그녀는 어떻게 할 것인가? 전에는 아버지를 끌어들이지 않고 그 끔찍한 질문에 대답해야 한다면, 차라리 죽거나 미치는 편이 낫겠다고 생각했다.

그런데 이제는 길이 좀 보였다. 알리바이를 생각해낸 것도 감사했고, 사건이 일어난 밤에 젬이 어디에 있었는지에 대한 단서를 얻은 것은 더욱 감사했다. 새로운 희망이 밝아서 재판 날이 일찍 정해진 것마저도 고맙게 느껴졌다. 윌이 예정대로 월요일에 맨섬에서 돌아오면 그를 데려올 것이다. 그리고 화요일이면 전부 밝혀질 것이다. 그것이 그녀가 바라는 전부였다.

메리는 윌과 만날 방법을 찾기 위해 계속 생각을 가다듬고 기억을 더듬었다. 편지는 불안하니, 윌이 리버풀에서 묵는 숙소를 찾아가야 한다. 그가 타고 나갈 배의 이름도 기억해내야 한다. 이런 것들을 떠올릴수록, 사소하지만 중요한 사실들을 확인하기가 쉽지 않겠다고 메리는 생각했다. 메리가 중요하게 생각한 것들을 또렷하고 강력하게 기억하고 있을 앨리스 아주머니는 지금 제정신이 아닌 채로 누워 있다. 윌슨 부인은 (랭커셔 사람들이 주로 쓰는 말로) '멍한' 상태다. 즉, 엄청나게 두렵고 고통스러운 생각 때문에 당황해서 길을 잃었다. 이번 사건이 있기 전에도 윌슨 부인은 윌의 일에 별 관심이 없었고(혹은 그런 척했고), 하나 남은 귀한 아들인 젬에게서 주의를 돌리게 하는 모든 것을 질투했다. 그래서 메리는 윌슨 부인에게서 윌의 정보를 얻기는 어렵겠다고 판단했다.

그러면 젬에게 직접 물어볼까? 아니다! 메리는 젬을 잘 안다. 전부터 젬은 곤란한 상황을 모면하려고 남을 희생시키는 것을 몹시 싫어했다. 그의 암묵적 거부 덕분에 살인자는 전혀 의심받지 않으리라 메리는 확신했다. 그러나 젬이 무죄 입증 과정에 협조하지 않을 거라는 점은 메리로서는 두려웠다. 어쨌든 그와 의논하기는 어려웠다. 젬이 커크데일로 옮겨졌기 때문에 시간이 촉박했다. 벌써 토요일 오후였다. 그리고 젬에게 갈 수 있다 하더라도 그녀는 가지 않을 것이다. 젬을 구하는 일은 그녀 혼자서 하고 싶었다. 물론 그녀가 아무리 노력해도 그의 사랑을 다시 얻을 수 있을지 모르겠지만! 더구나 살인자가 누구인지 아는 상황에서 어떻게 그와 의논할 수 있겠는가. 그가 지은 죄에도 불구하고 메리나 젬 누구도 사랑하는 그의 이름을 입에 올리지 않을 것이다.

그때 불현듯 윌의 배 이름이 떠올랐다. 존 크로퍼.

윌이 내내 그 이름을 말했었다. 살인 사건이 났던 목요일 저녁, 윌이 마지막으로 자신과 대화할 때 그 이름을 언급했다. 그녀는 또 잊어버릴까 봐 그 이름을 되뇌었다. 존 크로퍼.

그리고 이상하게도 혼수상태에서 깨어난 사람처럼 문득 마거릿이 떠올랐다. 앨리스 아주머니가 삶의 의지를 잃은 지금, 마거릿말고 누가 윌을 소중히 여기겠는가?

메리가 한참 생각에 빠져 있을 때 이웃 여인이 들어왔다. 메리는 아무도 없는 집에 친구들이 와서 안부를 묻거나 전할 말을 남길 때를 대비해서 이웃에게 집 열쇠를 맡겨놓곤 했다.

"여기 뭐가 왔단다, 메리! 경찰이 두고 갔어."

두꺼운 담황색 종이였다.

많은 사람이 내용을 모르는 담황색 종이 문서를 두려워한다. 그때의 메리도 그랬다. 문서를 받아 든 메리는 마음이 불안해졌다. 글을 읽을 수는 있었지만, 익숙하지 않은 내용이라 의미가 잘 와닿지 않았다. 더 정확하게는 어떤 생각도 받아들이지 않으려고 마음을 닫았기 때문이다. 결국 그것은 그녀가 그 문서의 의미를 어느 정도 수상쩍게 생각했다는 증거였다.

"그게 뭐예요?" 온갖 기운을 쥐어짜는 목소리로 메리가 물었다.

"아니, 내가 어떻게 알겠니? 경찰관 말로는 저녁에 다시 오겠다고, 네게 전달됐는지 확인한다고 했단다. 내가 누구이고 왜 너희 집 열쇠를 가지고 있는지 밝히고 메시지를 받아주겠다고 했는데도, 그는 그 문서를 맡기고 가는 걸 싫어했어."

"그게 뭔데요?" 똑같이 힘이 없고 잠긴 목소리로 메리가 다시 물었다. 내용을 알기 두렵다는 듯 손가락으로 대충 문서를 넘겼다.

"모르지! 난 글을 못 읽지만, 넌 읽을 수 있잖니. 내가 너한테 말하는 게 더 이상하겠다. 하지만 우리 주인 말로는 네가 리버풀 순회 재판소에서 열리는 젬 윌슨의 재판에 증인으로 참석해야 한다는 소환장이라더라."

"하느님, 저를 불쌍히 여기소서!" 메리가 얼굴이 백지장처럼 새하얘져서 가냘프게 외쳤다.

"아니, 얘야. 그렇게 흥분하지 마렴. 네가 하는 말은 재판에 아무 영향도 미치지 못할 거야. 사람들이 그러는데 교수형이 확실하대. 그런데 그 사람도 네 애인이라며."

다른 때라면 메리는 그 말에 크게 상처받지 않았을 것이다. 그녀는 젬과의 만남 장면을 머릿속으로 그려보느라 정신이 없었다. 안타깝게도 연인으로 만나는 자리가 아니었다!

"아무튼!" 메리의 말이나 태도에는 관심이 없었던 이웃 여인이 말했다. "경찰이 오면 그 중요한 문서를 잘 받았다고 말하거라. 그는 내가 그것을 전달하지 않을까 봐 걱정하는 눈치였거든. 그걸 의심한 사람은 그가 처음이었지. 그럼, 잘 있거라."

이웃이 떠났는데도 메리는 의식하지 못했다. 그녀는 여전히 문서를 손에 든 채 앉아 있었다.

메리가 갑자기 자리에서 일어났다. 그것을 좁에게 가져가서 무슨 내용인지 물어볼 생각이었다. 그 진짜 의미를. 그럴 리가 없기 때문에.

좁에게 간 메리는 목이 메어서 겨우 질문했다.

"이건 소환장이야." 좁은 문서를 넘겨보며 전문가 같은 말투로 말했다. 그는 어려운 말과 법률 서류 같은 것들을 좋아했고, 전에 우연히 헌책방에서 샀던 블랙스톤*의 책에서 얻은 수박 겉핥기식 지식을 이용해서 변호사의 자질을 조금 갖추었다고 자부했다.

"소환장이라니, 그게 뭔가요?" 여전히 불안해하며 메리가 헐떡였다.

좁은 메리의 목소리가 고통스럽게 변한 것에 놀라서 안경 너머로 메리를 찬찬히 바라봤다.

"그냥 이걸 소환장이라고 한단다, 얘야. 너를 해리 카슨 살인 사건 재판에 불러서 질문을 하겠다는 내용의 문서야. 언어를 중시하는 사람

✦   Blackstone. 18세기 영국의 판사이자 법학자. – 옮긴이

들을 위해서 좀 더 품위 있게 요점만 정리한 문서지. 옛날에 나도 증인으로 나갔던 적이 있어. 겁낼 건 하나도 없어. 그들이 무례하게 대하면, 뭐, 너도 무례하게 굴면 돼. '오는 말이 고와야 가는 말이 고운 거니까.'"

"겁낼 건 하나도 없군요!" 메리가 되받았지만, 말투는 좁과 사뭇 달랐다.

"이런, 불쌍한 것. 알겠다. 아마 너는 조금 힘들 거야. 하지만 힘을 내렴. 어느 쪽이든 너는 할 일이 별로 없단다. 아니다! 어쩌면 젬에게 조금 도움이 될 수도 있어. 그들이 너를 보면, 젬이 질투심 때문에 그런 일을 저질렀다고 쉽게 알 수 있을 테니까. 네 예쁜 얼굴을 보면 그들은 한 청년이 광기를 품게 된 연유를 알게 될 테고, 그러면 그의 행동을 좀 더 잘 이해하게 될 거야."

"아, 할아버지. 아직도 젬이 결백하다는 말을 안 믿으시는 거예요? 정말로, 정말 저는 증명할 수 있어요. 젬은 그날 밤에 내내 윌과 있었대요. 정말이에요, 할아버지!"

"얘야! 누가 그런 말을 했니?" 좁이 측은한 표정으로 말했다.

"아! 젬의 어머니가 그러셨어요. 저는 윌을 증인으로 데려올 거예요. 그런데, 아! 할아버지. (메리가 울음을 터트리며) 할아버지가 제 말을 믿지 않으시니 힘드네요. 젬을 잘 알고 사랑하는 사람들도 그의 결백을 믿지 못하는데, 젬을 전혀 모르는 사람들을 제가 어떻게 설득하겠어요?"

"하느님을 두고 맹세하건대, 나는 젬이 유죄 선고를 받길 바라는 게 아니야." 좁이 엄숙하게 말했다. "젬을 구할 수 있다면, 나는 남은 생의 반을 떼줄 수도 있어. 아니, 다 줄 수도 있단다. (눈이 안 보이는 내 가여운 손녀딸만 아니면, 내 삶에 미련이 없으니까.) 너는 내가 매정하다고 생각하지만, 내 속마음은 그렇지 않아. 나는 최선을 다해 너를 도울 거야. 그 일이 옳든 그르든." 그가 낮게 덧붙였다. 그의 마지막 말은 기침 때문에 잘 들리지 않았다.

"아, 할아버지! 저를 도와주시겠다면…." (한겨울의 짧은 햇살에 불과하지만) 메리는 표정이 밝아졌다. "그들이 질문할 때 뭐라고 해야 할지 말해주세요. 너무 두려워요. 어떻게 대답할지 모르겠어요."

"너는 사실만 말하면 돼. 언제나 진실이 최고지. 재판은 특히 그래. 그들은 예리하고 노련해서 금세 진실을 밝혀낸단다. 진실이 그릇된 생각을 따라가면 사람은 제 의지와 달리 톰 노디스✦처럼 보이게 되지."

"하지만 전 진실을 몰라요. 제 말은, 제 생각을 제대로 말할 수가 없다는 의미예요. 하지만 만일 제가 잔뜩 긴장해 있고 수많은 사람이 저를 쳐다보면, 저는 아주 단순한 질문에도 잘못 대답하고 말 거예요. 만약 그들이 제게 할아버지를 본 날이 토요일인지, 화요일인지, 아니면 다른 날인지 묻는다면, 저는 할 말을 깡그리 잊어버리고 하지 말아야 할 대답을 할 거예요."

"아니, 저런. 그런 생각들은 머릿속에서 지워버려. 그런 생각은 '신경과민'을 일으키니까 계속 얘기해 봤자 도움이 안 돼. 저기, 마거릿을 보렴. 세상에, 얼마나 침착하니!"

좁은 음악에 맞춰 걷듯, 균형을 잡고 걸음 수와 시간을 재며 길을 건

✦ Tom Noddies. 19세기 만화 속 등장인물로 바보의 대명사다. – 옮긴이

너는 손녀딸을 바라봤다.

메리는 찬바람이 닿은 듯 몸을 움츠렸다. 사실, 마거릿 때문이었다! 차분하고 말수 적은 이 앞을 못 보는 아가씨가 엄격한 판사처럼 보였다. 그녀는 주변 소리를 들으며 진심 어린 신뢰가 무엇인지 보여주었고, 그것이 좁에게 연민을 자아냈다. 메리는 자신이 비난받고 있는 것을 알았다. 그녀도 잘못을 뼈저리게 후회했다. 하지만 지난 아침처럼 마거릿이 자신을 계속 차갑게 대하기보다는 모진 말이라도 좋으니 무슨 말이든 해주길 바랐다.

"메리가 왔단다." 좁은 손녀딸을 달래려는 듯 말을 꺼냈다. "같이 저녁 식사나 하자. 오늘 메리는 한 끼도 못 먹은 거 같아. 안색이 나쁘고 유령처럼 창백하구나."

그것은 가진 건 별로 없지만, 마음이 따뜻하고 친절한 사람이라면 누구라도 강력하고 따뜻한 환대의 감정이 소환되는 말이었다. 마거릿은 메리 쪽으로 와서 그날 아침보다는 훨씬 친절하게 메리를 맞았다.

"아니, 메리. 너 집에서 아무것도 못 먹었잖니." 좁이 재촉했다.

메리는 지치고 현기증이 나기도 했고, 이 문제로 고집을 피우기에는 다른 문제들로 너무 머리가 아파서 그의 제안을 거절하지 않았다.

그들은 조용히 저녁 식사를 했다. 다들 말을 꺼내려면 노력이 필요했다. 한두 번 대화가 시작되었다가 이내 침묵으로 빠져들었다.

식사가 끝나자 좁이 다시 중요한 주제를 꺼냈다.

"커크데일에 있는 가엾은 젬이 공정한 재판을 받으려면 변호사가 필요할 거야. 이 문제를 생각해 본 적 있니?"

메리는 생각해 보지 않았다. 젬의 어머니도 마찬가지일 거라고 메리는 생각했다.

마거릿도 메리와 같은 생각이었다.

"젬의 집에 갔었는데, 가엾은 윌슨 아주머니는 날짜도 제대로 못 세고 계세요. 한꺼번에 너무 많은 슬픔이 덮쳤죠. 아주머니가 젬이 교수형을 당할 거라고 확신하시는 것 같아서, 저도 그렇게 생각한다고 말했더니 갑자기 화를 내시면서(불쌍하셔라!) 사람들이 뭐라 하든 젬의 무죄를 증명할 수 있고 증명할 사람들이 있다고 말하셨죠. 아주머니를 어떻게 돌봐야 할지 모르겠어요. 아주머니는 젬이 결백하다고만 계속 주장하세요."

"어머니들이란!" 좁이 말했다.

"아주머니는 윌이 젬의 무죄를 증명할 수 있다고 말하셨어요. 목요일 저녁에 윌이 리버풀로 걸어가는 동안 젬이 동행했대요. 이제 관건은 윌을 데려와서 그 사실을 증언하게 하는 거예요." 메리는 간절한 목표를 침착하게 설명했다.

"그 말을 너무 믿지는 마라, 얘야." 좁이 말했다.

"저는 믿어요." 메리가 대답했다. "그게 진실인 걸 아니까요. 무슨 일이 있어도 제가 그걸 증명할 거예요. 할아버지가 무슨 말을 하셔도 저는 겁먹지 않으니까 그만두세요. 도와주시는 건 감사하지만, 제 결심을 행동으로 옮기는 일은 방해하지 마세요."

좁과 마거릿은 메리의 결정을 존중했고, 그녀의 확고부동한 태도를 보고는 그녀의 말을 거의 믿을 뻔했다. 아! 작든 크든 신념을 바꾸는 가장 확실한 방법은, 그것을 거창한 선언이 아니라 우리가 철저히 지키는 행동 원리로 바라보는 것이다. 그럴 때 신념은 삶 속으로 들어가 모든 행동을 바꾼다!

메리는 본능적으로 친구 한 명은 설득했다고 느꼈고, 이에 용기가 생겼다.

"그럼, 이 점을 분명히 할게요." 메리가 계속했다. "젬은 그 총이 발사된 날, 윌과 함께 있었어요. (그녀는 살인이 일어났을 때 그리고 살인자가 누구인지 기억났을 때, 왜 그렇게 믿게 되었는지는 말할 수 없었다.) 윌이 입증할 수 있어요. 그래서 저는 윌을 찾아야 해요. 그가 화요일까지는 배를 타지 않을 거예요. 그러니 시간은 충분해요. 그는 월요일에 맨섬에 있는 외삼촌집에서 돌아올 거고요. 저는 리버풀에서 윌을 만나 무슨 일이 벌어졌는지, 불쌍한 젬이 얼마나 큰 곤경에 빠졌는지 알려주고, 그가 화요일에 와서 알리바이를 입증해야 한다고 말할 거예요. 이 일을 전부 제가 할 수 있고, 하고 말 거예요. 지금 당장은 방법을 명확히 알지 못하지만요. 하지만 분명히 하느님이 저를 도우실 거예요. 제가 하려는 일이 옳기 때문에, 저는 두렵지 않고 주님만 믿고 갈 겁니다. 저는 잘못 행동해 온 저 자신이 아닌, 선하고 죄 없는 사람을 위해 행동할 겁니다. 너무나 착했던 젬을 생각하면, 전혀 두렵지 않아요."

메리는 벅차오르는 감정 때문에 말을 멈췄다. 마거릿은 메리에 대한 애정을 회복했다. 불완전하고 충동적이지만 사랑스럽고 다정한 모습에서 전에 알던 메리 바턴이 보였고, 지금은 거기에 품위와 자립심, 목표까지 갖추고 있었다.

메리가 말을 이었다.

"지금은 윌이 타려는 배 이름도 알아요. 존크로퍼호. 미국행 배죠. 또 알아야 할 게 있는데요. 윌이 리버풀에서 묵는 집이 어딘지 들었는데 잊어버렸어요. 윌이 집주인 아주머니가 선량하고 믿을 수 있는 사람이라고 하면서 이름을 말했는데, 생각이 안 나요. 마거릿, 도와줄 수 있니?"

메리는 윌과 마거릿의 조심스러운 관계를 알고 있음을 침착하고 솔직하게 마거릿에게 암시했다. 마치 남편의 숙소를 아내에게 물어본다는 듯이. 마거릿은 침착하게 대답했으나, 진홍빛으로 물든 양쪽 볼이 그녀의 동요하는 마음을 보여주었다.

"윌은 니컬러스 거리 밖에 있는 존스 부인의 밀크하우스 야드에 묵고 있어. 선원이 된 후로 줄곧 그곳에 살았어. 존스 부인은 몹시 친절하다고 들었어."

"그래, 메리! 널 위해 기도해 주마." 좁이 말했다. "나는 기도를 자주 하는 사람은 아니지만, 이따금 아주 행복하거나 아주 슬플 때는 하느님께 기도를 드린단다. 희귀한 곤충을 발견하거나 외출하기 좋은 날씨가 될 때에도 감사 기도를 드리지. 그런 기도는 친구에게 말하듯 하는 간단한 기도였지만, 이번에는 젬과 너를 위해 제대로 기도할게. 그리고 마거릿도 분명히 그렇게 할 거야. 그런데, 얘야, 변호사를 구하는 건 어떻게 생각하니? 내가 한 명 아는데, 체셔 씨라고. 곤충학계에서 만났는데, 좋은 사람이야. 그와 나는 서로 여러 번 표본도 복사해서 주고받았어. 그가 내게 친절을 베풀어 줄 거야. 모자를 쓰고 그에게 가봐야겠다." 말이 끝나기 무섭게 좁은 길을 나섰다.

그리하여 마거릿과 메리만 남게 되었다. 이것은 소원함은 물론이고, 어색함마저 되살리는 듯했다.

하지만 용기를 가득 내어 메리가 먼저 침묵을 깼다.

"아, 마거릿!" 메리가 말했다. "저기, 네가 내 행동을 얼마나 나쁘게 생각하는지 알아. 하지만 나보다 더 나를 나쁘게 생각하는 사람은 없을 거야. 이제 눈을 떴거든." 메리는 흐느끼느라 목이 메었다.

마거릿이 말했다. "아니야, 나는 그럴 자격이 없어."

"그렇지 않아, 마거릿. 넌 비난할 자격이 있어. 당연히. 넌 성서의 말대로, 무언가를 판단할 때마다 고마움을 떠올리잖아. 넌 늘 착하게 살아왔기 때문에, 잘못은 저지르기 쉽지만 바로 잡기는 너무나 어렵다는 걸 모를 거야. 아! 처음에 해리 카슨의 달콤한 말들을 즐거워할 때는 결말이 어떻게 될지 전혀 생각하지 못했어. 내가 목숨보다 사랑하는 사람을 죽게 할 줄이야."

메리가 울음을 터뜨렸다. 종일 억눌려 있던 감정이 폭발한 것이다. 그러나 다시 감정을 억누른 후, 마거릿의 조용하고 냉정한 눈이 한탄하는 자신을 볼 수 있다는 듯 애처로운 표정으로 마거릿을 올려다보며 덧붙였다.

"나는 울면 안 돼. 무너지면 안 돼. 차차 그럴 시간들이 있겠지만 지금은 아니야. 네가 친절하게 말을 건네주기만 하면 좋겠지만, 마거릿. 나는 지금 너무너무 비참해. 누구도 상상할 수 없을 만큼. 내가 이렇게까지 벌을 받을 정도로 나쁜 사람인가 이따금 생각하기도 해. 하지만 그건 잘못된 생각이야. 그렇지, 마거릿? 아! 난 잘못을 저질렀고 그래서 벌을 받는 거야. 내가 얼마나 큰 벌을 받고 있는지 너는 몰라."

그렇게 구슬프고 겸허한 목소리에 누가 저항할 수 있을까? 그렇게 간절하게 친절을 베풀어 달라고 애원하는 사람을 누가 거절하겠는가? 마거릿도 그랬다. 둘의 옛 우정이 되살아났다. 거기에 애정도 더해졌다.

"아! 마거릿, 젬을 구할 수 있을까? 윌이 증인으로 나서도, 그가 유죄 판결을 받을까? 이게 좋은 알리바이가 못되는 걸까?"

마거릿은 잠시 아무 대답도 하지 않았다.

"제발, 말해줘!" 메리가 조바심을 내며 말했다.

"나는 법이고 알리바이고, 아무것도 몰라." 마거릿이 조용히 대답했다. "하지만 메리, 할아버지가 말하신 것처럼 네가 윌슨 아주머니의 말을 너무 믿는 건 아니니? 가엾은 아주머니는 간병에 지치고 젬의 일에 충격을 받아서 제정신이 아니실 거야. 왜 안 그렇겠어? 아니면 젬이 눈가림용으로 윌슨 아주머니에게 그렇게 말했을지도 모르고."

"넌 젬을 몰라." 메리가 급히 의자에서 일어서며 말했다. "젬을 안다면 그렇게 말하지 않을 거야."

"나도 내가 틀렸기를 바라! 하지만 생각해 봐, 메리. 그에게 불리한 증거가 얼마나 많은지. 총알이 그의 총에서 발사됐어. 사건이 있기 얼마 전에 그가 해리 카슨을 협박했고. 사건이 일어난 시각에 우리도 알다시피, 그는 집에 없었어. 내가 두려운 것은 젬의 결백을 입증하려면 다른 사람이 소환되어야 하는데, 젬 말고는 의심받는 사람이 아무도 없잖아."

메리가 깊은 한숨을 내쉬었다.

"하지만, 젬은 사람을 죽이지 않았어." 메리가 다시 주장했다.

마거릿은 믿지 못하는 표정이었다.

"그런 말이 아무 소용 없는 걸 나도 알아. 너도 그렇고 아무도 나를 믿지 않으니, 내가 입증할 때까지 다시는 그런 말을 하지 않을게. 월요일 아침에 리버풀로 갈 거야. 직접 재판을 준비하겠어. 이런! 그래! 월도 찾아야겠지. 마거릿, 그러고 나면 너는 젬을 의심했던 걸 미안해하게 될 거야."

"진정해, 메리. 내가 잘못했으니까, 제안을 하나 하고 싶어. 먼저 솔직하게 말할게. 넌 돈이 필요할 거야. 변호사들은 돈 먹는 하마나 다름없어. 게다가 윌을 찾으려면 리버풀에 머물러야 하잖아. 내가 오래된 찻주전자 옆에 모아 놓은 돈을 네가 가져갔으면 좋겠어. 넌 거절할 권리가 없어. 그 돈은 내가 젬에게 주는 거지, 너한테 주는 게 아니야. 넌 그 돈을 젬을 위해 쓰겠지."

"알겠어. 이해했어. 고마워, 마거릿. 넌 정말 친절하구나. 젬을 위해 그 돈을 가져갈게. 그리고 최선을 다할게. 하지만 다는 싫어. 그 돈을 전부 가져가지는 않겠어. 체류비만 있으면 돼. 그건 받을게." 마거릿이 찬장의 돈통에서 꺼낸 1파운드짜리 금화 하나를 받아들고 메리가 말했다. "네 할아버지가 변호사 비용은 내실 거야. 난 변호사와는 볼 일이 없거든." 메리는 변호사들이 결국 진실을 찾아낸다는 좁의 말을 떠올리며 몸을 떨었다. 그들은 메리가 숨겨야 했던 비밀도 찾아낼 것이다.

"어머나! 너무 그러지 마." 마거릿이 메리의 감사 인사를 끊으며 말했다. "나는 가끔 성서의 계명이 양면적이라고 생각해. 사람들은 '너희는 남에게서 바라는 대로 남에게 해주어라'[✦]고 말하지. 하지만 돕고 싶어도 상대의 자존심을 세워주느라 친절을 베풀지 못하는 경우가 종종 있거든. 그리고 우리가 그들의 입장이 되면 우리도 같은 것을 바라게 되지. 아! 큰 슬픔을 당해 위로가 필요한 사람이 나를 귀찮게 하지 않으

✦ 신약성서 마태오의 복음서 7장 12절. – 옮긴이

려고 차갑게 대하는 바람에 내가 얼마나 자주 상처를 받는지 몰라. 주님은 사람들의 섬김을 기꺼이 받으셨어. 그분은 다른 사람을 위해 뭔가를 해주는 것이 얼마나 즐거운 일인지 아셨기 때문이지. 그 일은 세상에서 가장 큰 행복이야."

메리는 거리에서 벌어지는 일에 집중한 나머지 마거릿이 하는 말에 제대로 응수하지 못했다. 메리가 앉은 자리에서는 창문 밖이 잘 보였는데, 지금 한 신사가 좁과 나란히 걸으며 진지한 대화를 나누고 있었다. 그 신사는 변호사처럼 예리하고 통찰력을 갖춘 사람처럼 보였다. 좁은 집게손가락을 들어 올리고 다양한 몸짓을 사용해서 뭔가를 말하고 있었다. 그런 후에는 길 건너에 있는 자신의 집을 가리키며, 집으로 함께 가자는 듯 고개를 끄덕였다. 메리는 그 신사가 자신에게 젬의 결백을 확신하는 이유를 캐물을까 두려웠다. 그가 거기로 오면 어쩌나 겁이 났다. 그가 마거릿의 집 쪽으로 조금 다가왔다. 아니었다! 그 행동은 메리가 못 본 아장아장 걷던 어린아이에게 길을 비켜주기 위해서였다. 다시 좁이 그를 붙들고 긴 이야기를 늘어놓았고, 표정도 점점 진지해졌다. 신사는 가고 싶어서 '안달하는' 표정이었지만, 메리는 그가 변호사였음에도 좁을 순순히 따르는 점이 마음에 들었다. 마지막으로 신사는 짧게 고개를 끄덕이고 단음절로 대답했다. 그런 다음 쏜살같이 자리를 떴고, 좁은 예의 그 인정 많은 얼굴에 만족한 표정을 띠고 길을 건너왔다.

"얘야! 메리." 좁이 들어왔다. "변호사를 만났어. 체셔 씨는 아니고. 살인 사건은 그의 전문 분야가 아니라는구나. 하지만 다른 변호사와 연결해 줬단다. 말이 많긴 해도 좋은 사람이야! 그가 내 말을 자주 끊어서 거의 말을 하지 못했어. 하지만 중요한 얘기는 여러 번 강조했지. 아마 너도 우릴 봤을 거야! 여기로 와서 너와 얘기를 나누기를 바랐는데, 그가 시간이 없었어. 변호사가 네 증거로는 부족하다고 하더구나. 그래서 월요일 아침에 그가 첫 기차를 타고 순회 재판소로 가서 젬을 만나 자초지종을 들을 거야. 그리고 내가 주소를 하나 받았는데, 너와 (특히) 윌이 월요일 2시에 변호사를 만나야 해. 메리, 넌 월요일 오후 2시에 리버풀에서 그를 방문해야 한다. 알겠니?"

좁은 메리가 자기 말을 제대로 이해했는지 의심스러워했는데 그럴 만했다. 좁이 만족한 이 모든 세부 계획은 메리가 처한 상황을 여실히 보여주고 있었기 때문이다. 익숙한 자리에 앉아 마거릿의 차분한 목소리를 들으며 휴식하고 음식을 먹다 보니 메리는 잠시 공상에 빠져들었다. 그러다 좁의 계획을 듣고 그것이 꿈이 아닌 현실임을 깨달았다. 아까 본 변호사가 조만간 젬을 만나본다는데, 결과가 어떻게 될까?

월요일이면 내일모레다. 그리고 화요일에는 사랑하는 사람이 생사의 갈림길에 선다. 아니면 아버지가 죽게 될지도 모른다.

아니나 다를까 좁은 중요 사항을 다시 점검했다.

"월요일, 2시. 꼭 기억하거라. 여기 그의 명함이 있다. '브리지노스 변호사. 리버풀. 렌쇼 거리 41번지' 그가 거기 묵을 거야."

좁이 말을 멈추자, 메리가 침묵을 깨고 고마움을 표했다.

"정말 고맙습니다, 좁 할아버지. 정말로요. 할아버지와 마거릿은 무슨 일이 있어도 저를 버리지 않으시겠죠."

"이런, 세상에! 얘야. 힘내야지. 나도 이제 이해했다. 변호사가 윌의 증언을 변론 증거로 삼으려는 것 같아. 얘들아, 너희는 확실하지? 윌과 관련해서 실수한 거 없지?"

"확실해요." 메리가 말했다. "윌은 여기에서 바로 맨섬에 있는 외삼촌을 만나러 갔고, 일요일 밤에 리버풀로 돌아와서 화요일 출항을 준비할 거예요."

"저도 확실해요." 마거릿이 말했다. "윌이 탈 배는 존크로퍼호이고, 윌의 숙소는 제가 아까 메리에게 말해줬어요. 주소는 적어뒀니, 메리?"

메리는 브리지노스 씨의 명함 뒷면에 주소를 써두었다.

"윌이 꼭 가고 싶었던 것은 아니야." 그녀가 적으면서 말했다. "그는 외삼촌을 잘 몰랐고, 몰라도 상관없다고 했거든. 하지만 친척은 친척이고, 약속은 약속이지. 그는 하루 정도만 그곳에 머물겠다고 했어."

마거릿은 시내로 가서 노래 연습을 해야 했다. 메리는 떠나기도 싫고 혼자 있기도 싫었지만 친구들과 작별 인사를 나누었다.

24. 죽어 가는 사람 곁에서

> 아, 사랑하는 이가 열에 들떠 자고 있을 때
> 그 곁에 앉아서 떨며 무거운 시간을 재고 있는
> 사람들의 모습이 슬프고 엄숙하다!
> 아, 고요한 밤의 끔찍한 광경.
> 움직이지 않는 창백한 형체를 응시하며 묻는다.
> '지금 그것은 잠인가, 죽음인가?'
> – 작자 미상

메리는 고독을 참을 수 없었다. 수많은 괴로운 생각이 마음을 짓눌렀다. 집 안 곳곳에 추억과 조짐이 가득했다.

미력이나마 최선을 다해 젬에 대한 의무를 다하면 사랑하는 마음은 보상받을 것이다. 그리고 자식 된 도리를 다하면 아버지의 과거와 현재, 미래에 드리워진 검은 베일도 벗길 수 있을 것이다. 그녀는 무의식적으로 해야 할 일을 찾았다. 고민 말고 무언가 행동에 나서야 한다.

그때 룻과 나오미✦를 하나로 묶었던 감정이 떠올랐다. 두 사람은 목적이 같았다. 그래서 메리는 젬의 어머니를 돕고 위로하면 근심을 덜

✦ 구약성서 룻기의 등장인물들로 두 사람은 고부 관계다. – 옮긴이

수 있으리라 생각했다. 메리는 문단속을 마치고 앤코츠로 향했다. 길에서 누가 앞을 막을세라 고개를 숙인 채 황급히 움직였다.

메리가 안으로 들어갔을 때 윌슨 부인은 조용히 의자에 앉아 있었다. 평소 부산스럽고 신경질적인 모습과는 달리 몹시 차분했다.

윌슨 부인은 창백하고 기운 없어 보였다. 그러나 그 차분함은 메리를 충격에 빠뜨렸다. 윌슨 부인은 메리가 들어왔는데도 자리에 계속 앉아서 부드럽고 가냘픈 목소리로 중얼거렸다.

대븐포트 부인이 메리의 옷을 잡아끌며 속삭였다. "관심 두지 마렴. 부인은 지쳤어. 혼자 두는 게 나아. 다 얘기해줄 테니까, 위층으로 가자."

하지만 답을 기다리는 듯 불안한 표정으로 자신을 바라보는 윌슨 부인에게 마음이 쓰인 메리는 그녀가 반복하고 있는 말을 알아듣기 위해 가까이 다가갔다.

"이게 뭔가요? 제게 말해 주실래요?"

윌슨 부인은 떨리는 손가락으로 무언가를 말았다 폈다 하고 있었는데, 그것은 메리도 받았던 불길한 담황색 문서였다.

메리는 마음이 아파서 아무 말도 할 수 없었다.

"이게 뭔가요?" 윌슨 부인이 되받았다. "제게 말해 주실래요?" 놀란 어린아이처럼 애원하는 눈빛으로 메리를 바라봤다.

메리가 대답할 수 있을까?

"내가 관심 두지 말랬지." 대븐포트 부인이 살짝 화를 내며 말했다. "부인은 그게 뭔지 알고 있어. 너무 잘 알지. 그들이 그걸 주고 갈 때 난 여기에 없었어. 하지만 헤밍 부인(옆집 여인)이 같이 있었는데, 부인은 윌슨 부인이 명확히 이해할 수 있게 문서의 의미를 자세히 설명해 줬대. 저건 젬의 재판에 증인으로 참석하라는 소환장이야. 헤밍 부인은 총을 확인하기 위해서라고 생각한대. 너도 알다시피, 총이 누구 건지 증언할 사람이 윌슨 부인밖에 없잖니. 부인이 젬의 총이라고 경찰관에게 말했고, 이제 와서 말을 바꿀 수 없으니까. 불쌍한 사람. 윌슨 부인이 아주 힘들어해!"

두 사람이 속삭이는 동안 윌슨 부인은 둘의 대화에서 자신이 원하는 설명을 들을 수 있으리라 기대하며 참고 기다렸다. 그러나 두 사람이 동정 어린 눈빛으로 아무 말이 없자, 윌슨 부인은 아까와 같은 부드러운 목소리로 다시 말하기 시작했다. (몸이 망가진 자신과 결혼해준 남편을 제외하고 주변 사람들에게 자주 부리던 신경질적인 목소리와는 사뭇 달랐다.) 이번에도 차분한 목소리로 불안한 질문을 반복했다.

"이게 뭔가요? 제게 말해 주실래요?"

"그거 당장 주세요, 윌슨 부인. 제가 보이지 않는 곳으로 치울게요. 메리, 윌슨 부인에게 말 좀 해줘. 저걸 좀 달라고 해봐. 내가 계속 달라고 했는데, 말을 듣지 않아. 억지로 뺏기는 싫고."

메리가 서랍장 아래에서 작은 의자를 꺼내와 윌슨 부인의 무릎 옆에 갖다 놓고 거기에 앉았다. 그러고는 떨고 있는 윌슨 부인의 손을 부드럽게 쓰다듬었다. 윌슨 부인이 살짝, 아주 살짝 저항했지만 그뿐이었다. 메리에게 잡혀 있던 손이 불안하게 움직이더니 담황색 종이 문서가 바닥으로 떨어졌다.

메리는 마법에 걸린 사람처럼 불안한 시선으로 문서를 바라보는 윌슨 부인 앞에서 조심스럽게 문서를 집어 들어, 보이는 곳에 놓아둔 다음 부인의 손을 계속 어루만졌다.

"아주머니는 여러 날을 못 주무셨어요." 메리가 대븐포트 부인에게 말했다. "게다가 비통하고 슬픈 일까지 겹쳤으니, 아주머니가 이러실 만도 하죠."

"정말, 그래!" 대븐포트 부인이 대답했다.

"아주머니를 당장 침대로 데려가야 해요. 옷도 벗겨야 하고요. 하느님이 아주머니가 잠을 좀 잘 수 있게 해주면 좋을 텐데."

두 사람은 윌슨 부인이 거기에 없다는 듯 대화를 나눴다. 윌슨 부인의 마음은 먼 곳에 있었다.

이윽고 두 사람은 미동도 없이 의자에 앉아 있던 윌슨 부인을 자는 아기 들어 올리듯 부드럽게 일으켜 세운 다음, 방으로 데려가 옷을 벗기고 작은 침대에 뉘었다. 그 전에 잠시 두 사람은 앨리스의 방해를 받지 않도록 윌슨 부인을 젬의 방에 있는 침대에 눕힐까 했었다. 그러나 윌슨 부인이 낯선 잠자리에서 눈을 떴을 때 충격을 받을 수 있고, 그날 밤 불침번을 서기로 한 메리도 두 방을 오가며 환자들을 돌보기 어려울 것 같았다.

그래서 그들은 윌슨 부인을 앨리스가 누운 침대 옆 작은 침대에 눕혔다. 그리고 조심스럽게 침대에서 물러나 그녀가 잠을 잘 수 있기를, 잠시나마 무거운 짐을 내려놓을 수 있기를 기도했다. 그런데 그때 윌슨 부인이 아쉬운 듯 메리를 바라보며 속삭였다.

"그게 뭔지 말 안 해줬어요. 그게 뭐죠?"

윌슨 부인은 답을 기다리며 메리의 얼굴을 물끄러미 바라보다, 서서히 눈을 감고 죽음과도 같은 깊고 무거운 잠에 빠져들었다.

대븐포트 부인이 집으로 돌아갔고, 메리는 혼자가 되었다. 앨리스 아주머니와 윌슨 부인이 함께 있었지만, 고독한 순간에 떠오르는 괴로운 생각들을 물리치고 싶을 때 자는 두 사람에게 도움을 청할 수는 없다.

메리는 밤이 오는 게 두려웠다. 앨리스는 곧 죽을 것이다. 낮에 의사가 와서 아주머니의 죽음이 멀지 않다고 말했었다. 여느 젊은이들처럼 메리도 죽음 자체보다 시신과 함께 있는 것이 더 두려웠다. 그래서 그녀는 잠든 앨리스의 호흡이 끊어질까 불안해서 허리를 굽혀 숨소리를 확인했다.

또 메리가 상상만 해도 두려운 상황은 잠에서 깬 윌슨 부인이 섬망에 빠지는 것이다. 이미 윌슨 부인은 하나 남은 아들 젬에게 불리한 증언을 해야 한다는 헤밍 부인의 설명을 듣고 망연자실한 상태다. 헤밍 부인의 말은 주제넘긴 했어도 명백히 사실이다. 혹여 윌슨 부인이 악몽(동정을 품거나 사랑을 주는 사람이 없어서 기쁨도 슬픔도 나눌 수 없는 곳, 이루 말할 수 없이 공포스럽고 수수께끼가 숨겨져 있으며 한 사람만 귀한 보물을 얻는 곳, 이 세상에 홀로 남겨져 사랑하는 자식의 얼굴을 볼 수 없는 곳)을 꾸고 정신을 잃거나, 환영과 악몽을 유발한 끔찍한 현실 때문에 제정신이 아닌 채로 잠에서 깨면 어쩌지?

이따금 현실보다 상상이 괴로운 법이다! 그날 밤 메리는 몹시 두려웠으나 시간은 더디게 흘렀다. 윌슨 부인과 앨리스 아주머니를 돌보겠다고 자청하지 말 것을!

그러나 그 두 사람에 대한 걱정은 다른 불안감을 누그러뜨렸다. 둘을 지켜보던 메리는 너무 피곤한 나머지 날이 밝는 줄도 모르고 짧게 잠이 들었다. 앨리스는 깨어 있는 동안에는 아이처럼 말하고 노래했다. 상상 속에서 그녀는 어린아이였으며, 사랑하는 사람들과 헤더 향기, 주변 들새의 노랫소리와 민요에 둘러싸여 무척 행복했다. 거기에서는 초기 시편의 내용으로 만든 노래들(담쟁이덩굴이 반쯤 덮인 시골 교회에서 부르는 노래로, 그런 곳에서는 시냇물 소리나 나무 사이를 지나가는 바람 소리가 하느님을 찬양하고 하느님에게 감사하는 합창단의 목소리와 조화를 이룬다)이 듣는 이를 위로하고 격려한다. 이제 잿빛 새벽이 밝아오면서 골풀 양초의 빛이 희미해지자 메리는 이미 지평선에서 해가 이글이글 떠오를 준비를 하겠거니 생각했다.

　메리는 졸고 있던 의자에서 일어나 졸린 눈으로 아침이 됐는지 확인하러 창가로 갔다. 안식일이라 거리는 유난히 고요했다. 그날 아침에는 공장의 종소리도 울리지 않았다. 일찍부터 공장으로 향하는 노동자도 없었다. 거리를 지루하지 않게 하는 작은 상점들에서 초라하게 유리를 닦는 아가씨들도 보이지 않았다. 그 대신 이곳저곳에서 시골 공기를 마시러 산책 나온 직공들과 맑은 서리가 내린 아침에 '아빠'와 걷는 뜻밖의 즐거움을 아장아장 걷는 아이에게 알려주러 나온 아버지들이 있었다. 주중에는 자유 시간이 있는 사람이라도 이 일요일 아침의 신선하고 싸늘한 공기 속을 걸을 때보다 빠른 걸음으로 걸었을 것이다. 그러나 지금은 모두가 느릿느릿 걸으면서 상쾌하고 기분 좋은 시간을 보냈다.

　물론 그날 아침에는 목적이 불순하고 부끄러운 행동을 하며, 이런 평화로운 날과 어울리지 않게 몸과 마음이 동물적 욕구로 가득 찬 행인도 한두 명 있었다. 거의 모든 사람이 이렇게 길을 잃고 방황하는 형제들을 돕기 위해 최선을 다하지 않은 것을 자책해야 할 것이다.

메리는 창가에서 벗어나 잠자는 두 사람의 침대로 가서 그들의 안색과 숨소리를 확인했다. 앨리스 아주머니는 몹시 평화롭고 행복하게 잠들어서 그녀의 얼굴은 고통 없는 죽음을 향해 가는 동안 훨씬 젊어 보였다.

윌슨 부인은 지난 며칠 동안 시달린 불안감의 흔적이 얼굴에 남았으나 지금은 곤히 자고 있었다. 그러나 메리가 윌슨 부인에게서 젬의 얼굴을 찾으려 애쓰는 동안, 그녀는 잠에서 깨어 메리를 빤히 바라봤다. 의식이 돌아온 듯했다.

두 사람 모두 잠시 아무 말도 하지 않았다. 메리는 고뇌에 찬 그녀의 날카로운 시선을 피했다.

"꿈이니?" 젬의 어머니가 마침내 낮은 목소리로 물었다.

"아니에요." 메리도 낮게 말했다.

윌슨 부인이 베개에 얼굴을 묻었다.

그녀는 오늘 아침에 모든 상황을 이해했다. 어젯밤 허약하고 지친 상태에서 소환장을 받은 충격은 분명히 사라졌다. 그녀가 기운 없는 몸짓으로 일어나고 싶다는 의사를 표현했을 때 메리는 막지 않았다. 잠은 잤으니 걱정은 덜었다.

윌슨 부인이 메리의 도움을 받아 옷을 입은 후에 잠들어 있던 앨리스를 가만히 바라봤다.

"그녀는 정말 행복하구나!" 윌슨 부인이 조용하고 슬픈 목소리로 말했다.

메리가 아침 식사를 준비하고 다른 집안일들을 하는 동안, 윌슨 부인은 안락의자에 앉아서 메리를 조용히 관찰했다. 평소 같은 짜증과 분노는 사라진 듯했다. 아니면 그것을 표출하기에 심신이 너무 지쳤는지도 모르겠다.

메리는 브리지노스 씨와 관련된 내용, 자신이 세운 젬 구명 계획, 자신의 희망 사항 등을 모두 윌슨 부인에게 얘기했다. 그러나 불쑥불쑥 올라오는 의심과 두려움은 최대한 숨겼다.

윌슨 부인은 메리의 이야기를 별말 없이 들었지만, 내용을 충분히 이해하고 깊은 관심을 보였다. 메리가 말을 마치자, 그녀는 한숨을 쉬며 말했다. "애야! 난 그 애 엄마인데, 내가 해야 할 일도, 할 수 있는 일도 너무 적구나! 그래서 속이 타는 거야! 아픈 엄마를 바라보는 아이가 된 것 같아. 작은 가슴으로 슬프게 울기만 할 뿐 도움이 되지는 못하지. 감각이 한꺼번에 사라진 것 같고, 어린아이처럼 울 힘조차 없구나."

윌슨 부인은 자책하며 울음을 터뜨렸으나, 울음소리가 약해서 겉으로는 그렇게 고통스러워 보이지 않았다. 울음소리나 눈물, 큰 소리로 하는 말 따위가 슬픈 얼굴과 가늘고 새된 목소리만큼 마음의 고통을 표현할 수 있을까!

고통을 견디고 있는 메리를 보자. 그녀의 머릿속에서 얼마나 많은 생각이 충돌하고 있을지 (굳이 말하지 않겠으니) 독자가 직접 상상해 보시길. 메리는 차분한 태도를 유지하되, 이따금 희미하게나마 명랑한 미소를 짓기 위해 애를 썼을 것이다.

잠시 후 메리는 불쌍한 윌슨 부인이 재판에서 총에 관한 증언을 하지 않아도 되는 방법을 고민하기 시작했다. 오늘 아침에 윌슨 부인이 소환장에 대해 전혀 언급하지 않았기 때문에, 메리는 그녀가 그 일을 완전히 잊었다고 생각했다. 그러니 부인이 법정에 서지 않을 방법을 찾아야 한다. 그 문제를 의논하려면 좁을 만나야 한다. 아니, 필요하다면 진실 규명에 탁월하다는 브리지노스 씨를 만나야 한다. 사실 그녀는 지난 이틀 동안 (속으로 피눈물을 흘리면서) 자신과의 싸움에서 승리했고, 극도의 고통과 내적 고민은 물론 당혹감까지 잘 숨겨왔기에 가면을 써야 하는 상황이 오면 누구와도 당당하게 만날 수 있다는 자신감이 생겼다.

이윽고 대븐포트 부인이 교회에서 나와, 불쌍한 두 여인의 상태를 확인하고 메리의 보고(전날 밤에 걱정했던 것과 달리 윌슨 부인의 상태가 좋아졌다는 이야기)를 듣기 위해 윌슨네로 왔다. 메리는 이 친절하고 고마운 부인을 보자마자, 자신의 목표를 말하고는 앨리스의 상태를 봐줄 의사를 데리러 갔다.

의사는 오전 회진을 마치고 피곤한 상태였으나, 일요일마다 있는 저녁 모임을 떠올리니 기분이 좋아졌다. 성격이 밝았던 그는 환자나 망자의 침상에서조차 유쾌한 기분을 좀처럼 억제하지 못했다. 그는 직업을 잘못 선택했다. 주변 사람이 인생을 충만하게 즐기는 모습을 보는 것이 그의 낙이었으니까.

그래도 환자나 그 친구들의 말을 경청해야 하는 의사답게 표정을 잘 관리했다. (의사는 메리의 슬프고 창백하고 불안한 얼굴로 그녀를 환자나 그 친구로 판단했을 것이다.)

"그래요, 아가씨! 무슨 일로 왔나요?" 의사가 진료실로 들어오면서 말했다. "본인이 아픈 게 아니면 좋겠군요."

"윌슨 씨 집으로 가서 앨리스 윌슨을 살펴주셨으면 좋겠어요. 그리고 윌슨 부인도 좀 봐주세요."

의사가 서둘러 모자와 외투를 챙기고는 즉시 메리를 따라갔다.

앨리스를 보고는 (신실한 기독교인이라도, 그렇게 순수하고 착한 사람이 바라는 천국에 가까워진 것은 애달픈 일이라는 듯) 고개를 가로저었고, 희망이 없으니 마음의 준비를 하라는 식의 익숙한 말들을 중얼거린 다음, 메리의 눈짓에 따라 안락의자에 가만히 앉아 있던 윌슨 부인에게 다가가 일상적인 질문을 몇 가지 던졌다.

윌슨 부인은 질문에 대답도 하고 의사의 진찰에도 순순히 응했다.

"부인은 어떤가요?" 메리가 진지하게 물었다.

"그게, 그러니까…." 듣는 사람이 명확한 답을 바라기는 하나 긍정과 부정 중 어느 쪽을 원하는지 알 수 없어서, 의사는 일단 그렇게 말을 시작했다. 그는 메리가 긍정적인 대답을 바라는 것 같다고 생각했다.

"확실히 부인은 몸이 약하군요. 아들이 체포되어 충격을 받았으니 자연스러운 현상이죠. 해리 카슨을 살해한 제임스 윌슨이 부인의 아들인 걸 저도 잘 알고 있습니다. 집안에 그런 무뢰한이 있다는 건 안타까운 일이지요."

"살해라니요, 선생님!" 메리가 분노하며 말했다. "그는 용의자일 뿐이고, 많은 사람이 그의 결백을 믿고 있어요. 그를 아는 사람들이라면요, 선생님."

"아! 그렇군요, 그래요! 의사들은 신문을 볼 시간이 거의 없어서, 제 이야기에 오류가 있을 수 있어요. 그가 무죄일 가능성이 있군요. 제가 유죄라고 말할 권리는 없죠. 말이 헛나왔어요. 하여튼! 아가씨, 지금 이 불쌍한 부인에 대해서는 걱정할 것이 전혀 없어요. 몸이 약한 것뿐이에요. 하루 이틀 잘 돌보면 괜찮아질 겁니다. 당신의 친절하고 다정한 얼굴을 보니 당신이 잘 돌봐주겠네요. 알약과 물약을 줄게요. 그러니 걱정하지 말아요. 별일 없을 겁니다."

"그런데 부인이 리버풀에 가도 괜찮을까요?" 특별히 원하는 소견이 있는 사람처럼 불안한 목소리로 메리가 물었다.

"리버풀이라, 네." 그는 대답했다. "그런 짧은 여행은 피곤하지 않아요. 기분 전환에도 좋고요. 보내세요. 그녀에게 도움이 될 겁니다."

"아, 선생님!" 메리가 울음을 터뜨리고 거의 흐느꼈다. "부인이 너무 아파서 갈 수 없다고 말해주시길 바랐는데요."

"휴!" 상황을 파악하려 애쓰며 의사가 길게 휘파람을 불었다. 하지만 이미 말한 대로 신문을 잘 읽지 않는 그로서는 메리가 그런 부정적인 진단을 바라는 이유를 전혀 알 수 없었다. "왜 진작 얘기하지 않았나요? 이런 약한 몸으로 여행하는 건 확실히 해로울 겁니다! 여행에는 항상 위험이 따르죠. 찬바람 같은 걸 맞을지 모르니까. 그녀에게 여행은 몹시 해로워요. 대단히. 저는 윌슨 부인처럼 기운 없고 가슴이 두근대는 환자들의 경우에 여행이나 자극적인 활동을 허락하지 않습니다. 만약 당신이 제 조언을 새겨듣는다면, 확실히 리버풀행을 막을 겁니다." 의사는 거의 무의식적으로 기존 의견을 완전히 뒤집었다. 다른 사람의 소원을 들어주고 싶었으므로.

"아, 선생님. 감사합니다! 그럼, 변호사가 필요하다고 말하면, 부인이 리버풀에 갈 수 없다는 소견서를 써주시겠어요? 아시겠지만, 변호사는…." 어리둥절해하는 의사를 보면서 메리가 말을 계속했다. "젬을 변호해요. 부인은 젬에게 불리한 증인이고요."

"아니, 아가씨!" 그가 거의 화를 내며 말했다. "왜 처음부터 말하지 않았나요? 1분이면 될 일을. 지금 저녁 식사 모임이 기다리고 있단 말이에요. 확실히 부인은 리버풀에 갈 수 없어요. 그건 어리석은 일입니다. 부인의 증언이 도움이 된다면 달라지겠지만요. 아무 때나 와서 소견서를 받아 가세요. 그러니까 변호사가 필요하다고 하면요. 나는 그 변호사의 의견을 재청합니다. 박식한 전문가 둘과 상담하세요. 하하하."

자신의 농담에 웃음을 터뜨리더니, 의사는 떠났다. 메리는 모든 사람이 자신만큼 젬의 재판을 잘 안다고 착각했던 자신의 어리석음을 탓했다. 불쌍한 윌슨 부인이 리버풀에 가는 이유를 당연히 의사가 알고 있다고 생각했었다.

(대븐포트 부인이 앨리스 아주머니와 윌슨 부인을 돌볼 준비를 마치자) 메리는 좁에게 가서 두려움을 털어놓고 실행 계획을 알렸다.

놀랍게도 좁은 의구심을 표하며 고개를 저었다.

"부인을 보내지 않으면 위험할 거 같은데. 편법은 변호사들이 할 일이야."

"그건 편법이 아니에요." 메리가 말했다. "윌슨 부인은 정말 상태가 나빠요. 적어도 어젯밤에는 정말 그랬어요. 오늘은 안색이 나쁘고 기운이 없고요."

"가엾어라! 난 오직 젬을 위해서 그러는 거야. 너무 많이 알려진 내용이라 지금 뒤로 빠지는 건 도움이 안될 거야. 그래도 브리지노스 씨에게 물어보마. 의사 소견서도 내가 가지러 가고. 내가 한 시간 뒤에 갈 테니 집에서 기다리고 있으렴. 그럼, 가보거라."

25. 윌슨 부인의 결심

아무도 말하지 않을 것 같지만,
즐거운 날, 가볍게 구름이 지나갈 때 뭔가가 있었다.
귀에서 귀로 전해진 속삭임과 암시들
그리고 뒤섞인 보고들로는 이 세상 누구도 명확히 판단할 수 없다.

* * *

그는 늘 이상한 추측을 하고,
질문이 모호하면 양쪽을 모두 받아들일 것이다.

- 크래브

메리는 집으로 돌아갔다. 머리가 아팠고, 어지러웠다! 그래도 이제부터 해야 할 일을 생각할 시간이 생겼다.

메리는 애써 조용하고 차분하게 자리를 잡았다. 창가에 앉아 밖을 내다봤지만 아무것도 보이지 않았다. 그러다 갑자기 뭔가를 보고 놀라며 일어나 뒷걸음질 쳤다.

늦은 밤이었지만, 그녀가 눈에 들어왔다.

샐리 리드비터가 일요일에 어울리지 않는 지나치게 화려한 외출복 차림으로 작고 우중충한 메리의 집에 의기양양하게 나타났다.

그녀는 호기심이 발동해서 메리를 만나고 싶었다. 살인자와의 관계 때문에 메리는 일종의 구경거리가 되었다. 몇몇은 메리의 외모가 변했을 거라 예상하고 그녀를 자세히 쳐다보기도 했다. 그러나 메리는 지난 하루 이틀 동안 젬의 일에 몰두한 나머지 외모가 변한 것을 눈치채지 못했다.

지금 샐리는 진풍경을 보는 사람처럼 메리를 (꿰뚫어 보는 것이 아닌) 하나하나 뜯어봄으로써, 그녀의 외모를 거의 암기할 정도였다. '옷은 그녀가 좋아하는 일상복(상부에 라일락 같은 것이 그려진 호일 무늬)에, 목에는 사내아이처럼 검은색 실크 손수건을 아무렇게나 묶음. 평소처럼 머리를 길게 늘어뜨리지 않고, 머리를 시원하게 유지하려는 듯 머리카락을 모두 뒤로 빗어 넘겼음. 손가락 경련 중이네.'

샐리는 이런 세부 내용을 〈가제트 엑스트라오디너리✦〉처럼 각색해서 다음 날 아침 작업실로 가져갈 생각이었다. 메리에게서 많은 정보를 뽑아내지는 못했지만, 이 내용만으로도 올 만한 가치가 있었다.

"아니, 메리!" 샐리가 말을 꺼냈다. "어디에 숨어 있었니? 어제는 가게에서 얼굴 한 번 안 보이던데. 우리가 카슨 사건 때문에 널 싫어한다고 생각하지 말아줘. 물론 몇 명은 그 불쌍한 청년이 너 때문에 차가운 시신이 됐다며 안타까워하고 있어. 하지만 절대 네 탓을 하지는 않아. 그리고 네가 오지 않으면 시먼즈 양이 널 해고할 거야. 장례식 때문에 손님이 많거든."

"난 못 가." 메리가 낮게 말했다. "돌아갈 생각이 없어."

"아니, 메리!" 샐리는 진짜로 놀랐다. "물론 화요일과 어쩌면 수요일

✦ Gazette Extraordinary. 1811년 조셉 홀먼(Joseph George Holman)이 발표한 희곡. – 옮긴이

에도 리버풀에 있어야겠지. 하지만 그 후에는 와서 우리에게 그 얘기를 들려줘야지. 시먼즈 양은 네가 이틀간 휴가를 쓰는 걸로 알고 있어. 우리끼리니까 하는 말이지만, 시먼즈 양이 소문을 좋아하잖아. 재판 얘기를 듣고 싶어할 거야. 그러면 네가 하루 이틀 결근한 걸 흐지부지 넘어가 줄지도 몰라. 벳시 모건도 어제 그러더라. 놀랄 일도 아니지만, 네가 고객들을 많이 끌어들일 거래. 재판이 끝나면, 너를 힐끗대려고 가게에 와서 옷을 맞추는 사람이 많아질 거라나. 정말 그래, 메리. 넌 영웅이 될 거야."

작은 손가락들이 그 어느 때보다 심하게 경련을 일으켰다. 메리는 크고 부드러운 눈으로 샐리의 얼굴을 애원하듯 바라봤다. 하지만 샐리는 태도를 바꾸지 않았는데, 메리에게 불쾌감이나 고통을 주고 싶어서가 아니라 그저 메리의 고통을 이해하지 못했기 때문이다.

물론 샐리도 해리 카슨의 죽음에 충격을 받았지만, 그와 동시에 묘한 흥분 같은 것도 느꼈다. 그래서 자신이 메리였다면, 당연히 받게 될 세간의 이목을 기분 좋게 즐겼을 것이다.

"반대 신문 기대되니, 메리?"

"전혀." 메리는 대답해야 할 것 같아서 그렇게 말했다.

"저런, 변호사들은 정말 무례한 사람들이지! 그들의 사무원도 마찬가지고. 난 놀라지 않겠지만, (위로하는 말투로 바꾸었는데, 그녀는 정말 자신이 위로하고 있다고 믿었다) 네가 리버풀에서 새 애인을 찾아도 말이야. 그런데 무슨 옷을 입고 갈 거니, 메리?"

"아, 모르겠어. 신경 쓰지도 않고." 샐리에게 넌더리가 나서 메리가 외쳤다.

"그럼! 파란색 메리노 스웨터를 입고 가. 좀 낡고 팔꿈치가 해지긴 했지만, 사람들은 모를 거야. 파란색이 네게 잘 어울려. 잊지 마, 메리. 그리고 내 검은색 물결무늬 스카프를 빌려줄게." 샐리는 제 감각에 근거해서 진심을 담아 덧붙였고, 그뿐만 아니라 자기 옷을 살인 재판의 증인에게 입혀 자랑할 수 있다는 생각이 마음에 들었다. "내일 네가 출발하기 전에 갖다줄게."

"아냐, 그러지 마!" 메리가 말했다. "고맙지만 사양할게."

"그럼, 뭘 입고 가려고? 나는 내 옷만큼이나 네 옷도 다 알고 있는데, 거기에 뭘 입고 갈 건데? 그 낡은 격자무늬 숄은 아니겠지? 아니면 지금 내가 걸친 스카프랑 옷을 생각하는 거니?" 샐리는 표정이 밝아지며 뭐든 빌려주겠다고 했다.

"샐리! 그만 좀 해. 이런 때에 어떻게 옷을 생각하겠니? 지금 젬의 생사가 걸렸는데!"

"세상에! 그게 젬이었구나, 맞지? 이제 알겠다. 네가 해리 카슨을 떠나려 했을 때 다른 애인이 있나 보다 생각했거든. 그런데 대체 왜 젬이 해리 카슨을 쏜 거지? 네가 해리 카슨을 떠나기로 했는데, 아닌가? 네가 그에게 다시 돌아갈까 두려웠나?"

"감히 어떻게 젬이 해리 카슨을 쐈다고 말할 수 있니?" 샐리가 옷 얘기를 하는 동안 심드렁하게 반응하던 메리가 불같이 화를 내며 말했다. "넌 젬을 모르니까 네가 어떻게 생각하든 중요하지 않아. 내가 괴로운 건 그를 알았던 사람들도 젬을 유죄라고 생각한다는 거야." 메리가 다시 침울해진 목소리로 말했다.

"그럼 너는 젬이 죽이지 않았다고 생각해?" 샐리가 물었다.

메리가 잠시 멈췄다. 이러다가는 호기심 많은 파렴치한에게 너무 많은 말을 하게 될 것이다. 더구나 처음에는 자신조차도 젬을 유죄로 믿지 않았던가. 그러므로 비슷한 증거로 자신과 같은 생각을 했던 사람들을 비난하면 안 되겠다고 생각했다. 누구도 젬에게 무죄 추정의 원칙을 적용하지 않았다. 누구도 그의 결백을 믿지 않았다. 젬의 어머니말고는. 그녀는 머리보다 가슴으로, 지극한 모성애로 젬이 살인자라는 말을 단 한 순간도 믿지 않았다. 메리는 이 대화 자체가 싫었다. 대화 주제와 그것이 다뤄지는 방식도 모두 고통스러웠고, 대화 상대자도 혐오스러웠다.

그래서 좁의 목소리가 문가에서 들렸을 때 메리는 고마웠다. 그가 걸쇠를 잡고 서서 이웃과 이야기를 나누자, 샐리가 불쑥 짜증을 내며 말했다. "저 고루한 노인네가 진짜 여길 들어오려나 보네! 네 아버지가 떠나 있는 동안 저 할아버지에게 널 돌봐 달라고 부탁하셨니? 그렇지 않으면 뭣 땜에 저 노인네가 여길 오지? 아무튼 난 가야겠다. 저 노인네나 그 얌전 떠는 손녀는 참을 수가 없다고. 잘 있어, 메리."

그렇게 속삭인 다음에는 좀 더 목소리를 키우고 말했다. "내가 말한 스카프, 생각 있으면 내일 9시 전에 와. 환영이야."

문가에서 샐리와 좁은 서로 싫은 내색을 감추지 않은 채 비켜 지나갔다.

"쟤는 건방지고 못된 애야." 좁이 메리에게 말했다.

"저 애는 친절해요." 메리는 집에 온 손님을 욕하는 것은 예의가 아니라고 생각해서 샐리의 가장 좋은 점을 부풀려 말했다.

"흥! 친절하다, 너그럽다, 귀엽다, 재밌다와 같은 말은 어리숙한 사람을 속이려고 악마가 자식들에게 좋은 품성 대신 가르치는 것들이지. 넌 다른 사람을 타락시키는 사람이 모든 면에서 악할 거라고 생각하니? 하여튼 그런 얘기를 하러 온 건 아니고. 내가 브리지노스 씨를 만나봤는데, 그도 나와 생각이 같아. 윌슨 부인이 가지 않는 건 위험한 선택이고, 젬에게 불리하게 작용할 거라고. 물론, 부인이 계속 아프면 어쩔 수 없지만."

"부인의 상태가 어느 정도인지 저는 잘 모르겠어요." 메리는 가엾은 연인에게 불리할지 모른다는 말에 두려워지기 시작했다. "할아버지가 가서서 부인을 좀 보시겠어요? 의사는 자기 생각이 아니라 제가 듣고 싶은 대로 말하는 것 같아요."

"어느 쪽으로든 이 문제를 깊이 생각하지 않아서 그럴 거야." 좁이 법조인을 존경하는 정도가 의료인을 경멸하는 정도와 거의 비슷했다. "어쨌든 기꺼이 가보마. 사건 후에 두 사람을 보지 못했거든. 가서 살피는 게 예의지. 같이 가자."

윌슨 부인의 집은 여느 환자나 유족의 집처럼 시간이 멈춘 듯 고요했다. 특별한 일이 없었다. 급습을 당하지 않는 한 이 사람들은 그저 관찰하고 기다릴 것이다. 아무도 거의 움직이지 않았으므로 소음도 없었다. 고통받는 사람들의 편의를 위해 가구도 모두 제자리에 그대로 있었다. 거슬리는 햇빛을 막기 위해 창문 가리개는 내려져 있었다. 거주자들은 한결같이 슬프고 진지했다. 한 가지 관심사에 몰입해서 생각이 꼬리에 꼬리를 물면, 거리든 외부 세계든 모두 잊기 마련이다.

윌슨 부인은 메리가 떠날 때 봤던 표정 그대로 조용히 의자에 앉아 있었다. 대븐포트 부인은 삐걱 소리가 나는 신발을 신고 있어서 천천히 조심스럽게 걷는데도 큰 소리가 났다. 그 소리는 아프거나 슬픔에 빠져 감각이 둔해진 사람보다 건강한 사람들의 귀에 더 거슬렸다. 위층에 있는 앨리스는 여전히 명랑한 목소리로 자기 자신 혹은 보이지 않는 친구들을 동정하는 듯, 끊임없이 중얼거리고 작게 웃었다. 여기에서 '상상 속' 친구 대신, '보이지 않는' 친구라고 표현한 이유는 생전에 애틋하게 지냈던 사람들이 죽어 가는 사람의 침상 주위를 맴도는 것을 하느님이 막으실지도 모르기 때문이다.

좁이 말을 걸자, 윌슨 부인은 대답했다.

상황이 상황이니만큼, 부인의 그런 차분한 태도는 자연스럽지 못했다. 단순한 신체 질환 증상보다 그런 차분함이 좁에게는 더 충격적이었다. 만약 윌슨 부인이 섬망 상태거나 열이 끓었다면, 늘 하던 말로 조언하고 위로의 말을 건넸을 것이다. 그러나 지금 그는 두려운 마음에 아무 말도 하지 못했다.

마침내 좁이 메리를 한쪽 구석으로 데리고 가서 말을 꺼냈다.

"네 말이 맞는구나, 메리! 가엾은 부인은 리버풀에 갈 수 없겠다. 지금 내가 보니, 왜 처음부터 의사가 리버풀에 갈 수 없다고 말하지 않았는지 의아할 정도야. 가엾은 젬에 어떤 영향을 미치든, 부인은 갈 수 없어. 어떤 식으로든 재판은 곧 끝날 거야. 그때까지 부인을 이 상태로 두는 게 최선이야."

"할아버지도 그렇게 생각하실 줄 알았어요." 메리가 말했다.

그러나 두 사람은 당사자의 생각은 고려하지 않고 있었다. 그들은 윌슨 부인의 감각이 사라져 버렸다고 생각했지만, 실은 감각이 둔해져서 지치고 힘든 뇌에 전달되는 속도가 느려졌을 뿐이었다. 그들이 한쪽 구석으로 갔을 때 (처음에는 기계적인 반응처럼 보이지만 사실) 윌슨 부인의 눈이 자신들을 쫓고 있었고, 지금까지 별다른 변화가 없던 부인의 얼굴에 한두 가지 조급함의 증상이 나타나기 시작했다는 것을 그들은 눈치채지 못했다.

좁과 메리가 조용해지자, 윌슨 부인이 결연한 표정으로 일어나 또렷하게 말하기 시작했다. 마치 죽은 사람이 일어나 말하는 것 같아서 두 사람은 깜짝 놀라고 말았다.

"난 리버풀에 갈 겁니다. 당신들의 계획을 다 들었어요. 그래서 내가 리버풀에 가겠다고 말하는 겁니다. 내 말 때문에 내 아들이 죽는다 해도, 이미 그 말은 내 입에서 나갔던 것이고 무엇으로도 그 말을 되돌릴 수가 없어요. 하지만 나는 믿음을 갖겠어요. (위에 있는) 앨리스는 자주 내게 믿음이 필요하다고 말했는데, 지금이 바로 그때예요. 그들은 내 아들을, 하나 남은 내 아이를 죽일 수 없고 죽이지 못할 겁니다. 나는 두려워하지 않겠습니다. 그러나 아! 지금은 공포에 질려 있어요. 하지만 내 아들이 죽는다면, 나는 그 애를 다시는 볼 수 없어요. 하지만! 법정에서는 아들을 볼 수 있겠죠? 모두가 젬을 증오해도, 그 애 곁에는 따뜻한 표정과 눈빛으로 오직 그 애만이 느낄 수 있는 위로와 마음을 주고 눈물을 흘리는 어머니가 있다는 걸 보여줄 겁니다. 적어도 인간의 기준으로는 그 애에게 죄가 없다는 것을 이 불쌍한 어머니는 알고 있어요. 그들은 어쩌면 마지막 순간에, 내가 젬에게 다가갈 수 있게 해줄 겁니다. 그리고 (여러분은 그렇게 생각하지 않을 수도 있지만) 나는 아들에게 힘을 줄 성서 구절을 많이 알아요. 젬이 감옥에 가기 전에 볼 기회는 놓쳤지만, 이제는 그 무엇도 내가 그 애 얼굴을 볼 기회를 뺏지 못할 겁니다. 단 몇 분이라도요. 나는 그 불쌍한 녀석에게 위로가 될 겁니다. 지금 여러분의 생각은 다를지 모르나, 그 애는 늘 내게 애정을 구하는 사람처럼 다정하고 친절했어요. 그 애는 나를 누구보다 사랑했습니다. 그런데 지금 사람들이 그를 가혹하게 비난하도록 내버려둬야 할까요? 내가 아무것도 할 수 없다면, 그들이 젬에 대해 불리한 말을 할 때마다 나는 그 애를 위해 기도할 겁니다. 그러면 젬이 내 얼굴을 보고, 어머니가 불쌍한 자신을 위해 무엇을 하고 있는지 알게 되겠지요."

그러나 좁과 메리는 표정이나 몸짓으로 윌슨 부인의 생각에 반대했다. 그러자 윌슨 부인은 옛 심통 대상이었던 메리를 휙 돌아보며 말했다. "너! 내 말 똑똑히 들거라. 그는 내게 조언할 수 없어. 지각 있는 사람이라면 시도도 하지 않을 거야. 그가 할 수 없는 일을 너도 시도하지 마. 나는 내일 리버풀로 갈 거야. 그리고 내 아들을 찾아서 어떤 고난이 있어도 아들 곁에 머물거야. 그리고 젬이 죽으면, (어쩌면) 하느님이 자비를 베풀어서 나도 데려갈지도 몰라. 무덤은 아픈 가슴의 묘약이지!"

윌슨 부인은 갑자기 힘을 써서 지친 나머지 의자에 털썩 주저앉았다. 좁과 메리가 말을 시켜도, 그녀는 (무슨 주제든지) 그들의 말을 끊으며, 리버풀로 가겠다는 말만 반복했다.

어차피 의사의 소견은 미정이었기 때문에 더 할 말은 없었다. 브리지노스 씨는 윌슨 부인의 리버풀행을 찬성하는 쪽으로 법률 의견을 냈고, 메리는 어쩔 수 없이 윌슨 부인을 설득하겠다는 생각을 포기했다. 사실 정황상 그게 더 바람직했다.

좁이 말했다. "아마도 최선책은 내일 아침 일찍 내가 윌을 찾은 후에, 메리 네가 윌슨 부인과 함께 따라오는 거야. 너와 부인이 숙박할 만한 괜찮은 곳을 알고 있어. 내가 윌을 찾으면 그곳에서 모두 만나기로 하자. 내가 그날 오후 2시에 브리지노스 씨에게 갈게. 젬의 목숨이 걸렸으니, 사무원들에게 윌을 찾는 일을 맡길 수 없다고 말할 테니."

이제 메리는 이 계획이 이루 말할 수 없을 정도로 싫어졌다. 그 반감에는 이성적인 이유와 감성적인 이유가 공존했다. 그녀는 젬을 구하기 위한 적극적인 실행 계획을 누군가에게 위임해야 한다는 생각을 참을 수 없었다. 자신의 의무이자 권리로 생각했기 때문이다. 자신의 계획을 완수하는 일을 다른 사람에게 맡기고 싶지 않았다. 그들은 승산이 적은 계획을 따르기에는 에너지나 인내심, 절박함이 부족할지도 모른다. 그러나 모든 계획이 실패하고 끔찍한 결과가 일어나더라도 젬을 사랑하는 그녀에게는 에너지와 인내심, 절박함이 모두 있었다. 누구도 그녀와 같은 동기를 지닐 수 없었다. 따라서 누구도 그녀처럼 예리한 판단력과 단호한 결단력을 가질 수 없었다. 게다가 (이기적인 이유이긴 하나) 그녀 자신은 아무것도 하지 않은 채 최종 결과만 알게 되는 것을 참을 수 없었다.

조바심이 난 메리는 좁의 계획을 조목조목 반박했고, 메리의 반대를 의도적이라고 여긴 좁은 더욱 단호해졌다. 당연하게도 둘 사이에 성난 말들이 오고 갔으며, 집으로 돌아가는 동안에는 잠시 서먹해지기까지 했다.

그때 마거릿이 평화의 천사처럼 고요하고 이성적이며 온화한 모습으로 나타났다. 두 사람은 서로에게 짜증을 부린 것을 부끄러워하며 암묵적으로 마거릿에게 결정을 맡겼다. (그러나 아마도 메리는 마거릿의 제안이 자기 생각과 달랐다면, 자기를 도와주려는 선량한 좁에게 그랬듯이 뉘우치는 얼굴로 눈물을 흘리면서도 그 제안을 절대 받아들이지 않았을 것이다.)

"메리는 가는 게 좋겠어요." 마거릿이 할아버지에게 낮은 목소리로 말했다. "저는 메리의 심정을 알아요. 최선을 다했다는 생각이 아마도 그녀에게 위안이 될 거예요. 메리는 그렇게 하면 상황이 달라질 거라 생각하는 듯해요. 그러니 할아버지, 메리가 원하는 대로 하게 두세요."

마거릿은 여전히 젬의 결백을 거의 혹은 전혀 믿지 않았다. 그래도 메리가 윌을 만나면 곧 받을 충격이 어느 정도 완화되리라 생각했다.

"할아버지, 저는 며칠 동안 집을 비워두고 윌슨 부인 집으로 가서 앨리스 아주머니와 지낼게요. 제가 할 수 있는 일이 거의 없지만, (마거릿이 부드럽게 덧붙였다) 하느님의 은혜를 기억하며 작은 일이라도 기꺼이 하겠어요. 그리고 제가 할 수 없는 일은 돈을 주고 다른 사람에게 맡길 거예요. 대븐포트 부인은 슬픔과 아픔을 잘 아는 분이니 기꺼이 도와주실 거예요. 제가 그분에게 수고비를 드리고 저를 도와 달라고 부탁하려고 해요. 그럼 그렇게 정리하죠. 할아버지는 윌슨 부인을 데리고 가시고, 메리는 윌을 찾은 다음 모두 만나세요. 제가 행운을 빌어 드릴게요."

좁은 몇 마디 구시렁대다 마거릿의 말에 동의했다. 불과 몇 분 전까지만 해도 그렇게 고집을 피우던 것을 생각하면, 그럭저럭 흔쾌히 수락한 셈이었다.

말은 하지 않았지만 메리는 마거릿의 중재를 고마워했다. 마거릿의 목을 껴안으며 입맞춤해 달라는 듯 자신의 장밋빛 입술을 슬쩍 내밀었다. 좁조차도 아이 같은 그 사랑스러운 몸짓에 마음이 풀리지 않을 수 없었다. 그래서 잠시 후에 메리가 상처받은 사람처럼 주저하며 좁에게 다가갔을 때, 그는 자기 아이에게 하듯 허리를 굽혀 메리를 축복했다.

메리에게 좁의 축복은 큰 힘이 되었다.

26. 리버풀행

> 바다 위에 떠 있는 나무껍질처럼
> 삶은 죽음 위를 떠다니네.
> 그대가 위아래로 흔들리고
> 숨을 쉴 때 위험이 도사린다.
>
> 그대는 그 위험에서 벗어났다,
> 가장 연약한 나뭇가지 하나로.
> 쉴 새 없이 움직이는 파도에 휩쓸리고,
> 변덕스러운 강풍에 희롱당했지만.
> 하늘은 맑디맑고 바다는 고요하고 잔잔해도
> 난파를 두려워해야 한다.
> 누가 인생의 항해자가 될 것인가.
>
> — 뤼케르트

월요일 아침 리버풀행 기차는 순회 재판소로 가는 변호사와 그들의 사무원, 원고와 피고, 증인 등으로 붐볐다. 승객들의 모습은 각양각색이었지만, 마음은 모두 불안했다. 동병상련이었기에 다들 말이 없었다. 누구나 태어나서 죽을 때까지 두려움과 희망을 함께 품고 산다. 승객 중에는 푸른색 옷과 낡은 격자무늬 숄을 걸친 메리 바턴도 있었다.

지금은 맨체스터를 포함한 모든 지역에서 철도가 일반적인 교통수단이 되었지만, 메리는 한 번도 기차를 타본 적이 없었다. 그래서 그녀는 서두르는 사람들의 소음과 종소리, 경적, 도착하는 열차가 내는 윙 소리 등에 당황했다.

메리에게는 여행 자체가 경이로운 일인 듯했다. 그녀는 열차의 뒷좌석에 앉아 공장 굴뚝 연기가 자욱한 맨체스터의 하늘을 바라보며 일종의 '향수병'을 느꼈다. 그녀는 난생처음으로 어린 시절부터 익숙했던 풍경으로부터 멀어지고 있었다. 대부분은 그런 풍경을 불쾌하게 여겼지만, 메리는 향수병에 걸린 이민자처럼 그것을 그리워했다.

챗모스의 아름다운 구름 그림자나 뉴턴 지역의 그림 같은 낡은 집들이 마음이 어수선한 메리에게 무슨 의미가 있었겠는가? 그럼에도 메리는 그것들이 조용히 과거 속으로 사라지는 모습을 진지하게 쳐다보는 듯했다. 그러나 사실 그녀에게는 아무것도 보이거나 들리지 않았다.

익숙한 이름들이 들리기 전까지는 그랬다.

두 변호사의 사무원들이 순회 재판소에 접수된 사건들을 이야기하고 있었다. 그들의 대화에 언급된 장소로 보아 '살인 사건 재판'이 분명했다.

그들은 재판 결과를 의심하지 않았다.

"사실 배심원들은 정황 증거로 평결을 내리는 걸 싫어해. 하지만 여기에는 의심할 점이 거의 없어." 한 사람이 말했다.

"확실한 사건이 아니면 재판을 서두르는 것은 부적절하다고 말했어야 하는데. 어쨌든 증거가 더 많이 수집됐겠지." 다른 사람이 말했다.

"그들 말로는….” 처음 말했던 사람이 다시 말했다. "그러니까 가드

너 사무실 사람들은 재판이 연기되면 그 노신사가 분개할까 몹시 두려워하더라고. 노신사가 토요일에 일곱 차례나 가드너 씨와 만났는데도, 밤에 또 불러서 유죄 평결을 확보할 편지를 보내자고 했다는군."

"불쌍한 양반." 다른 사람이 말했다. "누가 아니겠어? 외아들인데, 그렇게 죽었으니. 상황이 고약하지. 토요일에 시간이 없어서 《가디언》을 읽지 못했는데, 이 사건이 공장 아가씨 때문에 벌어졌다면서."

"뭐, 그렇다는군. 당연히 그 아가씨도 조사를 받을 거고. 윌리엄스가 알아서 하겠지. 시간이 맞으면 그의 이야기를 들으러 슬쩍 우리 법정에서 빠져나올 생각이야."

"법정에 자리가 있을지 모르겠군. 사람이 많을 텐데."

"맞아. 아가씨들이 숄을 걸치고 와서 살인자의 얼굴을 구경하고 판사가 사형 선고하는 걸 보겠지."

"그러면서 집에 가서는 투우 경기를 즐기는 스페인 여자들을 욕하겠지. '정말 여성스럽지 못하네!' 이러면서."

그리고 나서 그들은 다른 주제로 넘어갔다.

그들의 대화가 메리의 컵에 슬픔 한 방울을 추가했다. 그녀의 마음은 크래브의 시가 묘사한 상태가 되었다.

"슬픔으로 가득 찬 컵은,
한 방울만 더해져도 이내 흘러넘치리."

이제 터널 안이다! 곧 리버풀에 도착할 것이다. 그러므로 메리는 심신에 퍼져 있던 무기력에서 깨어나야 했다. 그 무력감은 과도한 불안과 피로, 그리고 여러 불면의 밤이 만든 합작품이었다.

메리는 한 경찰관에게 밀크하우스 야드로 가는 길을 물은 후, 그에게 얻은 정보와 도시 아가씨다운 요령을 발휘해서 항구에서 멀지 않은 번화하고 붐비는 거리를 통과하면 나오는 건물의 작은 안마당에 도착했다.

조용한 안마당에 들어서자마자 팔다리가 떨리고 가슴이 벌렁거려서 메리는 잠시 숨을 고르고 정신을 집중했다.

지금까지 깊이 생각하지 않았던 온갖 부정적인 상황이 떠올랐다. 희박하지만 젬이 살인 공모자일 가능성이 있다. 혹은 훨씬 가능성이 높은 상황으로는 원래 윌의 길동무가 되어주려 했으나, 처음 의도와는 달리 살인 사건에 우연히 휘말렸는지도 모른다. 그리고 지금은 그때 그가 저녁 시간을 함께 보낸 사람들이 증인으로 나서기에는 너무 늦어버렸다.

하지만 조만간 메리는 진실을 알게 될 것이다. 그녀는 용기를 내어 어느 집의 문을 두드렸다.

"존스 부인 댁인가요?" 메리가 물었다.

"한 집 건너 옆집이요." 퉁명스러운 대답이었다.

이렇게 추가된 몇 분마저 일종의 유예였다.

존스 부인은 빨랫거리가 많았기에, 성마른 성격이었다면 조심스럽게 문을 두드리는 사람에게 화를 냈을 것이다. 그러나 그녀는 여린 성격에 도와줄 사람도 없는 처지라 힘든 월요일 아침에 할 일을 방해한 사람을 보고는 한숨만 쉴 뿐이었다.

그러나 조급한 마음에 분노가 더해지면 남자든 여자든 자기 일을 방해한 사람에 대해 편견을 갖기 마련이다.

안절부절못하는 메리의 모습이 바로 그런 편견을 존스 부인에게 심어주었다. 존스 부인은 팔에 묻은 비누 거품을 닦아내고 서서, 메리가 용건을 말할 때까지 기다리며 그녀를 쳐다봤다.

그러나 메리는 아무 말도 하지 못했다. 목이 막혀서 목소리가 나오지 않았기 때문이다.

"원하는 게 뭐죠, 아가씨?" 마침내 존스 부인이 차갑게 물었다.

"제가 원하는 건, 아! 윌 윌슨이 이곳에 있나요?"

"아뇨, 없어요." 존스 부인은 그렇게 대답하고는 메리의 얼굴 앞에서 문을 닫으려 했다.

"그가 맨섬에서 돌아오지 않았나요?" 메리가 구역질을 느끼며 물었다.

"그는 맨섬에 못 갔어요. 맨체스터에 너무 오래 있었으니. 아마 이미 당신도 알겠지만."

다시 문이 닫히려 했다.

그러나 메리는 몸을 앞으로 굽히고 매달리다시피 하더니(마치 거센 가을바람에 어린나무가 휘어지듯), 헐떡이며 말했다.

"말씀해 주세요. 제발. 그가 어디에 있나요?"

존스 부인은 연애 사건이 있었고, 어쩌면 방문 목적이 별로 떳떳하지 못한 것이려니 생각했다. 그러나 창백한 얼굴로 괴로워하는 모습이 안쓰러워서 차갑고 무뚝뚝한 태도를 거두기로 했다.

"그는 오늘 아침에 일찍 떠났어요, 불쌍한 아가씨. 들어오면 얘기해 줄게요."

"떠나다니요!" 메리가 외쳤다. "어디를요? 저는 그를 만나야 해요.

생사가 걸린 문제거든요. 그가 무고한 사람의 교수형을 막을 수 있어요. 그는 가면 안 돼요. 어디로 갔나요?"

"저런, 출항했어요! 평화로운 이 아침에 존크로퍼호를 타고요."

"출항이라니!"

27. 리버풀 부두에서

> 저쪽에 우리 부두가 있다!
> 저 더러운 길에서 나는 소음을 들어보라.
> 저 배의 화물 때문에 길이 나뉘고 좁아진다.
> 배가 길에 다량의 목재와 상자,
> 꾸러미, 커다란 통, 궤, 용기를 내려놓는다.
> 그러는 동안 시끄러운 뱃사람과 화난 일꾼들이 거래하는 소리와
> 바람이 윙윙대는 소리가 섞인다.
>
> - 크래브

메리가 존스 부인의 집으로 비틀거리며 들어갔다. 존스 부인은 메리를 의자에 조심스럽게 앉히고는 당황한 채 그녀의 옆에 서 있었다.

"아, 아버지! 아버지!" 메리가 중얼거렸다. "왜 그런 일을 하셨어요! 전 어떻게 해야 해요? 무고한 사람이 죽어야 하나요? 아니면 그가, 그 일까 봐 저는 두려워요. 아! 지금 내가 무슨 말을 하는 거지?" 메리가 두려운 얼굴로 주위를 둘러보다, 존스 부인의 표정을 보고는 안심하며 말했다. "저는 무력하고 나약해요. 어쨌든 형편없는 여자고요. 그런 제가 어떻게 옳은 말을 하겠어요? 아버지는! 아버지는 늘 제게 다정하셨어요. 아주머니처럼요. 신경 쓰지 마세요. 괜찮아요. 어차피 죽으면 모

두 해결될 테니까요."

"세상에, 저런!" 존스 부인이 외쳤다. "이 아가씨가 제정신이 아니네!"

"아니에요." 메리가 말을 알아듣고는 강한 자제력을 발휘해서 산만해지려는 정신을 부여잡고 말했다. 하얗던 뺨이 진홍빛으로 물들었다. "저는 정신이 나간 게 아니에요. 할 일이 많아서, 너무 많아서, 저 말고는 아무도 그 일을 할 수가 없어요. 그 일이 뭔지 정확히 말할 수는 없고요." 메리가 당황하며 존스 부인의 얼굴을 쳐다봤다. "무슨 일이 있어도 정신을 바짝 차려야 해요. 적어도 지금은. 반드시! (기운을 내며) 아직 해야 할 일이 있어요. 저는 그 일을 꼭 해야 해요. 출항이라고, 그렇게 말하셨나요? 존크로퍼호가 출항했다고요?"

"그래요! 오늘 아침 밀물 때 나가려고 어젯밤에 부두를 벗어났답니다."

"저는 내일 출항하는 줄 알았어요." 메리가 더듬거렸다.

"윌도 그렇게 생각했죠(여기에 오래 살아서 우리는 모두 그를 '윌'이라 불러요)." 존스 부인이 답했다.

"윌은 항해사에게 화요일에 출발한다고 들었기 때문에, 금요일 아침에 리버풀에 왔을 때까지만 해도 그런 줄 알았을 거예요. 하지만 일정 변경 소식을 듣자마자 맨섬에 가는 걸 포기했고, 존 해리스라는 항해사와 함께 그냥 릴만 둘러봤답니다. 애버게일에 친구들이 있대요. 당신도 해리스에 관해 들어봤겠죠. 둘은 친해요. 해리스에 대해 저는 좀 다르게 생각하는 면도 있지만."

"그럼 윌도 배를 탔나요?" 메리는 말을 반복하며 현실을 깨달으려

411

애썼다.

"그래요. 아까도 말했지만, 그는 아침 밀물에 맞춰 출발하기 위해 어젯밤 배에 올랐어요. 우리 아들이 그 배가 강을 따라 이동하는 모습을 보러 나가서는 마구 흥분해서 돌아왔지요. 찰리를 불러야겠네요. 찰리!"

존스 부인이 큰 소리로 아들을 불렀다. 찰리는 랭커셔 사람들 말로, 무슨 일이 일어나면 '찾기 어려운' 사내아이는 아니었다. 수수께끼 같은 대화, 이례적 사건, 화재, 폭동 등 말하자면 모든 사건에서 그런 소년들은 거의 늘 주변에 있다.

사실 찰리는 평상시에 주변을 구경하고 감시한다. 그러나 지금은 빨랫줄에 걸린 옷들을 '빨랫방망이로 휘젓는' 장난을 포함해서 몇몇 짓궂은 장난을 치느라, 집에 들어온 낯선 아가씨와 어머니의 대화에 집중하지 못하고 있었다.

"그래, 찰리! 왔구나! 너 오늘 아침에 강을 따라서 존크로퍼호가 바다로 나가는 모습을 보지 않았니? 이 아가씨가 내 말을 못 믿는 것 같은데, 그 얘기를 이 아가씨에게 해주거라."

"증기선 하나가 그 배를 예인하는 모습을 봤어요, 같은 얘기지만." 찰리가 대답했다.

"아! 어젯밤에 올 걸!" 메리가 신음했다. "하지만 그럴 줄 몰랐지. 윌이 월요일 아침에 맨섬에서 돌아올 거라고 말했을 때는 그가 잘못 알고 있다고는 생각하지 못했어. 이러면 안 되는데. 내 부주의 때문에 누군가 목숨을 잃겠구나!"

"죽는다니!" 찰리가 소리쳤다. "왜요?"

"아! 윌이 알리바이를 증명할 거였거든. 하지만 이제 그가 없으니 어떻게 한담?"

"아직 포기하지 말아요." 성격이 활발하고 새로운 사건에 관심이 많은 소년이 외쳤다. "그를 위해 우리 한번 노력해 봐요. 밑져야 본전이니까요."

메리가 정신을 차렸다. 동정이 담긴 '우리'라는 단어가 그녀에게 감동과 희망을 주었다.

"하지만 뭘 할 수 있을까? 윌의 배가 출항했다며. 그런데 뭘 할 수 있겠어?"

메리의 목소리가 커졌고 생기가 느껴졌다.

"아니에요! 저는 윌의 배가 출항했다고는 말하지 않았어요. 그건 어머니 얘기였죠. 여자들은 그런 구분을 잘 못해요. 당신도 알다시피. (소년은 지식을 뽐내고 싶기도 했고, 메리의 예쁘고 사랑스러운 얼굴과 간절한 표정에 무의식적으로 영향을 받기도 했다.) 강어귀에 모래톱이 있어서 만조때 말고는 배가 그곳을 넘어갈 수 없어요. 특히 존크로퍼호 같은 화물선은요. 간조나 그즈음에는 강 아래로 예인된 다음에 모래톱을 넘을 수 있을 정도로 물이 차기 전까지 거기에 그대로 있어야 해요. 그러니까 실망하지 말아요. 가능성은 적지만, 당신에게 아직 기회가 있을지 몰라요."

"그럼 내가 뭘 해야 하지?" 그 모든 설명이 수수께끼처럼 모호하게 들렸던 메리가 물었다.

"가세요!" 소년이 참지 못하고 말했다. "휴, 제가 아까 말하지 않았나요? (미안하지만) 여자들은 정말 바다에 관한 건 아무것도 모르는 바보군요. 배를 구해서 서둘러 그의 뒤를 쫓아가요. 존크로퍼호 말이에요. 당신 배가 그 배를 앞지를지도 몰라요. 가능성은 적지만 그 배는 무거운 화물을 실었으니까, 당신이 유리해요. 당신 배가 빠를 거예요."

메리는 이 귀한 조언자의 말을 공손하게, 열심히(몹시 열심히!) 들었다. 그러나 아무리 노력해도 어딘가에서 서둘러 배를 타라는 말밖에 이해할 수 없었다.

"미안한데…." (소년은 메리가 자신의 무지를 인정하는 모습에 기분이 좋아졌고, 그녀를 도와주고 싶어졌다.) 메리가 말했다. "배를 어디에서 탈지 모르거든. 여기 정박지가 있니?"

소년이 어처구니없다는 듯이 웃었다.

"리버풀에 오랜만에 오셨나 봐요. 정박지라니! 그게 아니고, 부두로 가세요. 부두에 가서 배 한 척을 빌리세요. 가서 손해 볼 건 없잖아요. 일단 서둘러요."

"아, 그러지 말고 방법만 알려줘." 애가 탄 메리가 몸을 떨며 말했다. "하지만 네 말이 맞아. 나는 여기에 한 번도 온 적이 없어. 그래서 네가 말하는 장소에 어떻게 가야 할지 모른단다. 그냥 말만 해줘. 시간이 없어."

"어머니!" 소년이 꿍꿍이를 담아 어머니를 불렀다. "제가 이분에게 부두로 가는 방법을 알려 드릴게요. 한 시간 후에 돌아올게요. 더 걸릴 수도 있고요." 그가 작게 덧붙였다.

점잖은 존스 부인이 아무리 지혜를 짜내도 아들의 속셈을 반도 이해하지 못한 와중에, 소년은 거리로 뛰쳐나갔고 메리가 그 뒤를 바짝 뛰다시피 따라갔다.

어머니의 호출 소리가 들리지 않을 곳까지 나오자, 호기심이 발동한 소년은 메리와 대화를 나누려고 속도를 늦췄다.

"흠! 이름이 뭐예요? 아가씨라고 부르기가 좀 뭣해서요."

"메리라고 해. 메리 바턴." 메리는 자신을 돕는 소년의 비위를 맞추기 위해 대답을 하긴 했지만, 너무 빨리 걸어서 가슴이 조이고 머리가 아픈 상황에서도 말할 때마다 걸음 속도가 느려지는 것이 아까웠다.

"윌 윌슨이 알리바이를 증명해 주기를 바란다고 했는데, 그게 뭐죠?"

"응. 그런데 지금 지나가야 하지 않니?"

"아니, 잠깐 기다려요. 당신 머리 위로 티글◆이 올라가고 있어요. 그런데 누가 재판을 받고 있나요?"

"젬이야. 그런데 얘! 지금 지나가면 안 될까?"

그들은 머리 위에서 흔들거리고 있는 커다란 화물 아래로 뛰어 들어가 몇 분간 급히 달렸다. 찰리 '선생'이 다시 천천히 걸어도 된다고 판단했을 때 몇 가지 질문을 더 했다.

"메리. 그렇게 구하려고 애쓰는 걸 보면, 젬이 당신의 오빠인가요? 아니면 애인?"

"아니야, 그런 거." 메리가 조금 주저하며 대답했기에, 눈치 빠른 소년은 얼른 그 수수께끼를 풀고 싶었다.

"그럼, 사촌인가요? 아가씨들에게 애인은 없어도 사촌은 있으니까요."

◆ 증기기관을 이용한 화물용 승강기. – 옮긴이

"아냐. 그는 나와 친척 관계가 아니야. 왜 그러니? 왜 멈추는 거니?" 찰리가 몇 발짝 뒷걸음치며 어느 골목을 살피자 메리가 불안해져서 물었다.

"아, 그렇게 서두를 것 없어요. 리버풀이 처음이라고 어머니에게 당신이 말하는 것을 들어서 말인데요. 이 거리를 잘 보면, 거래소의 창구가 보일 거예요. 저 건물이에요! 담요 밑에 몸을 숨긴 사람이 있고, 넬슨 기념비가 있고, 중정에도 사람들이 몇몇 있네요! 자, 이쪽으로 와요." 메리는 애가 탔지만, 소년의 비위를 맞추기 위해 처음 본 건물의 창문을 쳐다보고 있었다. "여기예요. 저 건물이요. 리버풀 거래소가 보일 거예요."

"그래, 그렇구나. 창문이 아름답네. 그런데 이 근처에서 배를 타니? 여기는 나중에 다시 와서 볼게. 너도 알겠지만 지금은 서둘러야 해."

"아! 바람이 당신 편이라면, 늦지 않게 도착해서 윌을 만날 수 있어요. 하지만 바람이 좋지 않으면, 거래소를 구경하든 말든 결과는 똑같고요."

다시 급히 뛰다 부두 근처의 긴 건널목 중 하나에서 멈춰야 했는데, 그 덕분에 메리는 숨을 쉬고 찰리는 추가로 질문할 시간을 벌었다.

"어디에서 왔다고 했죠?"

"맨체스터." 메리가 대답했다.

"아, 그럼! 공장을 봤겠네요. 사람들 말로는 리버풀이 맨체스터보다 낫대요. 거긴 끔찍한 연기가 자욱한 곳이라던데요, 그래요? 거기 살아요?"

"그래! 거기가 내 고향이야."

"흠, 저는 연기가 자욱한 곳에서는 살 수 없을 것 같아요. 저기 보세요! 강이 나왔어요. 맨체스터에서 할 얘기가 생겼네요. 봐요!"

부둣가 배들의 돛대가 숲을 이룬 입구에 눈부시게 아름다운 강이 보였고, 그 강을 따라 각국 국기를 단 배들이 흰 돛을 달고 미끄러지듯 나아가고 있었다. 그 배들은 '전투'가 아닌 편의품이나 사치품을 팔 시장을 찾아 덥거나 추운 먼 이국땅에서 온 배들이었다. 반짝이는 수로에서 작은 배들이 왔다 갔다 하는 모습도 있었지만, 수많은 증기선이 연기를 뿜어내는 모습도 보였기에 메리는 맨체스터 공장의 매연에 대한 찰리의 편견이 의아했다. 부두를 따라 선개교를 가로질러 가면서 그들은 수백 척의 배가 짐을 싣고 내리는 동안 움직이지 않고 서 있는 웅장한 부두의 모습에 숨이 막혔다. 선원들의 외침과 승객들이 구사하는 다양한 언어, 난생처음 보는 신기한 풍경들에 메리는 무력감과 외로움을 느꼈다. 그래서 새로운 종족 같은 선원들 사이에서 풍부한 지식을 바탕으로 상황을 설명해주는 찰리 곁에 꼭 붙어 있었다. 지금까지 뭍사람과 대부분 공장 사람만 본 아가씨에게 선원들이 새로운 종족처럼 보이는 것도 당연했다.

낯선 풍경과 소리에도 불구하고, 메리는 오직 윌을 만나야겠다는 일념으로 넓게 펼쳐진 강과 배들을 눈으로 훑었다.

"여길 왜 왔지?" 메리가 찰리에게 물었다. "난 작은 배를 타야 하는데, 여긴 작은 배가 없어. 저 배들은 근거리용이 아니잖아, 그렇지 않니?"

"물론, 아니죠." 그가 다소 모욕적으로 대답했다. "하지만 존크로퍼호는 이 부두에 있었어요. 제가 선원들을 많이 알거든요. 그들 중 하나가 보이면, 돛대 위로 올라가서 앞바다에 그 배가 보이는지 확인해 달라고 부탁할 거예요. 그 배가 닻을 올렸다면, 당신이 가봤자 소용없어요. 아시겠지만."

윌을 따라잡는 일에 무관심해 보이는 찰리에게 메리는 조용히 동의했다. 그러나 사실 그녀의 마음은 무너지고 있었고 지금까지 자신을 지탱해 주던 에너지를 더는 느끼지 못했다. 체력도 약해졌는지, 서 있는 자리로 오후 햇볕이 강렬하게 내리쬐는데도 메리는 추워서 몸을 떨었다.

"저기 톰 본이 있어요!" 찰리가 말했다. 그들이 서 있는 쪽으로 온갖 풍상을 겪은 늙은 선원 하나가 주머니에 손을 넣고 담뱃잎을 씹으면서 할 일 없는 사람처럼 흔들흔들 걸어오고 있었다. 찰리는 메리에게 했던 가르치려는 말투를 버리고 그에게 말을 걸었고, 그는 주변을 둘러보며 사방에 침을 뱉었다. 찰리가 선원에게 은어로 물어서 메리는 알아들을 수 없었다.

메리는 정신을 가다듬고 그들의 표정과 행동을 관찰했다.

늙은 선원은 찰리의 말을 주의 깊게 들었다. 그가 자신을 머리부터 발끝까지 훑어보고 나서 살짝 고개를 끄덕였다(그녀의 초라하고 낡은 옷이 경험 많은 늙은 선원에게 신뢰를 준 모양이다). 그런 다음 그는 유유히 항구에 있던 어느 배에 올라타더니, 거울을 빌려서 원숭이처럼 재빨리 돛대 위로 뛰어올랐다.

"그가 떨어질 거 같아!" 무서움을 느낀 메리가 찰리의 팔을 꼭 붙들었다. 메리는 온갖 풍파를 맞은 얼굴과 땅에서 불안정하게 걷는 모습 때문에 그 선원의 나이를 실제보다 많게 봤었다.

"안 그럴 거예요!" 찰리가 말했다. "그가 지금 돛대 꼭대기에 있어요. 봐요! 그가 거울을 비추고 있는데, 땅에 서 있는 것처럼 양팔을 안정적으로 사용하고 있잖아요. 저도 돛대 위에 여러 번 올라가 봤어요. 어머니에게는 말하지 마세요. 어머니는 제가 구두장이가 되길 바라지만, 저는 선원이 되겠다고 마음을 먹었어요. 여자랑은 말싸움해 봤자 득 될 게 없어요. 어머니에게 말하지 않을 거죠, 메리?"

"아, 저기!" 메리가 외쳤다. (사실 메리는 찰리의 말을 듣고 있지 않아서 그의 비밀은 안전했다.) "봐! 그가 내려오고 있어. 내려왔네. 가서 물어봐, 찰리."

하지만 잠시도 기다릴 수 없었던 메리는 직접 가서 물어봤다.

"존크로퍼호를 보셨나요? 아직 멀리 가지 않았나요?"

"아, 예." 그가 급히 그들 쪽으로 다가오면서 대답했다. 그러고는 월의 배가 이미 모래톱을 넘었으니 한 시간 내에 돛을 올리고 출발할 거라며 서둘러 배를 찾으러 갔다.

"역풍이 불면 노를 사용해야 해요. 지체할 시간이 없어요."

메리와 찰리는 물가로 내려가는 계단으로 뛰어갔다. 그들이 몇몇 뱃사공에게 손짓했으나, 뱃삯을 제대로 받을 수 있을지 의심한 뱃사공들은 관심이 없다는 듯 계단 옆에 배를 대는 것을 서두르지 않았다. 그러면서도 낮은 목소리로 대화하며 받아야 할 뱃삯을 의논했다.

"아, 제발 서둘러." 메리가 외쳤다. "나를 존크로퍼호로 데려다줘. 그 배가 어디 있니, 찰리? 저 사람들에게 물어봐줘. 난 정확한 용어를 모르겠어. 제발 서둘러 달라고!"

"앞바다에 있는 건 분명하오, 아가씨." 찰리가 거래를 중개하기에는 너무 어리다고 생각해서 그를 한쪽으로 밀면서, 한 뱃사공이 말했다.

"못 갈 거 같지, 딕." 그가 동료에게 눈을 찡긋하며 말했다. "뉴브라이튼에서 우리를 기다리는 신사분이 있어서."

"하지만 이 아가씨가 애인을 마지막으로 보는 대가로 넉넉하게 돈을 낸다면 또 모르지." 동료 뱃사공이 끼어들었다.

"아, 얼마를 드릴까요? 서둘러만 주세요. 돈은 충분히 있어요. 하지만 일분일초가 아쉬워요." 메리가 말했다.

"아, 그렇군요. 한 시간 내에 강어귀에 닿을 거요. 그 배는 오후 2시에 출항할 거고요!"

그러나 가엾은 메리가 생각하는 '충분히'와 선원들의 생각은 달랐다. 지금 메리에게는 마거릿이 빌려준 돈에서 14~15실링 정도만 남았으나, 선원들이 생각한 '충분히'는 몇 파운드였다. 그들은 1파운드[✦]를 요구했다(처음 요구한 30실링에서는 줄었지만, 여전히 메리에게는 과한 금액이었다).

돈에는 관심이 없고 늦어지는 것에만 조바심이 난 찰리가 재촉했다.

"줘버려요, 메리. 그것보다 싸게 당신을 태워줄 사람은 없어요. 유일한 기회라고요. 성 니콜라스 교회에서 1시 종이 울리고 있어요!"

"저는 14실링 9펜스 밖에 없어요." 메리가 가진 돈을 세어 보더니 절망에 빠져 외쳤다. "하지만 제 숄을 드릴게요. 이걸 팔면, 4~5실링 정도는 될 거예요. 이렇게는 안 될까요?"

누구도 거절하기 어려울 정도로 고뇌에 찬 목소리로 메리가 물었다.

✦ 20실링. – 옮긴이

뱃사공들이 메리를 배에 태웠다.

5분도 채 되지 않아, 그녀는 난생처음으로 거칠고 무뚝뚝한 두 남자와 함께 흔들리는 배 안에 있었다.

28. 어이, 존 크로퍼!

> 젖은 아딧줄과 흐르는 바다,
> 빠르게 쫓아오는 바람이
> 바스락거리는 흰색 돛에 가득 실린다.
> 그리고 웅장한 돛대를 휘게 한다!
> 그렇다. 웅장한 돛대를 휘게 한다, 제군들이여.
> 그러면 자유롭게 나는 독수리처럼,
> 배가 바람이 불어 가는 쪽으로 미끄러져
> 그리운 영국을 떠나리라.
>
> – 앨런 커닝햄

    메리는 찰리가 따라오지 않은 것을 몰랐다. 실은 전혀 눈치채지 못하다가 배가 출발하고 나서야 그의 부재를 깨닫고는, 도와줘서 고맙다는 말을 하지 못했음을 떠올렸다. 찰리가 없으니 메리는 더 외로웠다. 겨우 한 시간을 같이 있었는데 그사이에 우정이 싹튼 듯했다.
    배는 해안을 둘러싼 대형선들의 미로를 헤치며, 다른 배와 쿵 하고 부딪치기도 하고 다른 배에 가려 보이지 않던 배와 충돌할 뻔한 것을 노로 막기도 하면서, 마침내 해안에서 떨어진 넓은 강까지 나오게 되었다. 육지의 풍경과 소리가 멀어졌다.

그때 배가 멈췄다.

역풍이 불고 파도가 치자, 두 뱃사공이 애를 써도 배가 좀처럼 앞으로 나아가지 못했다. 메리는 초조한 마음에 상황을 파악하려고 자리에서 일어났다. 그러자 두 뱃사공이 당장 앉으라며 거칠게 말했고, 그녀는 여전히 마음은 조급했지만 꾸지람을 들은 아이처럼 얌전히 자리에 앉았다.

그러나 지금 메리는 그들이 조류의 방해를 피하려고 체셔 쪽 강에서부터 줄곧 택했던 직선 항로에서 벗어나고 있다고 확신했다. 순간 그녀는 끔찍한 악몽을 꾸고 있다는 생각이 들었고, 모든 생물과 무생물이 연합하여 자신의 유일한 목표인 윌과의 만남을 방해한다고 믿기 시작했다.

두 뱃사공은 투덜댔다. 아는 뱃사공이 보이자, 노 젓는 효과를 높이기 위해 그에게 키잡이 역할을 부탁해야겠다고 생각했다. 그들은 해야 할 일을 잘 알고 있었다. 그래서 메리는 두 손을 꼭 모은 채 조용히 앉아 그들이 도움을 요청하고 수락하는 모든 과정을 지켜봤다. 그러나 여전히 두렵고 초조했으므로 속이 메스꺼웠다.

그들은 오랫동안, 최소 한나절은 노를 저었지만 배가 여전히 부두 가까이에 있는 듯했으므로 메리는 뱃사공들이 자기만큼 실망하지 않은 게 아닐지 의심이 들었다. 바로 그때 하늘에서 얇은 구름이 모여 해를 가리고 사방에 차가운 어둠을 드리웠다.

바람이 불지 않았는데도, 부드럽지만 을씨년스러운 서풍이 불 때보다 훨씬 추웠다.

뱃사공들이 열심히 노를 저었다. 한 번 저을 때마다 배가 앞으로 쭉 쭉 나갔다. 거울처럼 맑고 잔잔한 물에 먹빛 하늘이 연하게 비쳤다. 메리의 몸은 떨렸고, 마음은 내려앉고 있었다. 그래도 이제 그들은 확실히 전진하고 있었다. 그때 키잡이가 조금 떨어진 곳에 일고 있던 잔물결을 가리키자, 뱃사공들이 상황을 파악하려고 먼바다에 보이는 배들을 관찰하던 메리를 툭 건드렸다.

메리가 살짝 움찔하더니 자리에서 일어섰다. 그들은 그녀의 인내와 고통, 그리고 아마도 침묵에 감동했다.

"저기 북쪽에 보이는 두 번째 배가 존크로퍼호요. 지금 바람이 좋으니, 곧 돛이 그 배 옆으로 우리를 데려갈 겁니다."

그는 지금 그들의 작은 배가 순풍 덕분에 빠르게 전진하면, 존크로퍼호도 마찬가지라는 사실을 잊었다(혹은 메리에게 알려주기 싫었는지도 모르겠다).

그러나 그들이 존크로퍼호와의 거리가 얼마나 줄었는지 가늠하려는 듯 긴장한 눈으로 앞을 바라봤을 때, 존크로퍼호의 돛이 펴지고 미풍에 펄럭이는 모습이 보였다. 흰색 돛들이 적당히 둥글게 부풀려지더니 배는 떠나고 싶어 안달하는 사람처럼 요동을 치며 닻을 끌어 올리기 시작했다.

"저들이 닻을 올리고 있어!" 뱃사공 중 하나가 다른 뱃사공에게 말했다. 여전히 두 배를 가른 물 위로 선원들의 희미한 고함이 음악처럼 떠다녔다.

뱃사공들은 메리의 목적을 몰랐지만, 추격 욕구에 불타 돛을 하나 더 올렸다. 배는 지금도 불고 있는 매서운 동풍을 견디느라 최선을 다하고 있었으므로, 추가 돛을 달자 한쪽으로 휘면서 겨우 전진했고 제힘을 넘는 일을 시켜서 못마땅하다는 듯 삐걱댔다. 그래도 날쌔게 앞으로 나아갔다.

그들이 가까이 다가가자, 멀리서 "어이!" 하는 소리가 좀 더 선명히 들렸다. 그러다 소리가 멈췄다. 닻이 올라가고 배가 멀어졌다.

메리가 일어서서 돛대 옆에서 균형을 잡고는, 나는 듯 빠르게 전진하는 존크로퍼호를 향해 양팔을 뻗고 소리 없이 애원했다. 그녀의 뺨을 타고 눈물이 흘렀다. 뱃사공들은 노를 허공에 들고 고함을 치면서 주의를 끌었다.

마침내 존크로퍼호 선원들이 그들을 발견했다. 그러나 외항선 특유의 혼돈 속에서 바쁘게 움직여야 했기에 그들에게 별 관심을 쏟지는 못했다. 방향을 바꿀 때마다 감겨 있던 밧줄과 선원들의 상자가 흔들거렸다. 갑판 위에 제대로 묶여 있지 않던 동물들이 당황해서 이리저리 돌아다니며 가련하게 울어댔다. 거기에는 양고기와 돼지고기라기보다 양과 돼지의 사체라 불러야 마땅한 손질하지 않는 죽은 동물들도 있었다. 선원들은 순서고 뭐고 생각할 겨를도 없이 여기저기 뛰어다니고 있었다. 마음은 육지와 그곳에 남겨놓은 사람들 생각으로 뒤숭숭했지만, 배 위에서는 현재의 임무에 충실했다. 선장도 조급함이 담긴 큰 목소리로 우현과 좌현, 각 선실에 이리저리 명령을 내리느라 정신이 없었다.

선장이 안달하며 갑판 위를 서성이고 항해사의 작은 실수들에 화를 내면서 아내와 아이들과 작별한 슬픔을 짜증으로 표출하는 동안, 자기 배를 추월하려고 빠른 속도로 달려오는 낡고 작은 강배에서 신호를 보내는 소리가 들렸다. 존크로퍼호가 모래톱을 넘으면서 두 배 사이의 거리가 벌어지고 있었기에, 조만간 육성이 닿지 않을 것을 대비해서 뱃사공들은 메리에게 배를 세우려는 구체적인 목적을 물었다.

메리는 목이 건조해져서 목소리가 예쁘게 나오지 않았다. 그래서 크고 거친 목소리로 생사가 걸린 자신의 용건을 설명했고, 뱃사공들은 존 크로퍼호에 신호를 보냈다.

"저희는 윌리엄 윌슨이라는 사람을 만나러 왔는데, 그가 내일 리버풀 순회 재판소에 나와서 알리바이를 증명해 주기를 바랍니다. 제임스 윌슨이라는 사람이 지난 목요일 밤에 살인을 저질렀다는 혐의로 재판을 받고 있는데, 그날 그가 윌리엄 윌슨과 함께 있었다고 합니다. 더 할 말이 있나, 아가씨?" 뱃사공이 입에 댄 손을 떼어내며 낮은 목소리로 메리에게 물었다.

"제 이름은 메리 바턴이라고 말해주세요. 아, 배가 멀어지네요! 제발 멈춰 달라고 말해주세요."

뱃사공은 자기 신호를 무시한 것에 화가 나서 다시 한 번 크게 외쳤다. 이번에는 메리의 이름을 말하고, 선원의 맹세도 추가했다.

그러나 존 크로퍼호는 메리의 배가 따라잡을 수 없는 곳으로 더 멀리 갔다.

선장이 확성기를 드는 모습이 보였다. 그리고 "오, 저런!"이라고 말하는 소리가 들렸다.

선장은 험한 욕설을 내뱉었다. 그는 메리를 치욕스러운 이름으로 불렀다! 그리고 누가 교수형에 처하든 말든, 부탁을 들어주기 위해 배를 멈추거나 그 어떤 도움도 제공하지 않겠다고 말했다.

선장의 말이 무자비하게도 확성기를 통해 명확히 들렸다. 메리는 죽음의 고통 속에서 기도하는 사람처럼 앉아 있었다. 그녀의 눈은 자비를 구하기 위해 하늘로 향해 있었고, 파래진 입술은 아무 소리도 내지 못한 채 떨고 있었다. 그런 다음 고개를 숙이고 양손으로 머리를 감쌌다.

"저기 봐! 저쪽 선원이 우리에게 신호를 보내고 있어."

메리가 고개를 들고 숨을 멈춘 채 집중해서 소리를 들었다.

윌리엄 윌슨은 최대한 선미에 섰다. 그러나 화가 난 선장에게서 확성기를 얻지는 못해서, 손으로 직접 확성기 모양을 만들었다.

"주여, 저를 도우소서. 메리 바턴, 내가 젬을 살리기 위해 늦지 않게 도선배를 타고 돌아갈게."

"그가 뭐라고 하는 거죠?" 거리가 멀어서 윌의 목소리가 잘 안 들리자 메리가 애타게 물었고, 뱃사공은 메리에 대한 동정심이 되살아나 윌의 말에 환호했다.

"그가 뭐라고 하는 건가요?" 메리가 반복했다. "말해주세요. 저는 안 들려요."

메리의 귀는 열심히 들었지만, 뇌가 그 정보를 처리하지 못했다.

세 뱃사람이 즉시 윌의 말을 그대로 전달했고, 거기에 각자 의견도 곁들었다. 메리는 뱃사공들을 쳐다본 다음, 멀어지는 존크로퍼호를 바라봤다.

"제가 잘 모르는데….." 메리가 슬프게 말했다. "도선배가 뭔가요?"

뱃사공들의 설명을 들은 메리는 거기에 담긴 뱃사람들의 은어에서 의미를 파악했다. 아직 희망은 있지만, 가능성이 희박하다는 얘기였다.

"도선배는 얼마나 멀리 갈 수 있나요?"

뱃사공들이 말하는 거리가 모두 달랐다. 어떤 도선배는 귀항하는 배를 이용하기 위해 홀리헤드섬까지 간다고 했다. 어떤 배는 둑 너머까지만 안내한다고 했다. 선장 중에도 유독 조심성이 많은 사람이 있듯이, 도선사도 마찬가지다. 귀항하는 배에 역풍이 불 때는 존크로퍼호에 있는 도선사가 멀리까지 안 나가고 싶어 할지도 모른다.

"그가 언제쯤 올까요?"

열두 시간부터 이틀까지 뱃사공마다 의견이 달랐다. 심지어 고집을 피우며 가장 긴 시간을 말한 뱃사공은 자기 의견이 무시되자, 아예 기간을 두 배로 늘려서 도선배가 이번 주말에나 돌아온다고 했다.

뱃사공들은 저마다 근거를 들이대며 논쟁을 벌였다. 메리는 그들의 말을 이해하려 애썼지만, 낯선 해양 용어와는 별개로 머리에 베일이 쓰인 듯 벌어진 일들을 명확히 인식하지 못했다. 그녀는 말을 통제할 수 없는지 의도와는 다른 말들이 입 밖으로 나왔다.

희망이 하나씩 무너지자 메리는 정신이 황폐해졌다. 아직 한 번의 기회가 남았지만, 그녀로서는 더 이상 희망을 품을 수 없었다. 그 기회도 희미해지다 사라질 것이 분명했다. 그녀는 망연자실했다. 우울한 납빛 하늘, 하늘보다 훨씬 어두운 검고 깊은 물, 멀리 빛이 비치지 않는 차갑고 평평한 노란 해안, 살을 에는 바람 등 모든 외부 환경이 그녀에게 절망적이었다.

메리는 심신이 너무 지쳐 몸을 떨었다.

이제 그녀가 탄 배는 리버풀로 돌아가야 했기에, 뱃사공들은 바람에 맞춰 항로를 바꿔가며 천천히 노를 저었다. 그들은 처음에는 도선배를, 나중에는 지역 현안을 주제로 논쟁했고, 그 어떤 것에도 관심이 없던 메리는 점점 나른해지기 시작했다. 깨어 있으려고 안간힘을 썼지만, 자꾸만 바닥으로 몸이 가라앉아서 돛과 각종 삭구가 쌓인 더미 위에 웅크리고 누웠다.

배 양쪽에서 규칙적으로 물이 부딪치는 소리와 먼 파도가 찰싹대는 소리가 자장가처럼 들려 메리는 깊은 잠에 빠졌다.

그녀가 무거운 눈을 떴을 때, 머리가 흰 늙고 거친 뱃사공(전액 뱃삯을 고집하던 사람)이 자신이 입고 있던 두꺼운 모직 재킷을 덮어주는 모습이 희미하게 보였다. 그가 일부러 옷을 벗어서 조심스럽게 덮어주자, 메리는 몸을 일으켜 고마움을 표하려 했으나 몸이 무거워서 다시 잠에 빠져들었다.

어둑어둑해진 저녁에 그들은 몇 시간 전에 배를 탔던 곳에 도착했다. 뱃사공들이 메리에게 말을 걸었지만, 그녀는 기계적으로 대답할 뿐 꿈쩍도 하지 않았다. 결국 그들이 메리를 흔들어 깨웠다. 몸을 떨며 일어난 메리는 그곳이 어딘지 몰라 잠시 어리둥절했다.

"이제 어디로 갈 건지 말하쇼." 흰머리 뱃사공이 말했다. "어쩌면 내가 못 가게 할 수도 있고."

메리는 천천히 그의 말을 이해하고는 기억을 되짚어봤다. 기억이 희미해서 떠올리느라 애를 써야 했다. 그녀가 주머니에 손을 넣어 지갑을 꺼낸 다음 그 내용물을 남자의 손에 털어놓았다. 그런 다음 그들이 요구하지도 않았는데, 얌전히 숄을 벗기 시작했다.

"아니, 됐소!" 흰머리 뱃사공이 배에 올라타려고 계단에 서 있을 때 메리가 말없이 숄을 내밀자, 그가 말했다. "그건 됐소! 우린 필요 없소. 그건 당신을 시험해 보기 위한 거였어. 자기가 필요할 때만 공손한 사람들이 있어서 말이지."

"고맙습니다." 그녀가 느리고 낮은 목소리로 말했다.

"어디로 갈 거요? 아까 묻긴 했지만." 흰머리 뱃사공이 걸걸한 목소리로 물었다.

"모르겠어요. 전 여기가 처음이여서요." 이상하리만치 차분한 목소리였다.

"그럼 갈 곳을 찾아봐야 할 거요." 그가 날카롭게 말했다. "부두는 순진한 아가씨들이 있을 곳이 못 되니까."

"제가 가지고 있는 명함에 갈 곳이 적혀 있어요." 메리의 대답에 마음이 놓인 흰머리 뱃사공은 배에 올라탄 후, 들어오는 증기선에 자리를 내주기 위해 그곳을 떠났다.

메리는 명함을 찾아 주머니를 뒤졌다. 내일 2시에 브리지노스 씨를 만나기로 한 장소의 주소가 거기에 적혀 있었다. 그 거리에는 좁 할아버지와 윌슨 부인이 묵기로 했고, 전에 좁 할아버지가 자세히 설명한 적이 있는 숙소도 있다. 그런데 지금 그 명함이 없다.

그녀가 정신을 차리고 주머니를 다시 뒤졌다. 주머니 안에 있던 빈 지갑과 손수건, 잡동사니를 모두 꺼냈는데도 명함은 없었다.

사실 메리는 조급한 마음에 배를 타기 전에 급하게 지갑을 꺼내 돈을 세보다가 명함을 떨어뜨렸다.

당연히 그녀는 몰랐고, 이제야 안 것이다.

이것은 그녀를 조금씩 짓누르던 절망이 한 스푼 추가된 것이었다. 스스로 뭔가를 어떻게 해보려 할 때마다 마음은 점점 어두워졌다. 메리는 윌이 묵었던 집을 떠올려 봤지만, 기억이 나지 않았다. 이름도, 거리도, 모두 기억에서 지워졌다. 그러나 중요하지 않았다. 차라리 길을 잃는 편이 나으니까.

메리는 선착장 계단에 조용히 앉아서 어둡고 축축한 물을 응시했다. 한두 번 뇌의 그림자 속에서 무서운 생각이 스멀스멀 피어올랐다. 저 차갑고 암울한 물속에 지상의 고통에서 벗어나 쉴 수 있는 곳이 있지 않을까. 그러나 생각들이 이어지지 못했다. 다음 생각이 들자마자 앞생각을 잊어버렸다.

메리는 고개도 들지 않고 어떤 모욕에도 아랑곳하지 않은 채, 미동도 없이 계속 그 자리에 앉아 있었다.

희미한 불빛 속에서 흰머리 뱃사공이 메리를 지켜보고 있었다. 자신도 모르게 그녀에게 마음이 쓰였고, 그러는 자신을 꾸짖고 있었다.

선착장이 조금 더 밝아졌을 때 흰머리 뱃사공은 스스로 늙은 바보라 욕하며, 배들을 건너 나무 널빤지를 따라 메리 쪽으로 갔다.

그가 메리의 어깨를 세게 흔들었다.

"젠장, 어디로 갈 건지 다시 물어야겠소? 거기 앉아 있지 말라고, 멍청하게. 대체 어디로 갈 거요?"

"모르겠어요." 메리가 한숨을 내쉬었다.

"갑시다, 가요. 이제 그만하고. 아까 명함이 있다고 말했잖소. 어디로 가면 되는지 말해요."

"있었는데, 잃어버렸어요. 신경 쓰지 마세요."

그녀가 다시 검은 물을 내려다봤다.

그가 그녀 곁에 서서 양심의 가책을 느끼지 않으려 애썼다. 하지만 그럴 수 없었다. 다시 그녀를 흔들었다. 메리는 누군지 모르겠다는 표정으로 그를 올려다봤다.

"뭘 원하세요?" 그녀가 지친 목소리로 물었다.

"나랑 갑시다. 젠장!" 흰머리 뱃사공이 메리의 팔을 움켜쥐고 일으켰다.

메리는 일어서서 어린아이처럼 아무것도 묻지 않고 순순히 그를 따라갔다.

29. 젬에 대한 기소장

법률 사무에 종사하는 사람이
훌륭한 사람으로 존경받는다.

- 크래브

오후 2시 5분 전에 좁은 브리지노스 씨가 순회 재판 기간에 묵는 숙소의 입구 계단에 서 있었다. 윌슨 부인은 그가 리버풀에 올 때마다 신세를 지는 친구의 집에 데려다 놓았다. 그 집에서 윌슨 부인과 메리가 좁이 리버풀에 올 때마다 썼던 방을 쓰기로 했다. 그는 잠자리에 예민하지 않지만, 순회 재판 전날은 시내가 사람들로 붐비고 무질서했기에 지금 두 사람을 재울 곳을 마련했다는 사실이 다행스러웠다.

좁이 안으로 들어갔을 때, 브리지노스 씨는 문서를 작성하고 있었다. 메리와 윌은 아직 도착하지 않았는데, 윌은 저 멀리 드넓은 바다 위 어딘가에 있었기 때문이다. 그러나 지금 좁은 그런 사실을 전혀 몰랐으므로, 두 사람이 나타나지 않은 것을 그리 걱정하지 않았다. 그보다는 그날 아침에 브리지노스 씨가 젬과 만난 일이 더 궁금했다.

"아, 네." 브리지노스 씨가 펜을 내려놓으며 말했다. "그를 만나긴 했는데 별로 보람이 없었습니다. 그는 현실을 많이 모르더군요. 당연히 저는 그에게 솔직하게 털어놓아야 한다고, 그렇지 않으면 제가 상대 공격에 대비할 수 없다고 말했습니다. 그가 저를 믿어야 해서 당신의 이름도 댔습니다. 그런데."

"그가 뭐라던가요?" 좁이 숨을 참으며 물었다.

"뭐, 거의 대답하지 않았어요. 사실 몇몇 질문에는 아예 대답을 거부했습니다. 적극적으로요. 제가 그를 위해서 뭘 해줄 수 있을지 모르겠습니다."

"그럼 당신은 젬이 유죄라고 생각하나요?" 좁이 낙담해서 말했다.

"아니요." 브리지노스 씨가 재빨리 단호하게 대답했다. "그를 만나기 전보다 더 무죄라고 생각합니다. 인상이(아, 그저 인상일 뿐입니다. 신중한 당신을 믿고 말씀 드리는 거니, 사실로 받아들이지 마세요), 어쨌든⋯ (다시 그 말을 강조하면서) 제가 받은 인상은 그가 사건에 관해 뭔가 알고 있다는 건데, 그가 말하기를 거부하더군요. 그런데 그가 계속 그렇게 고집을 피우면 교수형을 당할 겁니다. 그게 전부입니다."

브리지노스 씨는 낭비할 시간이 없어 다시 문서를 작성하기 시작했다.

"하지만 그가 교수형을 당하면 안 됩니다." 좁이 격렬하게 말했다.

브리지노스 씨가 살짝 미소를 지어 보였지만, 고개는 흔들었다.

"젬이 뭐라고 했는지 제가 감히 물어봐도 될까요, 선생님?" 좁이 물었다.

"몇 마디 안 했어요. 말수도 적고 짧게 대답해서. 아까도 말했듯이, 제가 받은 인상만 당신에게 말할 수 있습니다. 물론, 저는 그에게 제가 누구고 왜 왔는지 다 말했습니다. 그가 기뻐하는 것 같더군요. 적어도 얼굴은 조금 밝아졌어요(제가 처음 안에 들어갔을 때는 확실히 슬퍼 보였거든요). 하지만 그는 할 말이 없다고, 자신을 변호할 방법이 없다고 말했어요. 그래서 본인이 유죄라고 생각하는지 물었어요. 그의 마음을 열어보려고 저는 그가 흥분할 만한 상황이었다고 말해줬어요. 그가 사랑한 예쁜 아가씨가 잘생긴 해리 카슨(불쌍한 사람!)과 사랑에 빠져 그를 버렸다는 얘기를 들었다고 했죠. 하지만 제임스 윌슨은 가타부타 말이 없었어요. 그때 제가 세부 사항을 물었습니다. 그의 어머니가 확인했다는 총이 그의 것이 맞는지 물었어요. 재빨리 고개를 들어 쳐다보는 그의 눈빛에서 저는 제임스 윌슨이 어머니 얘기를 처음 들었다는 것을 알았어요. 하지만 제가 관찰한다는 것을 알고는, 다시 고개를 숙이고 어머니의 말이 맞다고만 대답했어요. 그게 자기 총이라고요."

"이런!" 좁이 성급하게 끼어드는 바람에 브리지노스 씨가 잠시 말을 중단했다.

"그래서! 좀 더 얘기하자면." 브리지노스 씨가 계속했다. "그의 총이 어떻게 현장에서 발견될 수 있었는지, 제게만 알려 달라고 부탁했어요. 그는 잠시 침묵하더니 답변을 거부했어요. 그 질문에 대한 답뿐만 아니라 그 일과 관련해서는 어떤 말도 하지 않겠다고 노골적으로 말했어요. 그리고 자신을 변호해 줘서 고맙다고 말하고는 저를 해고하다시피 했지요. 전반적으로 좀 무례하지 않나요, 레그 씨? 하지만 저는 그를 만나기 전보다 훨씬 더 그의 무죄를 확신합니다."

"메리 바턴이 와야 할 텐데." 좁이 불안하게 말했다. "메리와 윌이 오래 걸리네요."

"맞습니다. 그게 유일한 희망이라고 생각합니다." 브리지노스 씨가 그렇게 답하고는 하던 일을 계속했다. "저는 윌 윌슨과 얘기하고 싶어서 그를 불러올 소환장을 낮 12시 전에 존슨에게 들려 보냈습니다. 그가 곧 올 겁니다."

브리지노스 씨가 잠시 멈췄다가 고개를 들고 말을 이었다.

"던콤 씨가 제임스 윌슨의 성격을 말해주기 위해 여기로 오기로 했습니다. 제가 토요일 밤에 그에게 소환장을 보냈거든요. 물론, 배심원들은 성격과 같은 일반적이고 모호한 증언은 별로 좋아하지 않습니다. 배심원들이 늘 옳은 것은 아니지만, 안타깝게도 우리는 이번 사건에서 알리바이만 믿어야 하죠."

브리지노스 씨는 다시 펜을 들고 뭔가를 적어 나갔다.

좁은 더욱 초조해졌다. 메리와 윌이 나타나면 바로 일어서려고 의자 끝에 걸터앉았다. 그리고 계단에서 들리는 모든 소음과 발소리에 귀를 기울였다.

누군가의 발소리가 들리자 좁은 뛸 듯이 기뻤다. 그러나 그 사람은 브리지노스 씨의 사무원으로, 대배심이 기소장을 인정한 사건들의 목록을 가져왔다. 브리지노스 씨가 그것을 슬쩍 보고 좁에게 내밀며 말했다.

"물론, 우리는 이걸 예상했습니다." 그러더니 다시 문서를 작성했다.

거기에는 당연히 제임스 윌슨에 대한 기소장도 있었다. 좁은 더욱 불안하고 우울했다. 마치 종말의 시작 같았다. 그는 조금씩 젬의 결백을 믿기 시작했다. 서서히 설득되고 있었다.

(드넓은 강 위에서 작은 배를 타고 한참을 시달렸던) 메리는 오지 않았고, 윌도 마찬가지였다.

좁은 안절부절못했다. 창문 밖을 내다보며 두 사람이 오는지 살피고 싶었지만, 차마 브리지노스 씨를 방해하지 못했다. 결국 밖을 살피고 싶은 욕구를 참기 어려웠던 좁은 가만히 일어나 조심스럽게 방을 가로질러 창가로 갔다. 살며시 걸었는데도 바닥이 삐걱거렸다. 하늘을 뒤덮은 어둠과 칙칙한 거리를 보니, 좁은 더욱 조바심이 났다. 그는 가만히 있을 수가 없어서 방 안을 걸어 다녀야 했다. 브리지노스 씨는 좁이 의자 뒤에서 살금살금 앞뒤로 왔다 갔다 하며 삐걱대는 소리를 참기 어려워서 소리나 동작으로 불편한 티를 냈는데도, 좁은 멈추지 않았다.

브리지노스 씨는 좁을 좋아하고 젬에게도 관심이 있었기에 망정이지, 그렇지 않았다면 동정심에도 불구하고 진작 짜증을 냈을 것이다. 그러나 그는 더 이상 삐걱 소리를 견딜 수 없었다. 결국 펜을 내려놓은 후, 서류 가방을 닫고 모자와 장갑을 챙겨서 재판소에 가야겠다고 좁에게 말했다.

"하지만 윌 윌슨이 아직 안 왔어요." 좁이 당황해서 말했다. "제가 얼른 그의 숙소로 가볼 테니 조금만 기다려 주세요. 진작 그랬어야 했는데, 그들이 여기에 왔을 때 제가 못 만날까 봐 그러지 못했어요. 늦지 않게 돌아오겠습니다."

"아, 아닙니다. 제가 정말 가봐야 해서요. 그리고 존슨이 실수를 해서 윌리엄 윌슨을 재판소로 오라고 한 것 같습니다. 혹시 여기서 그를 기다리고 싶다면, 제 방에 계세요. 하지만 제 생각에는 그가 재판소로 올 거 같네요. 그렇게 되면, 그를 당신이 묵는 숙소로 보내겠습니다. 어떠세요? 제가 어디에 있는지는 아시잖아요. 저는 저녁 8시에 다시 여기로 와서, 알리바이를 입증할 증거들을 가지고 변론서를 작성할 예정입니다."

브리지노스 씨가 그렇게 말하고는 좁과 악수한 다음 밖으로 나갔다. 좁은 문 앞에 서서 잠시 생각에 잠긴 후, (아주 오래된 검은색 가죽 수첩에 적혀 있던 이상야릇하고 잡다한 메모들을 참고해서) 윌이 묵었던 존스 부인의 집으로 향했다. 그는 거기에서 윌과 메리의 소식을 들을 수 있으리라 확신했다.

좁은 굼뜬 존스 부인의 대답에서 최선을 다해 필요한 정보를 모았다.

그는 그날 아침에 젊은 여인이 그곳에 왔었는지, 그 아가씨가 윌 윌슨을 만났는지 물었다. "아니요!"

"왜 못 만났나요?"

"글쎄, 그 아가씨가 오기 몇 시간 전에 윌의 배가 출항했거든요."

고요한 정적 속에 존스 부인의 무거운 다림질 소리만 들렸다.

"그 아가씨는 지금 어디에 있나요?" 좁이 물었다.

"부두 어딘가로 갔어요." 그러더니 자기 생각을 늘어놨다. "찰리가 있다면 알 텐데, 지금 집에 없네요. 어디서 또 장난이나 치고 있을 거예요. 사내 녀석들은 늘 그렇죠. 언젠가는 큰코다칠 겁니다, 암요."

존스 부인은 그렇게 말하더니 조용히 다리미에 침을 뱉어 온도를 확인하고는 다림질을 계속했다.

좁은 그녀를 한 대 치고 싶을 정도로 화가 났다. 그러나 성질을 꾹 참았고, 그 덕분에 보상을 받았다. 찰리가 아무렇지도 않게 휘파람을 불며 안으로 들어왔기 때문이다. 그는 부두에서 어슬렁대다 시간이 늦은 걸 모르는 척했다.

"여기 계신 할아버지가 오늘 아침에 너랑 나간 그 아가씨의 소재를 알고 싶으시대." 존스 부인이 어머니답게 훈계를 조금 한 다음에 그렇게 말했다.

"그 아가씨가 지금 어디에 있는지는 몰라요. 그녀가 배를 타고 강을 따라 존크로퍼호를 쫓아가는 걸 마지막으로 봤거든요. 그녀가 그녀에게 닿지는 못했을 거예요. 바람 방향이 바뀌어서 그녀가 받는 압력이 줄어들어서 금세 모래톱을 넘었을 거예요. 그녀는 지금쯤 돌아왔을걸요."

찰리가 여성형 대명사를 섞어 쓰는 바람에, 좁은 그의 말을 이해하는 데 시간이 걸렸다.✦ 이제 좁은 메리를 찾을 방법을 물었다.

"제가 부두로 다시 가볼게요." 찰리가 말했다. "그녀를 찾을 거라 장담해요."

"그런 짓은 하면 안 돼." 문을 등지고 서 있던 존스 부인이 찰리가 좁에게 우스꽝스러운 표정을 지어 보이는 걸 꾸짖었다. 존스 부인을 동정하던 좁은 당연히 찰리의 장난에 아무런 반응도 보이지 않았다. 그래도 찰리의 제안을 고맙게 받아들였다. 그는 피곤했고, 뭐가 어떻게 돌아가는지 궁금해하고 있을 가엾은 윌슨 부인에게 가봐야 했기 때문이다.

"어떻게 그녀를 찾을 수 있을까? 누가 그 아가씨와 함께 갔니?"

찰리는 손님이 심각해 보여서 웃게 해주고 싶었을 뿐인데, 그 앞에

✦ 영어에서 '배'는 '여성형'으로 취급하여 대명사를 쓸 때, '그녀(she)'를 사용한다. 찰리는 존크로퍼호와 메리를 가리킬 때 모두 '그녀'라고 칭했다. – 옮긴이

서 어머니가 권위를 세우자 기분이 상했다.

"강에서 배를 부리는 뱃사공들이요. 제가 아는 건 그게 다예요." 찰리가 말했다.

"그럼, 그 배의 이름은 뭐였지?" 좁이 끈질기게 물었다.

"잘 못 봤어요. 앤인가 윌리엄인가. 뭐 그런 흔한 이름이었어요."

"어느 부두에서 출발했니?" 좁이 절망스럽게 물었다.

"아, 프린스 피어였어요. 하지만 돌아왔을 때는 다른 곳에 배를 댔을 거예요. 거기는 밀물 때 미국 증기선이 들어와서 닻을 내렸기 때문에 작은 배들은 들어올 수 없어요. 자꾸 꼬이는 저녁이네요." 그가 짓궂게 덧붙였다.

"아, 하느님의 뜻이 이루어지게 하소서! 우리가 그 젊은이를 구할 수 있으면 좋을 텐데." 좁이 슬프게 말했다. "다시 불확실해졌어. 이제는 메리도 걱정이야. 저런, 그 애는 리버풀이 처음인데."

"그 아가씨도 그렇게 말했어요." 찰리가 말했다. "곳곳에 젊은 여자를 노리는 덫이 있어요. 그녀가 배에서 내렸을 때 마중 나올 사람이 없다니 안됐네요."

좁이 대답했다. "그녀가 어디로 올지 모르는데 누가 그녀를 마중 나갈 수 있겠니. 그녀가 제대로 찾아오길 바라야지. 의지가 굳고 분별력도 있는 애니까. 아마 여기로 다시 올 거야. 사실 리버풀에 아는 사람도 없는데 달리 뭘 할 수 있겠어. 부인, 만약 그 아가씨가 여기로 오면 아드님에게 백가든코트 8번지로 그녀를 데려오게 해주시겠소? 그곳에서 친구들이 기다리고 있거든요. 제가 아드님에게 수고비로 6펜스를 드리겠습니다."

존스 부인은 자기를 잊지 않은 것에 기뻐하며 기꺼이 그러겠다고 약속했다. 그리고 처음에는 어머니의 간섭 때문에 짜증이 났던 찰리도 6펜스를 받을 생각에, 그리고 수수께끼를 풀 수 있다는 기대에 기분이 풀렸다.

그러나 메리는 오지 않았다.

30. 좁 레그의 거짓말

> 아! 밤이 슬프구나,
> 비애의 밤.
> 깊은 어둠 속에서 우리는 하활만 잡는다.
> 내일은 파도가 우리를 덮치리니.
> – 작자 미상

좁이 왔을 때, 윌슨 부인은 안절부절못하며 이리저리 왔다 갔다 하고 있었다. 그녀는 머물고 있던 집의 안주인에게 말도 걸지 않은 채, 이따금 깜짝 놀랄 정도로 무겁고 깊은 한숨을 내쉬었다.

"아!" 비틀대며 왔다 갔다 하던 윌슨 부인이 들어오는 좁을 향해 몸을 홱 돌렸다.

"이제, 말해주세요!" 그녀가 재촉했으나, 좁은 할 말을 정리해야 했다. 사실 그는 그녀를 달래기 위한 선의의 거짓말을 궁리하고 있었다. 그러나 그녀의 조급한 질문에 대한 좁의 모호한 대답에서 사건의 현주소가 보였다.

"윌을 못 만났어요. 하지만 그는 올 거예요. 기다릴 시간은 충분해요."

잠시 윌슨 부인은 그 말이 암시하는 절망스러운 상황이 과연 일어나겠냐는 듯, 좁을 가만히 쳐다봤다. 그러더니 천천히 고개를 저으며 좁

더 차분하게 말했다.

"그런 말씀 마세요! 영감님은 그렇게 생각하지 않으시잖아요. 영감님도 저처럼 절망적이죠. 저는 줄곧 우리 아들이 하지도 않은 일로 교수형을 당하겠다고 생각했어요. 그 애는 착하게 살았지만, 정의도 자비도 없는 이 지긋지긋한 세상에서 버림받았죠."

윌슨 부인은 기도하듯 몽롱한 눈으로 바라보더니 자리에 앉았다.

"아닙니다. 지금 부인은 너무 앞서갔어요." 좁이 말했다. "윌의 배가 오늘 아침에 출항한 건 맞아요. 하지만 용감한 아가씨, 메리 바턴이 쫓고 있으니 윌을 만나게 되면 곧 데려올 겁니다. 메리는 아직 돌아오지 않았어요. 그러니 제발 힘을 내요. 다 잘 끝날 겁니다."

"다 잘 끝날 거라고요." 윌슨 부인이 되받았다. "하지만 당신 말대로 되지 않으면 젬은 교수형을 당할 거고, 그 애 아버지와 동생들이 있는 곳으로 가겠죠. 그곳은 하느님이 모두의 눈물을 닦아주고, 예수 그리스도가 지상에 어머니를 두고 온 어린아이들에게 다정하게 말을 거는 곳이지요. 아, 영감님. 그 축복받은 땅에 저도 가고 싶었는데, 젬이 먼저 간다니 조바심이 드네요. 오늘 밤이 젬과 저의 마지막 밤일까 두려워요. 사람들이 저처럼 그 애의 결백을 알아준다면 저는 조금도 불안하지 않을 거예요."

"사람들이 곧 알게 될 테지만, 혹시라도 젬이 하지도 않은 일로 교수형을 당한다면 그들은 뼈저리게 뉘우칠 겁니다." 좁이 말했다.

"네, 그렇겠죠. 불쌍한 사람들! 그들이 실수를 깨달을 때 하느님이 자비를 베풀어 주시기를."

이제 좁은 앉아서 기다리기가 힘들어서 자리에서 일어나 밖에 나가고 싶은 동물처럼 문과 창문 근처를 어슬렁거렸다. 달도 아직 뜨지 않아 밖은 칠흑같이 어두웠다.

"좀 주무시죠." 좁이 윌슨 부인에게 말했다. "내일을 위해 체력을 아끼세요. 지금 그런 아픈 모습을 내일 젬이 본다면, 그 아이가 슬퍼할 겁니다. 제가 다시 나가서 메리를 찾아볼게요. 그녀가 돌아올 시간이에요. 제가 다녀와서 전부 말해줄 테니 걱정하지 말아요. 하지만 지금은 주무세요."

"당신은 정말 좋은 친구예요, 레그 영감님. 말씀대로 자러 갈게요. 하지만 돌아오시면 바로 제게 알려주세요. 그리고 메리도 보자마자 데려오시고요." 윌슨 부인이 낮은 목소리로 차분하게 말했다.

"예, 그러죠!" 그렇게 대답하고 좁은 재빨리 밖으로 나갔다.

그는 윌과 메리가 자신을 내내 기다리고 있었을지 모른다는 생각에 먼저 브리지노스 씨의 숙소로 갔다.

그러나 그들은 거기에 없었다. 브리지노스 씨도 조금 전에 들어왔다고 하여, 좁은 현재 상황을 논의하기 위해 단숨에 위층으로 올라갔다.

"상황이 좋지 않아요." 브리지노스 씨가 대단히 심각한 표정으로 서류를 정리하며 말했다. "존슨이 상황을 말해줬습니다. 그는 윌슨이 묵었던 집주인 여자에게 얘기를 들었답니다. 저는 바턴 양이 헛된 노력을 하는 것 같습니다. 우리 사건은 불확실한 정황 증거와 용의자의 훌륭한 인품에 기대야 합니다. 방어 전략으로는 모호하고 약하죠. 하지만 클린턴 씨도 변론에 참여시켰으니, 그가 최선을 다할 겁니다. 그럼, 저, 이제 가주셨으면 좋겠습니다. 저는 몇 시간 더 일해야 해서요. 혹시 올라오실 때 제 사무원을 보셨나요? 보셨군요! 그럼, 나가시면서 그에게 바로 올라와 달라고 해주시겠어요?"

이 말을 듣고 더는 머무를 수 없었으므로, 좁은 공손하게 인사하고 밖으로 나왔다.

좁은 다시 존스 부인의 집으로 갔다. 그녀는 안에 있었지만 찰리는 또 빠져나간 상태였다. 그 녀석을 집에 잡아둘 방법은 없었다. 자물쇠가 유일했는데 그마저도 늘 효과가 있진 않았다. 언젠가 존스 부인이 녀석을 다락방에 가뒀는데, 그는 천창을 통해 도망가 버렸다. 아마도 지금은 메리를 찾으러 부두에 갔을 것이다. 꼭 이유가 있어야 그곳에 가는 건 아니었지만.

좁은 아무 질문도 하지 않은 채 의자에 앉아 찰리를 기다리기로 했다.

존스 부인은 옷을 다림질하고 개면서 찰리와 남편 이야기를 늘어놓았다. 그녀의 남편은 혼자 키우기 어려운 아들을 남긴 채, 배를 타고 인도로 떠났다고 한다. 그녀가 선원과 항구 도시, 폭풍우 잦은 날씨와 잠 못 드는 밤, 타르와 피치가 잔뜩 묻은 바지 등에 관해 주절주절 넋두리를 늘어놨기에, 좁은 말 거들기를 그만두고 거리에서 들리는 발소리와 소음에만 귀를 기울였다.

마침내 찰리가 돌아왔으나, 혼자였다.

"메리 바턴이 곤경에 빠진 것 같아요." 찰리가 좁을 바라보며 말했다. "부두에서 그녀의 소식을 아는 사람이 없어요. 그리고 본의 말로는 그녀가 배를 탄 곳이 체셔 쪽이래요. 그래서 내일 아침까지는 그녀의 소식을 못 듣게 됐어요."

"내일 아침 9시에 메리가 증인으로 재판에 참석해야 하는데." 좁이 슬프게 말했다.

"그 아가씨도 그런 비슷한 얘기를 했었어요." 찰리가 얘기를 더 들을 수 있을까 기대하고는 그렇게 말했다. 하지만 좁은 아무 말도 하지 않았다.

좁은 더 할 수 있는 일이 없겠다고 생각했다. 그래서 자리에서 일어나 존스 부인에게 감사 인사를 하고 거리로 나왔다. 좁은 거리에 가만히 서서 승산을 따져봤다.

잠시 후 그는 천천히 윌슨 부인이 머무는 집으로 발길을 돌렸다. 할 수 있는 게 아무것도 없었다. 거리를 어슬렁대는 동안, 자신이 돌아갔을 때 윌슨 부인이 피곤해서 잠이 들어 자신에게 질문을 퍼붓지 않기를 간절히 바랐다.

좁은 주인 여자가 졸면서 윌슨 부인과 한 침대를 쓰기로 했던 아가씨를 기다리던 거실로 매우 조심스럽게 들어갔다.

그러나 주인 여자가 (난롯가에서 선잠이 들었다고 말하며) 졸린 눈으로 양초를 켜느라 이것저것 건드리는 바람에, 작은방에서 자고 있던 윌슨 부인이 그 소리를 들었다.

"누구세요?"

좁은 대답하지 않았고, 윌슨 부인이 잘못 들었다고 생각하길 바라면서 숨을 죽였다. 그러나 조심성이 없는 주인 여자가 날카로운 금속성 소리를 내며 심지 자르는 가위를 떨어뜨리며 계속 좁에게 사과하는 바람에, 윌슨 부인은 좁이 돌아온 것을 알게 되었다.

"좁! 레그 영감님!" 그녀가 긴장한 목소리로 외쳤다.

"아, 이런!" 좁이 마지못해 윌슨 부인의 침실 문 앞으로 가면서 혼잣

말했다. "지금 상황에서 작은 거짓말 하나가 죄가 될까? 거짓말 하나면 부인이 조금이나마 잘 수 있을 텐데. 내일 일이 잘못되면, 부인은 (억지로 잠을 청하지 않고는) 수많은 밤에 잠을 이루지 못할 거야. 어쨌든 운에 맡겨 보자."

"좁! 왔어요?" 조바심이 난 윌슨 부인이 떨리는 목소리로 다시 물었다.

"아! 네! 지금 주무시는 줄 알았습니다."

"자다니요! 윌을 찾았는지 알 때까지 어떻게 잘 수 있겠어요?"

"지금이 기회야." 좁이 혼잣말로 중얼거렸고, 큰 소리로 말했다. "걱정하지 마세요! 윌을 찾았고 내일을 준비하고 있어요."

"그럼 불쌍한 제 아들을 위해 증언하겠죠? 그가 젬과 함께 있었다고 말하겠죠? 좁, 다 말해주세요."

'일단 시작했으니, 끝까지 가자.' 좁이 생각했다. '기도 한 번이면 다 용서될 거야. 어쨌든 지금은 계속해야 해. 아, 이런.' 그가 문 앞에서 외쳤다. "윌이 다 증언할 겁니다. 그러면 젬의 결백이 밝혀지겠죠."

좁은 바스락거리는 소리를 듣고 윌슨 부인이 무릎을 꿇었다고 추측했다. 그녀가 기쁨과 안도감에 간간이 멈추기는 했어도 떨리는 목소리로 감사 기도를 드리고 하느님을 찬양하는 소리가 들렸다.

이 소리를 들었을 때 좁은 더럭 겁이 났다. 아침에 윌슨 부인이 깨닫게 될 끔찍한 진실이 떠올랐기 때문이다. 그의 말은 근시안적인 거짓말이었다. 그러나 지금 달리 어찌하겠는가?

좁이 귀 기울이는 동안 윌슨 부인이 감사 기도를 마쳤다.

"그럼, 메리는요? 존스 부인의 집에서 메리를 만났나요, 좁?" 윌슨

447

부인이 계속 캐물었다.

그는 크게 한숨을 쉬었다.

"네, 가보니 메리는 거기에 잘 있었어요. (주여, 용서하소서!)" 그가 중얼거렸다. '내가 늙어서 이런 끔찍한 거짓말쟁이가 될 줄 누가 알았겠는가.'

"그 아이를 축복하소서! 메리가 여기에 왔나요? 왜 침실로 들어오지 않나요? 그 애는 피곤할 텐데요."

좁은 양심의 가책 때문에 기침이 났다. 그러나 이렇게 대답했다.

"메리가 배를 타고 무리해서 몹시 지쳤어요! 그래서 존스 부인이 오늘 밤은 그 집에 머물게 해주었소. 그곳은 내일 메리가 가야 할 재판소에서 멀지 않아요."

'시간이 지나니 괜찮아지는군.' 좁이 신음했다. '거짓말을 하도 했더니, 이제는 진실처럼 자연스럽게 들리네. 부인은 질문이 끝났나 보군. 다행이야. 사탄과 그녀가 다시 나타나기 전에 어서 여기를 벗어나야겠어.'

좁은 주인 여자가 지친 표정으로 기다리고 있는 거실로 갔다. 그녀의 남편은 일찍감치 잠자리에 들었던 터였다.

하지만 좁은 할 일을 아직 정리하지 못했다. 아마 그는 리버풀에서 가장 편안한 침대에 눕더라도 불안해서 전혀 잘 수 없을 것이다.

"제가 이 안락의자에 앉아서 자고 싶은데요." 마침내 좁이 그가 나가기를 기대하며 서 있던 주인 여자에게 그렇게 말했다.

그는 오랜 친구였으므로 주인 여자는 허락했다. 하지만 사실 그녀는 너무나 졸린 나머지 그의 청을 거절할 수 없었다. 그녀는 홀가분한 마음으로 자러 들어갔다.

31. 메리가 그날 밤을 보낸 방법

> 그 길고 긴 밤을
> 나는 두 단어를 생각하며 보냈다.
> '유죄'와 '무죄'.
> 많은 사람이 주목하지 않는 순간,
> 밝은 미래를 꿈꾸며 행복하게 잠들 것인가,
> 아니면 더욱 행복하게는
> 심호흡 후 망각 속에 묻힐 것인가.
> 아, 가장 음침한 죽음의 이미지들이
> 내 눈앞에서 헤엄쳤다!
>
> - 윌슨

그런데 지금 메리는 어디에 있을까? 좁이 메리를 만났다면 한 가지 걱정은 덜었을 것이다. 그러나 이제는 메리가 걱정이었다. 그는 긴 밤을 보내며 윌을 찾아오겠다는 메리의 고집을 꺾지 못한 자신의 나약함을 여러 번 꾸짖었다.

좁과 마찬가지로 메리도 그날 밤 잠을 이루지 못했다. 그래도 괜찮은 집에서 투박하긴 해도 친절한 사람들과 함께 밤을 보냈다.

메리는 자신의 안전을 걱정해서 흰머리 뱃사공이 팔을 붙들고 데려갈 때 저항하지 않았고, 그를 따라 붐비는 부둣가를 요리조리 빠져나가 낯선 뒷골목으로 들어갔다. 망연자실한 상태여서 그를 겨우 따라가는 동안에 가는 곳이 어딘지 거의 생각하지 않았고, 누군가가 자기 대신 결정을 내려준 것이 (오히려) 기뻤다.

뱃사공이 데려간 곳은 아주 작고 낡은 집으로 그 집은 거리의 다른 모든 것보다 오래되었고, 복잡한 뒷길의 한가운데에 있는데도 시골 분위기가 났다. 그가 메리를 안으로 데리고 들어갔다. 오는 길에 그녀를 놓칠까 봐 내내 두려워하다 집 안으로 들어와 마음이 놓이자, 이렇게 외쳤다.

"다 왔어!" 그가 메리의 등을 찰싹 때렸다.

밝고 환한 실내로 들어오자, 메리는 (아마도 등을 맞아서) 정신을 차렸다. 그러고는 자신이 들어왔을 때 난롯가에서 부산스럽게 움직이던 노파를 보고 어색해했다. 뱃사공은 아무 설명도 없이 침착하게 자신의 전용 의자에 앉아 담뱃잎을 씹었다. 그러면서 마치 자신의 활과 창으로 메리를 사로잡았다는 듯 의기양양한 표정과 메리에게 어디 한번 탈출해 보라는 듯 반항적인 표정을 반반 섞어서 만족스럽게 메리를 바라봤다.

뱃사공의 아내는 손에 부지깽이를 든 채 가만히 서서 남편이 예의도 차리지 않고 데려온 사람이 누구인지 설명해 주기를 기다렸다. 하지만 그녀가 놀란 표정을 지을 때, 메리의 뺨은 처음에는 붉었다가 이내 산송장처럼 새하얘졌다. 실내의 열기 때문인지 눈에 얇은 막이 덮인 메리는 서랍장을 붙잡으려다 그만 바닥에 쿵 하고 쓰러졌다.

뱃사공 부부가 재빨리 다가와 거의 의식불명인 메리를 일으켜 세웠다. 뱃사공이 한쪽 무릎으로 메리를 지탱하는 동안 그의 아내가 후다닥 달려가서 찬물을 가져왔다. 뱃사공의 아내가 메리에게 물을 끼얹었다. 그러나 물을 끼얹는 소리에도 메리의 눈은 여전히 감겨 있었고 얼굴엔 핏기가 없었다.

"이 여자는 누구예요, 벤?" 뱃사공의 아내가 힘없이 축 늘어진 메리의 양손을 문지르며 물었다.

"낸들 알아?" 뱃사공이 무뚝뚝하게 말했다.

"에구에구! (칭얼대는 아이를 달래는 말투로 그리고 반은 자신에게 하듯) 나는 당신이, 그러니까 이 여자를 아예 집으로 데려온 줄 알았어요. 불쌍해라! 이 여자에게 아무것도 묻지 말아야겠지만, 그녀는 도움이 필요해요. 집에 소금이 있어야 할 텐데. 지난 일요일에 교회에서 버턴 부인에게 빌려줬거든요. 그 부인이 설교 시간에 자꾸 잠이 온다고 해서요. 세상에, 창백한 것 좀 봐!"

"여기! 당신이 이 여자 좀 붙들어." 뱃사공이 말했다.

그녀는 남편이 시키는 대로 하면서 낮은 목소리로 계속 노래를 불렀다. 남편의 날카로운 목소리 때문에 노래는 자주 끊겼으나 개의치 않았다. 사실 남편을 사랑하는 그녀로서는 젊었을 때부터 오랫동안 들어온 남편의 짜증도 소중했다. 그 역시 거칠고 심술궂긴 해도 아내의 목소리에 남모르게 위로를 받았고, 세상까지는 아니더라도 자신이 도울 수 있는 것이 있다면 거친 겉모습 뒤에 숨겨진 사랑을 조금이나마 보여줄 생각이 있었다.

"저 양반이 뭘 하려는 거지?" 뱃사공의 아내가 아래로 떨어지는 메리의 머리를 받쳐주면서 말했다. "내 펜을 가지고 왔네, 안 쓴 지 5년이 넘었는데. 이런, 세상에! 저걸 태우다니! 아하. 다 생각이 있었네. 불에 태운 깃털은 늘 기절한 사람에게 도움이 되지. 그런데 이걸로도 의식이 안 돌아오네. 가엾어라! 이제 저 사람이 뭘 하려나? 그래! 내 남편은 역시 똑똑해! 나는 전혀 생각도 못 했는데!" 그때 뱃사공이 구석 찬장에서 사각 병을 꺼내 왔는데, '골든 바서'라는 이름의 밀수 증류주였다.

"그거면 되겠네요!" 그녀가 그렇게 말했을 때, 뱃사공이 메리의 입을 벌려 술을 부었고 메리가 깨어 기침하기 시작했다. "자상해라. 저 사람은 정말 다정하고 사려 깊은 사람이야!"

"어림없는 소리!" 그가 으르렁대긴 했지만, 혈색과 의식이 돌아온 메리가 눈을 뜨고 어리둥절한 표정을 짓는 것을 보고는 안심했다. "어림도 없지. 내가 그렇게 바보는 아니라고."

뱃사공의 아내가 메리를 일으켜 의자에 앉혔다.

"이제 괜찮나, 아가씨?" 뱃사공이 걱정하며 물었다.

"네, 선생님. 그리고 감사합니다. 어떻게 고마움을 표현해야 할지 모르겠어요." 메리가 살짝 움찔하며 말했다.

"얼어 죽을, 감사는 무슨." 뱃사공이 고개를 흔들더니 파이프를 물고, 굳이 더 말할 필요 없다는 듯이 밖으로 나갔다. 남겨진 그의 아내는 이 낯선 손님의 정체와 사연이 몹시 궁금해졌다.

메리는 뱃사공이 나가는 걸 보고는 슬픈 눈으로 그의 아내를 쳐다보더니 그곳을 떠나기 위해 힘겹게 일어나려 했다. 어디로 가야 할지 몰랐지만.

"저런, 안 돼요! 당신이 누군지 모르겠지만, 지금 거리로 나갈 만한 상태가 아니에요. (목소리를 조금 낮추며) 어쩌면, 당신은 나쁜 사람일지 모르겠네요. 거의 틀림없어. 그렇게 예쁜 걸 보면. 에구에구! 확실히 나쁜 사람들이 마음에 상처를 많이 입지. 선한 사람들은 늘 하느님 안에서 희망을 품고 사니까 절대 낙심하지 않아. 가슴이 무너지고 마음이 고통스러운 사람은 죄인이야. 불쌍한 영혼이지. 무엇보다 우리가 동정하고 도와야 할 사람들이야. 그녀가 오늘 밤 집을 나와 할 일을 찾네. 그녀는 리버풀에서 가장 끔찍한 여자가 되겠지. 나는 내 남편이 이 아가씨를 어디에서 데려왔는지 알고 싶어. 정말로."

메리는 그녀의 독백을 겨우 들은 후에 기운 없는 목소리로 더듬더듬 그녀를 만족시킬 만한 대답을 하려 애썼다.

"저는 정말 나쁜 사람이 아니에요, 부인. 이미 출발한 배를 뒤쫓아 가려는 저를 남편분이 태워주셨어요. 내일 재판에서 누군가를 구해줄 수 있는 남자가 그 배에 타고 있었거든요. 그 배의 선장이 그를 보내줄 것 같지 않지만, 그는 도선배를 타고 돌아오겠다고 했어요." 메리가 사라진 희망이 떠올라 흐느끼기 시작했고, 뱃사공의 아내가 늘 하던 감탄사로 그녀를 달래기 시작했다.

"에구에구! 그럼, 그가 반드시 돌아올 거예요. 난 알아요. 그러니 힘을 내요. 조급해하지 말고. 그가 반드시 올 거예요."

"아! 무서워요! 그가 오지 못할까 봐 너무나 불안해요." 말은 그렇게 했지만, 뱃사공 아내의 근거 없는 장담은 그녀에게 위안이 되었다.

뱃사공의 아내는 독백을 곁들여 메리에게 말을 걸면서 차를 준비했고 음식도 권했다. 그러나 메리는 음식에는 고개를 젓고 차로만 마른 목을 축였다. 강제로 들이켠 독주 때문에 몸이 더웠고 머리는 깨질 듯 아픈데도 감각을 통해 받은 모든 인상이 강렬하고 고통스러웠다.

메리는 언어 능력을 완전히 상실한 것 같아서 말하기 싫어졌다. 그녀는 자신의 의도와 전혀 다른 표현을 사용했다. 그래서 침묵을 유지했지만, 스터지스 부인(뱃사공 부인의 이름)이 수다를 떨며 차와 음식을 치우느라 끊임없이 움직이는 바람에 메리는 더 심하게 머리가 아팠다. 그녀는 차라리 다른 곳에서 밤을 보내고 싶었다. 하지만 어디에서 보낼 수 있겠나?

곧 뱃사공이 돌아왔으나 나갈 때보다 짜증과 불평이 많아졌다. 그는 아내가 말려놓은 신발을 팽개치고는 아내가 하는 모든 말에 구시렁댔다. 메리는 그것이 자기가 아직 그 집에 있기 때문이라고 생각해서 온 힘을 다해 거기에서 나가려고 애썼다. 하지만 그건 오해였다. 뱃사공은 (난롯불이 문제라는 듯 그것을 주의 깊게 살피며) 이렇게 말했다. "역풍이 불어!"

"아, 저런. 그래요?" 남편을 잘 아는 아내는 그의 무뚝뚝함이 동정심을 억누르기 때문임을 알았다. "에구에구, 밤에는 바람 방향이 자주 변하죠. 아침이 되려면 아직 멀었잖아요. 바람의 방향이 바뀐다는 데 1페니를 걸게요."

뱃사공의 아내가 창문 밖에서 달빛에 반짝이는 풍향계를 내다봤다. 뱃사람의 아내로서 불리한 상황임을 직감한 그녀는 무거운 한숨을 내쉬고는 방을 둘러보며 마음의 위안을 줄 다른 이야깃거리를 생각하기 시작했다.

"내일 재판에서 당신이 원하는 것을 증명해줄 다른 사람은 없는 건가요?" 뱃사공의 아내가 물었다.

"없어요!" 메리가 대답했다.

"그 사람이 무죄라면, 진짜 유죄인 사람에 대한 단서도 없나요?"

메리는 대답하지 않고 몸을 떨었다.

뱃사공이 그 모습을 봤다.

"그만 물어봐." 그가 아내에게 말했다. "저 아가씨는 자야 해. 바닷바람을 맞으며 계속 몸을 떨었다고. 내가 바람을 살피고 풍향계를 계속 관찰할게. 바람의 방향이 바뀌면 조류가 도와줄 거야."

메리가 낯선 사람을 집 안에 들여준 사람들에게 웅얼웅얼 감사 인사와 축복하는 말을 건네며 위층으로 올라갔다. 스터지스 부인이 바다와 외국을 연상시키는 작은방으로 메리를 안내했다. 거기에는 중국에 간 아들이 쓰던 작은 침대가 있었다. 그리고 지금 발트해를 항해 중인 다른 아들이 쓰던 해먹도 있었다. 시트는 거친 삼베였지만 갈색임에도 산뜻하고 깔끔했다.

벽에는 바다를 그린 그림 두 장이 걸려 있었고, 각 그림의 아래쪽에는 스터지스 부인이 눈물이 고일 때까지 바라보는 두 아들의 이름이 적혀 있었다. 부인이 얼른 손등으로 눈물을 훔치고는 밝은 목소리로 침대가 깨끗하다는 것을 메리에게 확인시켜 주었다.

"잠을 못 잘 것 같지만, 감사합니다. 괜찮으시다면, 여기에 앉아 있을게요." 메리가 창가에 자리를 잡으며 말했다.

"이쪽으로 와요." 스터지스 부인이 말했다. "우리 남편이 당신을 침대로 안내하라고 했기 때문에 나는 그렇게 해야 해요. 밖을 내다봤자 무슨 소용이 있어요? 지켜보고 있는 냄비는 잘 안 끓는 법이죠. 당신이 저 풍향계를 주시하려는 걸 나도 알아요. 난 글쎄, 그걸 보지 않으려고 노력해요. 그렇지 않으면 아무 일도 못하거든요. 바람이 불 때면 가슴이 마구 아프지만, 외면하고 일을 하러 가요. 바람 말고 내가 할 일을 생각하려 애쓰죠."

"조금만 더 깨어 있을게요." 스터지스 부인이 단호했기에, 메리는 애원했다.

메리의 표정을 보고 부인이 물러섰다.

"그래요, 그럼. 난 아래층에서 꾸중을 들을지 몰라요. 당신이 잠자리에 들 때까지 남편이 안절부절못할 거니까요. 그러니까 깨어 있고 싶으면 조용히 해야 해요."

그래서 메리는 밤새 아무 소리도 내지 않고 움직이지 않는 풍향계를 바라봤다. 작은 창가 자리에 앉아서 밝은 달빛을 가리는 커튼을 손으로 잡았다. 창틀 모서리에 피곤한 머리를 기댔다. 풍향계를 뚫어지게 쳐다본 탓에 눈이 따갑고 뻑뻑했다.

붉은 아침 해가 지평선 위로 살며시 떠올라 메리가 묵는 방을 진홍빛으로 물들였다.

재판 날 아침이 밝았다!

32. 재판과 평결

> 당신이 이곳에 소환된 이유는
> 주제를 모르고 불경하고 가증스럽게도
> 신의 높은 특권을 강탈해서,
> 당신의 변덕과 병든 열정에 따라
> 동료 인간들의 생사를 결정했기 때문이다.
> 조용히 자연스럽게 서서히 줄어들었어야 할 피를
> 너무 일찍 난폭하게 흘리게 했다.
> 거친 말로 요약하면,
> 창백한 공기를 얼어붙게 하고
> 남자의 두 뺨을 공포에 휩싸이게 하는 이름,
> 당신은 냉혹한 암흑의 살인자다.
>
> – 밀먼 『파지오』

재판 전날 밤 고뇌 속에서 안절부절못한 사람 중 가장 초조했던 이는 아마도 피해자의 가엾은 아버지였을 것이다. 그는 사건이 발생한 후부터 거의 잠을 자지 못했다. 깨어 있는 동안 그를 지배했던 불안한 생각들이 불편한 잠자리에서도 계속 따라다니며 괴롭혔다.

그리고 무엇보다 이날 밤 가장 잠을 못 잤다. 그는 젬 윌슨에게 유죄가 선고될 수 있게 모든 준비가 다 됐는지를 생각하느라 계속 뒤척였다. 재판을 서두른 것을 후회하기도 했지만, 복수에 성공하기 전까지는 지상에서 평화를 누리지 못할 것 같았다(그가 복수라는 단어를 정확히 어떤 의미로 사용했는지는 모른다. 아마 정의나 개인적 목적을 가리키는 것 같다). 그는 심신이 모두 불안정했다. 우리 안에 갇힌 야수처럼 어쩔 줄 몰라 하며 끊임없이 침실 안팎을 왔다 갔다 했는데, 그 이유는 아픈 팔다리를 잠시라도 쉴 경우에 근육 경련 같은 것이 일어나 저렸기 때문이다. 그래서 덜 해롭고 더 견디기 쉬운 쪽을 택한 결과, 계속 걷기로 했다.

날이 밝자 의지력이 상승했다. 카슨 씨는 변호사를 만나 그에게 추가 지시 사항과 질문을 전달했다. 그 후에는 재판소의 문이 열리고 공판이 시작될 때까지 시계를 보며 앉아 있었다.

카슨 씨에게 살해된 아들 이외의 사람들, 가령 아내나 딸들은 아무 의미가 없었을까? 그는 아들을 죽인 살인자가 사형을 선고받기 전에는 아들의 시신을 묻지 않겠다고 공언했다.

9시에 모든 사람이 끔찍한 법정에 모였다.

판사, 배심원단, 피의 복수를 다짐한 자, 피고인, 증인들 등 모두 재판소 건물로 들어왔다. 그리고 이들 외에도 재판에 개인적으로 관심은 있으나 역할은 없는 수많은 사람이 있었다. 좁 레그와 벤 스터지스, 찰리 존스 등이 그런 사람들이었다.

그날 아침 좁은 윌슨 부인을 가까스로 피했다. 사실 그는 일찌감치 메리를 찾으러 나갔기 때문에 부인과 마주칠 시간이 거의 없었다. 그리고 메리의 소식을 듣지 못했을 때는 윌슨 부인에게 진실을 말하지 않기로 굳게 결심했다. 어차피 조만간 진실을 알고 충격을 받을 것이기에, 곧 닥칠 불행을 가능한 한 오랫동안 모르고 있는 편이 나을 것이다. 윌슨 부인은 지치고 의기소침했지만 불안하지는 않은 표정으로 증인실에 앉아 있었다.

좁이 군중을 헤치고 재판소 안으로 겨우 들어왔을 때 브리지노스 씨의 사무원이 그에게 손짓했다.

"여기 우리 의뢰인이 당신에게 보낸 편지가 있어요!"

좁은 편지를 받으면서 구역질이 났다. 이유는 모르겠지만, 왠지 그것이 모든 희망을 무너뜨리는 자백서일 것 같아 두려워졌다.

편지의 내용은 이러했다.

친애하는 친구에게,

제게 변호사를 구해주셔서 진심으로 감사합니다만, 다른 사람들에게 변호사가 어떤 쓸모가 있는지 몰라도 제게는 아무 소용이 없습니다. 그러나 영감님께 얼마나 감사한지 모릅니다. 저는 불리한 판결을 예상하는데, 그럴 만도 합니다. 제가 배심원이어도, 유죄 증거가 차고 넘치는 피고인을 유죄라고 말할 것입니다. 그러므로 배심원단이 유죄 평결을 내도 그들을 비난하면 안 됩니다. 하지만 레그 영감님. 제게 입증 능력은 없지만, 저는 갓 태어난 아기만큼 무죄라는 사실을 말씀 드리고 싶습니다. 영감님이 저의 결백을 믿지 않으셨다면, 제가 이렇게 부탁 편지를 쓸 수 없었을 겁니다. 이 편지가 죽음을 앞둔 사람이 쓴 것임을 잊지 말아주세요. 영감님, 제 어머니를 돌봐주세요. 금전적인 부탁이 아닙니다. 어머니와 앨리스 고모에게 돈은 충분히 있으니까요. 어머니가 제 얘기를 영감님께 할 수 있게 해주세요. 그리고 (다른 사람들이 어떻게 생각하든) 영감님은 제가 무죄인 채로 죽었다고 생각한다고 어머니에게 밝혀주세요. 우리가 전부 떠나면 어머니는 오래 사시지 못할 겁니다. 영감님, 저를 위해서 어머니께 친절하게 대해주세요. 이따금 어머니가 짜증을 부리면, 어머니가 겪어온 일들을 떠올려 주세요. 어머니는 한 번도 저를 의심한 적이 없습니다. 하느님이 어머니를 보살펴 주시기를.

제가 너무나 사랑해서 두렵기도 했던 사람이 또 있습니다. 사랑스러운 메리 덕분에 저는 사는 동안 행복했습니다. 그녀는 제가 자기 연인을 살해했다고, 제가 고통을 주었다고 생각할 겁니다. 계속 그렇게 생각하겠지요. 저로서는 힘든 말이지만, 그녀는 그렇게 생각해야 합니다. 저는 그게 최선이라고 믿습니다. 그러나 영감님. 그동안 건강하셨으니 앞으로도 오래 사시겠지만, 혹시 마지막 날이 가까웠다고 확신이 드실 때는 제가 (지금 이렇게) 제 결백을 엄숙하게 밝혔다는 사실을 그녀에게 전해주시면 좋겠습니다. 그러나 지금부터 향후 몇 년간은 절대 말하시면 안 됩니다. 그녀가 평생 저를 애인 살해범으로 기억하고 저를 증오하며 눈을 감을 생각을 하면 저로서는 무척 힘이 듭니다. 메리가 진실을 알기 전까지 그녀 얼굴에 나타날 증오심을 본다면, 저세상에서도 제 가슴이 아플 것입니다. 지금은 저에 대한 메리의 감정을 생각하지 말아야겠죠.

레그 영감님께 하느님의 축복이 깃드시길. 그럼, 이만 줄입니다.

제임스 윌슨.

좁은 편지를 읽으면서 곰곰이 생각했다. 깊은 한숨을 내쉰 다음, 들고 있던 신문에 젬의 편지를 고이 싸서 조끼 주머니에 넣은 후 메리 바턴이 왔는지 보려고 증인실 문 앞으로 갔다.

문이 열렸을 때 메리가 양팔 사이에 얼굴을 묻은 채 탁자 옆에 앉아 있는 모습이 보였다. 그것은 절망한 사람의 모습이었다. 어젯밤 좁의 희망적인 말이 부분적으로 거짓이었다며 격렬히 흐느끼고 비통하게 탄식하는 윌슨 부인의 목소리를 듣지는 못했지만(윌슨 부인은 출입문에서 보이지 않았고, 좁도 안으로 들어갈 생각이 없었다), 메리의 모습만 보고도 좁은 가슴이 너무 아파 말문이 막혔다.

좁은 안타까운 마음으로 법정에 들어갔다. 윌슨 부인과 메리는 그가 증인실 문 앞에 서 있던 모습을 보지 못했다.

좁이 산만해진 마음을 다잡고 현재 상황에 집중하려 했을 때 헨리 카슨 살인 재판이 시작되었다. 법원 서기가 빠르게 기소장을 낭독했고 잠시 후에 익숙한 질문을 던졌다. "유죄를 주장합니까, 무죄를 주장합니까?"

이것은 흔한 공판 절차 중 하나이며 거의 모든 사건에서 예상 답은 하나인데도, 잠시 엄숙한 침묵이 흘렀다. 형사 피고인은 입술을 꾹 다문 채 눈은 판사를 응시하며 서 있었지만, 머릿속에는 다른 장면들이 떠올랐다. 지금까지의 인생이 주마등처럼 스쳐 갔다. 유년기의 기억과 (첫아이를 자랑스러워했던) 아버지의 모습이 떠올랐다. 그리고 귀여운 놀이 친구이자 자신의 희망이고 사랑이었던 메리가 생각났다. 자신에게 절망을 안기기도 했으나, 그녀의 사랑 없이는 넓은 세상이 공허했을 것이므로 영원히 사랑할 수밖에 없던 여자였다. 어머니는 지금 이 순간도 지극한 모성으로 아들의 결백을 굳게 확신했다. 그가 잠시 머뭇거리다 낮고 확고한 목소리로 말했다.

"무죄를 주장합니다."

대부분의 재판 방청자가 살해 정황과 시신 발견, 의심 근거 등을 알고 있었기에 수석 검사가 설득력 있게 공소 사실을 설명하는 동안 방청자들은 웅성댔다.

"저기 윌킨슨 상급 법정 변호사 뒤에 앉아 있는 사람이 피살자의 아버지 카슨 씨야!"

"정말 귀족 같네! 엄격하고 확고부동한 모습이 전형적인 신사야! 제우스의 흉상이 떠오르지 않아?"

"난 피고인에게 더 관심이 있어. 범죄자는 늘 흥미롭다니까. 나는 평범한 사람과 구분되는 범죄자들만의 공통점을 찾는 중이야. 지금까지 수많은 살인자를 봐왔지만, 저 피고인에게 보이는 카인의 흔적은 어디에서도 본 적이 없어."

"흠, 나는 관상가는 아니지만 저 피고인의 인상은 그리 나쁘지 않아. 어둡고 우울하긴 해도, 지금 그의 처지를 생각하면 그럴 만도 하지."

"저 낮고 단호한 이마, 내리뜬 눈, 꽉 다문 입술을 좀 봐. 한 번도 고개를 들지 않네. 좀 봐봐."

"숱 많은 검은 머리카락을 자르면 이마가 그렇게 낮지는 않을 거야. 그리고 사각형 이마는 사람들이 좋은 신호로 여기지. 만약 사람들이 당신처럼 저런 사소한 것들의 영향을 받는다면, 피고인은 재판 직전에 교도소 이발사에게 머리를 자르는 편이 좋았겠군. 그리고 내리뜬 눈과 다

문 입술 말인데, 그건 지금 그가 심적으로 동요한다는 표시일 뿐이라고. 성격과는 무관하다고, 이 친구야."

가엾은 젬! 검고 윤기 흐르는 머리칼(월슨 부인의 자랑이자 그녀가 자주 손가락으로 어루만져 주던 것)도 그에게 불리하게 작용할까?

증인들이 불려 나왔다. 처음에는 주로 경찰관이었다. 증언이 익숙한 이들은 입증에 필요한 자료가 무엇인지 잘 알았으므로, 신속하게 신문이 진행되었다.

"피고인이 불리한 게 명백(clear as day)하군." 변호사 사무원 하나가 다른 사무원에게 속삭였다.

"암담(black as night)한 거지." 상대 사무원이 말했다. 둘은 함께 웃었다.

"제인 월슨! 누구지? 이름으로 보니 가족 같은데."

"어머니야. 그녀가 총의 소유자를 알려줬지."

"아, 맞아. 기억나는군! 저 여자가 아주 힘들겠군."

법원 경위가 월슨 부인을 증인석으로 안내하자 두 사무원은 입을 다물었다. 월슨 부인은 젊어서 당한 사고로 다리를 절었고 얼굴엔 고통의 흔적이 남았으며, 불행한 사건들을 겪는 동안 불안과 걱정에 사로잡혀 지냈으므로 평소에도 노인처럼 보였으나 실제 나이는 쉰도 되지 않았다. 그러나 지금은 일흔이 넘은 사람처럼 보였다. 얼굴 주름은 깊어졌고 이목구비가 날카로워졌으며, 걸음도 겨우 걸었다. 그녀는 흐느끼지 않으려 애썼으며, 자신의 성마른 성격을 자주 걱정했던 가엾은 아들 앞에서 부끄럽지 않은 모습을 보이려고 (무의식적으로) 분투하고 있었다. 젬은 피고석에 앉아 양팔에 얼굴을 묻고 있었다(그는 재판 내내 그런 자세를 취했고, 이 때문에 많은 사람이 그에 대해 나쁜 편견을 갖게 되었다).

검사가 신문을 시작했다.

"당신의 이름은 제인 윌슨이 맞습니까?"

"네, 검사님."

"공판 중인 저 형사 피고인의 어머니인가요?"

"네, 맞습니다." 목소리는 떨렸고 울음을 터뜨리기 직전이었지만, 그녀의 간절한 소망은 품위 있는 행동으로 아들을 기쁘게 하는 것이었기에 감정을 자제하려 애썼다.

이제 검사가 살인 사건 현장에서 발견된 총이 피고인의 것이 맞는지 확인하는 중요한 절차가 시작되었다. 자신이 직접 경찰관에게 한 말이므로 윌슨 부인으로서는 그 말을 번복할 수 없었다. 그래서 필요한 질문을 하기까지 시간이 오래 걸리지 않았다. 총이 증거로 제출되고 신문이 시작되었다.

"저 총은 당신의 아들 것이 맞습니까?"

윌슨 부인은 바싹 마른 입술로 말을 내보내기 위해 안간힘을 쓰느라 증인석 양옆을 꽉 쥐었다. 마침내 비통하게 내뱉었다.

"아! 젬! 내가 무슨 말을 해야 하니?"

모든 사람이 젬의 대답을 들으려고 몸을 앞으로 숙였다. 그러나 사실 그의 대답은 이 재판에서 별로 중요하지 않았다. 젬이 고개를 들었다. 어머니를 향한 연민이 가득 차올랐으나 꿋꿋이 참아내며 답했다.

"사실대로 말하세요, 어머니!"

그래서 그녀는 약속을 잘 지키는 어린아이처럼 사실을 말했다. 모두 그녀가 사실을 말했다고 생각했다. 그리고 모자의 간단한 대화는 방청자들이 나름대로 생각을 정리하는 데 다소 도움이 되었다. 그러나 무서운 판사는 냉정한 표정으로 앉아 있었다. 배심원단도 표정 변화가 전혀 없었다. 그러는 동안 검사는 사건이 일어나던 날 밤에 젬이 집에 없었다는 사실을 포함해서 피고인에게 불리한 모든 증거를 나열하며 의기양양하게 질문을 이어 갔다.

마침내 신문이 끝났다. 윌슨 부인은 증인석에서 내려오라는 소리를 들었다. 하지만 어머니로서 더는 침묵할 수 없었기에 갑자기 판사를 향해서 (그녀는 판사가 평결을 내린다고 생각했으므로) 목이 멘 채 말을 시작했다.

"저, 재판장님. 저는 제 아들이 이른 대로 사실을, 있는 그대로의 사실을 말씀 드렸습니다. 하지만 제 말 때문에 그를 교수형에 처하면 안 됩니다. 제발, 존경하는 재판장님. 제 말을 믿어주세요. 그는 갓 태어난 아기처럼 결백합니다. 물론, 저는 어머니로서 저 아이를 품에 안고 길렀고 날마다 저 아이의 얼굴을 보며 기뻐했으니, 저기 계신 분들보다 제가 제 아들을 더 잘 압니다. (그녀는 배심원단을 가리키며, 사랑하는 아들을 위해 분명하고 명료하게 말을 전달하기 위해 안간힘을 썼다.) 분명히 저분들은 오늘 아침 전에는 한 번도 제 아들을 본 적이 없을 겁니다. 존경하는 재판장님, 제 아들은 너무나 착해서 저는 종종 그에게 나쁜 점이 있기나 할까 궁금해한답니다. 저는 (짜증을 내며) 안절부절못할 때가 많은데, 그때마다 저 자신을 꾸짖으며 이렇게 말합니다. '넌 참 배은망덕하구나. 주 하느님이 네게 젬을 주셨는데, 그걸로 복은 충분하지 않은가?' 그런데 하느님이 제게 벌을 내리시는군요. 만약 젬을,

제게서 젬을 뺏어가시면 저는 자식을 모두 잃게 됩니다. 이 세상에서 제가 사랑하는 사람은 아무도 남지 않게 됩니다. 그러니 저는 '아버지의 뜻이 이루어지게 하소서'라고 말할 수 없습니다. 존경하는 재판장님. 아, 저는 그럴 수 없습니다."

윌슨 부인이 흐느끼며 이 말을 하는 동안 법원 경위들이 그녀를 데리고 나갔으나, 깊은 슬픔을 존중하는 마음에서 예의를 갖춰 그녀를 대했다.

이미 제출된 증거에 증인 신문을 통해 얻은 증언들이 추가되면서 가엾은 젬을 압박했다. 총이 젬의 것이라는 증언과 사건이 있기 얼마 전에 그가 피해자를 협박하는 모습을 한 경찰관이 목격했다는 증언이 확보되었다. 더구나 당시 그 경찰관은 일어날지 모를 폭력 행위를 막기 위해 개입하기까지 했다. 그것만으로도 충분한 살해 동기였다. 이 단서를 제공한 사람은 젬과 해리 카슨이 싸우는 소리를 엿들은 경찰관이었다. 첫 소환장이 메리에게 발부된 것도 그의 보고서 때문이었다.

그리고 이제 메리가 증인으로 불릴 차례였다. 이즈음 법정은 방청자로 가득 찼다. 하지만 메리의 증언을 보고 싶었던 사람들이 많았기 때문에 입구마다 비집고 들어오려는 사람들이 계속 생겨났다.

카슨 씨는 사건의 원인을 제공한 치명적인 헬레네✦를 직접 본다는 생각에 가슴이 뛰기 시작했다. 그녀는 죽은 아들이 사랑한 여자였기에, 관심의 대상이자 혐오의 대상이다. 어쩌면 혹시 그녀도 나름의 방식으로 자기 아들을 사랑했고 애도하고 있을까? 그러나 카슨 씨는 메리와

✦ 그리스 신화에 등장하는 미녀로, 트로이 전쟁의 원인으로 여겨지는 인물. – 옮긴이

널리 알려진 그녀의 미모를 혐오했으며, 아들에게 해로웠다고 생각했다. 그래서 자기 아들을 유혹한 그녀를 점점 질투하기 시작했고, 그녀에게 연인의 죽음을 슬퍼할 당연한 권리마저 없다고 생각했다. 여기에는 밝고 잘생긴 부자 청년이 생계를 위해 공장에서 일하는 심각하고 근엄해 보이기까지 하는 직공보다 더 많이 사랑받는다는 고정관념이 깔려 있었다.

지금까지는 바라는 대로 재판이 흘러갔으므로, 미소를 영원히 잃고 복수를 꿈꾸는 카슨 씨의 얼굴에 만족스러운 표정이 떠올랐다.

모든 시선이 증인이 들어오는 문으로 향했다. 젬조차도 자신을 혐오스럽게 바라볼 메리를 보지 않기 위해 얼굴을 감추기 전에 슬쩍 한 번 보려고 고개를 들었다. 법원 경위가 그녀를 데리러 갔다.

메리는 두 시간 전에 좁이 반쯤 열린 문틈으로 봤던 자세 그대로 앉아 있었다. 손가락 하나도 움직이지 않았다. 이름이 불렸을 때도 꼼짝하지 않았다. 그녀가 너무나 조용해서 법원 경위는 그녀가 잠이 든 줄 알고 다가가 건드렸다. 메리는 잽싸게 일어나 그를 따라 법정으로 들어가 증인석에 앉았다.

수영객으로 가득한 안개 자욱한 바다 한가운데에 있는 것 같았던 메리는 밝고 선명한 두 지점에 시선을 고정했다. 그 둘은 죽어야 할 죄인과 그 죄인을 단죄할 판사였다.

메리의 머리 위에 있던 높은 창으로 햇살이 은은하게 들어와 작은 보닛 아래로 흘러내린 그녀의 아름답고 풍성한 황금빛 머리칼을 비췄다. 작은 티끌들이 따뜻한 햇빛 속을 춤추듯 떠다녔다. 바람의 방향이 바뀌었다. 그러나 그때는 메리가 관찰을 포기한 직후여서 그녀는 바람의 방향이 바뀐 걸 알지 못했다.

생기 넘치는 미인을 보리라 기대했던 많은 사람이 실망했다. 메리의 얼굴은 죽은 사람처럼 창백했고 표정은 굳어 있었으며, 깊고 부드러운 잿빛 눈에는 슬픔과 당혹감이 서려 있었다. 그러나 메리에게서 낯설지만 고귀한 아름다움을 알아본 사람들도 있었다. 그들은 그 아름다움을 오래 기억할 것이다.

그날 메리를 본 누군가는 무엇보다 그녀의 얼굴이 귀도의 초상화 속 인물인 '베아트리체 첸치'를 닮았다고 말했다. 그리고 그녀의 얼굴이 어릴 때 들었던 황량하고 구슬픈 멜로디처럼 뇌리에서 떠나지 않으며, 말없이 애원하고 탄식하던 그 얼굴을 영영 잊지 못할 것이라고 덧붙였다.

(끔찍한 두 사람을 제외하고) 법정 안의 모든 사람이 눈앞에서 빙빙 도는 가운데, 메리는 꿈을 꾸듯 어떤 목소리가 하는 말을 듣고 (가령, 이름을 묻는) 단순한 질문들에 기계적으로 대답했다. 자신이 처한 가혹한 상황을 낯설고 신기해하며 두세 질문에 더 대답했다.

그러다 문득 알 수 없는 이유로 정신을 차렸다. 모든 상황이 현실이고, 수백 명이 자신을 바라보고 있으며, 누군가 자신에게 진실을 끄집어내려 한다는 것을 깨달았다. 그리고 고개를 숙이고 양팔에 얼굴을 감추고 있는 인물이 젬이라는 것을 깨달았다. 그녀의 얼굴이 붉어졌다가 처음보다 더 창백해졌다. 그러나 자신이 숨긴 엄청난 비밀이 드러날까 두려워서 최선을 다해 상황을 파악하고, 받았던 질문과 자신이 한 대답을 복기해 보았다. 초긴장 상태로 정신을 집중하던 메리는 그 상황을 즐기던 젊은 검사로부터 당돌한 질문을 들었다.

"이런 질문을 해도 될지 모르겠지만, 사랑하는 사람은 누구였나요?

당신은 두 청년을 모두 알았다고 말했잖아요. 당신이 사랑한 사람은 누구죠? 누가 더 좋았나요?"

이 질문자는 누구길래, 그녀의 마음속 비밀을 감히 그렇게 가벼운 말로 물어보는가? 여자들이 여러 번 망설이다 얼굴을 붉히고 눈물을 흘리며 한 사람에게만 속삭이는 그런 말을 어떻게 수많은 사람 앞에서 감히 밝히라고 요구하는가?

순간 분노가 치밀어 오른 메리가 이맛살을 찌푸리고, 그 무례한 검사의 눈을 가만히 쳐다봤다. 그때 젬이 얼굴에서 두 손을 떼는 모습이 보였다. 그의 얼굴에는 메리를 향한 강렬한 사랑과 그녀의 대답을 차마 듣기 두렵다는 표정이 동시에 나타났다. 메리는 돌연 결연해졌다. 중요한 건 현재이다. 미래, 그 드넓은 장막은 생각조차 하기 싫다. **지금 잘못을 인정하면, 지금** 사랑을 얻을지 모른다. 사랑하는 사람이 자신을 혐오하는 사람들 앞에 서 있는 지금, 여성으로서 수치심은 중요하지 않다. 그래서 메리는 원숭이 흉내나 내면서 부끄러운 질문을 던진 검사에게 하는 대답이 아니라는 표시로, 판사 쪽으로 몸을 돌려 말을 시작했다.

"그는 제게 둘 중 누구를 더 좋아했는지 묻고 있습니다. 한때는 제가 해리 카슨을 좋아했던 것 같습니다. 모르겠어요, 잊어버렸으니까요. 하지만 저는 재판을 받는 제임스 윌슨을 말로 표현할 수 없을 정도로, 세상에 있는 모든 것을 다 합친 것보다 사랑했습니다. 그리고 이 순간까지 그는 전혀 몰랐지만, 저는 지금 더 많이 그를 사랑합니다. 재판장님도 아시겠지만 저는 열세 살도 되지 않아서, 그러니까 옳고 그름을 판단할 수 있는 나이가 되기도 전에 어머니를 여의었습니다. 그래서 경박하고 허영심이 많았으며, 제 외모를 칭찬하는 사람들의 말에 귀를 기울였습니다. 그러다 가엾은 해리 카슨과 어울리게 되었고 그는 제게 사랑한다고 말했지요. 그런데 저는 너무 어리석어서 그가 결혼하고 싶어 한다고 생각했습니다. 어머니를 잃은 소녀는 딱한 법이지요, 재판장님. 어쨌든 저는 귀부인이자 부자가, 더는 부족함을 모르는 사람이 될 수 있겠다고 상상했습니다. 어느 날 제임스 윌슨이 제게 청혼을 하였는데, 그때까지 저는 제가 그를 얼마나 사랑하는지 몰랐기에 냉정하고 모질게 거절했습니다. (바로 그때 제가 감당해야 할 문제가 시작되었지요.) 젬은 제 말을 믿고 저를 떠났습니다. 그리고 그날부터 오늘까지 저는 한 번도 그와 대화를 나누지도, 만나지도 못했습니다. 물론 제가 하려고만 했으면, 그에게 가서 제가 성급했다고 말할 수도 있었겠지요. 제가 사랑을 깨닫기 전에 그가 제 시야에서 완전히 사라졌던 것은 아니니까요. 그리고 제 목숨보다 더⋯." 여기까지 말하고 메리는 다음 고백을 덧붙이기에 앞서 목소리를 낮췄다. "그러니까 검사님이 제게 누구를 가장 사랑했냐고 물으신다면, 저는 해리 카슨의 칭찬에 우쭐해졌고 그것을 즐겼다고 대답하겠습니다. 하지만 제임스 윌슨은, 제가⋯."

메리는 손으로 얼굴을 감싸며 새빨개진 뺨을 감추려 했으나 오히려 손가락까지 붉게 물들었다.

그녀는 잠시 말을 멈추었다. 그녀의 발언이 피고인을 향해 동정심을 불러일으켰는지는 모르지만, 그것은 오히려 유죄 추정을 강화했다.

검사가 신문을 이어 갔다.

"그런데 당신은 피고인을 거절한 후에 해리 카슨을 만났습니까?"

"네, 자주 봤습니다."

"그러니까 당신은 그때도 해리 카슨과 대화를 했군요."

"대화라 부를 만한 것은 딱 한 번이었습니다."

"그럼, 대화의 주제는 무엇이었습니까? 당신이 그의 연적을 더 사랑하는 걸 알게 됐다고 말했습니까?"

"아닙니다, 검사님. 지금 일이 이렇게 됐지만, 저는 제 감정을 잘못 전달했다고 생각하지 않습니다. 하지만 제가 다른 사람을 사랑한다고 말할 정도로 용기가 있지는 않았습니다. 저는 젬의 이름을 해리 카슨에게 말한 적이 없습니다. 단 한 번도요."

"그럼, 해리 카슨과의 마지막 대화에서 당신은 무슨 말을 했습니까? 자세히 기억나지 않는다면, 요점만 말해도 됩니다."

"기억을 떠올려 보겠습니다, 검사님. 하지만 명확하지는 않아요. 저는 그를 사랑하지 않으니, 관계를 끊고 싶다고 말했습니다. 그는 저를 설득하기 위해 최선을 다했지만, 저는 마음을 바꾸지 않았고 그 자리에서 도망쳤습니다."

"그 후에는 그와 대화하지 않았습니까?"

"한 번도 없었습니다!"

"자, 아가씨. 증인이 선서했다는 사실을 기억하고 대답하세요. 증인은 자신에 대한 해리 카슨의 관심을 피고에게 말한 적이 있습니까? 아니면 간단히 친분이라도 언급하지 않았나요? 당신은 자신보다 신분이 훨씬 높은 애인을 자랑해서 피고의 질투심을 자극하려 했던 적이 없습니까?"

"없습니다. 한 번도." 메리는 추호의 의심도 남기지 않기 위해 단호하고 분명하게 대답했다.

"증인은 증인에 대한 해리 카슨의 관심을 피고가 알았다는 걸 인지

했습니까? 선서했다는 사실을 기억하세요!"

"몰랐습니다, 검사님. 저는 두 사람이 싸웠다는 말을 들을 때까지, 젬이 경찰관에게 한 말을 들을 때까지 전혀 몰랐습니다. 알게 된 때도 살인 사건이 일어난 후였고요. 지금까지도 저는 누가 젬에게 그의 얘기를 했는지 알지 못합니다. 저, 검사님. 제가 이만 증언해도 될까요?"

가까스로 차분하게 버티던 메리는 문득 자제력을 잃을 것 같다는 느낌이 들었다. 그녀를 더 이상 증인석에 붙잡아둘 이유가 없었다. 그녀는 제 역할을 다했다. 메리는 증인석에서 내려가도 좋다는 허락을 받았다. 여전히 피고인에게 불리한 증거가 많았다. 그러나 이제 젬은 자존감에서 비롯된 결연한 표정으로 자세를 똑바로 세웠다. 그래도 여전히 생각에 잠긴 모습이었다.

그즈음 좁은 법정 밖에서 윌슨 부인을 위로하고 있었다. 윌슨 부인은 처음에는 아들을 보기 위해 법정 안에 있다가 울음을 제어할 수 없어서 바깥으로 나와야 했고, 밖에서도 재판소 건물 계단에 앉아 계속 울었다. 법정에 뱃사공의 아내인 스터지스 부인이 없었다면 증인석에서 내려온 메리를 누가 돌봤을까. 지금 스터지스 부인은 메리를 법정에서 나오게 하려고 열심히 설득하고 있었다.

"아니! 싫어요!" 메리가 거부했다. "저는 여기에 있을 거예요. 아시잖아요, 저는 젬의 재판 결과를 지켜봐야 해요."

"괜찮아! 교수형을 당하진 않을 거야! 걱정하지 말아요! 더구나 바람의 방향도 바뀌었으니 그에게 유리해. 갑시다. 아가씨는 열이 나고 있어. 처음엔 창백했다가 지금은 얼굴이 붉어졌잖아. 아픈 게 분명해. 그냥 나가요."

"아! 저는 무조건 여기 있어야 해요." 메리는 이상할 정도로 급하게 대답하며 마치 자신을 제거하라고 고용된 사람이라도 있다는 듯 난간을 꼭 붙들었다. 스터지스 부인은 참을성 있게 메리의 곁을 지키며 혹시 남편이 아직 있는지 확인하기 위해 법정 안의 사람들을 훔쳐봤다. 남편은 같은 자리에서 열심히 재판을 경청하고 있었다. 스터지스 부인은 재판이 끝날 때까지는 남편이 자신을 집에 보내지 않으리라는 생각에 마음이 편해졌다.

메리는 난간을 잡은 손을 한 번도 놓지 않았다. 그렇게라도 해서 군중이 가득하고 어지러운 법정에서 버티고 싶었다. 들리는 말에 집중하기가 어려웠기에 손안에 잡히는 딱딱한 느낌이 도움이 될 것 같았다. 모든 사람이 파도가 세차게 몰아치는 바다에서 항해하며 동시에 말하고 있었으나, 아무도 조용히 자기 말을 들어주기를 바랐던 그녀의 아버지를 떠올리지 못했다. 아주 잠깐 법정이 조용해지자, 메리는 판사복을 입고 엄격하고 경직된 표정으로 우상처럼 높은 자리에 앉아 있는 재판장이 보였다. 그리고 그 반대편에 앉은 젬은 그녀를 바라보며 이렇게 말하는 것 같았다. '너의 비밀 때문에 내가 죽는구나.' 그녀는 정신을 바싹 차리려 안간힘을 썼다. 하지만 생각이 자꾸만 꼬리에 꼬리를 물었다. 그래서 다시 밖으로 나갔다. 점점 심해지는 섬망에 맞서 싸울 힘이 약해지고 있었다. 그녀는 낮은 목소리로 혼자 중얼댔지만, 옆에 앉은 스터지스 부인 외에는 아무도 듣지 못했다. 다들 지금 마무리되고 있는 재판에 집중하고 있었기 때문이다.

피고 측 법정 변호인은 증인들을 다시 부를 수 있는 권한을 행사하지 않으면서 반대 신문을 자제했다. 사실 그는 변론 자료가 부족하고 모호하며 와야 할 증인의 증언에 너무 많은 것이 걸려 있었기에, 제대로 된 변론을 펼치기가 어렵겠다고 생각하고 있었다. 그래서 상황을 관망하며 이의를 제기해야 할 때만 움직였다. 그는 의자에 편하게 앉아 이따금 경멸하는 듯한 태도로 코웃음을 쳤다. 간혹 눈썹을 치켜올리고는 자기 뒤에 앉은 브리지노스 씨와 쪽지를 주고받았다. 브리지노스 씨는 법정 변호인보다 재판에 훨씬 관심이 많았는데, 그 이유는 불쌍한 옛 친구 좁에게 들은 이야기가 흥미로웠기 때문이다. 좁은 찰리 존스에게 소개받은 벤 스터지스로부터 전날 실종되었던 메리가 윌을 추격한 일, 그들의 두려움과 희망 등을 듣고는 군중 사이에 몸을 밀어 넣어 조금씩 자리를 이동해서 브리지노스 씨 가까이에 와 있었다.

좁은 이 모든 이야기를 요약해서 브리지노스 씨에게 전달했다. 내용이 적어서 그가 혼란스러워했지만, 그래도 쓸모가 없진 않았다. 브리지노스 씨가 그것을 법정 변호인에게 전했고, 지금 그가 변론하기 위해 일어섰기 때문이다.

이제 어느 정도 상황을 파악한 좁은 메리를 찾기 위해 주변을 둘러봤다. 마침내 그는 점잖아 보이는 부인 옆에 서서, 불안하고 상기된 얼굴로 하고 싶은 말이 있다는 듯 끊임없이 입술을 움직이고 있는 메리를 발견했다. 메리의 시선은 한곳에 고정되지 못한 채, 뭔가를 찾아 여기저기를 휘둘러 살폈다. 좁은 메리가 자신을 찾는다고 생각해서 사람들을 헤치고 가까스로 그녀에게 다가갔다. 좁이 다가와 말을 거는데도 메리는 알아듣지 못하고 계속 초조하게 주위를 두리번거렸다. 좁은 메리가 낮고 빠르게 중얼거리는 말을 열심히 듣고는 그녀가 같은 단어를 반복하는 것을 알았다.

"정신을 잃으면 안 돼. 정말 안 돼. 정신을 잃으면 사실을 말하게 될 거야. 그러면 안 돼. 난 늘 거짓말을 했어. 정말 그래. 하지만 정신을 잃지 않아. 정신을 잃으면 안 돼. 정말 안 돼."

그러다 문득 좁이 자기 말을 열심히 듣는 것을 의식한 메리가 좁에게로 몸을 홱 돌려서는 왜 엿듣느냐며 화를 냈다. 그러다 메리는 자신의 시선을 사로잡은 무언가 혹은 누군가를 찾아냈다. 그리고 격렬하게 팔을 들어 올리고 크게 소리쳤다.

"아, 젬! 넌 살았어. 그리고 난 미쳐가나 봐." 그 순간 메리는 경련을 일으켰다. 여러 사람의 동정을 받으며 메리가 법정 밖으로 나가는 동안 수많은 사람의 관심이 그녀에게서 벗어나 경찰관과 교도관을 뿌리치고 맹렬한 기세로 의자와 난간을 넘어 성큼성큼 들어오는 한 선원에게 쏠렸다. 법원 경위들이 이 불법 입장을 막으려 했지만, 반드시 증언하겠다고 결심한 그를 조용히 증인석으로 가도록 유도할 수 없었다. 윌은 자신의 부재로 사촌이 위험에 처했다는 사실에 마음이 급했고, 젬이 무죄 방면될 이야기를 쏟아 놓기도 전에 그가 교수대에 달릴까 두려웠다. 좁은 감정을 추스르기 힘들었다. 그래서 법정 밖에서 처음 본 부인이 경련을 일으켜 몸을 움직이지 못하는 메리를 친절하게 보살피는 모습을 애써 무심하게 바라봤다.

"메리는 괜찮을 거야! 그녀 걱정은 하지 않을 거야." 좁은 그렇게 혼잣말하고는 떨리는 손으로 브리지노스 씨에게 줄 쪽지를 만들었다. 브리지노스 씨는 윌이 생사가 걸린 법정의 끔찍한 고요함을 깨고 나타났을 때 젬 윌슨을 구할 희박한 증거를 가진 증인이 도착했다고 추측했다 (아예 안 오는 것보다 늦게라도 나타나 다행이었다). 윌의 등장과 가엾은 메리의 발작으로 외침과 명령, 경악과 지시 등이 난무하면서 법정이 소란스러운 가운데에도 브리지노스 씨는 변호인석을 떠나지 않았다. 그리고 좁이 알아보기 어려운 필체로 쓴 쪽지를 자신에게 찔러주기 훨씬 전에, 그는 윌이 증언할 내용과 그의 배가 출항 후에 어떻게 그가 올 수 있었는가를 정리했다.

젬의 법정 변호인은 공격 도구를 입수하자 새삼 자신감이 생겼는데, 이는 여전히 결백이 의심스러운 피고인을 구하고 싶은 열망 때문이라기 보다 자신의 수사법 구사 능력을 보여줄 기회를 얻었기 때문이었다. '한 여성의 고귀하고 용감한 행동 덕분에 전인미답의 바다에서 돌아온 용맹한 선원', '정황 증거에 근거한 성급한 판단의 위험' 등등. 한편, 검사는 팔짱을 끼고 눈썹을 치켜올린 채 윌의 증언을 위증하라고 부탁받은 사람이 할 만한 헛소리로 몰아세울 준비를 했다. 당연하지만, 반론 증거는 오직 진실에 기초했다고 가정한다. 그리고 '위증'과 '음모', '불멸하는 당신의 영혼이 처한 위험' 등은 (분노한 개인의 성급한 말을 변호하는 자가 아닌) 변호인을 고용한 의뢰인의 오류나 실수를 증명할 사람을 조롱하기에는 약한 표현들이다.

그러나 윌은 증인석에서 자기 이야기나 전체 이야기의 일부를 판사와 배심원들에게 들려주어야겠다고 결심하고 젬이 (재판받는 중죄인처럼 창백하고 초췌했지만 그래도) 안전한 것도 확인했을 때, 용기가 생겨서 어떤 질문이든 명료하고 적절한 답을 하기 위해 차분하게 신문을 기다렸다. 그는 다 아는 이야기를 들려줬다. 휴가가 끝날 무렵 외삼촌과 약속한 대로 맨섬으로 그를 만나러 가려던 일, (여느 선원처럼) 가진 돈을 맨체스터에서 모두 썼고, 그 때문에 리버풀까지 걸어가야 했던 일. 그래서 살인 사건이 일어나던 날 밤에 친구이자 사촌인 젬과 홀리스 그린까지 함께 걸었던 일 등을 말했다. 그는 모든 정황 증거를 명확하고 분명하게 설명했으며, 출항 중 이례적으로 소환된 과정과 역풍 때문에 힘들게 도선배를 타고 돌아오는 동안 느낀 불안감을 간략하게 묘사했다. 배심원들은 자신들의 생각(거의 30분 전에 내린 결정)이 잘못됐다는 사실에 당혹감과 불편한 감정을 느꼈으므로, 검사가 윌의 증언을 반박하기 위해 벼락같이 일어났을 때 그에게 고맙기까지 했다. 그러나 윌의 증언이 결과에 상관없이 배심원들에게 충격을 주었다면, 불쌍한 카슨 씨는 무엇 때문에 마음에 격렬한 분노가 일었을까? 알리바이가 입증되었지만, 여전히 카슨 씨는 젬을 유죄라고 생각했다. 맹수가 입에 물었던 먹잇감을 내놓지 않는 것처럼, 일단 형성된 증오와 복수심 때문에 카슨 씨는 좌절과 실망을 견딜 수 없었다. 열망이 담겨 있던 그의 하얀 얼굴은 불안감으로 왜곡된 나머지, 조용하게 강하고 근엄한 주피터와 더는 비슷하지 않았다.

윌을 반대 신문하려던 검사는 카슨 씨의 표정을 포착하고, 그의 염원을 이뤄주기 위해서 처음부터 모욕적인 질문을 던졌다.

"자, 증인. 당신은 흥미롭고 그럴듯한 이야기를 들려줬어요. 그런데 분별 있는 사람이라면 누구나 당신과 피고인의 관계가 순수한지 의심할 겁니다. 당신이 잊어버리고 말하지 않은 상황이 있죠. 그것을 밝히지 않으면 당신의 증언은 불완전하게 느껴집니다. 당신이 그럴듯한 이야기를 반복하는 대가로 무엇을 받았는지 여기 배심원들에게 말해주시겠습니까? 부두나 뭐 그런 수상한 곳에서 걸어와서 조금 전처럼 증언하는 대가로 얼마를 받았거나 받을 예정인가요? 증인은 선서했다는 사실을 기억하세요."

월은 익숙하지 않은 용어들 때문에 검사의 질문을 이해하는 데 시간이 걸렸고, 그러는 동안 다소 당황한 표정을 지었다. 그러나 질문의 내용을 이해한 순간 그는 분노로 이글거리는 눈으로 검사를 쏘아봤고, 결국 검사는 그 준엄하고 단호한 얼굴 앞에 시선을 떨구었다. 그제야 비로소 윌이 대답했다.

"당신은 신성한 진실을 말하고 거짓말을 싫어하며 지저분한 일을 처리하고 큰돈을 받는 변호사들을 경멸하는 사람에게 그렇게 무례하게 구는 대가로 얼마를 받는지 여기 계신 재판장님과 배심원들에게 말해주시겠습니까? 어떠신가요, 검사님? 존경하는 재판장님, 저는 재판장님이나 배심원들이 원하신다면 얼마든지 여러 번 같은 선서를 하고, 제 증언을 입증할 준비가 되어 있습니다. 지금 여기에 도선사인 오브라이언이 와 있습니다. 재판장님께서 그가 저를 위해 증언할 생각이 있는지 물어봐 주시겠습니까?"

그것은 좋은 생각이었기에, 변호인도 그 기회를 활용했다. 오브라이언의 증언은 윌에 대한 모든 의심을 해소해 주었다. 그는 메리의 추격도 목격했고, 대형선과 작은 배 사이에 오간 대화도 들었었다. 그는 자신의 배에 윌을 태우고 육지로 왔고, 런던 수로 안내 협회가 인증한 도선사는 믿을 만한 직업이었다.

카슨 씨는 절망에 휩싸여 의자에 맥없이 주저앉았다. 그는 증거가 확실해도 유죄 평결이 사형 선고로 이어질 때는 배심원들이 유죄 평결을 꺼린다는 사실을 잘 알고 있었다. 그래서 재판 내내 그 사실을 되뇌며 유죄 평결을 과신하지 않으려 애썼다. 그러나 뇌리에 각인되어 이제는 되뇔 필요가 없어진 지금, 그는 배심원들이 평의하러 자리를 뜨기 전에 이미 진실을 호도하는 말도 안 되는 속임수와 부주의 때문에 자신이 총애하는 아들을 죽인 살인자가 정의의 칼날을 피하리라는 것을 알았다. 시신을 묻지도 못한 아들의 살인자는 이제 죽은 아들이 없는 세상을 자유롭게 아무 탈 없이 걸어 다닐 것이다.

정말 그랬다. 젬은 몹시도 궁금한 최종 결과를 듣기 전에 감정을 감추기 위해 한 번 더 얼굴을 숨겼다. 좁은 브리지노스 씨와 열심히 나누던 대화를 중단했다. 찰리는 심각하고 진지한 표정을 지었다. 배심원들이 하나둘 법정으로 들어왔고, 어떤 답이 나올지 알 수 없는 질문을 받았다.

배심원단이 마침내 도달한 결론은 그들 자신도 불만스러웠다. 피고인의 무죄를 확신한 사람도 없었고, 알리바이 때문에 그의 유죄를 확신한 사람도 없었다. 하지만 그가 유죄라면 받게 될 벌은 대단히 무섭고, 사람이 사람에게 내리기에는 너무나 부담스러운 형벌이어서 그것을 아는 사람들은 무죄 쪽에 힘을 실었다. '무죄' 평결이 나오자 숨죽이던 법정이 전율에 휩싸였다.

잠시 침묵이 흐른 후에, 모든 사람이 낮은 목소리로 중얼중얼 평결을 이야기하기 시작했다. 젬은 고개를 숙인 채 미동조차 하지 않고 서 있었다. 가엾게도 그는 지난 몇 시간 동안 급격히 전개된 일들에 어안이 벙벙한 상태였다.

젬은 피고석에 앉아 있는 동안 무죄 선고를 거의 기대하지 않았다. 자신에 대한 메리의 감정이 무관심보다 더 나쁜 쪽으로 발전할 사건들이 발생했기에 젬은 삶의 의욕을 거의 잃은 상태였다. 그녀는 다른 사람을 사랑했고, 자신을 애인 살해자로 여길 것이 분명하다고 젬은 믿었다. 그런데 갑자기 황량하고 깊은 어둠 속에서 염원하던 미래를 만들어 줄 메리에게 사랑 고백을 들었다. 그는 그녀의 열렬한 사랑 고백 외에는 아무것도 생각나지 않았다. 다른 모든 것은 흐릿했고 기억하고 싶지 않았다. 그녀가 그를 사랑했다니.

그러나 젬이 이런 아름다운 약속과 달콤한 상상으로 가득할 삶을 누릴 가능성은 희박했다. 그는 메리의 사랑을 확인했으니 죽어도 여한이 없다고 생각하려 애썼다. 그러나 그녀와 함께할 수 있는 삶을 상상하고 나니, 지금과 같은 불확실한 상황이 견디기 힘들어져서 거의 숨도 쉬지 못하고 휘청거렸다. 월의 등장은 긴장감만 가중할 뿐이었다.

젬은 평결의 의미를 즉각 이해하지 못했다. 현기증이 나서 꼼짝도 하지 못한 채 서 있었다. 누군가 그의 외투를 잡아당겼다. 돌아보니, 좁이 주름이 깊게 팬 갈색 뺨에 흐르는 눈물을 훔치며 나오지 않는 말을 하려 애쓰고 있었다. 그는 계속 젬의 손을 잡고 흔들었는데, 그렇게밖에 감정을 표현할 수 없었기 때문이다.

"자, 어서 나가시오! 나가게 되어 기쁠 것 같은데!" 한 간수가 얼굴이 파랗게 질리고 눈에 불안감이 가득한 다른 피고인을 데리고 나오며 그렇게 외쳤다.

좁이 서둘러 법정 밖으로 나가자, 젬도 무작정 따라나섰다.

젬이 지나갈 때 사람들은 길을 비켜주었지만, 아직 그에게 살인자라는 오명이 남아 있어서인지 옷깃을 단단히 여몄다.

젬은 건물 밖으로 나와서 한 번 더 자유를 만끽했다! 많은 사람이 그를 의심의 눈초리로 바라봤지만 믿을 수 있는 친구들이 그를 둘러쌌다. 윌과 좁에게 잡힌 젬의 팔이 저항 없이 위아래로 흔들렸다. 좁은 지쳤고, 윌은 힘이 넘쳤다. 벤 스터지스는 재판소 밖을 나서면서 메리의 연인 주위를 물구나무서서 걸어가고 있는 찰리를 꾸짖었다. 찰리는 메리의 부인에도 불구하고 젬이 메리의 연인이 맞았다는 사실을 확인해서 기분이 좋았다. 그러는 동안 젬은 당혹감과 황홀감을 느꼈다. 지난 한 주간 일어난 사건들과 오전에 만들어진 새로운 희망에 관해 한 시간 동안 방해받지 않고 생각할 수만 있다면 뭐든 주었을 것이다. 아마 그런 평온한 시간은 교도소 안에서나 가능할 터였다. 젬은 흐느낌과 함께 감정을 억누르려 노력하며 목메는 목소리로 물었다.

"그녀는 어디 있나요?"

그들이 젬을 어머니가 있는 방으로 안내했다. 아들의 무죄 판결 소식을 들은 윌슨 부인은 울다 웃다 말하는 둥 지난 며칠 동안 억눌려 왔던 감정들을 마구 쏟아내는 중이었다. 그녀는 아들을 보자마자 목을 껴안고 눈물을 흘렸다. 젬은 어머니를 껴안았지만, 눈은 주위를 두리번거렸다. 그 방에는 어머니 말고 자신과 함께 들어온 친구들만 있었다.

"아, 애야!" 윌슨 부인은 할 말이 생각났다. "네가 어떻게 됐는지 보렴! 난 네게 도움이 되는 말들을 했고, 그걸 듣고는 배심원들이 너를 교수형에 처할 수 없었겠지. 사람들이 나를 리버풀에 가지 못하도록 막았는데, 그건 정말 잘못된 생각이었지 않니? 하지만 내가 오겠다고 했단다. 난 네게 도움이 되고, 너를 축복하고 싶었어. 그런데 너 지금 몹시 창백하고 몸을 떠는구나."

젬은 여러 번 어머니에게 입을 맞췄지만, 누군가를 찾는 듯 주위를 두리번거리며 아까 했던 말을 반복했다.

"그녀는 어디 있나요?"

33. 고이 잠드소서

> 더 이상 두려워 마라, 뜨거운 태양과
> 사나운 겨울의 분노를.
> 세상에서 할 일 다 마치고,
> 그대는 집으로 갔네, 품삯을 챙겨서.
> – 셰익스피어 『심벨린』

> 낮과 밤이 기쁨을 가져다주고,
> 자연이 즐거움을 주고,
> 내 마음에 기쁨이 차올라도,
> 나는 그대를, 그대만을 위해 사네.
>
> 저 밑에 기쁨을 방해하는 우울함이
> 우리를 떼어 놓으려 끼어드네.
> 우리의 끈을 자르려는 그 강철 손이
> 내 지복을 부수네, 내 가슴을 무너뜨리네.
> – 번스

메리는 평화의 말도, 위로와 희망을 주는 소식도 닿을 수 없는 곳에 있었다. 섬망이라는 끔찍하고 무서운 세계에. 그녀는 날마다 매시간 자기 아버지에게 젬을 구해 달라고 부르짖었다. 무자비한 바람과 파도를 향해 자비를 베풀어 달라고 미친 듯이 애원했다. 이런 고뇌에 찬 애원을 반복한 후에는 기진맥진했고, 그 후에는 무력한 절망감에 신음하고 울었다. 사람들이 그녀에게 젬이 풀려났으니 데려오겠다고 말했다. 그러나 가엾게도 흐려진 정신상태에서는 시각과 청각이 더는 정보를 받는 통로가 아니었으므로, 그녀는 다른 사람의 말을 이해하지 못했다.

젬만 그녀가 내뱉는 이상한 문장의 의미를 온전히 이해했고, 어쨌든 메리도 자신처럼 바턴의 살인을 알고 있다는 것을 인지했다.

(시계로 정확히 잰 시간이 아니라 일어난 사건들을 머릿속으로 정리한 시간을 기준으로) 한참 전부터 젬은 메리의 아버지가 해리 카슨을 살해했다고 확신했다. 살해 동기는 알 수 없었지만, 여러 정황(그중 핵심은 사건이 있기 불과 이틀 전에 바턴이 살인에 사용된 총을 빌려 간 상황)상 확실했다. 어떤 때 젬은 바턴이 메리에 대한 해리 카슨의 관심에 분노했기 때문이라고 생각했다. 다른 때는 바턴이 몰두했다는 공장주와 노동자 사이의 첨예한 갈등이 살해 동기라고 생각했다. 그러나 젬이 자신이 처벌받더라도 그 비밀을 지키기로 결심했었고 메리가 자신을 애인 살해자로 여기고 증오할 것이라고 생각했었지만, 지금은 메리가 그의 사람이 된 지금 그녀가 아버지의 연루 사실을 언급하지 않게 막으려면 그가 어떻게 해야 할까. 메리는 자신을 구하기 위해 엄청난 용기를 발휘했지만, 지금은 섬망 상태에 빠져 말을 통제할 수 없었다.

그날 밤 내내 젬은 벤 스터지스의 좁은 집 안을 왔다 갔다 했다. 스터지스 부인이 작은 침실에서 눈물을 흘리며 아픈 메리를 돌보고 있을 때, 젬은 메리의 헛소리를 주의 깊게 듣고 있었다. 젬은 모든 문장의 의미를 이해할 수 있었으나 그것들은 아무도 덜어줄 수 없는 극심한 고통에서 나오는 말들이기에, 그는 더는 참을 수 없이 화가 나고 비통해서 아래층으로 슬며시 내려갔다. 거기에는 아픈 손님을 위해 여차하면 의사를 부르러 가는 것을 집주인의 의무로 여기는 벤 스터지스가 침대 대신 안락의자에서 코를 골며 자고 있었다.

날이 밝을 무렵, 젬은 (완전히 깨어 고통스럽게 메리의 말을 경청하다) 조심스럽게 현관문을 두드리는 소리를 들었다. 손님인 젬에게 문을 열 의무는 없었지만, 집주인인 벤이 자고 있어서 젬이 대신 이른 아침의 방문객을 맞았다. 문밖에는 밝은 거리와 대비되는 모습으로 좁이 서 있었다.

"메리는 어떤가? 저런, 불쌍한 것! 저게 메리의 목소리인가? 물어볼 필요도 없겠군! 처음 듣는 목소리야! 빽! 빽! 건강할 때는 부드러운 저음이었는데! 네가 기운을 내야겠구나. 너무 낙담하지 말아라."

"저런 소리를 참기 어렵지만, 어쩔 수 없어요. 사랑하는 여인이 아니라도 젊은 여성이 저러는 모습을 보면 가슴이 아픈 법이죠. 차마 할 말이 없어요, 영감님." 젬은 목이 메었다.

"좀 들어가도 될까?" 젬을 밀치며 좁이 말했다. 지금 젬은 메리가 하는 말을 좁이 알아듣지 못하도록 그가 못 들어오게 계속 문을 잡고 서 있었다.

"내가 이렇게 일찍 찾아온 데는 이유가 있어. 먼저 저 불쌍한 메리의 상태를 알고 싶었어. 그리고 어젯밤 늦게 마거릿으로부터 걱정이 가득한 편지 한 통을 받았단다. 의사 말로는 네 고모가 살날이 며칠 안 남았다는데, 지금 거기에 마거릿과 대븐포트 부인만 있어서 앨리스 아주머니가 너무 외롭게 죽을 것 같다는 편지였지. 그래서 내가 여기에서 메리를 돌볼 테니, 너랑 네 어머니 그리고 윌은 가서 앨리스 아주머니에게 작별 인사를 하면 좋겠구나."

지금까지도 몹시 슬퍼 보였던 젬은 더욱 기운이 빠졌다. 그러나 좁은 말을 계속했다.

"마거릿 말로는, 아주머니는 여전히 자기 어머니와 함께했던 추억을 헤매고 있대. 그래도 눈을 감을 때는 가족이 곁에 있어 줘야 하지 않겠니."

"영감님과 윌이 제 어머니를 모시고 가면 안 될까요? 저는 나중에…." 젬이 더듬거리자 좁이 말을 끊었다.

"얘야! 네 어머니가 너 때문에 얼마나 고통스러웠는지 안다면, 죽을 고비를 넘긴 지금 어머니를 혼자 두겠다는 말은 하지 못할 거야. 어젯밤에도 네 어머니는 자다 일어나서 '좁!' 하고 부르더니, '깨워서 정말 죄송합니다만, 제가 꿈을 꾸고 있는 건 아닌지 말해주세요. 젬의 결백이 입증됐나요? 아, 영감님! 이게 꿈이 아니라니, 하느님이 선물을 주셨군요!'라고 말하더구나. 너도 알겠지만, 네가 자신이 아닌 메리와 함께 있는 걸 네 어머니는 이해할 수 없을 거야. 아니! 나야 이해하지. 하지만 어머니들은 아들의 마음을 조금씩 며느리에게 양보하다 결국 서운해하며 포기하게 돼. 그러니, 젬! 하느님의 축복을 바란다면, 당장 네 어머니와 함께 가도록 해. 네 어머니는 미망인이야. 너 말고는 곁에 아무도 없어. 메리는 걱정하지 마라! 그 애는 젊으니까 충분히 이겨낼 거야. 곁에 좋은 사람들이 있고, 런던에 묻혀 있는 내 친딸처럼 내가 잘 돌보마. 낯선 사람들 틈에 있는 것이 메리로서도 힘들다는 사실은 나도 인정해. 내 생각이지만, 자기 이익이 아닌 모두의 이익을 위해 대표단으로서 전국을 다니는 바턴이 딸을 돌보기는 어려울 거야."

문득 새로운 생각이 떠올라 젬은 공포감에 사로잡혔다. 메리가 자기 아버지의 연루 사실을 언급하면 어쩌지?

"메리가 심하게 횡설수설하고 있어요." 젬이 말했다. "밤새도록 아버지 이야기를 하고, 아버지 이야기와 어제 본 재판을 혼동하고 있어요. 그래서인지 다음에 자기 아버지가 법정에 설 거라나요."

"나도 같은 생각이야." 좁이 말했다. "메리 같은 상황에서는 이상한 말을 할 만도 하지. 그러니 그런 말을 마음에 담아두지 않는 게 좋아. 이제 너는 어머니를 집으로 모시고 가서 앨리스의 마지막을 지키거라. 메리는 나한테 맡기고."

젬은 좁의 말이 옳으며 자신도 잘 아는 자식과 조카의 도리를 다하지 않을 수 없었지만, 문가에 서서 마지막으로 메리를 바라보자니 마음이 애틋하고 무거웠다. 메리는 침대에 걸터앉아 있었다. 젖은 천이 묶인 이마 뒤로 전에는 황금빛이었으나 아픈 뒤로는 윤기가 사라진 머리카락이 나부꼈고, 극심한 불안감에 이목구비는 왜곡되어 보이기까지 했다.

젬의 눈에 눈물이 차올랐다. 그는 희망을 품을 수 없었다. 처음에는 슬픔으로 가슴이 무너졌고, 이제는 무서운 생각이 들었다. 메리가 죽으면, 이제 막 그녀의 사랑을 얻었는데, 말로 다 할 수 없는 보물을 찾았는데, 그녀가 죽으면 어쩌지! 그리고 (죽음보다 끔찍한 일이지만) 그녀가 남은 생을 저렇게 횡설수설하며 살게 되면 어쩌지? (정신이 나간 사람들은 그런 무거운 짐을 지고도 오래 사는 경우가 있다.) 지금처럼 메리가 공포에 질려 있으면 아무도 그녀를 위로할 수 없는데!

"젬." 젬의 마음을 헤아린 좁이 말을 걸었다. "젬!" 그의 주의를 끌기 위해 좁은 한 번 더 젬을 불렀다. 젬이 돌아봤고, 그 작은 움직임 때문에 차올랐던 눈물이 그의 뺨을 타고 흘렀다. "하느님을 믿고 그분의 손에 메리를 맡겨야 해." 좁이 숨죽여 낮게 말했다. 좁의 말이 젬의 가슴에 깊이 박혀 그에게 떠날 힘을 주었다.

젬은 어머니가 (비록 메리의 도움으로 아들을 되찾기는 했지만) 밤새 아픈 메리를 돌본 자신에게 화가 난 것을 알았다. 윌슨 부인이 (다른 사람보다 우선해서) 부모를 돌봐야 하는 자식의 도리를 장황하게 설명했기에, 젬은 어제와 사뭇 달라진 모자 관계가 믿기 어려울 정도였다. 어제 어머니는 그가 바랄 거라는 이유만으로 자신의 본능과 싸우고 그것을 통제했었다. 그래도 하마터면 중죄인으로 사형 선고를 받을 뻔한 기억과 그 깊은 어둠을 밝혀준 사랑 덕분에, 젬은 오늘 같은 사소한 잔소리는 얌전히 참아내기로 했다. 그는 그런 인내심을 타고나지 않았다. 어머니처럼 그도 욱하는 성질이 있었다.

앨리스는 고통 없이 아직 살아 있었다. 그러나 그뿐이었다. 앨리스의 체력은 태어난 지 몇 주 된 아기보다 못했고, 인지력은 태어난 지 몇 개월 된 아기보다 못했다. 하지만 그렇다고 해서 앨리스 주변의 평화로운 분위기가 깨진 것은 아니었다. 처음에 윌은 어머니나 다름없던 앨리스의 죽음을 앞둔 모습을 보고는 통곡했었다. 그러나 그런 요란하고 격렬한 감정도 평상시처럼 고요한 앨리스의 곁에서는 오래 가지 않았다. 인지력은 상실했어도 독실한 믿음은 앨리스에게 영광의 흔적을 남겼다. 그녀의 늙고 지친 얼굴을 환히 밝히는 행복감을 무슨 말로 설명할 수 있을까. 사실 그녀의 독백에는 건강했을 때와 달리 하느님과 성서의 말이 별로 언급되지 않았고, 독실한 신자가 임종을 앞두고 하기 마련인 간곡한 권고도 없었다. 앨리스는 행복했던 어린 시절과 그토록 가고 싶어 했던 북부 지방의 오두막에 머무는 상상을 계속했다. 이 세상의 풍경은 사라지고, 오래전 사랑했던 장면들을 반복해서 보고 있었다! 그녀의 상상 속 장면들은 흐릿하지 않았다. 오래전에 죽은 사람도 생전 모습처럼 생기가 넘쳤다. 이제 그녀에게 죽음은 지친 어린아이가 기다리는 저녁처럼 반가운 축복이었다. 그녀는 지상에서 할 일을 성실하게 끝마쳤다.

황제라도 죽기 전에 이렇게 아름다운 말을 할 수 있을까? 제2의 유년기(노년기)에, 그녀는 자신만의 '시므온의 노래'✢를 불렀다. 가장 아름다운 찬송가를.

"어머니, 안녕히 주무세요! 사랑하는 어머니! 저를 한 번 더 축복해 주세요! 저는 너무 피곤해서 자러 가고 싶어요." 이것이 이 세상에서 앨리스의 마지막 말이었다.

앨리스는 젬 일행이 리버풀에서 돌아온 다음 날 죽었다. 그때부터 윌슨 부인은 메리에게 가겠다는 젬의 말이나 암시에 질투심을 발동했다. 그러나 잠깐이라도 연인을 보고 싶었던 젬은 앨리스 고모의 장례식이 끝나자마자 리버풀로 가야겠다고 마음먹었다. 좁은 편지를 보내지 않았다. 사실 좁은 그럴 필요가 없다고 느꼈다. 메리가 죽으면 자신이 직접 갈 것이고, 메리가 회복되면 그녀를 집으로 데려가면 되니까. 좁

✢ 시므온은 신약성서 루가의 복음서에서 평안한 죽음을 맞이한 인물이다. – 옮긴이

에게 무언가를 쓰는 행위는 박물학 연구의 부차적 작업에 불과했다. 즉, 의사 표현이 아닌 표본에 이름을 붙이는 일과 같았다.

젬은 메리의 상태가 너무 궁금한 나머지, 사람이든 신문이든 어느 곳에서든 메리의 사망 소식이 날아올 것만 같았다. 이렇게 계속 지낼 수는 없었다. 그러나 앨리스 고모를 묻기 전까지는 집안의 평화를 위해 리버풀에 가겠다는 생각을 어머니에게 밝히지 않기로 했다.

일요일 오후에 그들은 눈물을 쏟으며 앨리스를 묻었다. 윌은 아무도 위로할 수 없을 정도로 격렬하게 울었다.

낯선 사람들 사이에 남겨졌을 때 느꼈던 어릴 적 고독감이 다시금 윌을 덮쳤다.

마거릿이 위로를 기다리는 듯 서 있는 윌의 곁으로 수줍게 다가갔다. 그러자 그의 격정은 슬픔으로 약해졌고, 슬픔은 다시 우울감으로 바뀌었다. 그는 다시는 기쁨을 못 느낄 것 같았지만, 무의식적으로 마거릿과 함께 충만한 행복에 조금씩 가까이 다가가고 있었다. 지금처럼 비통한 순간에도 소중한 인연은 만들어지고 있었다. 하지만 집으로 돌아가는 길에는 윌슨 부인이 그의 팔에 기대어 걸었다. 마거릿은 젬이 부축했다.

"마거릿, 난 내일 첫 기차를 타고 리버풀로 갈 거야. 네 할아버지를 자유롭게 해드려야지."

"할아버지는 가엾은 메리를 돌보는 것을 싫어하지 않으실 거야. 그분은 거의 나만큼 그녀를 아끼시지. 내가 갈게! 나는 그동안 너무 앨리스 아주머니에게 몰두해 있었어. 한 번도 그런 적이 없었지. 내가 큰 도움은 안 되겠지만, 여자 친구가 곁에 있으면 메리가 좋아할 거야. 이제야 생각해서 미안해, 젬." 마거릿이 조금 자책하며 말했다.

하지만 마거릿의 제안은 젬이 바라던 것이 아니었다. 그는 솔직히 말하는 편이 낫겠다고 생각해서 즉시 자신의 의도를 밝혔다. 좁을 자유롭게 해준다는 핑계는 그에게 득이 아닌 실이었다.

"솔직히 말하면, 마거릿. 내가 가고 싶어. 네 할아버지를 위해서가 아니라 나를 위해서야. 밤낮으로 메리 생각이 떠나질 않아. 그녀가 죽든 살든, 나는 하느님 앞에서 떳떳하고 엄숙하게 그녀를 아내로 맞이할 거야. 그렇게 하면 그녀를 돌볼 권리가 내게 생기겠지. 나는 그 권리를 그 누구에게도 뺏기기 싫어. 심지어⋯."

"그녀의 아버지라도." 마거릿이 그의 마지막 문장을 완성했다. "메리가 그런 몹쓸 병에 걸려서 험한 세상에 홀로 남겨졌다니 기분이 이상해. 아무도 바턴 아저씨가 어디에 있는지 모르는 것 같아. 그래서 모리스에게 메리의 소식을 알리는 편지를 써달라고 부탁할 생각이었어. 아저씨가 집에 오시면 좋겠어, 정말로!"

젬은 그 바람을 공감할 수 없었다.

"메리는 그곳에 친구가 없어서 회복되지 못하는 게 아니야." 젬이 말했다. "그곳에도 친구들은 있어. 일주일 전만 해도 세상에 그런 좋은 사람들이 있을 줄 우리 중 누구도 생각하지 못했지만. 무엇보다 동병상련의 정이 사람들을 친구로 만들어 주는 것 같아. 그곳 아주머니는 메리를 아주머니만의 방식으로 어머니처럼 돌봐주셔. 오래 보진 못했지만, 그곳 아저씨도 인품이 좋으셔. 집에 거의 왔는데 하고 싶은 말을 다 못했어, 마거릿. 네가 우리 어머니를 돌봐주면 좋겠어. 어머니는 내가 떠나는 걸 싫어해서 아직 어머니에게 말을 못 드렸어. 어머니가 많이 힘들어하시면 내일 밤에 돌아올 거야. 하지만 아주 심한 반대가 아니라면 어떻게든 메리가 회복될 때까지 그곳에 머물 생각이야. 너도 알겠지만 윌도 여기 남아서 네가 우리 어머니를 돌보는 걸 도울 거야."

마거릿으로서는 윌의 잔류가 젬의 계획에서 유일하게 마음에 들지 않는 부분이었다. 그녀는 자신이 윌의 앞길을 막는 것 같아서 싫었지만, 다른 사람들의 연애 문제를 전혀 모르는 젬에게 자신의 감정을 밝히고 싶지 않았다.

그래서 마거릿은 마지못해 동의했다.

"오늘 밤에 우리 집에 들를 수 있으면 내가 메리에게 필요할 것 같은 물건들을 챙겨줄게. 그리고 네가 언제 리버풀에서 돌아올 건지도 말해주고. 만약 네가 내일 밤에 돌아온다면, 윌도 있고 하니 내가 네 집에 갈 필요는 없겠지?"

"맞아! 네가 어머니를 돌볼 시간을 내지 못하면 내가 편하게 떠나지 못할 거야. 어쨌든 오늘 밤에 네 집으로 갈게. 그럼 잘 가. 잠깐만! 내가 어머니와 단둘이 얘기할 수 있게 저 가엾은 윌에게 집에 데려다 달라고 해주겠니?"

'싫어!' 마거릿은 윌에게 그런 부탁을 할 수 없었다. 그건 너무 수줍은 일이었다.

하지만 두 사람이 젬의 집에 도착했을 때 윌은 혼자 애도하는 시간을 갖고 싶다며 위층으로 올라갔기 때문에 젬은 목표를 이룰 수 있었다. 젬은 어머니와 단둘이 있게 되자 즉시 마음에 품어 왔던 생각을 이야기했다.

"어머니!"

윌슨 부인은 손수건으로 눈물을 찍어내며 재빨리 아들이 서 있는 쪽으로 고개를 돌리더니, 무슨 말을 하면 좋을지 생각했다. 이 사소한 행동이 거슬렸던 젬은 바로 본론으로 들어갔다.

"어머니! 저는 내일 아침에 메리의 상태를 보러 리버풀로 갈 거예요."

"대체 메리 바턴이 너한테 뭐라고, 그렇게 그 아이를 따라다니는 거냐?"

"메리가 살아 있으면 제 아내가 될 거예요. 만약 죽었다면, 어머니, 메리가 죽으면 저는 어떻게 해야 할지 모르겠어요." 젬은 목이 메었다.

잠시 윌슨 부인은 아들의 말에 관심을 보였다. 그런 다음에는 위험에서 갓 빠져나와 신생아나 다름없는 아들의 연인을 향해 오랜 질투심을 발동했다. 그녀는 어떤 동정심도 품지 않기로 마음을 단단히 먹었다. 그래서 아들이 어려서 곤경에 처할 때마다 간절하게 도움과 위로를 바라던 표정으로 자신을 바라보자 바로 얼굴을 돌렸다.

그러고는 젬도 익히 아는, 의미가 전달되기도 전에 두려움부터 주는 차가운 말투로 윌슨 부인이 말을 시작했다.

"너는 네 맘대로 할 수 있을 만큼 나이를 먹었어. 예쁜 아가씨가 나타나자마자 늙은 어미는 뒷전으로 밀리다 잊히겠지. 지난 화요일을 떠올리면, 그때는 네가 온전히 내 것이었고 판사는 너를 내게서 뺏어가려고 기를 쓰는 야수 같았지. 그때 나는 너를 강력하게 변호했어. 그런데 지금은 모두 잊은 것 같구나."

"어머니! 다 아시잖아요. 어머니가 제게 베풀어준 은혜를 제가 결코 잊지 않을 것을 어머니도 잘 아시잖아요. 지금까지 여러 번 그래왔고요.

왜 어머니는 제가 마음속에 오직 한 사람의 자리만 만들어야 한다고 생각하시나요? 저는 앞으로도 어머니를 계속 사랑하고, 메리도 남자로서 평생 사랑할 겁니다."

젬은 어머니의 답을 기다렸다. 침묵이 흘렀다.

"어머니, 대답해 주세요!" 마침내 그가 말했다.

"내가 뭘 대답해야 하니? 넌 아무 질문도 안 했잖아."

"그럼, 지금 여쭐게요. 내일 아침에 저는 제 아내가 될 메리를 만나러 리버풀에 갈 겁니다. 사랑하는 어머니! 저를 축복해 주시면 안 될까요? 하느님의 뜻에 따라 메리가 회복되면, 메리를 딸처럼 받아주시겠어요?"

그녀는 거절이든 동의든 할 수 없었다.

"넌 왜 가려고 하는데?" 마침내 짜증을 내며 물었다. "거기에 가면 또 다른 화를 입을지 몰라. 나와 조용히 집에서 지낼 수 없겠니?"

젬이 절망감에 사로잡혀 자리에서 일어나 방 안을 이리저리 걸었다. 어머니는 자신의 마음을 헤아릴 생각이 없다. 마침내 그는 상처 입은 표정으로 앉아 있는 어머니 쪽으로 가서 그 앞에 똑바로 섰다.

"어머니! 저는 아버지가 정말 좋은 분이었다는 생각을 자주 해요! 두 분의 연애 시절 얘기도 어머니에게 자주 들었고요. 그리고 어머니가 당한 사고와 그 일로 어머니가 얼마나 아프셨는지도 들었죠. 그게 언제 적 이야기죠?"

"한 25년쯤 됐지." 윌슨 부인이 한숨을 쉬며 말했다.

"어머니가 그렇게 아프셨을 때는 지금 저처럼 건장한 아들을 낳으리라고는 생각하지 못하셨죠?"

그녀가 살짝 웃으며 젬을 바라봤는데 그것이 바로 젬이 원하던 모습이었다.

"인물은 네 아버지가 너보다 훨씬 낫지." 말은 무시하듯 내뱉었지만, 아들을 바라보는 눈빛은 애틋했다.

젬이 한 번 더 방 안을 이리저리 걸었다. 그는 자신의 상황에 아버지의 이야기를 대입해서 설명하고 싶었다.

"아버지가 살아계셨을 때는 정말 행복했어요!"

"맞아! 이제 내게 그런 날이 다시는 오지 않겠지." 윌슨 부인이 슬픈 목소리로 한숨을 내쉬었다.

"어머니!" 젬은 잠시 말을 멈추더니 따뜻하게 어머니의 손을 잡았다. "어머니도 제가 아버지처럼 행복하기를 바라죠? 어머니가 아버지에게 해주신 대로 누군가가 저를 행복하게 해주길 바라시죠? 그렇지 않으세요, 어머니?"

"나는 네 아버지를 행복하게 할 수 있었는데 하지 못했어." 그녀는 낮고 슬픈 목소리로 자책하며 중얼거렸다. "그 사고로 내 성질이 나빠졌거든. 이제 네 아버지는 내가 자기를 못살게 굴었던 것을 얼마나 후회하는지 알지 못하는 곳으로 가버렸지."

"아니에요, 어머니. 그건 모르죠!" 젬이 따뜻하게 위로했다. "어머니와 아버지는 다른 사람들과 달리 사이가 좋으셨잖아요. 그런데 어머니, 아버지를 생각해서 제가 지금 부탁하려는 것을 거절하지 말아주세요. 제 아내가 될 여인을 보러 가기 전에 저를 축복해 주세요. 그리고 제가 아닌 **아버지**를 생각해서, 아버지에게 어머니가 전부였듯 제게 전부인 그녀를 집으로 데려오면 그녀를 사랑해 주세요. 어머니! 저는 어디에서도 어머니처럼 진실하고 다정한 마음을 가진 사람을 찾지 못할 거예요."

윌슨 부인의 얼굴에서 냉정한 표정이 사라졌다. 눈은 여전히 젬의 시선을 피하고 있었지만, 그것은 화가 나서가 아니라 젬의 말 때문에 눈물이 차올랐기 때문이었다. 그래서 젬의 남자다운 목소리가 애원하는 목소리로 바뀌었을 때, 그녀는 손을 들어 아들의 머리를 자신 앞에 숙이게 한 다음 엄숙하게 축복을 빌어주었다.

"하느님의 축복이 깃들길. 젬, 내 사랑하는 아들. 그리고 너를 위해 하느님이 메리 바턴도 축복해 주시기를."

젬은 가슴이 두근거렸고, 지금부터는 메리와 관련해서 두려웠던 마음이 희망으로 바뀌었다.

"어머니! 어머니가 메리를 진심으로 대해주시면, 메리도 저처럼 어머니를 깊이 사랑할 거예요."

그렇게 두 사람이 울다 웃다 진지한 대화를 나누는 가운데 저녁이 저물었다.

"저는 마거릿을 만나러 가야 해요. 저런, 벌써 10시네요! 시간이 이렇게 된 줄 아셨어요? 그리고 늦은 밤까지 저를 기다리지 마세요. 어머니와 윌은 좀 자야 해요. 한 시간 후에 돌아올게요."

마거릿은 그날 저녁이 길고 외롭게 느껴졌다. 그래서 그날 밤에 젬이 올 거라는 생각을 거의 포기하던 차에 문가에서 그의 발소리가 들렸다.

젬이 어머니와 나눈 대화를 들려주었다. 그는 희망적인 내용만 말하고 두려운 주제는 꺼내지 않았다.

"슬픔과 기쁨이 이렇게 뒤섞이는구나. 가엾은 앨리스 아주머니를 땅에 묻은 날 너와 메리는 연인으로 새출발을 하니까. 아! 망자는 곧 잊히겠구나!"

"마거릿! 저녁 내내 날 기다리느라 피곤했지. 그럴 만도 해. 하지만 다른 사람도 아닌 너는, 망자가 묻히자마자 하느님이 만든 새로운 관계가 망자를 잊게 한다고 생각하면 안 되지. 너는 우리 얼굴을 기억하니까 우리가 지금 어떤 모습인지 상상할 수 있잖아."

"그래! 하지만 그게 앨리스 아주머니를 기억하는 일과 무슨 관계가 있니?"

"잘 들어봐. 네가 우리 얼굴을 떠올리고 기억하고 싶을 때 특별한 노력이 필요하지 않잖아. 하지만 네가 잠이 들었거나 차분해졌을 때, 네 눈이 보일 때 알던 얼굴들이 네 앞에 사랑스럽게 미소를 지으며 나타날 거야. 혹은 너는 노력하지 않아도 의식적으로 그들을 떠올리지 않아도 그들을 기억할 수 있어. 우리 눈에 보이지 않는 사람들도 마찬가지야. 그들이 생전에 따뜻하게 사랑받은 사람이라면 죽어서도 잊히지 않을 거야. 그건 인간성에 어긋나는 일이니까. 그러니까 우리는 하느님의 은혜로 슬픔을 잊는다고 해서 자책하지 않아도 돼. 또 네 할아버지 얼굴이나 별의 모습처럼, 평소에 망자를 생각하지 않는다고 해서 그의 얼굴이 기억나지 않을까 봐 두려워할 필요는 없어. 기억하려는 의지만 있으면 잊지 않을 수 있어. 생각하는 일도 큰 즐거움이야. 걱정하지 마, 난 앨리스 고모를 안 잊으니까."

"걱정하지 않아, 젬. 적어도 지금은. 넌 온통 메리 생각뿐이니까."

"내가 오랫동안 참아왔다는 걸 알아줘. 내가 메리를 아내로 맞으려는 걸 앨리스 고모가 아셨다면 얼마나 기뻐하셨을까! 아마 하느님이 메리를 준비해 놓았다고 말하셨겠지!"

"최근 2주 동안은 네가 말했어도 아주머니는 모르셨을 거야. 네가 없는 동안 아주머니는 당신 어머니의 앞치마를 붙잡고 놀던 어린 시절만 계속 생각하셨거든. 아주머니는 행복한 아이였나 봐. 늙고 창백한 얼굴로 임종을 앞둔 순간에도 어린 시절을 생각하며 그렇게 즐거워하셨던 걸 보면 말이야."

"고모만큼 평생 그렇게 행복하게 살았던 사람을 보지 못했어."

"맞아. 아주머니는 참 조용하고 편안하게 돌아가셨지! 당신 어머니가 곁에 계신다고 생각하셨어."

두 사람은 평화롭고 행복했던 지난날을 떠올리며 조용히 생각에 빠졌다.

11시가 되었다. 젬이 일어섰다.

"진작 일어났어야 하는데. 주겠다던 꾸러미를 줘. 우리 어머니를 잘 부탁해. 잘 있어, 마거릿."

마거릿이 젬을 내보낸 다음 문에 빗장을 걸었다. 젬은 계단에 서서 꾸러미를 단단히 묶었다. 건물 안마당과 거리는 몹시 조용했다. 차분한 안식일 저녁이라 모두 한참 전에 쉬러 들어갔다. 별들이 고요하고 황량한 거리를 비추었고, 맑고 부드러운 달빛이 쏟아져 내리면서 젬이 서 있던 계단에 그림자를 드리웠다.

인도를 따라 누군가의 발소리가 들렸다. 느리고 무거운 발걸음이었다. 젬이 꾸러미를 다 정리하기도 전에, 어떤 형체가 시야에 들어왔다. 쇠약하고 창백한 사람이 근처 펌프장에서 힘겹게 물병을 채우고 있었다. 그가 젬 앞을 지나쳐 젬이 서 있던 모퉁이에서 안마당 쪽으로 몸을 휙 돌려 넓고 고요한 빛 속으로 들어갔다. 그때 젬은 고개를 숙이고 몸을 움츠리고 있던 바턴을 알아봤다.

바턴은 유령보다 더 무력해 보였으나, 자기 집 앞까지 갈 때는 자로 잰 듯 정확한 속도로 걸었다. 이윽고 그가 사라졌고, 힘없이 빗장 떨어지는 소리가 엄숙한 밤의 침묵을 깼다. 그러고는 다시 사방이 고요해졌다.

잠시 젬은 바턴의 모습이 불러일으킨 생각들에 놀라서 가만히 서 있었다.

마거릿은 메리의 아버지가 집에 있는 걸 몰랐다. 그가 도둑처럼 밤중에 자기 집으로 들어간 걸까? 오랫동안 젬은 그의 우울한 모습을 자주 봤지만, 이날 밤은 좀 달라 보였다. 그의 행동은 내면이 완전히 무너져 자존감이 사라진 사람처럼 비굴했다.

바턴은 메리의 소식을 들었을까? 젬은 여러 이유에서 그랬을 리가 없다고 생각했다. 그가 한꺼번에 여러 소식을 세세하게 듣지 않은 이상 메리의 상태를 알 수는 없으며 소식 중 일부는 바턴의 입장에서 모르는 편이 나았고, 또 어떤 것은 메리만이 제대로 설명할 수 있었다. 지금까지 아무도 바턴을 범인으로 의심한 사람은 없어 보였다. 이에 더해, 다른 사람도 아닌 그가 그런 무서운 일을 저질렀다는 것을 아는 젬으로서는 그를 대면하고 싶지 않았다.

사실 그는 메리의 아버지로서 메리에 관해 모든 것을 알 권리가 있었다. 하지만 그가 아버지로서 당연한 권리를 내세우며 메리에게 가려한다면, 그 결과가 어떻게 될 것인가? 섬망 상태인 메리가 드러낸 감정에는 아버지를 향한 애정뿐만 아니라 아버지에 대한 두려움도 있었다. 바턴은 두 인격을 가진 사람처럼 보였다. 하나는 어린 딸을 무릎에 올려놓고 귀여워하고 그 딸을 평생 사랑하는 아버지이고, 다른 하나는 딸을 고뇌에 빠뜨린 살인자이다.

이런 상황에서 바턴이 메리 앞에 나타난다면, 결과가 어떻게 되겠는가?

젬은 메리를 그런 위험에 노출할 수 없었고 그러기도 싫었다. 사실 그는 메리를 자기 사람이라고 생각해서 모든 어두운 상처로부터 보호하려 했다. '아버지'라는 거룩한 이름을 가진 사람이 그 거룩함을 훼손할 일을 전혀 하지 않은 경우라도.

안마당에서 망가진 바턴을 바라보며 젬의 마음에 스친 생각들이 반은 감정적이고 반은 이성적으로 느껴지며, 젬이 그렇게 생각한 이유를 헤아리기도 어렵지만 그가 유령 같은 바턴을 못 본 척 행동한 것은 바로 그런 생각들에서 비롯되었을 것이다.

34. 귀향

> 딕스웰: 용서! 오, 용서, 그리고 죽음!
> 메리: 아버지, 하느님이 아버지의 마음을 아실 거예요!
> 저는 떨려요. 아버지가 어떻게 하실지 생각하면요.
> 딕스웰: 오!
> 메리: 아버지, 당신의 비애는 평범하지 않아요.
>
> - 엘리엇 〈커호나〉

젬이 메리를 보러 갔을 때 메리는 여전히 생사를 오가고 있었다. 의사들은 신중하게 진단했다. 전반적으로 아직은 불안정했으나, 젬이 떠났을 때보다 고통은 줄어든 상태였다. 지금 메리는 멍한 상태로 누워 있었는데, 아프기도 했고 흥분이 가신 후 기진맥진한 탓도 있었다.

이제 젬은 간병인이면 누구나 알 수 있는 어려움을 발견했다. 아마도 여자보다 남자가 더 힘들 텐데, 그것은 기약 없이 길고 지루한 슬픔을 견디는 일이었다.

다행히 얼마 후 보상을 받았다. 메리의 부자연스럽던 호흡이 부드럽게 안정됐고, 고뇌로 무거웠던 표정은 한결 가벼워졌으며 고통 대신 평온한 나른함이 찾아왔다. 메리는 편안하게 잠을 잤다. 곁에 있던 사람들은 발끝으로 걷고 부드러운 저음으로 대화를 나눴으며, 그토록 바랐던 안도의 한숨도 함부로 내쉬지 않았다.

메리가 눈을 떴다. 그러나 아직 정신은 연약한 신생아와 같았다. 화사하되 현란하지 않은 벽지 색을 좋아했고 차분한 불빛에 편안해했다. 그다음에는 더 강한 자극이 필요했는지, 배 그림과 커튼의 장식용 줄, 의자 등받이에 밝게 칠해진 꽃 등 방 안의 사물을 하나하나 열심히 바라보며 충분히 즐겼다. 그러나 창문에 걸쳐진 작은 휘장 한가운데에 달려 있던 유리공을 보고는 놀랐는데, 그 안에는 와이트섬 같은 곳에서 가져온 다양한 색의 모래가 들어 있었다. 그리고 자기 입에 숟가락으로 차를 떠넣어 주던 스터지스 부인을 보고는 아무 질문도 하지 않았다.

메리는 자신이 깨어나기를 오랫동안 기다린 젬이 커튼 뒤에서 가느다란 빛을 통해 자신의 모든 움직임을 지켜보고 있다는 걸 몰랐다. 그가 기쁨에 겨워 활짝 웃으며 감사하다는 듯 두 손을 맞잡고 전율하는 모습을 보지 못했다. 혹여 다정한 시선으로 자기를 엿보던 그의 얼굴을 보았다 하더라도, 지금은 너무나 지친 상태라 크게 주목하지 않았을 것이다. 또한 그가 주변을 맴돌며 자기 얼굴에 의식이 돌아오는 기미가 보일 때마다 신께 감사드리는 모습을 보았대도, 오래 기억하지 못했다.

말할 수 없이 기뻤던 그 30분간 아무도 말이 없자, 메리는 슬며시 잠이 들었다. 다시 손짓과 속삭임만 오가는 고요한 시간이 이어졌으나 이제 사람들의 눈은 희망에 차 밝게 빛났다. 젬이 작은 커튼을 등지고 침대 옆에 앉아, 창백하고 쇠약하나 대리석 조각을 깎아놓은 듯 아름다운 메리의 얼굴을 마음껏 바라봤다.

메리가 한 번 더 눈을 떴다. 살짝 뜬 메리의 눈이 고개 숙여 바라보는 젬의 눈과 마주쳤다. 작은 침대에 누워 엄마를 바라보는 아기처럼 메리가 다정하게 미소 지었다. 그리고 보기만 해도 기쁘다는 듯 어린아이처럼 순수한 눈빛으로 젬의 얼굴을 응시했다. 그러다 아름다운 눈빛이 서서히 달라졌다. 뭔가를 떠올리고 깨달은 표정이었다. 하얀 얼굴이 장밋빛으로 물들자, 메리가 슬며시 베개에 얼굴을 감췄다.

젬은 침착하게 할 일을 떠올려서, 조용히 난로 옆에서 졸고 있던 스터지스 부인을 불렀다. 얼굴과 몸짓, 말투에서 넘쳐흐르는 행복감을 감추려면 방에서 얼른 나가야 할 것 같았다.

그때부터 메리의 회복 속도가 빨라졌다.

한 가지를 제외하고는 모든 면에서 빠른 귀향이 메리에게 유리했다. 맨체스터는 젬에게 삶의 터전이다. 그곳에 어머니가 계시고 인생 계획도 잘 실현되고 있었다. 그가 살인 혐의로 투옥되면서 기존 계획이 어그러졌으므로, 그것을 수습하려면 맨체스터로 돌아가야 한다. 그러나 무죄 선고에도 불구하고 그가 다시 맨체스터에서 일자리를 얻기에는 흠집이 너무 컸다. 전에 우연히 주물 공장에서 함께 일했던 동료들을 만났을 때 그들이 자신을 피하던 모습이 기억났다. 과거에 젬 자신도 감옥에 다녀온 사람과 교제하면 정직하고 올바른 사람이 되지 못한다고 생각했었다. 낙담한 표정으로 남의 눈치를 보던 그 가엾은 사람이 떠올랐다. 그는 성실하게 일하고자 했으나 곳곳에서 만나는 불편한 시선과 불쾌한 말 그리고 (그런 말보다 더 끔찍한) 차가운 침묵 때문에 직장을 다닐 수 없었다.

젬은 명예를 잃었다고 생각했다. 게다가 많은 사람이 여전히 자신을 의심하는 것 같았다. 물론 전처럼 앞으로도 비난받을 행동을 하지 않으면 세상 사람들이 자신의 결백을 믿어줄 것이다. 그러나 그동안 어느 정도 시련을 참고 견뎌야 한다. 시련을 빨리 겪을수록 평판도 빨리 회복될 것이다. 그는 다시 주물 공장에 나가고 싶었다. 그러나 (예상과 달리) 동료들이 계속 자신을 의심하고 외면한다면, 새로운 분야에서 경력을 쌓아야 할 것이다.

젬은 메리가 회복되자마자 그녀를 서둘러 집으로 데려가고 싶었지만, '한 가지'가 마음에 걸렸다. 그것은 바로 메리가 집에서 만날 사람이었다.

젬은 곰곰이 생각해 봤지만, 무엇이 최선인지 알 수 없었다. 자기 자신은 이성과 분별력에 따라 바람직한 행동을 선택하면 된다. 그러나 심신이 연약해진 메리에게 아버지가 돌아온 것을 말해줘야 할지 고민스러웠다. 아버지를 언급만 해도 어떤 암시를 주게 될 것이 분명했다! 그가 슬쩍 무심하게 말하더라도, 메리가 숨긴 끔찍한 진실을 자신도 안다는 것을 드러내지 않을 수 없다.

지금 메리는 더없이 온화하고 다정한 사람이 되었다. 아프고 나서는 동작과 눈빛, 목소리가 모두 느슨하고 부드러워졌다. 그녀가 좀처럼 침묵을 깨지 않아서 그녀의 듣기 좋은 저음을 마음껏 듣고 싶던 젬은 살짝 아쉬웠다.

그러나 메리의 얼굴은 사랑과 신뢰로 충만하여, 침묵에 빠지는 그녀의 모습이 젬으로서는 전혀 불편하지 않았다. 그녀가 자신을 사랑하기만 한다면, 다 괜찮았다. 그렇기에 두 사람에게 고통을 줄 이야기는 꺼내지 않는 편이 확실히 나았다.

청명하고 상쾌한 날이었다. 메리가 비틀거리며 젬의 팔을 잡고 두근대는 그의 가슴에 기대어 바깥 공기를 쐬러 나갔다. 두 사람이 천천히 길가로 걸어갈 때 스터지스 부인은 문가에서 두 사람을 바라보며 축복을 빌어주었다.

그들은 강이 보이는 곳으로 갔다. 메리가 몸을 떨었다.

"있잖아, 젬! 집에 데려다줘. 지금 저 강은 무겁고 눈부시게 반짝이는 금속으로 만들어진 것처럼 보여. 내가 아프기 시작했을 때 봤던 모습이야."

젬이 집 방향으로 메리를 안내했다. 그녀는 땅에서 뭔가를 찾는 사람처럼 머리를 숙였다.

"젬!" 그가 귀를 기울였다. 그녀가 잠시 멈췄다. "나 언제 집에 갈 수 있어? 맨체스터 말이야. 여기가 지겨워졌어. 집에 가고 싶어."

메리가 가냘픈 목소리로 말했다. 익숙한 주제라 말투는 조급하지 않았지만, 소망을 실현할 때조차 슬픔을 예상한다는 듯 목소리가 구슬펐다.

"사랑하는 메리! 네가 원하면 우린 아무 때나 갈 수 있어. 정말 가고 싶을 때 언제든지 말이야. 레그 영감님께 부탁해서 마거릿이 네게 필요한 것을 준비해 놓도록 할게. 마거릿이 너를 보살펴줄 거야. 넌 집에 가지 않아도 돼. 레그 영감님이 너를 자기 집에 두고 싶어 하셔."

"아! 하지만 난 집에 가야 해, 젬. 이제는 제대로 살 거야. 우리가 꺼내지 말아야 할 이야기들이 있지. (목소리를 낮추며) 하지만 내가 집에 가는 걸 반대하지 말아줘. 더 말하지 말자, 젬. 난 집에 가야 해. 그리고 혼자 가야 해."

"혼자는 안 돼, 메리!"

"아니, 혼자 가야 해! 이유는 말할 수 없어. 혹시 네가 뭔가를 짐작하고 있다면, 내가 먼저 얘기하기 전에는 그 얘기를 꺼내지 말라고 부탁하는 이유를 너는 잘 알 거야. 약속해줘, 젬. 부탁이야!"

젬은 그녀의 간청을 거절할 수 없어서 그러겠다고 약속했다. 그러나 뭔가 잘못한 기분이 들어 이내 후회했다. 한 번 더 그는 그녀가 모든 것을 (어쩌면 자신보다 더 많이) 알고 있으며, 그에게 간섭받고 싶지 않은 계획을 세우고 있다는 느낌을 받았다.

한 가지는 확실했다! 금지된 주제를 다루는 일은 끔찍하다. 상대가 창백한 얼굴로 시선을 피하고 무심코 암시하는 말이 나오는 바람에 말을 멈출 때, 상대의 생각을 추측하는 것은 괴로웠다.

마침내 메리가 여행하기 좋은 날이 왔다. 그녀는 가고 싶었지만, 막상 가려니 용기가 나지 않았다. 메리는 왜 그 조용한 집이 지겨워졌다고 말했을까! 벤 스터지스의 불평조차도 오랜 세월 상대에 대한 이해를 바탕으로 건강한 부부 관계가 형성된 집에서는 듣기 좋은 베이스 소리처럼 들렸는데도 말이다! 왜 그녀는 충만한 사랑을 경험했던 그 작고 평화로운 방을 떠나고 싶었을까! 체크무늬 침대 커튼도 이제 더는 볼 수 없다고 생각하니 문득 소중하게 느껴졌다. 그런 무생물에도 애틋한 감정이 느껴지는데, 하물며 모르는 사람을 딸처럼 보살폈던 친절한 노부부에 대한 메리의 감정은 어땠겠는가? 메리는 몸이 아프다는 핑계로 살짝 짜증을 부리며 함부로 했던 말들이 떠올라 자신을 책망하며, 스터지스 부인에게 매달려 고마움과 사랑을 말이 아닌 눈물로 표현했다.

벤은 한 손에 골든 바서 병을, 다른 한 손에는 작은 컵을 들고 바삐 움직였다. 메리와 젬과 아내의 기분을 북돋아 주기 위해 차례로 술을 따라줬다. 거절하는 사람의 술은 자신이 마셨다. 이 사람에게 잔을 권했다 거절당하면 그것을 마신 후에 다음 사람에게 잔을 권했다.

벤은 마지막 잔까지 모두 비운 후에 그렇게 한 이유를 거들먹거리며 말했다.

"나는 낭비를 싫어해. 따라 놓은 것은 다 마셔야 하지. 그게 내 좌우명이야." 그러고는 술병을 다시 찬장에 넣었다.

마침내 그는 젬과 메리에게 서둘러 출발하지 않으면 기차를 놓칠 거라며 명령하듯 말했다. 그때까지 스터지스 부인은 차분했다. 그러나 메리와 젬이 나가자마자 그녀는 참지 못하고 남편의 잔소리에도 불구하고 큰소리를 내며 울었다.

"시간이 늦어 기차를 놓칠지도 몰라요!" 시계가 2시를 알리자, 스터지스 부인이 일말의 희망을 품고 그렇게 외쳤다.

"다시 돌아오라니! 안 되지! 안 돼! 절대 안 된다고. 우린 할 일을 했고 울 만큼 울었어. 같은 얘기를 계속해 봤자 소용없어. 다음에 헤어질 때는 술을 더 많이 따라줘야겠어. 석 잔을 따랐더니 술병에 술이 많이 줄었군. 잭이 함부르크에서 몇 병 가지고 돌아올 때가 됐는데."

맨체스터에 도착했을 때, 메리의 안색은 창백했고 표정은 심각해 보였다. 사실 그녀는 집에 있을지 모를 아버지와 대면하기 위해 결의를 다지고 있었다. 젬은 지난번 한밤중에 바턴을 봤다는 얘기를 하지 않았다. 그러나 메리는 아버지가 떠돌다가 결국 집으로 돌아왔으리라는 예감이 들었다. 메리는 생각만으로도 두려워졌다. 아버지의 유죄 가능성을 알게 된 지금, 들여다보기 두려웠던 아버지의 깊고 어두운 내면세계가 열린 것 같았다. 순간 그녀는 적어도 당분간 살인자와 단둘이 살아야 한다는 생각에 보호를 요청하고 싶어졌다! 아버지는 끔찍한 범죄를 저지르기 전에도 짜증과 변덕이 심하고 우울했다. 메리는 지난날의 저녁 풍경을 떠올려 봤다. 집들은 문을 잠그고 사람들은 잠자리에 드는 늦은 시간까지 그녀는 힘들게 일했다. 아버지는 내면을 갉아먹는 회한 때문에 그 어느 때보다 사나웠다. 그럴 때면 메리는 무서운 생각이 들어 큰 소리로 울었다.

그러나 자식의 도리와 어릴 때 늘 다정했던 아버지에 대한 사랑과 고마움을 떠올리며 공포심을 누그러뜨렸다. 매일 겪더라도 그녀는 그 모든 두려움을 견딜 것이다. 그리고 다스리기 힘든 아버지의 폭력 성향도 참아낼 것이다. 그것은 인내라기보다 끔찍한 저주를 받게 될 살인자에 대한 연민이었다. 그녀는 죄 없는 사람이 죄인을 보살피듯 따뜻하게 아버지를 보살필 것이다. 쓰라린 상처에 향유를 부을 수 있는 은혜로운 계절이 오기를 기다릴 것이다.

끝까지 견디겠다는 결심 덕분에 마음이 고요해진 메리는 가정의 신성함이 사라져 버린 집으로 습관처럼 다가갔다. "젬!" 메리가 좁의 집과 가까운 안마당 입구에 서서 젬을 불렀다. "저쪽으로 가서 30분만 기다려줘. 더는 말고. 그때까지 내가 돌아오지 않으면, 집으로 가도 돼. 어머니에게 내가 사랑한다고 전해 드려. 네가 보고 싶으면 마거릿을 보낼게."

그녀는 무겁게 한숨을 쉬었다.

"메리! 난 너를 두고 못 가. 왜 우리가 아무 사이가 아니었던 때처럼 그렇게 차갑게 말하는 거니. 그리고 나는 네 생각뿐이야. 나를 가까이 오지 못하게 하는 이유는 알아. 하지만…."

젬이 흥분해서 큰 소리로 말하자, 메리가 그의 팔에 손을 올렸다.

그리고 사랑이 담겼지만 책망하는 눈빛으로 그의 얼굴을 들여다봤다. 메리는 입술을 떨었지만, 젬이 느끼기에 온몸을 떠는 듯했다.

"제발, 젬! 내가 전에 그렇게 아프지만 않았어도, 네게 사랑한다는 말을 자주 했을 거야. 내가 차갑게 느껴지면, 내가 아팠던 때를 떠올려 줘. 그러면 내 마음속에 있는 사랑이 네게 전해질 거야. 굳이 말하지 않아도 내 사랑은 변하지 않아. 그래도 지금은 그런 것들을 말할 때가 아니야. 지금 내가 생각하고 있는 일을 하지 못하면, 나는 평생 자책하며 살 거야! 젬, 약속해줘."

그렇게 말하고 메리는 갔다. 몇 야드만 가면 되는 거리를 젬이 따라올까 봐 빠른 걸음으로 걸었다. 메리는 빗장에 손을 올리고 단숨에 현관문을 열었다.

바턴은 조용히 미동도 없이 앉아 있었다. 누가 들어왔는지 확인하러 고개를 돌리지 않았지만, 아마 발소리로 누군지 알았을 것이다. 굳이 말은 필요 없었다.

그는 난롯가에 앉아 있었다. 벽난로에는 쇠살대말고는 아무것도 없었다. 재는 오랫동안 치우지 않은 채였고, 쇠지렛대는 차갑게 식어 있었다. 그는 습관의 지배를 받는 기계처럼 늘 앉던 자리에 앉아 있었다. '양심'이라는 '파괴자'와 싸우느라 육체적, 정신적 에너지를 모두 소진한 듯했다.

그는 깍지를 끼고 있었다. 이것은 대개 어떤 결심을 하거나 힘을 줄 때 취하는 자세지만, 그의 깍지는 느슨해서인지 우연한 행동처럼 보였다. 그래서 약간의 외력만 가하면, 가령 빨대로 훅 불기만 해도 깍지가 풀어질 것 같았다.

바턴의 얼굴은 우수에 잠겨 있었고 지쳐 보였다. 해골 같은 모습이었지만, 해골에는 없는 고통스러운 표정을 짓고 있었다! 그가 저지른 범죄를 생각하지 않는다면, 안쓰럽게 여길 만한 모습이었다.

메리는 아버지의 당황한 표정과 무력감에 찌든 모습을 보고는 그의 범죄 사실을 잊어버렸다. 그동안에도 메리는 (앞서 말했듯이) 아버지와 살인자를 결부 짓기가 어려웠었다. 그런데 지금은 아예 불가능했다. 그는 자신의 아버지였다! 사랑하는 아버지! 고통의 원인이 무엇이든 괴로워하는 아버지를 메리는 그 어느 때보다 사랑했다. 그의 범죄는 다른 문제였고, 메리는 더 이상 그것을 생각하지 않기로 했다.

그녀는 최선을 다해 아버지를 부드럽고 다정하게 대했다.

그녀에게는 증인으로 출석한 대가로 받은 불편한 돈이 조금 있었다. 그래서 땅거미가 길어질 무렵 아버지에게 필요한 물건들을 사러 슬며시 밖으로 나갔다.

바턴이 집에서 혼자 지내는 동안 어떻게 육체와 정신을 유지할 수 있었는지 아무도 모를 일이었다. 집은 메리가 떠날 때처럼 석탄도, 초도, 음식도, 그 어떤 축복도 없었다.

메리는 신속하게 집으로 향했다. 하지만 좁의 집 앞에서는 잠시 멈추었다. 당연히 좁은 한참 전에 그 집을 다녀갔을 것이다. 또한 마거릿에게 적어도 그날 밤은 메리를 방해하지 말라는 그럴듯한 이유를 알려 주었을 것이다. 그렇지 않았다면, 예전처럼 마거릿이 메리를 보러 왔을 것이다.

그러나 내일은 마거릿이 오지 않을까? 눈이 보이지 않는 마거릿만큼 상대방의 목소리와 한숨, 심지어 침묵의 의미를 빠르게 눈치채는 사람이 누가 있겠는가?

　메리는 더 생각할 여유가 없었고, 얼른 아버지에게 가야겠다는 생각에 마음이 급해졌다. 그러나 할 말도 정하지 못한 채 좁의 집 문을 열었다.

　"메리 바턴이에요! 숨소리만 들어도 알아요! 할아버지, 메리 바턴이 왔어요!"

　자신을 기쁘게 반기고 아낌없는 애정을 보여주는 마거릿을 보고 메리는 슬픔을 가눌 수 없었다. 그녀는 울음을 멈출 수 없었고 몸이 떨려서 보이는 첫 번째 의자에 힘겹게 앉았다.

　"아니, 메리! 저번에 봤을 때보다 많이 좋아졌구나. 젬과 내게 환자를 돌보는 재능이 있었나 보다. 할 일이 없어지면 그 일을 해야겠구나. 내 생각에 젬은 평생 하게 될 거고. 아니, 그렇게 얼굴을 붉힐 것까지야. 지금쯤 젬과 너는 서로의 마음을 확인했을 텐데!"

　마거릿이 메리의 손을 잡고 따뜻하게 미소 지었다.

　좁이 초를 들고 한가롭게 표본을 들여다보고 있었다.

　"너 뺨이 분홍빛이구나. 심하지는 않다만. 저번에 봤을 때는 네 입술이 백지장처럼 하얬지. 코끝은 날카로웠고. 그 어느 때보다 아버지를 닮아 보이네. 세상에! 얘야, 무슨 일이니? 기절할 것 같아?"

　메리는 아버지 얘기만 나와도 구역질이 났다. 그러나 그런 말은 지금은 물론 앞으로도 영원히 할 수 없을 것이다.

　"아버지가 집에 오셨어요!" 메리가 말했다. "그런데 상태가 아주 나빠요. 한 번도 본 적 없는 모습이에요. 아버지가 불안해하실까 봐 젬도 오지 말라고 했어요."

그녀가 급하게 그리고 (자기 생각에) 부자연스럽게 말했다. 그러나 그들은 친구를 오지 못하게 한 이유에 대해서 전혀 감도 잡지 못했다. 왜냐하면 좁이 곤충 몇 개를 코르크 핀으로 고정하면서 이렇게 소리쳤기 때문이다.

"네 아버지가 돌아오셨다고! 아니, 젬은 아무 말도 안하던데! 그런데 아버지가 편찮으시다니! 내가 가서 대화나 나누며 아버지 기운을 북돋워주마. 대표단에서 좋은 소식을 못 듣긴 했다."

"아, 할아버지! 아버지가 힘드세요. 몹시 편찮으시거든요. 친절하고 따뜻한 말씀이지만, 집에 오지는 마세요. 특히 오늘 밤은요." 메리는 좁이 아랑곳하지 않고 물건들을 치우는 모습을 보면서 마침내 절망에 겨워 이렇게 말했다. "제가 오시라고 할 때까지 오지 마세요. 아버지가 좀 이상하세요. 아버지가 낯선 사람을 보면 어떻게 반응하실지 모르겠어요. 제발 오지 마세요. 제가 와서 날마다 아버지의 상태를 알려 드릴게요. 지금 아버지를 돌보러 집에 가야 해요. 할아버지, 정말 친절하세요! 저한테 화내지 마세요. 사정을 모두 아시게 되면, 저를 불쌍히 여기실 거예요."

좁은 화를 내며 투덜거렸고, 마거릿도 메리에게 작별 인사할 때 목소리가 달라졌다. 메리는 두 사람의 냉담한 태도에 마음이 괴로웠고, 무엇보다 좁처럼 친절하고 열정적인 사람에게 배은망덕하게 보인다는 생각에 몹시 힘들었다. 그래서 메리는 문손잡이를 잡고 있다가 갑자기 몸을 돌려 뛰어 들어오더니 좁과 마거릿에게 차례로 목을 안고 입을 맞추었다. 그때 눈물이 뺨을 타고 흘렀지만, 아무 말 없이 서둘러 나와 집으로 향했다.

아버지의 자세나 유령 같은 외모에 변화는 없었다. 그는 메리의 질문(다룰 수 없는 주제가 많아서 할 수 있는 질문이 별로 없었다)에 어린 애처럼 연약한 목소리와 같이 단음절로 대답했다. 하지만 딸의 얼굴을 차마 볼 수 없었기 때문에 눈을 들지 않았다. 그래서 메리는 말할 때나 몸을 움직일 때 아버지에게 시선을 주지 않았다. 그녀는 자연스럽게 행동하고 싶었다. 그러나 행동마다 목적이 있었기에 그것은 불가능하다고 메리는 생각했다.

이런 상태가 며칠 동안 계속되었다. 밤이 되면 바턴은 힘들게 침실로 올라갔다. 그리고 긴 밤 내내 메리는 낮 동안 아버지의 내면에 억눌려 있던 입 밖으로 나오지 못한 비통함이 신음이 되어 나오는 소리를 들었다.

메리는 귀를 기울이느라 잠들지 못했고, 만약 아버지에게 가서 자신이 다 알지만 말로 표현할 수 없을 정도로 아버지를 사랑하고 연민을 느낀다고 말하면 아버지의 비통함이 누그러질까 궁금했다.

낮에는 집에 온 첫날의 무섭던 오후처럼 조용하고 무거운 분위기에서 시간이 지루하게 흘렀다. 바턴은 음식을 먹긴 했지만 즐기지는 않았다. 더는 음식에서 영양분을 섭취하지 못하는 듯 아침마다 그의 얼굴에는 죽음의 그림자가 소름 끼치게 퍼져 있었다.

이웃들은 거리를 뒀다. 행복했던 시절에 그를 알았거나 그가 동정을 베풀고 믿었던 소수를 제외하고는, 최근 몇 년간 사람들은 바턴을 피했다. 다들 생각이 너무 많아 심각하고 침울한 사람의 집에는 가기 싫어했다. 그리고 지금은 외출한 메리에게 친절하게 질문만 할 뿐이었다. 메리는 자신이 숨긴 진실 때문에 사람들의 데면데면한 태도를 실제보다 과장해서 상상했다. 그녀는 좁 할아버지와 마거릿도 그리웠다. 그들은 처음 친구가 된 때부터 슬프고 불안한 시간을 보내는 자신을 늘 동정했다.

그러나 무엇보다 얼마 전까지 온종일 누리던 젬의 따뜻한 사랑이 그리웠다. 그의 사랑은 하늘의 바람과 모든 근심 걱정을 막아주었다.

메리는 아버지가 집 주변을 자주 맴도는 것을 알았다. 처음 하루 이틀은 시각이나 청각 정보보다는 직관으로 그것을 알았다. 셋째 날에 메리는 좁을 만나러 갔다.

좁과 마거릿은 메리를 환대했다. 그러나 여전히 그들 사이를 거미줄 같은 막이 가로막고 있음을 메리는 예민하게 느꼈다. 그와 달리, 젬의 목소리와 눈빛과 태도에는 열렬한 사랑과 진심이 가득했다. 그녀가 대화를 그만두고 싶은 순간에는 사려 깊게 침묵함으로써 신뢰를 보여주었다.

젬이 좁의 집을 나가려던 차에 메리가 도착했다. 둘은 계단에서 대화를 나눴고, 메리를 보내주기 싫었던 젬은 그녀의 손을 꼭 잡았다. 언제 다시 만날 수 있는지 메리에게 물었다.

"어머니가 너를 보고 싶어 하셔." 젬이 속삭였다. "내일 우리 집에 올래? 아니면 언제 오고 싶어?"

"나도 모르겠어." 메리가 다정하게 대답했다. "하지만 아직은 안 돼. 조금만 더 기다려줘. 아마 오래 안 걸릴 거야. 사랑하는 젬, 나 가봐야 해."

그다음 날, 집에 돌아온 지 나흘째 되던 날에 메리는 창가에 앉아 슬픈 상상을 하다 가장 만나기 싫은 사람을 봤다. 샐리 리드비터였다!

샐리가 메리의 집으로 오고 있는 것이 분명했다. 곧이어 문 두드리는 소리가 났다. 바턴이 불안하고 불편한 표정으로 곁눈질했다. 메리는 천천히 대답하면 샐리가 막무가내로 들어올 것을 알았다. 그래서 기다렸다는 듯이 서둘러 문을 열고, 샐리가 호기심 어린 눈초리로 내부를 들여다보지 못하도록 손을 빗장에 올려둔 채 입구를 막고 섰다.

"아니, 메리 바턴! 드디어 집에 왔구나! 네가 왔다는 얘기를 들었어. 그래서 소식이나 들으려고 잠깐 들렀지."

샐리는 안으로 들어오려 했지만 메리가 막았다. 그래서 발끝으로 서서 메리의 어깨 너머로, 그녀의 애인이 숨어 있을 것 같은 실내를 기웃댔다. 그러나 샐리가 본 것은 자신이 늘 피해 다녔던 메리의 우울하고 무서운 아버지뿐이었다. 그래서 발끝을 내리고 메리의 뜻대로 문가에 서서 조용히 대화하는 데 만족했다.

"그래, 네 아버지가 돌아오셨다면서? 리버풀과 그 이전에 네가 한 선행에 대해 뭐라셔? 너와 나는 무슨 얘긴지 알잖아. 넌 이제 그걸 숨길 수 없어, 메리. 신문에 다 났거든."

메리가 낮게 신음했다. 샐리에게 대화 주제를 바꾸자고 애원했다. 늘 그렇듯, 샐리는 불편한 주제를 더욱 기분 나쁘게 다뤘다. 그 자리에 두 사람만 있었다면 메리는 좀 더 참았을 것이다. 그러나 아버지가 그들의 이야기를 주의 깊게 듣는 것이 거의 확실했다. 숨소리가 차분해졌고, 무기력에서 벗어나려는 안간힘이 느껴졌기 때문이다. 그러나 메리의 모험담 외에는 샐리의 호기심을 채울 수 있는 주제가 없었다. 시먼즈 양 가게의 다른 아가씨들처럼 샐리도 메리가 새로 얻은 명성을 질투했다. 그러나 정작 메리 자신은 그것을 끔찍하게 생각했다.

"싫어! 그 얘기를 피할 수는 없다고. 흠! 그게 《가디언》에 나왔거든. 그리고 《쿠리에》에도. 제인 호지슨 말로는 그 얘기가 런던 신문에도 났대. 넌 네 힘으로 영웅이 되었더구나, 메리 바턴. 증인으로 서니 기분이 어떻든? 변호사들이 사람을 빤히 쳐다본다던데, 무례하지 않았어? 내 말대로 했으면 좋았잖아. 내가 검은색 물결무늬 스카프를 빌려준다고 했었는데! 자, 내 말이 맞았지? 솔직히 말해봐!"

"솔직히 말하면 그때는 그런 생각을 전혀 못 했어, 샐리. 어떻게 그럴 수 있겠니?" 메리가 책망했다.

"아, 맞다. 넌 그 바보 같은 젬 윌슨을 구하러 간 거였지. 흥! 내게 증인으로 설 기회가 생긴다면, 죄수보다 나은 사람을 연인으로 고르겠어. 나는 변호사 사무실의 사무원이나 적어도 간수를 목표로 삼을 테야."

이 말에는 우울했던 메리도 웃지 않을 수 없었다. 살인 사건 재판 중에 구애자를 찾겠다는 발상이 자신이 실제 경험한 장면과 전혀 어울리지 않았기 때문이다.

"애인을 찾겠다는 생각은 전혀 해본 적 없어, 샐리. 이제 그 얘기는 그만하자. 나는 생각도 하기 싫거든. 시먼즈 양은 어떠셔? 다들 잘 지내니?"

"그럼, 아주 잘 지내지. 참, 시먼즈 양이 네게 메시지를 전해 달래. 몸이 괜찮아지면 다시 일하러 나와도 좋다고. 많은 일이 있었으니까, 사람들이 너를 보러 올 거라고 좋아했어. 적어도 6개월은 샐퍼드에서도 사람들이 와서 가게를 기웃거릴 거라나."

"안 돼. 난 갈 수 없어. 다시는 시먼즈 양의 얼굴을 볼 수 없어. 그리고 설사 그렇더라도⋯." 메리는 말을 멈추더니, 얼굴이 붉어졌다.

"아하! 네가 무슨 생각하는지 알겠다. 하지만 그가 주물 공장에서 해고됐으니, 나중에 생각이 달라질걸. 시먼즈 양의 제안을 거절하기 전에 한 번 더 생각해 보는 게 좋을 거야."

"주물 공장에서 해고됐다고? 젬이?" 메리가 외쳤다.

"그래! 몰랐어? 제정신이라면 누가 그런 사람하고 일하겠니. 아니다! 네가 알리바이를 증명하려고 그렇게 노력했는데, 내가 그런 말을 하면 안 되겠지. 혈기 왕성한 청년이 연적을 해코지하려던 것을 나쁘게 여길 일은 아니지. 그런 남자들은 자신이 무슨 연극 주인공이나 된 줄 안다니까."

하지만 메리는 젬을 생각했다. 자신에게 해고 사실을 말하지 않았다니 그는 얼마나 사려 깊은 사람인가. 그녀를 위해 그렇게 많은 일을 견뎌야 했는데도!

"얘기 계속해 봐." 메리가 헐떡이며 말했다.

"그러니까 너도 알겠지만, 그들은 늘 연극에서 칼을 차고 있잖니." 샐리가 말하는 중이었지만 메리가 초조하게 머리를 흔들며 말을 끊었다.

"젬 말이야. 젬 얘기. 그 얘기를 듣고 싶다고."

"아! 나도 사람들에게 들은 것 말고는 더 아는 게 없어. 그가 주물 공장에서 쫓겨났대. 사람들은 그의 살인 의혹이 완전히 해소됐다고 생각하지 않나 봐. 어쩌면 배심원들이 그를 교수형에 처하고 싶지 않았는지도. 카슨 씨가 판사와 배심원, 변호사 등 모두에 대해 노발대발했다고 들었어."

"젬에게 가봐야겠다. 그에게 가봐야 해." 메리가 말을 반복하며 서둘렀다.

"젬이 내 말이 사실이라고, 전혀 거짓말이 아니라고 말해줄 거야." 샐리가 말했다. "시먼즈 양에게 네 답을 전달하지 않을 테니까 그녀의 제안을 한 번 더 생각해 봐. 잘 있어!"

메리가 문을 닫고 실내로 들어갔다.

아버지가 같은 자세로 앉아 있었다. 평소 앉던 자세로, 고개만 좀 더 아래로 수그린 채였다.

메리가 앤코츠로 가기 위해 보닛을 썼다. 젬을 만나서 질문하고, 위로하고, 많이 사랑한다고 말해줘야 한다.

메리가 집을 나서기 전에 잠시 아버지 곁에서 꾸물거리고 있을 때, 그가 말을 걸었다. 그녀가 돌아온 후로 먼저 말을 걸은 건 처음이었다. 하지만 그의 고개가 너무 아래로 처져 있어서 말이 잘 들리지 않자 메리는 허리를 구부렸다. 잠시 후에 그가 다시 말했다.

"젬 윌슨에게 오늘 저녁 8시에 여기로 오라고 전해라."

아버지가 자신과 샐리 리드비터의 대화를 엿들었을까? 메리는 두 사람이 작게 속삭였다고 생각했다. 이런저런 생각을 하면서 메리는 앤코츠에 도착했다.

35. 우리의 잘못을 용서하소서

> 루실라가 대답했다.
> 아, 그가 살았다면, 누구도 하지 못할 참회를 했으리라!
> 나는 그의 마음을 잘 아나니, 그는 모든 것에 치열했다.
> 그것은 육체적 고통이 극에 달했을 때에야 할 수 있는 참회일 것이다.
> 그런 극한 고통의 순간에는 잘못한 기억마저 억눌려 사라지고,
> 전율과 경악과 동정 속에서 공포도 희미하게 사라진다.
>
> — 사우디〈로더릭〉

메리가 윌슨 가족이 살고 있는 거리로 들어섰을 때, 젬이 그녀를 따라잡았다. 그가 갑자기 나타나서 메리는 깜짝 놀랐다. "어머니를 보러 온 거야?" 젬이 다정하게 묻고는, 메리의 팔을 당겨 제 팔에 끼우고 천천히 걸었다.

"응, 그리고 너도. 젬, 내가 들은 게 사실인지 말해줘."

메리는 끝까지 말하지 않아도 젬이 질문의 의미를 제대로 파악할 것 같았다. 젬은 잠시 망설인 후에 말했다.

"던콤 공장 일을 묻는 거라면, 맞아. 내가 숨겨도 소용없지. 네가 걱정할까 봐 어제는 말하지 않았는데, (내 생각에) 지금은 서로 비밀을 만들 필요가 없겠지. 다시 일자리를 구할 테니 너무 걱정하지 마."

"배심원들이 무죄라고 했는데, 왜 너한테 그만두라고 한 거야?"

"그만두라는 말을 듣지 않았어도 계속 다니기는 어렵겠다고 생각했어. 꽤 많은 직원이 내 밑에서 일하지 않겠다고 했거든. 나를 잘 아는 몇몇은 내 결백을 믿었지만, 나를 의심한 사람이 더 많았지. 그래서 누군가가 던콤 씨 아들에게 직원들의 생각을 넌지시 말했고."

"아, 젬! 너무 속상하다!" 메리가 슬프고 화가 나서 말했다.

"아냐, 난 그들을 비난하지 않아. 그들과 같이 가난한 사람은 평판 말고 내세울 게 없기 때문에 손상되지 않게 잘 관리해야 해."

"하지만 너는, 네게 무슨 잘못이 있다고? 지금쯤이면 너를 잘 알 텐데."

"몇몇은 그렇지. 분명히 반장은 내 결백을 믿는 것 같아. 사실 오늘 그가 해준 얘기가 있는데. 그가 던콤 씨와 여러 이야기를 나누었고, 내가 잠시 맨체스터를 떠나 있는 게 좋겠다고 생각했대. 내게 다른 지역에 있는 공장을 추천해 줬어."

그러나 메리는 슬픔에 겨워 고개만 흔들 뿐이었고, 했던 말을 반복했다.

"너를 잘 알 텐데, 젬."

젬은 노동으로 단련된 단단한 손으로 메리의 작은 손을 꽉 쥐었다. 잠시 후 그가 물었다.

"메리, 넌 맨체스터에 애착이 많니? 여길 떠나면 네가 슬플까?"

"너와?" 그녀가 조심스럽게 곁눈질하며 물었다.

"그럼! 날 믿어. 여기 공장에 다니는 동안에는 맨체스터를 떠나자고 하지 않을게. 그런데 캐나다에 대해 좋은 이야기를 많이 들었어. 우리

반장의 사촌이 거기 주물 공장에 있대. 캐나다가 어디에 있는지 아니, 메리?"

"잘은 몰라. 어쨌든 지금은 모르지만, 너랑은…." 메리가 부드러운 저음으로 속삭였다. "어디든."

지역이 뭐가 중요하겠는가?

"맞다, 아버지!" 갑자기 불편한 현실이 떠오른 메리가 달콤한 침묵을 깨며 말했다.

그녀가 젬의 심각해진 얼굴을 올려다봤다. 그때 아버지가 젬에게 전한 메시지가 불현듯 떠올랐다.

"젬, 내가 말했나? 아버지가 너랑 이야기하고 싶으시대. 오늘 저녁 8시에 우리 집으로 오라고 하셨어. 뭣 때문일까?"

"나도 모르지." 그가 대답했다. "어쨌든 갈게. 괜히 추측하면서 괴로워할 필요는 없잖아." 젬이 잠시 말을 멈췄다. 그동안 두 사람은 말없이 천천히 걷는 속도를 조절하며 뒷골목을 거닐다, 처음 만난 자리로 왔을 때 젬이 말을 이었다. "우리 어머니를 뵈러 가자. 그러고 나서 너를 집까지 데려다줄게. 아까 내가 다가갔을 때 너는 온몸을 떨고 있었어. 아직 혼자 집에 가기는 무리야." 젬이 다정하게 메리의 몸 상태를 과장하며 말했다.

연인들은 조금 더 늑장을 부렸다! 말 자체는 물론 다른 사람들에게는 의미 없지만, 젊은 남녀에게는 짜릿한 부드러운 걱정이 담긴 말들을 다정하게 조용히 속삭였다.

어느덧 7시 반이 되었다.

"가서 어머니에게 인사 드리자. 어머니가 너를 딸처럼 생각하셔."

두 사람은 젬의 집으로 들어갔다. 젬이 주물 공장에서 해고된 것을 모르고 있던 윌슨 부인은 아들의 늦은 귀가에 애를 태우고 있었다. 그녀는 사랑하는 사람들을 대접하기를 좋아했다. 그래서 만약 메리와 젬이 의도치 않게 윌슨 부인이 원하는 시간보다 늦게 왔다면, 초조하게 기다리던 그녀는 그들을 보자마자 벌컥 화를 냈을 것이고 그러면 겨우 유지되던 가정의 평화가 깨졌을 것이다. 또한 두 연인이 아무리 조심하더라도 '살진 쇠고기'✦를 나눠 먹는 상황이 연출되었을 것이다.

윌슨 부인은 처음에 한숨을 내쉬다가, 아들에게 줄 차에 맞춰 준비한 감자 케이크가 딱딱해졌다며 투덜댔다.

현관문이 열리고, 젬이 자랑스러운 듯 환하게 웃으며 들어왔다. 그의 팔을 잡고 있던 메리 바턴은 보조개 진 얼굴을 붉혔고, 눈꺼풀에 가려진 눈은 행복으로 빛나고 있었다. 이 젊은 연인들의 주변에는 행복한 기운이 충만했다.

젬의 어머니가 어떻게 그것을 망치겠는가? 성서 속 마르타처럼 남을 보살피기 좋아하는 그녀가 어떻게 그 행복을 깨겠는가? 헛수고했다는 생각에 아주 잠깐 기분이 상했으나, 이내 모성애와 연민이 차올라 두 팔을 벌려 메리를 껴안고 기쁨에 겨워 눈물을 흘리며 메리의 귀에 이렇게 속삭였다.

"네게 축복이 깃들길, 메리. 널 축복한다! 저 애를 행복하게만 해주렴. 그럼, 하느님이 널 영원히 축복할 거야!"

✦ 구약성서 잠언 15장 17절에 등장하는 표현으로, 성서 구절은 서로 미워하며 고기를 먹기보다 서로 사랑하며 채소를 먹는 것이 더 낫다는 의미를 담고 있다. - 옮긴이

젬은 자신이 너무나 사랑하고, 자신을 위해 서로 사랑하기 시작한 어머니와 메리를 떼어놓고 싶지 않았다. 그러나 바턴과 만나기로 한 시간이 다가오고 있었고 메리의 집은 멀었다.

메리와 젬은 씩씩하게 걸었으나 서로 말은 거의 하지 않았다. 둘의 머릿속에는 많은 생각이 오갔다.

해는 금방 졌지만 황혼의 희미한 빛이 아직 사방을 비추고 있었다. 그래서 현관문을 열었을 때, 젬은 실내로 들어온 희미한 빛과 깜박이는 난롯불 때문에 사물을 분간하기 어려웠다.

그러나 메리는 한눈에 전부 알아차렸다.

방 구석구석을 잘 아는 그녀의 눈이 순간적으로 이상한 것을 발견했고, 이내 상황을 모두 파악했다.

그녀의 아버지가 늘 앉던 의자 뒤에서 넘어지지 않으려는 듯 의자를 꼭 붙잡고 서 있었다. 그 맞은편에는 카슨 씨가 서 있었다. 좁은 실내의 난롯불 앞에 있으니, 그의 근엄한 얼굴 윤곽이 어둡고 크게 보였다.

바턴 뒤에는 좀이 작은 탁자 위에 팔꿈치를 대고 양손으로 머리를 감싼 채 경청하는 자세로 앉아 있었다. 누가 봐도 들은 얘기에 깊이 상처를 받은 모습이었다.

대화가 잠시 중단된 듯했다. 메리와 젬은 반쯤 문을 열고 서서, 감히 움직이지도 못하고 숨도 거의 쉬지 못했다.

"그러니까 내가 제대로 들은 거요?" 카슨 씨가 몹시 떨리는 목소리로 물었다.

"이봐! 내가 들은 게 맞냐고! 내 아들을 죽인 자가 당신이라고? 하나밖에 없는 내 아들을. (마지막 말을 할 때는 동정을 바라는 듯한 말투였으나 다시 격렬한 분노가 담긴 목소리로 바뀌었다.) 당신이 나서서 자백했다고 해서 내가 자비를 베풀어 당신을 살려줄 거라는 기대는 마시오. 법은 최소한의 고통만 안기지만, 나는 그거라도 이용할 것이오. 내 아들에게 동정을 베풀지 않았던 당신은 내게서 아무것도 얻지 못할 것이오."

"나는 아무것도 부탁하지 않을 거요." 바턴이 낮은 목소리로 말했다.

"부탁이든 아니든, 그게 무슨 상관이지? 당신은 교수형을 당할 거야. 교수형!" 카슨 씨가 얼굴을 들이밀며 말 한마디 한마디를 천천히 강조하며 반복했다. 마치 단어 안에 자신의 비통함을 불어넣었다는 듯이.

바턴은 숨을 헐떡였지만 무서워서 그런 건 아니었다. 카슨 씨의 말과 몸짓에 드러난 증오심을 자신이 불러일으켰다는 사실이 끔찍했을 뿐이었다.

"교수형에 관해서는, 선생. 나는 그것이 적절하고 옳은 방법인 줄은 알고 있소. 그것도 충분히 끔찍한 방법이지. 그러나 내가 하려는 말은 이거요. (격해진 말투로) 내가 그 짓을 저지른 다음 날 교수형을 당하기로 되어 있었다면, 나는 무릎을 꿇고 당신에게 용서를 빌었을 거요. 죽음이라! 대체 '삶'이란 무엇이오? 내가 지난 2주간 견딘 그것 말입니다. 삶은 그렇게 대단한 것이 아니오. 그날 밤 이후로 내가 겨우 끌어온 시간도 삶이니까." 그가 뭔가를 떠올리고는 몸서리를 쳤다. "이봐요, 선생. 나는 그 생각들에서 벗어나려고 여러 번 자살 직전까지 갔었소. 하지만 하지 않았지! 왜 그랬는지 이유를 말해주겠소. 나는 내 죄를 떠올릴 때 가장 고통스럽소. 아! 하느님만이 내가 죄를 뉘우치며 고통스러워했다는 사실을 아시지. 어쩌면 하느님이 내린 벌을 내가 못 참는다는 걸 들킬까 봐 두려웠는지도 모르고. 그건 교수형보다 훨씬 끔찍한 고통이오, 선생."

그가 감정이 격해져서 말을 멈췄다.

그리고 다시 시작했다.

"그날(가혹하겠지만, 이미 벌어진 일이오) 이후로 나는 사람들이 말하는 세상에, 그러니까 하느님이 있어 채찍으로라도 내게 옳고 그름을 가르쳐 주는 세상에, 과연 내가 살고 있는지 계속 생각해 보았소. 나는 이곳에서 화가 나고 당혹스러운 채로 살고 있소. 죄에서 벗어날 수 있다면 나는 지옥 불에라도 들어갈 것이오. 죄는 그 정도로 끔찍한 것이오. 교수형은 아무것도 아니지."

바턴은 기진해서 의자에 앉아야 했다. 메리가 얼른 다가갔다. 그때까지 그는 딸이 온 줄 몰랐다.

"아니, 너!" 바턴이 힘없이 말했다. "너니? 젬 윌슨은 어딨니?"

젬이 다가갔다.

바턴이 여러 번 숨을 헐떡이다 말을 계속했다.

"얘야! 네가 나 때문에 많은 일을 겪었더구나. 네가 그런 비난을 받도록 내버려두다니 나는 정말 비열한 사람이다. 너는 그 일에 관해서 갓 태어난 아기처럼 아무것도 몰랐는데. 나는 너를 축복하지 못할 거야. 나 같은 사람의 축복은 아무런 도움이 안 되니까. 메리가 내 딸이지만, 그 애를 사랑해 주거라."

바턴이 말을 멈췄고, 잠시 침묵이 흘렀다.

그때 카슨 씨가 나가려 했다.

그가 문손잡이를 잡고는 잠시 머뭇거렸다.

"내가 어딜 가려는지 당신은 잘 알겠지. 경찰서로 가서 형편없는 당신과 당신의 공범을 잡아 오도록 사람들을 보낼 거야. 내일 아침이면 당신을 감옥에 처넣을 수 있는 사람들에게 이야기가 전달될 걸세. 그러면 조만간 당신은 교수형을 당하게 되겠지."

"아, 선생님!" 메리가 앞으로 튀어나와 카슨 씨의 팔을 붙잡고 말했다. "제 아버지는 죽어 가고 있어요. 저 얼굴을 보세요, 선생님. 복수를 원하셨다면, 이미 하신 거나 마찬가지예요. 얼마 안 남은 시간 동안 아버지를 제게서 빼앗지 말아주세요. 죽음의 길은 혼자 가야 하지만, 가능한 한 오래 제가 아버지와 함께 있게 해주세요. 제발요, 선생님! 아버지가 여기에서 돌아가실 수 있게 자비를 베풀어 주세요."

바턴이 뻣뻣한 자세로 일어났다.

"메리, 내 딸아! 나는 저 사람에게 큰 빚을 졌어. 나는 그가 원하는 곳에 가서 죽을 거야. 네 말대로 어차피 나는 죽어 가고 있어. 그러니 내 남은 생을 어디에서 보내는가는 중요하지 않아. 죽어서 저세상으로 가려면 나는 내 영혼과의 싸움을 통과해야 해. 당신이 생각하는 곳으로 가겠소. 그리고 저 아이는 결백하오." 바턴은 젬을 가리킨 다음에, 의자에 털썩 주저앉았다.

"걱정하지 마요! 그들이 저 애는 안 건드릴 걸세." 좀이 낮게 말했다.

카슨 씨가 어떤 동의의 표현도 하지 않은 채 그 집을 떠나려 하자, 젬에게 몸을 기대고 있던 바턴이 그를 멈춰 세우며 말했다.

"선생, 한 마디만 더 하겠소! 내 머리칼은 고통으로 허옇게 세고, 당신의 머리칼은 세월의 흐름에 따라 셀 거요."

"그럼 내 고통은 어쩌란 말이오?" 카슨 씨가 아들을 죽인 살인자에게조차 동정을 구하려는 듯 물었다.

그러자 살인자는 그의 호소에 응하여 자신이 유발한 고통을 진심으로 안타까워하며 신음했다.

"내 내면에는 머리칼이 허옇게 세질 정도의 고통이 없단 말이오? 내가 가슴에 희망을 품고 아들만 바라보며 모진 세월을 견디고 고생하지 않았다는 것이오? 말로 표현하지 않았다고 해서 그게 없었겠소? 나는 딱딱하고 차가운 사람처럼 보였지. 다른 사람들에게는 그렇게 보였지만, 내 아들에게는 아니었어! 내가 그 아이를 얼마나 사랑했는지 그 누가 상상할 수 있겠소? 그 애조차도 내가 그 애 발소리에 심장이 뛴다는 것을, 자신이 늙고 가엾은 아버지에게 정말로 귀한 아들이라는 것을 꿈에도 몰랐을 거요. 그런데 이제 그 애는 아버지의 애정 어린 말들을 듣지 못하는 곳으로, 내가 볼 수 없는 곳으로 영원히 가버렸어. 살해당했으니까. 그 애는 나의 햇살이었는데, 이제는 밤이 되어버렸소! 오, 주여! 저를 위로하소서, 제게 위안을 주소서!" 카슨 씨가 대성통곡했다.

바턴의 눈이 차오른 눈물 때문에 흐려졌다.

지금은 부자와 빈자, 공장주와 직공이 마음 깊이 함께 고통을 느끼며 형제나 다름없었다. 바턴이 아들 톰을 잃고 느꼈던 비통함은 수년이 흐른 후에 그와 다르게 사는 사람이 느낀 비통함과 다르지 않았다!

바턴 앞에서 괴로워하는 사람은 더 이상 공장주가 아니었다. 그는 영원히 적대 관계인 다른 종족이 아니다. 황금빛 세상에 살며 동정심이라고는 전혀 없고, 무역 사고 외에는 어떤 슬픔도 느끼지 못하는 그런 사람이 아니다. 더는 적이나 억압자가 아니었고, 그저 가엾고 황폐한 노인이었다.

전에는 자주 느꼈던 연민이 다시금 차오르자, 바턴은 고뇌에 휩싸여 있던 카슨 씨에게 (최선을 다해) 진심으로 따뜻하게 말하고 싶어졌다.

그러나 그가 동정이나 위로의 말을 건네도 괜찮을까? 이 모든 고통을 유발한 장본인인데.

오, 폭발하는 생각! 오, 끔찍한 기억! 그는 형제의 상처를 꿰맬 권리가 없는 사람이다.

자기 행동의 결과에 망연자실해진 바턴이 의자에 주저앉았다. 머스킷 총을 발사한 군인이 자신이 죽인 사람의 처량한 아내와 아버지를 잃은 무력한 아이들의 울부짖음을 떠올리고 괴로워하듯, 바턴도 자신으로 인해 고통스러워하는 부모와 어둠이 드리운 집을 상상했다.

바턴은 자신의 행위를 최저 임금으로 최대한 일을 많이 시키려 한다는 공장주들을 위협하고, 권리를 획득하기 위해 고군분투하는 노동자들을 방해하는 고압적이고 역겨운 고용주를 제거하는 데 효과적인 방법이라고 생각했었다. 그는 그렇게 자기 행위를 정당화했다. 심지어 흥분이 가시고, '복수자' 카슨 씨가 그의 죄를 알게 된 후에도 그렇게 생각했다.

그러나 이제 바턴은 자신이 한 남자를, 형제를 죽였다는 사실을 깨달았다. 악에서 선이 나올 수 없음을, 심지어 자신과 함께 대의를 맹목적으로 지지했던 불쌍한 사람들에게조차 선이 될 수 없음을 알았다.

가슴이 무너져 내린 바턴이 탁자 위로 쓰러졌다. 온몸으로 흐느끼는 카슨 씨를 보고 바턴의 영혼이 칼에 찔린 듯 아팠다.

그는 모두가 자신을 저주한다고 느꼈다. 그래서 의심할 여지 없는 악행을 의무로 포장한 그릇된 논리를 결코 털어놓을 수 없을 것 같았다. 구차한 변명이라도 동원해서 애원하고 싶은 마음이 간절해졌다. 그는 힘없이 머리를 들고 좁을 바라보며 속삭였다.

"저는 제가 무슨 짓을 저질렀는지 몰랐어요, 레그 영감님. 하느님은 아시죠! 제발, 선생님!" 그가 카슨 씨의 발아래 몸을 던지다시피 쓰러지며 말했다. "저는 이제야 당신에게 어떤 고통을 주었는지 깨달았습니다. 저를 용서해 주세요. 당신도 아시겠지만, 저는 고통이나 죽음은 두렵지 않습니다. 오, 이런! 저의 죄를 용서해 주세요."

"우리가 우리에게 잘못한 이를 용서하듯이 우리의 잘못을 용서하시고." 좁이 낮은 목소리로 엄숙하게 기도하듯 말했다. 그 성서 구절은 좀 전에 바턴이 했던 말의 결론 같았다.

카슨 씨가 얼굴에서 손을 뗐다. 그의 얼굴은 섬뜩할 정도로 우울했다.

"제 죄는 용서하지 마소서, 저는 제 아들의 살인자에게 복수할 것이니."

불경한 말뿐만 아니라 불경한 행동도 있다. 사랑이 없는 잔인한 행동이 바로 불경한 행동이다.

카슨 씨가 그곳을 떠났다. 그리고 바턴은 죽은 사람처럼 땅바닥에 쓰러졌다.

나머지 사람들이 그를 일으켰고, 그 깊은 혼수상태가 지상에서 그의 마지막 모습이 되겠구나 예상하며 침대에 뉘었다.

한동안 그들은 바턴의 희미한 숨소리에 귀를 기울였다. 바깥에서 서둘러 걸어오는 발소리가 들렸을 때, 그들은 경찰관이 오는 소리라고 생각했다.

카슨 씨는 바턴의 집을 나올 때 흥분해서 현기증이 났다. 뜨거운 피가 온몸을 타고 돌았다. 그는 머릿속에서 맹렬하게 뛰는 맥박 때문에 짙푸른 밤하늘을 볼 수 없었다. 그래서 마음을 진정하기 위해 난간에 기대어 수천 개의 별이 떠 있는 깊고 장엄한 하늘을 올려다봤다.

서서히 자신의 목소리가 들렸다. 마지막으로 내뱉었던 말들이 무한한 공간을 통해 들려오는 듯했다. 그러나 그 메아리는 말할 수 없을 정도로 슬픈 어조였다.

'제 죄는 용서하지 마소서, 저는 제 아들의 살인자에게 복수할 것이니.'

그는 이 생각이 만든 영적 인상을 떨쳐내려 애썼다. 그는 열이 나고 아팠다. 당연했다.

그는 집으로 돌아갔다. 바턴을 위협했던 것과 달리, 경찰서로 가지 않았다. 어쨌든 그 일은 (혼잣말로) 아침에 할 것이다. 바턴은 무덤으로 피하지 않는 한 도망갈 곳이 없었다.

그는 불청객인 유령의 목소리와 형상을 머리에서 몰아내고, 조심스럽게 천천히 걸으면서 평정심을 유지하고 모든 감각을 느끼려 애썼다.

온화한 봄날의 저녁이라 거리에는 사람들이 많았다. 보모 하나가 놀이터에서 놀던 어린 여자아이를 집으로 데려갈 준비를 했다. 그 사랑스러운 아이는 부드러운 흰색 모슬린 옷을 입고 아이들 틈에서 즐겁게 춤을 추고 있었다. 이제 아이는 보모 옆에서, 최근에 들은 어떤 노래에 박자를 맞춰 요정처럼 우아하게 걸었다.

갑자기 아이의 뒤에서 열 살쯤 되어 보이는 거칠고 무례한 심부름꾼 소년이 나타났다. 소년은 팔랑거리며 걷는 여자아이 옆에서 거인처럼 보였다. 부주의했던 소년은 지나가다 그 요정 같은 아이와 부딪쳤고, 그만 아이는 딱딱한 도로에 넘어지고 말았다. 그러나 소년은 넘어진 사람이 누구인지 살피지도 않은 채 가던 길을 가려 했다.

여자아이가 아프다고 울면서 일어났다. 1분 전에는 맑고 하얗던 얼굴에 피가 났고, 그 피가 아이의 예쁜 드레스에 흘러 어린아이들이 끔찍하게 생각할 진홍색 얼룩을 만들었다.

무섭게 생긴 보모가 심부름 소년을 붙잡았을 때, (모든 상황을 보고 있었던) 카슨 씨가 다가갔다.

"이 못된 녀석! 경찰에게 넘길 테다! 너 때문에 저 어린 소녀가 다친 거 알고 있니? 알아?" 말 한마디 한마디에 격렬한 분노가 실렸다.

소년은 과격하고 반항적으로 보였다. 그러나 거리의 장난꾸러기들에게 두려운 존재인 경찰을 부르겠다고 위협하자 겁을 먹었다. 보모가 그 모습을 보더니 '좋은 인상'을 남기는 법을 가르쳐 주겠다며 그를 질질 끌고 갔다.

소년은 두려움이 커지면서 그와 함께 감정도 격앙되었다. 그때 요정 같던 아이가 흐느끼며 보모의 머리를 끌어당기며 말했다.

"제발, 아주머니. 저 그렇게 많이 안 다쳤어요. 울다니 바보 같은 행동이었어요. 쟤가 일부러 그런 게 아니에요. 쟤는 모르고 한 거예요. 애, 너 그런 거지? 아주머니가 경찰을 부르지 않을 거야. 그러니까 겁내지 마." 여자아이는 그렇게 말하더니, 집에서 배운 '화해법'에 따라 소년에게 입맞춤해 달라며 작은 입을 내밀었다.

"저 어린 숙녀 덕분에 앞으로 저 소년은 확실히 조심하고 얌전해지 겠군." 행인 하나가 반은 독백으로 반은 현장을 주시하고 있던 카슨 씨를 향해 말했다.

카슨 씨는 행인의 말을 흘려들었다. 그러나 애원하는 여자아이를 보며, 큰 죄를 지었던 남자가 조금 전에 낮은 목소리로 더듬더듬 용서를 빌던 모습이 생각났다.

"저는 모르고 했어요."

카슨 씨는 그 말을 듣고 뭔가가 연상되었다. 전에 어디선가 들었거나 읽은 듯했다. 그게 어디였지?

'혹시?'

그는 집에 가서 찾아보기로 했다. 집에 도착하자마자 조심스럽게 서재로 가서, 제본소에서 장마다 금박을 입혀 웅장하고 멋지게 만들었지만 거의 펴본 적이 없는 성서를 펼쳤다.

(카슨 씨의 눈을 사로잡은) 첫 페이지에 아이들과 자신의 이름이 있었다.

"헨리 존, 존과 엘리자베스 카슨의 아들, 1815년 9월 29일생."

이제 기록을 완성하려면, 그의 사망일도 적어 넣어야 한다. 그러나 그 페이지는 시야를 가린 눈물에 묻혀버렸다.

생각과 추억이 꼬리에 꼬리를 물고 이어졌다. 태어난 지 하루 된 아기의 탄생일을 적어 넣으려고 그 값비싼 성서를 자랑스럽게 구입했던 날이 떠올랐다.

펼쳐진 페이지에 고개를 떨어뜨리니 티끌 하나 없던 깨끗한 종이에 조금씩 눈물이 떨어졌다.

아들의 살인자는 밝혀졌다. 그러나 (이상하게도) 살인자를 인간과 신이 만든 모든 법에 반항하는 혈기 왕성한 젊은이로 상상했을 때와 달리, 그 늙은 살인자에 대한 증오심은 깊지 않았다. 죽은 아들을 위해 반드시 복수하겠다고 다짐했건만, 그날 밤 죄를 고백하고 용서를 빌던 그 가난하고 고통받아 쇠약해진 남자에게 연민 같은 것을 느꼈다.

카슨 씨는 청년이 될 때까지 가난하게 살았다. 그러나 그것은 정직하고 품위 있는 가난이었다. 바턴의 집처럼 곳곳이 삐걱대고 지저분하고 비참한 가난은 아니었지만, 지금 자신이 앉아 있는 호화찬란한 집과도 묘하게 대비되는 가난이었다. 인류를 구성하는 다양한 사람들의 모습을 숙고하다 보니 낯선 경이가 마음을 채웠다.

그때 카슨 씨가 몽상에서 깼고, 다정한 애원이 담긴 구절을 찾을 수 있기를 살짝 기대하며 성서를 살폈다. 찾고 싶었던 구절은 이것이었다. "그들은 자기가 하는 일을 모르고 있습니다."✤

어두컴컴한 한밤중이어서 집은 평온하고 조용했다. 노인의 이례적 공부를 방해할 것은 아무것도 없었다.

수년 전에 성서는 그에게 읽기 교재였다. 그래서 생명을 주는 성령을 깨닫기도 전에 이미 성서 속 사건들에 익숙해 있었다.

지금 그는 어린아이처럼 새롭게 성서 속 이야기에 빠져들었다. 첫 장부터 탐독하기 시작했고, 난생처음으로 성서 구절의 의미를 제대로 이해하였다. 그리고 마지막 그 끔찍한 '종말'이 나오는 부분에 이르렀

✤ 신약성서 루가의 복음서 23장 34절. – 옮긴이

다. 애원하던 소녀의 목소리가 귓가에 맴돌았다.

그는 성서를 닫고 깊은 생각에 빠졌다.

밤새도록 대천사와 악마가 싸웠다.

같은 시간에, 죽어 가는 사람의 침상을 지키는 사람들이 있었다. 바턴은 의식이 오락가락했다. 이따금 예전처럼 기운차게 말하기도 했다. 그리고 편하게 말할 때 항상 그랬듯이 랭커셔 방언을 사용했다.

"당신은 제가 자주 옳은 길을 갈망해 왔다는 사실을 아시죠. 그러나 그 길을 가난한 사람은 찾기 어렵습니다. 적어도 저는 그랬습니다. 아무도 제게 가르쳐 주지 않았으니까요. 제가 어렸을 때 사람들이 읽는 법은 가르쳤으나 책은 주지 않았습니다. 저는 성서가 좋은 책이라는 말만 들었습니다. 그래서 생각이 많아지고 당혹감이 들 때는 성서를 읽었습니다. 그러나 흑이 백이고 밤이 낮인 것처럼 행동하는 사람들을 보다 보니, 흑은 흑이고 밤은 밤이라는 말을 믿으면 안 되겠더군요. 그러나 저세상에서는 제 변명이 통하지 않겠지요. 저를 용서하소서. 하지만 이 말은 하고 싶어요. 제가 성서의 가르침대로 사는 사람을 봤더라면, 저도 기꺼이 그것을 따랐을 것이라고요. 모두 믿는다고 말만 하고 행동은 전혀 달랐습니다. 전에 제가 어린아이처럼 성서를 들고 다니면서 손가락으로 어느 구절을 짚고 그 의미를 물어봤지만, 아무도 말해주지 않았습니다. 그래서 저는 의미가 분명한 두세 구절을 골라 그대로 실천하려고 노력했습니다. 그런데 제가 런던 시장에 관심이 없는 것만큼이나, 공장주와 직공 모두 성서의 말을 지키는 데에 관심이 없더군요. 그래서 저는 성서가 가난하고 무지한 사람이나 여자들을 속이는 거짓말이 분명하다고 생각하게 되었지요.

제가 복음을 실천하려 노력한 지는 얼마 되지 않았지만, 그렇게 살았더니 세상 어느 곳에도 없는 천국이 펼쳐졌습니다. 저는 앨리스를 보고 힘을 얻었습니다. 그런데 다들 '당신의 권리를 얻기 위해 나서라, 그러지 않으면 그것을 얻지 못한다'고 말했어요. 아내와 아이들은 아무 말도 하지 않았지만, 무력한 그들은 큰 소리로 울었기에 저는 다른 사람들처럼 행동할 수밖에 없었어요. 그리고 아시다시피, 톰이 죽었죠. 저는 점점 숨이 막혔고, 앞도 보이지 않았어요."

그렇게 말하고서 잠시 침묵한 후 바턴은 말을 이었다.

"지금은 이런 모습이지만, 저는 기본적으로 사람들을 사랑합니다. 공장주들이 허락하기만 하면 저는 그들도 사랑할 수 있다고 생각했으니까요. 제가 성서의 말에 따라 살고, 제 아들이 굶어 죽기 전까지는요. 저는 가난으로 고통받는 사람들에 대한 슬픔과 (제 생각에) 그런 고통을 준 사람들도 사랑해야 한다는 말 사이에서 자주 괴로워했습니다. 결국 저는 절망했고, 사람들의 행동을 성서와 일치시키려는 노력을 포기했습니다. 그리고 더는 성서의 가르침대로 살지 않겠다고 다짐했지요. 전에도 이런 얘기를 했었을 겁니다. 그러나 그때부터 저는 계속 무너져 내렸습니다. 점점 아래로."

그다음부터 바턴은 완성되지 못한 문장으로만 말했다.

"나는 그가 그렇게 늙은 줄 몰랐는데. 아! 그가 나를 용서해 준다면." 그러고는 더듬더듬 간절하게 열정적으로 기도했다.

좁은 뜻밖의 충격을 받고 비틀거리며 집으로 돌아갔다.

메리와 젬은 바턴이 죽어 가는 모습을 조용히 지켜봤다. 그러나 최후의 싸움이 끝나가는 가운데 아침이 밝아오자, 젬은 숨 막히는 고통을 줄여 드리자고 제안했고 아침 일찍 문을 여는 약국을 찾아 집을 나섰다.

젬이 나간 사이에 바턴의 상태는 더 나빠졌다. 그가 침대에서 떨어졌고 숨이 멎은 듯했다. 메리가 그를 일으켜 보려 했으나 슬픔과 피곤함에 지쳐 있던 그녀로서는 무리였다.

그때 누군가 집 안으로 들어오는 소리가 들려서 젬이라고 생각한 메리가 도와 달라며 젬을 불렀다.

젬이 아닌 누군가가 계단을 올라오는 발소리가 들렸다.

문가에 선 사람은 카슨 씨였다. 곧 그는 상황을 파악했다.

카슨 씨가 힘없는 바턴을 일으켰다. 세상을 떠나려는 사람이 눈빛으로 감사를 표했다. 그가 죽어 가는 바턴을 팔로 안았다.

바턴은 기도하듯 두 손을 깍지 꼈다.

"우리를 위해 기도해 주세요." 메리가 무릎을 꿇고, 아버지와 카슨 씨 사이에 있었던 일은 모두 잊은 채 말했다.

카슨 씨는 불과 몇 시간 전에 읽었던 성서 구절 외에 아무 말도 하지 않았다.

"하느님, 죄인인 우리에게 자비를 베풀어 주소서. 우리가 우리에게 잘못한 이를 용서하듯이 우리의 잘못을 용서하소서!"

그 말이 끝나자, 바턴은 카슨 씨의 팔에 안겨 죽었다.

그렇게 한 가난한 남자의 비극적인 삶이 끝났다.

메리는 몇 분간 의식을 잃었다. 의식을 회복했을 때는 거실에서 정리 중인 젬이 자신을 간호하고 있었다. 거기에서 좁과 카슨 씨가 낮고 엄숙하게 대화하고 있었다. 그런 다음 카슨 씨가 작별 인사를 하고 그 집을 떠났다. 좁은 큰 소리로 독백하듯 말했다.

"하느님이 저 사람의 기도를 들으셨구나. 주가 그를 위로해 주었다."

36. 던콤 씨와 젬의 대화

> 첫날은 아무것도 없어 어두웠고,
> 마지막 날은 위험과 고통이 가득했노라.
>
> - 바이런

한동안(실은 리버풀에서 돌아온 후부터 줄곧) 메리는 거의 무의식적으로 아버지의 바람직한 결말은 죽음일지 모른다고 생각했다! 이 생각은 어떤 추론 과정의 결과라기보다 그녀의 진심이 은밀히 담긴 직감에 가까웠다.

그녀는 '양심'이 아버지의 육체에 치명상을 입혔다는 사실을 알았다. 그리고 아버지가 저세상에 갔을 때 하느님의 무한한 자비를 입을 수 있을지 감히 질문하지 못했다.

처음 충격을 받았을 때는 마음이 무너지고 망연자실했지만, 곰곰이 생각할 수 있을 정도로 기운을 차리자마자 메리는 체념하고 순종적인 상태가 되었다. 그리고 세상에 홀로 남은 그녀를 위로하기 위해 젬은 사랑과 보살핌을, 좁과 마거릿은 배려와 동정심을 넘치게 베풀었다.

메리는 장례식 준비와 관련해서 그들이 작게 속삭이며 의논하는 내용을 묻지 않았고, 알고 싶지도 않았다. 어린아이처럼 그들에게 모든 것을 믿고 맡겼다. 창백한 뺨 위로 조용히 눈물을 흘리며 방해받지 않고 몽상과 추억에 빠질 수 있는 것을 다행으로 여겼다.

메리 평생에 가장 긴 하루였다. 시간이 멈춘 듯했고, 아무런 할 일도 없었다. 처음에는 그렇게 얻은 고요한 시간이 정말 좋았으나, 시간이 지나면서 점점 마음이 무거워졌다. 어쨌든 그녀는 자신의 상황을 모든 관점에서 바라보게 되었고, 이제 고아가 되었음을 절실히 깨달았다. 그러나 아침에 임종을 지킨 덕분에, 저녁에 유족이 당할지 모를 고통은 겪지 않았다. 저녁에 죽어 가는 사람 곁을 지킬 경우, 과도한 불안감과 슬픔으로 지치기 쉽고, 그러다 저절로 잠이 들다 나중에 잠에서 깨면 다시 고뇌에 빠져 평생 채워지지 못할 끔찍한 공허함도 느낄 것이다.

그날 윌슨 부인은 의무감을 느꼈다. 예의뿐만 아니라 배려심도 보여 주기 위해서 예비 며느리를 위로하러 가야겠다고 생각했다. 그래서 (교회 묘지나 주일에 교회에 갔을 때의) 관례를 떠올려 가장 좋은 옷을 입기로 했다. 그 옷을 최근에는 전혀 입지 않아서 벽난로 앞 작은 빨래 건조대 위에 널어놓았는데, 이 작업이 윌슨 부인으로서는 싫지 않은 듯했다.

젬은 충격적 사건을 목도하고 바턴의 임종도 지키느라 몹시 지친 상태로 저녁 늦게 귀가했다. 윌슨 부인은 애도 준비로 바쁜 가운데 아들에게 하고 싶은 말이 많은 눈치였다. 젬은 쉬고 싶은 마음이 간절했지만, 자리에 앉아 어머니의 질문에 대답하지 않을 수 없었다.

"그래, 젬. 바턴 씨가 결국 돌아가셨다고?"

"네. 어디서 들으셨어요, 어머니?"

"아, 레그 영감님이 장의사에게 가던 길에 들러서 말해줬단다. 편안하게 가셨니?"

젬은 바턴이 죽음을 앞두고 죄를 고백한 이야기를 어머니가 모른다는 사실을 알았다. 그리고 좁의 배려를 생각해서, 가급적 어머니가 그 이야기를 모르게 해야겠다고 마음먹었다. 쉽지는 않겠지만, 메리에게 먼저 말했던 캐나다 이민 계획을 이야기하여 그쪽으로 어머니의 관심을 유도하면 그럭저럭 비밀을 지킬 수 있을 것이다. 또한 어머니가 그 사건을 몰라야 하는 이유는 그가 바라는 가정의 행복과도 연관된다. 어머니의 성마른 성격을 생각할 때, 혹여 어머니가 바턴의 범죄를 암시하는 말이라도 하게 되면 메리가 깊이 상처받게 될 것이다. 그래서 젬은 아침이 되자마자 좁에게 가서 침묵해 달라고 부탁하기로 했다. 설사 마거릿은 알게 되더라도 동네에 소문이 퍼지는 것은 막을 수 있다고 확신했다.

그런데 카슨 씨는 어쩌지?

그에게 바턴에 대한 기억을 마음속으로만 간직해 달라고 설득할 방법이 있을까?

그가 이런 생각들에 빠져 있을 때, 그의 어머니가 짜증 섞인 목소리로 불렀다.

"젬!" 그녀가 말했다. "임종 상황을 얘기하지 않을 거면 다시는 그런 자리에 가지 않는 게 좋겠구나. 나는 여기에서 종일 (레그 영감님이 왔을 때만 빼고) 혼자 있었지만, 네가 임종을 지켰으니 집에 오면 얘기를 해줄 줄 알았다. 그런데 집에 온 너는 내 앞에서 시무룩한 채 아무 말도 하지 않는구나. 말도 안 할 거면, 임종은 뭐하러 지키러 간 거니!"

"아저씨는 아무 말씀도 없으셨어요, 어머니." 젬이 대답했다.

"그랬겠지! 그 양반은 다시 못 올 좋았던 시절에만 말하기를 좋아했으니까! 편안히 가셨니?"

"밤새 불안해하셨어요." 젬이 그 순간을 떠올리며 주저하며 대답했다.

"그럼, 그때 베개를 치웠니? 안 했구나! 저런! 어릴 때 배웠잖니. 그런 상황에서는 베개를 치우는 게 도움이 된다고 말이야. 베개에는 대개 비둘기 털이 들어 있어. 메리와 너는 성인인데도 비둘기 털 베개에 누운 사람은 편안하게 죽음에 이를 수 없다는 것을 몰랐다니!"

이야기를 마치고 자기만의 고독하고 조용한 공간으로 갈 수 있게 되었을 때 젬은 기뻤다. 그는 방에 누워서 지금까지 일어난 일과 앞으로 해야 할 일을 열심히 생각했다.

먼저 전 공장주인 던콤 씨와 이야기를 나눠야 한다. 내일 아침 일찍 수년간 다녔던 공장으로 가기로 했다. 오랫동안 그곳에서 그는 생각을 다듬고 희망과 두려움을 경험했다. 그래서 친숙했던 장소를 떠나야 한다는 생각이 유쾌하지 않았다. 또한 동료 대다수의 불편한 시선도 실망스러웠다. 젬이 던콤 씨의 쉬는 시간에 맞춰 그를 기다리며 공장 문 앞에 서 있었을 때, 많은 직공이 아침 식사를 마치고 공장으로 들어가면서 그를 그냥 지나쳤다. 예외적으로 한둘이 알은체했으나 기껏해야 멀리서 고개만 끄덕일 뿐이었다.

"너무하네." 목까지 차오르는 분노와 씁쓸함을 참아내며 젬이 혼잣말했다. "사람 일이 어떻게 될지 모르는데, 사람들은 처음 들은 나쁜 얘기만 믿는군. 영국에서 살려면 이걸 계속 참아야겠지. 그런데 메리가 견딜 수 있을까? 조만간 진실이 드러날 텐데. 그러면 바턴의 딸인 그녀가 구설에 시달리겠지. 그래도! 하느님은 사람처럼 판단하지 않으시니까, 그게 유일한 위안이야!"

던콤 씨는 이날도 젬을 비방하는 말을 들었으나, 그 말을 믿지 않았고 들은 내색도 하지 않았다. 그러나 지금 상황으로는 젬이 영국을 떠나는 편이 좋겠다는 생각에 동의했다.

"전에도 말했지만, 지금 정부에서 캐나다 토론토에 농업대학을 설립하려고 하는데 우리가 기계를 잘 아는 자네를 기술공으로 추천했네. 괜찮은 자리야. 집과 땅도 주고, 제작한 기계의 수익금도 두둑하게 받을 수 있지. 아마 집에 둔 것 같은데, 정부에서 받은 편지를 가져와서 자네에게 세부 내용을 알려주겠네."

"감사합니다, 사장님. 어차피 갈 거라서, 그 편지는 보지 않아도 됩니다. 저는 맨체스터를 떠나야 합니다. 준비되면 바로 영국을 떠날 생각입니다."

"정부에서 자네에게 통행증을 끊어줄 거네. 그런데 내가 알기로, 가족이 있으면 그 가족도 정부의 허가를 받아야 할 거야. 자네는 아직 미혼이지, 아마?"

"네, 사장님. 그런데⋯." 젬이 수줍은 소녀처럼 잠시 머뭇거렸다.

"그런데." 던콤 씨가 웃으며 말했다. "떠나기 전에 결혼하고 싶은 모양이군. 그런가, 윌슨?"

"그렇습니다, 사장님. 그리고 제 어머니도 계십니다. 어머니도 모시고 가고 싶습니다. 어머니의 통행료는 제가 부담하겠습니다. 그러니 정부에 따로 요청하지 않으셔도 됩니다."

"아냐, 아냐! 추천서는 오늘 쓸 거야. 그럼, 자네의 다른 가족은 두 명이 되겠군. 저쪽에서 자네 가족이 몇 명인지는 묻지 않을 걸세. 통행

증은 금방 나올 테지만, 떠나기 전에 한 번 더 자네를 봤으면 좋겠군. 다음에는 우리 집으로 오게. 그게 더 편할 거야. 여기 사람들은 고집이 좀 세지. 기운 내게!"

젬은 문제가 하나 해결되어 마음이 편해졌다. 이제 더는 이민을 할지 말지 고민할 필요가 없어졌다.

생각을 오래 하면 할수록 앞길이 분명해졌다. 이제 젬은 메리에게 가서 결심한 내용들을 말하기로 했다. 마거릿이 메리 옆에 앉아 있었다.

"할아버지가 널 부르셔!" 젬이 들어오자, 마거릿이 말했다.

"나도 뵙고 싶었어." 문득 젬은 어젯밤에 좁에게 비밀 유지를 부탁해야겠다고 다짐한 것이 생각났다.

그래서 고통이 사라진 메리의 얼굴에 입을 맞출 새도 없이, 조급하게 자신을 기다리는 좁에게 갔다.

"카슨 씨에게 쪽지를 받았단다." 좁이 젬을 보자마자 외쳤다. "그가 너와 나를 만나고 싶다는구나! 혹시 나쁜 일은 더 없겠지?" 그가 놀란 표정을 짓고 있는 젬을 바라보며 말했다. 좁의 머릿속에 여러 의심스러운 생각이 뒤섞였지만, 곧 젬의 솔직하고 대담한 표정을 보고는 그 생각들이 사라졌다.

"그분이 뭘 원하는지 감도 안 잡혀요, 영감님." 젬이 대답했다. "어쩌면 아직 만족하지 못한 부분이 있을지도요. 하지만 추측해 봤자 소용이 없겠죠. 가보시죠."

"뭐라도 부족하면 네게 좋을 게 없으니, 내가 혼자 가서 무슨 일인지 알아볼까? 어쩌면 그 사람이 아직도 너를 공범이라 생각하고 덫을 놓으려는지도 몰라."

"저는 두렵지 않아요!" 젬이 말했다. "저는 그 살인 사건과 관련해서 잘못한 일도 없고 잘못된 일을 알지도 못해요. 그때 딱 한 번 나쁜 생각을 품긴 했지만요. 사람은 일단 진실을 알고 나면 계속 착각하지 않아요. 제가 가서 힘닿는 대로 그분의 마음을 풀어 드릴게요. 그러면 이제 아무도 다치지 않을 겁니다. 저도 그분을 만나고 싶은 이유가 있고요. 저는 다 괜찮습니다."

좁은 젬의 대담한 태도에 살짝 안심했다. 그러나 진실이 밝혀졌더라도, 젬이 자신의 조언을 듣고 카슨 씨의 의도가 무엇인지 따져보기를 바랐다.

한편 윌슨 부인은 검은색 정장을 차려입고 집을 나섰다. 조문객으로서 이런 상황에 어떤 위로의 말을 건네야 할지 고민스러웠다. 그래서 메리의 집을 향해 걸어가는 동안 적절한 위로의 말들을 여러 개 준비했다.

윌슨 부인이 조심스럽게 문을 열자, 난롯가에 멍하니 앉아 있던 메리가 젬의 어머니이자 죽은 부모님의 친구이고, 어릴 때 필요한 것들을 챙겨주던 친절한 아주머니를 보더니 다가와 그녀의 목을 껴안고 흐느끼며 말했다.

"아버지가 돌아가셨어요. 완전히 떠나셨어요. 전 이제 혼자에요!"

"불쌍한 것! 가엾은 아가!" 윌슨 부인이 메리에게 다정하게 입을 맞추며 말했다. "넌 혼자가 아니야. 그렇게 생각하지 마라. 난 저 높은 곳에 있는 '그분'을 잘 모르지만, 그분은 언제나 가족이 없는 자들의 친구잖니. 그리고 젬도 있잖니! 아니다, 메리. 날 떠올려 보렴! 나는 때로는 짜증을 내지만, 성질은 이래도 마음은 따뜻하단다. 앞으로 너를 딸처럼 여길 거야. 너는 내 어린 암양✢이야. 내 사랑이 젬의 사랑과 비교해서 부족하지 않을 거야. 그리고 네가 나를 어머니로 여긴다면, 하느님도 아시는 너에 대한 내 사랑을 깨닫게 될 거야. 그러니 나와 함께 견디고, 더는 혼자라는 말을 하지 말거라."

윌슨 부인은 말을 끝내기 한참 전부터 이미 울고 있었고, 이 경건한 말도 그녀가 미리 준비한 격식 있는 위로의 말과는 전혀 달랐다. 그러나 이는 진심에서 우러나온 경건함이었다. 순수하고 진실한 종교는 미사여구가 필요치 않다.

두 사람은 팔짱을 끼고 같은 의자에 나란히 앉았다. 그리고 망자를 위해 함께 울었다. 그들은 사는 동안 같은 희망을 품고 서로 신뢰하며 넘치는 사랑을 주고받았다.

그날 이후 두 사람 사이에 형성된 신뢰와 행복은 지나가는 구름 한 점도 흐리지 못했다. 심지어 젬보다 메리가 더 빨리 윌슨 부인의 짜증을 잠재웠다. 메리 앞에서는 자주 부리던 신경질도 참았고 변덕도 눈에 띄게 줄었다.

몇 년 후 젬은 대화 중 어머니가 무심결에 한 말을 듣고 깜짝 놀란다. 그것은 바턴의 범죄 사실을 알아야 할 수 있는 말이었다. 그때는 (젬이 최선을 다해 지켰던 비밀이 어쩌다 맨체스터에 알려졌다 하더라도) 비밀을 발설할 만한 맨체스터 사람을 본 지 한참이나 지난 시점이었다. 그래서 젬은 먼저 어머니가 얼마나 아는지, 그다음에는 어떻게

✢ 구약성서 민수기 6장 14절에 나오는 표현. – 옮긴이

알았는지 확인했다. 그 모든 것을 얘기한 사람은 다름 아닌 메리였다.

메리는 윌슨 부인이 세상에서 가장 다정하고 따뜻한 말로 자신을 위로하던 날 아침에, 고뇌의 원인인 아버지의 범죄 사실을 윌슨 부인에게 털어놓아 부인을 깜짝 놀라게 했다.

메리는 젬이 그 비밀을 어머니에게 감춘 사실을 전혀 몰랐다. 그녀는 애인에 대한 의혹처럼 아버지의 비밀도 주변에 퍼졌다고 생각했다. 그래서 (윌슨 부인이 전부 안다는 가정하에 메리가 무심코 말했던) 단어들이 모여 전체 이야기를 이루었고, 그렇게 메리를 괴롭히던 비밀이 밝혀졌다.

지금처럼 큰 사건이 일어나면, 윌슨 부인은 타고난 관대함을 발휘했다. 작은 사건이나 일상에서는 병약한 몸 때문에 짜증이 심했지만, 큰 슬픔이 닥치면 숭고한 연민을 보여주었다. 심지어 메리의 말을 듣는 순간에도 놀라움이나 두려움을 입 밖으로 표현하지 않았다. 그녀는 그 엄청난 비화를 궁금해하지 않았다. 그녀도 아들처럼 비밀을 잘 지키고 믿을 만한 사람이었다. 그래서 수년이 흘러 이따금 메리에게 화를 내거나 드물지만 심술을 부릴 때에도, 메리의 씀씀이나 옷차림, 태도 같은 것을 나무랐지, 아무리 화가 나도 해리 카슨과 메리의 연애 사건이나 살인 사건을 암시하는 말은 전혀 하지 않았다. 또한 바턴을 언급할 때는 언제나 그가 죄책감에 시달리며 비참한 최후를 맞이하기 몇 달 전까지 보여준 행동에 경의를 표했다.

그래서 수년이 지난 후에 어머니가 사건의 전모를 알고 있었다는 사실을 알았을 때 젬은 충격을 받았다. 어머니에게도 강한 자제력이 있다는 사실을 안 날부터 젬은 (조금 후회하며) 평소에도 다정하고 공손하게 대했던 어머니를 더 깊이 존경하게 되었다. 그리고 그런 존경심은 젬과 메리의 사소한 사랑싸움보다 더 큰 행복감을 말년의 윌슨 부인에게 안겼다.

어쨌든 이것은 최근의 일이고, 아직 6, 7년 전에 일어난 일들에 대해서도 할 이야기가 남았으니 다시 그때로 돌아가 보도록 하자.

37. 살인 사건의 전말

> 부자가 만찬을 즐기는 동안 빈자는 굶주리고,
> 그의 마음도 잠식된다.
> 그가 준엄하게 부르짖네.
> '그들이 우리에게 거짓을 가르치는데,
> 그들을 형제라 부를 수 있는가?'
> - 〈꿈〉

이제야 카슨 씨는 한숨을 돌릴 여유가 생겼다. 지난 세월 고생과 두려움, 소망의 대상이던 아들이 갑자기 존재를 둘러싼 깊은 수수께끼 속으로 사라졌으나, 간직해 왔던 복수심은 하느님이 거두어 갔다.

이런 사건들은 분별없는 사람도 깜짝 놀라 생각하게 만들기에, 당연히 사려 깊지는 않아도 능동적인 카슨 씨를 깊은 사색에 빠뜨렸다. 사실 그동안 그는 한쪽에만 에너지를 집중해서 사용함으로써 철학적으로 폭넓게 사고하지 못했었다.

그러나 지난 세월의 토대가 무너져 땅속으로 사라진 지금, 카슨 씨의 땅은 소금이 뿌려져 영영 재건할 수 없게 되었다.✦ 아들의 죽음은 이

✦ 구약성서 판관기 9장 45절을 보면, 정복지에 소금을 뿌려 영원히 파괴하는 내용이 나온다. - 옮긴이

세상에서 저 숨겨진 세상으로 전환되는 사건이었다. 이제 지상의 모든 인간을 추동하는 수많은 동기가 꿈의 그림자보다 더 덧없어질 것이다. 카슨 씨는 아들의 살인자가 죽는 모습을 보면서, 자신이 과거에 이룬 것들이 아무것도 아니며 오히려 해로운 것임을 깨닫고 몇 시간 동안 자신의 삶을 반추해 보았다.

그러다 한 번 더 노력하고 싶게 만드는 동기를 찾기 시작했다. 부유해지고 싶은 욕망, 사회적 차별, 자신이 얻은 거상이라는 이름을 숙고하는 동안 이런 거짓이 진짜 그림자 속으로 희미해져 가고, 하나씩 아들의 무덤 속으로 사라졌다. 문득 바턴의 범죄 동기에 대해서 아직 모르는 게 있다는 생각이 들었다. 슬픈 순간에도 호기심이 발동하자, 바로 그 호기심을 채우고 싶어졌다. 그래서 아직 밝혀지지 않은 이야기를 듣기 위해 좁 레그와 젬 윌슨에게 오라는 메시지를 보냈다. 또한 젬이 아들의 죽음에 어느 정도 책임이 있지 않나 하는 의혹을 완전히 떨쳐내기 위해 젬을 변호했던 브리지노스 씨에게도 직접 연락했다.

카슨 씨는 방문객이 도착하기 전에 집으로 돌아왔다. 그래서 바턴이 자백했던 날 저녁을 곱씹을 시간이 충분했다. 그는 요전 날 두 남자 앞에서 비통한 심정을 그대로 드러냈던 것을 후회했다. 감정을 잘 숨기고 신중하게 행동하는 것에 자부심이 있던 그였다. 그래서 이번에는 강한 자제력을 발휘해서 대화 중에 어떤 감정도 드러내지 않으리라 마음먹었다.

그러나 막상 손님들이 도착했다는 하인의 보고를 듣고 그들을 자기가 있는 서재로 안내하라고 지시할 때, 그는 양손을 떨고 고개를 설레설레 흔들었다. 지난 몇 주간 벌어진 사건으로 그는 폭삭 늙어버렸고,

예정된 대화에 긴장한다는 것을 누구나 눈치챌 수 있었다.

그래도 처음에는 감정을 자제하는 데 성공했는지, 젬과 좁은 일전에 진심을 보였던 카슨 씨가 다시 냉정하고 거만해 보이자 실망했다.

카슨 씨는 두 사람에게 앉으라고 한 후 말하기 전에 잠시 한 손으로 얼굴을 가렸다.

"오늘 아침에 브리지노스 씨를 만났소." 마침내 그가 말했다. "예상대로 그는 지난달 18일에 일어난 사건과 관련해서 내가 궁금했던 몇 가지 사항에 대해 만족스러운 답을 하지 못했소. 어쩌면 당신들이 내가 알고 싶은 것을 말해줄 수 있을 것 같소. 바턴과 가까웠으니 답을 알거나 답이 될 만한 것들을 추측할 수 있겠지. 거리낌 없이 진실을 말해주시오. 이 방에서 당신들이 한 말을 다시는 거론하지 않겠소. 게다가 당신들은 일사부재리 원칙✦도 알 테고."

그가 잠시 말을 멈췄는데, 지난 며칠간 무리한 탓에 말만 하는데도 피곤했다.

좁이 말할 기회를 잡았다.

"지금 당신이 우리에게 진실을 말해 달라고 해서, 나나 젬이 모욕감을 느끼진 않을 거요. 당신은 우리를 모르고, 언젠가는 끝이 날 테니까. 다만 그렇지 않다고 증명될 때까지는 다른 사람을 선하고 진실하다고 생각하는 것도 괜찮소. 원하는 것을 물어보시오, 선생. 내가 대답하리다. 우리는 진실을 말하거나 입을 다물 것이오."

"미안합니다." 카슨 씨가 살짝 고개를 숙이며 말했다. "내가 알고 싶

✦ 형사 소송법에서, 한번 판결이 난 사건에 대하여서는 다시 공소를 제기할 수 없다는 원칙. – 옮긴이

은 것은." 그가 손에 들고 있던 쪽지 한 장을 너무 세게 흔드는 바람에, 쓰고 있던 안경이 비뚤어졌다. "바턴이 어떻게 윌슨의 총을 갖게 되었는가요. 나는 윌슨이 그 답을 브리지노스 씨에게 일부러 하지 않았다고 생각하는데, 그렇지 않은가?"

"맞습니다, 선생님! 그때 제가 아는 대로 말하면, 바턴 아저씨가 잡힐 걸 알았기에 아무 말도 하지 않았습니다. 별 내용은 없지만, 지금 선생님께 전부 말씀 드리지요. 그 총은 원래 제 아버지의 것이었는데, 오래전에 아버지와 바턴 아저씨는 사격장에서 총을 쏘는 취미가 있으셨죠. 두 분은 늘 이 총을 사용하셨는데, 낡긴 해도 정확하다며 자랑하곤 하셨습니다."

그 마지막 말에 카슨 씨가 움찔하는 모습을 보고 젬은 자책감을 느꼈지만, 그가 자기도 모르게 감정을 표출하는 모습을 보면서 젬과 좁은 카슨 씨가 좋아지기 시작했다. 젬은 말을 계속했다.

"그 주 어느 날, 아마도 수요일에. 네, 수요일이 맞아요. 그날은 성 패트릭의 날이었죠. 저녁 식사를 하러 가는 중에 제집에서 나오는 바턴 아저씨를 만났어요. 어머니가 외출 중이어서 그때 집에는 아무도 없었지요. 바턴 아저씨는 그 낡은 총을 빌리러 왔는데 아무도 없어서 실례를 무릅쓰고 그것을 알아서 가져가려 했지만, 찾지 못했다고 말하셨어요. 어머니가 그 총을 무서워하셨기 때문에 저는 아버지가 돌아가신 후에(아버지 생전에는 아버지가 관리하셨고요) 그 총을 제 방에 두었습니다. 제가 제 방에 있던 총을 가져다가 문밖에서 기다리던 바턴 아저씨에게 드렸습니다."

"그가 총을 가져가는 이유를 말했었나?" 카슨 씨가 조급하게 물었다.

"총을 드릴 때는 아무 말도 못 들었어요. 처음에는 사격장과 관련해서 뭔가를 중얼거리셨기에 몇 년 전처럼 사격 연습을 하시려나 보다, 생각하고 전혀 의심하지 않았습니다."

카슨 씨는 몹시 긴장한 듯 허리를 꼿꼿이 세우고 선 채 젬의 말을 들었다. 이제 긴장이 풀리자 의자에 털썩 주저앉았다.

그러나 젬이 말을 계속하자, 카슨 씨는 자세한 내막을 들을 수 있지 않을까 하는 기대감에 다시 자리에서 일어났다.

"저는 잡혀갈 때까지 바턴 아저씨가 그 총을 왜 원했는지 전혀 알지 못했습니다. 아직도 그 이유는 모릅니다. 그러나 누구도 곤경에서 벗어나려고 오랜 친구를 끌어들이지는 않을 겁니다. 그분은 제 아버지의 오랜 친구이자 제가 사랑하는 여인의 아버지셨죠. 그래서 저는 그 일을 브리지노스 씨에게 말하지 않았고, 앞으로도 선생님 외에 그 누구에게도 말하지 않을 겁니다."

젬은 메리를 언급하면서 얼굴을 붉혔지만, 솔직하고 두려움 없는 얼굴로 카슨 씨의 날카로운 시선을 피하지 않고 정면으로 바라봄으로써 자신의 결백과 정직성을 증명했다. 카슨 씨는 젬이 아는 것을 모두 말했다고 생각했다. 그래서 좁에게 시선을 돌렸다.

"바턴 씨가 제게 말하는 동안 당신도 내내 그 방에 있었죠, 그렇죠?"

"그렇소." 좁이 대답했다.

"내 단도직입적인 질문을 양해해 주시오. 여러분의 답을 들으며 크게 위로받고 있소. 이유는 모르겠지만, 사실이오. 어쨌든 당신도 바턴

씨가 유죄라고 생각했었나요?"

"전혀 몰랐소. 주여, 저를 도우소서!" 좁이 경건하게 말했다. "사실을 말하면(그리고 젬, 네게는 용서를 구한다만), 나는 여기 있는 젬의 무죄를 확신하지 못했소. 가끔은 내가 내 결백도 의심하듯, 젬의 결백도 의심했었소. 그러나 그 사건을 논리적으로 생각하다 보면 젬이 그랬을 리가 없다는 것을 깨닫게 되었지. 하지만 바턴은 전혀 생각하지 못했소."

"그런데 바턴의 고백에 따르면, 그 시간에 확실히 그는 부재중이었소." 카슨 씨가 쪽지를 가리키며 말했다.

"맞소. 그리고 그 후 여러 날 동안, 며칠 동안인지는 정확히 모르겠지만 그랬소. 하지만 당신도 알다시피, 등잔 밑이 어두운 법이지. 어쨌든 나는 그날 밤 바턴의 고백을 들을 때까지 그의 동기를 알 수 없었소. 그러나 젬의 경우라면, 메리 바턴을 마음에 둔 사람에 대한 질투심이 충분한 살해 동기가 될 수 있다고 생각했소."

"그럼, 당신은 바턴이 내 아들의 잘못된 만남을 몰랐다고 생각하는군요." 그가 젬을 바라봤다. "메리 바턴에 대한 내 아들의 관심 말이오. 이 청년, 윌슨은 두 사람의 일을 들었다고 보고."

"제게 얘기해준 사람은 메리의 아버지에게 말한 적도 없고 말하지도 않을 거라고 분명히 말했습니다." 젬이 끼어들었다. "바턴 아저씨는 그 얘기를 듣지 못했을 겁니다. 들었다면 가만히 있을 분이 아니니까요."

"그뿐만 아니라." 좁이 말했다. "바턴은 임종 때, 뭐랄까 충분히 이유를 밝혔다고 생각하오. 그를 잘 아는 사람들이 보기에는 말이오."

"그가 설명한 직공에 대한 처우 문제를 말하는 거군요. 당신은 내

아들이 파업 사태 진화에 적극적으로 나선 탓에 바턴이 복수심에 불타 살인을 저질렀다고 생각하는 거요?"

"글쎄요." 좁이 대답했다. "그건 잘 모르겠소. 바턴은 사람들과 의논하는 사람이 아니었거든. 자기가 하는 일에 대해서도 말을 많이 하지 않았고. 특히 그 문제와 관련해서 그에게서 단 한 마디도 들은 적이 없기 때문에, 나는 오직 그의 평소 생각과 말투로만 판단할 수 있소. 선생도 알다시피, 안타깝게도 그는 부자와 빈자 모두 그리스도의 복음에 따라 살기를 바랐지." 좁이 잠시 말을 멈췄는데, 그 이유는 인간의 다양한 조건이 만들어낸 거대하고 기만적인 차이가 바턴에게 어떤 영향을 미쳤는가를 명확히 설명하고 싶어서였다. 좁이 적합한 단어를 고르는데 카슨 씨가 끼어들었다. "그러니까 바턴이 오언주의자*였다는 말이군요. 평등과 재산 공유 같은 터무니없는 주장을 하는 사람들 말이오."

"아니, 그렇지 않소! 바턴은 바보가 아니었어요. 그는 오늘 밤 모든 사람이 평등하다는 말을 믿지 않았소. 내일 한 시간 일찍 일어나서 출발하는 사람들이 있으니까. 그는 부나 재산에 관심이 없었소. 자신과 가족을 위해 일용할 양식만 얻을 수 있으면 그만이었지. 그러나 내가 아는 한, 그의 마음을 괴롭고 아프게 한 것은 좋은 옷을 입고 맛있는 음식을 먹으며 주머니에 돈이 많은 사람들이 그와 거리를 두고, 그의 마음이 어떤지, 그가 살았는지 죽었는지, 그가 천국에 갈지 지옥에 갈지 등에 대해서 전혀 관심도 없었다는 점이오. (그리고 선생, 수많은 가난

✦ 로버트 오언의 사상을 따르는 자. 로버트 오언은 산업혁명 시대에 맨체스터를 기반으로 활동한 사회주의자이자 사회개혁가이다. ― 옮긴이

한 남자가 누구나 필요로 하는 편안함보다 무관심을 훨씬 가슴 아파합니다. 그것이 굶주림을 더욱 고통스럽게 하니까.) 바턴은 금덩이가 자신과 형제들의 사이를 멀어지게 한다는 사실을 받아들이지 못한 것 같소. 그는 그리스도가 빈자였던 적이 없다는 듯 자신을 무시하는 사람들에게 분노하기 전까지는 사랑이 많은 사람이었소. 언젠가 그가 말하길, 자신은 모든 사람이 똑같다고 생각하기 때문에, 부자든 빈자든 모두에게 친절하게 대한다고 했소. 그러나 나중에 슬픔과 고통을 직접 겪은 후에는, 공장주들이 마음만 먹으면 도와줄 수 있는데 그러지 않는다며 화를 내기 시작했지."

"그게 당신이 알고 있는 전부군요." 카슨 씨가 말했다. "그럼 우리가 어떻게 사람들을 도울 수 있겠소? 우리는 노동 수요를 조절할 수 없어요. 그건 사람이나 단체가 할 수 있는 일이 아니오. 신만이 통제할 수 있는 사건들에 좌우되지. 우리 물건을 팔 시장이 없으면, 우리도 당신들만큼 괴로움을 겪게 돼요."

"우리만큼은 아니겠지요, 선생. 내가 정치경제학에 관심은 없지만, 나도 알 만큼은 알아요. 배움이 부족해도 보는 눈은 있단 말이오. 나는 먹을 게 없어서 마르고 초췌해지는 공장주를 본 적이 없소. 경기가 나쁠 때도 당신들의 생활 방식은 바뀌지 않더군. 경기가 나쁠 때 당신들은 공연을 그만 보면 되지만, 나 같은 사람들은 허리띠를 졸라매야 하지. 분명히, 당신도 인정할 거요. 남자가 굶주리는 자식을 위해 무슨 일이든 하려 하는데 단호히 거절당하고, 일할 의지가 있는데도 일자리를 구할 수 없다는 사실을 말이오. 내가 존 바턴처럼 말을 잘하진 못하지만, 어쨌든 나는 그의 말을 그렇게 이해했소."

"이보시오, 내 말 좀 들어봐요. 여기 따로 사는 두 남자가 있소. 한 사람은 빵을 만들고 다른 사람은 외투를 만든다고 칩시다. 만약 빵 생산자가 외투를 원하든 원하지 않든, 외투 제작자에게 일거리를 주기 위해서 외투를 받고 빵을 주라고 강요받는다면 곤란하지 않겠소? 이것은 상황을 단순화한 것이오. 비슷한 예는 얼마든지 들 수 있지. 제조업과 기계가 발달하면 수천 명의 일자리에 큰 변화가 올 것이오. 터무니없는 말 같지만, 분명히 그렇게 될 거요!"

좁이 잠시 곰곰이 생각했다.

"역직기가 들어와서 직공들이 힘들어진 건 사실이오. 새로운 것들은 인생을 도박으로 만들지. 하지만 나는 역직기나 철도 같은 발명품이 하느님의 선물이 아니라고 의심한 적이 없어. 나는 오래 살았기 때문에 더 큰 선을 위한 고통이 하느님의 계획에 속한다는 걸 잘 알아요. 그러나 자기 환경에 만족하고 행복하게 살면서 '그분'을 기쁘게 하는 사람들이 그렇지 못한 사람의 짐을 덜어주는 것도, '그분'의 계획이라고 나는 생각하오. 물론 이 어려운 문제를 해결하려면 나를 포함해서 그 누구보다 더 사려 깊고 지혜로운 사람이 필요하겠지. 그러나 이 점은 분명하오. 하느님은 축복을 내릴 때, 그에 따른 의무도 함께 주시지. 그리고 행복한 자의 의무는 고통을 견디고 있는 불쌍한 자를 돕는 것이오."

"누구나 남의 도움 없이 자립해야 한다는 것이 만고불변의 진리잖소." 생각에 잠겨 있던 카슨 씨가 말했다.

"생산량을 제한하듯, 사실에 손댈 수는 없소. 그러니까 여기 두 가지 사실이 있고, 그 결과물은 이렇소. 하느님이 인간에게 준 감정과 열정은 가변적이고 불확실하기 때문에 문제 해결에 도움이 되지 않소. 또한 하느님은 인간에게 약점도 주었지. 모두에게 말이오. 몸이 약한 사람, 마음이 아픈 사람, 의지가 약한 사람, 옳고 그름을 구분하지 못하는 사람 등 다양하지. 옳은 것을 구분하는 사람이라도 그 생각을 유지할 힘이 필요하고. 그러니까 내 생각을 말하면, 하느님의 선물을 많이 받은 사람은 약자를 도와야 하오. 사실들에 근거해서! 미안합니다만, 내 생각을 제대로 설명할 수가 없군요. 내가 말솜씨가 부족해서 더듬는 바람에 선생이 내 말을 제대로 이해하지 못할 것 같소."

좁은 자기 말에 힘이 부족한 것이 못내 아쉬웠지만, 내면을 채운 감정만큼은 강렬하고 명료했다.

"당신 말은 의심할 여지 없는 사실이오." 카슨 씨가 대답했다. "그렇다면 당신은 공장주들이 어떻게 행동해야 한다고 생각하시오? 특히 내 경우에 말이오." 그가 진지하게 덧붙였다.

"생각을 말하기에는 내가 많이 배우지 못했소. 내게는 복음처럼 확실한 생각들이 어쩌면 '증명'이 필요한 '명제'처럼 서로 어긋날 수도 있소. 어쨌든 공장주는 자신의 양심에 따라 행동하면 됩니다. 그러니까 당신은 장사로 재산을 불리는 동안 얼마나 최선을 다해 상도를 지켰는가를 하느님 앞에서 양심껏 대답하시오. 하느님이 어떻게 하실지는 내가 알 바 아니지. 바턴은 그러기를 거부했고! 그때부터 그는 점점 냉혹하고 화가 많고 제정신이 아닌 사람이 되어 갔소. 그 광기 때문에 큰 죄를 짓고 큰 불행을 일으켰지. 그가 피눈물을 흘리며 참회했으니, 분명히 저세상에서 겸허히 속죄하고 있을 거요. 지난밤에 바턴이 보였던 그런 비통한 참회를 그동안 나는 한 번도 본 적이 없으니까."

한동안 침묵이 흘렀다. 카슨 씨가 얼굴을 가렸고, 좁과 젬의 존재를 완전히 잊은 듯했다. 그래서 두 사람은 그를 방해하지 않고 그 방을 나가려 일어섰다.

마침내 카슨 씨가 그들의 동정 어린 눈을 바라보지 않은 채 말했다.

"두 사람 모두 와줘서 고맙소. 솔직히 말해준 것도 고맙고. 레그 영감, 안타깝게도 직공들의 불만을 공장주들이 해소할 능력이 있는가에 대해서는 나나 당신이나 서로를 설득하지 못한 것 같소."

"지금은 선생을 괴롭히고 싶지 않지만, 나는 공장주들이 무능하다고 말하지 않았소. 우리가 분노하는 것은 공장주들이 이따금 제조업 지역에 드리우는 어둠을 제거하려는 의지가 없다는 점이오. 공장이 멈춰도 멀쩡하게 잘사는 모습을 우리가 봤거든. 만약 공장주들이 해결책을 찾으려고 노력하는 모습을 보여줬다면, 비록 그들이 한참 노력해도 방법을 찾지 못해 결국 '불쌍한 사람들, 우리도 마음이 아프다네'라는 말밖에 하지 못하게 되더라도, 우리는 어려운 시기를 꿋꿋이 견딜 수 있을 거요. 직공들의 고통에 관심이 있고, 그들을 돕고 싶다면 일단 노력해 보시오. 노력하기 전까지는 자기 안에 어떤 능력이 있는지 알 수 없으니까. 당신들이 눈물과 용기를 북돋는 말 외에 아무것도 줄 수 없다 하더라도 우리는 하느님이 준 시련을 감내할 것이며, '그분'의 사랑을 잘 알고 있으니 조건 없이 '그분'의 손에 우리 자신을 맡길 것이오. 당신은 우리의 대화가 소득이 없었다고 말했지만, 나는 있었다고 생각하오. 나는 당신의 생각이 무엇인지 알았소. 당신을 평가해야 하는 순간이 오면, 그것을 떠올리겠소. 그러니 지금은 당신의 행동이 내 관점에서 옳은지, 당신의 관점에서 옳은지를 더 이상 생각하지 않겠소. 이 점에서 내게는 유익한 대화였소. 나는 노인이기에 아마 다시는 당신을 보지 못할 거요. 하지만 나는 당신을 위해 기도할 것이고, 당신이 재산과 아들 때문에 겪은 시련을 앞으로도 계속해서 기억하겠소. 그리고 늘 하느님에게 당신을 축복해 주기를 기도하겠소. 아멘. 잘 있으시오!"

젬은 알고 있는 모든 사실을 솔직히 말한 다음부터 남자답고 품위 있게 말을 삼가고 있었다. 젬과 좁은 자리에서 일어나 살짝 고개를 숙인 다음, 깊은 연민을 담아 카슨 씨를 바라봤다. 그는 고통을 견디고 가해자를 용서했으며, 누가 봐도 상처를 극복하기 위해 발버둥 치고 있었다.

카슨 씨도 답례로 고개를 숙였다. 그러더니 갑자기 앞으로 다가가 그들에게 악수를 청했다. 그들은 말없이 헤어졌다.

큰 슬픔을 응시하고 인내하는 일에는 단계가 있으며, 그 과정에서 사람들은 마치 '예언'과 같은 형태로 진실하고 명확한 생각을 품게 된다. 강한 인내력을 가지고 사랑도 고통도 많이 받은 사람들에게 고뇌의 시간이 온다. 그때 그들은 자신의 사례를 숙고하다 재앙의 본질을 탐구하게 되고, 결국 자신은 물론 타인에게도 그 재앙이 재발하지 않도록 해결책(이 있다면 그 해결책)을 찾게 될 것이다.

이런 식으로 한때 고뇌에 빠졌던 사람들이 자신이 겪은 고통을 다른 사람들이 겪게 하지 않으려고 끊임없이 노력할 때, 그런 고상하고 아름다운 노력은 이따금 빛을 발했다. 그것은 슬픔이 이루어낸 최고의 결과물이다. 그 사람은 개인이 아닌 여러 세대가 축복받을 때까지 하느님의 전령과 씨름을 벌인 것이다.✦

✦ 구약성서에서 축복해 달라며 천사와 씨름을 벌인 야곱의 이야기에 빗댔다. – 옮긴이

완고한 성격의 카슨 씨가 이런 위로의 비밀을 인정하기까지는 시간이 걸렸고, 그 완고한 성격 때문에 사람들에게 좋은 평가를 받지 못했다. 그러나 성격은 본래 그 성격으로 형성된 습관과 태도보다 훨씬 쉽게 바뀔 수 있다. 카슨 씨는 그를 우연히 봤거나 피상적으로 아는 사람들에게 평생 딱딱하고 냉정한 사람으로 인식되었다. 그러나 그를 믿게 된 사람들은 그가 자신이 겪은 고통을 아무도 겪지 않게 하고 싶다는 바람을 가슴 깊이 품었음을 알았다. 그는 공장주와 직공 사이에도 완벽한 이해와 신뢰와 사랑이 존재할 수 있다고 믿었다. 한 사람의 이익이 모두의 이익이 되기에 다 함께 심사숙고해야 한다고 생각했다. 그러므로 가장 바람직한 방법은 단순히 기계를 늘릴 게 아니라 노동자들을 교육해서 판단력을 키우는 것이다. 그리고 노동자와 고용주를 금전적인 거래 관계가 아닌 존경과 애정을 주고받는 관계로 묶어야 한다. 요약하면, 양자가 기독교 정신을 규율로 받아들여야 한다.

지금 맨체스터의 개선된 고용 현실은 카슨 씨의 짧지만 간곡한 말에서 시작되었다. 아직 갈 길이 멀지만, 고통을 통해 얻은 가르침에 순종한 사려 깊은 사람 덕분에 많은 것을 이룰 수 있었다.

38. 결말

> 우리를 부드럽게 어루만져 주오, 다정한 시간이여!
> 우리에게는 자랑스럽거나 비상하는 날개가 없다네.
> 우리의 야망과 만족은 단순한 것들 안에 있네.
> 우리는 겸손한 여행자,
> 인생이라는 희미하고 조용한 바다 위를 여행하지.
> 우리를 부드럽게 어루만져 주오, 다정한 시간이여!
>
> — 배리 콘월

바턴의 장례식이 끝나고 얼마 지나지 않아 젬의 토론토행이 확정되었다. 그리고 출발일도 정해졌다. 모든 일이 일사천리로 진행되었다. 그래도 아직 할 일이 많았다. 집 내부에서 준비해야 할 것들이 있었다. 그리고 젬과 메리가 넘어야 할 큰 장애물이 하나 있었다. 그것은 아직 이민 계획을 모르는 윌슨 부인이 토론토행에 반대할 가능성이었다.

두 사람은 윌슨 부인과 함께 살고 싶지만, 그녀가 새로운 나라를 싫어해서 이민에 반대하면 어쩌나 두려웠다. 마침내 특히 조용하던 어느 저녁, 젬은 자러 가기 전에 어머니와 단둘이 있게 되자 그 주제를 꺼냈다. 놀랍게도 윌슨 부인은 이민에 흔쾌히 동의했다.

"물론 미국이 멀긴 하지. 내게 런던 너머는 다 멀단다. 그러니 외국은 얼마나 멀겠니. 하지만 이곳 바보들이 너처럼 착실한 젊은이를 감옥에 넣는 것을 본 후로 영국에 미련이 없어졌다. 네가 어딜 가든 나도 따라갈 거야. 어쩌면 인디언들이 산다는 그 나라는 착실한 젊은이를 알아볼지 모르지. 애야, 더 말하지 않아도 된다. 나도 갈 테니."

그들의 계획은 날마다 좀 더 순조롭고 쉬워졌다. 현재는 명확하고 예측가능했고, 미래는 희망적이었다. 그들은 과거를 돌아볼 여유도 생겼다.

"젬!" 어느 해 질 녘에 함께 앉아 마거릿이 메리와 함께 밤을 보내러 오기 전까지 둘이서 낮고 행복한 목소리로 대화를 나눌 때 메리가 젬에게 말을 걸었다. "젬! 너는 나와 해리 카슨의 불장난을 어떻게 알았는지 얘기한 적이 없어." 메리는 어리석었던 과거가 떠올라 부끄러움에 얼굴을 붉혔고, 젬이 대답하는 동안 그의 어깨 뒤로 머리를 감췄다.

"얘기하기가 좀 그렇지만, 에스더 이모가 말해줬어."

"아, 기억나네! 그런데 이모는 어떻게 알았지? 그날 밤에 너무 놀라서 이모에게 물어볼 생각도 못 했어. 넌 어디에서 이모를 만났니? 난 이모가 어디 사는지 잊어버렸어."

메리가 이 모든 얘기를 너무나 솔직하고 순진하게 말해서, 젬은 그녀가 에스더의 처지를 모른다고 생각했다. 그래서 주저하다 말을 꺼냈다.

"넌 최근에 에스더 이모를 어디에서 봤는데? 언제야? 말해봐. 네가 말한 적이 없는 것 같은데."

"아! 그날은 악몽처럼 끔찍한 밤이었어." 메리는 한밤중에 에스더 이모가 찾아온 일을 말하고는 이렇게 말을 끝냈다. "우리가 떠나기 전에 이모를 만나봐야겠다. 이모 집이 어딘지는 정확히 모르지만."

"사랑하는 메리."

"왜, 젬?" 주저하는 젬을 보고 놀라서 메리가 물었다.

"불쌍한 에스더 이모는 집이 없어. 그녀는 거리에서 비참하게 살고 있어." 이번에는 젬이 에스더 이모와 마주친 이야기를 들려주었고, 도무지 믿지 않으려는 메리를 설득하기 위해 자세하게 설명했다.

"이런!" 메리가 격렬하게 말했다. "우리가 이모를 찾아야 해. 이모를 수소문해 보자!" 메리는 당장이라도 찾으러 나갈 것처럼 자리에서 일어섰다.

"우리가 뭘 할 수 있겠어?" 젬이 조심스럽게 메리를 진정시키며 물었다.

"해야지! 뭐든! 이모를 찾을 수만 있다면 뭘 못 하겠어? 이모는 불행하게 살고 있지만, 누군가가 도움의 손길을 내밀면 거기에서 벗어날 수 있을 거야. 나 말리지 마, 젬. 지금이 이모 같은 사람들이 밖으로 나오는 시간이야. 혹시 알아, 근처에서 이모를 찾게 될지."

"잠깐 기다려, 메리. 빈손으로 오더라도 네가 원하면 내가 지금 나가서 찾아볼게. 너는 가면 안 돼. 내일 경찰에게 물어보는 게 나을지도 몰라. 그런데 그녀를 발견하더라도, 어떻게 집으로 데려오지? 뭘 해도 술을 못 끊겠다며 전에도 한 번 거절했었거든."

"너부터 무서워하고 의심하면, 이모를 설득하지 못할 거야." 메리가 눈물을 흘리며 말했다. "너도 희망을 품고, 이모 안에 있을 선한 모습을 믿어봐. 이모에게 자기 내면의 선한 모습을 일깨워 주고, 여기로 데려와. 우리가 이모를 사랑해 주고, 제대로 살게 해주자."

"알겠어!" 젬은 메리의 낙관적인 모습에 안심하며 그렇게 말했다. "에스더 이모를 외국으로 데려가면, 그녀의 죄를 감출 수 있을 거야. 사랑하는 메리, 내가 지금 나가볼게. 만약 이모를 못 찾으면, 내일 경찰서로 가볼게. 여기서 기다려." 젬은 메리에게 입을 맞춘 후 밖으로 나갔다.

일은 잘되지 않았다. 그날 밤 젬은 여러 곳을 돌아다녔지만 에스더를 만나지 못했다. 다음 날 젬은 경찰서로 가서 신고했다. 마침내 경찰은 젬이 말한 인상착의를 바탕으로, 한두 해 전에 입고 있던 옷의 장식 때문에 '버터플라이'라는 이름으로 불리는 어떤 여자를 특정했다. 경찰의 도움으로 젬은 에스더가 피터 거리 뒤에 있는 작은 여관을 들락거렸다는 사실을 알게 되었다. 여관 주인은 미심쩍어 하면서도 친절한 경찰관과 젬을 스무 명에서 서른 명의 남녀노소가 모여 있는 커다란 다락방으로 안내했다. 그들은 그곳에서 낮에는 약을 하며 누워 지내고, 저녁이나 밤에는 나가서 구걸과 도둑질, 매춘 등을 했다.

"버터플라이가 여기서 지냈어요." 여관 주인이 주위를 둘러보며 말했다. "그제 밤에도 왔는데, 방을 얻을 돈이 없다고 했죠. 그러면서 멀리 시골로 가면, 한쪽에 쓰러져 있다가 들짐승의 밥이 될 거라고 했어요. 하지만 여기 거리에서는 경찰이 사람들을 내쫓을 텐데, 그녀는 평화롭게 죽을 장소를 원했어요. 이곳은 묘하게 평화롭거든요. 그리고 그날 밤은 드물게도 비어 있었죠. 저도 그렇게 매정한 사람은 아니어서 (그랬다면, 지금보다 잘 살았겠죠), 그녀를 다락방으로 올려 보냈어요. 하지만 지금은 여기에 없을 거예요."

"그녀의 상태가 많이 나빴나요?" 젬이 물었다.

"어휴! 뼈밖에 없고, 몸이 끊어질 듯 기침을 했어요."

젬과 경찰관은 몇 가지 질문을 한 후, 에스더가 임박한 죽음에 불안해져서 한 번 더 밖으로 나가고 싶어 했고, 아무도 모를 곳으로 갔다는 사실을 파악했다. 젬은 종일 찾아다녔으나, 에스더를 만나지 못했다. 그래서 에스더에게 닿길 바라는 여러 메시지와 함께, 경찰관이나 여관 주인이 에스더의 행방을 알 만한 단서를 얻으면 어디로 보낼지 주소를 남긴 다음 메리의 집으로 발길을 돌렸다. 젬은 메리에게 진행 상황을 알려주고 찾을 가능성이 적다고 말했다. 긴 설명이 끝나고 두 사람 모두 슬픔에 빠져 잠시 말없이 앉아 있었다.

잠시 후 둘은 계획을 의논하기 시작했다. 하루 이틀 후에 메리는 그 집을 나와서 일주일 정도 좁의 집에서 지내다 결혼식을 올린 후 바로 떠나기로 했다. 둘은 다시 말없이 달콤한 몽상에 빠졌다. 메리는 자기 허리에 팔을 두른 젬의 어깨에 머리를 기댔다. 그리고 조만간 영원히 떠나게 될 그 집에서의 추억들을 떠올렸다.

갑자기 젬이 영문도 모른 채 놀라는 기색을 보였다. 메리가 그의 얼굴을 살피려 했지만, 저녁이라 그림자가 짙은 탓에 젬의 표정을 읽을 수 없었다. 젬이 창문 쪽을 바라봤다. 누군가 바깥 창문에 하얀 얼굴을 대고 어둑한 방 안을 엿보는 모습이 메리에게도 보였다. 두 사람이 깜짝 놀라서 아무 생각조차 못 하고 바라보는 동안, 밖에 있던 형체는 밝게 빛나던 불안한 두 눈에 얇은 막이 덮였다. 그리고 그 형체는 아무 저항 없이 그대로 바닥에 쓰러졌다.

"에스더 이모다!" 두 사람이 동시에 외쳤다. 그리고 밖으로 뛰쳐나갔다. 거기에는 흰색 혹은 연한 색 옷을 걸친, 기절했는지 죽었는지 구분이 되지 않는 불쌍한 버터플라이가 쓰러져 있었다. 바로 순수했던 시절에 에스더로 불리던 여인이었다. (상처 입은 사슴이 죽을 자리를 찾아 무거운 몸뚱이를 질질 끌고 자신이 태어난 시원한 초원으로 가듯) 에스더도 죽음을 앞두고 자신이 순수하던 시절에 살았던 집을 보러 온 것이다. 지금은 그녀가 살았는지 죽었는지 구분이 되지 않았다.

잘 시간이었으나, 좁이 마거릿과 함께 왔다. 좁은 에스더의 맥박이 약하다고 말했다. 그들은 그녀를 위층으로 데려가 메리의 침대에 눕혔고, 떨고 있는 에스더가 놀랄까 옷도 벗겨주지 못했다. 하지만 모두 허사가 되었다.

한밤중에 에스더가 눈을 크게 뜨더니 한때 익숙했던 방을 둘러봤다. 좁 레그가 침대 옆에서 무릎을 꿇고 큰 소리로 간절하게 에스더를 위해 기도하다, 그녀가 깬 모습을 보고는 기도를 멈췄다. 갑자기 에스더가 경련하듯 침대에서 몸을 일으켜 앉았다.

"그게 꿈이었나요?" 그녀가 다짜고짜 물었다. 그러더니 끔찍한 죽음의 순간에도 습관은 본능적으로 살아나듯 몰래 가슴에 달고 있던 로켓 목걸이를 손으로 더듬었고, 그때 비로소 순수했을 때 마지막으로 그 침대에 누운 이후의 일들이 모두 사실이었음을 깨달았다.

그녀는 다시 눕더니 더 이상 아무 말도 하지 않았다. 죽은 아이의 머리카락을 넣어두었던 목걸이를 손에 꼭 쥐고는 거기에 한두 번 정도 길고 다정하게 입을 맞췄다. 그리고 가냘프고 구슬프게 울더니, 울 힘이 사라지자 눈을 감았다.

그들은 그녀를 바턴이 묻힌 곳에 묻어주었다. 거기에는 이름도, 이름의 머리글자도, 사망일도 표시되어 있지 않았다. 길을 잃었던 두 사람의 시신을 덮은 돌에는 이런 구절만 새겨져 있었다.

시편 103편 9절: 자주 경책하지 아니하시며 노를 영원히 품지 아니하시리로다.

* * *

낮고 길쭉하나 공간은 넉넉한 나무 집이 하나 보인다. 원시 나무들은 베어져서 수 마일 떨어진 곳으로 옮겨졌다. 이곳은 나무 한 그루만이 작은 박공집에 긴 그늘을 드리운다. 살림집 주변에 정원이 있고, 멀리 그 너머에 과수원이 있다. 온화한 날씨의 축복을 받아 아름답게 펼쳐진 풍경이 가슴을 뛰게 한다.

일과를 마치고 돌아오는 남편을 보기 위해 메리가 현관에서 마을 쪽을 바라보고 서 있었다. 그리고 들리는 노랫소리에 미소를 짓는다.

"손뼉을 치면, 아빠가 오시지.
주머니에 자두 한 움큼과
조니에게 줄 케이크를 넣어서."

조니가 꺅 하고 환호성을 질렀다. 아기를 안고 현관으로 나온 할머니는 제 엄마가 안아주려는 것을 거부하는 손자를 보고 기분이 좋아졌다.

"영국에서 편지가 왔어. 그래서 내가 좀 늦었지!"

"어머, 젬! 너무 꽉 쥐지 마! 편지에 뭐라고 쓰여 있어?"

"와, 좋은 소식이야. 와서 그게 뭘지 추측해 봐."

"아, 말해줘! 난 감도 못 잡겠어." 메리가 말했다.

"그럼, 당신은 포기하는 거야? 어머니는 어때요?"

제인 윌슨은 잠시 생각에 잠겼다.

"윌과 마거릿이 결혼했니?" 그녀가 물었다.

"아직은 아니고, 곧 한대요. 어머니가 메리보다 훨씬 낫네요. 자, 메리. 알아맞혀 볼래?"

젬이 의미심장하게 손으로 살짝 아들의 눈을 가리자, 아기가 손을 밀어내며 불완전한 발음으로 말했다.

"암(안) 보여."

"지금은 어때! 우리 조니는 보이지. 메리, 추측돼?"

"마거릿이 눈 수술을 받아서 다시 볼 수 있게 됐구나!" 메리가 외쳤다.

"맞아. 마거릿이 백내장 수술을 받고, 예전처럼 잘 볼 수 있대. 윌은 이달 25일에 마거릿과 식을 올리고 다음 항해에 그녀를 데려갈 예정이야. 그리고 레그 영감님이 오시겠대. 메리나 어머니, 우리 꼬마 영웅을 보러 오는 게 아니고. (아기에게 입을 맞춘다.) 캐나다 곤충 표본을 수집하러 오신다고, 월이 그랬어. 모든 공을 집게벌레들에게 돌려야겠어요, 어머니!"

"역시 좀 할아버지야!" 메리가 부드럽고 진지한 목소리로 말했다.

끝.

옮긴이의 글

관심과 사랑으로 계층 갈등을 해소할 수 있을까

　　엘리자베스 개스켈의 첫 장편소설인 『메리 바턴』은 크게 두 가지 이야기가 교차한다. 하나는 사회 문제 해결이라는 목적이 폭력적 수단을 정당화할 수 없음을 깨우치는 이야기이고, 다른 하나는 미모나 재력을 과시하다 허영심의 대가를 치르는 개인들의 이야기이다. 장르를 정하자면, 사회(산업) 소설과 가정 소설 모두에 해당한다. 이 소설은 발표 당시 찰스 디킨스와 토머스 칼라일 같은 유명인의 찬사와 더불어 비난도 적지 않았다고 한다. 그만큼 미덕과 결점이 명확한 소설이다.
　　등장인물들은 격동의 산업혁명기를 각자의 자리에서 직·간접적으로 영향을 받았던 맨체스터 제조업 지구의 빈민, 노동자, 자본가다. 개스켈은 빈민과 노동자의 비참한 생활상과 열악한 근로 조건을 생생하게 묘사하는 한편, 호의호식하며 권태에 빠진 자본가의 생활을 날카롭게 비판한다. 그러면서 아사, 살인, 복수, 참회 같은 비극적 장면을 현장감과 긴박감이 넘치게 서술했을 뿐만 아니라, 고통받는 사람도 '기분 좋은 막간 여흥'을 누릴 자격이 있다는 듯 틈틈이 위트와 유머를 섞은 덕분에, 적지 않은 분량에도 술술 읽힌다.

앞서 말했듯, 이 책의 결점은 두드러진다. 우선, 지나치게 교훈적이다. 기독교의 한 파인 유니테리언 교회 목사의 아내였던 저자는 지면 곳곳에서 성서를 인용했을 뿐만 아니라, 계층 간 첨예한 갈등을 해소하는 방법으로 기독교 정신에 입각한 상호 이해와 사랑을 강조했다. 또한 등장인물의 입을 빌려, 온갖 시련과 고난이 "더 큰 선을 위한 하느님의 계획"이므로 기꺼이 그것들을 감내하고, 모든 것을 "'그분'께 맡겨야 한다"고 주장했다. 그러나 눈앞에서 폭력과 살인, 억압과 착취가 자행되는 현실에서 그런 원론적이고 일견 순진해 보이는 방법이 과연 사회의 구조적 갈등을 근본적으로 해소할 수 있을지 의문이다.

한편, 주인공 메리 바턴은 "어떤 아름다움은 덫"이 된다는 그 아버지의 말처럼 처음에는 허영과 무지에 빠져 그릇된 길을 걷지만, 일생일대의 실수와 진실한 사랑을 깨달은 후에는 (타고난) 독립성이 더 강해지고 지혜도 갖춘 성숙한 여성으로 거듭난다. '조신'하게 사랑을 기다리는 모습은 전통적 여성관에서 완전히 벗어나지 못했음을 보여주지만, 가사와 양육에만 전념하는 것을 미덕으로 여기던 기존 여성관에서는 진일보한 모습이다. 모쪼록 『메리 바턴』을 재미있게 읽어주기를 바란다.

최이현

메리 바턴

초판 1쇄 발행 2025년 3월 28일

지은이 엘리자베스 개스켈
옮긴이 최이현

펴낸이 박영일
기획·편집 박하영
표지 디자인 조혜령
내지 디자인 하한우·임아람

펴낸 곳 (주)시대고시기획·시대교육
주소 서울시 마포구 큰우물로 75(도화동 538) 성지B/D 9층
E-mail jansang@sdedu.co.kr

ISBN 979-11-383-8876-4 (03840)

* 잔상은 시대교육그룹의 단행본 문학 브랜드입니다.
* 이 책의 전체 또는 일부를 재사용하려면, 저작권자와 잔상 편집부의 동의를 받아야 합니다.
* 책값은 뒤표지에 있습니다.
* 잘못된 책은 구입처에서 바꾸어 드립니다.